Nicholas Evans est
près du Pays de Ga
pour l'équitation, l
London. Il commen
d'Oxford et découv
le journalisme, et fait ses prem
nal de Newcastle, avant de devenir grand reporter à
Londres, spécialiste de l'Amérique et du Moyen-Orient.
Au début des années quatre-vingt, il se tourne vers la
production, entre à la télévision britannique, et reçoit de
nombreux prix pour ses films, des portraits d'artistes.
Encouragé par ses pairs, il s'essaie avec succès à la fic-
tion : les téléfilms et les séries qu'il écrit et produit sont
également couronnés par de nombreux prix.

C'est lors d'un séjour dans le sud-ouest de l'Angleterre
qu'un maréchal-ferrant lui raconte l'histoire des "horse
whisperers", ces hommes qui parlent à l'oreille des chevaux pour les calmer, que tout commence : Nicholas
Evans conçoit un projet de film qui n'aboutit pas et
décide alors d'en faire un roman. C'est ainsi qu'il écrit
en 1994 *L'homme qui murmurait à l'oreille des chevaux*, dont le manuscrit est acheté par des éditeurs
anglais et américains avant même qu'il ne soit achevé.
Le succès est immédiat, dès sa parution en 1995, et
s'étend au monde entier. L'adaptation cinématogra-
phique, avec Robert Redford dans le rôle principal,
connaîtra le même engouement.

Nicholas Evans vit actuellement à Londres avec son
épouse et ses deux enfants.

LE CERCLE DES LOUPS

NICHOLAS EVANS

LE CERCLE DES LOUPS

ALBIN MICHEL

Titre original :
THE LOOP

Traduit de l'américain par François Lasquin

Les personnages et les événements décrits dans le présent livre sont entièrement fictifs. Il n'existe aucune localité du nom de Hope dans l'État du Montana. Toute ressemblance avec des événements ou des lieux réels, ou des personnes réelles, vivantes ou mortes, ne pourrait être due qu'à une coïncidence.

© Nicholas Evans, 1998

© Éditions Albin Michel, S.A., 1998, pour la traduction française

ISBN 2-266-09132-8

À Eileen, ma mère,
et à la mémoire de mon père, Tony Evans.

Tout ce qui vient de la Force du Monde est circulaire. Le ciel est un cercle, il paraît que la terre est une boule, les étoiles sont rondes aussi. Le vent, au sommet de sa force, tourbillonne. Les oiseaux font leurs nids en rond, car ils ont la même religion que nous. Le soleil monte en cercle, et redescend en cercle. La lune fait la même chose. Ils sont ronds tous les deux. Même les saisons forment un grand cercle au cours de leur transformation, et elles reviennent toujours à leur point de départ. Une vie d'homme est un cercle qui va de l'enfance à l'enfance. Et il en va ainsi de tout ce qui est animé par la Force.

Black Elk, Sioux Oglala (1863-1950)

ÉTÉ

1

Certains disent que sur le lieu d'un carnage, l'odeur persiste pendant des années. D'après eux, elle imprègne le sol et les racines la happent peu à peu dans leurs spirales, si bien qu'avec le temps toute la végétation, du moindre lichen aux arbres les plus hauts, en porte témoignage.

Le loup qui, en cette fin d'après-midi, descendait lentement vers la plaine à travers la forêt, son luisant pelage d'été frôlant les branches basses des conifères, la percevait sans doute. Cette imperceptible rumeur dans ses narines lui apprenait qu'un siècle auparavant un grand nombre de ses congénères avaient été tués dans les parages, et elle aurait dû l'inciter à rebrousser chemin.

Pourtant, il poursuivit sa descente.

Il s'était mis en route le soir précédent, laissant ses compagnons sur les hauteurs où, même en plein mois de juillet, subsistaient encore des fleurs printanières et où des traînées de neige opiniâtres s'accrochaient encore au creux des ravines. Après avoir cheminé en direction du nord le long d'une crête, il avait bifurqué vers l'est, suivant l'un des petits canyons encaissés qui sinuaient vers la vallée, charriant la neige fondue depuis la ligne de partage des eaux. Il restait prudemment à mi-pente, évitant les sentiers, surtout ceux qui couraient le long des ruisseaux, où en cette saison l'on rencontre parfois des hommes. Même la nuit, partout où cela lui était possible, il restait à la limite de la forêt, tout près de l'ombre du sous-bois, trottant avec une telle aisance que ses pieds ne semblaient pas toucher le sol. A le voir cheminer ainsi, on aurait pu croire qu'il avait une destination précise.

Au lever du soleil, il fit une pause pour se désaltérer, puis trouva un recoin d'ombre parmi les rochers et passa la partie la plus chaude de la journée à dormir.

Il venait d'entamer sa descente finale vers la vallée, et à présent progressait plus difficilement. Le sol de la forêt était abrupt, jonché d'arbres abattus aux ramures enchevêtrées, tels des brindilles jetées pêle-mêle dans un âtre aux dimensions colossales, entre lesquels le loup décrivait de prudents zigzags. A certains moments, il revenait sur ses pas et cherchait un autre passage, afin de ne pas briser une branche morte dont le claquement subit aurait pu trahir sa présence. Par endroits, un rayon de soleil perçant les hautes frondaisons créait des poches d'un vert lumineux, qu'à chaque fois il contournait.

C'était un loup de quatre ans, dans la fleur de l'âge, mâle alpha de son clan. Il avait de longues jambes, et son pelage était entièrement noir, à l'exception de quelques poils gris parsemant les flancs, la gorge et le pourtour du museau. De temps à autre, il s'arrêtait pour flairer un buisson ou une touffe d'herbe, levait la patte et laissait sa marque afin de s'approprier ce morceau de territoire depuis longtemps perdu. Parfois aussi, il s'arrêtait, levait le nez vers le ciel et, ses yeux étrécis brillant d'une flamme jaune, déchiffrait les messages olfactifs que la brise tiède lui amenait du fond de la vallée.

Lors d'un de ces arrêts, il huma une odeur qui venait de beaucoup plus près. Tournant la tête, il aperçut, à dix mètres de lui, une biche et son faon qui l'observaient, pétrifiés dans un rai de soleil. Il les fixa du regard, créant instantanément entre eux une communion vieille comme le monde, que même le faon était capable de comprendre. L'espace d'un long moment, plus rien ne bougea que les spores et les moucherons qui tournoyaient en scintillant au-dessus de la tête des deux cervidés. Puis, comme si cerfs et insectes eussent été également négligeables pour un loup, il se détourna et se remit à humer l'air.

Des odeurs mêlées montaient de la vallée, à trois kilomètres en contrebas. Des odeurs de bovins, de chiens, et celles, âcres et piquantes, des machines de l'homme. Sans l'avoir jamais appris, il devait être conscient des dangers qu'elles représentaient ; pourtant il reprit sa descente, la biche et le faon le suivant de leurs inscrutables yeux noirs jusqu'à ce qu'il ait disparu parmi les arbres.

La vallée glaciaire dans laquelle le loup s'apprêtait à pénétrer s'étendait sur un peu moins de vingt kilomètres, sur un axe plein est, en s'élargissant graduellement jusqu'au village de Hope. Des pins innombrables s'accrochaient à ses flancs escarpés. Vue d'en haut, sa forme évoquait celle de deux bras désespérément tendus en direction des vastes plaines inondées de soleil qui s'étalaient à perte de vue au-delà du village, et de celles qui les continuaient de l'autre côté de l'horizon.

Dans sa partie la plus large, la vallée faisait près de huit kilomètres d'un versant à l'autre. Son sol se prêtait mal au pâturage, mais bien des éleveurs en tiraient leur subsistance, et il en avait même enrichi quelques-uns. Il y avait trop de buissons de sauge, trop de rochers, et dès qu'un pré faisait mine de vouloir prendre un peu d'étendue, un ruisseau ou une ravine envahis de broussailles et de rocs y traçait une entaille infranchissable. Au centre de la vallée, plusieurs de ces ruisseaux convergeaient, formant une rivière qui serpentait jusqu'à Hope entre des rangées de grands peupliers et allait se jeter ensuite dans le Missouri.

De son poste d'observation, le loup embrassait tout cela du regard. Il se tenait sur un éperon de roche calcaire qui saillait de la forêt comme la proue d'un navire fossilisé. Au-dessous de cette saillie, une pente escarpée couverte de rocs éboulés dessinait la forme d'un coin aboutissant à l'endroit où montagne et forêt cédaient bon gré mal gré le pas aux pâturages. Une petite troupe de vaches et de veaux de couleur noire, irrégulièrement espacés, paissaient languissamment l'ombre à leurs pieds. Derrière eux, à l'autre extrémité du pré, se dressait un ranch d'assez modestes dimensions.

On avait bâti la maison sur une éminence, juste au-dessus d'un ruisseau aux berges hérissées de saules et de cerisiers sauvages. Elle était prolongée d'un côté par plusieurs étables, avec chacune son corral clôturé de pieux blancs. La maison était en bois, avec un bardage à clins fraîchement repeint d'un beau rouge sang-de-bœuf. Le long de sa façade sud courait une véranda que le soleil, à deux doigts de s'engloutir de l'autre côté des montagnes, baignait de ses ultimes rayons dorés. Les fenêtres donnant sur la véranda étaient grand ouvertes, et la légère brise gonflait imperceptiblement leurs voilages.

De quelque part à l'intérieur de la maison, une radio laissait échapper une bouillie de sons confus, et c'est peut-être à cause de cela que ses occupants n'entendaient pas les pleurs du bébé. Sur la véranda, le landau bleu roi se mit à s'agiter, et deux bras roses en surgirent, battant l'air pour attirer l'attention. Mais personne ne répondit à leur appel. Au bout d'un moment, distrait par la lumière du soleil qui jouait sur ses mains et ses avant-bras, l'enfant cessa de vagir et se mit à gazouiller gentiment.

Le loup fut le seul à l'entendre.

Cela faisait bientôt deux ans que Kathy et Clyde Hicks habitaient ici, dans la maison rouge, et quand Kathy était vraiment sincère avec elle-même (ce qu'en règle générale elle préférait éviter, car à quoi bon se tourmenter pour des choses auxquelles on ne peut rien ?), l'endroit lui faisait horreur.

Enfin, horreur était peut-être un mot un peu fort. Les étés n'étaient pas désagréables. Mais même alors, le sentiment d'être trop loin de la civilisation, trop exposés, ne vous lâchait pas d'une semelle. Quant aux hivers, mieux valait ne pas y penser.

Ils avaient emménagé deux ans plus tôt, aussitôt après leur mariage. Kathy espérait qu'une fois qu'elle aurait accouché, les sentiments que lui inspirait l'endroit changeraient, et en un sens il en avait bien été ainsi. Au moins elle avait quelqu'un à qui parler quand Clyde s'en allait par monts et par vaux pour s'occuper des bêtes, même si pour l'instant la conversation tenait plutôt du monologue.

Kathy n'avait que vingt-trois ans, et il lui arrivait de se dire qu'elle aurait dû attendre quelques années de plus, ne pas se marier dès sa sortie de l'université. Elle avait décroché un diplôme de gestion agricole à l'université du Montana, à Bozeman, et ça ne lui servait à rien, sinon à donner une justification officielle aux trois jours qu'elle consacrait chaque semaine à s'occuper de la paperasse de son père, au ranch.

Kathy disait encore « chez nous » en parlant de la maison de ses parents, et Clyde la reprenait fréquemment sur ce point. Le grand ranch était à moins de quatre kilomètres de la maison rouge, mais chaque fois que Kathy remontait en voiture après y avoir passé la journée, quelque chose se nouait en elle. Ce n'était pas de la douleur qu'elle éprouvait, mais une sorte de vague nostalgie. Elle la chassait aussitôt de son esprit en se retournant vers le bébé accroché à la banquette arrière pour lui débiter des paroles sans suite, ou en réglant la radio de la voiture sur une station de country, mettant la musique à fond et reprenant le refrain en chœur.

La radio était justement réglée sur sa station favorite, et tandis qu'elle épluchait son maïs au-dessus de l'évier en regardant les chiens qui dormaient au soleil devant l'étable, elle sentit sa bonne humeur renaître. La chanson qui passait lui plaisait particulièrement. C'était celle où cette Canadienne à la voix suggestive disait à son mec : « Avec ta manivelle, mon tracteur démarre au quart de tour. » En entendant cette phrase, Kathy éclatait toujours de rire.

Tout bien pesé, elle n'était vraiment pas à plaindre. Un mari comme Clyde, ça ne se trouve pas sous le pas d'un cheval. Bien que sans doute pas le plus riche (ni le plus vif d'esprit, il fallait bien le reconnaître), il était, et de loin, le plus beau garçon de la fac. Quand il lui avait demandé sa main, le jour de la remise des diplômes, toutes les copines de Kathy en avaient été vertes d'envie. En plus, il venait de lui faire un beau bébé, qui se portait comme un charme, et bien qu'elle soit loin de tout, la maison leur appartenait en propre. Hope était plein de filles de son âge qui auraient donné leur bras droit pour en avoir une pareille. Kathy était grande, elle avait des cheveux magnifiques, et bien que la grossesse lui ait fait perdre sa taille de guêpe, aucun tractoriste au monde n'aurait résisté à ses appas, elle le savait.

Kathy n'avait jamais douté d'elle-même. Elle était la fille de Buck Calder, et dans cette région ça revenait un peu à être issue de la cuisse de Jupiter. Le ranch de son père était l'un des plus importants du comté, et toute son enfance elle avait eu le sentiment d'être une princesse. En se mariant, elle avait dû renoncer à son patronyme, et elle en avait été contrariée. Elle avait même un moment songé à imiter les citadines aux dents longues qui ont mis les noms doubles à la mode, et se faire appeler Kathy Calder-Hicks. Clyde avait prétendu qu'il n'y verrait pas d'inconvénient, mais visiblement ça ne l'enchantait guère, et comme elle ne voulait pas lui faire de peine elle s'était résignée à ne pas déroger à la tradition, et elle était devenue Kathy Hicks.

Elle jeta un coup d'œil à la pendule murale. Il était près de six heures. Clyde et son père étaient allés aux champs pour réparer un conduit d'irrigation, et ils devaient tous dîner en famille dans la maison rouge à sept heures. Sa mère allait arriver d'une minute à l'autre avec la tarte qu'elle avait confectionnée pour le dessert. Kathy nettoya l'évier, mit le maïs à bouillir sur la cuisinière, puis s'essuya les mains sur son tablier et baissa le son de la radio. Il ne lui restait plus qu'à peler les pommes de terre. Le temps qu'elle ait fini, Buck junior, resté seul sur la véranda, allait sans doute se mettre à réclamer son biberon à cor et à cri. Après l'avoir nourri, elle lui donnerait son bain, le peignerait et le pomponnerait, car elle tenait à ce qu'il soit sur son trente et un pour accueillir son grand-père.

Les vaches qui paissaient dans le pré d'en haut levèrent les yeux avec un bel ensemble quand le loup surgit d'entre les arbres. Il s'arrêta à l'orée de la prairie, comme s'il avait voulu leur permettre de l'inspecter à loisir. Elles n'avaient jamais vu pareille créature. Peut-être le prirent-elles pour un coyote plus grand et plus foncé que ceux de l'espèce ordinaire. Les coyotes n'étaient pas à redouter, sauf quand une vache venait de vêler. Ou peut-être lui trouvèrent-elles plutôt une ressemblance avec les chiens du ranch auxquels il arrivait de s'égarer parmi elles, et qui ne méritaient guère d'attention, sauf quand ils leur mordillaient les jarrets lorsqu'elles s'entêtaient à ne pas filer droit.

Le loup quant à lui leur accorda à peine un regard. Tous ses sens étaient concentrés sur un autre objet, qui se trouvait du côté de la maison. Baissant la tête, il entama la descente du pré dans sa direction. Il allait plus lentement à présent, d'un pas plus précautionneux. Au lieu de faire un détour pour éviter les vaches, il avança tout droit, passant au milieu d'elles. Son indifférence à leur égard sautait tellement aux yeux que pas une ne fit un écart et qu'elles se remirent vite à paître comme si de rien n'était.

Quand le soleil disparut derrière les montagnes, une ligne d'ombre recouvrit en rampant l'herbe devant la maison, puis escalada la véranda comme une marée montante, en sorte que les roues et le corps du landau en furent inondés et que le mur sang-de-bœuf derrière lui se teinta d'un rouge plus foncé.

Entre-temps, le loup était arrivé à l'extrémité du pré. Il s'arrêta près de la clôture, à l'endroit où Clyde avait installé une vieille baignoire émaillée raccordée à un tuyau pour que les vaches aient à boire quand le ruisseau était à sec. Jaillissant d'un buisson de saules au bord du ruisseau, deux pies s'approchèrent à tire-d'aile et tournoyèrent au-dessus de lui en criaillant comme si, ayant deviné ce qui l'amenait ici, elles avaient voulu lui exprimer leur désapprobation. Le loup ne leur prêta aucune attention. Mais à vingt mètres de là, dissimulé par la capote de son landau, le bébé produisit une imitation passable de leurs cris. Enchanté du son qu'il venait d'émettre, il rit aux éclats et le répéta un certain nombre de fois. Dans la maison, le téléphone se mit à sonner.

C'était la mère de Kathy. Elle lui annonça que sa tarte avait brûlé, mais que ce n'était pas grave, puisqu'elle en avait une autre au congélateur, qu'il suffirait de passer au micro-ondes.

— Au fait, Luke m'a dit qu'il viendrait bien, si ça ne t'ennuie pas.

— Pourquoi veux-tu que ça m'ennuie ?

Luke, le frère cadet de Kathy, venait tout juste d'avoir dix-huit ans. Au ranch, elle le voyait occasionnellement et il était toujours adorable avec le bébé, mais il ne s'entendait pas très bien avec Clyde, et depuis qu'elle l'avait épousé, Luke n'était venu les voir que deux fois. Enfants, ils n'avaient jamais été vraiment proches. Mais personne n'était proche de Luke. A l'exception de leur mère, bien entendu. Leur mère était le seul être au monde à pouvoir affronter son bégaiement.

Kathy n'avait jamais eu suffisamment de patience. Même lorsqu'elle eut atteint l'âge de raison, elle ne pouvait s'empêcher de terminer ses phrases à sa place quand il butait sur un mot. Depuis que Luke avait obtenu son diplôme de fin d'études secondaires, deux mois auparavant, elle l'avait à peine aperçu. Il devenait de plus en plus solitaire, du moins c'est l'impression qu'en avait Kathy. Il passait son temps à vagabonder dans la forêt, avec son cheval à la drôle de dégaine pour seule compagnie.

Toutefois, l'idée qu'il vienne dîner chez elle ce soir n'avait rien pour lui déplaire.

Sa mère lui demanda si le bébé allait bien. Kathy répondit qu'il se portait comme un charme et qu'au reste il valait mieux qu'elle raccroche parce que l'heure du biberon approchait et qu'elle avait encore pas mal de pain sur la planche.

Au moment précis où elle reposait le téléphone, les chiens se mirent à aboyer.

En temps normal, Kathy ne s'en serait pas souciée. Les chiens braillaient toujours pour un oui pour un non, en se lançant aux trousses de toutes sortes de bêtes malfaisantes. Mais cette fois leurs cris l'incitèrent à regarder par la fenêtre.

Maddie, la vieille chienne colley, s'était rencognée contre le mur de l'étable. La queue entre les jambes et la tête tournée vers l'arrière, elle grondait sourdement. Prince, le labrador jaune que son père lui avait offert quand ils avaient pendu la crémaillère, allait et venait avec agitation. Les poils de la nuque dressés, il levait et aplatissait alternativement les oreilles, ce qui chez le chien est signe d'indécision, et ponctuait ses aboiements de petits geignements craintifs. Il fixait quelque chose qui se trouvait en surplomb de la maison, quelque part du côté du pré.

Le visage de Kathy se rembrunit. Qu'est-ce qui pouvait les effrayer ainsi ? Il valait mieux qu'elle aille s'en assurer. L'eau du faitout dans lequel elle avait mis le maïs à cuire frémissait déjà. Elle s'approcha de la cuisinière, régla la flamme sur le minimum, puis elle poussa la porte à claire-voie et sortit de la cuisine. Quand elle arriva dans la cour, Maddie n'était plus là. En l'apercevant, Prince parut soulagé.

— Qu'est-ce qui te prend de brailler comme ça ?

Le chien esquissa un pas vers elle, puis il sembla se raviser. L'apparition de Kathy avait dû faire naître en lui le petit surcroît de courage dont il avait besoin, car il se précipita en hurlant à tue-tête vers l'autre côté de la maison, soulevant un nuage de poussière.

Soudain, une idée épouvantable s'empara de Kathy. Le bébé. Il y avait une bête sur la véranda. Le bébé était en danger. Elle prit ses jambes à son cou. Ça devait être un ours. Ou peut-être un puma. Quelle idiote ! Pourquoi n'y avait-elle pas pensé plus tôt ?

En arrivant devant la maison, Kathy aperçut au bas des marches de la véranda un animal qu'elle prit d'abord pour un gros chien noir, genre berger allemand. Il se retourna pour faire face au labrador qui fonçait sur lui.

— Fiche-moi le camp d'ici ! Allez ouste !

L'animal lui jeta un bref coup d'œil et en sentant la brûlure de son regard jaune elle comprit que ce n'était pas un chien.

Prince avait pilé net en arrivant à la hauteur du loup, et il s'était ramassé sur lui-même, les pattes de devant largement écartées, frôlant le sol du poitrail. Il montrait les crocs, grondait, donnait de la voix, mais sa bravade manquait de conviction et on sentait bien qu'il se serait volontiers aplati par terre en signe de reddition. Le loup s'était figé dans une immobilité de pierre, mais en même temps il semblait augmenter de stature, écrasant le chien de toute sa hauteur. Sa queue broussailleuse se dressait tout droit vers le ciel. Lentement, il retroussa les babines et se mit à gronder, exhibant ses longues incisives blanches.

Soudain, il se détendit vers l'avant, referma ses crocs sur la gorge du labrador, l'arracha du sol et le projeta en l'air comme s'il n'avait pas pesé plus lourd qu'un lièvre. Le chien émit un glapissement aigu, et aussitôt Kathy eut la vision du loup en train de faire subir le même sort à son bébé. Elle poussa un grand cri et escalada les marches d'un bond.

Le landau était à l'autre bout de la véranda, et tandis qu'elle courait vers lui la distance qui l'en séparait lui parut immense.

Je vous en supplie, mon Dieu, faites qu'il ne soit pas mort.

Le landau ne semblait pas avoir été déplacé, mais en dépit des hurlements du chien elle se rendait bien compte que le bébé ne faisait aucun bruit, et à l'idée du spectacle qui l'attendait elle ne put réprimer un sanglot.

Quand elle arriva à la hauteur du landau, sa terreur était si grande qu'elle dut se forcer à regarder à l'intérieur. Le bébé leva les yeux sur elle et sa bouche édentée se fendit en un large sourire. Elle poussa un grand cri, le prit dans ses bras et le souleva. Son geste avait été si brutal que l'enfant se mit à pleurer. Elle le serra contre sa poitrine avec tant de force que ses pleurs redoublèrent. Elle fit volte-face, s'adossa au mur et regarda dans la cour.

Le loup était debout, tête baissée, au-dessus du labrador. Kathy comprit aussitôt que le chien était mort. Un dernier spasme secouait ses pattes de derrière, qui frémissaient de la même façon que lorsqu'il rêvait, endormi devant l'âtre. Le loup lui avait ouvert la gorge et son ventre béait comme celui d'un poisson vidé de ses entrailles. Une flaque de sang s'était formée sous lui dans l'herbe desséchée. Kathy se remit à crier et le loup sursauta, comme s'il se rappelait soudain sa présence. Il leva les yeux sur elle, et elle vit qu'il avait le museau luisant de sang.

— Fiche-moi le camp d'ici ! Allez, tire-toi !

Elle chercha autour d'elle un objet qu'elle aurait pu jeter, mais c'était inutile. Le loup avait déjà pris la poudre d'escampette. Il ne lui fallut que quelques secondes pour se glisser sous la clôture et passer à longues foulées aisées parmi les vaches qui s'étaient arrêtées de paître pour contempler la scène qui se déroulait en contrebas. En arrivant dans la partie supérieure du pré, il s'arrêta et se retourna une dernière fois vers Kathy qui sanglotait, debout au-dessus du cadavre du chien, en serrant son bébé sur son cœur. Puis il fit volte-face et disparut dans l'ombre du sous-bois.

2

Les locaux du Service de défense et protection des loups de l'Office fédéral des eaux et forêts occupaient le troisième étage d'un banal immeuble en brique rouge dans un quartier tranquille d'Helena. A l'extérieur, aucune plaque n'annonçait sa présence en ces lieux ; s'il y en avait eu une, elle n'aurait sans doute pas duré longtemps. La population locale ne portait pas précisément dans son cœur les diverses officines du gouvernement, encore moins lorsqu'il s'agissait d'un service affecté à la protection d'une bête nuisible que l'on honnissait par-dessus tout dans les parages. Dan Prior et ses subordonnés savaient d'expérience que lorsqu'on s'occupe des loups, on a intérêt à se montrer le plus discret possible.

Au centre du bureau principal se dressait une grande vitrine d'où un loup naturalisé les regardait s'agiter d'un œil plutôt débonnaire. Une plaque apposée à la vitrine précisait que son occupant s'appelait *Canis lupus irremotus,* ou *loup des montagnes Rocheuses*, mais pour des raisons dont personne ne se souvenait plus, tout le monde le désignait sous le nom moins cérémonieux de Fred.

Dan avait pris le pli de soliloquer avec Fred, surtout durant les longues soirées où tous les autres étaient rentrés chez eux, le laissant démêler tout seul un imbroglio politique dans lequel les congénères encore ingambes de Fred l'avaient une fois de plus coincé. Dans ces moments-là, il lui arrivait souvent d'inventer d'autres noms à son peu loquace compagnon, des noms qui ne manquaient pas d'une certaine verdeur.

Ce soir, en tout cas, Dan n'était pas parti pour jouer les prolongations. En fait, événement inouï, il allait même quitter le bureau plus tôt qu'à l'accoutumée, car il sortait avec une dame. Comme il avait eu le malheur d'en parler, cela faisait une semaine que tout le bureau le taquinait à ce sujet. Quand il sortit de son cube vitré en fourrant des dossiers dans son sac, toute l'équipe psalmodia à l'unisson :

— Amuse-toi bien, Dan !

— N'en jetez plus, grommela-t-il entre ses dents, déclaration qui fut saluée d'un éclat de rire général. Mais enfin bon Dieu, pourquoi est-ce que ma vie privée vous passionne tant ?

Donna, son assistante, lui adressa un large sourire. C'était une grande femme énergique, proche de la quarantaine, qui même au milieu des pires alertes gardait toujours la tête froide (et le sens de l'humour). Elle haussa les épaules et dit :

— Sans doute parce que tu n'en avais pas jusqu'à présent.

— Vous êtes tous virés, fit Dan avec un grand geste dédaigneux du bras. Et toi, arrête de ricaner, ajouta-t-il à l'intention de Fred.

Il se dirigea vers la porte, mais au moment où il tendait la main vers la poignée, le téléphone se mit à sonner.

Se retournant vers Donna, il articula muettement :
« Je ne suis pas là » et sortit.

Il appuya sur le bouton d'appel et attendit l'ascenseur. Les câbles émirent un grincement discordant, puis il y eut un tintement grêle et la porte en acier inoxydable se décida enfin à coulisser.

— Dan !

Pressant du pouce le bouton d'ouverture, il attendit. Donna fit irruption dans le couloir et se précipita vers lui.

— Je sais bien que tu devais inaugurer ta vie privée ce soir, mais...

— Donna, je me disais justement qu'il serait temps de t'accorder une petite augmentation.

— Tu m'en aurais voulu si je t'avais laissé partir sans te le dire. C'était un type qui possède un ranch à Hope, un certain Clyde Hicks. Il prétend qu'un loup vient d'essayer de tuer son bébé.

Vingt minutes et six coups de téléphone plus tard, Dan s'installa au volant de sa voiture et prit la route de Hope. Les quatre premiers coups de fil avaient été pour des gardes-chasse, des gardes forestiers et d'autres fonctionnaires de l'Office, auxquels il avait demandé si on leur avait signalé des loups dans la région de Hope. Tous avaient répondu par la négative. Le cinquième avait été pour Bill Rimmer, leur expert ès prédateurs, qu'il avait prié de le retrouver à Hope afin d'y procéder à l'autopsie du chien.

Le dernier avait été pour la ravissante Sally Peters, directrice commerciale fraîchement divorcée d'une petite société d'aliments pour bétail qui avait son siège à Helena. Sally n'était pas d'un abord facile, et Dan avait mis deux mois à trouver le courage de l'inviter à dîner. Vu la façon dont elle avait réagi lorsqu'il s'était décommandé, il allait lui falloir encore plus longtemps la prochaine fois — s'il y en avait une.

Le trajet d'Helena à Hope prenait une petite heure. Au moment de quitter l'autoroute pour prendre vers l'ouest, en direction des montagnes qui s'assombrissaient sur le ciel d'un rose délavé, Dan se demanda une fois de plus comment il se faisait que les gens qui s'occupaient des loups finissaient tous par travailler plus ou moins du chapeau.

Au cours de sa carrière, il avait côtoyé des biologistes spécialisés dans toutes sortes d'autres espèces animales, des musaraignes naines aux pingouins, et hormis quelques rares cas de vague à l'âme chronique, tous semblaient capables de se diriger dans la vie en pataugeant ni plus ni moins que n'importe quel humain ordinaire. Mais chez les spécialistes du loup, le désastre était de règle.

S'il y avait eu des championnats de divorce, de dépression nerveuse et de suicide, ils les auraient tous remportés haut la main. Sur ce plan-là, Dan pouvait se considérer comme une sorte de privilégié. Son mariage avait tenu près de seize ans, ce qui constituait une espèce de record. Mary, son ex-femme, refusait de lui adresser la parole. Par contre leur fille, Ginny, qui n'avait que quatorze ans mais faisait preuve d'une maturité étonnante pour son âge, semblait voir en lui un père acceptable. Pour tout dire, sa fille l'adorait, et c'était réciproque. Mais à quarante et un ans, un homme ne peut pas se contenter de bien s'entendre avec sa fille. Que lui avaient rapporté toutes ces années qu'il avait sacrifiées au bien-être des loups ?

Pour s'épargner d'avoir à répondre à sa propre question, il se pencha en avant et alluma la radio. Sautant d'une fréquence à l'autre pour échapper aux jingles publicitaires et à l'omniprésente musique country (à laquelle il était toujours aussi allergique bien qu'il fût Montanais d'adoption depuis trois ans), il finit par tomber sur les infos régionales et les écouta jusqu'au bout. Elles s'achevèrent par un reportage qui ne fit qu'ajouter à sa morosité.

D'après la radio, un loup sanguinaire avait fait une incursion dans un ranch des environs de Hope, et un enfant en bas âge, petit-fils d'une des personnalités les plus en vue de la localité, Buck Calder, n'avait échappé à une mort certaine que grâce à un brave labrador qui s'était fait tailler en pièces pour le défendre.

Dan poussa un gémissement. Ainsi, la presse était déjà au courant. Comme s'il avait eu besoin de ça. Mais il n'avait pas encore entendu le pire. Car pour couronner le tout, ils avaient obtenu une interview téléphonique de Buck Calder en personne. Dan n'avait jamais rencontré Calder, mais il le connaissait de réputation. Il avait une voix de baryton, mélodieuse et bien timbrée. Une voix de politicien. Tout miel, mais effilée comme un poignard.

« Le gouvernement fédéral a lâché je ne sais combien de loups dans le Yellowstone, et maintenant ils sont partout, mettant nos femmes et nos enfants en péril. Nous devrions avoir le droit de les défendre, de protéger nos troupeaux et nos biens, mais ce droit, on nous le dénie. Et vous savez pourquoi ? Parce que le gouvernement fédéral a décrété que ces bêtes-là appartiennent à une espèce menacée. Moi, je dis que ça n'a aucun sens, et que nous sommes victimes d'une injustice ! »

Le reportage se conclut là-dessus, et Dan éteignit la radio.

Calder avait raison sur un point. Jusqu'à ces dernières années, les loups avaient été pratiquement absents de la région, à l'exception de quelques solitaires qui s'aventuraient parfois jusqu'aux Rocheuses après avoir franchi la frontière canadienne. Puis, à l'issue d'un débat homérique qui avait opposé des années durant les écologistes aux éleveurs de bêtes à cornes, le gouvernement fédéral avait tranché en faveur de la réintroduction systématique. On avait organisé à grands frais une gigantesque battue et soixante-six loups sauvages, capturés au Canada, avaient été convoyés les uns jusqu'au parc naturel du Yellowstone, les autres jusqu'en Idaho, où on les avait lâchés dans la nature.

Cette mesure ayant soulevé une tempête de protestations, le gouvernement avait concédé aux éleveurs résidant dans ces zones dites « expérimentales » le droit d'abattre à vue les loups pris en flagrant délit d'agression sur des animaux domestiques. Mais une fois libérés, les loups avaient proliféré, et comme ils ne comprenaient rien à la géographie (ou ne la comprenaient que trop bien), ils s'étaient disséminés dans des campagnes où le tir au loup était passible d'une amende de cent mille dollars, parfois assortie d'une peine de prison.

C'était le cas à Hope, localité qui était par ailleurs l'un des bastions de la croisade anti-loup. Si un loup s'y était bel et bien aventuré aujourd'hui, c'est qu'il ne devait plus avoir toute sa raison.

Une dizaine d'années auparavant, l'Office fédéral des eaux et forêts avait organisé des réunions publiques dans tout le Montana, afin que la population puisse donner son avis sur le programme gouvernemental de réintroduction des loups. Ces réunions prenaient parfois une tournure plutôt houleuse. Mais celle qui s'était tenue à la Maison pour tous de Hope avait carrément viré à l'émeute.

Une foule juvénile de cow-boys et de bûcherons, tous armés jusqu'aux dents, s'était rassemblée devant le bâtiment et avait ponctué le débat d'insultes et de vociférations. A l'intérieur, les armes à feu étaient prohibées, mais l'assistance était tout aussi agressive. Le prédécesseur de Dan, fin diplomate s'il en fut, était parvenu d'extrême justesse à éviter l'explosion. Mais à la fin de la réunion, deux bûcherons l'avaient collé au mur et avaient menacé de lui faire la peau. En ressortant de là, blanc comme un linge, il s'était aperçu que des inconnus avaient vidé un seau de peinture écarlate sur sa voiture.

A présent, Dan distinguait le village au loin.

C'était un de ces bleds qu'on traverse machinalement en voiture, sans même s'en apercevoir. Une rue principale toute droite longue d'environ deux cents mètres, d'où irradiaient, plus ou moins perpendiculairement, quelques venelles. A l'une de ses extrémités se dressait un motel décrépit, à l'autre une école communale. Entre les deux s'alignaient une station-service, une épicerie, une quincaillerie-bazar, un café-restaurant, une laverie automatique et une boutique de taxidermiste.

La plus grande partie des cinq cents habitants de la commune vivaient dans des maisons éparses çà et là dans la vallée, et pour vaquer à leurs besoins spirituels et spiritueux ils disposaient de deux églises et de deux bars. La ville comptait aussi deux magasins de cadeaux et souvenirs, ce qui trahissait plus un optimisme foncier qu'un solide sens des affaires ; car si l'été venu Hope était un point de passage obligé pour de nombreux touristes, rares étaient ceux qui s'y attardaient.

Pour remédier à cette situation et satisfaire la demande du groupe encore modeste mais sans cesse croissant des habitants de lotissements, l'un de ces deux magasins (et de loin le meilleur) s'était équipé un an plus tôt d'un comptoir où l'on servait des cappuccinos.

Le magasin s'appelait Le Parangon. Lors de ses rares passages à Hope, Dan ne manquait jamais de s'y arrêter, non tant à cause du cappuccino (excellent au demeurant) que de la patronne elle-même.

Le Parangon était la propriété d'une New-Yorkaise très avenante qui s'appelait Ruth Michaels. En deux ou trois visites, tout ce que Dan avait réussi à apprendre sur son compte était qu'elle avait jadis tenu une galerie d'art à Manhattan, qu'elle était venue passer des vacances dans le Montana pour se remettre d'un divorce douloureux, que la région l'avait séduite et qu'elle avait décidé de s'y établir. Il aurait volontiers noué plus ample connaissance avec elle.

Le cappuccino n'avait pas fait beaucoup d'adeptes chez les habitants de Hope, qui dans leur majorité préféraient le traditionnel jus de chaussette que leur servait le restaurant Chez Nelly, dans la rue principale. En passant devant Le Parangon, Dan constata avec tristesse, mais sans trop d'étonnement, que Ruth avait apposé un panneau À VENDRE sur sa devanture.

Un peu plus haut dans la rue, il aperçut le pick-up de Bill Rimmer garé devant le lieu de rendez-vous qu'ils s'étaient fixé, un bar lugubre dont le nom — Le Dernier Espoir — était déjà tout un programme. La porte s'ouvrit et la silhouette de Bill Rimmer s'encadra sur le seuil. Avec son Stetson et ses longues moustaches blondes en guidon de vélo, il avait bien l'air d'être ce qu'il était : un authentique naturel du Montana, né et élevé dans la région. Comme il mesurait un mètre quatre-vingt-dix-huit, Dan avait toujours l'impression d'être un nabot à côté de lui. Bill était son cadet de cinq ou six ans, et en plus il était beau garçon. Bref, Dan aurait eu plusieurs raisons de l'exécrer. Pourtant, il avait beaucoup de sympathie pour lui.

Il descendit de voiture et Rimmer lui assena une claque sur l'épaule.

— Comment vas-tu, mon vieux camarade ?

— Pour tout te dire, c'est pas avec toi que j'avais prévu de passer la soirée.

— Arrête, tu vas me faire pleurer. On y va tout de suite ?

— Autant faire comme tout le monde. T'as entendu la radio ?

— Ouais. Et il paraît qu'il y a aussi des gens de la télé là-haut.

— C'est le bouquet.

— Si ce loup avait envie de se faire mousser, il a fait le bon choix.

— Arrête, Bill. On ne sait pas encore si c'était un loup.

Ils se hissèrent à bord du pick-up de Rimmer et suivirent la rue principale jusqu'à la sortie de la ville. Il était près de sept heures et demie, et Dan commençait à se faire du souci au sujet de la lumière. Il vaut toujours mieux inspecter ce genre de dégâts en plein jour. Et toutes ces allées et venues à l'endroit où le loup avait supposément frappé le tarabustaient encore plus. S'il avait laissé des empreintes, elles étaient sans doute effacées à présent.

Dan et Bill Rimmer avaient pris leurs postes à peu près en même temps. Leurs prédécesseurs respectifs avaient assez rapidement jeté l'éponge après avoir pris une part active à la campagne de réintroduction. Ils en avaient par-dessus la tête des loups, et ne supportaient plus de se faire traiter de tous les noms et par les éleveurs et par les militants écologistes, les premiers leur reprochant d'être incapables d'empêcher leur prolifération, les seconds de ne pas la favoriser suffisamment, ce qui les plaçait devant un dilemme insoluble.

En tant que représentant local de l'Agence de lutte contre les prédateurs, qui dépendait du ministère de l'Agriculture, Rimmer était généralement le premier averti quand un éleveur avait maille à partir avec un animal sauvage quelconque — ours, coyote, puma ou loup. Il faisait à la fois office de juge, de jury et, le cas échéant, de bourreau. Zoologiste de formation, il nourrissait un profond amour des animaux, mais se gardait bien de le montrer. Cette prudente réserve, s'ajoutant à ses qualités de tireur et de trappeur, lui avait acquis le respect unanime des habitants de la région, même de ceux naturellement enclins à se méfier des fonctionnaires de tout poil.

Bill s'habillait toujours à la mode de l'Ouest, et avec la nonchalance taciturne qui lui était naturelle, il était nettement plus à l'aise que Dan quand il s'agissait d'amadouer des éleveurs fous de rage qui accusaient (à tort ou à raison) les loups de leur avoir trucidé un veau ou une brebis. Aux yeux de ces gens-là, Dan resterait toujours un intrus, venu d'une lointaine métropole de l'Est. Il y avait une différence fondamentale entre eux : pour les éleveurs, Rimmer représentait la solution possible d'un problème, alors que Dan lui-même en était perçu comme la cause. Dan se sentait toujours rassuré quand il avait Rimmer à ses côtés, surtout dans des situations comme celle qui les attendait présentement.

Quittant le dernier tronçon de chaussée goudronnée, ils s'engagèrent sur la petite route gravillonnée qui escaladait en sinuant le flanc de la vallée. Ils roulèrent un moment en silence, écoutant le crissement des roues qui soulevaient de petits nuages de poussière sur leur passage. Dan sentait sur ses avant-bras la tiède caresse de l'air vespéral qui s'engouffrait par les vitres ouvertes. A mi-chemin de la route et de la rangée de peupliers d'un vert sombre qui bordait la rivière, une buse voletait au-dessus des broussailles, en quête de son dîner. C'est Dan qui finit par rompre le silence.

— T'as déjà entendu parler d'un loup qui se serait attaqué à un bébé ?

— Non. C'est probablement au chien qu'il en avait.

— C'est l'hypothèse pour laquelle je penchais. Il est comment, Buck Calder ? Tu as déjà eu affaire à lui ?

— Deux ou trois fois. C'est vraiment pas un cadeau.

— Qu'est-ce que tu veux dire par là ?

Rimmer eut un sourire puis, sans regarder Dan, souleva légèrement de l'index le bord de son chapeau.

— Tu verras.

Le portail du ranch Calder était formé de trois énormes troncs de pins, la poutre transversale s'ornant en son centre d'un crâne de vache à longues cornes. Il ressemblait un peu à l'entrée du Canyon de la Mort, des montagnes russes de style Far West dont Dan et Ginny avaient voulu faire l'essai l'été précédent en Floride, et qui leur avaient flanqué une trouille bleue.

Le pick-up franchit en cahotant la tranchée grillagée qui empêchait le passage du bétail. A droite du portail, un panneau cloué à un pieu annonçait : RANCH CALDER. Un second panneau, beaucoup plus récent, disait simplement : HICKS. Dan se dit que l'allusion était sans doute involontaire [1].

Ils passèrent sous le crâne et parcoururent encore près de deux kilomètres sur une piste qui sinuait entre de petites éminences couvertes de buissons bas avant d'apercevoir en face d'eux les bâtiments du ranch. Leur masse imposante se dressait sur le versant sud d'une colline d'où l'on avait une vue dégagée sur les prairies les plus verdoyantes de l'immense domaine Calder et qui l'hiver devait constituer un rempart efficace contre le blizzard. La maison était une solide bâtisse en bois, à la façade blanchie à la chaux. Bien que pourvue d'un étage, sa longueur la faisait paraître très basse, et comme profondément ancrée dans le sol.

En avant de la maison s'étendait une vaste cour cimentée, encadrée d'un côté par une suite imposante de granges fraîchement repeintes de blanc, de l'autre par trois grands silos argentés dressés comme des fusées au-dessus d'un dédale de corrals et d'enclos. Dans le pré attenant, légèrement pentu, un cèdre avait poussé dans la carcasse rouillée d'une vieille Ford modèle T, dont la couleur se mariait bien avec celle de

---

1. *Hicks* peut vouloir dire « péquenots » ou « bouseux ». (*N.d.T.*)

la robe des chevaux qui paissaient autour. Les chevaux levèrent la tête pour regarder passer le pick-up et sa traîne de poussière.

Ils tournèrent à gauche, et au bout de trois kilomètres, en arrivant au faîte d'une colline, aperçurent enfin la silhouette rouge sombre de la maison des Hicks, dont le crépuscule grandissait les contours. Rimmer leva le pied afin qu'ils aient tout le loisir d'examiner les lieux.

Une demi-douzaine de véhicules étaient garés devant la façade et une petite foule, à demi dissimulée par l'ombre de la maison, s'était rassemblée autour de la véranda de derrière. Le faisceau d'un projecteur et les éclairs sporadiques d'un flash trouaient la pénombre. Dan poussa un grand soupir.

— Je serais tellement mieux chez moi, dit-il.

— C'est vrai qu'on dirait un cirque.

— Et les clowns s'apprêtent à faire leur entrée.

— C'est à un autre genre de cirque que je pensais. Tu sais, celui des Romains. Où on se fait boulotter par les lions.

— T'es vraiment sympa, Bill.

Ils se garèrent devant la maison et en firent le tour pour rejoindre le groupe assemblé de l'autre côté. Un homme était en train de discourir. Dan reconnut sa voix instantanément.

Sur la véranda, dans le faisceau aveuglant du projecteur, une jeune journaliste de la télé interviewait Buck Calder. Elle était vêtue d'un tailleur rouge moulant qui mettait ses formes en valeur. Calder la dominait de sa haute stature. Il était presque aussi grand que Bill Rimmer, et d'une carrure autrement impressionnante. Ses épaules étaient si larges qu'elles masquaient presque entièrement la fenêtre devant laquelle il se tenait.

Il était coiffé d'un Stetson gris clair, et la blancheur de sa chemise de style western accusait encore son hâle. Dans la lumière du projecteur, ses yeux avaient de pâles reflets gris-bleu et Dan se rendit compte que l'impression de puissance qui se dégageait de lui tenait plus au regard qu'à la carrure. Un large sourire aux lèvres, il fixait la jeune journaliste d'un regard si intense qu'elle en semblait subjuguée. Comme Calder était grand-père, Dan s'était attendu à se retrouver face à une espèce de patriarche. Mais c'était un homme dans la force de l'âge, visiblement conscient de l'ascendant qu'il exerçait sur les autres.

Kathy et Clyde Hicks étaient debout à ses côtés, l'air nettement moins à l'aise. Dans les bras de Kathy, le bébé regardait son grand-père d'un œil émerveillé. Une espèce de tas jaune informe était posé sur une table devant eux. Dan mit un moment à comprendre que c'était le cadavre du chien.

— Le loup est une machine à tuer, disait Calder. Pour lui, toutes les proies se valent. Sans l'héroïsme de ce pauvre chien, il n'aurait fait qu'une bouchée de mon petit-fils. Quoique vu le caractère de Buck junior, il aurait peut-être écopé d'un direct du droit avant.

Un bref accès d'hilarité secoua l'assistance, qui se composait d'une douzaine de personnes. Dan connaissait de vue le photographe et le jeune type qui prenait des notes. Ils appartenaient à la rédaction du quotidien régional. Mais qui pouvaient être les autres ? Il n'en avait pas la moindre idée. Des voisins peut-être, ou des membres de la famille. Son regard revenait sans cesse sur deux visages : ceux d'une femme au port gracieux, qui semblait âgée d'environ quarante-cinq ans, et d'un grand adolescent debout à côté d'elle. Ils se tenaient un peu à l'écart des autres, à demi dissimulés dans l'ombre. Ils ne s'étaient pas joints à l'éclat de rire général, et Dan en avait été intrigué.

— La femme et le fils de Calder, lui souffla Rimmer.

La femme avait d'épais cheveux noirs, parsemés de mèches blanches, lâchement maintenus par des barrettes au-dessus d'un cou long et pâle. Elle était d'une beauté étrange, un peu mélancolique, dont on retrouvait l'écho dans le visage de son fils.

Un silence subit venait de s'abattre sur la véranda. La journaliste était tellement hypnotisée par le regard de Calder qu'elle en avait perdu sa langue. Calder la gratifia d'un éclatant sourire, exhibant une dentition aussi blanche et irréprochable que celle d'un acteur de Hollywood.

— Alors, ma belle, la séance est finie, on tire le rideau ?

Il y eut de nouveaux rires, et cette fois la journaliste piqua un fard. Elle jeta un coup d'œil à son cameraman, qui eut un signe de tête affirmatif.

— Oui, je crois que ça nous suffira, dit-elle. Merci infiniment, monsieur Calder, vous avez été... formidable.

Calder hocha la tête, puis, levant les yeux, il aperçut Dan et Rimmer et les salua de la main. Tout le monde se retourna vers eux.

— Voilà justement deux individus que vous devriez peut-être interviewer aussi. Moi, en tout cas, j'ai quelques questions à leur poser.

Dissimulé dans l'ombre de la grange, Luke Calder les regarda autopsier le chien de l'autre côté de la cour. Il se tenait un peu en retrait de la porte ouverte, un genou à terre, une main posée sur l'encolure de Maddie. La chienne était couchée par terre, le museau posé sur les pattes. De temps à autre, elle se mettait à geindre, levait la tête vers Luke en passant la langue sur ses babines grisâtres et distendues, et il la caressait jusqu'à ce qu'elle reprenne sa position initiale.

Rimmer avait placé le corps du labrador sur le hayon rabattu de son pick-up préalablement recouvert d'une bâche en plastique et, après avoir disposé des baladeuses de part et d'autre, s'était mis à jouer du scalpel. Le spécialiste des loups qui était venu avec lui filmait l'opération avec une caméra vidéo. Debout à quelques pas de là, le père de Luke et Clyde les observaient en silence. Sa mère et Kathy étaient rentrées dans la maison pour s'occuper du dîner. Aucun des autres ne s'était attardé, Dieu merci.

La bonne femme de la télé leur avait fait tout un cinéma pour qu'ils la laissent filmer l'autopsie, mais Rimmer n'avait rien voulu entendre. Prior, le spécialiste des loups, avait accepté de se laisser interviewer. Après avoir répondu évasivement à quelques-unes de ses questions imbéciles, il l'avait poliment envoyée paître en prétextant qu'ils devaient examiner le cadavre du chien pendant qu'il était encore frais.

Rimmer l'écorchait comme un cerf, en commentant sa dissection à voix haute à l'intention de la caméra. Pan par pan, Luke voyait la peau de Prince se détacher des muscles rosâtres et sanguinolents. On aurait dit du sparadrap.

— L'hémorragie interne a été massive. Il y a d'autres traces de morsures à la base du cou. Excessivement profondes. Tu les vois, Dan ? Attends, je vais les mesurer. Ce sont des marques d'incisives. Très écartées, pas loin de cinq centimètres. C'est une grosse bête.

Luke se dit que ça devait être le mâle alpha, le grand loup noir.

Il savait qu'il y avait des loups dans la montagne. Il le savait depuis plusieurs mois. Un jour, il avait entendu leurs appels. C'était au cœur de l'hiver, alors qu'un épais manteau de neige recouvrait la campagne et qu'il avait chaussé ses skis pour aller se perdre dans cette solitude qu'il aimait par-dessus tout, le plus loin possible du monde.

Il était tombé sur des empreintes qui, vu leur taille, ne pouvaient être des empreintes de coyotes. Elles l'avaient mené jusqu'à la carcasse d'un wapiti fraîchement dévoré.

Et puis, par un beau jour d'avril, il avait aperçu le loup noir.

Il venait de gravir une colline escarpée, skis à l'épaule, et s'était arrêté à son sommet pour se reposer un peu. C'était par une de ces journées sans nuages, où en dépit du gel on sent que le printemps est dans l'air. Assis sur un rocher, il contemplait la vallée qui s'étendait de l'autre côté de la colline quand tout à coup le loup avait surgi d'entre les arbres. Il avait traversé au trot une petite prairie couverte de neige à demi fondue qui s'achevait par une pente jonchée de rocs éboulés et d'arbres abattus, au milieu de laquelle le loup s'était volatilisé si soudainement que Luke s'était demandé s'il n'avait pas rêvé.

C'est là que la louve avait creusé sa tanière. Au cours des semaines qui suivirent, Luke vit les autres. Après la fonte des neiges, il prit le pli de gravir la colline à cheval, en ayant soin de n'avancer que par vent debout. Il attachait Œil-de-lune à bonne distance de la crête, et finissait l'escalade à pied. Arrivé à quelques mètres du sommet, il se couchait et rampait parmi les rochers, ses jumelles à la main, jusqu'à ce qu'il soit en vue de la prairie. Il restait posté là des heures durant, allongé à plat ventre. Tantôt il n'en voyait pas un seul, tantôt il les voyait tous.

Il n'en avait parlé à personne.

Une après-midi, dans les premiers jours de mai, il vit les louveteaux. Leur pelage était encore duveteux et sombre, leur pas mal assuré. Ils sortirent tous les cinq de la tanière, titubants, éblouis par le soleil. Sous les yeux de la louve aux tétons pendants, fièrement campée à quelques pas de là, leur père et les deux autres loups adultes, plus jeunes, firent fête aux petits en leur léchant le museau, comme pour leur souhaiter la bienvenue dans le monde.

Vers la fin du mois de juin ils disparurent, et Luke craignit un moment qu'on ne les ait abattus. Mais peu de temps après, il les retrouva dans une autre prairie, un peu plus haut au flanc du même canyon. Il lui sembla qu'à cet endroit ils étaient en lieu sûr. La prairie était bordée d'arbres et descendait en pente douce jusqu'à un ruisseau dans lequel les louveteaux barbotaient et se bagarraient. C'est là qu'un matin Luke vit l'un des jeunes adultes revenir en trottinant d'une chasse, avec l'air faraud de quelqu'un qui a gagné le gros lot. Les louveteaux se précipitèrent à sa rencontre en bondissant dans l'herbe, le pressèrent de toutes parts, lui léchèrent le museau, jusqu'à ce que sa gueule se fende en une espèce de sourire et qu'il régurgite un morceau de viande afin qu'ils s'en repaissent, exactement comme Luke l'avait lu dans les livres.

Tandis que la prairie se couvrait de fleurs, Luke regarda les louveteaux courser des abeilles et des papillons, observa leurs premiers essais de chasse au mulot. Parfois, le spectacle était si comique qu'il avait peine à se retenir de rire. A certains moments, alors que leur père ou leur mère somnolaient au soleil, les louveteaux s'approchaient d'eux en catimini, rampant parmi les herbes hautes et grasses piquetées de fleurs sauvages. Leurs parents n'étaient pas dupes, Luke en aurait mis sa main à couper. Mais ils jouaient le jeu, feignant de dormir. Une fois arrivés à proximité, les louveteaux se jetaient sur eux d'une brusque détente, et c'était la folie. Ils se pourchassaient à travers la prairie en une furieuse mêlée, échangeant de feintes morsures, et le jeu continuait ainsi jusqu'à ce qu'ils s'écroulent tous en un grand amas de loups fourbus.

Et tout en observant leurs ébats, Luke adressait une silencieuse petite litanie non pas à Dieu, dont l'existence était pour lui trop hypothétique, mais à l'être ou à la chose qui avait la haute main sur tout cela, l'implorant d'accorder aux loups ce qu'il fallait de jugeote

39

pour qu'ils restent en sûreté dans ce lieu élevé, pour que l'idée ne leur vienne pas de s'aventurer dans la vallée.

Mais en fin de compte c'était arrivé. L'un d'entre eux était descendu de la montagne.

Tout à l'heure, en regardant son père se pavaner devant les caméras sur la véranda, Luke s'était mis en colère contre le loup. Il ne lui en voulait pas d'avoir tué le chien de sa sœur, qu'il aimait bien pourtant, mais d'avoir mis en danger par son acte téméraire la vie de ses compagnons. Il ne savait donc pas ce qu'on pensait des loups dans ce pays, cet idiot-là ?

Son père savait que Luke connaissait la montagne comme sa poche, qu'il passait son temps à y vagabonder seul, au lieu de donner un coup de main au ranch, comme il sied à un fils d'éleveur. Ce soir, peu avant l'arrivée de tous ces gens, son père lui avait demandé s'il n'avait pas vu des indices de la présence des loups par là-haut.

Luke avait fait un signe de dénégation, mais au lieu d'en rester là, il s'était bêtement entêté à vouloir formuler son mensonge à voix haute. Il avait buté une première fois sur le *non*, et une deuxième fois sur le *jamais*, en bégayant encore plus qu'à l'accoutumée, et son père l'avait planté là sans lui laisser le temps d'achever sa phrase. Luke l'avait laissée mourir informulée, et elle était allée rejoindre les milliers d'autres phrases mort-nées qu'il portait en lui.

De l'autre côté de la cour, l'autopsie était terminée à présent. Dan Prior, qui avait reposé sa caméra, aidait Rimmer à débarrasser le hayon du pick-up. Le père de Luke et Clyde s'approchèrent, et les quatre hommes se mirent à discuter, mais ils parlaient trop bas, Luke n'entendait plus rien. Après avoir caressé une dernière fois la vieille chienne il se redressa, sortit de la grange et avança de quelques pas dans leur direction, en espérant que sa présence passerait inaperçue.

— C'était un loup, il n'y a pas de doute possible, disait Rimmer.

Le père de Luke s'esclaffa.

— Pourquoi, avant vous en doutiez ? Ma fille l'a vu de ses propres yeux. Vous croyez qu'elle confondrait un loup avec une alouette ?

— Je suis sûr que votre fille a de très bons yeux, monsieur Calder.

Luke sentit le regard de son père sur lui, et aussitôt il s'en voulut d'avoir quitté la grange.

— Viens par ici, que je te présente. Mon fils, Luke. Monsieur Prior, monsieur Rimmer.

Luttant contre une envie de tourner les talons et de détaler, Luke s'avança pour leur serrer la main. Les deux hommes le saluèrent à haute voix, mais il se borna lui-même à hocher la tête, en évitant leurs regards afin qu'ils ne soient pas tentés d'engager la conversation. Comme à l'accoutumée, son père se remit aussitôt à discourir, ce qui tout en lui fournissant une échappatoire le privait une fois de plus de la possibilité de s'affirmer. Luke savait pourquoi son père était toujours si prompt à s'interposer entre lui et d'éventuels interlocuteurs : il ne tenait pas à ce qu'on sache que le fils de Buck Calder était bègue.

— Pourquoi ne nous avez-vous pas avertis qu'il y avait des loups dans les parages ?

Cette fois, c'est Prior qui répondit.

— Monsieur Calder, il n'est pas rare que des loups descendent le long de la ligne de partage des eaux, cela nous l'avons toujours su. Vous n'ignorez sans doute pas que le peuplement du Montana en loups a pas mal augmenté ces derniers temps...

Le père de Luke éclata d'un rire sarcastique.

— Vous m'en direz tant ! fit-il.

— Et comme il leur arrive de se déplacer sur des distances considérables, il ne nous est pas toujours facile de savoir exactement où ils se trouvent, ni de...

— Je croyais que vous les aviez équipés de colliers émetteurs.

— Certains mais pas tous, monsieur Calder. Au dire de votre fille, celui-ci n'en portait pas. Jusqu'à aujourd'hui, nous n'avions aucune raison de penser qu'il puisse y avoir des loups dans le secteur. Il s'agit peut-être d'un solitaire, dont la meute d'origine pourrait être à des centaines de kilomètres d'ici. Ou peut-être qu'il fait partie d'un groupe dont les autres membres ont des colliers. Nous allons faire notre possible pour nous en assurer. Nous partirons à leur recherche dès demain matin.

— Je n'en attendais pas moins de vous, monsieur Prior. Et comme vous pouvez l'imaginer, Clyde est encore plus impatient que moi.

En disant cela, il entoura de son bras les épaules de son gendre. Clyde, qui s'en serait visiblement bien passé, hocha néanmoins la tête avec gravité.

— Quelles mesures comptez-vous prendre quand vous les aurez trouvés ?

— Il faut que nous en sachions un peu plus avant de décider d'un plan d'action, dit Prior. Je comprends votre émotion, mais si cela peut vous tranquilliser, sachez qu'en Amérique du Nord, aucun être humain n'a jamais été tué par un loup en bonne santé vivant à l'état sauvage.

— Vous en être sûr ?

— Tout à fait. Selon toute probabilité, c'est uniquement après le chien qu'il en avait. Affaire de territoire, sans doute. D'espace vital.

— Tiens donc. Vous-même, monsieur Prior, d'où venez-vous ?

— J'habite Helena.

— Mais vous n'en êtes pas originaire, n'est-ce pas ? Vous êtes natif de la côte Est, je présume.

— En fait, oui, je suis né à Pittsburgh.

— Si je comprends bien, vous avez été élevé dans une grande ville ?

— C'est exact.

— Donc, votre territoire à vous, c'est la ville ?

— En quelque sorte, oui.

— Monsieur Prior, il faut que je vous dise une chose.

Il marqua un temps, et Luke vit passer dans ses yeux cette lueur de dédain moqueur que depuis sa plus tendre enfance il redoutait comme la peste, car elle préludait toujours à un trait d'ironie cinglante, à quelque bon mot cruel qui vous donnait invariablement envie de rentrer sous terre.

— Ici, c'est notre territoire, déclara-t-il. Nous aussi, notre espace vital nous importe beaucoup.

Il y eut un silence à couper au couteau, durant lequel le regard de son père resta vissé à celui de Prior avec une force insoutenable.

— On ne veut pas de loups chez nous, monsieur Prior.

3

Le nom de baptême de Buck Calder était Henry Clay Calder III, mais l'idée d'occuper la troisième place (ou même la seconde) ne l'avait jamais particulièrement ravi, et aux yeux de tous, amis ou ennemis, il avait mille fois plus l'air d'un *Buck* que d'un *Henry*.

Ce viril sobriquet lui avait été décerné à l'âge de quatorze ans, le jour où il avait raflé tous les prix au rodéo annuel de son lycée, ne révélant qu'après être redescendu du podium qu'il s'était cassé deux doigts et déboîté la clavicule. A cette époque-là déjà, les plus dégourdies des filles de sa classe étaient sensibles à la connotation égrillarde de ce surnom. Elles parlaient de lui à voix basse en ouvrant des yeux écarquillés. Il fut même un jour soumis à la question par un véritable tribunal d'Inquisition dont tous les juges étaient du sexe féminin, après qu'on eut trouvé sur un mur des toilettes des filles son nom accolé par une rime à un mot tabou dont il ne différait que d'une lettre.

Si l'une ou l'autre de ces gamines avait eu l'audace de confier semblables secrets à sa mère, l'étonnement de celle-ci eût sans doute été moins vif qu'elle ne s'y serait attendue. Car une génération plus tôt, le père de Buck avait déjà fait monter le rouge aux joues de bien des écolières de Hope auxquelles il inspirait des sentiments analogues. Au dire de tous, Henry Calder II avait une manière d'embrasser qui laissait aux filles un souvenir indélébile. A ce qu'il semblait, dans la lignée mâle des Calder, on était séducteur de père en fils.

Sur le grand-père de Buck, Henry Calder, premier du nom, les annales familiales n'avaient pas conservé de détails aussi intimes. Il n'avait laissé dans l'histoire que le souvenir d'un homme extraordinairement opiniâtre. En 1912, à Akron, dans l'Ohio, il avait hissé à bord d'un train quelques vaches, quelques poules, sa jeune épouse et le piano droit de cette dernière, et c'est dans cet équipage qu'il avait pris la route de l'Ouest.

Arrivés à destination, ils ne purent que constater que toutes les bonnes terres étaient déjà prises, si bien qu'Henry alla planter son piquet en pleine montagne, dans un coin perdu où aucun homme doué un tant soit peu de bon sens n'aurait jamais tenté de s'installer. Il avait bâti sa maison à l'emplacement qu'occupait aujourd'hui le ranch familial. Et alors que tant d'autres jetaient l'éponge, vaincus par la sécheresse, le vent et les hivers qui décimaient les bêtes les plus robustes, les Calder survécurent vaille que vaille, mais pas le piano, qui avait perdu sa belle sonorité d'origine durant ce long voyage.

Henry racheta les terres que ses voisins n'avaient pas su rentabiliser, et le ranch Calder prit petit à petit de l'expansion le long de la vallée qui descend vers Hope. Se voyant déjà à la tête d'une dynastie, Henry donna son prénom à l'aîné de ses fils et entreprit de faire de sa marque (un monogramme formé d'un H et d'un C entrelacés) un digne objet de fierté.

Le père de Buck n'avait pas été au-delà du diplôme de fin d'études secondaires, mais quand il n'était pas occupé à courir le jupon, il était plongé dans des livres sur l'élevage des bovins. Il faisait des pieds et des mains pour s'en procurer un maximum, persuadait la bibliothèque municipale de commander des ouvrages d'érudition dont la réputation était parvenue jusqu'à lui, se faisait expédier d'Europe des publications spécialisées. Son père trouvait les articles dont Henry junior lui donnait lecture à haute voix un peu trop novateurs à son goût, mais comme il était loin d'être bête il lui prêtait toujours une oreille attentive. C'est son fils qui le convainquit de renoncer à l'élevage industriel pour se consacrer aux Hereford de pure race. Plus il s'en remettait à lui pour la direction de l'exploitation, plus son troupeau prospérait.

Buck fut investi dès l'enfance de la confiance en soi, pour ne pas dire de l'arrogance, qui va de pair avec un statut princier. Leur ranch était le plus vaste de tous, il n'y avait pas dans la région un seul éleveur capable d'en remontrer à son père. Certains avaient pensé (et d'autres secrètement espéré) que la légendaire vitalité des Calder allait peut-être se diluer quelque peu dans les veines de cet Henry troisième du nom. Mais au contraire, elle parut redoubler en lui. Il avait deux sœurs aînées et deux frères cadets, mais il fut d'emblée évident qu'il était seul digne d'hériter de l'empire Calder.

Buck fréquenta l'université de Bozeman, où il apprit tout ce que l'on pouvait savoir de la génétique. A son retour, il prit les choses en main et le ranch fit un nouveau bond en avant. Il mit individuellement en fiche chacune de leurs bêtes, notant jusqu'aux moindres variations de son comportement. Il surveillait attentivement la plus ou moins grande facilité de vêlage, le savoir-faire maternel, les prises de poids, les humeurs, et bien d'autres choses encore, n'hésitant pas quand il le fallait à prendre des mesures draconiennes. Les vaches certifiées aptes avaient une progéniture nombreuse ; celles qui déméritaient ne faisaient pas de vieux os.

Cette philosophie ne différait guère de celle à laquelle souscrit la majorité des cultivateurs et des éleveurs. Il n'y a rien de révolutionnaire à se débarrasser des souches improductives. Mais chez les Calder, on appliquait ce principe avec une rigueur inusitée. Les changements apportés par Buck se traduisirent par une augmentation spectaculaire du rendement, et bientôt tous les éleveurs du Montana ne parlèrent plus que de ça. Henry Calder premier du nom s'éteignit avec l'heureuse certitude que sa lignée allait se perpétuer, pleine de force et de gloire, au moins jusqu'à l'orée du XXIᵉ siècle.

Mais pour Buck, ce n'était encore qu'un début. Le grand-père à peine parti, il fit le siège de son père pour qu'ils passent des Hereford aux Angus. Les vaches Angus font de meilleures mères, affirmait-il, et bientôt tout le monde voudra en avoir. Son père lui répondait que ce serait de la folie, qu'ils n'allaient pas jeter par-dessus bord un troupeau qui leur avait coûté tant d'années de travail. Buck obtint toutefois d'élever lui-même quelques Angus, à titre expérimental.

Il s'en constitua un modeste troupeau, qui s'avéra aussitôt supérieur aux Hereford dans tous les domaines. Son père accepta de convertir la totalité de son cheptel, et en quelques années ils devinrent les éleveurs d'Angus de pure race les plus réputés de la région. Les taureaux Calder étaient célèbres dans tout l'Ouest, et même au-delà, pour la vigueur de leur semence.

Le jeune Buck Calder était nettement moins sélectif s'agissant de sa propre semence. Il n'était pas avare de ses faveurs et n'hésitait pas à parcourir de vastes distances pour les dispenser. De Billings à Boise, il n'était pas un lupanar digne de ce nom qu'il n'ait honoré d'une visite. Il proclamait haut et fort qu'un homme véritable dispose de trois droits inaliénables : la vie, la liberté et la poursuite des femmes.

Les femmes qu'il poursuivait étaient de deux sortes. Celles qu'il courtisait ignoraient tout de celles qu'il payait. Chose étonnante, certaines des premières avaient des frères ou des cousins qui étaient parfaitement au courant de l'existence des secondes. Plusieurs de ces jeunes gens avaient même vu Buck faire la bringue de leurs propres yeux et avaient ri aux larmes en l'entendant lancer la gaillarde devise qu'il s'était forgée au cours d'une nuit de beuverie : « Une gonzesse, ça se prend et ça se laisse ! »

Grâce à la discrétion de ses petits camarades, dont le silence était sans doute moins dû à la loyauté qu'à la peur de s'incriminer eux-mêmes, Buck fut perçu durant toute sa jeunesse comme un simple coq de village de l'espèce la plus anodine et passait en même temps, assez paradoxalement, pour le plus beau parti de Hope, sauf auprès d'une poignée de jaloux et de quelques rares esprits particulièrement sagaces.

Lorsqu'il atteignit sa trentième année, la majorité des femmes de son âge, y compris les lycéennes auxquelles il avait jadis tourné la tête, avaient eu suffisamment de jugeote pour chercher (et trouver) ailleurs chaussure à leur pied. Puisqu'elles étaient désormais toutes mariées et mères pour la plupart, Buck se mit à fréquenter leurs petites sœurs. Comme son père l'avait fait avant lui, il finit par jeter son dévolu sur une toute jeune femme, de dix ans sa cadette.

Fille d'un quincaillier de Great Falls, Eleanor Collins venait tout juste de décrocher son diplôme de kinésithérapeute. Buck fut l'un de ses premiers patients.

Il s'était froissé un muscle de l'épaule en tirant d'un fossé une charrette accidentée. Lors de sa première visite à la clinique, il s'était fait manipuler avec rudesse par une femme entre deux âges dont il avait dit par la suite, en plaisantant, qu'elle était à peu près aussi gracieuse qu'un tankiste de l'armée rouge. Si bien que lorsqu'il vit cette juvénile déesse apparaître sur le seuil du cabinet de consultation, il se dit que ça devait être une aide-masseuse ou une infirmière.

Sa blouse blanche était suffisamment ajustée pour que l'œil exercé de Buck discerne dessous le genre de silhouette féminine qui lui plaisait par-dessus tout : svelte, mais pourvue d'une ample poitrine. Elle avait un teint d'ivoire et de longs cheveux noirs relevés par des peignes d'écaille. Sans lui rendre son sourire, elle le fixa de ses admirables yeux verts, lui demanda de quoi il souffrait et lui ordonna de se mettre torse nu. Eberlué, Buck déboutonna sa chemise. Ces trucs-là, je croyais que ça n'arrivait que dans *Playboy*, se disait-il.

Eleanor Collins eût-elle succombé au charme dont il fit aussitôt étalage, eût-elle accepté de prendre un café avec lui à l'heure du déjeuner, lui eût-elle souri ne serait-ce qu'une fois, les choses auraient peut-être pris un autre cours.

Quelques mois plus tard, elle lui avoua que ce jour-là elle était morte de trac ; que dès que ses yeux s'étaient posés sur lui, elle avait su qu'il était l'homme de sa vie, et qu'elle avait eu beaucoup de mal à dissimuler ce qu'elle éprouvait sous un masque de neutralité professionnelle. En tout cas, quand Buck sortit de la clinique, son omoplate et son cœur étaient également en feu. Ce dernier point lui fit aussitôt comprendre que cette gonzesse-là n'était pas du genre qu'on prend et qu'on laisse, car en temps ordinaire c'est une partie moins noble de son individu qui s'enflammait. Il avait enfin trouvé sa future moitié.

Parmi tous les signaux d'alarme auxquels Eleanor aurait pu être sensible, celui qui aurait dû lui mettre le plus la puce à l'oreille fut la tristesse muette et résignée qu'exprimait le regard de la mère de Buck. Ce regard seul aurait dû lui faire comprendre que le mariage avec un premier-né des Calder n'allait pas sans sa rançon de misères. Mais Eleanor ne lut dans le regard de sa future belle-mère que de l'adoration pour son fils, adoration qui lui parut d'autant plus normale qu'elle la partageait. Quel autre sentiment aurait pu lui inspirer cet homme à la superbe prestance, plein d'un charme magnétique, qui bien qu'ayant toutes les femmes du monde à ses pieds l'avait élue pour partager sa vie et mettre ses enfants au monde ?

Il n'était pas question pour elle de faire l'amour avec lui avant de l'avoir épousé, et ce refus ne fit que rendre la passion de Buck encore plus brûlante. Eleanor resta vierge jusqu'à leur nuit de noces, et l'accomplissement de son devoir conjugal eut rapidement les suites attendues. Ce fut un garçon. Le choix de son prénom s'imposa de lui-même. Deux filles, Lane et Kathy, suivirent, chacune à environ deux ans d'intervalle.

— On ne doit saillir sa meilleure vache qu'une année sur deux, expliquait Buck à ses compagnons de beuverie du Dernier Espoir. Comme ça on est sûr d'avoir de la viande de premier choix.

Il aurait pu user sans exagération de ce genre de qualificatif pour décrire ses trois premiers enfants. Henry Calder IV se montrait en tout point digne de son glorieux prénom. Quand Buck l'emmenait à la chasse, quand ils partaient en expédition ensemble pour réparer une clôture ou rassembler des bêtes égarées, les dispositions naturelles de son fils lui arrachaient des hochements de tête admiratifs.

La puissance de la graine, c'est quand même quelque chose, se disait-il. Là-dessus, ses yeux se posaient sur le petit Luke, et il se ravisait.

Car son deuxième fils, lui, n'avait rien d'un Calder. Sa conception avait coûté à Eleanor quatre longues années d'efforts, et durant ce laps de temps les gènes des Calder semblaient être devenus récessifs. L'enfant était le portrait craché de sa mère. Il avait le même teint pâle d'Irlandais, les mêmes cheveux d'un noir de jais, les mêmes yeux verts attentifs.

— C'est bien le fils de sa mère, ça ne fait aucun doute, avait plaisanté Buck en le voyant pour la première fois à la maternité. Mais quant à savoir qui peut être son père, mystère et boule de gomme.

A dater de ce jour-là, même en présence de l'enfant, il ne dit plus jamais en parlant de lui que « ton fils ».

Ce n'était qu'une boutade, bien entendu. Buck était bien trop orgueilleux pour penser qu'un homme aurait pu avoir l'audace de le faire cocu, qu'une femme qui portait son nom se serait laissé séduire par un autre. Mais il était secrètement convaincu que cet enfant avait rejeté ses gènes, ou pis encore qu'il en avait normalement hérité, mais que pour quelque mystérieuse raison ils ne remplissaient pas leur office. Cette conviction était déjà bien ancrée en lui quand le défaut d'élocution du petit garçon avait commencé à se manifester.

— Demande-le comme il faut, lui disait-il à table.

Buck n'élevait pas la voix. Il parlait doucement, mais fermement.

— Dis « Passe-moi le lait, s'il te plaît ». Dis-le, Luke, ce n'est pas sorcier.

Et Luke, qui n'avait que trois ans, s'échinait en vain à prononcer cette phrase, essayait encore, échouait encore, et, voyant que le lait restait inaccessible, se mettait à pleurer, si bien qu'Eleanor se levait et lui donnait du lait après l'avoir serré sur son cœur, et que Buck se mettait à hurler :

— Comment veux-tu qu'il apprenne si tu flanches à tous les coups, bordel de merde ?

Plus Luke grandissait, plus son bégaiement s'aggravait. L'écart qui se créait entre ses paroles semblait créer du même coup, comme par l'effet d'une subtile osmose, un fossé sans cesse grandissant au sein de la famille, sa mère et lui se tenant d'un côté, son père et ses frère et sœurs de l'autre. Le fait qu'il était le fils d'Eleanor devenait un peu plus évident chaque jour, et bientôt il ne fut plus que son unique fils.

Par une journée neigeuse de novembre, quand Luke avait sept ans, deux Henry Calder, son frère aîné et son grand-père, trouvèrent la mort dans un accident de la route.

Le jeune Henry, qui venait tout juste d'avoir quinze ans, apprenait à conduire. C'est lui qui tenait le volant quand tout à coup un cerf jaillit devant eux sur la route. Il voulut faire une embardée et cala. Ses pneus patinèrent sur la chaussée verglacée, et la voiture s'envola, plongeant dans un ravin comme un oiseau sans ailes. Les sauveteurs ne l'atteignirent qu'au bout de trois heures, et durent s'aider de torches électriques pour retrouver les deux corps, qu'ils découvrirent dans un arbre, couverts de neige, raidis par le gel, enlacés comme un couple de danseurs de ballet exécutant une fabuleuse pirouette.

Comme le grand-père était entré dans sa soixante-seizième année, sa mort ne fut pas trop difficile à digérer. Mais les familles qui perdent un enfant s'abîment toutes dans un gouffre dont on ne remonte pas facilement. Certaines escaladent tant bien que mal ses parois escarpées pour retrouver la lumière, se hissent jusqu'à une étroite corniche où, le temps aidant, ce souvenir douloureux finira par s'estomper. D'autres restent à tout jamais dans les ténèbres.

Les Calder parvinrent à une sorte de demi-jour crépusculaire, chacun suivant toutefois un chemin séparé. La mort du jeune Henry parut exercer une action centrifuge sur ses proches. Un deuil collectif ne leur aurait apporté aucun réconfort. Tels des inconnus pris dans un naufrage, ils nagèrent chacun de leur côté vers la rive salvatrice, comme si chacun d'entre eux avait pensé qu'en essayant d'aider les autres il risquait d'être submergé par une houle immense de douleur et de se noyer.

C'est Lane et Kathy qui s'en tirèrent le mieux, en s'évadant le plus souvent possible pour aller se réfugier chez leurs amies respectives, passant le plus de temps possible hors de la maison, pendant que leur père, semblable à quelque pionnier héroïque, s'enfonçait résolument dans un déni de réalité typiquement masculin. Son inconscient l'incitant peut-être à répandre des gènes compensatoires, Buck allait quêter le réconfort des sens auprès de toutes celles qui étaient disposées à le lui offrir. Il s'abandonna avec plus d'ardeur que jamais à une rage de conquêtes que la vie conjugale n'avait que momentanément apaisée.

Eleanor s'enferma au fond d'une inaccessible prison intérieure. Elle s'abrutissait des journées entières devant la télé. Bientôt elle connut intimement tous les personnages des feuilletons de la mi-journée. Dans les talk-shows matinaux, elle regardait les sempiternels mêmes invités discuter à n'en plus finir des sempiternels mêmes problèmes. Elle regardait des femmes tempêter contre leurs maris volages, des filles reprocher à leurs mères de leur avoir piqué leurs fringues ou leur petit ami, se laissant parfois aller à les encourager de la voix avec une vigueur qui l'étonnait elle-même.

Lorsqu'elle se fut enfin lassée de la télé, elle essaya de boire. Mais elle n'était vraiment pas douée. Elle n'arrivait pas à se faire au goût des liqueurs fortes, même en les noyant de jus d'orange ou de tomate. L'alcool lui apportait l'oubli, mais pas le genre d'oubli qu'elle recherchait. Elle prenait sa voiture pour se rendre à Helena ou à Great Falls, et en arrivant à destination s'apercevait qu'elle avait tout oublié du but de son voyage. Elle dissimulait ses excès de boisson avec tant d'aisance et de grâce que jamais personne ne les soupçonna, même pas quand le pain ou le lait venaient à manquer, ni quand elle servait le même dîner deux fois d'affilée, ni quand elle oubliait carrément le dîner (ce qui du reste ne lui arriva qu'une fois). En fin de compte, elle décida qu'elle n'avait pas l'étoffe d'une pocharde et cessa de boire du jour au lendemain.

C'est Luke qui souffrit le plus de la distance que sa mère avait instaurée entre le monde et elle. Elle oubliait fréquemment de venir l'embrasser dans son lit et ne le prenait plus dans ses bras que très rarement. Elle le défendait toujours contre les fureurs de son père, mais elle faisait cela d'un air las et machinal, comme s'il s'était agi d'un devoir dont elle avait oublié l'objet.

A l'insu de tous, le garçonnet engrangeait en silence sa moisson de culpabilité.

Le jour où ils s'étaient tués, son frère et son grand-père venaient de prendre la route pour aller le chercher chez son orthophoniste à Helena. Avec sa logique immaculée d'enfant de sept ans, il en avait déduit qu'il était responsable de l'accident. Il avait causé la mort simultanée du père et du fils préféré de son père, du vieux roi et du prince héritier des Calder.

Quel enfant n'eût été écrasé sous le poids d'une telle faute ?

4

Le Cessna 185 rouge et blanc s'éleva brusquement dans le ciel matinal d'un bleu de cobalt et resta un moment en suspens au-dessus des montagnes, comme s'il eût été plus léger que l'air. Tandis qu'il virait sur l'aile en mettant cap à l'est pour la vingtième fois, Dan baissa les yeux et il vit l'ombre de l'avion vaciller, puis entamer sa descente vertigineuse, telle un aigle fantomatique, le long de l'antique muraille calcaire haute de trois cents mètres.

Assis à côté de lui dans le cockpit exigu, le récepteur radio sur les genoux, Bill Rimmer se livrait à un balayage systématique, passant et repassant sur les fréquences de tous les loups équipés de colliers émetteurs. Leur liste couvrait un périmètre immense, qui s'étendait du Canada au nord du Wyoming. L'avion était muni de deux antennes, une sur chaque aile, et il passait alternativement de l'une à l'autre. Les deux hommes tendaient l'oreille, guettant le *cui-cui* qui leur annoncerait qu'ils avaient capté un signal.

Repérer des loups là-dedans, ce n'était pas de la petite bière. Les deux hommes avaient passé la matinée à explorer cimes et canyons, tous leurs sens en alerte, s'usant les yeux à essayer de discerner quelque chose dans la pénombre des sous-bois, passant au peigne fin les flancs de montagnes, les ravins, les prairies d'un vert éclatant, à la recherche de quelque indice révélateur : une bête morte au milieu d'une clairière, un vol de corbeaux, une harde prenant soudainement le galop. Ils virent un grand nombre de cerfs et de cariacous, quelques wapitis aussi. Passant en rase-mottes au-dessus d'un large vallon, ils tombèrent sur un grizzly femelle et son petit occupés à se gaver de mûres, qui prirent aussitôt leurs jambes à leur cou pour aller se réfugier dans la forêt. Çà et là, ils aperçurent aussi des vaches paissant dans des alpages que le Service des domaines louait l'été à certains éleveurs. Mais ils ne trouvèrent pas trace du ou des loups.

La veille au soir, Rimmer avait reconduit Dan jusqu'à Hope, où il avait laissé sa voiture, et ils étaient allés siffler une petite bière au Dernier Espoir. Il faisait sombre à l'intérieur du bar, et les murs étaient couverts de trophées dont il leur sembla sentir les regards aveugles peser sur eux tandis qu'ils gagnaient une table d'angle, leur chope à la main. A l'autre extrémité de la salle, deux jeunes cow-boys jouaient au billard, en remettant régulièrement des pièces dans le juke-box. La musique faisait concurrence au son de la télé accrochée au-dessus du comptoir, qui diffusait un match de base-ball. Juché sur un des tabourets du bar, un poivrot coiffé d'un chapeau taché de sueur faisait le récit circonstancié de sa journée à la barmaid, laquelle se donnait beaucoup de mal (trop sans doute) pour avoir l'air intéressé. A part eux, Dan et Rimmer étaient les seuls clients. Dan était encore tout échauffé de son altercation avec Buck Calder.

— Je t'avais dit que c'était pas un cadeau, dit Rimmer en essuyant du dos de la main sa moustache pleine de mousse.

— C'est vraiment le moins qu'on puisse dire.

— Il est pas si mauvais bougre. Chien qui aboie ne mord pas. Il te cherchait un peu, c'est tout. Histoire de voir ce que tu as dans le ventre.

— D'après toi, ça n'allait pas plus loin ?

— Mais non. D'ailleurs, tu t'es bien défendu.

— Merci, Bill.

Dan avala une longue gorgée de bière et reposa bruyamment sa chope sur la table.

— Pourquoi a-t-il ameuté ces bon Dieu de journalistes ? Ça pouvait attendre, non ?

— On va les revoir sous peu.

— En quel honneur ?

— D'après ce qu'il m'a dit, le chien va avoir droit à des funérailles solennelles, avec inscription dorée et tout le bataclan.

— Tu me fais marcher ou quoi ?

— Je t'assure, c'est ce qu'il m'a dit.

— Tu verrais quoi, toi, comme épitaphe ?

Ils ruminèrent tous les deux là-dessus, et c'est Dan qui trouva le premier.

— « Ci-gît Prince, labrador de son état. » Peut-être que ça suffirait.

Ils se marrèrent comme deux gamins, bien que la plaisanterie ne soit pas très drôle, et ce salubre accès d'hilarité, se conjuguant à l'effet de la bière, fit vite renaître la bonne humeur de Dan. Ils s'offrirent une autre tournée, qui les entraîna jusqu'à la fin du match de base-ball. Entre-temps la salle s'était remplie, et ils décidèrent de ne pas s'attarder.

Au moment où ils se dirigeaient vers la porte, Dan entendit la voix du speaker de la télé qui disait : « Dans la vallée de Hope, un nourrisson échappe de justesse aux crocs du Grand Méchant Loup. Pour plus de détails, on se retrouve après la pub. »

Ils attendirent la suite, en restant dans l'ombre, à côté de la porte, pour ne pas attirer indûment l'attention. Comme promis, le présentateur reparut aussitôt après la pub pour introduire les images recueillies sur place. A la vue du sourire carnassier de Buck Calder, Dan sentit les poils de sa nuque se hérisser. « Le loup est une machine à tuer. Pour lui, toutes les proies se valent. »

— Il veut se faire élire président, ou quoi ? grommela Dan entre ses dents.

Dan et Rimmer parurent à l'écran. Ils se tenaient à l'écart de la foule, en essayant de se faire tout petits, exactement comme maintenant. La voix du présentateur commenta ce plan en expliquant que les représentants du gouvernement avaient réagi à cet incident avec un « embarras visible ». Pour mieux le souligner, la télé diffusa un court extrait de l'interview de Dan. Il clignait des yeux d'un air hébété, comme un accusé se présentant à la barre pour répondre d'un crime particulièrement odieux.

« Ce loup pourrait-il être l'un de ceux que vous avez lâchés dans le parc de Yellowstone ? » lui demandait la journaliste en tailleur rouge en lui collant son micro sous le nez.

Ce *vous* était un coup bas.

« La question est un peu prématurée. Rien ne nous prouve qu'il s'agissait bien d'un loup. Nous ne pourrons nous prononcer là-dessus qu'après avoir disséqué le corps.

— Bref, vous êtes sceptique ?

— Je n'ai pas dit ça. Pour l'instant nous n'avons aucune certitude, c'est tout. »

En disant cela, il avait tenté un sourire désarmant, qui le faisait paraître encore plus fuyant. Il en avait assez vu.

— Tirons-nous d'ici, dit-il.

Ce matin-là, lorsqu'ils étaient arrivés d'Helena à bord du Cessna, sous un soleil étincelant qui se réverbérait sur les montagnes, Dan et Rimmer voyaient la situation d'un œil moins noir. Ils étaient encore optimistes sur leurs chances de capter un signal. Peut-être que le loup avait un collier, que dans son affolement Kathy Hicks n'avait pas remarqué. Sinon, il appartenait peut-être à une meute, et peut-être que l'un ou l'autre de ses compagnons en avait un. Ça faisait beaucoup de *peut-être*. Au fond de lui-même, Dan savait bien que les probabilités ne jouaient pas en leur faveur.

Depuis deux ans, l'Office avait opté par principe pour une réduction du nombre de loups équipés de colliers. Si l'on voulait aboutir à un repeuplement conséquent de la région, il était indispensable que les loups reviennent vraiment à l'état sauvage. Dès que le nombre des couples aptes à la reproduction serait suffisant, on pourrait les rayer de la liste des espèces menacées. Dan était personnellement d'avis que les colliers émetteurs n'étaient pas faits pour favoriser ce processus.

Son point de vue n'était pas partagé par tout le monde, loin de là. Certains de ses collègues préconisaient même l'emploi systématique de colliers munis de fléchettes que l'on pouvait activer à distance chaque fois qu'il devenait nécessaire d'endormir un loup. En ayant parfois utilisé lui-même au temps où il était en poste dans le Minnesota, Dan était bien obligé de convenir que ces colliers présentaient des avantages pratiques. Mais chaque fois qu'on capture un loup, qu'on le drogue, qu'on le manipule, qu'on lui prélève un échantillon de sang, qu'on lui fixe une bague d'identification à l'oreille, qu'on lui fait une piqûre, il devient un peu moins sauvage, un peu moins loup. Et on finit par se demander si ce pilotage à distance organisé par des humains ne va pas le transformer en une espèce de jouet, semblable aux petits bateaux qu'on fait évoluer par télécommande dans les bassins des jardins publics.

Toutefois, quand un loup se mettait dans un mauvais

cas en tuant des veaux, des brebis ou d'autres animaux domestiques, on avait intérêt à le munir d'un collier toutes affaires cessantes, ça valait mieux pour tout le monde, y compris pour le loup lui-même. On s'arrangeait pour faire croire aux éleveurs qu'on connaissait le lieu de résidence précis de tous les loups du Montana, mais si l'un d'eux faisait une incartade, il fallait absolument lui mettre la main dessus avant que son chemin ne croise celui d'un type armé d'un fusil, et c'était à peu près aussi facile que de trouver une aiguille dans une botte de foin. Si on parvenait à le munir d'un collier, on était au moins assuré de pouvoir suivre ses mouvements. Et s'il continuait à faire des siennes, il ne restait plus qu'à le transférer ailleurs ou à l'abattre.

Tandis qu'au ciel le soleil poursuivait son ascension, les deux hommes tassés dans l'habitacle du Cessna restaient aussi silencieux que le récepteur posé sur les genoux de Rimmer. S'il y avait eu un loup muni d'un collier, ils auraient capté un signal depuis belle lurette. Quant à en trouver un — ou plusieurs — dépourvu de collier dans cet impénétrable maquis, ça allait être une sacrée paire de manches. Il faudrait organiser une battue, mais qui s'en chargerait ? Et qui allait les surveiller une fois qu'on les aurait trouvés ?

Dan n'aurait pas demandé mieux que de prendre lui-même la direction des opérations. Ces temps derniers, il n'avait guère eu l'occasion de fréquenter d'autres loups que Fred. La paperasse avait tellement pris le pas sur la zoologie dans sa vie qu'il disait souvent en plaisantant qu'il préparait un doctorat sur le mode de reproduction des notes de service. Il rêvait de se retrouver sur le terrain, comme jadis dans le Minnesota, loin des téléphones et des fax. Mais c'était impossible, bien sûr. Il était trop débordé de travail, et n'avait personne sur qui il aurait pu s'en décharger, à l'exception de Donna. Bill Rimmer lui avait généreusement proposé de lui donner un coup de main au cas où il faudrait poser des pièges, mais Bill était encore plus débordé que lui, il le savait bien.

La réintroduction des loups avait toujours donné lieu à une sorte de grande partie de football politique, mais depuis quelque temps la balle était dans le camp de leurs adversaires. La controverse s'était exacerbée à mesure que la population des loups augmentait. Plus il y aurait d'incidents comme celui-ci, plus il faudrait se battre pour obtenir des subsides et du personnel. D'année en année, Dan avait vu son budget se rétrécir comme peau de chagrin. Il en était réduit à faire des économies de bouts de chandelle. Parfois, en cas d'extrême urgence, il se débrouillait pour se faire prêter pendant un mois ou deux un vacataire venu d'un autre service, un étudiant en stage ou l'un des bénévoles habituellement employés par le parc naturel de Yellowstone.

L'ennui, c'est qu'il ne s'agissait pas simplement de capturer un loup pour lui accrocher un collier au cou. Il s'en serait fallu d'un rien pour que l'incident de Hope se transforme en une véritable épreuve de force, susceptible de faire capoter la campagne de réintroduction dans son ensemble.

Etant donné la haine viscérale que les citoyens de Hope éprouvaient envers les loups et la présence de la presse qui montait déjà l'affaire en épingle, Dan ne pourrait se contenter d'envoyer sur place un pisteur de loups aguerri. Il faudrait que l'individu en question ait aussi des qualités de diplomate, qu'il soit à la fois capable de caresser la population locale dans le sens du poil et de tenir tête à des forts en gueule du genre de Buck Calder. Un (ou une) zoologiste doué de compétences aussi étendues, ça ne se trouve pas sous le pas d'un cheval.

Le Cessna était arrivé au bout de son parcours — orienté plein est, comme tous les précédents. Dan vira de bord une fois de plus, et au passage baissa les yeux sur le village. Vu de cette hauteur Hope avait l'air d'un modèle réduit. Il lui semblait qu'il aurait pu saisir entre le pouce et l'index la grosse bétaillère à semi-remorque qui était en train de quitter la station-service. Les méandres de la rivière étincelaient comme du chrome entre les peupliers.

Dan jeta un coup d'œil à l'indicateur de jauge. Il leur restait tout juste assez de carburant pour effectuer un dernier passage, ensuite ils n'auraient plus qu'à décrocher.

Cette fois, il survola le ranch Calder. Quelques vaches éparses se détachaient comme des fourmis noires sur l'herbe décolorée par le soleil. Une voiture avançait le long de la route qui serpentait à travers les collines en direction de la maison des Hicks. Ça devait être encore un de ces satanés journalistes.

Une fois arrivé au-dessus de la forêt, Dan perdit de l'altitude et se risqua à faire un peu de rase-mottes. Les cimes des arbres et les crêtes des canyons défilaient à toute allure juste sous l'ombre de l'avion. Au moment où il s'apprêtait à redresser pour faire demi-tour, il aperçut, assez loin en avant de lui, au sommet d'un piton rocheux, une pâle silhouette grise qui se volatilisa aussitôt. Les battements de son cœur s'accélérèrent. Il jeta un coup d'œil à Rimmer, et il comprit qu'il l'avait vue aussi.

Ni l'un ni l'autre ne prononcèrent une parole, mais les dix secondes qu'il leur fallut pour arriver jusque-là leur parurent durer une éternité. Dan vira sur l'aile au moment où ils survolaient le piton, et ils scrutèrent attentivement des yeux la pente escarpée que l'animal avait dévalée.

— Je le vois, dit Rimmer.

— Où ça ?

— Là-bas, près du grand rocher plat, il se faufile sous les arbres.

Il resta silencieux un instant, puis ajouta :

— C'est un coyote. Mais il est sacrément gros.

Il se tourna vers Dan, un sourire navré aux lèvres. Dan haussa les épaules.

— Je crois qu'il vaut mieux rentrer, dit-il.

— D'accord. Y a plus qu'à faire venir un trappeur.

Tandis que Dan virait de bord, le soleil fit étinceler le pare-brise, l'aveuglant momentanément. Il redressa l'appareil et mit le cap sur Helena.

Quelque part au-dessous d'eux, du fond de leur repaire dont seul un adolescent connaissait le secret, les loups entendirent le vrombissement de l'avion s'éloigner puis s'éteindre.

5

Helen Ross détestait New York, surtout quand il y faisait trente degrés à l'ombre et que l'air tropical vous donnait la sensation d'être un mollusque cuit à l'étouffée par les gaz d'échappement.

A chacune de ses rares visites, elle s'efforçait de poser sur la ville un regard froid d'entomologiste, d'observer d'un œil détaché le comportement des étranges créatures qui en peuplaient les trottoirs, afin de démêler les mystérieuses raisons pour lesquelles certaines d'entre elles semblaient bel et bien prendre plaisir au tohu-bohu perpétuel. Mais à tous les coups, elle échouait piteusement. Une exaltation un peu enfantine s'emparait invariablement d'elle à la sortie de l'aéroport, mais très vite, l'instinct de conservation prenait le dessus et son visage se figeait dans un rictus cynique.

C'est ce rictus qu'elle arborait à présent. Attablée à un guéridon sur ce que le patron du restaurant lui avait absurdement présenté sous le nom de *terrazzo*, une espèce de minuscule enclos entouré de troènes poussiéreux, Helen se versa un deuxième verre de vin blanc et alluma une deuxième cigarette en se demandant pourquoi son père n'était jamais à l'heure.

Elle chercha son visage dans la foule compacte que l'heure du déjeuner avait déversée sur le trottoir. Autour d'elle, il n'y avait que des gens beaux, élégants, suprêmement à l'aise. De jeunes cadres bronzés, la veste de leur costume en lin négligemment jetée pardessus l'épaule, devisaient avec des femmes pourvues de dentitions parfaites et de jambes interminables, et sans doute bardées de diplômes décrochés à Radcliffe ou à Vassar. Ils étaient tous d'une suffisance intolérable.

C'est son père qui avait choisi ce restaurant de SoHo, quartier où elle n'avait encore jamais mis les pieds, mais qui d'après lui était désormais le top du top, l'endroit où il *fallait* habiter à Manhattan. Il pullulait de galeries d'art et de cette espèce particulière de boutiques où l'on ne vend que deux ou trois articles raffinés, mis en valeur par des éclairages subtils, au milieu de vastes étendues vides où patrouillent des hôtesses aux allures de top models, longues sylphides hautaines visiblement prêtes à refuser l'accès de leur magasin à toute créature un tant soit peu mal fagotée qui se serait risquée à en pousser la porte. Helen s'était prise d'une aversion immédiate pour le quartier de SoHo ; même cette graphie ridicule lui portait sur les nerfs.

Pourtant, elle n'était pas d'un naturel bilieux, bien au contraire. En temps ordinaire, elle était même encline à faire montre d'une ouverture d'esprit qui frisait l'inconscience, toujours prête à accorder le bénéfice du doute, parfois en dépit du bon sens. Mais aujourd'hui, outre la ville et la chaleur d'étuve qui y régnait, les motifs de mauvaise humeur ne lui manquaient pas, le moindre n'étant pas le fait qu'elle était sur le point d'avoir vingt-neuf ans, âge qui lui paraissait aussi fatidique qu'écrasant. C'était bien plus grave que d'avoir trente ans. A trente ans, au moins, la catastrophe est avérée. Avoir trente ans, c'est pareil que d'en avoir quarante, ou cinquante. Ça peut être une espèce de mort, car si à cet âge-là on n'a pas encore de vie à soi, on est quasiment assuré qu'on n'en aura jamais.

Helen aurait vingt-neuf ans demain et, à moins que la divine providence n'intervienne en sa faveur, à l'aube de ce beau jour elle serait toujours chômeuse, célibataire et malheureuse comme les pierres.

Tous les ans, pour son anniversaire, son père l'invitait à déjeuner. C'était un rituel bien établi, auquel ils ne dérogeaient jamais, même lorsqu'ils habitaient à des milliers de kilomètres l'un de l'autre, ce qui était assez souvent le cas. A chaque fois, c'est Helen qui se déplaçait. Non content d'être retenu par ses innombrables occupations, son père se figurait que puisqu'elle habitait la plupart du temps dans des trous perdus, un petit séjour en ville devait forcément représenter pour elle une espèce de gâterie. Il avait tort sur ce point, mais d'une année sur l'autre Helen l'oubliait complètement.

Un mois à l'avance, elle recevait par la poste un billet d'avion, accompagné de la carte d'un restaurant à la mode et d'explications détaillées sur la manière de s'y rendre. Elle se jetait aussitôt sur le téléphone pour prendre rendez-vous avec ses amis new-yorkais, et elle finissait par s'en faire tout un roman. Elle adorait son père, et n'avait pratiquement plus d'occasions de le voir en dehors de ce déjeuner annuel.

Helen avait dix-neuf ans quand ses parents avaient divorcé. Sa sœur Celia, qui en avait dix-sept, venait tout juste de s'inscrire comme interne dans un collège. Helen étudiait la biologie à l'université du Minnesota. Elles étaient rentrées toutes les deux à Chicago pour passer le Thanksgiving en famille, et à la fin du repas leurs parents avaient repoussé leurs assiettes et leur avaient tranquillement annoncé que puisqu'elles étaient désormais assez grandes pour s'élever toutes seules ils avaient décidé de partir chacun de son côté.

Ils leur expliquèrent que leur vie conjugale était devenue intenable depuis des années, et qu'ils avaient déjà chacun fait élection d'une compagne et d'un compagnon de rechange. Ils avaient décidé de vendre la maison, mais bien entendu elles disposeraient chacune d'une chambre dans leurs nouveaux foyers respectifs. Tout était parfaitement rationnel là-dedans, sans la moindre trace de rancœur, et Helen en fut d'autant plus révoltée.

Elle reçut un choc terrible en apprenant qu'un ménage qui lui avait toujours semblé sinon heureux, du moins pas plus malheureux qu'un autre, avait pu dissimuler en son sein une telle détresse. Toute sa vie, Helen avait vu ses parents se quereller, se faire la tête, s'infliger une multitude de petites avanies mesquines ; mais elle s'était toujours figuré que tous les parents du monde se comportaient ainsi. Et voilà qu'à présent ils leur avouaient que pendant toutes ces années ils n'avaient pas pu se voir en peinture et ne s'étaient supportés que dans le souci de ménager leurs enfants.

Comme toujours, Celia avait été parfaite. Après avoir pleuré un bon coup, elle avait fait le tour de la table pour les embrasser tous les deux, si bien qu'à la grande stupeur d'Helen ils avaient fondu en larmes à leur tour. Son père avait esquissé un geste vers elle, voulant de toute évidence la faire entrer dans le chœur afin qu'ils puissent verser tous ensemble un océan de pleurs, en se donnant mutuellement l'absolution. Mais elle avait brutalement repoussé sa main en criant : « Non ! » Comme son père faisait mine d'insister, elle s'était mise à crier encore plus fort, leur avait hurlé : « Non ! Vous n'êtes que des sales cons tous les deux ! Je vous emmerde ! », et s'était enfuie dans la rue en claquant la porte derrière elle.

Sur le moment, sa réaction lui avait paru entièrement logique.

Ses parents semblaient croire que le fait de n'avoir pas divorcé plus tôt était une sorte de sacrifice dont leurs filles auraient dû leur être éternellement reconnaissantes, et que l'illusion d'une enfance heureuse valait somme toute aussi bien que sa réalité. Leur sacrifice avait laissé des séquelles durables, certes, mais pas si bénéfiques que ça.

Car Helen n'était jamais arrivée à se libérer de l'idée qu'elle était la cause du long calvaire que ses parents s'étaient mutuellement infligé. Pour elle, c'était clair comme de l'eau de roche. Sans elle (et sans Celia bien sûr, mais Celia n'étant pas portée à battre sa coulpe, il fallait bien qu'elle le fasse pour deux), ses parents auraient pu se séparer depuis belle lurette.

Leur divorce la renforça dans une conviction qui germait en elle depuis l'enfance, celle que les animaux sont infiniment plus conséquents dans leurs attachements que les humains. Rétrospectivement, il lui semblait que ce n'était pas par hasard que sa passion des loups était justement née à cette époque-là. Les loups étaient d'une loyauté exemplaire. Ils s'occupaient bien de leurs petits. Ils lui semblaient supérieurs aux humains sur presque tous les plans.

Au bout de dix ans, le ressentiment qu'Helen nourrissait envers ses parents s'était sinon adouci, du moins quelque peu noyé dans la masse de doutes et de déceptions qu'elle avait accumulés depuis. Certains jours, il lui semblait qu'un vent d'acrimonie balayait la terre entière de son souffle glacial, et dans ces moments-là elle voyait tout en noir. Mais le reste du temps, elle était heureuse que ses parents aient enfin trouvé chaussure à leur pied.

Sa mère s'était remariée aussitôt après la ratification légale du divorce. Désormais, elle menait avec un agent immobilier nommé Ralphie, petit, chauve et infiniment attentionné, une vie essentiellement consacrée au golf, au bridge, et à d'exubérantes parties de jambes en l'air.

Le divorce n'avait fait qu'officialiser leur liaison, qui durait depuis déjà six ans. La partenaire de rechange de son père ne dura que six mois, et au fil des années sa succession avait été assurée par une longue série de nouvelles maîtresses, d'un âge de plus en plus tendre. Son père exerçait la profession de conseiller en gestion (titre dont la signification précise avait toujours échappé à Helen), et il allait de ville en ville au gré des changements d'affectation. Après Chicago, il avait résidé à Cincinnati, puis à Houston d'où, un an auparavant, on l'avait transféré à New York. Et c'est à New York que, cet été-là, il avait fait la connaissance de Courtney Dasilva.

C'était là l'autre motif principal de la mauvaise humeur d'Helen. Le mariage de Howard Ross et de Courtney Dasilva devait avoir lieu le 25 décembre prochain, et elle était sur le point de rencontrer pour la première fois sa future belle-mère.

Quand il lui avait annoncé l'heureuse nouvelle au téléphone, une semaine plus tôt, son père lui avait précisé que Courtney était employée par l'une des plus grosses banques d'Amérique. Elle était aussi, lui dit-il, titulaire d'une maîtrise de psychologie décernée par l'université de Stanford, et d'une beauté absolument renversante. Il n'avait jamais vu, lui affirma-t-il, une créature aussi splendide.

— Oh papa, c'est merveilleux, avait dit Helen en s'efforçant d'y mettre du sentiment. Si tu savais comme ça me fait plaisir !

— Merveilleux, oui, c'est bien le mot. Avec elle je me sens tellement plus... plus *vivant*. J'ai hâte que tu la connaisses, ma chérie. Tu vas l'adorer, j'en suis sûr.

— Moi aussi, je suis impatiente de la connaître.

— Ça ne t'ennuierait pas qu'elle vienne déjeuner avec nous ?

— Bien sûr que non. C'est une idée, euh... charmante.

Il y eut un bref silence. Son père s'éclaircit la gorge, et il ajouta :

— Helen, il faut que je te dise une chose...

Prenant soudain le ton de la confidence, d'une voix un peu hésitante, il ajouta :

— Elle n'a que vingt-cinq ans.

Courtney Dasilva venait d'apparaître au coin d'une rue, à cinquante mètres de là. Cramponnée au bras du père d'Helen, elle marchait à grandes foulées aisées et sa longue crinière noire ondoyait sur ses épaules en étincelant au soleil. Elle parlait et riait à la fois, art qu'Helen n'était jamais arrivée à maîtriser elle-même, tandis que son père, un sourire épanoui aux lèvres, dévisageait à la dérobée les hommes qu'ils croisaient, à l'affût du plus petit soupçon de jalousie. Il avait perdu au moins dix kilos et arborait une nouvelle coupe de cheveux, nettement plus courte. Courtney était vêtue d'une robe tube en lin noir maintenue à la taille par une large ceinture d'un rouge écarlate, qui avait dû lui coûter une petite fortune. Ses escarpins à talons aiguilles, rouges aussi, la faisaient paraître un peu plus grande que le père d'Helen, qui mesurait pourtant un mètre soixante-dix-huit. Son rouge à lèvres était assorti à la ceinture et aux chaussures.

Bien qu'arborant elle-même la seule tenue un peu élégante qu'elle possédât, une robe de coton imprimé brun clair achetée deux ans plus tôt chez Gap, Helen eut aussitôt envie de rentrer sous terre.

Son père l'aperçut, lui adressa un signe de la main et la désigna du doigt à Courtney, qui imita son geste. Helen écrasa nerveusement sa cigarette. Lorsqu'ils parvinrent à la hauteur de la haie poussiéreuse qui marquait la limite du *terrazzo*, elle se leva pour aller embrasser son père. Au passage, elle heurta le guéridon, faisant choir la bouteille de vin qui déversa son contenu sur le devant de sa robe, tomba par terre et se brisa.

— Eh là, contiens-toi un peu, lui dit son père.

Venant à la rescousse, un serveur se précipita sur elle.

— Pardon, lui dit Helen d'une voix gémissante. Je suis vraiment la reine des gourdes.

— Mais non, voyons, protesta Courtney, et Helen eut envie de lui crier : *Ta gueule ! Si ça me plaît d'être une gourde, c'est mon affaire.*

Son père et Courtney durent passer par la salle pour venir la rejoindre sur la terrasse, si bien qu'Helen eut le temps d'éponger sa robe, avec l'aide du garçon dont le zèle frisait l'inconvenance. Agenouillé à ses pieds, il lui frottait les cuisses de sa serviette, sous l'œil ébahi des autres clients.

— Merci, ça ira comme ça. Ça ira, je vous assure. Ça suffit !

Dieu merci, il finit par renoncer et s'éclipsa. Helen resta là les bras ballants, trempée, les lèvres retroussées par un rictus idiot, adressant des haussements d'épaules aux occupants des tables voisines. En apercevant son père, elle parvint à s'arracher un sourire. Il l'entoura de ses bras et la serra sur son cœur.

— Comment va ma petite fille adorée ?

— Je suis trempée et je crève de chaleur.

Il l'embrassa, et elle sentit l'odeur de son eau de toilette. Il se parfumait, en plus ! Il recula d'un pas, et sans lui lâcher les bras, l'inspecta des pieds à la tête.

— Tu es superbe, mentit-il.

Helen haussa les épaules. Elle n'avait jamais su comment prendre un compliment, qu'il vienne de son père ou d'un autre (et du reste n'en recevait que bien rarement). Son père se retourna vers la ravissante

Courtney, qui se tenait un peu à l'écart, et les considérait d'un œil plein d'effusion.

— Ma chérie, je te présente Courtney Dasilva.

Helen se demanda si elles étaient censées s'embrasser, mais à son grand soulagement Courtney lui tendit une main élégante et bronzée.

— Enchantée, dit Helen en la serrant. Super, les ongles.

Le vernis à ongles de Courtney était assorti à sa ceinture, à ses chaussures et à son rouge à lèvres. Ses dessous devaient être de la même couleur. Helen avait des ongles de camionneur, coupés ras, pleins de petites écaillures. Des ongles comme on en attrape quand on passe tout un été à faire la plonge.

— Comme c'est gentil, pépia Courtney. Ma pauvre, dans quel état est votre robe ! Howard, mon chou, si on allait lui en acheter une neuve ? Je connais une boutique géniale à deux pas d'ici.

— Ne vous cassez pas la tête. Je suis très bien comme ça. Une robe mouillée, c'est parfait par cette chaleur. Si on est à court de vin, je n'aurai qu'à l'essorer un petit coup.

Howard-mon-chou commanda une bouteille de champagne, et au bout de la deuxième coupe Helen commença à se sentir mieux. Ils parlèrent de la pluie et du beau temps, de la canicule à New York, et de SoHo où, comme de bien entendu, Courtney espérait dénicher un loft. Feignant de prendre le mot loft dans son sens littéral, Helen lui demanda si c'était pour entreposer des ornements de Noël, ou quelque chose dans ce goût-là, et Courtney lui expliqua patiemment que dans ce quartier, « loft » désignait simplement un appartement très spacieux.

Le garçon refit son apparition et signala à Helen qu'elle était dans la section non-fumeurs, ce qui lui parut franchement crétin, puisqu'ils étaient assis au beau milieu de la rue, aspirant les gaz d'échappement à plein nez. En outre, ça la privait d'une occasion de susciter la désapprobation de Courtney, qui de toute évidence ne voyait pas le tabac d'un bon œil. Helen venait de se remettre à fumer au bout d'une période d'abstinence qui avait duré sept ans. Aucun autre zoologiste de sa connaissance ne fumait, et elle tirait de cette singularité un plaisir pervers.

Quand le moment de commander arriva, c'est Helen qui parla la première, optant pour la terrine de poisson et un plat de pâtes particulièrement consistant. Courtney annonça qu'elle se contenterait d'une salade de roquette sans autre assaisonnement qu'un filet de citron. Son père, qui venait de lui confier en tapotant fièrement son ventre plat qu'il se levait tous les matins à l'aube pour faire une heure de musculation dans un gymnase fréquenté par toutes sortes de gens célèbres, ne commanda qu'un bar grillé sans matière grasse ni sauce, en déclarant qu'il se passerait de hors-d'œuvre. Helen, qui avait encore honte de sa maladresse de tout à l'heure, avait maintenant l'impression d'être une morfale.

Au moment où le garçon posait devant elle un énorme tas fumant de spaghetti à la carbonara, son père se pencha vers elle et lui dit :

— Tu sais où nous avons décidé de nous marier ?

Helen pensa aussitôt à Las Vegas, ou à Reno, un de ces endroits où on peut obtenir un divorce en vingt-quatre heures en remplissant un simple formulaire.

— Je donne ma langue au chat, dit-elle.

— A l'île de la Barbade.

Il prit la main de Courtney, qui sourit et lui effleura la joue d'un baiser. Helen trouvait leurs simagrées répugnantes. Néanmoins, elle s'écria :

— A la Barbade ! C'est génial !

— Mais il faut que vous soyez là ! Condition sine qua non ! fit Courtney en agitant un long ongle rouge dans sa direction.

— Pourquoi pas ? dit Helen. Je croise souvent dans les parages à bord de mon yacht.

Une lueur d'angoisse passa brièvement dans le regard de son père, et elle comprit qu'elle était allée trop loin. Allez, un effort, se dit-elle. Sois un peu gentille.

— Si c'est vous qui raquez, je viendrai, dit-elle.

Ensuite elle sourit jusqu'aux oreilles et ajouta :

— Non, blague à part, ce sera avec joie. Je suis si heureuse pour vous deux.

Visiblement touchée au cœur, Courtney sourit et ses yeux s'emplirent de larmes. Au fond, elle a l'air plutôt sympa, se dit Helen. Mais pourquoi s'est-elle mis en tête d'épouser un type qui a l'âge d'être son père ? S'il avait du pognon au moins, ça se comprendrait.

— Je sais bien, dit Courtney, toutes les belles-mères sont censées ressembler à la méchante reine de *Blanche-Neige*, mais...

— Tout juste ! s'exclama Helen sans lui laisser achever sa phrase. Avec le temps, vous arriverez peut-être à entrer dans la peau du personnage. Vous en avez les ongles, c'est déjà un début.

Elle fut prise d'un rire homérique. Courtney souriait d'un air mi-figue mi-raisin. Helen versa ce qui restait du champagne dans sa coupe. Son père, tout comme Courtney, était déjà passé à l'eau minérale. Elle sentit qu'il posait sur elle un regard lourd de reproches. Balourde, morfale et pocharde par-dessus le marché.

— Alors comme ça, vous êtes zoologiste, dit Courtney.

Elle ne s'avouait pas facilement vaincue.

— Je fais la plonge. Ou plutôt je la faisais. J'ai plaqué mon boulot il y a huit jours. Je suis actuellement « entre deux emplois », comme on dit.

— « Libre et sans attache », en somme.

— Ça, vous pouvez le dire.

— Vous habitez toujours Cape Cod ?

— Oui. C'est là que j'ai échoué. Pour faire la plonge, c'est un endroit qui en vaut un autre.

— Pourquoi faut-il que tu te rabaisses toujours comme ça ? protesta son père.

Puis, se tournant vers Courtney, il ajouta :

— Helen est une grande spécialiste de la biologie du loup. Elle est en train de finir une thèse de doctorat révolutionnaire.

— Révolutionnaire, mon œil ! dit Helen.

— Je n'invente rien. Le mot est de ton directeur de thèse lui-même.

— Il se faisait mousser, c'est tout. Et puis, ça remonte à trois ans. Depuis, l'espèce a dû pas mal évoluer. Si ça se trouve, ils se sont transformés en herbivores arboricoles.

— Helen a vécu plusieurs années parmi les loups, dans le Minnesota.

— Vécu parmi les loups ! Arrête, papa, on croirait que tu parles de Mowgli.

— C'est bien ce que tu as fait, pourtant.

— Je n'ai pas « vécu parmi ». C'est à peine si on en voyait la queue d'un. J'ai un peu travaillé sur le terrain, c'est tout.

En fait, les affirmations de son père n'étaient pas si exagérées que ça. Décrire son travail comme « révolutionnaire » était sans doute un peu outrancier, mais l'étude qu'elle avait effectuée était effectivement l'une des plus sérieuses qu'on ait jamais consacrées aux raisons qui poussent certains loups à s'attaquer au bétail, alors que d'autres ne s'en approchent jamais. Elle lui avait donné l'occasion d'exposer sa position personnelle dans la très ancienne controverse sur l'inné et l'acquis (à laquelle elle s'était toujours beaucoup intéressée). D'après ce qu'elle avait observé, les loups qui tuaient des bovidés ne semblaient pas mus par un instinct atavique.

Toutefois, Helen n'avait aucune intention de se

mettre à pérorer là-dessus pour l'édification de Courtney qui, son adorable menton appuyé sur le poing, faisait de son mieux pour prendre l'air passionné.

— Racontez-moi tout, dit-elle. Qu'est-ce que vous faisiez au juste, avec les loups ?

Helen vida sa coupe puis, très désinvolte, lui répondit :

— On passe plus ou moins son temps à les suivre. On les piste, on les prend au piège, on leur met des colliers émetteurs. On étudie leurs habitudes alimentaires.

— On procède comment ?

— Oh, c'est tout bête. On passe au crible ce qu'ils ont chié.

Une dame assise à la table voisine lui jeta un regard. Helen la gratifia d'un sourire très suave et, haussant la voix d'un ton, poursuivit :

— On ramasse toutes les merdes qui traînent, et on trifouille dedans pour en extirper des poils, des fragments d'os, et d'autres saletés qu'on analyse pour en déterminer l'origine. Quand ils viennent de tuer une proie, leur merde est de couleur foncée, assez liquide, ce qui la rend plus délicate à manipuler. En plus il y a l'odeur, alors là je vous dis pas ! Dans ces cas-là, la merde de loup, c'est fou ce que ça schlingue. Quand ils n'ont pas bouffé depuis un moment, c'est un peu mieux. Leurs étrons ne sont pas aussi mous. On peut les ramasser avec les doigts.

Courtney hocha la tête d'un air pénétré. Elle n'avait pas bronché, et c'était tout à son honneur. Helen sentait le regard désolé de son père posé sur elle. Elle s'en voulait de s'être laissé aller à cette provocation puérile. Ses excès de champagne ne lui avaient pas réussi.

— Si on passait à un autre genre de merde ? dit-elle. Parle-moi un peu de toi, Courtney. Toi, tu es banquière, c'est ça ?

— Eh oui.

— Tu as de l'argent ?

Courtney eut un sourire qui n'avait rien d'affecté. Décidément, elle avait de la classe, cette fille.

— Il m'en passe beaucoup entre les mains, dit-elle, mais il ne m'appartient pas, hélas !

— Et tu es aussi psychologue ?

— Oui, mais je n'ai jamais exercé.

— Il a pourtant bien fallu que tu pratiques un genre d'exercice ou un autre pour devenir aussi parfaite.

— Helen..., fit son père en lui posant une main sur le bras.

— Quoi, qu'est-ce que j'ai dit ? protesta-t-elle, la bouche en cœur.

Il allait lui répondre, mais se ravisa, et se borna à lui adresser un sourire un peu triste.

— Qui veut du dessert ? demanda-t-il.

— Il faut que j'aille aux toilettes, dit Courtney.

Vu le peu qu'elle avait avalé, Helen se demanda ce qu'elle allait y faire. Si ça se trouve, elle veut simplement retoucher un peu son vernis à ongles, se dit-elle. Quand Courtney fut à bonne distance, le père d'Helen demanda :

— Qu'est-ce que tu as, ma chérie ?

— Quoi, qu'est-ce que j'ai ?

— Rien ne t'oblige à être odieuse avec elle.

— Moi, odieuse ? Mais qu'est-ce que tu racontes ?

Il poussa un soupir et se détourna. Tout à coup, Helen sentit les larmes lui monter aux yeux. Elle posa une main sur le bras de son père.

— Excuse-moi, dit-elle.

Il prit sa main dans les siennes et la regarda au fond des yeux. Il avait l'air très soucieux.

— Qu'est-ce qui ne va pas ? demanda-t-il.

Elle renifla, en s'efforçant de réprimer son envie de pleurer. Si elle faisait encore du scandale, la direction du restaurant allait la faire interner.

— Tout va très bien.

— Tu m'inquiètes.

— Tu n'as aucune raison de t'inquiéter. Je vais bien.

— Joel t'a donné de ses nouvelles ?

C'est la question qu'elle redoutait par-dessus tout. Ce coup-ci, elle allait pleurer, elle le sentait bien. Craignant que sa voix ne la trahisse, elle se borna d'abord à hocher la tête, puis prenant une profonde inspiration elle se jeta à l'eau :

— Oui, dit-elle. Il m'a écrit.

Non, elle ne pleurerait pas. Joel était à des milliers de kilomètres de là, et tout était fini entre eux. Déjà, cette chère petite Courtney revenait dans leur direction, fendant la salle de restaurant, ses lèvres repeintes de frais souriant plus résolument que jamais. Helen décida qu'elle allait la ménager. Elle n'était pas si détestable que ça. Elle ne se laissait pas marcher sur les pieds, et c'est une qualité qu'Helen appréciait chez une femme.

Peut-être même qu'on arrivera à être amies un jour, se disait-elle.

6

Helen reprit l'avion pour Boston le soir même. Elle appela de l'aéroport les amis new-yorkais chez qui elle avait prévu de passer le week-end, et prétendit qu'un imprévu l'obligeait à rentrer sur-le-champ. En réalité, elle voulait simplement échapper le plus vite possible au vacarme et à la chaleur étouffante de Manhattan.

Le déjeuner s'était achevé mieux qu'il n'avait débuté. Son père lui avait offert un superbe porte-monnaie italien en cuir que Courtney l'avait aidé à choisir. De son côté, Courtney lui fit cadeau d'un flacon de parfum et monta encore d'un cran dans l'estime d'Helen en s'envoyant une énorme tranche de gâteau au chocolat.

A la grande joie de son père, elles s'étaient même embrassées pour se dire au revoir. Helen les avait assurés qu'elle viendrait à leur mariage, mais avait refusé tout net de faire office de demoiselle d'honneur. « Ces trucs-là, ce n'est plus de mon âge », leur avait-elle dit.

Il était près de dix heures quand elle quitta enfin

Boston et s'engagea sur l'autoroute numéro six, qui la conduirait jusqu'à Wellfleet, tout au bout de la péninsule de Cape Cod.

Dans sa hâte à quitter New York, elle avait oublié qu'on était vendredi, jour où la circulation est généralement des plus malaisées à cette heure-là. Pendant presque tout le trajet, elle se retrouva coincée derrière des véhicules chargés de touristes ou de Bostoniens partant en week-end avec vélos, canots et skate-boards entassés sur le toit, qui roulaient pare-chocs contre pare-chocs. Helen aurait voulu qu'on soit déjà en automne, pour avoir la route tout à elle, ou mieux encore en hiver, quand le vent emplit la baie de son mugissement continuel et que l'on peut faire des kilomètres le long de la grève sans rencontrer autre chose que des oiseaux.

Elle habitait depuis deux ans une maison de location au bord d'une petite crique, à un peu moins de deux kilomètres au sud de Wellfleet. Dans son esprit, c'était toujours la maison de Joel. Pour s'y rendre, il fallait sortir de l'autoroute, suivre un dédale de petites routes sinuant à travers bois, puis s'engager sur un chemin de terre escarpé qui menait à la crique.

Quand elle se retrouva au milieu des arbres, loin des embouteillages, Helen coupa la climatisation de son break Volvo et abaissa sa vitre pour laisser pénétrer les tièdes odeurs de la forêt. Même si la température était aussi élevée qu'à New York, la canicule ne faisait pas le même effet. L'air n'était pas pollué, et il y avait presque toujours un petit souffle de vent.

Elle descendit en bringuebalant le long du chemin de terre jusqu'à ce que l'étendue noire de l'océan lui apparaisse entre les arbres, en contrebas. Elle voyait aussi les trois maisons devant lesquelles il lui fallait passer avant de s'engager sur la pente abrupte qui menait à la sienne. Elle s'arrêta pour vérifier sa boîte aux lettres, mais la trouva vide. Cela faisait plus d'un mois qu'il ne lui avait pas écrit.

Il y avait encore de la lumière chez les Turner, qui prenaient Buzz en pension lorsqu'elle était obligée de s'absenter. Quand elle se gara devant la maison, il aboya pour lui souhaiter la bienvenue, et elle l'aperçut de l'autre côté de la porte à treillis, les yeux fixés sur elle, remuant la queue. Mme Turner se matérialisa derrière lui, et poussa la porte pour le laisser sortir.

Buzz était un petit chien hirsute, au pedigree plus que douteux, qu'Helen s'était procuré dans une fourrière de Minneapolis, six mois avant de faire la connaissance de Joel. A l'exception de son père et d'un hamster mal embouché (membre le plus résistant de la ménagerie dont elle s'était entourée pendant son enfance), Helen n'avait jamais eu une relation aussi prolongée avec un mâle. L'épaisse toison laineuse et bouclée qui le recouvrait à présent contrastait curieusement avec son nom, qui signifie « boule à zéro ». Quand Helen l'avait vu pour la première fois, on l'avait entièrement tondu pour le débarrasser des parasites dont il était infesté. Comme en plus on lui avait enduit tout le corps d'un antiseptique de couleur violacée, il était de loin le pensionnaire le plus hideux de la fourrière, et Helen avait aussitôt été prise d'une envie irrésistible de l'adopter.

— Salut, terreur, tu vas bien ? Là, là, ça suffit, bas les pattes !

Buzz se hissa d'un bond sur le siège du passager, et attendit sagement, tandis qu'Helen remerciait Mme Turner et bavardait un instant avec elle, lui décrivant les horreurs de la canicule à New York. Ensuite, ils parcoururent ensemble les quelques centaines de mètres de chemin cahoteux qui les séparaient encore de leur logis.

C'était une grande baraque délabrée, dont la façade de bardeaux blancs faisait un bruit de casserole quand le vent soufflait de l'ouest, ce qui était assez fréquemment le cas. Elle se dressait face à la grève comme un paquebot échoué, en surplomb d'une petite crique marécageuse. A l'intérieur, l'illusion d'être à bord d'un bateau était encore accentuée par le lambris de pin vernissé qui recouvrait les murs, le sol et le plafond. A l'étage, deux lucarnes ovales à encorbellement, pareilles à des hublots, dominaient toute la baie. Le pont était formé d'un vaste séjour avec de larges baies vitrées devant lesquelles il suffisait de se placer à marée haute pour avoir l'impression que le bateau avait pris la mer et faisait voile vers la côte du Massachusetts.

Si elle s'était laissé aller à sa pente naturelle, Helen aurait pu passer des journées entières derrière la vitre, à regarder le temps capricieux altérer les formes et les couleurs de la baie, comme un artiste toujours insatisfait revenant inlassablement sur le motif. Elle aimait regarder le vent et les nuages composer des mosaïques changeantes avec les herbes aquatiques, surtout dans ces moments où l'air s'emplissait d'une âcre odeur de sel, quand la mer s'était retirée au loin, ne laissant qu'un marais boueux envahi d'une armée bourdonnante de crabes fouisseurs.

La lanterne de la porte de derrière était allumée, et des insectes avaient formé leur habituel comité d'accueil autour d'elle, projetant sur le perron des ombres démesurées. Helen abandonna son sac devant la porte. Elle avait décidé d'aller faire un petit tour le long de la grève, pour que Buzz puisse se dégourdir les jambes. Elle avait elle-même besoin de marcher un peu, après ses longues heures de station assise dans l'avion et dans le break. En outre, c'était un bon moyen de repousser le moment d'entrer dans la maison, qui lui semblait immense et silencieuse depuis qu'elle y vivait seule avec le chien.

Elle s'avança le long du caillebotis aux planches disjointes et emprunta le petit escalier en bois pour gagner l'étroite bande de sable qui courait le long du marécage herbu jusqu'à l'extrémité de la crique.

Jouissant de la brise tiède qui lui caressait le visage, elle aspirait l'air salé à pleins poumons. A l'autre extrémité de la baie, elle discernait les fanaux d'une petite embarcation qui se dirigeait vers le large. Surgissant soudain d'entre les nuages, un pâle croissant de lune traça un sillon argenté à la surface de l'eau. Buzz courait en avant d'elle, s'arrêtant ici et là pour lever la patte ou renifler le ruban de varech humide que la mer avait laissé derrière elle.

Quand Joel vivait encore ici, ils faisaient cette balade chaque soir avant d'aller se coucher. Aux premiers temps de leur liaison, quand ils ne pouvaient pas passer cinq minutes ensemble sans se jeter l'un sur l'autre, ils dénichaient un renfoncement dans les dunes et y faisaient l'amour, tandis que Buzz allait vagabonder tout seul, farfouillant dans la boue à la recherche de crabes ou pourchassant des poules d'eau qu'il avait débusquées, avant de revenir tout trempé et de leur faire pousser des cris perçants en s'ébrouant sur eux.

Sur le sable, à sept ou huit cents mètres de la maison, gisait la carcasse retournée d'un yawl que quelqu'un avait peut-être eu l'intention de réparer un jour, mais qui avait fini par pourrir sur place. On l'avait hissé au-dessus de la ligne des hautes marées, et des cordages moussus, désormais inutiles, l'arrimaient aux troncs de deux arbres rabougris. On aurait dit le squelette d'une arche de Noé dérisoire, où ne subsistaient plus que quelques malheureux rats auxquels Buzz allait rendre visite chaque soir. Il venait de se glisser sous la coque, et il s'agitait en grognant dans les ténèbres. Le laissant à son jeu, Helen s'assit sur une grosse souche de bois flotté et alluma une cigarette.

La première fois qu'ils étaient venus à Cape Cod, deux ans plus tôt, au début du mois de juin, Buzz et elle étaient en vacances. La sœur d'Helen avait loué pour toute la saison une luxueuse villa à flanc de colline, avec une vue splendide sur la péninsule de Great Island et un escalier privé dont les marches de bois très raides descendaient jusqu'à la plage. Elle avait invité Helen à y rester aussi longtemps qu'elle voudrait.

Celia avait épousé son ancien petit ami du temps du collège, un garçon brillant mais insipide prénommé Bryan, qui venait tout juste de revendre sa petite société d'informatique à une firme géante de Silicon Valley pour une somme extravagante. Même avant que cette manne inespérée leur tombe dessus, Celia et Bryan vivaient dans un bonheur sans mélange, et avaient produit, le plus aisément du monde, deux adorables bambins, tous deux d'une parfaite blondeur. Le garçon fut baptisé Kyle et la fille, Carey. Ils habitaient à Boston, du côté du port, dans un ensemble résidentiel flambant neuf dont l'architecte avait bien entendu décroché une ribambelle de prix et de médailles.

Comme Helen venait de passer cinq ans à vivre à la dure au milieu des solitudes sauvages du Minnesota, elle fut d'abord déconcertée par le luxe de ses nouvelles pénates. Dans la villa louée par Celia, même le petit appartement réservé aux hôtes de passage disposait d'un jacuzzi. Helen avait prévu de n'y rester qu'une semaine avant de regagner Minneapolis pour y travailler à son mémoire, car son directeur de thèse n'arrêtait pas de la houspiller. Mais en fin de compte, elle y avait passé un mois entier.

Chaque week-end, Bryan descendait de Boston pour les rejoindre. Leur mère vint aussi pour quelques jours avec Ralphie, leur laissant un sommier défoncé en souvenir. Mais le reste du temps, Helen, Celia et les enfants avaient la maison tout à eux. Ils s'entendaient bien, et Helen profita de l'occasion pour lier plus ample connaissance avec les enfants, mais sa sœur était toujours pour elle une complète énigme.

Celia restait placide en toute circonstance. Elle n'avait même pas cillé quand Buzz avait réduit en charpie son chapeau de plage préféré. Ses vêtements étaient toujours bien repassés, sa silhouette d'une sveltesse irréprochable, ses cheveux propres et impeccablement taillés. Quand Kyle ou Carey pleuraient ou faisaient un caprice, ce qui ne leur arrivait que bien rarement, elle se contentait de sourire, de leur murmurer de douces paroles et de les cajoler jusqu'à ce qu'ils s'apaisent. Elle travaillait bénévolement pour des associations caritatives, jouait au tennis avec une grâce consommée et cuisinait comme une fée. Elle était capable d'improviser un festin pour dix personnes en une demi-heure. Elle n'avait jamais la migraine, ne souffrait jamais d'insomnies, ses règles ne la mettaient jamais de mauvaise humeur. Helen la soupçonnait de ne jamais péter, même lorsqu'elle était aux toilettes, loin des oreilles indiscrètes.

Helen avait compris depuis belle lurette qu'elle perdait son temps à essayer de choquer Celia. C'était de l'ordre de l'impossible, et puis elles n'étaient plus des gamines, et on ne peut pas faire ça à quelqu'un qui vous lave vos petites culottes et vous apporte le café au lit tous les matins. Elles se parlaient, certes, se parlaient même beaucoup, mais le plus souvent la conversation roulait sur des futilités. De loin en loin, Helen essayait de tirer les vers du nez à Celia, de lui faire avouer ce qu'elle avait sur le cœur sur des points vraiment essentiels, au moins dans sa vie à elle.

Un soir, après le dîner, elle remit sur le tapis la question du divorce de leurs parents. Bryan n'était pas là ce jour-là, et les enfants étaient au lit. Elles s'étaient attablées dehors, sous les arbres, et finissaient la bouteille de vin dont Helen avait sifflé les trois quarts, comme d'habitude, en regardant le soleil disparaître derrière la ligne noire de la côte du Massachusetts, de l'autre côté de l'île. Le divorce avait-il traumatisé sa sœur autant qu'elle ? C'est ce qu'elle aurait voulu savoir.

— Oh moi, tu sais, j'ai toujours trouvé que ça valait mieux, dit Celia en haussant les épaules.

— Ça ne te met jamais en colère quand tu y repenses ?

— Non. Ils étaient comme ça, voilà tout. Ils ont préféré attendre qu'on soit assez grandes pour ne pas en être trop perturbées.

— Parce que toi, ça ne t'a pas perturbée ? s'écria Helen, incrédule.

— Si, bien sûr. Je leur en ai voulu pendant un certain temps. Mais il fallait bien se faire une raison. C'est leur vie, on n'y peut rien.

Helen avait insisté, essayant de percer sa carapace d'indifférence, mais en vain. Etait-il possible que sa sœur se soit tirée intacte d'un événement qui l'avait démolie elle-même, l'entraînant dans une spirale vertigineuse qui pendant des années l'avait menée d'échec en échec, du moins dans le domaine des relations amoureuses ? C'était peut-être vrai, après tout. En tout cas, ça ne servait à rien de vouloir en discuter avec elle. Mais il lui paraissait étrange que deux personnes porteuses des mêmes gènes puissent être aussi dissemblables. Si ça se trouve, l'une d'elles avait été victime d'une erreur d'étiquetage à la maternité.

Helen passait ses journées à se baigner, à lire et à batifoler sur la plage avec Kyle et Carey. Au bout d'un mois, la bougeotte la prit. Un de ses amis de Minneapolis lui avait donné les coordonnées d'un certain Bob, qui travaillait au laboratoire de biologie marine de

Woods Hole, en face de Martha's Vineyard. Un soir, Helen se décida enfin à l'appeler.

Bob lui parut sympathique, et il lui proposa de venir à la soirée qu'il organisait chez lui ce samedi-là, soirée durant laquelle il projetterait aux quelques amis qu'il avait invités des images « sensationnelles » prises par un biologiste de Woods Hole dans l'utérus d'une femelle requin-tigre. Helen trouvait que c'était une curieuse manière de faire la fête, mais comme ça lui donnait l'occasion de sortir, elle accepta.

Aussitôt qu'elle posa le pied dans la maison, elle remarqua Joel Latimer.

Il ressemblait à un surfeur californien des années soixante, un peu hippie sur les bords. Il était grand, mince, bronzé, avec une épaisse tignasse blonde décolorée par le soleil. Son regard croisa celui d'Helen pendant que Bob lui expliquait en quoi consistait son travail à Woods Hole, et il lui décocha un sourire si hardi qu'elle faillit en lâcher son verre de vin.

C'était un de ces dîners où l'on va se servir soi-même à la cuisine, et Helen se retrouva à ses côtés devant le plat de lasagnes végétariennes.

— Alors c'est vous, Danse-avec-les-loups ?

— Oh moi, vous savez, je danse comme un pied.

Ça le fit rire. Helen n'avait jamais vu des yeux aussi bleus, des dents aussi blanches. Elle sentit son estomac se nouer. Arrête, se dit-elle, tu délires. En plus, il n'était même pas son type (quoiqu'elle aurait eu du mal à dire en quoi son « type » consistait exactement). Galamment, il lui servit de la salade.

— Vous êtes en vacances dans le coin ?

— Oui, je suis chez ma sœur, à Wellfleet.

— On est voisins, alors.

Joel était originaire de la Caroline du Nord, dont il avait l'accent un peu chantant. Son père était patron de pêche. Il apprit à Helen qu'il travaillait à une thèse de doctorat sur les crabes des Moluques, qui sont en fait des limules, arthropodes marins plus proches de l'araignée que du crabe. Les limules, lui expliqua-t-il, sont des espèces de fossiles vivants. Ils étaient déjà archaïques au temps où les dinosaures régnaient sur la terre. En près de quatre cents millions d'années, ils n'avaient pas évolué d'un poil.

— Un peu comme mon directeur de thèse, dit Helen.

Joel éclata de rire. Ce soir, une fois n'est pas coutume, elle avait la repartie vive. D'habitude, en présence d'un beau garçon, soit elle était frappée de mutisme, soit elle se mettait à jacasser comme une pie. Elle lui demanda de lui décrire les fameux limules.

— Tu vois les casques que portaient les nazis ? Ils sont pareils, mais de couleur brune. Leur organisme ressemble un peu à celui des scorpions.

— On jurerait vraiment mon directeur de thèse !

— Avec une queue pointue qui dépasse de leur arrière-train.

— Il en a une aussi, mais il la cache.

Joel lui expliqua que le sang des limules pouvait être d'une aide précieuse pour les médecins, qu'on l'utilisait même dans le diagnostic et le traitement de certains cancers. Néanmoins, ils constituaient une espèce menacée, surtout dans la région de Cape Cod, où les pêcheurs d'anguilles les massacraient pour en faire des appâts. Son étude porterait sur la menace que l'activité des pêcheurs faisait peser sur la survie éventuelle de la population locale de limules. Joel était locataire d'une grande baraque délabrée, un peu à l'écart de Wellfleet. Sa maison avait l'air d'un bateau, expliqua-t-il à Helen. Il fallait absolument qu'elle vienne y faire un tour. Ça valait le coup d'œil.

Ils se réfugièrent dans un coin avec leurs assiettes. Joel connaissait les autres invités, et après avoir expliqué à Helen qui était qui, il lui parla de la vidéo qu'ils allaient voir. Elle lui demanda comment on s'y prenait pour filmer l'utérus d'un requin femelle.

— C'est un vrai casse-tête.

— J'imagine qu'il faut d'abord mettre la main sur un requin vraiment énorme...

— Ou un cameraman vraiment minuscule.

— Qui s'y connaît aussi en gynécologie...

Pendant la projection, Helen se retrouva tassée sur le canapé, prise en tenaille entre Joel et un inconnu. Elle se demandait si cette proximité corporelle lui faisait le même effet qu'à elle. Elle ne pouvait pas s'empêcher de regarder à la dérobée les quelques centimètres de cuisse bronzée que laissait entrevoir son jean déchiré.

L'auteur de la vidéo (dont la taille était on ne peut plus normale) y alla de son petit topo tandis que les images défilaient sur l'écran. Il leur expliqua qu'à l'issue de l'accouplement, plusieurs œufs sont fécondés dans chacune des deux matrices du requin femelle. Les œufs ne tardent pas à se transformer en embryons, pourvus d'une solide dentition. Dans chaque matrice, un fœtus de requin prend rapidement le pas sur les autres, et se met en devoir de tuer et de dévorer ses frères et sœurs moins costauds. A la naissance, il ne reste que ces deux-là, qui sont déjà des tueurs très compétents.

Tandis qu'il parlait, la minuscule caméra endoscopique se déplaçait le long des parois roses et gluantes du ventre de la mère requin. On aurait dit un mouvement de Steadicam dans un film d'horreur à deux sous. Des cadavres de bébés requins flottaient çà et là dans une espèce de soupe grasse, mais le petit monstre qui les avait trucidés n'était nulle part en vue. Puis, tout au fond de l'utérus, un œil jaune jaillit soudain de la soupe, face à l'objectif, arrachant un hurlement de terreur collectif au public pourtant composé de biologistes aguerris, suivi d'un éclat de rire général. Helen s'aperçut non sans embarras qu'elle avait agrippé l'avant-bras de Joel, et le lâcha aussitôt.

Après la projection, Bob la prit sous son aile pour la présenter à quelques-uns de ses amis. De temps en temps, elle cherchait Joel du regard. Même lorsqu'il était à l'autre bout de la pièce, en pleine conversation, il s'en apercevait et lui souriait. Au moment où ils prenaient congé l'un de l'autre, il lui demanda si ça lui dirait de faire la connaissance de ses limules, et elle lui répondit (avec beaucoup trop d'empressement) qu'elle en serait enchantée. Il lui proposa un rendez-vous pour le lendemain, et elle l'accepta.

Une semaine plus tard ils étaient amants, et la semaine suivante Joel lui offrit de venir s'installer chez lui. Il avait le sentiment, disait-il, de l'avoir toujours connue, d'avoir trouvé enfin l'âme sœur. Viens habiter avec moi, lui dit-il, nous passerons l'hiver à rédiger nos thèses, côte à côte.

Jamais un homme n'avait déclaré sa flamme à Helen d'une manière aussi exaltée. Mais les hommes sont censés faire preuve d'un peu plus de réticence lorsqu'il s'agit de s'engager pour de bon. Alors elle lui dit :

— Non, je ne peux pas faire ça, c'est ridicule.

Le lendemain, elle s'installait chez lui.

Pour un peu, Celia en aurait perdu son flegme.

— Tu vas t'installer chez lui ? s'exclama-t-elle pendant qu'Helen fourrait ses affaires dans son sac.

— Eh oui.

— Mais tu ne le connais que depuis quinze jours.

— Ça ne sera peut-être qu'une passade, mais que veux-tu, on ne peut pas trouver l'homme de sa vie à tous les coups.

Depuis le divorce de ses parents, la vie d'Helen n'avait été qu'une longue succession de liaisons toutes plus calamiteuses les unes que les autres. Elle n'était pas vraiment portée à collectionner les amants, et même si tel avait été le cas elle n'y serait pas arrivée sans mal, menant une vie d'ermite pendant la plus grande partie de l'année. Mais un obscur instinct la poussait à jeter systématiquement son dévolu sur les mecs les plus nuls possible. A de rares exceptions près, tous ses petits amis avaient appartenu à cette espèce d'hommes que les autres femmes évitent comme la peste, ceux qui pourraient avoir les qualificatifs de « coureur », « branque » ou « taré » tatoués sur le front en lettres fluorescentes, tellement ça saute aux yeux. Des mecs qui ne lui plaisaient pas, ne la branchaient même pas physiquement, et avec qui pourtant elle finissait par se retrouver coincée.

Pourquoi Helen choisissait-elle si mal ? Elle n'était jamais vraiment arrivée à le démêler. C'était peut-être par manque d'assurance, car tout au fond d'elle-même elle était persuadée qu'elle n'avait rien qui puisse accrocher l'intérêt d'un mec valable. Apparemment, elle n'intéressait pas non plus tant que ça les mecs nuls, car il était bien rare que ce soit elle qui prenne l'initiative d'une rupture. Elle ne s'y résolvait qu'in extremis, lorsqu'elle sentait qu'elle était à deux doigts de se faire plaquer elle-même.

En général, elle s'accrochait, même avec les plus nuls, faisant tout pour que ça marche, se dépensant sans compter pour leur complaire. C'est eux qui finissaient par s'éloigner d'elle, se mettaient à la tromper, ou lui annonçaient lors d'un ultime dîner dans quelque gargote minable, avec de délicates circonvolutions, que le mieux était peut-être d'en rester là.

Jamais encore Helen ne s'était mise en ménage avec un de ses amants. Aussi, quand Joel lui proposa de s'installer avec lui, elle fut prise d'une espèce de panique qui la poursuivit plusieurs semaines durant. Elle se réveillait la nuit, le cœur battant à tout rompre, persuadée que, dès le lever du jour, cet être soyeux et doré qui ronflait légèrement à côté d'elle en irradiant une douce chaleur allait lui dire qu'il s'agissait d'une erreur, la prier de faire sa valise, de prendre son chien et de sortir de sa vie séance tenante.

Mais au lever du jour rien n'arrivait, et au bout d'un moment, son angoisse s'estompa. Bientôt, il lui sembla même qu'ils ne faisaient plus qu'un seul être, phénomène dont ses lectures lui avaient fait soupçonner l'existence, mais auquel elle n'avait jamais cru. C'était vrai pourtant. Il leur arrivait souvent de deviner mutuellement leurs pensées, sans avoir à les formuler. Ils pouvaient passer une nuit entière à parler, ou une journée entière à se taire.

En temps ordinaire, quand on demandait à Helen ce qu'elle faisait dans la vie, elle répondait par quelques plaisanteries qui laissaient entendre que ça n'avait vraiment aucun intérêt, puis s'empressait de détourner la conversation en se mettant à poser des questions à son tour. Mais Joel ne se laissait pas décourager aussi facilement. Jamais elle n'avait autant parlé de son travail à quiconque. En l'écoutant ainsi, il lui faisait peu à peu comprendre que son directeur de thèse n'avait pas tort : dans sa partie, elle se défendait rudement bien. Mieux même, elle était brillante.

La première fois qu'il lui dit « Je t'aime », elle ne sut quelle contenance adopter. Elle se contenta de marmonner des paroles indistinctes et de l'embrasser, ne pouvant se résoudre à lui répondre qu'elle l'aimait aussi, bien que ce fût la vérité. Peut-être qu'il était du genre à dire « Je t'aime » à toutes les femmes avec lesquelles il couchait. Mais la réticence d'Helen avait un autre motif. Pour elle, cet aveu aurait eu quelque chose de fatidique. Ç'aurait été comme de joindre les deux extrémités d'un fil pour former un cercle. Elle aurait complété quelque chose. Elle y aurait mis fin.

Mais tandis que l'automne faisait place à l'hiver, que Cape Cod se vidait de ses touristes, que ses cieux se vidaient de leurs immenses vols d'oiseaux migrateurs,

Helen sentit qu'une sorte de vide se faisait en elle aussi. Libérée de ses doutes et de sa gêne, elle finit par accepter ce qu'elle avait découvert avec Joel. Puisqu'il l'aimait, il fallait qu'elle soit « aimable ». Il lui disait qu'elle était belle, et pour la première fois de sa vie elle prenait conscience de sa beauté. Même s'il avait sûrement compris que ses sentiments étaient partagés, pourquoi se serait-elle retenue plus longtemps de lui déclarer son amour ? En sorte que la deuxième fois qu'il lui dit « Je t'aime », elle lui répondit « Moi aussi ».

Ils traînèrent la longue table de la cuisine dans le séjour, la placèrent face à la grande baie vitrée, y installèrent leurs ordinateurs portables, y entassèrent des monceaux de papiers. Leur travail n'avançait guère cependant. Ils parlaient trop, se perdaient trop longtemps dans la contemplation du vent tranchant de sa faux invisible les vagues grises et écumeuses de la baie. Le poêle à bois restait allumé vingt-quatre heures sur vingt-quatre. Chaque jour, ils emmenaient Buzz faire de longues promenades le long de la grève, faisant la chasse au bois flotté.

Joel savait s'y prendre avec les bêtes. Buzz, qui jusque-là s'était montré rétif à toute discipline, devint vite avec lui d'une servilité d'esclave, obéissant à tous ses ordres, lui rapportant des bâtons qu'il jetait à des distances invraisemblables dans le ressac. Helen regardait avec une anxiété grandissante son malheureux chien se débattre au milieu des flots déchaînés, qui le ballottaient, puis l'engloutissaient. Elle était sûre qu'il allait se noyer, mais Joel se contentait d'en rire. Bientôt, une tête ébouriffée surgissait de la mousse brunâtre, serrant entre ses dents le bâton que Buzz retrouvait toujours comme par miracle, puis il patouillait bravement jusqu'au rivage et déposait son trophée aux pieds de Joel, en remuant la queue pour qu'il le relance.

Joel venait de découvrir l'opéra, qu'Helen avait toujours fait profession de détester. Elle gémissait chaque fois qu'il mettait un CD, et gémissait de plus belle quand il reprenait un aria en chœur. Mais un jour, il la surprit alors qu'elle fredonnait un air de *La Tosca* dans son bain, et elle fut obligée de reconnaître que cette musique ne lui déplaisait pas tant que ça. Puccini ne valait pas Sheryl Crow, certes, mais c'était tout de même assez sympa.

Pour Dieu sait quelle inexplicable raison, les propriétaires de la maison leur avaient laissé une étagère pleine de volumes poussiéreux et humides qui ne contenaient que des traductions de romans classiques russes que Joel avait toujours eu envie de lire, sans en trouver l'occasion. Il commença par Dostoïevski, puis, après avoir dévoré Pasternak et Tolstoï, passa à Tchekhov, qui l'enchanta par-dessus tout.

Il aimait cuisiner et le soir, tout en préparant le dîner, il racontait à Helen la nouvelle qu'il était en train de lire, tandis que le sourire aux lèvres elle le regardait s'activer. Après avoir pris leur repas devant l'âtre, ils se lovaient ensemble sur le canapé pour lire ou se parler d'endroits où ils avaient été et d'autres où ils auraient voulu aller.

Il lui raconta que dans son enfance son père l'emmenait à la pêche aux crabes, avec plein d'autres gamins, la nuit. Ils partaient en barque dans la baie, ramaient jusqu'au large, mettaient leurs casiers en place, puis regagnaient le rivage et faisaient un feu de joie sur la plage. Plus tard, ils retournaient en mer pour remonter les casiers, que son père vidait au fond de la barque.

— Ce n'était qu'un petit canot de rien du tout, et on était tous en maillot de bain, pieds nus. Le plancher grouillait de crabes et de homards qui nous cavalaient sur les pieds dans le noir. On poussait de ces hurlements !

Un jour, lui raconta-t-il, ils avaient remonté un casier et avaient trouvé à l'intérieur un sac en plastique qui contenait une bouteille de bourbon et un petit mot disant : « Merci pour le homard », sans doute laissés par des plaisanciers qui passaient par là.

Helen ne se lassait jamais d'écouter ses anecdotes. Ensuite, ils faisaient l'amour, tandis que les bardeaux de la façade claquaient bruyamment et que le vent hululait dans les chéneaux du toit.

Cet hiver-là, pour la première fois depuis des années, Cape Cod fut recouvert pendant près d'un mois d'un épais manteau de neige. Il faisait si froid que la baie fut prise dans les glaces. De leur fenêtre embuée de givre, ils la regardaient s'étaler telle une toundra jusqu'à l'horizon gris. Joel les comparait à Jivago et Lara prisonniers de leur palais de glace. Il n'aurait fallu, disait-il, que quelques loups du Minnesota peuplant les nuits de leurs hurlements, pour que l'illusion soit complète.

Helen connut le printemps et l'été les plus heureux de sa vie. Ils empruntèrent un Vaurien, et Joel lui apprit à faire de la voile. Parfois, la nuit, ils parcouraient une grande distance à pied à travers bois pour aller se baigner nus dans un étang. Ondulant dans l'eau noire tiédie par le soleil, leurs corps semblaient d'une pâleur diaphane. Enlacés, ils écoutaient le chant des grenouilles et le rugissement assourdi de l'océan au loin, de l'autre côté des dunes.

Au lieu de s'occuper de son propre travail, Helen aida Joel à faire le sien. Il lui semblait à présent que les loups appartenaient à une époque révolue, à un lieu aride et désolé qu'elle avait laissé derrière elle. Sa vie, c'était cela désormais, cette côte aux rivages proliférants, aux cieux éclatants de couleurs, où l'air était tellement chargé de sel et d'ozone qu'on en avait le crâne comme récuré.

Au début de leur deuxième automne, elle se décida

enfin à plancher un peu sur sa thèse. Comme Joel le lui avait promis un an plus tôt, ils travaillèrent côte à côte, face à la grande baie vitrée. Il leur arrivait de discuter pendant une journée entière d'une difficulté sur laquelle ils avaient buté l'un ou l'autre. Mais d'autres jours, ils s'adressaient à peine la parole. Joel allait faire du thé dans la cuisine, posait une tasse sur la table devant elle, lui effleurait le crâne d'un baiser, et toujours penchée sur son ordinateur elle lui embrassait la main, souriait et continuait à travailler, sans qu'ils échangent le moindre mot.

Puis, insensiblement d'abord, les choses se mirent à changer. Joel devenait plus taciturne. Parfois, quand Helen parlait, il la reprenait sur sa syntaxe. Il multipliait les reproches anodins, sur une assiette sale qu'elle avait laissée dans l'évier, une lampe qu'elle avait oublié d'éteindre. Helen ne s'en formalisait pas. Elle en prenait note, simplement, et faisait de son mieux pour ne pas répéter les mêmes erreurs.

Ils n'avaient jamais été d'accord sur une question qui faisait le fond même du travail de recherche d'Helen, celle de l'inné et de l'acquis. Joel était convaincu que presque toutes les actions d'un être vivant sont conditionnées par ses gènes, alors que pour Helen l'éducation et les circonstances pesaient d'un poids au moins égal. Ils avaient eu à ce sujet de longs échanges de vues, toujours très courtois. Mais désormais quand cette question revenait sur le tapis, Joel s'énervait. Un soir, il se mit même à crier et traita Helen d'idiote. Ensuite, il s'excusa, et elle affecta de le prendre à la légère. Mais il l'avait blessée, et elle en sortit avec un trouble qui persista pendant plusieurs jours.

Chez Celia, pendant le réveillon de Noël, Joel et Bryan se prirent de querelle au sujet de la nouvelle catastrophe dont l'Afrique centrale était le théâtre. Tous les journaux télévisés diffusaient des reportages montrant des centaines de milliers de réfugiés faméliques fuyant un massacre tribal en pataugeant dans la boue et la crasse. Une voiture chargée d'Américains membres d'une équipe de secours avait été prise en embuscade et ses passagers taillés en pièces à coups de machette. Assis devant la télé, dans son fauteuil en cuir à dossier réglable, au milieu de sa spacieuse salle de séjour, Bryan déclara négligemment :

— Je ne vois vraiment pas pourquoi on se laisse embringuer là-dedans.

— Que veux-tu dire ? lui demanda Joel.

Du couloir, Helen perçut la subite agressivité de sa voix. Elle sortait de la chambre des enfants qu'elle venait d'embrasser après leur avoir lu une histoire. Carey lui avait demandé si elle allait se marier avec Joel et faire des enfants avec lui ; elle avait répondu par une pirouette.

— Enfin, tout ça, c'est quand même pas nos oignons, dit Bryan.

— On fait quoi alors, on les laisse crever ?

— Ces gens-là s'entre-tuent depuis des siècles, Joel.

— Et toi, du coup, tu trouves ça normal ?

— Non. Mais ça ne nous regarde pas. Moi, je trouve que les Occidentaux font preuve de condescendance en voulant se mêler de ça. Comme si on représentait la civilisation, quoi. Alors que nous ne comprenons même pas les raisons qui les poussent à s'entre-tuer. Et quand on ne comprend pas, on ne fait qu'aggraver les choses.

— Comment ça, les aggraver ?

Helen était restée sur le pas de la porte, un peu indécise. Celia sortit de la cuisine et gagna la salle de séjour en lui adressant une grimace au passage. D'une voix faussement désinvolte, elle leur demanda s'ils voulaient du café, ce qui signifiait à peu près : *Eh là, vous deux, c'est Noël, on se calme.* Ils refusèrent le café d'une seule voix.

— A chaque fois, on se retrouve du mauvais côté, dit Bryan.

Joel hocha la tête, comme s'il méditait les paroles de Bryan, mais ne dit pas un mot. Il avait une lueur glaciale dans le regard. Jamais Helen ne lui avait vu cette expression-là. A la télé, les infos continuaient. A présent, il était question d'un python de quatre mètres cinquante que l'on avait découvert dans le sous-sol de la maison d'un couple de retraités, en Géorgie. Il y avait vécu heureux et caché pendant plusieurs années, et personne ne se serait sans doute aperçu de sa présence si l'on n'avait pas constaté une étrange multiplication des disparitions de chiens dans le quartier.

Bryan semblait un peu déconcerté par le mutisme de Joel.

— Alors, qu'en penses-tu ? demanda-t-il.

Joel le dévisagea pendant un instant, puis d'une voix parfaitement égale il répondit :

— Je pense que tu es un con.

Le réveillon ne fut pas d'une franche gaieté.

Ils regagnèrent Wellfleet et leur vie reprit plus ou moins son cours normal. Mais une fois passé le cap du nouvel an, Helen remarqua que Joel semblait de plus en plus préoccupé. Levant les yeux de son ordinateur, elle le surprenait à fixer le vide d'un air absent. Il s'irritait pour des riens, comme lorsqu'elle pianotait du bout des ongles sur son clavier en réfléchissant.

Bientôt, elle sentit que le moindre de ses actes faisait l'objet d'un jugement tacite, le plus souvent négatif. Tout à coup, il se levait et décrochait son manteau en disant qu'il allait faire un tour, et Helen restait là rongée de culpabilité à se demander ce qu'elle avait bien pu faire. De la fenêtre, elle le regardait s'éloigner à grands pas le long du rivage, courbant les épaules pour lutter contre le vent, feignant de ne pas voir les bâtons que Buzz venait déposer à ses pieds, jusqu'à ce que le chien comprenne que le temps des jeux était définitivement révolu.

Un soir, au lit, le regard perdu dans l'obscurité du plafond, Joel déclara qu'il voulait que sa vie soit utile à quelque chose.

— Tu trouves que ce que tu fais en ce moment ne sert à rien ? lui demanda Helen.

Il lui jeta un regard et elle s'empressa d'ajouter :

— Ce n'est pas à nous deux que je pensais, mais à ton travail.

En fait, les deux choses étaient indissolublement liées dans son esprit, mais il la prit au mot et lui répondit qu'en effet, son travail était peut-être utile à quelque chose, à sa modeste manière.

— Même si j'arrive à sauver quelques crabes, qu'est-ce que ça changera ? Ça n'empêchera pas l'agonie des océans, ça n'empêchera pas la destruction de la planète. Tu comprends, Helen, le monde est plein de gens qui crèvent de faim et qui se massacrent les uns les autres, et en regard de ça, ce que je fais ne représente pas grand-chose. Qu'est-ce qu'on en a à foutre, de ces quelques pauvres crabes ? J'ai un peu l'impression de jouer du violon pendant que Rome brûle.

Tout à coup, une étrange sensation de froid s'empara d'Helen. Joel lui fit l'amour, mais ce n'était plus comme avant. Il lui semblait qu'il n'était déjà plus là.

Un soir, au dîner, vers la fin du mois d'avril, il lui annonça qu'il avait posé sa candidature auprès d'une association caritative pour laquelle il voulait aller travailler en Afrique. On l'avait convoqué pour un entretien. Helen s'efforça de ne rien laisser paraître de son dépit.

— Ah bon, dit-elle. C'est formidable.

— Oh tu sais, ce n'est jamais qu'un entretien.

Il porta sa fourchette à sa bouche, en évitant son regard. Durant le court silence qui suivit, un flot de reproches stridents envahit l'esprit d'Helen. Elle essaya de prendre un ton qui n'en laissât rien transpercer.

— Ils ont des crabes qui meurent de faim, en Afrique ?

Ça lui avait échappé malgré elle. Joel la regarda. C'était la première fois qu'elle se montrait caustique avec lui. Elle continua, en tâchant de gommer un peu l'ironie :

— A quoi peut leur servir une maîtrise en biologie ?

— J'ai aussi étudié la médecine pendant deux ans, ça doit leur paraître plus conséquent, répondit-il d'une voix glaciale.

Il y eut un autre long silence, et Joel entreprit de débarrasser la table.

— Tu aurais pu me dire que tu avais posé ta candidature.

— Je n'étais pas sûr de vouloir y aller.

— Ah.

— D'ailleurs, je n'en suis toujours pas sûr.

Mais sa décision était prise, ça sautait aux yeux. Une semaine plus tard, il prit l'avion pour Washington, où devait se dérouler l'entretien. Le lendemain, on lui annonça au téléphone que sa candidature avait été retenue, et qu'on comptait sur lui pour le mois de juin.

— Qu'est-ce que je dois faire ? demanda-t-il à Helen.

Elle lui dit ce qu'il voulait entendre :

— Il faut que tu acceptes. Evidemment.

Les jours passaient, et ils n'arrivaient pas à en parler. D'ailleurs, ils ne se parlaient quasiment plus. Dehors, l'atmosphère se réchauffait. Les pluviers siffleurs faisaient de nouveau entendre leurs appels et les bécasseaux revenus sur la plage jouaient inlassablement à cache-cache avec les vagues. Mais dans la maison, l'hiver persistait. Désormais, quand Helen et Joel étaient ensemble, leurs gestes étaient empreints de gaucherie. Ils se heurtaient dans la cuisine exiguë, alors que jusque-là ils s'étaient toujours évités d'instinct, comme des danseurs. Une sorte de politesse froide, qui servait de paravent à la culpabilité de Joel aussi bien qu'à la sourde colère d'Helen, s'était installée entre eux.

La voix de sa raison lui disait que cette colère n'était pas justifiée. Ils n'étaient pas mariés, après tout. Pas une seule fois ils n'avaient abordé la question du mariage au cours de leurs discussions. Joel voulait que sa vie *serve à quelque chose*. Pourquoi Helen y aurait-elle vu un inconvénient ? C'était tout à son honneur. Joel n'avait pas l'instinct grégaire, voilà tout. Il avait besoin d'aller voir ce qui se passait ailleurs. C'était « dans sa nature ».

Au bout d'un moment, sa colère s'estompa, et le sentiment d'échec qu'elle avait déjà tant de fois éprouvé revint s'insinuer en elle. Mais il était plus cuisant que jamais, car cette fois elle ne s'était pas simplement montrée complaisante, elle s'était donnée à lui, entièrement. Il savait tout d'elle, la connaissait sous toutes les coutures, il ne lui restait rien dont elle aurait pu se dire en guise de consolation : « Ah, si seulement il avait vu ça en moi, il n'aurait jamais voulu me quitter, et même s'il l'avait voulu il n'aurait pas pu. »

Elle lui avait tout donné, et ça n'avait pas suffi à le retenir.

En mai, quand les eaux se réchauffent le long des rives du cap Cod, les limules remontent par milliers des grands fonds où ils se réfugient l'hiver. Et quand le soleil et la lune s'alignent, déclenchant les plus hautes marées de l'année, des nuées de crabes s'assemblent près des bords pour s'accoupler.

Depuis deux ans, Joel mettait cette occasion à profit pour en marquer quelques centaines, en fixant à la partie arrière de leur carapace de petites bagues en inox numérotées, histoire de vérifier combien d'entre eux revenaient l'année suivante. Quinze jours avant son départ pour l'Afrique, il décida d'effectuer cette opération pour la dernière fois.

Timidement (car à présent leurs rapports en étaient arrivés là), il proposa à Helen de venir lui donner un coup de main, comme l'année précédente. Pour bien lui montrer le peu d'angoisse (ou l'excès d'angoisse) que lui causait son départ, Helen s'était fait embaucher comme plongeuse au Moby Dick, un restaurant spécialisé dans les fruits de mer, de l'autre côté de la baie. Comme c'était son soir de congé, elle lui dit qu'elle l'accompagnerait volontiers s'il avait besoin d'elle.

C'était par une nuit fraîche, sans nuages. L'éclat de la pleine lune faisait paraître les étoiles moins brillantes. La lune était entourée d'un pâle halo brumeux. Certains considèrent ces halos comme étant de mauvais augure, mais en ce temps-là Helen ne le savait pas encore.

Ils fourrèrent le matériel de marquage dans deux havresacs, enfilèrent des cuissardes en caoutchouc et, laissant Buzz seul à la maison, gagnèrent à pied la bande sablonneuse qui longeait les bords de l'estuaire. Le sable était blanc, un peu phosphorescent ; on aurait dit de la poudre d'os. Ils marchaient à une certaine distance l'un de l'autre, mais sous la lueur oblique de la lune leurs ombres se confondaient.

Les crabes étaient au rendez-vous. Ils les aperçurent de très loin. Au bord de la plage, l'eau était agitée d'un bouillonnement incessant. En s'approchant, ils discernèrent des carapaces bombées, constellées de minuscules coquilles, se bousculant par centaines dans l'eau peu profonde dont l'écume formait autour d'eux des tourbillons iridescents.

L'an passé, Helen avait acquis le savoir-faire indispensable. N'échangeant que quelques brèves paroles, ils sortirent leur matériel de leurs sacs et se mirent au travail. Joel enfila de gros gants en caoutchouc, puis il entra dans l'eau et se dirigea vers les crabes. Il les soulevait un par un, délicatement, et les plaçait sous le faisceau de la torche électrique qu'il portait autour du cou, au bout d'une cordelette. Les crabes se débattaient et ruaient, s'efforçant de soulever l'arrière-train pour le transpercer de leur queue acérée. Quand il tombait sur un crabe déjà marqué, il relevait le numéro à voix haute et Helen, debout à quelques pas de là, le notait sur son calepin. Il lui indiquait le sexe et la taille des autres, et elle en prenait soigneusement note avant de lui tendre la bague dont il se servait pour les marquer.

De loin en loin, tout en travaillant, Joel lui signalait tel ou tel détail en lui en expliquant le sens. Il lui dit que les mâles étaient parfois une bonne douzaine à se disputer une femelle, tournoi dont un seul sortait vainqueur. En guise d'illustration, il dirigea le faisceau de sa torche sur une femelle qui s'était creusé une espèce de nid peu profond dans le sable, tout près du bord. Les œufs s'écoulaient de son ventre, par milliers, en grappes luisantes, grisâtres, que le mâle agrippé à son dos arrosait de son sperme, tandis que d'autres mâles bataillaient entre eux, sans se soucier le moins du monde des humains qui avaient fait intrusion parmi eux.

Helen voulut lui poser une question, mais tout à coup sa voix se brisa et elle s'interrompit au beau milieu de sa phrase. Elle sentit que des larmes ruisselaient sur ses joues. L'an passé, ce spectacle l'avait émerveillée. Mais à présent, la rage de vivre aveugle qui poussait ces créatures antédiluviennes à perpétuer leurs gènes de siècle en siècle depuis Dieu sait combien de millions d'années, leur férocité inexorable lui inspiraient un mélange de tristesse et d'horreur.

Voyant son visage se convulser, Joel se précipita vers elle et la prit dans ses bras. Elle nicha sa tête au creux de sa poitrine et se mit à sangloter comme une fillette.

Ecartant d'un geste doux les mèches humides qui lui retombaient sur le front, il lui demanda :

— Qu'est-ce que tu as, Helen ?

— Je sais pas.

— Parle-moi, voyons.

— Je sais pas.

— Je ne pars que pour un an. Un an, c'est vite passé. Je reviendrai. Dans un an, jour pour jour, on se retrouvera ici, pour le marquage.

— C'est pas drôle.

— Je dis ça sérieusement. C'est une promesse.

Elle releva la tête et il lui sembla qu'il avait aussi les yeux humides

— Je t'aime, dit-elle.

— Moi aussi, je t'aime.

La vision qu'elle eut de lui dans cet instant ne devait plus jamais la quitter. Il avait l'air d'un spectre fragile, et tout à coup il lui sembla que cet homme qui la tenait dans ses bras était un complet inconnu. Il lui sourit, et la vision s'effaça. Ensuite il l'embrassa longuement, tandis qu'autour d'eux les limules poursuivaient leur aveugle remue-ménage, leurs carapaces noires luisant sous la lune.

Joel était parti depuis bientôt deux mois.

Helen écrasa sa cigarette et appela Buzz. La chasse aux rats avait assez duré et elle commençait à avoir froid. Tout en hélant le chien, elle prit le chemin du retour, marchant le long du rivage. Un peu plus haut, dans la forêt, un grand duc répétait inlassablement le même cri plaintif.

Sur la véranda de derrière, elle ramassa son sac. Autour de la lampe, le sabbat d'insectes battait toujours son plein. Buzz leur aboya après deux ou trois fois. Helen le fit taire, ouvrit la porte à treillis et entra dans la cuisine en le poussant devant elle.

Elle n'alluma pas la lumière. La présence de Joel était encore trop palpable. Partout où ses yeux se posaient, elle voyait ses traces. Il en avait laissé le plus possible, sans doute pour la persuader qu'il allait revenir pour de bon. Des livres, une paire de bottes, le Discman avec ses baffles dernier modèle, tous ses CD d'opéra. Depuis qu'il était parti, Helen ne s'était pas risquée une seule fois à écouter de la musique.

Le voyant rouge de son répondeur lui indiqua qu'elle avait trois messages. Elle les écouta dans le noir, en contemplant le long sillon lumineux que la lune traçait sur la baie. Le premier était de son père. Il espérait qu'elle était bien rentrée, et se disait persuadé que Courtney et elle allaient devenir les meilleures amies du monde. Le deuxième était de Celia, qui voulait simplement lui dire bonjour, et le troisième de son vieux copain Dan Prior, avec qui elle avait jadis traqué le loup dans le Minnesota.

Elle avait eu une brève aventure avec lui cet été-là. Helen n'avait quand même pas collectionné que des tarés dans sa vie, et Dan faisait partie des rares exceptions. N'empêche que ça avait été une erreur. Ils étaient faits pour être amis, pas amants. Comme tous les mecs bien, Dan était marié, et heureux en ménage. Et pour ne rien arranger, Helen avait fait la connaissance de sa femme et de sa fille, qu'elle avait trouvées très sympathiques.

Dan et elle ne s'étaient pas parlé depuis près de trois ans, et elle fut heureuse d'entendre sa voix. Il lui annonçait qu'il avait un boulot à lui confier dans le Montana, et lui demandait de le rappeler.

Helen jeta un coup d'œil à sa montre. Il était une heure moins le quart. Tout à coup, elle se rappela que c'était son anniversaire.

7

Indifférent à l'ours de Kodiak gigantesque qui se dressait derrière lui, Dan Prior sirotait sa troisième tasse de café. L'homme et l'ours faisaient face tous deux à la porte que les premiers passagers en provenance de Salt Lake City venaient de franchir en rouspétant. L'avion avait du retard, et Dan poireautait dans le hall depuis une bonne heure. Sur ce plan-là, l'ours le battait à plate couture ; on l'avait abattu le 13 mai 1977, puis empaillé et placé là sans doute afin de faire comprendre à tous les voyageurs de passage à Great Falls qu'ils avaient intérêt à filer droit.

Dan avait passé une bonne partie de son week-end à mettre de l'ordre dans la cabane où Helen devait installer ses pénates et à trafiquer le carburateur du vieux pick-up Toyota qu'il lui avait dégoté. L'une et l'autre étaient dans un triste état, et il espérait qu'elle n'en prendrait pas trop ombrage. La cabane était un gîte de l'Office fédéral des eaux et forêts, isolé en pleine montagne, au-dessus de Hope, près d'un petit lac. Hormis les gardes forestiers qui y passaient parfois une nuit ou deux, elle était inhabitée depuis des années et, de toute évidence, oiseaux, insectes et petits rongeurs venaient régulièrement y faire la bamboula.

Le pick-up était la propriété du frère de Bill Rimmer, qui avait installé au fond de son jardin un hospice pour bagnoles moribondes. Même avec un carburateur neuf, il ne passerait probablement pas l'hiver. En plus, Helen allait aussi avoir besoin d'une motoneige.

Dan dévisagea les voyageurs qui passaient la porte à la queue leu leu, en se demandant si Helen avait toujours la même allure. Samedi soir, il avait exhumé une photo d'elle, prise cinq ans auparavant lors de leur stage d'été dans le nord du Minnesota. Assise à l'avant d'un canoë, elle tournait la tête vers lui, souriant de cet air un peu narquois qui n'appartenait qu'à elle. Ses yeux noisette, où dansaient des reflets mordorés, étaient plissés, et cela lui donnait l'air d'un lutin malicieux. Elle était vêtue de son sempiternel tee-shirt blanc sans manches qui portait au dos, en grosses lettres rouges, l'inscription DANGER : FEMELLE ALPHA. Le soleil avait blondi ses longs cheveux châtains relevés derrière la tête par une queue de cheval qui découvrait sa nuque hâlée. Dan l'avait toujours préférée avec cette coiffure-là. Sur la photo, elle était d'une beauté resplendissante. Dan était resté un long moment à la contempler.

Ce qui s'était passé entre eux ne méritait pas vraiment le nom de liaison. Ça n'avait duré que l'espace d'une nuit, au terme d'un stage d'été long et studieux. Ce n'était qu'un épisode comme il peut s'en produire quand deux individus travaillent ensemble en pleine nature, vivant dans une telle proximité physique que ne pas sauter le pas aurait confiné à la perversité.

Helen avait toujours exercé une forte attraction sur Dan, mais l'attraction n'était pas réciproque et il le savait bien. Ce qui l'avait séduit en elle, ce n'était pas seulement son physique. Il aimait sa vivacité d'esprit, l'humour caustique dont elle usait pour masquer ce qu'il y avait en elle de vulnérable, le plus souvent à ses propres dépens. Et puis, parmi les zoologistes spécialistes du loup avec lesquels il avait travaillé, elle était de loin la plus intelligente.

A l'époque, Dan dirigeait un séminaire de recherches sur les loups à l'université du Minnesota et Helen s'était portée volontaire pour le stage de terrain. Il lui avait appris à poser des pièges, et en un rien de temps l'élève avait surpassé son maître.

Cette nuit-là, ils avaient établi leur bivouac au bord d'un lac, sous un ciel constellé d'étoiles. C'était la première fois que Dan trompait Mary depuis qu'il l'avait épousée. Il eut la mauvaise idée de l'avouer à Helen le lendemain, et cet aveu lui fut fatal. Rétrospectivement, il s'en était voulu de ne pas lui avoir laissé entendre qu'il était coutumier du fait. Il lui avait fallu du temps pour s'en remettre, mais il avait fini par y arriver et leurs rapports amicaux et professionnels s'étaient poursuivis sans nuages jusqu'à ce que Dan soit affecté à un autre poste.

Tandis qu'il cherchait le visage d'Helen dans la foule, il se demandait s'il lui serait possible de ranimer cette vieille flamme, tout en se disant qu'il était idiot d'y penser.

Là-dessus, il l'aperçut enfin.

Elle venait de surgir dans l'encadrement de la porte. Une mère de famille exténuée dont les deux marmots braillaient à tue-tête lui barrait le passage. Elle l'aperçut à son tour et le salua de la main. Elle portait un jean et une chemise kaki, de coupe militaire, un peu flottante. Tout ce qui avait changé en elle, c'était la coiffure. Elle avait les cheveux courts, comme un garçon. Toujours précédée des deux mioches hurleurs, elle arriva à la hauteur de Dan.

— Qu'est-ce que tu leur as fait ? demanda-t-il.

Elle eut un haussement d'épaules.

— Je leur ai dit : « Regardez le monsieur debout devant l'ours » et aussitôt ils se sont mis à hurler.

Dan ouvrit les bras et ils s'étreignirent.

— Bienvenue au Montana.

— Merci, mon général.

Elle esquissa un pas en arrière, sans le lâcher, et l'inspecta des pieds à la tête.

— T'as l'air plutôt normal, Prior. On dirait que la réussite et les responsabilités ne t'ont pas monté à la tête. Comment se fait-il que tu ne sois pas en costard ?

— J'ai mis ma tenue la plus simple pour venir t'accueillir.

— Il te manque le chapeau de cow-boy.

— J'en ai deux à la maison, figure-toi. De temps en temps, j'en essaie un, je me regarde dans la glace et je dis : « Qui c'est ce clown ? »

Elle éclata de rire.

— Ça me fait plaisir de te voir.

— Moi aussi, Helen, ça me fait plaisir de te voir. Qu'est-ce qui est arrivé à tes cheveux ?

— M'en parle pas. Je les ai coupés il y a huit jours. Grave erreur. Si tu étais galant, tu me dirais que ça me va bien.

— Bah, je m'y habituerai sans doute.

— Pas moi, j'ai hâte qu'ils repoussent.

Ils empruntèrent l'escalier mécanique pour aller récupérer les bagages d'Helen, et les attendirent en bavardant, debout à côté du tourniquet. Dan lui demanda si elle était déjà venue dans le Montana, et elle lui dit qu'elle n'y avait fait qu'un bref séjour quand elle était petite. Ses parents les avaient emmenées en excursion dans le parc national du Glacier pendant les vacances de Pâques, et sa sœur, victime d'une intoxication alimentaire, avait passé toute la semaine au lit.

Les bagages d'Helen parurent sur le tourniquet : deux gros sacs boudins et une vieille cantine qui pesait une tonne et qui, expliqua-t-elle, lui venait de son grand-père. Ils les chargèrent sur un chariot, et Dan lui demanda :

— Tu n'as rien d'autre ?

Elle le regarda d'un air coupable.

— En fait, si.

Un steward s'approcha et posa devant eux un panier d'osier qui émettait de bruyants aboiements. Helen s'accroupit pour ouvrir la porte grillagée du panier, libérant un chien qui entreprit aussitôt de lui laver la figure à grands coups de langue. Dan trouva que ce chien avait une drôle de dégaine.

— Je te présente Buzz.

— Salut, Buzz. Quand on s'est parlé au téléphone, je ne crois pas t'avoir entendu mentionner ce nom-là.

— Je sais. Mea culpa. Si tu veux, je vais le faire liquider sur-le-champ.

— J'ai un fusil dans ma voiture.

— Ça tombe bien. Autant régler ça tout de suite.

Buzz considérait Dan d'un air intrigué.

— Laisse parler ton cœur, dit Helen. Avoue qu'il est adorable.

— D'accord, je l'avoue, dit Dan. Espérons que le loup sera du même avis.

Quand ils sortirent du bâtiment de l'aéroport, la chaleur frappa Helen de plein fouet. Le thermomètre de la voiture de Dan indiquait trente-trois degrés, mais comme l'air était sec, la sensation n'avait rien de désagréable. Helen abaissa sa vitre tandis qu'ils roulaient vers l'entrée de l'autoroute. Ils mirent cap plein sud, en direction d'Helena. Elle mourait d'envie d'en griller une, mais elle avait trop honte pour allumer une cigarette devant Dan. Elle se contenta donc d'aspirer à plein nez l'odeur d'herbe roussie par le soleil que le vent brûlant amenait jusqu'à elle. Assis derrière elle, Buzz passait le nez au-dessus du dossier de son siège et humait cet arôme entêtant en clignant des yeux.

— Tu vois, on a même donné ton nom à une ville, dit Dan.

— Quoi, Hope ? Je ne m'appelle pas Espoir.

— Non, mais tu en vis, comme tout le monde.

— C'est curieux qu'ils n'aient pas plutôt donné à ces bleds des noms comme Malheur ou Détresse.

— Le village dont mon père est originaire s'appelle Panic. C'est en Pennsylvanie.

— Tu te paies ma tête ?

— C'est vrai, je te jure. En plus, le village voisin s'appelle Désir.

— C'est de là que viennent les tramways ?

Il s'esclaffa. Venant d'Helen, même les plaisanteries les plus lourdingues le faisaient rire.

— Ma mère n'était pas très chaude pour se marier à Panic, mais mon père a fait valoir que l'église était à cheval sur les deux communes, et que ça leur donnerait le droit de dire que leur union était née à Désir.

— Ils sont toujours mariés ?

— Evidemment. Vu comme c'était parti...

— Ils ont de la chance.

— Je ne te le fais pas dire.

— Et Mary, comment va-t-elle ?

— Bien. On a divorcé il y a trois ans.

— Oh, Dan, je suis navrée.

— Ben pas moi, tu vois, et elle encore moins. Grâce au ciel, Ginny s'en est bien tirée. Elle vient d'avoir quatorze ans. Comme Mary habite toujours Helena, ce n'est pas trop compliqué pour se la partager.

— Tant mieux.

— Bah, oui.

Il y eut un silence, et Helen devina aussitôt ce qu'il allait dire.

— Et toi ? Est-ce que tu as, euh... ?

— Sois pas gêné, Prior. Tu veux savoir où en est ma vie sentimentale ?

— Non. Enfin, je veux dire, oui.

— Laisse-moi calculer. On est ensemble depuis... ça va faire un peu plus de deux ans.

— Ah bon ? C'est formidable. Il est comment ?

— Il a une tignasse hirsute, les yeux marron, et il n'est pas très loquace. Quand on est en voiture, il passe tout le temps la tête par la vitre en me fouettant les mollets de sa queue. (Dan sourit.) Enfin bon, j'ai vécu deux ans avec un mec à Cape Cod, mais il est... disons qu'il est parti ailleurs, quoi. On est dans une espèce d'entre-deux, si tu veux.

Elle avala sa salive et tourna la tête vers la vitre. Des montagnes se profilaient dans le lointain. S'apercevant qu'il venait de s'engager sur un terrain miné, Dan fit subtilement dévier le cours de la conversation. Il lui narra par le menu tout ce qui s'était passé à Hope depuis que le loup y avait fait irruption un mois plus tôt, et lui fit vite retrouver sa bonne humeur en lui racontant les obsèques de Prince, labrador valeureux entre tous.

Buck Calder avait fait venir tout exprès de Great Falls un pasteur qui s'était livré à un vibrant panégyrique du chien devant un auditoire ému auquel s'étaient mêlés des reporters de la presse écrite et des équipes de télé. La pierre tombale, en marbre noir, avait bien dû coûter dans les cinq cents dollars. L'épitaphe ne ressemblait guère à celle qu'avait imaginée Bill Rimmer (qu'Helen trouva d'excellente facture). Elle était d'un style nettement plus grandiloquent :

Ci-gît Prince
Qui empêcha le loup d'entrer chez nous
et sacrifia sa vie pour sauver notre enfant
Brave chien.

Depuis, l'excitation était un peu retombée, lui expliqua Dan. De loin en loin, un journaliste l'appelait au téléphone pour lui demander si le loup avait été localisé, et il s'efforçait de dédramatiser, en affirmant qu'ils avaient la situation bien en main, qu'ils veillaient au grain vingt-quatre heures sur vingt-quatre, que puisque ce loup ne s'était pas remontré il devait s'agir d'une bête solitaire, qu'il devait déjà être à des centaines de kilomètres de là. Dan aurait bien voulu que ce soit vrai, du reste, mais ce n'était guère plausible. Deux jours plus tôt, un garde forestier avait relevé des empreintes dans la montagne, à quelque distance de Hope.

Au bureau, Dan fit les présentations. Donna accueillit Helen avec chaleur, et se déclara ravie que Dan ait enfin eu la bonne idée d'embaucher une femme.

— Et voici Fred, dit Dan en tapotant le dessus de la vitrine. A part lui, il n'y a que des glandeurs ici.

Quelques minutes plus tard, Helen tomba sur Donna qui grillait une cigarette en douce dans les toilettes, et du coup elle se sentit autorisée à en allumer une aussi. Donna lui cita une vieille maxime, hélas trop peu connue, selon laquelle l'usage du tabac serait un vice chez les hommes, mais une vertu chez les femmes.

Dan fit monter des sandwiches pour Helen et lui, et ils passèrent deux heures en tête à tête dans son bureau, où ils élaborèrent un plan d'action à l'aide de cartes, de relevés topographiques et de photographies.

Dan expliqua à Helen qu'ils avaient survolé à trois reprises les environs de Hope sans déceler le moindre signal radio. S'il y avait des loups dans le coin, ils n'étaient vraisemblablement pas équipés de colliers. Helen devrait donc se charger de les capturer, de les en équiper, puis de les prendre en filature pour voir ce qu'ils manigançaient. Bill Rimmer, qui pour l'instant était en congé mais serait de retour sous peu, était tout disposé à lui donner un coup de main pour le piégeage.

Au cas où il s'agirait d'une famille, ce serait à Helen de déterminer de combien de membres elle se composait, d'évaluer la superficie de son territoire, et cetera. Mais sa mission ne se bornerait pas à ça, ajouta Dan. Il faudrait également, et c'était tout aussi crucial, qu'elle établisse une sorte de modus vivendi avec les éleveurs du coin.

A la fin, se redressant dans son fauteuil, il prit un ton pseudo-sentencieux pour lui détailler les clauses de son contrat. Il lui expliqua qu'il n'avait pas d'autre solution que de l'engager comme vacataire, pour une durée administrativement limitée à cent quatre-vingts jours, qu'il pourrait éventuellement renouveler. Son salaire serait de mille dollars par mois, et pour les charges sociales, tintin.

— Pas d'assurance-maladie, pas de retraite, pas de pension d'invalidité, aucune sécurité de l'emploi. Dans l'administration fédérale, un vacataire, ça ne compte pas. Ça se confond avec les murs. Dans ce bureau, on a des vacataires qu'on renouvelle de six mois en six mois depuis des années.

— Est-ce qu'on va me marquer le front d'un V écarlate ?

— C'est facultatif, Miss Ross.

— Et pour me déplacer, faudra-t-il que je me contente d'une bicyclette ?

Dan éclata de rire.

— Attends, tu vas voir. Tu veux qu'on aille visiter les lieux ?

— C'est de Hope que tu parles ?

— Oui, pour la cabane, ça peut attendre jusqu'à demain. Une fois que tu te seras fait une idée du bled, on ira casser une petite graine. Si tu n'es pas trop crevée.

— Ça me va.

Pendant qu'ils se dirigeaient vers le parking, Dan lui dit qu'elle avait le choix entre passer une nuit à l'hôtel ou dormir chez lui. Comme Ginny était chez sa mère, il avait une chambre de libre.

— Si tu es sûr que ça ne te dérange pas, j'en serai ravie, merci.

— Et voici l'engin de tes rêves, dit Dan en s'arrêtant à côté du vieux pick-up Toyota.

Au soleil, il n'avait pas trop mauvaise allure. En

sortant du lave-voiture automatique, Dan s'était aperçu que la carrosserie était sensiblement de la même couleur que la rouille, ce qui tombait vraiment à pic. Même les chromes rutilaient, ou en tout cas en donnaient l'illusion. Il assena une claque amicale au capot, et le rétroviseur se décrocha.

— Tu veux me refiler ce truc-là ? demanda Helen en riant.

Dan se baissa, ramassa le rétroviseur et le lui tendit.

— Oui, il est à toi dorénavant. On n'a plus le choix, de toute façon. Toutes les administrations fédérales sont tenues de n'utiliser que des véhicules de fabrication américaine, et je n'en ai aucun sous la main en ce moment. Toutefois, tu auras droit à une indemnité pour l'essence. Trente et un cents au mile.

— Tu es vraiment d'une libéralité confondante, Prior.

C'est Helen qui prit le volant. Comme il répondait avec un temps de retard, il fallait négocier les virages longtemps à l'avance. Elle avait un peu la sensation de faire du patin à roulettes, mais elle prit assez vite le coup de main. Suivant les indications de Dan, elle sortit d'Helena et emprunta la direction des montagnes, dont le soleil s'approchait déjà.

Ayant parlé tout l'après-midi, ils purent rester un moment silencieux sans éprouver de gêne. Il faisait plus frais à présent, et le vent était retombé. Des deux côtés de la route, les champs moissonnés couleur d'or pâle, parsemés de hautes meules cylindriques, s'étendaient à l'infini.

Le ciel et la terre paraissaient immenses à Helen, avec des contours anguleux, nettement dessinés. Les routes se dirigeaient en ligne droite vers des ranchs dont la position semblait précisément calculée. Le paysage la faisait frémir de joie et l'emplissait en même temps d'une obscure terreur. Il lui donnait la sensation d'être minuscule, légère comme un fétu. Elle se prit à penser à Joel (cela lui arrivait encore, dix ou douze fois par jour), et elle se demanda s'il avait les pieds solidement plantés sur le sol de son nouveau monde, ou s'il y éprouvait comme elle le sentiment de n'être qu'un observateur qui aurait bien voulu se poser quelque part, mais qui continuait de flotter au vent.

Les montagnes grandissaient à vue d'œil, et bientôt l'aspect du terrain devant eux se modifia, les champs faisant place à un désert pelé plein de monticules rocheux, sillonné de ravins broussailleux qui y traçaient des zigzags irréguliers. Sur sa gauche, au sommet d'une colline, Helen aperçut une longue rangée de peupliers et distingua à travers leurs frondaisons le miroitement d'un cours d'eau.

— C'est la Hope River, lui expliqua Dan.

Le soudain barrissement d'un klaxon les fit sursauter tous les deux. Pour mieux voir la rivière, Helen s'était un peu trop déportée vers la gauche ; jetant un coup d'œil à son rétroviseur, elle vit qu'un petit camion noir leur collait au train. Elle braqua si brutalement vers la droite que le pick-up fit une embardée et faillit verser dans le fossé, mais elle redressa in extremis. Plissant les yeux, regardant droit devant elle, elle dit à Dan :

— Si tu me sors une vanne sur les femmes au volant, je te tue.

— De toutes les femmes que je connais, tu es celle qui conduit le mieux.

— Tu viens de signer ton arrêt de mort.

Le petit camion noir déboîta pour les doubler. Au moment où il les dépassait, Helen tourna la tête et adressa un suave sourire d'excuse aux deux cow-boys aux visages impénétrables qui l'inspectaient du regard. Ils devaient avoir entre vingt et vingt-cinq ans, mais leur air revêche les faisait paraître plus âgés. Dan leur adressa un petit signe amical de la main. Celui qui occupait le siège du passager effleura le bord de son chapeau et esquissa un sourire, mais le conducteur se contenta de hocher vaguement la tête, sans quitter la route des yeux, et le chien debout en plein vent sur la plate-forme arrière fit montre d'un dédain au moins égal. Quand ils se furent rabattus sur le côté droit de la chaussée, le passager tourna brièvement la tête pour les regarder à travers la vitre arrière barrée d'un porte-fusil.

— Tu les connais ?

Dan fit oui de la tête.

— Ce sont les fils d'Abe Harding. Ils ont un petit ranch, juste à côté de chez Calder. Vous allez être voisins.

Helen le regarda. Il avait un drôle de sourire.

— Tu es sérieux ?

— Hélas !

— Dans ce cas, je suis mal barrée.

— Oh, tu sais, s'ils te prennent en grippe, ça ne sera pas à cause de ta façon de conduire. Tu vois l'autocollant sur leur pare-chocs arrière ?

Comme le camion était déjà loin, Helen dut avancer la tête et plisser les yeux pour discerner la tête de loup barrée d'une croix rouge qu'accompagnait le slogan : PAS DE LOUPS CHEZ NOUS.

— Génial.

— Sous peu ils te mangeront dans la main, tu verras.

Helen parcourut encore six ou sept kilomètres sur la route qui sinuait le long de la rivière, puis elle aperçut une église blanche au sommet d'un coteau. Les faîtes d'autres édifices pointaient au-delà des arbres. Un pont étroit, aux parapets formés de gros madriers, enjambait la rivière. A l'entrée du pont, un panneau annonçait : HOPE (NOMBRE D'HABITANTS : 519), chiffre qu'un tireur inconnu avait ponctué de trois points de suspension parfaitement alignés, condamnant le village et sa population à une sorte d'attente perpétuelle.

— A chaque fois je suis pris d'une envie puérile d'écrire « abandon » au-dessus de « Hope »[1].

— C'est ta façon de me vanter les mérites de cette charmante bourgade ?

— Faut-il que je te le répète ? Hope a un lourd passé.

— Quand vas-tu m'en faire l'historique ?

Aussitôt qu'ils eurent franchi le pont, Dan lui désigna un chemin sur la droite.

— Tourne là, lui dit-il.

Quittant la route, Helen s'engagea sur le chemin et se retrouva sur une aire de stationnement gravillonnée, au bord de la rivière. Deux voitures y étaient déjà garées. Elle se rangea à côté d'elles et coupa le contact.

— Viens, dit Dan, je vais te montrer quelque chose.

Laissant Buzz seul dans le pick-up, ils gagnèrent le petit jardin public qui s'étendait le long de la berge. Ses pelouses verdoyantes qui descendaient en pente douce vers la rivière étaient irriguées par des arroseurs rotatifs, dont la brume diaprée par le soleil jouait parmi les ombres de plusieurs grands saules. Négligeant les balançoires et le terrain d'aventure, des enfants se couraient après en sautant par-dessus les arroseurs. Assises sur un banc, autour d'une des tables de pique-nique en bois grossièrement équarri, leurs mères les houspillaient sans grande conviction.

Sur la rive, en contrebas, sa silhouette se détachant en ombre chinoise sur la surface de l'eau que le reflet du ciel faisait chatoyer, un vieil homme coiffé d'une casquette de base-ball poussiéreuse, le pantalon retenu par de larges bretelles rouges, jetait des miettes de pain à une famille de cygnes qui brassaient follement l'eau de leurs pieds palmés pour résister au courant.

Dan guida Helen le long d'un sentier surélevé qui gravissait en serpentant la petite colline au sommet de

_____

1. *Abandon hope* : version anglaise du « laissez toute espérance » inscrit au fronton de *L'Enfer* de Dante. *(N.d.T.)*

laquelle se dressait l'église en bois blanc qu'elle avait vue de la route. Tout en marchant, il examinait le sol. Au bout d'un moment, il s'arrêta et désigna quelque chose à ses pieds.

— Regarde.

Debout à côté de lui, Helen écarquillait vainement les yeux.

— Qu'est-ce que c'est ? demanda-t-elle.

Dan se baissa, ramassa par terre un petit objet de couleur blanche, et le lui tendit pour qu'elle l'examine.

— On dirait un éclat de coquillage, dit-elle.

Il secoua négativement la tête et tendit de nouveau le doigt vers le sol.

— Là, tu vois ? Il y en a d'autres.

Les bords du sentier étaient constellés d'espèces de copeaux d'un blanc neigeux, que les roues de bicyclettes et les semelles des chaussures de sport qui passaient constamment par là avaient rejetés sur les côtés en les émiettant encore plus.

— On en trouve parfois de plus gros, expliqua Dan. Il y en a plein sous la terre, ça fait comme une couche d'humus. C'est pour ça que l'herbe pousse si bien.

— Oui, mais c'est quoi ?

— Les vestiges de l'ancienne route.

Helen fronça les sourcils.

— Ce sont des ossements de loups. La route était pavée de crânes de loups.

Elle le regarda, croyant qu'il la faisait marcher.

— C'est vrai, je t'assure. Il y en avait des milliers.

Et tandis que sur les pelouses les enfants jouaient au milieu des jets d'eau, la tiède brise du soir résonnant de leurs rires, comme si le monde avait toujours été ainsi, Dan fit asseoir Helen à une table en bois, sous un saule, et lui raconta l'histoire de la route de crânes.

8

La colonisation de la vallée par les chasseurs et les trappeurs blancs débuta il y a cent cinquante ans. Les premiers d'entre eux arrivèrent en quête de nouvelles proies quand les castors vinrent à manquer dans les provinces orientales, remontant le Missouri à bord de grandes pirogues qui menaçaient de chavirer sous le poids de l'énorme quantité de vivres avec lesquels ils espéraient subsister tout l'hiver. Pagayant d'abord vers l'ouest, puis vers le sud, ils tombèrent sur un affluent de peu de largeur qui menait vers les montagnes et dont seuls les « sauvages » connaissaient le nom. Ils s'y engagèrent et établirent leur camp un peu plus haut en amont.

Ils édifièrent sur les pentes de la colline où se dressait aujourd'hui l'église blanche des espèces de casemates avec des toits de branchages et de terre, dont seules les cheminées faites de grosses pierres superposées trahissaient la présence. Le printemps suivant, lorsqu'ils regagnèrent Fort Benton à bord de leurs pirogues chargées de fourrures jusqu'à la gueule, le bruit que la contrée d'où ils venaient était des plus giboyeuses commença à se répandre. En quelques années, ils firent un assez grand nombre d'émules, dont certains firent le voyage en chariots bâchés, et l'on vit bientôt se former un village de chasseurs et de trappeurs. L'homme qui baptisa du nom de Hope cette colonie de tueurs sanguinaires ne voulait pas indiquer par là qu'on y aspirait à des jours meilleurs, mais perpétuer le souvenir d'une fillette qui s'était noyée dans la rivière.

En l'espace de quelques saisons, il ne resta plus trace des castors. Leurs dépouilles s'étaient transformées en bonnets et en cols dont les dames élégantes de la côte Est usaient pour se protéger des frimas, et l'argent que leur commerce avait rapporté avait été dilapidé en eau-de-vie de contrebande et en femmes. C'est seulement quand le dernier castor eut disparu de leurs berges que les premiers habitants de Hope se mirent à s'intéresser aux loups.

Depuis des temps immémoriaux, la vallée avait été particulièrement accueillante pour les loups. Traités en animaux sacrés par les Blackfeet qui avaient longtemps peuplé la région et honoraient en eux le grand chasseur, les loups n'ignoraient pas qu'elle servait de refuge l'hiver aux cerfs et aux wapitis, et l'été de voie de passage entre les montagnes et les vastes plaines où ils formaient des meutes pour traquer les bisons qui s'y déplaçaient en troupeaux immenses. Aux alentours de 1850, l'homme blanc se lança dans le massacre à grande échelle des bisons. En l'espace de trente ans, il allait en exterminer soixante-dix millions de têtes.

Paradoxalement, la vie des loups en fut d'abord facilitée, car les chasseurs blancs ne prélevaient sur leurs victimes que la peau, parfois aussi la langue et quelques morceaux de choix. Avec ce qu'ils dédaignaient, les loups avaient de quoi s'offrir de véritables festins. Sur ces entrefaites, dans certains pays d'outre-océan, la demande pour les manteaux en loup connut une subite recrudescence. Trouver le moyen de la satisfaire n'était pas bien sorcier. L'Ouest tout entier fut vite contaminé par cette rage nouvelle. A l'instar de milliers de bons, de brutes et de fous furieux qui exerçaient la même activité, les trappeurs de Hope se mirent à tuer des loups.

Pourvu qu'on dispose de deux cents dollars à investir dans l'équipement de base, c'était plus facile que de tuer des castors. Un flacon de strychnine en cristaux ne coûtait que soixante-quinze cents, et il n'en fallait que deux pour empoisonner le cadavre d'un bison. Si l'on plaçait ledit cadavre au bon endroit, il était possible de liquider cinquante loups en une seule nuit et le piège pouvait même servir une deuxième fois. Une peau de loup de bonne qualité pouvant rapporter jusqu'à deux dollars, un empoisonneur habile arrivait à se faire entre deux et trois mille dollars en un seul hiver. Pour un tel pactole, on n'hésitait pas à prendre des risques. Il n'était pas rare que des trappeurs meurent de froid, ou même qu'ils y laissent leur scalp, car les Blackfeet, qui n'avaient jamais porté les envahisseurs blancs dans leur cœur, exécraient par-dessus tout les tueurs de loups, et leur réglaient volontiers leur compte.

Chaque jour, les chasseurs de loups de Hope sillonnaient la campagne à cheval, en quête d'appâts. Comme les bisons se faisaient rares, ils se rabattaient sur tous les animaux qui leur tombaient sous la main, jusqu'aux oiseaux chanteurs dont ils incisaient délicatement la poitrine pour la farcir d'une pâte empoisonnée. Ils disposaient leurs appâts en un grand cercle, qui pouvait faire jusqu'à dix kilomètres de circonférence. Le lendemain matin, en en suivant le pourtour, ils le trouvaient jonché de bêtes mortes ou agonisantes, rapaces et carnassiers en tout genre. Outre les loups, il y avait là des renards et des coyotes, des ours et des lynx, certains encore secoués de hoquets et de convulsions. Les prés souillés par leurs vomissures ou leur bave restaient toxiques de longues années durant, tuant tous les ruminants qui venaient y paître.

L'agonie d'un loup durait parfois une heure entière. Les plus circonspects, qui s'étaient contentés de flairer et de lécher alors que leurs frères et sœurs s'empiffraient, mettaient beaucoup plus longtemps à mourir. La strychnine faisait lentement son œuvre dans leurs viscères, ils perdaient tous leurs poils et s'en allaient titubant à travers la plaine, fantômes dénudés, hurlant pitoyablement jusqu'à ce que le froid ait raison d'eux.

Au cœur de l'hiver, quand le gel durcissait tant leur moisson quotidienne que tout écorchement devenait impossible, les chasseurs entassaient les cadavres dans la neige comme des bûches. Leurs soirées étaient moins fatigantes ainsi, mais en cas de dégel brutal ils risquaient de tout perdre. C'est l'un de ces redoux imprévus qui donna naissance à la route de crânes.

Pendant l'hiver 1877, Hope connut le plus long gel de son histoire. Quand mars arriva, plus de deux mille cadavres de loups gelés étaient amassés en piles gigantesques sur les toits des casemates et autour des cabanes de rondins dans lesquelles la plupart des chasseurs avaient désormais élu domicile.

Un matin, la chaleur revint subitement, emplissant l'air d'un imperceptible murmure. Les arbres se mirent à ruisseler, des fissures se formèrent dans les glaces au bord de la rivière, et bientôt un vent d'est torride déferla des montagnes. L'alerte fut donnée, et les chasseurs, rendus frénétiques par la crainte de perdre le produit de toute une saison de dur labeur, se mirent à jouer du coutelas, tels tous les diables de l'enfer au jour du Jugement dernier.

Au coucher du soleil, les loups entassés dans le village étaient tous écorchés jusqu'au dernier. Pas une seule fourrure n'était perdue. Ivres d'une joie triomphante, les chasseurs dansèrent la gigue en pataugeant dans une gadoue de neige fondue et de sang.

Pendant des années, ils avaient jeté les cadavres de loups écorchés sur les berges de la rivière en contrebas, les livrant aux corbeaux et aux vautours, dont beaucoup succombaient à cause de la strychnine ingérée par les loups. Mais ce jour-là, histoire de commémorer leur prouesse, ils rassemblèrent les squelettes abandonnés au bord de la rivière, les mêlèrent aux cadavres décapités des loups qu'ils venaient d'écorcher, et s'en servirent pour jeter les fondations d'une route. Ensuite, ils mirent les têtes à bouillir et des crânes blanchis et polis se firent des pavés qu'ils disposèrent avec beaucoup d'art. Par la suite, ils complétèrent leur œuvre en y ajoutant les crânes de tous les loups qu'ils tuaient.

Par les nuits claires, quand il n'y avait pas de neige sur le sol, la route était visible de la montagne. A des miles à la ronde, on distinguait son pâle ruban, luisant doucement sous la lune.

Avec le temps, les crânes gagnèrent du terrain, et ils sinuèrent bientôt sur près d'un kilomètre, jusqu'à l'endroit où ceux qui étaient venus dans le sillage des chasseurs avaient jugé préférable d'établir leurs pénates, soit pour respirer un air moins vicié, soit pour éviter de côtoyer cette racaille.

Car à présent, la vallée résonnait de meuglements de bêtes à cornes, et le village avait grossi au même rythme que le cheptel, offrant tous les services nécessaires aux éleveurs. Maréchal-ferrant, coiffeur, hôtelier, fille de joie, chacun prospérait à sa manière.

A l'autre bout de la route de crânes, les chasseurs de Hope prospéraient aussi, une pimpante église blanche veillant désormais sur leurs activités du haut de son Golgotha (activités que son pasteur ne jugeait nullement répréhensibles, les loups étant, comme tous les animaux, dépourvus d'âme).

Dès avant la construction de l'église, les chasseurs avaient été tirés de leurs ténèbres spirituelles par un prédicateur du cru, qui s'était fait lui-même tueur de loups après avoir été tueur d'Indiens, un certain Josiah King, que ses ouailles surnommaient « le révérend Lobo ».

Le dimanche matin, quand il faisait beau, Josiah rassemblait autour de lui tous ceux qui n'avaient pas absorbé trop d'eau-de-vie la veille, et tonnait contre le loup, qui pour lui n'était pas seulement une bête nuisible, mais la suprême incarnation du Mal. Il en prônait l'anéantissement total, et sa ferveur était si contagieuse que les chasseurs de Hope en vinrent à se considérer comme de modernes croisés, simples serviteurs de la vengeance divine arrachant ces terres vierges à la Bête infidèle qui les avait usurpées.

Leur zèle missionnaire était généreusement récompensé, car la chasse aux loups rapportait plus que jamais. L'Etat du Montana offrait désormais une prime d'un dollar par loup abattu et les éleveurs, dont la haine envers ces créatures se passait de sermons enflammés, y allaient aussi de leur obole. Les bisons n'étaient plus qu'un lointain souvenir, les cerfs et les wapitis se raréfiaient, si bien que les loups avaient fini par prendre goût à la chair des bovins. D'autant que les vaches, moins rapides et plus stupides, faisaient des proies autrement faciles.

A la vérité, les calamités naturelles avaient toujours causé infiniment plus de ravages que les loups. L'hiver de 1886, qui fut d'une rigueur jamais vue, entraîna la perte de presque tout le cheptel de la vallée. A Hope, seules les exploitations les plus vigoureuses survécurent, mais leurs propriétaires gardèrent au cœur une rancune tenace.

Qui peut-on rendre responsable du gel, des épizooties, de la sécheresse, ou de l'effondrement du cours de la viande ? A quoi bon jeter l'anathème contre le gouvernement, la météo ou le bon Dieu, quand on a sous la main le Diable en personne ? Toutes les nuits, il faisait entendre sa voix, rôdant dans la montagne, lançant vers le ciel d'épouvantables hurlements, comme s'il eût voulu en faire choir les étoiles.

C'est ainsi qu'à Hope le loup fut promu au rang de bouc émissaire.

Lorsqu'on en prenait un vivant, on le promenait à travers les rues pour l'exposer à la vindicte publique. Les enfants lui jetaient des pierres, les plus intrépides le piquant du bout de leurs bâtons. Ensuite, enfants et adultes se retrouvaient au bord de la rivière, pour regarder les sectateurs les plus fanatiques du révérend Lobo le faire périr sur un brasier ardent, comme une sorcière.

Le tournant du siècle en marqua un aussi pour les chasseurs de Hope. Le métier ne nourrissait plus son homme. Certains optèrent pour d'autres activités, d'autres s'en allèrent un peu plus loin vers le nord ou vers l'ouest, où ils trouvèrent quelque temps encore des proies faciles. Les éleveurs disposaient désormais de nombreux soutiens dans les hautes sphères de la politique. Sous l'impulsion d'un président lui-même éleveur de bêtes à cornes, pour qui le loup n'était qu'« une bête féroce semant partout la destruction », le gouvernement fédéral prit la tête de la croisade anti-loup.

Sur l'ensemble du territoire des Etats-Unis, les gardes forestiers reçurent l'ordre d'abattre à vue tous les loups qu'ils rencontraient, et, en 1915, l'Agence fédérale de la faune et de la flore, organisme théoriquement chargé de la protection de la nature à l'échelle nationale, fut dotée de subsides généreux afin de mettre en œuvre la « solution finale ».

Les loups, qui avaient longtemps suivi la migration des bisons à travers les immenses plaines de l'Ouest, les rejoignirent en l'espace de courtes années au panthéon des espèces en voie de disparition.

Quelques-uns parvinrent à s'accrocher sur la vaste étendue de désert montagneux à laquelle s'adossait Hope. Ils se cachaient tout au fond de la forêt, bien trop sagaces et prudents pour se laisser abuser par une dépouille grossièrement empoisonnée. Ils flairaient de loin les pièges malhabiles, dont ils actionnaient parfois le mécanisme en creusant autour, afin de signifier leur mépris à ceux qui les avaient posés. Pour capturer des bêtes pareilles, il ne suffisait pas d'être rusé. Il fallait penser comme un loup, être capable de déchiffrer le moindre changement d'ombre, la plus imperceptible odeur, le plus subtil frémissement de la forêt.

A Hope, il ne subsistait plus qu'un seul homme doué de ce talent-là.

Joshua Lovelace était arrivé dans la vallée en 1911, venant de l'Oregon. Il avait été attiré dans le Montana par une mesure récemment adoptée par la législature d'Etat, qui avait considérablement accru la prime offerte pour chaque tête de loup, la faisant passer d'un coup à quinze dollars. Lovelace était un tueur d'une habileté incomparable, et le syndicat des éleveurs de Hope décida vite de l'embaucher à plein temps. Il se bâtit une maison de ses mains, à huit kilomètres du village, de l'autre côté de la rivière.

C'était un homme taciturne, solitaire de tempérament, qui protégeait jalousement le secret de ses subtils tours de main. Il était toutefois réputé pour deux particularités bien singulières. En premier lieu, il n'usait jamais d'aucune sorte de poison (ce qui le faisait passer aux yeux de beaucoup soit pour excentrique, soit pour un homme trop à cheval sur les principes). Il ne faisait pas mystère du mépris dans lequel il tenait ce genre de pratiques, les jugeant tout juste bonnes pour les demeurés qui ne se souciaient pas de faire des victimes innocentes. Pour lui, la chasse aux loups était une forme d'art, qui demandait un maximum de précision.

Sa deuxième particularité était une illustration pratique de ce principe, un dispositif de son invention qu'il avait tenté, sans succès, de faire breveter. Il prétendait que l'idée lui en était venue dans son enfance, en Oregon, alors qu'il regardait des pêcheurs de saumon placer leurs filets dans l'estuaire d'une rivière.

Il l'avait appelé « boucle de Lovelace ».

On ne pouvait en faire usage qu'au printemps, à l'époque où les louves mettent bas. Sa boucle était formée d'un cercle en fil de fer assez mince, d'une quinzaine de mètres de circonférence, auquel étaient rattachés par des bas de ligne en métal très fin une douzaine d'hameçons à ressorts. Les hameçons portaient chacun en guise d'appât un petit morceau de chair animale (n'importe quelle viande pouvait faire l'affaire, mais Joshua lui-même avait une nette préférence pour le poulet). Il ne restait plus qu'à disposer soigneusement la boucle autour d'une tanière, en la fixant à l'aide d'un piquet métallique.

Le choix du moment était déterminant. Pour remplir pleinement sa fonction, il fallait absolument que la boucle soit mise en place trois semaines (un mois au plus) après la mise bas, dont seul un observateur aguerri était capable de déterminer la date, au prix de beaucoup de patience et de discrétion. Il était rare qu'un loup adulte se laisse abuser par un appât de ce genre-là. Mais la boucle de Lovelace n'avait pas été conçue pour capturer des loups adultes.

A l'âge de quinze jours, un louveteau commence à voir clair. Une semaine plus tard, ses dents de lait percent et il acquiert le sens de l'ouïe. A partir de ce moment-là, il peut se risquer à affronter le monde extérieur, et il est prêt à consommer de petits morceaux de viande que les loups adultes lui ramènent de la chasse et régurgitent pour lui. Joshua se vantait de savoir reconnaître précisément le moment où il fallait mettre son piège en place. Il tenait à ce que son poulet soit la première et la dernière chair à laquelle goûteraient les louveteaux.

Il installait sa boucle juste avant le coucher du soleil, puis il allait se dissimuler sur une hauteur et, jusqu'à la tombée de la nuit, la surveillait à l'aide d'une vieille longue-vue de l'US Army que lui avait jadis cédée en troc un vieil Indien qui prétendait l'avoir personnellement récupérée sur le cadavre de Custer à Little Bighorn.

Quand la chance lui souriait, Lovelace voyait quelquefois s'aventurer hors de la tanière, dès le premier soir, un ou deux louveteaux alléchés par l'odeur du poulet. Un jour, dans le Wyoming, il captura une portée entière de six louveteaux avant la tombée de la nuit. Mais en règle générale, ils ne sortaient que dans l'obscurité. Seul le cri plaintif qu'ils laissaient échapper quand l'hameçon à trois pointes se fichait dans leur gosier indiquait qu'on en avait attrapé un.

Au lever du jour, cinq ou six louveteaux gisaient devant l'entrée de la tanière, comme des poissons au bout d'une ligne, tellement exténués qu'ils n'émettaient plus que de faibles gémissements. La plupart du temps, leur mère était là aussi, les léchant et les caressant du museau, car l'angoisse lui avait fait perdre sa prudence naturelle.

C'est en cela que résidait l'avantage de la boucle de Lovelace. Avec elle, un chasseur ingénieux, qui s'était trouvé une bonne cachette et ne faisait pas l'erreur d'en sortir dès le point du jour, pouvait abattre d'un coup une famille entière. On tirait les adultes un par un au fur et à mesure qu'ils rentraient de leur chasse nocturne, et une fois qu'on était certain de les avoir tous dégommés, il ne restait plus qu'à aller achever les louveteaux à coups de hache ou de crosse.

Lovelace épousa une femme beaucoup plus jeune que lui, qui mourut un an plus tard en mettant au monde leur unique fils. Le garçon fut baptisé Joseph Joshua, mais dès sa plus tendre enfance son père ne l'appela jamais autrement que « J.J. ».

Au moment de la naissance de son fils, Lovelace avait si bien fait place nette qu'il ne restait pratiquement plus un loup dans la région. Les éleveurs continuaient à lui verser des gages pour qu'il les débarrasse des loups errants qui s'aventuraient parfois dans les parages et d'autres animaux nuisibles. Mais entretemps il avait acquis une certaine renommée et les offres d'embauche affluaient de toutes les régions, certaines fort lointaines, où il subsistait encore des loups. Avant même que J.J. soit en âge de marcher, Joshua l'emmenait déjà avec lui dans ses expéditions, et il lui enseigna le métier de tueur.

J.J. était un élève doué. Il ne tarda pas à apporter des perfectionnements de son cru aux techniques mises au point par son père, de qui il avait hérité une profonde aversion pour le poison. Dix-sept années durant, ils vécurent la moitié de l'année à Hope, passant les six mois restant à sillonner le continent en tous sens, de l'Alaska au Minnesota, du Canada au Mexique, allant partout où il y avait des loups que personne n'arrivait à capturer.

Au milieu des années cinquante, le vieux n'étant plus de force à faire de si longues routes, J.J. continua seul. A partir du moment où les loups acquirent le statut d'espèce protégée, il fut contraint d'exercer son métier dans des conditions de plus grande clandestinité encore.

A Hope, le site de l'ancien camp des chasseurs était tellement insalubre qu'il fut clôturé sur ordre des autorités du comté et resta longtemps zone interdite. La route de crânes, laissée à l'abandon, disparut sous un enchevêtrement de ronces dont plusieurs générations successives de mères de famille interdirent à leurs enfants de cueillir les mûres.

Puis, longtemps après que l'écho plaintif du hurlement d'agonie du dernier des loups fut allé se perdre au fond de la vallée, des bulldozers vinrent niveler le terrain pour le transformer en jardin public. Pendant les travaux, plusieurs chiens qui avaient déterré des os sur le chantier succombèrent à un mal mystérieux, dont seuls les plus vieux habitants de Hope devinèrent l'origine.

Selon une tradition populaire indienne, les esprits de tous les loups que l'on a massacrés sur le sol américain continuent à vivre. Ils se sont rassemblés, dit la légende, tout en haut d'une montagne inaccessible, à un endroit où l'homme blanc ne peut les atteindre.

Et ils attendent le moment où ils pourront de nouveau parcourir la terre sans danger.

9

Luke Calder se laissa aller en arrière dans son fauteuil pendant que l'orthophoniste rembobinait la bande vidéo. Elle l'avait filmé lisant à haute voix une page entière d'*Un mauvais sujet*, de Tobias Wolff, et comme il n'avait buté qu'une fois sur un mot, il éprouvait une certaine satisfaction.

Par la fenêtre, il vit un semi-remorque qui tractait une bétaillère double s'arrêter en tressautant au feu rouge. Une ligne de museaux humides et roses dépassait de l'interstice d'une ridelle. Il n'était que neuf heures du matin, mais dans les rues d'Helena la chaleur faisait déjà onduler l'air. Luke avait écouté les infos dans sa voiture ; la météo annonçait de la pluie. Il n'était pour ainsi dire pas tombé une goutte depuis le début de l'été. Le feu passa au vert, et le semi-remorque s'éloigna dans un grondement de tonnerre.

— Voyons ce que ça donne.

Cela faisait à présent deux ans que Luke était en traitement avec Joan Wilson. Il se sentait à l'aise avec elle. C'était une femme un peu plus âgée que sa mère, assez rondelette, d'humeur toujours égale, avec de bonnes joues roses qui lui masquaient les yeux quand elle riait. Elle semblait disposer d'une réserve inépuisable de boucles d'oreilles insolites, qui faisaient un bizarre contraste avec ses tenues toujours très strictes.

Joan travaillait au sein d'une équipe de thérapeutes itinérants qui œuvraient dans un vaste périmètre autour d'Helena, visitant les écoles jusque dans les villages les plus reculés. Elle passait une fois par semaine, et Luke s'en faisait toujours une joie à l'avance. Au début, un autre garçon, plus jeune, qui s'appelait Kevin Leidecker, participait aussi aux séances. Luke en avait souffert, car le bégaiement de Leidecker était nettement moins prononcé que le sien.

Ce garçon lui était plutôt sympathique à part ça, jusqu'au jour où il l'avait surpris se livrant dans le vestiaire du lycée à une imitation de « Queuqueu » Calder butant sur la première phrase de la tirade de *Hamlet*. L'imitation était plutôt réussie, et ses copains se tenaient les côtes. Luke avait hérité de ce sobriquet à cause du bégaiement irrépressible qui le prenait chaque fois qu'il devait dire son nom de famille.

Un an auparavant, la famille Leidecker était partie vivre dans l'Idaho, et depuis Luke avait Joan pour lui tout seul. Durant les vacances scolaires, c'est lui qui devait se déplacer pour aller la voir. Tous les mercredis matin, il prenait sa voiture pour venir à son rendez-vous, dans une petite clinique privée.

Ils avaient déjà eu plusieurs fois recours à la vidéo, en général pour faire l'essai d'une nouvelle technique, ou pour que Luke puisse observer les gestes qu'il faisait quand il butait sur un mot. Depuis quelque temps, outre la contorsion des lèvres dont il était toujours conscient, Luke s'était aperçu qu'il clignait des yeux et tordait un peu le cou vers la gauche, et c'est cela qu'ils avaient voulu filmer. Joan disait que ces tics n'avaient rien d'anormal. Pour elle, ils faisaient partie de ce qu'on appelle les « effets secondaires ». Mais elle avait néanmoins tenu à ce qu'ils regardent ça ensemble, pour voir s'il n'y aurait pas moyen d'y remédier.

La première fois qu'elle avait filmé Luke, elle avait craint qu'il ne réagisse mal en se voyant à l'écran, mais ça ne l'avait pas particulièrement ému. Il avait l'impression de regarder quelqu'un d'autre. Sa voix lui semblait étrange, surtout à l'approche d'un mot dangereux, quand un sourire niais se dessinait sur ses lèvres. Joan prétendait qu'il était beau quand il souriait comme ça, et bien qu'il fût touché de sa gentillesse, il se doutait bien que ce n'était que du boniment à vocation thérapeutique, car quant à lui c'est plutôt à un oiseau terrorisé que son expression le faisait penser, un oiseau qui d'un instant à l'autre allait ouvrir ses ailes et s'envoler.

Le Luke de la vidéo ne s'en tirait pas si mal que ça. Il prononçait des mots qui en temps normal l'étendaient pour le compte, et ça passait comme une lettre à la poste. Des mots en *m,* comme *musique*, des mots en *p,* comme *Paris*. Il ne buta même pas sur *trombone à coulisse*, mais évidemment tout ça était facile comme bonjour en regard de ce qui l'attendait quelques lignes plus loin.

Il avait repéré le mot à l'avance, et plus il en approchait plus il se persuadait qu'il n'y arriverait jamais. Il perçut dans la voix du Luke de la vidéo une espèce de sourde tension, un peu comme celle d'un moteur qui ahane quand la voiture arrive en haut d'une côte. A l'instant d'aborder le *m* de *Moulin Rouge*, il avala une grande goulée d'air, ses lèvres restèrent coincées, puis s'avancèrent bêtement dans le vide, et ses yeux se mirent à clignoter. Il était devant un mur, et l'espace de six ou sept secondes il resta bloqué, pressant son visage contre cette barrière infranchissable.

– – J'ai l'air d'un p-p-poisson.

— Mais non voyons. Bon, on arrête là.

Joan appuya sur la touche pause et le Luke de la vidéo resta figé sur l'écran, les yeux plissés, la bouche en cul de poule, image qui apportait de l'eau à son moulin.

— C'est p-p-pas un p-p-poisson, ça ?

— Tu les as vus venir ces mots, hein ?

— Oui.

— C'est du français, c'est peut-être ça qui te gêne.

— J'en sais rien. Ça m'étonnerait. C'est p-p-pas grave. La seule chose qui m'emb-b-bête, c'est mes yeux.

Après avoir rembobiné, Joan repassa la bande, et lui montra ce qui se passait quand il commençait à être tendu. Les muscles de son visage et de son cou se contractaient visiblement. Elle lui fit plusieurs fois répéter le passage difficile en lui demandant de bien faire attention aux mouvements de sa langue et de sa mâchoire. Ensuite, elle lui fit relire toute la page à haute voix. Il achoppa bien un peu sur certains mots, et répéta quelques syllabes, mais pas une seule fois il ne cligna des yeux ni ne tordit le cou.

— Tu vois ? dit Joan. Tu avais raison, ce n'est pas grave.

Il haussa les épaules et sourit. Y arriver ici était une chose, mais une fois qu'il se retrouverait dans son environnement habituel ce serait une autre paire de manches, et ils le savaient aussi bien l'un que l'autre. Certains jours, il lui arrivait de discuter avec Joan pendant une heure entière sans bégayer une seule fois. Mais sitôt rentré chez lui, il suffisait que son père lui pose la question la plus anodine pour qu'il se retrouve dans un état voisin de l'épilepsie, même quand il aurait pu se contenter de répondre par oui ou par non.

Ses discussions avec Joan ne comptaient pas. Pas plus que celles qu'il avait avec les bêtes. Il parlait des journées entières à Œil-de-lune ou aux chiens, et c'était comme s'il n'avait jamais été bègue. Mais ça ne comptait pas. Dans la réalité ordinaire, où la parole a tellement d'importance, il en allait tout autrement. En dehors de Joan, il n'y avait qu'un être au monde avec qui il n'avait pas de mal à parler (deux avec Buck junior, qui tant qu'il ne comprendrait rien serait un interlocuteur facile). Cet être, c'était sa mère.

A la différence de tous les autres, elle ne détournait pas les yeux en le voyant s'enferrer. Quand il butait sur un mot, elle se contentait d'attendre patiemment, et peu à peu Luke sentait sa tension refluer comme si on avait ouvert une bonde. Entre eux, les choses s'étaient toujours passées ainsi.

Il la voyait encore l'arrachant à la table familiale et l'emmenant en sûreté quand son père tenait à toute force à ce qu'il s'exprime correctement pour demander une chose ou une autre. Le mur entre lui et le mot qu'il essayait de prononcer ne cessant de grandir, Luke devenait de plus en plus rouge, puis fondait en larmes, sur quoi sa mère se levait d'un bond et allait se blottir avec lui au fond d'une pièce obscure, d'où ils écoutaient les vociférations de son père jusqu'à ce que la porte claque et que sa voiture démarre en pétaradant, signe qu'il avait décidé d'aller finir la soirée ailleurs.

Pour lui c'était cela, la réalité ordinaire. Un univers dans lequel un mot de rien du tout, comme *beurre* ou *pain*, pouvait déclencher un ouragan qui semait la dévastation dans la maison, laissant tous ses occupants en larmes, tremblants de terreur ou hurlant à tue-tête.

La séance de vidéo terminée, Joan exhorta Luke à bégayer délibérément, en évitant toute précipitation, afin qu'il arrive à mieux maîtriser son élocution. Selon elle, c'était la méthode à employer pour éviter de cligner des yeux, et elle lui suggéra de s'y essayer seul chez lui, pendant qu'il ferait ses exercices. Le dernier qu'elle lui avait donné à faire consistait à produire une suite de sons inarticulés, en sorte que sa voix se mette à couler naturellement, et que les mots sortent ensuite d'eux-mêmes, comme s'ils flottaient à la surface d'une rivière.

Là-dessus, ils passèrent aux jeux de rôle, partie la plus divertissante de la séance, dont ils sortaient d'ordinaire malades de rire. Joan, qui aurait pu faire une belle carrière de comédienne, se donnait toujours à fond. Le mercredi précédent, elle avait été la tenancière mal embouchée de la buvette d'un stade de base-ball, à qui Luke était censé commander du pop-corn et deux cocas tout en commentant le match. En général, il arrivait à la faire craquer en improvisant une réplique saugrenue, par exemple en lui demandant subitement sa main, comme il l'avait fait la semaine précédente. Aujourd'hui, Joan tenait le rôle d'une femme flic hargneuse et Luke celui d'un automobiliste pris en flagrant délit d'excès de vitesse. Elle examinait les papiers de la voiture, les lui rendait, puis se penchait vers lui en reniflant.

— Vous avez bu ?

— Oui, un peu.

— Ça veut dire quoi, un peu ?

— Cinq ou six bières.

— Vous appelez ça un peu !

— Et aussi une b-b-bouteille de b-b-bourbon.

Luke voyait bien que Joan avait du mal à se retenir de rire.

— Vous l'aurez voulu. Je vais verbaliser.

En évitant soigneusement de le regarder, comme elle le faisait toujours quand elle sentait un fou rire monter en elle, Joan secoua la tête et fit semblant d'écrire quelque chose dans le carnet posé devant elle sur le bureau. Ensuite elle arracha le feuillet et le tendit à Luke. Il l'étudia. C'était une liste d'achats à faire au supermarché.

— Alors là, madame, ça me d-d-dépasse.

— Quoi ?

— Vous me verbalisez p-p-pour des p-p-pruneaux et du p-p-papier hygiénique ?

Cette fois, elle éclata. Quand leur hilarité se calma, il était dix heures et la séance était terminée. Ils se levèrent tous les deux, et Joan passa un bras autour des épaules de Luke.

— Tu fais des progrès, tu sais.

Luke hocha la tête en souriant. Joan fit un pas en arrière et le regarda d'un air ulcéré. Comme tous les faux-fuyants, les hochements de tête étaient strictement prohibés entre eux.

— B-b-bon, je fais des p-p-progrès. Je l'ai dit, d'accord ?

— D'accord.

Elle sortit dans le couloir avec lui et l'accompagna jusqu'au hall d'entrée.

— Comment va ta mère ?

— B-b-bien. Elle m'a dit de vous saluer de sa part.

— Tu es toujours décidé à repousser d'un an ton entrée à l'université ?

— Oui. Mon p-p-père p-p-pense que ça vaut mieux.

— Et toi, qu'est-ce que tu en penses ?

— J'en sais rien. Il a p-p-probablement raison.

Elle le scruta du regard, comme si son visage avait pu lui révéler qu'il mentait. Il eut un sourire.

— Je suis sincère, dit-il.

Joan savait ce qui se passait entre Luke et son père. Ils en avaient parlé dès la première séance, et bien que Luke, mû par un absurde sentiment de loyauté, ait gardé beaucoup de choses pour lui, elle en avait manifestement déduit que son père était en grande partie responsable de son bégaiement. Toutefois, Luke avait souvent l'impression que l'antipathie que Joan vouait à son père avait des causes plus profondes. Le fait que son père avait eu une brève liaison avec la consœur dont elle avait pris la succession n'y était sans doute pas pour rien. C'était une femme nettement plus jeune que Joan, qui s'appelait Lorna Drewitt, et qui avait traité Luke pendant un an, jusqu'à ce qu'il découvre le pot aux roses.

C'était pendant les vacances de Noël, l'année de ses douze ans. Son père était venu le chercher à la clinique, et il lui dit de l'attendre dans la voiture parce qu'il avait une « affaire à régler » avec mademoiselle Drewitt. Luke attendait depuis dix minutes dans l'obscurité quand un homme frappa à la vitre, lui demandant s'ils ne pourraient pas déplacer leur voiture, car elle l'empêchait de sortir du parking.

Luke regagna la clinique ventre à terre pour avertir son père, et fit irruption dans le bureau de Lorna sans frapper. Ils étaient debout contre un meuble à classeurs métallique, étroitement enlacés, et ils se séparèrent brusquement à son entrée, mais en une fraction de seconde il avait eu le temps de voir on ne peut plus clairement la main de son père entourant le sein de Lorna, dont le pull était retroussé jusqu'au cou.

Lorna s'empressa de remettre de l'ordre dans sa tenue, ouvrit le tiroir du meuble à classeurs et fit mine d'y chercher un dossier, tandis que Luke, pétrifié sur place, sentait le feu lui monter aux joues. Il voulut parler à son père du monsieur du parking, mais il buta piteusement sur le *m* et resta étendu pour le compte, comme une baleine échouée, jusqu'à ce que son père s'approche de lui et dise d'une voix douce :

— Tout va bien, Luke. J'arrive.

Pendant tout le chemin du retour ils n'échangèrent pas une parole. Son père savait sûrement que Luke avait tout vu, mais ils évitèrent l'un et l'autre de revenir là-dessus. Luke ne devait plus jamais revoir Lorna Drewitt. A quelque temps de là, il apprit cependant qu'elle s'était installée à Billings, ville où son père se rendait souvent pour affaires.

Joan était-elle au courant de cet incident, ou d'autres du même genre ? Luke ne pouvait en être sûr. Peut-être savait-elle simplement que son père était un coureur invétéré, fait qui était d'ailleurs de notoriété publique, comme Luke allait s'en apercevoir plus tard en entendant les bruits qui couraient sur son compte au lycée. Quoi qu'il en soit, Joan ne faisait pas mystère de ses sentiments. Quand Luke lui avait annoncé qu'il ne s'inscrirait pas à l'université à l'automne, elle s'était fâchée tout rouge. « Si tu veux guérir, il faut t'en aller d'ici le plus vite possible », lui avait-elle dit.

Après avoir pris congé d'elle, Luke mit son chapeau, poussa la porte et, bravant la blancheur aveuglante du soleil, entama la traversée du parking.

Tout en roulant vers la sortie de la ville, il songeait aux conseils que lui avait donnés Joan. Elle n'avait sans doute pas eu tort en lui disant qu'il ferait mieux de s'en aller. Il ne savait que trop bien pourquoi son père tenait tant à ce qu'il travaille au ranch pendant un an avant d'aller à l'université.

Luke était bien décidé à s'inscrire au département de biologie de l'université de Missoula, campus qui selon son père était un repaire de Rouges et d'écolos enragés. Il aurait voulu que Luke, suivant la voie tracée par Kathy, aille apprendre la gestion à l'université d'Etat du Montana, à Bozeman, haut lieu des études agricoles, et il espérait que son année de travaux pratiques au ranch allait lui mettre un peu de plomb dans la tête.

Luke lui avait cédé d'assez bon cœur, mais pour de tout autres raisons.

Car ainsi, il pourrait continuer à observer les loups. Et au cas où cela s'avérerait nécessaire, comme il le redoutait, il serait peut-être en mesure de leur venir en aide.

Quand il arriva au ranch, il ne trouva pas âme qui vive. La voiture de sa mère n'était pas là, et il se dit qu'elle devait être chez Kathy, ou qu'elle était allée faire une course. L'unique voiture garée devant la maison appartenait à Nat Thomas, le vétérinaire de Hope. Luke rangea sa vieille Jeep Cherokee à côté d'elle et en descendit. Les deux bergers australiens se précipitèrent à sa rencontre et lui firent fête avec des bonds joyeux tandis qu'il gravissait le talus poussiéreux qui menait à la maison.

Il tira la porte à treillis et pénétra dans la cuisine en annonçant sa présence à haute voix, mais personne ne lui répondit. Sa mère avait mis une tarte à cuire dans le four. L'odeur en était alléchante. D'ici peu, toute la famille rentrerait pour déjeuner. Depuis que son père l'avait chargé de conduire les bêtes aux pacages d'été, Luke ne déjeunait plus à la maison que le mercredi, après sa séance d'orthophonie. Les autres jours, il se contentait de sandwiches qu'il emportait avec lui dans la montagne.

Il monta dans sa chambre pour enfiler ses vêtements de travail, car il comptait se mettre en route aussitôt après le repas.

Sa chambre occupait l'angle sud-ouest de la maison. De la fenêtre orientée à l'ouest, on découvrait l'orée de la forêt, à l'embouchure de la vallée, et au loin les montagnes dont les cimes étaient souvent à demi masquées de nuages.

En fait, il s'agissait de deux chambres réunies en une seule. La deuxième, dont on avait transformé la porte en une arcade ouverte, avait jadis été celle de son frère. Au cours des années qui avaient suivi l'accident, Luke l'avait graduellement colonisée, mais la présence de Henry y était toujours palpable.

La penderie renfermait encore des vêtements qui lui avaient appartenu. Il y avait des étagères remplies de ses photos de classe, de ses trophées sportifs et de piles de magazines de chasse qu'il conservait précieusement. Suspendue à un crochet, sur le rayon du bas, il y avait aussi une relique qu'il avait chérie par-dessus tout : un gant de base-ball, portant une dédicace tracée de la main d'un joueur autrefois célèbre. *Frappe, Henry*, disait-elle. *Tu les auras*. Avec le temps, l'encre avait pâli.

Luke se demandait parfois si ses parents avaient jamais discuté de l'éventualité de se débarrasser de tout ça. Il se disait qu'il ne devait pas être facile de prendre une décision pareille. Quand on a perdu un enfant, que faire de ses objets ? Ça doit être aussi douloureux de les faire disparaître que de les laisser en vue.

Dans la moitié de chambre qu'occupait Luke, les étagères étaient bourrées de livres et d'un ramassis hétéroclite de spécimens qu'il avait récoltés dans la montagne, cailloux et fragments de rocs aux couleurs et aux formes singulières, morceaux de bois torturés évoquant des trognes de lutin, débris fossiles d'os de dinosaure. Il y avait aussi des griffes d'ours, des plumes d'aigle et de hibou, des crânes de blaireau et de lynx.

Il avait des montagnes de livres, dont des romans de Jack London, de Cormac McCarthy et d'Aldo Leopold qu'il lisait et relisait sans trève, et de nombreux ouvrages sur la vie des animaux. Dissimulés parmi eux, là où d'autres garçons de son âge eussent caché des magazines pornographiques, il y avait ses livres sur les loups. Il en possédait une bonne quinzaine, certains dus à des vétérans comme Stanley P. Young, mais la plupart issus de la plume d'auteurs plus jeunes comme Barry Lopez, Rick Bass et du plus grand des spécialistes contemporains du loup, David Mech.

Luke jeta un coup d'œil à sa montre. Il lui restait une heure à tuer avant le déjeuner et il décida de se livrer à certains des exercices que Joan lui avait prescrits. Il s'étendit sur son lit, ferma les yeux et s'attaqua à celui qu'elle avait baptisé l'« examen corporel complet ». Respirant lentement et profondément, il fit un effort conscient pour détendre tous ses muscles. Il « sonorisait » chacune de ses expirations en l'accompagnant d'un gémissement assourdi. Petit à petit, il sentit sa tension l'abandonner.

Là-dessus, comme Joan le lui avait appris, il s'imagina que sa voix était une rivière s'écoulant par sa bouche, et que tous les mots qui lui viendraient à l'esprit, si dépourvus de sens qu'ils soient, allaient être entraînés par le courant, sans violence, et en jaillir.

— La tarte aux cerises, ah ! qu'elle est exquise. Voguez jolies cerises, naviguez sans crise...

La rivière s'écoula par la porte ouverte de sa chambre, inonda le couloir où un rayon de soleil oblique faisait scintiller des particules de poussière, dévala l'escalier, envahit le rez-de-chaussée.

— La tarte de maman... s'en va au firmament...

Au bout d'un moment, sa voix se fit plus lente et une langueur s'en empara, comme si la rivière avait formé une immense flaque emplissant la maison de ses clapotis sans cesse faiblissants. A la fin, Luke s'endormit, et le silence reprit le dessus, troublé seulement par le lointain mugissement d'un veau.

Ces temps-ci, c'était l'état habituel de la maison. Le départ des sœurs de Luke en avait fait un sépulcre silencieux où ne vivaient plus que les souvenirs. Lane les avait quittés la première, ayant épousé un agent immobilier de Bozeman, et Kathy n'avait pas tardé à suivre le mouvement.

C'était sensible plus que partout ailleurs dans le vaste séjour, d'où rayonnaient toutes les autres pièces du rez-de-chaussée. C'était une pièce très spacieuse, avec un parquet en cèdre et des murs en staff blanc à charpente apparente, pourvue en son extrémité d'une grande cheminée en pierre où crépitaient les soirs d'hiver d'énormes bûches dont le matin suivant les braises rougeoyaient encore. Au-dessus de l'âtre, un conduit de fumée en fonte auquel plusieurs décennies d'usage avaient fait prendre une teinte caramel montait vers les gros madriers du plafond.

Les murs de la salle de séjour étaient ornés d'abécédaires et de canevas que la grand-mère et l'arrière-grand-mère de Luke avaient brodés de leurs doigts de fée. Ils supportaient aussi, outre les photos encadrées de tous les Henry Calder, une collection d'horloges murales anciennes, dont la mère de Luke avait eu autrefois la passion. Elles étaient en érable, avec des boîtiers de forme oblongue, ornés de représentations naïves d'animaux, d'oiseaux ou de fleurs peintes à la main sur un panneau placé au-dessous du cadran. Il n'en restait plus que quatre sur les cinq d'origine, la cinquième ayant été brisée par le frère de Luke un jour qu'il essayait d'en mettre plein la vue à ses sœurs avec son lasso, ce qui lui avait valu une bonne raclée à coups de ceinturon.

En ce temps-là, leur mère prenait grand soin de ses horloges. Tous les dimanches, elle les remontait et les réglait avec minutie afin qu'elles sonnent toutes l'heure à l'unisson. Aux visiteurs qui s'étonnaient que l'on puisse vivre au milieu de ce tintamarre, Eleanor répondait en riant que personne dans la famille n'y faisait attention, ce qui n'était que partiellement vrai, puisque Luke se souvenait qu'une fois au moins dans son enfance les horloges lui avaient fait faire un cauchemar. Un jour qu'il avait une forte fièvre causée par une de ses angines à répétition, il avait rêvé que leur tic-tac était un cliquetis de sabres, et qu'une bande de pirates sanguinaires gravissait l'escalier à pas de loup pour venir l'égorger dans son lit.

Les horloges étaient silencieuses à présent. Cela faisait plus de dix ans qu'on ne les entendait plus. A dater de la mort de Henry, sa mère ne les avait plus jamais remontées. S'agissait-il d'un geste symbolique ou d'une simple négligence de sa part ? Personne ne se serait risqué à l'interroger là-dessus. Ces horloges étaient sa propriété personnelle, et comme leur abandon semblait avoir un rapport intime et mystérieux avec son deuil, personne ne s'était permis d'y toucher. Derrière leurs vitres empoussiérées, leurs aiguilles immobiles marquaient toutes une heure différente.

Les murs de la salle de séjour et ceux d'autres endroits de la maison portaient un autre genre d'ornements qui, aux yeux de Luke en tout cas, semblaient infiniment plus chargés de sens. C'étaient les têtes montées en trophées d'une variété d'animaux tués par quatre générations de Calder mâles, tous grands chasseurs devant l'Eternel. Son frère aîné avait tiré son premier wapiti dès l'âge de dix ans, fait qui bien que contraire à la loi était une grande source d'orgueil pour son père. La tête de ce wapiti était accrochée au-dessus de la porte de la cuisine, et l'un des tours d'adresse favoris de Henry consistait à jeter son chapeau sur l'un de ses bois depuis l'autre extrémité de la pièce. Il s'était livré à cet exercice peu avant sa mort, et le chapeau était toujours en place.

Quand Luke était petit, ces trophées le perturbaient beaucoup. L'année de ses quatre ans, Henry lui avait confié un secret. « Ces bêtes ne sont pas mortes pour de vrai, lui avait-il dit. Elles sont paralysées, mais leur cervelle fonctionne encore, et leurs yeux aussi. »

Durant près d'un an, Luke eut la certitude que ses moindres faits et gestes étaient épiés et qu'ils faisaient l'objet d'une constante évaluation. Son frère lui avait expliqué que l'une des têtes avait le pas sur toutes les autres, celle d'un élan de taille gigantesque abattu par son grand-père, qui occupait la place d'honneur, au pied de l'escalier.

— Si les autres te voient faire quelque chose de mal, ils avertissent le vieil élan, avait murmuré Henry.

Luke écoutait son frère bouche bée, sans se laisser distraire par la présence de ses sœurs, qui suivaient leur conversation d'un air solennel.

— Il note toutes tes mauvaises actions, et si jamais tu en commets une de trop, il viendra te régler ton compte.

— C'est qu-qu-quoi la limite ?

— En matière de mauvaises actions ?

Luke hocha affirmativement la tête.

— Ça, je ne peux pas te le dire exactement. En tout cas, quand j'ai pété l'horloge de maman, il est venu dans ma chambre pendant la nuit et j'en ai pris plein les fesses.

— Avec quoi il t'a f-f-frappé ?

— Avec ses andouillers, pardi. Il tape avec la partie plate. Ça fait cent fois plus mal que le ceinturon de papa. J'ai pas pu m'asseoir pendant une semaine.

Chaque soir, en montant se coucher, Luke avouait silencieusement au vieil élan toutes ses mauvaises actions de la journée, en implorant son pardon. La liste de ses péchés incluait généralement le bégaiement irrépressible qu'il avait opposé aux exigences de son père au cours du dîner, et la scène que cela avait déclenchée. Même après que sa mère l'eut surpris un soir dans cette posture et l'eut détrompé (ce qui valut à Henry une nouvelle volée de coups de ceinturon), Luke continua longtemps à éprouver une obscure angoisse quand il passait devant l'élan et à se sentir observé chaque fois qu'il se retrouvait dans une pièce où il y avait des trophées de chasse au mur.

Il ne les craignait pas, pourtant. Jamais aucun animal ne lui avait fait peur. Il s'était très tôt aperçu que les animaux sont plus amicaux que les humains. Au ranch, chats, chiens, chevaux, et même veaux, venaient vers lui beaucoup plus facilement que vers quiconque. Quand son bégaiement l'avait pris, il avait trouvé un moyen de s'y soustraire. Il s'armait d'une vieille marionnette, qu'il faisait parler à sa place. La marionnette s'appelait Moe. Elle était censée représenter un renard, mais elle était si vieille et rapetassée qu'elle ne ressemblait plus à rien. Quand il s'adressait aux gens par le truchement de Moe, il ne butait pas plus sur les mots que lorsqu'il parlait aux animaux. Mais un jour, son père se mit dans une colère noire, et Moe fut exilé à tout jamais dans une armoire fermée à double tour.

Soit à cause du tour que son frère lui avait joué avec les trophées, soit à cause des gènes rebelles qui le rendaient si différent des autres Calder, Luke ne redoutait qu'une chose des animaux, c'était qu'ils le jugent mal. Et qu'au-delà de lui, ils jugent mal l'humanité prise dans son ensemble. Il n'était que trop conscient des torts que les hommes leur faisaient subir, et ayant lui-même la langue constamment liée, il savait combien l'absence de parole peut être frustrante face à l'oppression.

Un ranch ne constitue certes pas un foyer idéal pour un jeune être doué de ce genre de sensibilité. Luke s'était toujours efforcé de ne rien laisser paraître de ses sentiments. Il participait à des tâches contre lesquelles sa conscience se révoltait. A la saison du marquage, il aidait à maîtriser des veaux pendant qu'on les castrait, malgré l'odeur de chair brûlée qui lui soulevait le cœur. Il mangeait aussi de la viande, dont le goût et la consistance lui donnaient quelquefois envie de vomir.

Pour se gagner les bonnes grâces de son père, il avait même consenti à aller chasser avec lui, et ça ne l'avait mené qu'à se les aliéner définitivement.

Six ans après la mort d'Henry, son père lui avait offert de venir tirer son premier cerf. Luke, qui venait d'avoir treize ans, vivait depuis un certain temps dans la crainte de se l'entendre proposer, tout en étant secrètement vexé de ne se l'être pas entendu proposer plus tôt.

Un peu avant l'aube, ils partirent à cheval sous une lune tachetée de novembre qui illuminait l'haleine des chevaux et découpait leurs ombres sur la neige constellée de paillettes. Une heure plus tard, ils se retrouvèrent tout en haut de la forêt, debout à côté de leurs chevaux au sommet d'un à-pic, d'où ils regardèrent le soleil pointer au-dessus de l'horizon, transformant la plaine enneigée en un océan pourpre.

Son père savait toujours où il fallait aller pour trouver du gibier. Il guida Luke jusqu'à l'endroit où Henry avait tué son premier wapiti, un canyon encaissé où des hardes se réfugiaient souvent par temps de neige, sachant qu'elles y trouveraient de quoi subsister. Luke y était maintes fois venu seul, mais toujours pour observer, jamais pour tuer.

Après avoir attaché leurs chevaux, ils parcoururent les deux derniers kilomètres à pied, en prenant soin de marcher contre le vent, pourtant faible. La neige était fraîche, poudreuse, pas assez épaisse pour rendre leur progression difficile, même s'il leur arrivait parfois à l'un ou l'autre de s'enfoncer jusqu'à la taille dans une congère traîtresse. Ils n'échangeaient que de rares paroles, et toujours à mi-voix. Hormis le bruit de leur respiration et le crissement de leurs bottes sur la neige, la forêt était silencieuse. Le cœur de Luke battait à tout rompre, et il adressa au ciel une vaine prière pour que son père ne l'entende pas mais que le son en parvienne quand même aux wapitis, les incitant à une fuite salvatrice.

C'est son père qui portait la carabine. Il chassait d'ordinaire avec un Springfield ou le Magnum de calibre 16 qu'il avait acheté cet automne-là. Mais ce jour-là, il n'avait emporté que la carabine Winchester dont Henry avait usé onze ans auparavant pour abattre son premier cerf. La Winchester avait moins de recul que les fusils, et quelques jours plus tôt, en s'exerçant à tirer avec, Luke avait fait mouche à tous les coups. Son père était fou de joie.

— Tu es presque aussi bon tireur que ton frère ! s'était-il écrié.

Ils mirent plus d'une heure à atteindre l'embouchure

du canyon. Ils se glissèrent en rampant sous le tronc creux d'un vieux mélèze et se mirent à l'affût, observant les lieux par l'interstice entre les basses branches et la neige qui s'était amassée dessous. Son père lui passa les jumelles.

Les wapitis n'avaient pas entendu les battements de son cœur. A l'autre bout du canyon, une vingtaine de femelles se pressaient. Un peu à l'écart, un jeune mâle cinq cors grignotait de l'écorce dans un bouquet de trembles. Il était à moins de deux cents mètres d'eux. Luke rendit les jumelles à son père. Oserait-il lui dire qu'il aimait mieux renoncer ? Mais même s'il avait essayé, les mots n'auraient jamais franchi ses lèvres, il le savait. Leur charge dramatique était bien trop forte.

— Ce n'est pas un six-cors comme celui d'Henry, mais il fera l'affaire, lui chuchota son père.

— On n'a q-q-qu'à attendre d'en avoir t-t-trouvé un.

— Tu es fou ? C'est une belle bête. Tiens.

Il lui passa la carabine avec précaution. Il aurait suffi d'effleurer les branches qui s'enchevêtraient au-dessus d'eux pour déclencher une mini-avalanche et semer la panique parmi les biches. Luke en caressa un instant l'idée.

— Prends ton temps, mon garçon. Il faut y aller tout doucement.

Avec l'aide de son père, il inséra lentement le canon dans l'interstice. Le tronc creux répandait une forte odeur de résine, et Luke se demanda pourquoi il en était écœuré ; jamais encore la résine ne lui avait fait cet effet-là. Il cala la crosse contre son épaule.

— Il faut que tu sois à ton aise. Appuie-toi bien sur les coudes. Ça va comme ça ? Tu y es ?

Luke fit oui de la tête et colla l'œil gauche contre la lunette. Le contact lui en fut désagréable, comme si l'oculaire avait été gluant. L'espace d'un instant, il ne vit que l'image floue des arbres enneigés et les stries grises des rochers au-dessus d'eux.

— J'arrive p-p-pas à le rep-p-pérer.

— Tu vois les arbres abattus, là-bas ? Les biches sont juste au-dessous. Tu les vois ?

— Non.

— Ne t'énerve pas, on a tout notre temps. Il est sur la droite, à quelques pas d'elles.

Tout à coup, Luke vit les biches. Elles détachaient la mousse de l'écorce des troncs abattus. Quand elles relevaient la tête pour mastiquer, leurs yeux étaient tournés vers lui. La mire de sa lunette passa de l'une à l'autre, panoramiquant sur leurs ventres blancs et soyeux, où des faons étaient en train de se former.

— Tu l'as trouvé ?

— Oui.

Le wapiti tirait sur l'écorce d'un jeune arbre, et quand elle se détacha les branches tremblèrent, lui aspergeant la tête et les andouillers de neige. Le viseur télescopique le faisait paraître extraordinairement proche. Luke distinguait jusqu'au moindre poil de son cou, à l'endroit où ils étaient plus foncés. Il voyait ses mandibules remuer, discernait les taches blanches du pelage autour de ses yeux noirs et humides qui fixaient les biches de leur regard impassible et les minuscules ruisseaux de neige fondue qui lui coulaient le long du mufle.

— Il est t-t-trop jeune pour c-c-commander une harde. Il y en a sûrement un p-p-plus gros.

— Ecoute, Luke, si tu ne veux pas le tirer, je m'en charge.

Luke était écartelé entre la partie de lui-même qui aurait volontiers lâché le fusil séance tenante, et celle qui voyait bien que c'était le moment ou jamais de se gagner l'estime de son père. S'il ne sacrifiait pas la vie de cette bête, la sienne en serait dévalorisée.

Sa respiration était devenue courte et saccadée,

comme si ses poumons s'étaient aux trois quarts obs-
trués. Son cœur battait à tout rompre, il lui semblait
qu'il allait éclater et il en venait presque à le souhaiter.
La chair autour de son œil, pressée contre la lunette,
pulsait douloureusement. La mire sautait sans arrêt de
la tête au poitrail du wapiti.

— Calme-toi, mon garçon. Respire à fond.

Il sentait le regard de son père posé sur lui, le jau-
geant, comparant son attitude à celle qu'Henry avait
eue dans les mêmes circonstances.

— Tu veux que je le tire ?

— Non ! s'écria Luke. Je v-v-vais y arriver.

— Lève d'abord le cran de sûreté, Luke.

De ses doigts tremblants, il chercha le cran de sûreté
à tâtons, le fit jouer. Penchant de nouveau la tête, le
wapiti s'apprêtait à détacher encore un peu d'écorce
du tronc quand tout à coup une hésitation le prit. Il
releva la tête, pointa son mufle vers le ciel. Puis, tous
les sens subitement en alerte, il fit volte-face et Luke
eut la sensation qu'il fixait l'objectif de sa lunette.

— Tu c-c-crois qu'il nous a vus ?

Son père ne lui répondit pas tout de suite. Il observait l'animal avec ses jumelles.

— Il a flairé quelque chose, en tout cas. Tire-le,
Luke, sinon il sera trop tard.

Luke avala sa salive.

Le ton de son père se fit pressant.

— Ta mire est réglée sur la bonne distance, chu-
chota-t-il. Comme il n'y a pas de vent, tu n'as pas
besoin d'ajuster ta visée.

— Je sais.

— Tu vises juste au-dessous de l'épaule.

— Je sais !

Le wapiti le regardait toujours. Son sang lui rugissait
dans les oreilles. Il lui semblait que le monde s'était
transformé en un tunnel qui ne contenait que deux
créatures vivantes, lui à un bout et à l'autre bout le

wapiti, dont le regard fixe pénétrait jusqu'au tréfonds de son âme, s'insinuant dans les replis les plus secrets de son cœur. Comme s'il y avait vu sa mort en un éclair, l'animal sursauta et esquissa un mouvement de fuite.

A cet instant précis, Luke appuya sur la détente.

Le wapiti eut un haut-le-corps et trébucha. Les biches, prises de panique, détalèrent d'un seul mouvement vers les taillis.

— Tu l'as eu !

Le jeune mâle était tombé à genoux, mais il parvint à se redresser et s'enfuit en boitillant parmi les trembles. Le père de Luke s'extirpa du tronc creux, plongeant dans la neige la tête la première.

— Tu en es sûr ?

— A cent pour cent. Allez, amène-toi !

Luke plongea à son tour, et se retrouva à plat ventre dans la neige, aveuglé par la réverbération du soleil. Entre-temps, son père s'était remis debout.

— Donne-moi la carabine. On n'a qu'à le suivre. Il n'ira pas loin.

Son père s'engagea sur la pente, en pateaugeant dans la neige, la Winchester levée au-dessus de sa tête, et Luke lui emboîta le pas, ébloui par le soleil, prenant gadin sur gadin, couvert de neige, répétant sans arrêt, en son for intérieur ou peut-être à haute voix (il n'en savait plus rien et il s'en moquait) : *Je vous en prie, mon Dieu, faites que je ne l'aie pas atteint, et si je l'ai atteint, faites-lui grâce de sa vie, laissez-le s'échapper, je vous en supplie.*

Lorsqu'ils eurent pénétré dans le bouquet de trembles, ils trouvèrent des traces de sang dans la neige et les suivirent jusqu'à une ligne de pins qui s'adossait à la paroi du canyon.

Ils entendirent le wapiti bien avant de le voir. C'était la première fois que Luke entendait ce bruit-là, et il ne devait jamais l'oublier. C'était un cri de gorge, une espèce de râle sourd qui ressemblait au bruit qu'aurait pu faire la porte d'une maison abandonnée grinçant au vent. Les traces indiquaient que l'animal avait perdu pied sur une corniche et était tombé dans un ravin. Le père de Luke s'approcha prudemment du bord en se frayant un chemin à travers les broussailles que la neige rendait encore plus inextricables, et il examina les lieux.

— Il est là, Luke. Tu l'as touché à la gorge.

Luke sentit son cœur se serrer. Le wapiti criait sans discontinuer à présent, et le son de cette longue plainte qui se répercutait dans le canyon était tellement atroce qu'il avait envie de se boucher les oreilles.

— Viens, Luke. Il faut que tu achèves ton œuvre. Attention où tu mets les pieds, c'est un vrai précipice.

Luke avança le long de l'étroite corniche sans se soucier du risque, espérant même qu'il allait tomber. A chaque pas, sa terreur augmentait à l'idée du spectacle qui l'attendait. Arrivé à la hauteur de son père, il regarda dans le vide. La pente était très abrupte, couverte d'un amas confus de rochers éboulés. La chute du wapiti avait été arrêtée par un arbre mort, et il était resté coincé à mi-chemin. Il les regardait, tout en agitant inutilement ses pattes de derrière dans le vide audessous de lui. Il avait la gorge percée d'un trou noir, les épaules et le poitrail ruisselants de sang.

Son père réarma la Winchester et la lui tendit.

— Tiens, Luke. Tu sais ce qui te reste à faire.

Au moment où ses mains se refermaient sur la carabine, la bouche de Luke fut prise d'un tremblement incontrôlable et ses yeux s'emplirent de larmes. Il s'efforça de les refouler, en vain. Bientôt, des sanglots irrépressibles lui secouèrent tout le corps.

— Je p-p-peux pas.

Son père lui passa un bras autour des épaules.

— T'en fais pas, va. Je sais ce que tu éprouves.

Luke secoua la tête. Jamais il n'avait rien entendu

d'aussi idiot. Personne ne pouvait savoir ce qu'il éprouvait, surtout pas son père, qui avait tant de fois assisté à ce spectacle.

— Mais il faut que tu le fasses. Tant que tu ne l'auras pas fait, il ne t'appartiendra pas.

— J'en v-v-veux pas !

— Enfin voyons, Luke. Il souffre, cet animal.

— Tu c-c-crois que je ne le sais pas ?

— Alors, achève-le.

— Je peux pas !

— Mais si, tu peux.

— F-f-fais-le, toi.

Il lui tendit la carabine.

— Un chasseur doit donner le coup de grâce.

— Je suis pas un chasseur, m-m-merde !

Un long moment, son père le dévisagea sans rien dire. C'était la première fois que Luke prononçait un gros mot en sa présence. Puis, d'un air plus triste que furieux, il secoua la tête et prit la Winchester.

— Je crois que tu as raison, Luke.

Son père logea une balle dans la gorge du wapiti, qui fut secoué de longs spasmes et lança des ruades dans le vide comme si son âme s'enfuyait hors de lui, s'envolait au loin. Puis, sans les quitter des yeux un seul instant, il se contracta, émit un dernier râle et cessa de vivre.

Mais ce n'était pas fini.

Ils passèrent une corde autour du cadavre, le dégagèrent de l'arbre dans lequel il était pris et le hissèrent jusqu'à eux. Luke dut aider son père à l'écorcher et à le dépecer.

C'est la règle, lui expliqua son père tout en incisant le ventre et en glissant la main à l'intérieur pour sectionner la trachée et extirper le cœur fumant du wapiti, son foie, ses poumons. Tout chasseur doit faire ça, c'est une œuvre sacrée.

Ils lui tranchèrent la tête, taillèrent le corps en morceaux afin d'en faire des paquets. Pendant tout ce temps-là, Luke pleura sans bruit, pleura à cause de l'odeur du sang tiède qui lui engluait les mains, pleura sur lui-même, pleura de honte.

Ils suspendirent la viande qu'ils ne pouvaient transporter à une haute branche, hors d'atteinte des coyotes et des rares ours qui n'étaient pas encore entrés en hibernation. Quand ils sortirent du canyon, la tête du cinq-cors ballottant au-dessus de la viande entassée dans le sac à dos de son père, Luke, qui était harnaché de la même façon, jeta un regard en arrière. En voyant les tas de viscères et la neige transformée en une boue sanguinolente, l'idée lui vint que si l'enfer existait pour de bon c'est à ça qu'il devait ressembler, et que dorénavant il y avait sans doute sa place réservée.

La tête de ce wapiti-là n'alla jamais rejoindre les autres sur le mur. Luke se disait que sa mère y avait peut-être opposé son veto après avoir appris ce qui s'était passé, mais il n'en fut jamais certain. Cinq ans après, elle le hantait encore. Parfois, il la rencontrait au détour d'un rêve, fixant sur lui un regard lourd de sens, et il se réveillait en nage, geignant sourdement, les draps entortillés autour de lui.

10

Ce mercredi matin-là, Hope ressemblait à un plateau de cinéma pris de frénésie. La rue principale était encombrée de vaches, de bagnoles et d'enfants sur le point d'en venir aux mains avec des instruments de musique en guise de gourdins. En surplomb de la mêlée, deux jeunes types en équilibre précaire sur des échelles suspendaient tant bien que mal des rangées de fanions multicolores au-dessus de la rue.

Debout sur le seuil de l'épicerie Iverson, Eleanor Calder observait les préparatifs de la foire-rodéo annuelle, comme les autres badauds alignés le long des trottoirs.

La fanfare du lycée avait passé la matinée entière à répéter, mais sous le soleil de midi la marche au pas commençait à mettre les nerfs de tous à rude épreuve. La fanfare était censée interpréter un morceau intitulé *Soixante-seize trombones,* choix qui semblait pour le moins facétieux puisqu'elle ne comptait qu'un unique tromboniste, dont l'existence ne tenait du reste plus qu'à un fil, une cornettiste qui le dominait d'une bonne tête venant de le menacer de lui faire la peau s'il n'arrêtait pas de lui enfoncer l'index dans les côtes. Sans prêter aucune attention aux supplications stridentes de leur prof, Nancy Schaeffer, les autres membres de la fanfare prenaient parti pour l'un ou pour l'autre en échangeant des bordées d'injures tandis qu'un flot de bovidés s'écoulait placidement autour d'eux.

Personne n'avait l'air de savoir ce que les vaches venaient faire là. Soit elles avaient mal lu leur calendrier et avaient pris le chemin de la foire avec deux semaines d'avance, soit un bouvier étourdi avait eu la malencontreuse idée de choisir ce moment-là pour les mener paître à l'autre bout de la ville. En tout cas, ça n'arrangeait pas les affaires des poseurs de fanions. Le passage du troupeau faisait tanguer leurs échelles, et l'une d'elles, heurtée de plein fouet par une vache, finit par s'effondrer. Son occupant se retrouva à plat ventre sur l'auvent du restaurant Chez Nelly, d'où il vit le rang de fanions qu'il était en train d'accrocher s'enrouler en gracieuses guirlandes autour des cornes des vaches, et disparaître avec leur flot indifférent à l'autre bout de la rue principale.

Le vieil Iverson eut un claquement de langue réprobateur et il secoua la tête.

— Chaque année ça empire, constata-t-il. La fanfare fait de plus en plus de couacs.

— D'ici quinze jours ils seront au point, dit Eleanor. Et puis avec les vaches, ce n'est pas commode.

— Mais leur musique est plus agréable à l'oreille.

Eleanor eut un sourire.

— Il vaut mieux que je rentre, dit-elle. Mes hommes doivent avoir l'estomac dans les talons.

Après avoir pris congé du vieil épicier, elle se dirigea vers sa voiture, un grand sac en papier brun bourré de provisions sous chaque bras, avançant avec précaution sur le trottoir à l'asphalte tout craquelé. Il ne subsistait du troupeau que quelques traînardes, cornaquées par deux jeunes cow-boys qu'Eleanor ne connaissait pas, qui chevauchaient stoïquement sous les lazzis des boutiquiers et de quelques automobilistes mal embouchés qui attendaient qu'ils soient partis pour pouvoir enfin démarrer. Apparemment, la répétition était finie et les deux clans rivaux avaient commencé à se séparer.

Eleanor mit les sacs dans le coffre de sa voiture et en rabattit le hayon. Elle s'en voulait de n'avoir pas fait preuve de plus de modération dans ses achats. Comme presque toutes ses voisines, elle allait chaque semaine à Helena pour faire ses provisions à l'hypermarché, et l'épicerie du village ne lui servait qu'à réparer des oublis éventuels. Mais à chacune de ses visites chez les Iverson, elle se sentait tellement coupable qu'elle finissait par acheter des choses dont elle n'avait nul besoin. Elle était intimement persuadée que les Iverson, les deux vieillards bougons qui exploitaient ce magasin depuis des temps immémoriaux, savaient ce que leurs trop rares clients éprouvaient, et qu'ils faisaient exprès d'arborer des mines de six pieds de long dès que quelqu'un se risquait à y pénétrer. Elle les voyait très bien danser une petite gigue en poussant des youpis sitôt qu'ils se retrouvaient seuls.

Eleanor s'installa au volant, et la sensation du vinyle brûlant à travers le léger coton de sa robe lui arracha une petite grimace. Au moment où elle allait démarrer, elle remarqua que le panneau À VENDRE était toujours accroché à la devanture du magasin de Ruth Michaels, de l'autre côté de la rue, et la suggestion de Kathy lui revint à l'esprit.

Un mois auparavant, alors qu'Eleanor l'aidait à changer les couches du bébé, Kathy lui avait signalé que Le Parangon était à vendre et lui avait dit que ce serait peut-être une bonne idée de l'acheter. Depuis qu'elle s'était mariée, Kathy s'ingéniait à trouver des activités possibles pour sa mère. Elle lui avait tour à tour suggéré de s'inscrire à l'université, d'ouvrir un restaurant, de créer une société de vente par correspondance, de prendre des cours de yoga, voire même de faire tout cela à la fois. A présent, elle s'était mis en tête de lui faire racheter la boutique de Ruth Michaels.

— C'est idiot, voyons, avait protesté Eleanor. Je serais bien incapable de tenir un magasin. Tu me vois préparer un cappuccino ?

— Tu aidais bien ton père, à la quincaillerie. Du reste tu n'y serais pas obligée. Ruth n'a aucune envie d'abandonner. Si elle avait de quoi payer ses traites, elle continuerait. Tu n'aurais qu'à la financer, et à lui laisser la gérance du magasin. En ne payant de ta personne que si ça te chante.

Kathy avait réfuté un à un tous ses arguments, et bien que le sujet ne soit plus jamais revenu sur le tapis, Eleanor y avait souvent repensé depuis. C'était peut-être effectivement de ça qu'elle avait besoin. Maintenant que ses deux filles étaient mariées et que Luke allait entrer à l'université, elle allait avoir un sacré vide à combler.

Jadis, avant la mort d'Henry, elle s'était occupée elle-même d'une grande partie de la paperasse que Kathy avait désormais prise en charge. Hormis la confection des repas, à laquelle elle s'étonnait d'avoir pu prendre plaisir un jour, elle ne participait pour ainsi dire plus à la vie du ranch. Certains jours, elle était si écrasée d'ennui et de solitude qu'elle craignait de sombrer dans la folie.

Eleanor ne connaissait guère Ruth Michaels, n'ayant jamais dépassé le stade des salutations polies avec elle, mais avait toujours trouvé qu'elle ne manquait ni d'intelligence ni de charme. Cinq ans auparavant, son installation à Hope avait été accueillie avec un mélange d'intérêt et de suspicion. Pour être tout à fait exact, l'intérêt était du côté des hommes et la suspicion du côté des femmes, l'un et l'autre ayant les deux mêmes motifs : son physique (c'était une belle brune à la peau cuivrée) et son absence de mari. Mais le village avait fini par l'adopter (du moins dans les limites où son état de New-Yorkaise le permettait), et tout le monde l'aimait bien.

Eleanor n'avait que rarement pénétré dans la boutique, mais son impression avait chaque fois été des plus favorables. On n'y trouvait pas les habituels attrape-gogos pour touristes — gris-gris en plastique, boules à neige, tee-shirts ornés des plus belles perles de l'humour cow-boy. Ruth avait un goût très sûr, dont témoignait sa sélection de livres, de bijoux indiens, d'objets artisanaux.

Sans avoir pris de résolution vraiment tranchée, Eleanor descendit de voiture et traversa la rue, en faisant de prudents détours pour éviter les bouses de vache et le dernier carré de lycéens en uniformes chamarrés qui continuaient à échanger des insultes.

Ruth avait placé dans sa vitrine un panneau d'affichage sur lequel la population ne se faisait pas faute de placarder toutes sortes d'annonces, vide-greniers, chiots en mal d'adoption, festivités et repas de noce auxquels le village entier était convié. Celles qui y figuraient présentement étaient presque toutes en rapport avec la foire-rodéo, et l'une d'elles fit sourire Eleanor. *On demande trombonistes de toute urgence*, disait-elle. *Adressez-vous à Nancy Schaeffer — VITE !* Au-dessous du panneau d'affichage, un chat noir somnolait au soleil.

La porte était munie d'un carillon qui tintinnabulait lorsqu'elle s'ouvrait et se refermait. Eleanor mit quelques instants à s'adapter à la demi-pénombre du magasin, qui contrastait avec la lumière éclatante de la rue. Il était frais, paisible, et une douce musique flottait dans l'air, mêlée à un arôme insistant de café.

Ne voyant personne, Eleanor s'avança entre les hauts dressoirs couverts de poteries, de jouets en bois, de couvertures indiennes aux vives couleurs, en prenant garde à ne pas heurter de la tête la forêt de mobiles et de carillons qui pendaient du plafond, émettant des tintements grêles en oscillant sur eux-mêmes. Il y avait de pleins paniers de bracelets tressés de crins de cheval multicolores, des vitrines bourrées à craquer de bijoux en argent.

Du fond de la boutique, à l'endroit où se trouvait le comptoir à cappuccino, des chocs sourds et des chuintements lui parvenaient. En s'approchant, elle entendit la voix de Ruth.

— Tu vas m'obéir, oui, espèce de bourrique ? Tu vas céder ?

Ne voyant toujours personne, Eleanor eut une hésitation. Elle ne voulait pas faire intrusion au milieu d'une scène de ménage.

— Je te laisse une dernière chance, et après tu vas prendre une de ces branlées ! T'as compris ?

L'énorme percolateur en acier chromé posé sur le comptoir entra soudain en éruption, éjectant un spectaculaire geyser de vapeur.

— Saloperie ! Tu n'es bon à rien, espèce de gros tas de merde !

— Euh, bonjour ?... fit timidement Eleanor. Vous êtes là, Ruth ?

Soudain le silence se fit.

— Pas si c'est la banque ou le centre des impôts qui vous envoie.

Le haut de la tête de Ruth apparut au-dessus du percolateur, et lentement le reste du visage suivit. Elle avait une tache de cambouis sur la joue droite. Quand elle aperçut Eleanor, une lueur d'effroi lui passa dans les yeux, mais aussitôt après elle se mit à sourire.

— Ah c'est vous, madame Calder ! Pardon, je ne vous avais pas entendue entrer. Ce sacré percolateur finira par me tuer. Qu'y a-t-il pour votre service ? Je vous fais un café ?

— Il ne risque pas d'exploser ?

— Il ne me donne du fil à retordre que quand il me croit seule.

— Vous avez une tache, là, dit Eleanor en pointant l'index vers sa joue.

— Merci.

Elle sortit un Kleenex et s'essuya la joue, en usant du chrome du percolateur comme d'un miroir.

— Vous croyez aux fantômes ?

— Plus ou moins, oui. Pourquoi ?

— Ce percolateur est hanté, j'en mettrais ma main à couper. Je l'ai racheté à un restaurateur de Seattle, qui était en dépôt de bilan. Il me l'a cédé pour une bouchée de pain. A présent je sais pourquoi. Alors ce café, je vous le prépare ou pas ?

— Vous avez du décaféiné ?

— Bien sûr. Je vous le fais au lait entier ?

— Non, au lait écrémé.

— Bref, vous voulez un pas-la-peine.

— Je ne...

— C'est moi qui ai trouvé ce nom-là. Parce que le cappuccino sans caféine ni crème, cc n'est vraiment pas la peine d'en boire.

Elle éclata de rire. Son rire était rauque, un peu canaille, et il se communiqua aussitôt à Eleanor.

— Vous avez été prise dans la folle ruée des vaches ?

— J'y ai échappé de justesse, contrairement à ces pauvres gamins.

— Asseyez-vous, je vous en prie.

Eleanor se jucha sur l'un des petits tabourets de bar tandis que Ruth se débrouillait pour soutirer deux cappuccinos au percolateur récalcitrant. Elle était vêtue d'un jean délavé et d'un tee-shirt violet trop grand sur lequel le nom de son magasin était inscrit en lettres d'or. Ses cheveux noirs étaient relevés au-dessus de la nuque par un bandana rouge. Eleanor ignorait son âge, mais à vue de nez elle devait avoir entre trente-cinq et quarante ans. Décidément, se dit-elle, c'est une très belle femme.

Elle se demandait pourquoi Ruth avait eu l'air effrayé en la voyant tout à l'heure. Avait-elle vraiment des raisons de craindre une visite des impôts ? Ruth posa une tasse de café devant elle et Eleanor lui demanda :

— Vous n'avez toujours pas trouvé preneur ? Kathy m'a dit que vous étiez à la recherche d'un associé.

— Vous les avez vus se bousculer dehors ? dit Ruth. Ça n'intéresse personne.

Eleanor avala une gorgée de café. Il était délicieux. Allez, jette-toi à l'eau, se dit-elle. Elle reposa sa tasse sur la soucoupe.

— Moi, ça m'intéresserait peut-être, dit-elle.

Vu ce qu'il en restait, Buck se disait que le veau devait être mort depuis pas mal de temps. Il ne subsistait de son arrière-train que quelques os et quelques bribes de peau toute lacérée. Sa dépouille gisait à l'entrée d'une ravine, exposée à tous les vents ; le peu que les charognards à plume ou à poil n'avaient pas dévoré avait été cuit par le soleil. Nat Thomas allait avoir du mal à débrouiller tout ça.

Il s'était mis à genoux et promenait son scalpel et sa pince au milieu des mouches et des asticots. Le sol était couvert d'un remuant tapis de sauterelles. Nat avait succédé à son père comme vétérinaire attitré du ranch Calder, et Buck s'était empressé de le convoquer, car il voulait qu'il lui donne son avis avant que les agents fédéraux viennent y fourrer leur nez. Ils avaient reconnu sans difficulté que Prince avait été égorgé par un loup, mais ils n'avaient guère le choix puisque Kathy avait vu toute la scène de ses propres yeux.

Buck n'avait guère de sympathie pour Prior, le responsable de l'Office fédéral des eaux et forêts. Il n'était pas franc du collier, ce type-là. L'autre, Rimmer, l'expert en prédateurs, semblait plus coulant, mais si la situation tournait au vinaigre, il jetterait sûrement le masque. Les agents fédéraux, Buck les mettait tous dans le même sac. Ils étaient de cœur avec les loups, tous autant qu'ils étaient.

Debout derrière Nat, Buck et Clyde observaient son manège. La chaleur de midi brouillait subtilement les formes des rochers épars çà et là dans la prairie. Hormis le bruissement des sauterelles et une vache qui meuglait à intervalles irréguliers du côté de la forêt, tout était silencieux. Ils venaient de gravir un flanc de colline escarpé, et Buck était en nage. Laissant la voiture de Nat garée devant la maison, ils étaient partis vers la montagne à bord du pick-up de Clyde. Comme le terrain était trop accidenté, ils avaient dû se coltiner les huit cents derniers mètres de côte à pied. A cheval, ça aurait été nettement moins pénible.

C'est Clyde qui avait découvert le cadavre du veau. Luke l'avait laissé passer, et Buck en était très mécontent. Aussitôt après que Prince s'était fait tuer, il l'avait chargé de conduire les bêtes à leurs pacages d'été. S'il y avait des loups dans les parages, il valait mieux que quelqu'un soit là pour veiller au grain. Il s'était dit que le gamin ferait aussi bien l'affaire qu'un autre. Il connaissait la montagne comme sa poche, et pour une fois ça lui donnerait l'occasion de se rendre utile.

Buck lui avait pourtant bien dit d'être à l'affût de tout incident de cette nature. Comment avait-il pu passer à côté de ça ? Il est vrai qu'il était tout le temps dans les nuages, occupé à rêvasser, à lire ou à gratter le sol pour exhumer de vieux bouts d'os. Buck arriverait-il jamais à lui inculquer les rudiments du métier d'éleveur ? Il en doutait sérieusement.

— Alors Nat, qu'est-ce que tu en dis ?
— Tout ça n'est guère concluant.
— La mort remonte à quand ?

— Trois jours, peut-être quatre.

— D'après toi, c'était un loup ?

— Ce qui est sûr, c'est qu'on l'a boulotté. Tu vois ces marques de dents, là, derrière la nuque ? La bête qui a fait ça avait de sacrés crocs, mais ce n'était sûrement pas un ours. Plutôt un loup, ou un coyote. Vous avez trouvé des empreintes ?

— Le sol est trop sec, dit Clyde. Et avec toutes ces sauterelles, on n'y voit rien.

— Peut-être qu'il était déjà mort quand il s'est fait boulotter.

— Mes vaches ne claquent pas comme ça sans raison, Nat. Tu es bien placé pour le savoir.

— D'accord, mais vu ce qui en reste il aurait aussi bien pu être frappé par la foudre.

— Là, tu pousses un peu, tu crois pas ?

— Ça pourrait être n'importe quoi.

Buck scruta le cadavre des yeux, et il se baissa pour ramasser quelque chose. C'était un fragment de peau durci par le soleil, portant le monogramme HC, marque du ranch Calder. Après avoir soufflé dessus pour en déloger une sauterelle, il le tourna et le retourna entre ses doigts.

Qu'on perde un veau par-ci par-là, c'est dans l'ordre des choses. De loin en loin, il y en a un qui tombe malade ou qui reste coincé au fond d'un ravin. Quelques années plus tôt, ils s'en étaient fait tuer deux par un vieux grizzly, auquel l'expert en prédateurs était venu régler son compte. Quand on élève des bêtes à cornes en montagne, on ne peut pas éviter des pertes occasionnelles.

Mais les deux années précédentes, les bêtes étaient toutes revenues indemnes de leurs pacages d'été. Et en voyant sa marque sur ce bout de cuir racorni, Buck avait senti une vague de colère monter en lui.

C'est un loup qui avait fait ça, il en aurait mis sa main à couper et il était bien décidé à le prouver. Ça

164

devait être un de ceux que ces abrutis du gouvernement avaient lâchés dans le parc de Yellowstone, le même sans doute qui avait déjà égorgé le chien de Kathy. Ils espéraient peut-être qu'ils allaient rester les bras croisés pendant que ces sales bêtes se régalaient de veaux à cinq cents dollars piècc ? Bande de pourris ! Buck allait leur montrer de quel bois il se chauffait.

Il jeta le petit morceau de cuir dans le ravin et le regarda dégringoler en ricochant le long de la paroi.

— Alors Nat, c'était un loup ou pas ? Tu es prêt à m'appuyer là-dessus ?

Le vétérinaire se remit debout et il se gratta la tête. Visiblement, ça l'ennuyait que Buck le mette ainsi au pied du mur. Les deux hommes se connaissaient depuis l'enfance, et ils savaient l'un et l'autre que, pour Nat, le ranch Calder était une source de revenus appréciable, comme il l'avait été jadis pour son père.

— C'est dur de se prononcer, Buck.

— En tout cas, il n'est pas mort de vieillesse.

— Sans doute pas, mais...

— Et tu viens de dire que ça ne pouvait pas être un ours.

— Je ne peux pas être trop catégorique sur ce point.

Buck lui passa un bras protecteur autour des épaules. Comme le vétérinaire était de petite taille, on aurait dit un oncle et son neveu.

— Nat, tu es un ami, je ne veux pas te dicter ta conduite. Mais tu les connais, ces sacrés écolos. Ils vont se mettre en quatre pour nous prouver que ce n'est pas un de leurs loups bien-aimés qui a fait ça. Tout ce que je te demande, c'est d'apporter un peu d'eau à mon moulin en me donnant ton avis.

— Bon, c'est possible, je dis pas.

— C'est pas avec ça qu'on va leur rabattre leur caquet. D'après toi, combien y a-t-il de chances que ce soit un loup qui ait fait ce coup ? Quatre-vingt-dix pour cent ? Quatre-vingts ? Je te laisse décider.

— Là, tu y vas un peu fort quand même.

— Soixante-quinze, alors ?

— J'en sais rien, moi. Peut-être.

— Bon, eh bien va pour soixante-quinze.

Buck libéra les épaules du vétérinaire. Il avait obtenu ce qu'il voulait.

— Merci, Nat. Je savais que je pouvais compter sur toi. Tu peux le recouvrir, Clyde.

Clyde étala sur les restes du veau la vieille bâche verte dont ils s'étaient munis, faisant lever une nuée de sauterelles. Jetant un coup d'œil à sa montre, Nat Thomas déclara qu'il avait pris du retard sur sa tournée et qu'il fallait qu'il se sauve. Il préférait ne pas être là quand les types du gouvernement s'amèneraient, et Buck le comprenait sans peine. Il lui assena une claque amicale sur l'épaule et ils entamèrent la descente de la colline.

— On va te ramener à ta voiture, lui dit Buck. Tu viens, Clyde ? On va passer un coup de fil aux écolos.

— Luke ? Tu viens déjeuner ?

En ouvrant les yeux, Luke vit sa mère debout à son chevet, qui le regardait.

— Tu n'es pas malade, au moins ?

— Non, je faisais mes exercices et je me suis assoupi.

D'un geste très doux, elle écarta la mèche qui lui retombait sur le front. Elle souriait, mais Luke discerna une lueur d'inquiétude dans son regard. Il se redressa sur son séant, posa les pieds par terre et entreprit d'enfiler ses bottes.

— Qu'est-ce qui ne va pas ?

Sa mère détourna les yeux et poussa un soupir.

— Maman ?

— Clyde a trouvé un veau crevé. Ton père en fait tout un fromage.

— Où l'a-t-il t-t-trouvé ?

— Je n'en sais trop rien.

— Vers les pacages d'été ?

Elle posa les yeux sur lui et hocha affirmativement la tête.

— Il p-p-pense que c'est un loup ?

— Oui, et Nat Thomas est aussi de cet avis. Viens, ils sont tous là. Il n'y a pas moyen d'y couper.

Luke sortit de la chambre sur ses talons et la suivit dans le couloir. Comment allait-il se justifier ? Son père allait lui faire porter le chapeau, il le savait. Comment Clyde avait-il trouvé le veau ? Qu'est-ce qui lui prenait de venir marcher sur ses brisées ?

Luke était tombé sur le veau crevé deux jours plus tôt. Dans la poussière, il y avait des empreintes de loup toutes fraîches et quelques laissées. Après avoir traîné le cadavre jusqu'au fond du ravin et l'avoir recouvert avec de grosses pierres, il avait cassé une branche de pin et s'en était servi pour balayer les traces, puis il avait fait disparaître les laissées. Il se disait qu'ainsi personne ne s'apercevrait de rien avant l'automne, quand les bêtes redescendraient et qu'on en ferait le compte.

En approchant de la porte de la cuisine, Luke saisit des bribes de conversation. Clyde rapportait en riant les paroles de Nat Thomas à Ray et Jesse, les deux ouvriers qu'ils avaient embauchés pour la fenaison. Quand Luke entra dans la pièce, Clyde se tut brusquement et tous les yeux se posèrent sur lui. Son père était assis à la tête de la table.

— Bonjour, Luke, dit-il. Tu as bien dormi ?

— Je f-f-faisais mes...

— Assieds-toi et mange. Ça va être froid.

Luke s'assit à côté de Ray, qui le salua de la tête.

— Comment ça va, Luke ?

— B-b-bien.

Sa mère lui découpa une tranche de rôti de viande hachée. C'était l'un des rares plats de viande qu'il appréciait vraiment, mais il n'avait aucun appétit. Les autres convives avaient tous plus ou moins fini de manger.

— Bref, reprit Clyde, il s'est mis à se gratter la tête d'un air embêté en disant que c'était dur de se prononcer et là-dessus Buck a fait : « En tout cas, il est pas mort de vieillesse. »

Clyde éclata d'un rire sonore et les deux ouvriers l'imitèrent. Luke sentait les yeux de son père posés sur lui, mais il ne détacha pas les siens de son assiette, que sa mère était en train de remplir de pommes de terre et de salade. Elle entreprit ensuite de resservir Ray et Jesse.

— Luke, lui demanda son père, on t'a dit qu'on avait trouvé un veau crevé ?

Comme il avait la bouche pleine, il se borna à hocher affirmativement la tête, mais visiblement son père attendait une réponse.

— Oui, dit-il. Où l'avez-vous t-t-trouvé ?

— Vers Ripple Creek, dit Clyde. Tu vois le petit ravin qui longe le bas de la prairie ?

— Oui.

— C'est là qu'on l'a trouvé.

Ayant subodoré qu'il s'agissait d'une affaire de famille, les deux ouvriers avaient plongé le nez dans leurs assiettes. Luke sentait les yeux de son père rivés sur lui.

— Je croyais que tu inspectais ce coin-là tous les jours, dit-il.

— Oui, mais je ne d-d-descends pas dans le ravin. J-j-je longe le b-b-bord à cheval, c'est t-t-tout.

— Justement, c'est là qu'il était. Au bord du ravin, bien en vue.

Une bête l'aura trouvé et l'aura traîné jusque-là, se dit Luke. Mais quelle bête ? Peut-être que les loups étaient revenus.

— De q-q-quoi est-il m-m-m... ?

— Tu veux savoir ce qui l'a tué ?

— Oui.

— Nat Thomas pense que c'était un loup. Le type des Eaux et Forêts, Prior, va essayer de joindre Bill Rimmer. S'il arrive à lui mettre la main dessus, ils passeront cet après-midi. Mais moi, en attendant, je me fais du souci. Qui sait combien d'autres veaux crevés on va trouver là-haut ?

— P-p-probablement aucun.

— Ce boulot, c'est toi qui l'as voulu, Luke. Si tu veux le garder, il faut le faire convenablement, c'est compris ?

Luke hocha affirmativement la tête.

— Oui, p-p-papa.

— Sinon je te ferai remplacer par Jesse.

— Ouf ! fit Ray avec un grand sourire, feignant de s'éponger le front. J'aime mieux ça. Au moins, si quel-qu'un se fait bouffer par les loups, ça sera pas moi.

L'éclat de rire général allégea un peu l'atmosphère. Le père de Luke se leva, et Clyde l'imita instantané-ment, comme s'ils avaient été attachés par un fil invi-sible.

— Rien ne prouve que c'était un loup, dit Eleanor.

— Ce n'est pas l'avis de Nat Thomas, rétorqua Buck en se coiffant de son chapeau.

La mère de Luke faisait la vaisselle, debout au-des-sus de l'évier. Sans se retourner vers Buck, elle ajouta :

— Pour dix dollars, Nat Thomas accuserait Bugs Bunny.

C'est quand sa mère sortait des phrases comme celle-là que Luke mesurait le mieux l'amour qu'il lui portait.

Malgré tout ce que Dan lui avait raconté sur le compte de Buck Calder, Helen éprouva un choc en le voyant en chair et en os. Il écrasait tous ceux qui l'entouraient de sa force physique. On aurait dit un requin égaré dans un bocal de poissons rouges.

En arrivant au ranch, Dan avait fait les présentations en expliquant à Calder qu'Helen faisait désormais partie de son équipe et qu'elle allait les aider à retrouver la piste du loup (il s'était bien gardé d'employer le pluriel). Calder avait tendu son énorme patte à Helen. Sa poignée de main était d'une douceur inattendue, et il avait gardé sa main dans la sienne un poil trop longtemps, en la fixant de ses yeux bleu délavé. Son regard était tellement direct, tellement sans-gêne qu'Helen avait senti le rouge lui monter aux joues. Il avait offert de la prendre à bord de son pick-up pour monter jusqu'ici, mais elle avait répondu (en bredouillant un peu) qu'elle préférait rester avec Dan et Bill Rimmer. Tandis qu'ils gravissaient la colline, Dan l'avait taquinée à ce sujet.

— On dirait que tu as fait une touche, Helen.

— Il a des yeux libidineux, comme disait ma mère.

— Libidineux ? fit Rimmer.

— Oui, la première fois que je l'ai entendue dire ça j'étais toute gamine et j'ai cru que « libidineux » voulait dire « ensommeillé », ou quelque chose dans ce goût-là. Un jour, j'ai dit à Eddie Horowitz, le fils des voisins : « Toi, tu as des yeux libidineux » et elle m'a fichu une baffe.

Bill Rimmer s'esclaffa bruyamment. Apparemment, il était d'un naturel plutôt enjoué.

Quand le gendre de Calder avait appelé, Helen et Dan étaient sur le point de partir pour la cabane. Ils venaient de ramener une tonne de provisions de l'hypermarché, et ils étaient en train de les charger à l'arrière du pick-up, avec les bagages d'Helen. Tout ce barda était toujours empilé sur la plate-forme arrière.

A présent, ils faisaient cercle autour de la victime supposée du loup, les pieds couverts de sauterelles bondissantes.

Bill Rimmer s'était agenouillé au-dessus du cadavre et il l'examinait sous toutes les coutures. Helen se tenait à côté de Dan, qui filmait l'opération avec son caméscope. Debout en face d'eux, de l'autre côté du cadavre, Calder et son gendre attendaient que Rimmer ait établi son diagnostic.

Tout ça n'était qu'une mascarade absurde. Helen n'était visiblement pas la seule à le penser. Elle avait brièvement surpris le regard de Dan quand Clyde avait retiré la bâche, faisant lever une nuée de mouches dont la fuite momentanée leur avait permis de voir ce qui restait du veau. Dans l'état où il était, déterminer les causes de la mort tenait de l'impossible. Il aurait aussi bien pu succomber à un coup de fusil qu'à un accès de mélancolie.

Quelque part au-dessous d'eux, un cheval hennit. Le regard d'Helen se déplaça vers le fond du ravin, et elle aperçut le fils de Calder qui montait dans leur direction en faisant louvoyer sa monture à travers les rochers. Quand ils étaient arrivés au ranch, il faisait partie du groupe qui les attendait devant la maison, mais personne n'avait songé à lui dire son nom. Dès le premier regard, Helen avait été frappée par la beauté de ce garçon, et elle l'avait trouvé étrangement effacé. Autant son père et Clyde étaient diserts, autant il était taciturne.

A un moment, elle s'était aperçue qu'il la fixait de ses yeux verts, avec une intensité particulière ; elle lui avait souri, mais son regard s'était détourné aussitôt. Ils l'avaient dépassé en gravissant la colline, et Dan lui avait expliqué qui il était.

Arrivé à quelque distance d'eux, Luke mit pied à terre et resta debout à côté de son cheval, lui flattant l'encolure de la main. De nouveau, Helen lui sourit et cette fois il lui adressa un bref signe de tête avant de détourner son regard, pour le poser sur les hommes debout autour des restes du veau.

Rimmer venait de se redresser.

— Alors ? lui demanda Calder.

Rimmer prit posément sa respiration avant de lui répondre.

— Vous m'avez bien dit que Nat Thomas l'avait examiné ce matin ?

— Oui, il y a trois heures environ.

— Je ne vois pas ce qui lui permet d'affirmer que cet animal a été tué par un loup.

Calder haussa les épaules.

— L'expérience, peut-être.

Rimmer ne releva pas cette allusion blessante.

— Etant donné le peu qui en reste, je serais bien incapable de me prononcer, monsieur Calder. On pourrait le transporter à la morgue pour procéder à des examens plus approfondis, mais...

Calder lui coupa la parole.

— Les examens, Nat peut s'en charger, dit-il.

— Vous êtes libre d'en décider, monsieur Calder. Mais en toute franchise, je pense que les examens de laboratoire ne nous avanceraient pas à grand-chose. Dan et Helen ont souvent vu des bovins victimes de prédateurs. Dan ?

— Je partage tout à fait ton point de vue.

— En voilà une surprise, dit Calder, sarcastique. Et vous, mademoiselle Ross ? Avez-vous un avis à formuler ?

Son regard d'acier était rivé sur Helen. Elle s'éclaircit la gorge, espérant que sa voix ne trahirait pas son trac.

— Rien ne prouve que ce n'était pas un loup, mais si c'en était un il ne nous a laissé aucun indice. Avez-vous cherché des empreintes avant que le sol ait été piétiné ?

— Evidemment que j'en ai cherché, se défendit Clyde en jetant un rapide coup d'œil en direction de son beau-père. Mais le sol est trop dur, trop caillouteux.

172

— Il n'y avait pas de laissées non plus ? Enfin, d'excréments, si vous voulez.

— Les laissées, je sais ce que c'est, ricana-t-il. Non, y en avait pas non plus.

— Monsieur Calder, dit Dan, si vous nous aviez appelés sur-le-champ, nous aurions peut-être pu...

— J'appelle qui je veux, monsieur Prior, coupa Calder d'une voix sèche. Et sans vouloir vexer personne, je pense que Nat Thomas n'a aucun parti pris, contrairement à certains.

— Je comprends parfaitement que vous teniez à ce que Nat Thomas se livre aussi à sa propre enquête, mais...

— Ah, vous le comprenez ?

— Oui, monsieur Calder.

— Eh bien moi, je suis d'avis que, comme tous les représentants de l'Etat, vous ne comprenez rien à rien. Vous lâchez ces sales bêtes, vous les laissez égorger nos chiens et notre bétail, et après vous venez nous faire le coup de la vertu offensée.

— Monsieur Calder, je ne...

— Ne me prenez pas à rebrousse-poil, Prior. Ce ne serait pas très fin de votre part.

Il détourna les yeux et son regard alla se perdre du côté de la vallée. L'espace d'un long moment, personne ne dit rien. Très haut au-dessus d'eux, dans la montagne, un aigle glatit. Calder secoua la tête, fixant le sol à ses pieds. Il frappa un buisson d'armoise du bout de sa botte et les sauterelles s'éparpillèrent.

Helen était effarée. Tout adultes qu'ils fussent, ils étaient suspendus à ses lèvres comme des potaches turbulents qu'on vient de traîner devant le principal. Ils continuèrent à le regarder ainsi, attendant qu'il se décide enfin à parler, et au bout d'un moment son expression changea. Apparemment, il était arrivé à une conclusion.

— Bon, d'accord, bougonna-t-il.

Il laissa encore s'écouler quelques instants avant de relever les yeux sur Dan.

— D'accord. Si je comprends bien, cette jeune personne va prendre l'affaire en main ?

En disant cela, il n'accorda même pas un regard à Helen, se bornant à esquisser un mouvement du menton dans sa direction.

— Oui, monsieur Calder.

— Dans ce cas, elle a intérêt à la régler efficacement et vite. Parce que je vous préviens, monsieur Prior, si jamais un autre de mes veaux y passe, on se chargera d'y mettre bon ordre nous-mêmes.

— Vous n'ignorez sans doute pas qu'il existe une loi qui...

— Non, monsieur Prior, je ne l'ignore pas.

Ils se toisaient du regard, se défiant mutuellement de baisser les yeux. Les narines de Dan frémissaient. Jamais Helen ne l'avait vu se mettre dans une telle colère. Elle n'aurait pas été surprise qu'il enjambe le veau crevé et balance un direct du droit à Calder. Là-dessus, l'éleveur se mit soudain à sourire de toutes ses dents, se tourna vers Helen et se lança dans un grand numéro de charme, comme s'il ne s'était rien passé.

— Vous allez habiter là-haut, au bord du lac ?

— C'est ça. Je vais m'y installer de ce pas.

— C'est un peu isolé, comme coin.

— La solitude, j'y suis habituée.

Calder la gratifia d'un regard dont le sens était on ne peut plus clair. *Pas possible ?* disait-il. *Un beau brin de fille comme toi ?* Un vieil oncle lubrique vous posant la main sur la cuisse doit donner à peu près la même sensation.

— Venez donc dîner à la maison un de ces soirs, Helen. Vous nous raconterez comment ça se passe.

Elle arbora un sourire faussement ravi.

— Merci, dit-elle. Je m'en fais d'avance une joie.

11

Helen passa le reste de la journée et une bonne partie de celle du lendemain à déballer ses affaires et à remettre la cabane en état. Si Dan n'avait pas été là pour lui prêter main-forte, l'opération aurait sans doute duré plus longtemps encore.

En matière de logis de fortune, elle avait connu pire. La cabane était en rondins, d'une surface d'à peu près douze mètres carrés, avec sur chaque mur une fenêtre doublée d'une moustiquaire à treillis et un toit qui aurait bientôt besoin d'être retapé. Un angle de l'unique pièce était occupé par un gros poêle ventru qui faisait aussi office de cuisinière. Dan lui avait rempli la caisse à bois d'une provision de bûches suffisante pour un mois ; ensuite il faudrait qu'elle se débrouille elle-même avec la tronçonneuse. Elle disposait en outre d'une gazinière de camping à deux feux.

— Je pourrai même inviter des amis à dîner ! s'exclama-t-elle.

— Ton nouvel ami Buck Calder, par exemple.

— Arrête, Dan.

La vaisselle était empilée sur une étagère branlante,

à côté du poêle. Elle consistait en un assortiment de tasses, de bols et d'assiettes ébréchés au chiffre de l'Office fédéral des eaux et forêts, précaution en l'occurrence bien inutile, car leur état seul eût suffi à dissuader le cambrioleur le plus impécunieux. La décoration était des plus succinctes. Outre les rideaux mangés de toiles d'araignées, qui menaçaient de tomber en poussière au moindre contact, elle se ramenait à une carte plastifiée des environs de Hope et à quelques poêles en fonte noircies suspendues à des clous au-dessus d'un évier à l'émail fissuré. L'évier était équipé d'une élégante pompe à piston et se déversait dans un seau de toilette d'aspect nettement moins gracieux.

Dans l'angle opposé, il y avait deux couchettes superposées. Dan avait pris soin de munir celle du bas d'un matelas neuf, avec literie et oreillers. Le reste de l'ameublement consistait en une vieille armoire-penderie, une table en bois brut et deux chaises.

Le plancher comportait une trappe.

— Elle mène où ? demanda Helen.

— Au sous-sol, dit Dan. Buanderie, sauna, et tout le bataclan.

— Et le jacuzzi, alors ?

— On t'en posera un la semaine prochaine.

Helen ouvrit la trappe, découvrant un minuscule réduit cimenté d'un mètre de côté sur un mètre vingt de fond, destiné à protéger les aliments du gel l'hiver et de la canicule l'été.

Son seul luxe était le petit groupe électrogène de marque japonaise que Dan lui avait installé dehors, juste à côté de la porte, afin qu'elle puisse recharger son ordinateur, sa mini-chaîne stéréo et son téléphone cellulaire. En raccordant le téléphone à l'ordinateur, Helen aurait théoriquement dû être à même de recevoir du courrier électronique. Dan l'avertit que le fonctionnement des téléphones portables était souvent perturbé en montagne, mais l'idée de se retrouver coupée du monde ne l'effrayait pas. Pour parer à toute éventualité, Dan dit qu'il allait lui faire attribuer un numéro de messagerie vocale.

Adossés à la façade arrière, il y avait des w-c rustiques en rondins, que jouxtait une douche rudimentaire, faite d'un seau en tôle galvanisée au fond percé de trous. Des oiseaux s'en étaient fait un nid, mais il suffirait d'un peu d'huile de coude pour la remettre en marche.

— J'ai nettoyé tout ça de mon mieux, dit Dan.

— Tu as fait un boulot formidable. Merci.

— Quoi qu'en dise ton ami Buck Calder, tu ne seras pas seule, je peux te le garantir.

— Qu'est-ce que tu veux dire ?

Dan lui montra les tapettes à souris qu'il avait posées derrière le poêle et sous la couchette. Elles avaient été actionnées, et les appâts en étaient partis, mais il n'y avait pas trace de souris.

— A ce que je vois, tu es toujours aussi mauvais piégeur, Prior.

— Tu vois pourquoi j'ai pris un emploi de bureau.

— Tu t'es servi de quoi, comme appât ?

— De fromage. Pourquoi, tu aurais mis autre chose ?

— Tu te figures qu'une pro comme moi irait révéler ses tours de main à n'importe qui ?

Ce premier soir, Helen était trop crevée pour se préoccuper de faire la chasse aux souris. A peine eut-elle fermé les yeux qu'elle s'en mordit les doigts. Buzz se lança à leurs trousses en grattant le plancher de ses griffes. Il faisait un tel boucan qu'elle finit par le traîner dehors pour l'enfermer dans la cabine du pick-up. Les souris purent danser à l'aise. Toute la nuit, les rêves d'Helen furent peuplés de frottements furtifs, si bien qu'elle ne dormit que d'un œil. Le lendemain, quand Dan refit son apparition, elle avait installé un piège compliqué qu'il trouva désopilant.

Cette méthode lui avait été enseignée par Joel durant leur première année de vie commune, quand la maison

de Wellfleet était soudain devenue le point de rallie-
ment de tous les rongeurs qui rôdaient dans les
parages. Comme matériel, on n'avait besoin que d'un
seau, d'une longueur de fil électrique et d'une boîte de
conserve percée de deux trous. On faisait passer le fil
par les trous, et on plaçait la boîte de conserve en suspension au-dessus du seau à demi plein d'eau. Ensuite,
il ne restait plus qu'à enduire la boîte de conserve de
beurre de cacahuète, à enfermer le chien dans la voiture et à se mettre au lit. Les souris escaladaient le
seau, rampaient le long du fil, et dès qu'elles essayaient
de se hisser sur la boîte, la rotation leur faisait perdre
pied et elles se noyaient.

— C'est imparable, dit Helen.

— Mon œil.

— Tu paries quoi ? Un dîner au restaurant ?

— D'accord, va pour un dîner.

La nuit suivante, Helen prit trois souris qu'elle
exhiba fièrement à Dan quand il arriva le lendemain
après-midi avec une brassée de colliers émetteurs, de
pièges et de logiciels topographiques. Il était persuadé
qu'elle avait triché, mais néanmoins se montra beau
joueur. Après avoir passé le reste de la journée à brico-
ler avec elle dans la cabane, il l'emmena dîner chez
Nelly le soir même.

A présent, Helen essayait de venir à bout du steak
le plus énorme qu'elle avait jamais vu. Il figurait sur
la carte sous le nom de « T-bone titanesque », et le
qualificatif était amplement mérité.

En guise de papier peint, les murs du restaurant Chez
Nelly étaient entièrement couverts d'immenses photos
des Rocheuses à côté desquelles le paysage réel qu'on
apercevait par les vitres exiguës de la devanture avait dû
jadis faire l'effet d'une médiocre copie. Mais au fil des
années, les photos avaient viré au sépia et la chaleur les
avait fait cloquer, si bien qu'à présent le panorama semblait crépusculaire, ses fissures faisant planer la menace

178

de quelque secousse sismique. Sur ce fond de désastre imminent, les tables recouvertes de nappes en papier à carreaux rouges et blancs, pourvues chacune d'une bougie flottant dans un petit verre rouge, s'échinaient vaillamment à créer une ambiance de gaieté.

Hormis la leur, deux tables seulement étaient occupées, l'une par une famille de touristes allemands dont le camping-car de location obstruait presque entièrement la devanture, l'autre par deux vieux bonshommes coiffés de Stetson jumeaux qui débattaient des mérites de leurs sonotones respectifs.

Le serveur était un colosse affable avec de longs cheveux gris retenus par une queue de cheval, les yeux dissimulés par des Ray-Ban bleutées. La voix de femme (celle de Nelly sans doute) qui le houspillait depuis la cuisine leur avait permis de déduire qu'il se prénommait Elmer. La grosse Harley rutilante garée au bord du trottoir ne pouvait appartenir qu'à lui. Ses tatouages et son tee-shirt noir orné de l'inscription JÉSUS AIME LES BIKERS le proclamaient haut et fort. Quand Helen et Dan étaient entrés dans la salle, il leur avait dit : « Les anges soient sur vous », et il leur avait fallu un moment pour comprendre que c'était sa façon de dire bonjour. Craignant d'être pris d'un accès de fou rire, ils avaient évité de se regarder tandis qu'il les conduisait jusqu'à une table.

Helen repoussa son assiette et se laissa aller en arrière.

— Je cale, dit-elle. Ce steak est trop costaud pour moi.

Si elle avait allumé une cigarette, cela aurait pu lui aliéner l'estime de Dan. Elle décida de ne pas en prendre le risque.

Ils avaient passé presque tout le dîner à évoquer le bon vieux temps dans le Minnesota. Helen avait rappelé à Dan qu'un jour, en essayant d'injecter une dose de tranquillisant à un loup qu'ils venaient de capturer, il avait fait un faux mouvement, s'était planté la seringue dans la cuisse et était tombé instantanément dans les bras de Morphée. Ça les fit rire si fort que les deux moutards des Allemands de la table voisine se retournèrent plusieurs fois pour les regarder en arrondissant leurs grands yeux bleus.

Au grand soulagement d'Helen, l'épisode durant lequel ils avaient brièvement dépassé le stade de la simple amitié ne fut pas une seule fois mentionné. En apprenant que Dan avait divorcé, elle avait éprouvé une pointe d'anxiété. Y avait-il quelqu'un d'autre dans sa vie ? Elle ne pouvait pas le savoir, mais elle l'espérait du fond du cœur.

Dan ne vint pas non plus à bout de son steak. Il avala une gorgée de bière, se laissa aller en arrière et, l'espace d'un moment, regarda Helen sans rien dire, un grand sourire béat aux lèvres.

— Pourquoi tu te fends la pêche comme ça ?

— Bah, je pense à des trucs.

— Quels trucs ?

— Ça me fait plaisir que tu sois là.

— Oh moi, tu sais, du moment qu'on m'offre à dîner, je suis prête à aller n'importe où.

Vu la manière dont il la regardait, Helen devina ce qu'il avait en tête. Pourvu qu'il ne le dise pas à haute voix, pensa-t-elle. Ça gâcherait tout.

— Tu sais, Helen, quand on s'est séparés Mary et moi j'ai failli t'appeler.

— Ah bon ?

— Je pensais tout le temps à toi. Je me disais que si cet été-là je n'avais pas...

— Arrête, Dan.

— Excuse-moi.

— Mais non, ne t'excuse pas, va.

Tendant le bras par-dessus la table, elle lui prit la main et lui sourit. C'était vraiment un mec gentil.

— On est amis toi et moi, lui dit-elle d'une voix douce. C'est ce qu'on a toujours été, et rien d'autre.

— Tu as raison.

— Moi, en ce moment, j'ai plus besoin d'un ami que d'un... que de n'importe quoi.

— Excuse-moi.

— Si tu le répètes encore une fois, je ne te révélerai jamais ma botte secrète contre les souris.

Il s'esclaffa et lui retira sa main. La massive silhouette d'Elmer se profila devant eux, les tirant opportunément de ce mauvais pas. Il leur demanda s'ils avaient fini et leur annonça que pour le dessert ils avaient le choix entre la tarte à la crème et le gâteau au chocolat dit « mort subite ». Ils se contentèrent de commander du café.

— Vous êtes la dame aux loups, c'est ça ? demanda-t-il en revenant avec la cafetière.

— Oui, c'est bien moi. Comment l'avez-vous deviné ?

— Tout le village est au courant, répondit-il avec un haussement d'épaules.

Buck vérifia encore une fois son rétroviseur et inspecta la route devant lui pour s'assurer que la voie était libre. Si une autre voiture était en vue quand il arriverait à proximité de chez elle, il continuerait toujours à rouler comme si de rien n'était.

Ça l'arrangeait qu'elle habite un peu à l'écart de l'agglomération, loin des voisins indiscrets. Une fois garée de l'autre côté de la maison, sa voiture était invisible de la route. Il aimait mille fois mieux ça que d'aller faire la bête à deux dos dans un motel sinistre au bord de l'autoroute ou dans la forêt, le cul à l'air en pleine nature l'été ou sur la banquette arrière d'une voiture l'hiver. Ces trucs-là, c'est bien gentil quand on est jeune et débordant d'une sève qu'on a toutes les peines du monde à refréner. Mais chez un homme mûr, l'amour, comme presque tout le reste, exige un minimum de confort.

Quelque temps auparavant, ils avaient mis un signal au point. Si les rideaux de la petite fenêtre qui donnait sur la route étaient fermés, ça voulait dire qu'elle n'était pas seule et qu'il devait passer son chemin. Ils n'étaient pas fermés ce soir, et Buck s'en réjouit. Il y avait de la lumière dans la maison, et il se l'imagina telle qu'elle devait être à cet instant précis, sortant de la douche, fraîche et parfumée, prête à lui ouvrir les bras. A cette seule idée, son pantalon se mit à lui comprimer un peu l'entrejambe.

Buck se débrouillait toujours pour inventer des prétextes à ses sorties tardives, une réunion à laquelle il était tenu d'assister, un voisin chez qui il avait promis de passer, une affaire à régler en ville. Les rares fois où un prétexte plausible lui faisait défaut, il lui restait toujours assez d'amis susceptibles de lui fournir un alibi. Ce soir, il s'était censément rendu à Helena pour participer à une réunion du syndicat des éleveurs, où du reste il avait effectivement fait une brève apparition. La plupart du temps, il aurait pu s'épargner de mentir, car Eleanor ne lui demandait jamais où il allait ni à quelle heure il rentrait, et à son retour il la trouvait invariablement au lit, dormant sur ses deux oreilles.

Comme la route était déserte, il tourna à droite, s'engagea dans l'allée et se gara derrière le vieux break. Au moment où il mettait pied à terre, la porte s'ouvrit et elle lui apparut, vêtue d'un négligé de soie noire, l'épaule nonchalamment appuyée au chambranle, un sourire riche de sous-entendus aux lèvres, prête à l'accueillir. Ils n'échangèrent pas une parole. Elle le regarda s'avancer vers elle, et en arrivant à sa hauteur il glissa les deux mains sous son kimono et lui empoigna les hanches en l'embrassant dans le cou.

— Ruth Michaels, dit-il, il n'y a pas de femme plus bandante que toi sur toute la rive ouest du Missouri.

— Tiens donc ! Et celle que tu vois sur la rive est, elle s'appelle comment ?

Un peu plus tard, chez lui, lorsqu'il se déshabilla pour la deuxième fois de la soirée, Buck nourrissait des pensées nettement moins lubriques. Du petit dressing exigu qui reliait la chambre à la salle de bains, il contemplait la forme endormie d'Eleanor dans leur vaste lit aux montants de cuivre en se demandant à quel jeu elle jouait. Pourquoi diable avait-elle offert à Ruth de la renflouer ?

Ruth avait l'air de trouver ça drôle. Elle lui avait appris la nouvelle une demi-heure après son arrivée. Tandis qu'ils étaient allongés côte à côte, repus, trempés de sueur, Buck s'était inopinément mis à fantasmer sur la jolie petite zoologiste toute seule dans sa cabane au fond des bois, en se demandant s'il avait une chance de ce côté-là. Comme pour le punir de ses pensées, Ruth lui avait annoncé, d'une voix très détachée, qu'Eleanor avait décidé de régler ses dettes et de s'associer avec elle. Un peu plus, il en serait tombé du lit.

— Elle veut s'associer avec toi ?

Ruth éclata de rire.

— Quand je l'ai vue arriver, j'étais dans mes petits souliers. Je me disais ça y est, elle a découvert le pot aux roses. Et là-dessus elle s'est installée devant un cappuccino et elle a offert de me renflouer.

— Tu vas pas la laisser faire ça. Je te l'ai cent fois répété, Ruthie, si tu as besoin d'argent je peux t'en donner.

— Je ne veux pas de ton argent.

— Mais le sien, tu en veux bien ?

— Oui.

— Je ne vois pas où est la différence.

— Sers-toi donc un peu de ta tête, mon pauvre chéri.

Elle fut prise d'un rire homérique, et ses seins se mirent à tressauter, spectacle propre à jeter le trouble dans l'esprit d'un homme qui essaie de se concentrer sur un problème ardu. Il lui demanda ce qui la faisait rire, et elle lui expliqua qu'Eleanor lui avait dit qu'elle voulait tout partager avec elle.

Buck ne voyait pas ce que ça avait de drôle.

Debout sous la douche, il se récura consciencieusement pour faire disparaître l'odeur de luxure dont il était imprégné. Il réfléchissait en se lavant. Bien entendu, il ne pourrait pas dire un mot de tout ça tant qu'Eleanor ne se serait pas décidée à le mettre au courant. Et puis après tout, cet argent lui appartenait. Elle l'avait hérité de son père, et si elle avait envie de le jeter par les fenêtres ça ne regardait qu'elle. Mais si elle s'associait avec Ruth, l'existence de Buck s'en trouverait forcément compliquée. Une femme légitime et une maîtresse doivent se tenir à distance respectueuse l'une de l'autre. C'est une des règles de base de tout bon adultère. Mais à sa grande stupeur, Ruth ne semblait pas voir d'inconvénient à un rapprochement.

Il se sécha face au miroir, en admirant comme toujours son reflet, et s'assura que son corps ne portait pas de marques révélatrices. N'en ayant décelé aucune, il se brossa les dents, s'adressa à lui-même un sourire sans joie et reprit le chemin de la chambre, en marchant sur la pointe des pieds pour ne pas faire craquer le parquet. Il éteignit sa lampe de chevet, qu'Eleanor laissait toujours allumée pour lui, et se glissa silencieusement entre les draps.

Comme d'habitude, elle était allongée face au mur, lui tournant le dos, aussi inerte qu'une statue. Il ne percevait même pas le son de sa respiration. Parfois, il se demandait si elle ne feignait pas de dormir.

— Bonne nuit, lui souffla-t-il, sans obtenir la moindre réaction.

Ah ! les femmes, soupira Buck intérieurement, tandis qu'au-dessus de lui la configuration du plafond se dessinait peu à peu dans les ténèbres. Au bout de tant d'années, malgré tous les efforts qu'il avait dépensés pour en connaître le plus grand nombre possible et pour en apprendre le plus possible sur leur compte, elles restaient pour lui une énigme impénétrable.

En l'entendant soupirer, s'agiter, Eleanor comprit qu'il était allongé sur le flanc, tourné vers elle, que peut-être même il la guettait, la soupçonnant de ne pas dormir. Elle ne fit pas le moindre geste. Bientôt, il soupirerait à nouveau, se tournerait sur l'autre flanc, et au bout de cinq minutes s'étendrait sur le dos, émettrait un bruit de gorge et se mettrait à ronfler.

Elle enviait la facilité avec laquelle il glissait ainsi hors du monde. Jadis, au temps où elle croyait encore que le sommeil n'était pas une pure chimère, elle avait plus d'une fois imité son petit rituel : le flanc gauche d'abord, le flanc droit ensuite, puis le dos. Mais ça ne lui avait jamais réussi.

Ses ronflements étaient assez discrets, sauf quand il avait bu. C'était plutôt un chuintement, un peu semblable à celui du gros soufflet dont il usait pour attiser le feu l'hiver. La respiration d'Eleanor était naturellement plus rapide que celle de Buck ; chaque soir, elle s'efforçait de la ralentir, mais rien n'y faisait. L'air qu'elle retenait lui comprimait désagréablement les poumons, son cœur cognait de plus en plus fort dans sa poitrine, et à chaque battement elle en voulait un peu plus à ce mari qui même dans son sommeil continuait à lui tenir la dragée haute.

Parfois, quand elle était sûre qu'il dormait, elle se retournait très très doucement, pour ne pas faire remuer le matelas, et l'observait avec une grande attention. Elle regardait sa massive poitrine qui se soulevait et s'abaissait, ses lèvres entrouvertes qui vibraient légèrement quand il expirait. Son visage aux traits distendus par le sommeil était bizarrement enfantin, presque touchant.

La partie supérieure de son front, celle que son chapeau protégeait du soleil, lui faisait comme une espèce d'auréole pâle. Eleanor se fouillait désespérément le cœur pour y trouver un reste d'amour, en essayant de se souvenir du temps lointain où elle avait éprouvé pour lui autre chose que de la pitié ou du mépris.

Elle avait appris que Buck était un séducteur impénitent bien avant de l'épouser, sans mesurer toutefois à quel point. L'amie d'une de ses amies, qui en avait fait l'expérience de première main, lui avait fait transmettre une mise en garde qui ressemblait par trop à la revanche d'une femme bafouée. Quand Eleanor avait mis cela sur la table, il avait désamorcé le conflit en lui avouant toutes ses fautes, puis avait entrepris de la convaincre que ces péchés de jeunesse n'avaient été que des jalons de la quête éperdue d'amour qui l'avait mené jusqu'à elle.

Eût-elle été moins crédule, elle l'aurait sans doute épousé quand même. Sa frénésie de conquêtes était une faiblesse, et chez un être dont la force était l'apanage le plus visible, la faiblesse, quelle que soit la forme qu'elle prenne, constitue une attraction supplémentaire. Elle faisait frémir au fond des veines catholiques d'Eleanor un puissant désir de rédemption. Elle ne fut pas la première (et sans doute pas la dernière non plus) à épouser un homme en croyant être sa planche de salut.

Quelques courtes années suffirent à lui montrer que Buck Calder n'était pas prêt à se racheter, qu'il en était peut-être même incapable, mais il lui fallut bien plus longtemps pour s'y résigner.

Ayant été élu à la législature d'Etat, il y défendit avec passion les intérêts des éleveurs. Ses activités l'appelant souvent loin de chez lui, il en profitait pour mener joyeuse vie. Eleanor ne pouvait en être blessée, puisqu'elle en ignorait tout. Brouilleur de pistes émérite, Buck choisissait soigneusement ses maîtresses, évitant celles qui auraient risqué de se muer en harpies vengeresses. Il ne couchait qu'avec des femmes qui savaient se tenir. Elles ne l'appelaient jamais chez lui, ne tachaient jamais ses cols de chemise de rouge à lèvres. Il sortait sans griffures ni suçons même de leurs ébats les plus torrides.

Le déni de réalité ressemble un peu à une chenille. Il se love dans l'esprit, s'insinuant dans ses moindres crevasses, tissant patiemment ses cocons autour des soupçons et des peurs. Puisqu'elle n'avait pas à subir l'opprobre qui est le lot ordinaire des épouses bernées, Eleanor s'y abandonna sans retenue.

Même quand, chez le coiffeur, elle tombait par hasard, en feuilletant un magazine régional, sur une photo de Buck étreignant une jolie fille en costume de cow-girl lors d'un banquet de comice, elle lui accordait spontanément le bénéfice du doute. Si les femmes le trouvaient irrésistible, il n'y pouvait rien. Ça ne l'empêchait pas d'être son mari, et le père de ses enfants. C'est elle qu'il aimait, elle en était sûre. Il ne se contentait pas de le lui dire. Il lui en donnait de multiples preuves.

C'est au moment de la naissance de Kathy que tout changea.

Eleanor perdit les eaux deux semaines plus tôt que prévu. Buck était parti à Houston à un congrès d'éleveurs. Tout se passa si vite qu'elle ne put l'avertir sur-le-champ. Elle ne l'appela qu'en fin de soirée, de la maternité. Elle était au lit, son bébé emmailloté dans les bras. La réception de l'hôtel lui passa la chambre de Buck, et une femme décrocha. Une femme à laquelle il n'avait manifestement pas encore eu le temps d'expliquer les règles du jeu.

— Ici le lit de monsieur Calder, susurra-t-elle avant qu'il ne lui arrache le combiné des mains.

A son retour, Buck lui avoua tout. Il lui jura ses grands dieux qu'il n'avait pas commis d'autre incartade. Eleanor était toute disposée à la lui pardonner, pas seulement à cause des enfants, mais parce qu'il était aussi habile dans l'art de battre sa coulpe que dans celui de brouiller les pistes. Il avait commis, lui dit-il, une faute impardonnable. Mais quand un homme se retrouve tout seul, perdu dans une ville inconnue, il lui suffit parfois d'un verre de trop pour se laisser entraîner hors du droit chemin. Et comme Eleanor était enceinte, cela faisait un moment qu'ils n'avaient pas... enfin, bref.

Elle lui infligea six mois de purgatoire, le bannissant de son lit et faisant de son mieux pour ne pas s'apitoyer sur lui lorsqu'il prenait sa mine de mari déconfit endurant stoïquement sa juste pénitence. En plus du travail qu'il abattait au ranch, il s'occupait des enfants, afin qu'elle puisse se consacrer tout entière au bébé.

Tout en s'efforçant de lui battre froid, Eleanor était secrètement émue de le voir assumer avec tant de compétence les responsabilités quotidiennes qui jusque-là lui avaient toujours échu à elle. Il accomplissait tous ses devoirs sans défaillance. Le matin, c'est lui qui faisait lever Henry et Lane. Le soir, il les faisait dîner, et leur donnait le bain avant de les coucher. Quand il allait faire les courses au supermarché, il savait ce qu'il fallait acheter, sans avoir besoin de le demander à Eleanor. Il lui offrait des fleurs et lui cuisinait de petits plats, qu'elle savourait sans mot dire. Il était courtois, débordant de sollicitude, et lui souriait d'un air penaud dès qu'elle condescendait à poser les yeux sur lui.

Eleanor ne savait pas au juste combien de « Je vous salue Marie » l'on doit imposer à un mari volage, mais alors qu'elle commençait à se dire qu'il était peut-être temps de le libérer de sa pénitence, deux amies qui prenaient son sort à cœur jugèrent à tort que le moment était venu de lui révéler certaines choses qu'elles avaient jusque-là gardées pour elles. Un matin, en prenant le café avec elle, elles lui dressèrent la liste complète de toutes les femmes avec lesquelles Buck avait couché ces dernières années. Dans le lot, il y en avait quelques-unes qu'Eleanor considérait comme des amies.

Elle aurait dû le quitter, comme ses deux confidentes l'y exhortaient, elle le savait à présent. Mais au fond de son cœur, elle s'entêtait à croire que Buck pouvait encore être sauvé. Certains jours, levant les yeux sur le pré enneigé de l'autre côté de la fenêtre de la cuisine, elle apercevait le cèdre qui avait poussé dans la carcasse rouillée de la Ford modèle T, et elle se disait que rien n'était impossible, qu'en toute épave Dieu préservait au moins un germe d'espoir.

En fin de compte, elle le laissa de nouveau accéder au lit conjugal, mais attendit encore trois ans avant de lui permettre de faire l'amour avec elle. Ce n'était pas que l'envie lui en manquât. Parfois elle se réveillait la nuit, brûlante et moite, prise d'un désir si torturant qu'elle devait déployer une force surhumaine pour s'empêcher de le réveiller afin de l'absoudre de ses péchés dans un accès de fièvre sensuelle.

C'est lors d'un de ces accès de fièvre que Luke fut conçu. Dans les mois qui suivirent, alors que le dernier de leurs enfants croissait en elle, Eleanor et Buck s'aimèrent avec une fureur qui parut le surprendre et l'enivrer autant qu'elle. Elle n'avait jamais fait l'amour avec un autre homme, mais c'était la première fois qu'il éveillait en elle une vraie passion charnelle.

Lorsqu'elle repensait à cette période de sa vie, même au bout de toutes ces années, Eleanor se sentait encore moulue et meurtrie comme elle l'était alors à l'issue de leurs ébats et elle avait honte de s'être laissé aller à de tels débordements de lubricité. Eût-elle été capable de se brider un peu plus, elle aurait peut-être moins souffert des trahisons que Buck lui avait infligées depuis. Il aurait mieux valu qu'elle ne le connaisse jamais de cette façon. Car sitôt après la naissance de Luke (qui était bien *son* fils, aussi différent de son père que le jour l'est de la nuit), leur passion s'éteignit.

Plus tard, elle se dit que ça avait dû faire le même effet à Buck que la fin de n'importe laquelle de ses liaisons.

Lorsqu'il adressait des reproches à Luke, elle les ressentait comme des attaques personnelles, car cet enfant étant à son image, ses faiblesses et ses défauts ne pouvaient venir que d'elle.

Leurs autres enfants n'avaient jamais eu de mal à dormir. Ils ne les prenaient dans leur lit que lorsqu'ils étaient malades. Mais Luke pleurait, pleurait à n'en plus finir. Quand elle avait épuisé tous les stratagèmes, Eleanor se résignait à l'emmener dans son lit et le serrait sur son cœur jusqu'à ce qu'il trouve enfin le sommeil.

Les premiers temps, Buck l'obligeait toujours à remettre l'enfant dans son berceau, mais à chaque fois il se réveillait en sursaut et se remettait à vagir. Bientôt, ignorant les protestations de Buck, elle lui laissa passer toute la nuit dans leur lit.

C'est ainsi que leur existence prit une nouvelle configuration. D'un côté, Eleanor, lasse et toujours sur la défensive ; de l'autre, son mari, ulcéré du rejet dont il était l'objet, et qui ne tarda pas à retomber dans ses anciennes errances (qu'elle résolut désormais de lui passer, en se donnant beaucoup de mal pour les trouver dignes de pitié) ; et au milieu, ce petit garçon qui s'était littéralement immiscé entre eux.

Leur vie conjugale était entrée dans un long hiver. Le désir s'en était enfui, et bientôt l'amitié aussi disparut. Ils n'y trouvèrent même plus suffisamment de chaleur pour se consoler mutuellement de la mort prématurée d'Henry. La seule fois qu'ils se trouvèrent un tant soit peu réunis par leur douleur fut lors d'une brève algarade qui les opposa le lendemain des obsèques. Buck la surprit alors qu'elle repassait le linge de son fils mort et lui dit qu'elle était cinglée. A quoi elle avait rétorqué qu'elle n'allait tout de même pas mettre les vêtements d'Henry à la poubelle.

Elle l'entendit se retourner et se caler l'oreiller sous la nuque.

Quelques instants plus tard, il se mit à ronfler. Tout

en l'écoutant, elle se demanda qui pouvait être la femme dont il venait de quitter le lit. Au bout de toutes ces années, ça aurait dû la laisser indifférente.

En sortant du Dernier Espoir, où ils étaient allés boire une bière après leur dîner chez Nelly, Dan raccompagna Helen jusqu'au pick-up. Elle lui dit qu'elle avait passé une excellente soirée et l'embrassa sur la joue.

— Les anges soient sur toi, lui lança-t-elle en démarrant.

— Qu'ils soient sur toi aussi.

Il n'était pas loin de minuit et le village était désert. Helen suivit la route asphaltée jusqu'au bout, puis elle s'engagea sur la piste gravillonnée qui gravissait le flanc de la vallée. Buzz, qui avait passé toute la soirée à roupiller à l'avant du pick-up, était assis sur le siège du passager.

C'était la première fois qu'elle faisait ce trajet dans le noir, et après avoir quitté la route elle eut du mal à s'orienter. Il n'y avait aucune espèce de signalisation. Elle savait seulement qu'elle était censée tourner deux fois à droite et une fois à gauche, mais elle se trompa de chemin et se retrouva devant un ranch. Des chiens se précipitèrent vers elle en aboyant, une fenêtre s'ouvrit à l'étage et une silhouette noire s'y découpa. Elle agita la main en signe d'excuse et rebroussa chemin. Une fois de retour sur la route, elle s'arrêta pour étudier la carte en s'éclairant de sa torche.

Elle finit par trouver, à la lisière de la forêt, la rangée de cinq boîtes aux lettres (la sienne était du nombre) qui indiquait l'endroit où il fallait tourner. A partir de là, la chaussée gravillonnée faisait place à un chemin de terre à demi dissimulé sous les arbres, escarpé et plein de nids-de-poule, qui sinuait le long des sept kilomètres qu'il lui restait à parcourir jusqu'au lac. Les boîtes aux lettres étaient toutes peintes d'une couleur différente. La sienne était blanche. Les quatre autres correspondaient sans doute à des maisons ou à des gîtes isolés, qu'elle n'avait pas encore repérés. Jusqu'à présent, elle n'avait vu aucune trace d'activité humaine dans les parages, à l'exception d'un randonneur solitaire et d'un gros camion à ridelles qui l'avait obligée à se rabattre sur le bord de la route cette après-midi-là.

Tandis que le vieux pick-up gravissait le chemin bordé d'arbres en cahotant et en grinçant, elle pensa à ce que Dan avait essayé de lui dire pendant le dîner. Dan Prior valait sans doute mieux que la plupart des mecs. Mieux en tout cas que la plupart des mecs qu'elle avait croisés dans sa vie. Ça l'avait touchée, et même un peu flattée, qu'il nourrisse encore de tels sentiments envers elle, mais là-dessus le démon intérieur qui s'arrangeait toujours pour lui casser sa baraque dès qu'elle était un tant soit peu contente d'elle-même avait jailli de sa petite boîte et s'était mis à la morigéner. Tu te montes le bourrichon, lui avait-il dit. Il se remet mal de son divorce, c'est tout. Il se sent seul, il doit être aux abois.

Eagle Lake était dans une clairière, cuvette verdoyante d'environ huit cents mètres de long qui se couvrait au début de l'été de myriades de fleurs aux couleurs éclatantes. La cabane se dressait à la pointe ouest de la cuvette, à une trentaine de mètres du lac, au sommet d'un monticule traversé par un ru où les wapitis venaient se désaltérer matin et soir.

En sortant de la forêt, Helen en captura une dizaine dans le faisceau de ses phares. Les wapitis levèrent la tête avec un bel ensemble. Ils n'avaient pas l'air effrayé du tout. Helen s'arrêta, et l'espace d'un moment ils s'entre-regardèrent. Buzz, qui les regardait aussi, frétillait de partout et poussait de sourds geignements. A la fin, les cerfs leur tournèrent le dos et s'éloignèrent sans hâte, jusqu'à ce que les touffes blanches de leurs queues se fondent dans l'ombre du sous-bois.

Helen se gara devant la cabane et pendant que Buzz s'en allait fureter, elle s'adossa au capot et leva la tête vers le firmament. Il n'y avait pas de lune, et par compensation les étoiles brillaient à qui mieux mieux. Même les plus lointaines s'y étaient mises. Jamais elle n'avait vu un ciel aussi incandescent. L'air était immobile et il y flottait une légère odeur de résine.

Helen prit une profonde inspiration qui s'acheva en quinte de toux. Il fallait à tout prix qu'elle arrête de fumer. Une fois pour toutes. Elle allait s'offrir une dernière cigarette, et après, fini. Ce serait la der des ders.

Elle alluma sa cigarette et descendit vers le lac en longeant la berge du ruisseau. En voyant son ombre, elle fut étonnée. Elle n'aurait jamais cru que les étoiles puissent produire autant de lumière à elles seules. Au bord de l'eau, sur une petite plage de cailloux, il y avait une barque de pêche à l'abandon, pourrissante et envahie de roseaux. Après avoir vérifié la solidité de sa proue, elle s'y assit pour fumer sa dernière cigarette en contemplant le reflet du ciel dans le miroir immobile du lac.

De loin en loin, Buzz s'agitait dans les fourrés. A un moment, Helen crut reconnaître le pas d'un animal de plus grande taille. Mais à part cela il n'y avait aucun bruit, pas la moindre grenouille, pas le moindre insecte. On aurait dit que l'univers entier retenait son souffle, médusé par la splendeur du ciel. Perdue dans sa contemplation, Helen vit passer dans l'eau le reflet d'une étoile filante, et elle imagina le grondement de tonnerre qui avait dû accompagner sa chute, à Dieu sait combien d'années-lumière de là.

Elle n'avait pas vu d'étoile filante depuis sa dernière nuit à Cape Cod. Fermant les yeux, elle forma le même vœu que cette nuit-là, une espèce de vœu gigogne, exagérément compliqué, qui en combinait trois en un :

qu'il n'arrive rien de mal à Joel, qu'il revienne ainsi qu'il l'avait promis, et qu'à son retour il ait envie de renouer avec elle (point sur lequel elle avait de sérieux doutes).

Elle se remit debout, écrasa son mégot entre le pouce et l'index et empocha le filtre, en se disant qu'il fallait vraiment qu'elle soit demeurée pour se soucier plus de l'avenir de la planète que de celui de ses propres poumons.

Demain, une nouvelle vie allait commencer pour elle, au moment même où elle se lancerait à la poursuite du loup. Elle se demanda où il pouvait être à cet instant précis. Sans doute à l'affût quelque part, humant l'air de la nuit de son museau humide, surveillant les alentours de ses yeux jaunes ou rôdant dans la forêt en effleurant les fourrés de son ombre impalpable.

Si je hurlais, peut-être qu'il me répondrait, se dit-elle. Dan lui avait toujours dit qu'en matière de hurlement elle n'avait pas d'égal dans tout le Minnesota, qu'aucun loup au monde ne pouvait résister à son appel. Mais cela faisait des années qu'elle ne l'avait pas poussé, et bien qu'elle n'ait pas d'autre public que Buzz, elle éprouvait une sorte d'embarras. Allez, jette-toi à l'eau, se dit-elle. Elle s'éclaircit la gorge, leva le menton vers le ciel.

Elle avait tellement perdu la main que son premier essai fut vraiment piteux. On aurait dit le braiment d'un âne catarrheux. Le deuxième fut à peine meilleur. Et puis, à sa troisième tentative, ça marcha. Elle émit un grondement rauque, qui se transforma peu à peu en un long hululement élevant vers le ciel nocturne sa funèbre spirale.

Aucun loup ne lui répondit, et son écho alla se perdre dans quelque lointain repli de la montagne. Mais Helen sentit un frisson lui remonter le long de l'échine, car il lui semblait que sa propre détresse s'était exprimée dans ce cri.

AUTOMNE

12

Lorsqu'ils eurent atteint la crête, ils restèrent un moment debout parmi les rochers plats rongés de lichens, une main en visière au-dessus des yeux pour les protéger du soleil, scrutant les profondeurs du canyon qui dessinait un large coude en contrebas. Helen entendait le bruit du torrent qui dégringolait parmi les bouquets d'aulnes et de saules, apercevant çà et là de petits panaches d'écume. Elle fit glisser l'une des sangles de son sac à dos et en sortit sa gourde en plastique.

L'escalade leur avait paru bien ardue sous l'accablant soleil de midi, mais ici au moins il y avait un peu de vent. Helen sentait sa fraîcheur sur son dos, à l'endroit où le sac avait laissé une auréole de sueur sur son tee-shirt, et il faisait doucement onduler les feuilles des trembles au-dessous d'eux. Après avoir avalé une longue gorgée d'eau, elle passa la gourde à Rimmer. En la prenant, il lui désigna de la tête le versant opposé du canyon. Helen suivit son regard et aperçut un groupe de mouflons, immobilisés dans une pose hiératique, les yeux fixés sur eux.

Cela faisait trois semaines à présent qu'ils avaient posé les pièges. Dan lui avait fait faire un petit tour à bord du Cessna pour qu'elle se fasse une idée de la topographie des lieux. Leur radio n'avait pas détecté le moindre signal. Le lendemain, Helen et Rimmer étaient allés repérer les emplacements qui se prêtaient le mieux à la pose de pièges.

Rimmer était venu chercher Helen à la cabane, lui apportant en guise d'offrande des laissées de loups, des échantillons d'urine et le redoutable appât dont Dan lui avait parlé. Rimmer l'avait baptisé du nom de « délice félin ». Il dévissa le bouchon et plaça le bocal sous le nez d'Helen. Pour un peu, elle en aurait tourné de l'œil.

— Oh bon Dieu ! Qu'est-ce que c'est que ce truc-là ?

Rimmer eut un sourire.

— Tu tiens vraiment à le savoir ?

— Pas tant que ça, mais bon.

— Une mixture de charogne de lynx et de glandes anales de coyote faisandées.

— Toi au moins, tu sais parler aux femmes.

Ayant humé le fumet aussi, Buzz s'était mis à frétiller, et considérait le bocal (rebouché à présent, Dieu merci) avec un intérêt non dissimulé.

Dans le canyon perdu qu'ils contemplaient à présent, ils avaient trouvé des empreintes et des laissées de loup, et bien qu'elles ne fussent pas de la première fraîcheur, il leur avait semblé que c'était de bon augure. Se disant qu'un loup voyageant le long de la ligne de partage des eaux serait naturellement enclin à emprunter cet étroit défilé rocailleux, ils avaient décidé de poser la moitié de leurs vingt pièges au fond du canyon et dans ses parages immédiats. Par égard pour Buck Calder, ils avaient posé les dix autres dans la forêt, le long des deux pistes qu'un loup était le plus susceptible d'emprunter pour gagner les pacages que Calder et ses voisins louaient pour l'été.

Sachant que Rimmer était passé maître dans l'art du piégeage, Helen avait l'estomac un peu noué à l'idée de travailler sous ses yeux, mais il s'était montré très généreux, allant jusqu'à la complimenter sur sa technique et le choix de ses emplacements. Après l'avoir regardée installer son premier piège de pleine terre, il lui avait dit en blaguant qu'il n'avait plus qu'à rentrer chez lui.

Helen se sentait à l'aise avec Rimmer. Il connaissait bien le terrain, et sans chercher à aucun moment à l'écraser de sa science, il lui apprit tout sur la vie des loups en haute montagne, les proies auxquelles ils s'attaquaient en priorité, les lieux qu'ils choisissaient de préférence pour y établir leur tanière. Tous ses gestes étaient empreints de douceur, et il parlait souvent de sa femme et de ses enfants. Il avait deux petits garçons, l'un âgé de cinq ans, l'autre de six, et une fille de huit ans qui, d'après lui, régentait toute la maisonnée et le sermonnait gravement en lui disant qu'il était un méchant homme parce qu'il tuait des animaux, même si ça faisait partie de ses fonctions.

Leurs pièges étaient des modèles 14, une version modifiée des vieux pièges Newhouse qu'Helen avait toujours utilisés dans le Minnesota, parce que, avec eux, le risque d'abîmer une patte était pratiquement nul. Rimmer ne les tenait pas en haute estime, car d'après lui ils n'étaient pas assez solides pour retenir un loup vraiment décidé à s'évader. Il avait quant à lui une prédilection pour des pièges aux mâchoires beaucoup plus puissantes, mis au point par le légendaire trappeur texan Roy McBride.

Leurs pièges étaient tous reliés par un cordon à un collier émetteur dissimulé dans un fourré ou dans un arbre. Dès que le mécanisme était déclenché, le cordon faisait sauter la pastille magnétique qui masquait l'émetteur. Helen et Rimmer en avaient posé dix chacun, et ils parièrent une bière sur celui qui capturerait le premier loup.

Trois longues semaines s'étaient écoulées depuis, et ils n'en avaient capturé aucun.

Chaque jour, Helen balayait les fréquences, mais elle ne captait jamais le moindre signal. Elle allait vérifier matin et soir les trois lignes de pièges. Les deux lignes de la forêt ne lui donnaient pas trop de mal, car il lui suffisait d'emprunter les sentiers forestiers avec le pick-up pour s'en approcher. Mais avec celle du canyon, c'était une autre paire de manches. En arrivant au bout de la dernière piste, elle était toujours sidérée que sa vieille guimbarde ait tenu le coup, et il lui restait encore une bonne heure de marche à s'appuyer.

Au moment d'atteindre la crête au sommet de laquelle ils se tenaient à présent, l'espoir lui faisait toujours battre le cœur. Descendant le petit sentier qui sinuait à travers les arbres, elle guettait un cliquetis de chaîne révélateur, à l'affût du moindre frôlement dans les fourrés où un loup pris au piège aurait pu se réfugier. Mais à chaque fois, c'était pareil.

Rien. Pas de loup, pas de nouvelles empreintes, pas de laissées fraîches, pas même une touffe de poils prise dans un roncier.

Ou bien elle avait perdu la main, ou bien elle avait fait une erreur de calcul. Au bout de dix jours, elle disposa les pièges différemment, en variant les emplacements. Sans plus se soucier des itinéraires qu'un loup aurait logiquement dû suivre, elle en posa un peu partout, sur la crête, le long du torrent, les uns bien en vue, d'autres dissimulés dans les broussailles.

Cela n'eut aucun effet.

L'idée lui vint alors que les pièges étaient peut-être trop neufs, que leur odeur métallique était encore trop prononcée. Elle les ramena à la cabane par fournées de quatre, les frotta avec une brosse en fer, les fit bouillir dans de l'eau additionnée de copeaux de campêche.

Elle les enduisit de cire d'abeille liquide, les accrocha à une branche pour les faire sécher, en ayant soin de ne jamais les manipuler à mains nues.

Mais ça n'y changea rien.

Elle se demanda ensuite si Buzz n'était pas la source de ses difficultés. Il la suivait toujours, et il lui arrivait de lever la patte sur un piège qu'elle venait d'asperger d'urine de loup. Helen en avait parlé à Rimmer, et il avait trouvé comme elle que c'était sans doute une bonne chose. En temps normal, l'odeur de n'importe quel canidé éveille l'intérêt d'un loup, même s'il ne s'agit que d'un chien coupé. Mais le pipi de Buzz agissait peut-être comme un répulsif. Aussi, à son grand dam, Helen avait pris le pli depuis quelque temps de le laisser dans le pick-up ou de le consigner dans la cabane. Elle avait même cessé de fumer pendant quelques jours, au cas où l'odeur du tabac leur aurait été désagréable.

Pourtant, les pièges intacts continuaient à la narguer.

Heureusement, ses autres occupations ne lui laissaient pas le temps de s'ennuyer. Elle avait transféré dans le disque dur de son ordinateur les logiciels topographiques que Dan lui avait fournis, et disposait désormais de cartes de toute la région. Les chemins, les cours d'eau et les divers types de végétation figuraient sur des cartes séparées que l'on pouvait superposer en formant toutes les combinaisons qu'on voulait. Elle les compléta en y reportant non seulement la position exacte de ses pièges, mais toutes sortes d'informations qui auraient pu s'avérer utiles, comme les endroits susceptibles d'abriter d'éventuelles proies, ceux où des cerfs ou des wapitis avaient été signalés, sans oublier le bétail des pacages d'été.

Trouver à s'occuper était pour elle une nécessité impérieuse. Dès qu'elle restait inactive, ne serait-ce que quelques instants, l'image de Joel revenait inopinément s'insinuer en elle.

Le soir, c'était plus dur que tout. En général, elle rentrait de sa deuxième tournée d'inspection à la tombée de la nuit, et à partir de là enchaînait toujours la même suite de gestes. Quand son téléphone mobile avait bien voulu se recharger (il y mettait souvent de la mauvaise volonté), et qu'il n'y avait pas trop de parasites sur la ligne, elle consultait sa messagerie vocale et rappelait les gens qui avaient essayé de la joindre. Elle avait plus ou moins renoncé à faire usage de l'e-mail. Comme son téléphone était de type analogique, la communication par Internet était d'une lenteur exaspérante. Une seule page lui prenait parfois jusqu'à cinq minutes.

Chaque fois qu'elle consultait sa messagerie, l'espoir chimérique d'entendre la voix de Joel naissait en elle. Mais la plupart du temps ce n'était que Dan ou Bill Rimmer, anxieux de savoir si elle avait enfin fait une touche avec ses pièges. Depuis quelques jours, ils ne se manifestaient guère, las sans doute d'essuyer chaque fois la même déconvenue. De temps à autre, Celia ou sa mère lui laissaient un message, et elle essayait de les rappeler, presque toujours sans succès.

Ensuite elle nourrissait Buzz, prenait une douche, se préparait à dîner et passait le reste de la soirée à pianoter sur son ordinateur, à prendre des notes ou à lire. Au fur et à mesure que les ténèbres s'épaississaient et que le silence s'appesantissait sur la forêt comme un immense bâillon, troué çà et là par le hululement d'un grand duc ou le dernier râle d'une bête à l'agonie, elle avait de plus en plus de mal à chasser Joel de son esprit.

Pour le faire fuir, elle avait essayé d'écouter de la musique, mais les chansons qu'elle se passait ne faisaient que le rendre encore plus présent. Tout lui évoquait Joel : le chuintement de la lampe à gaz, un insecte frôlant de ses ailes le treillis de la porte. Même quand elle arrivait à le chasser de sa tête, il s'insinuait dans son corps, elle sentait son poids terrible au creux de sa poitrine et il lui faisait monter les larmes aux yeux. A la fin, n'y tenant plus, elle se levait, ouvrait la porte à la volée et prenait la fuite. Elle allait s'asseoir au bord du lac, et grillait une cigarette en sanglotant, se maudissant, le maudissant, maudissant le monde entier.

Mais le lendemain le soleil se levait quand même, et le jour revenu elle avait honte de s'être laissé leurrer une fois de plus, comme si son chagrin imbécile avait été un mec imbuvable dans le lit duquel elle aurait échoué par mégarde. Comme sa formation scientifique la rendait encline à tout considérer sous un angle rationnel, elle se disait que son obsession risquait de virer à la psychose, et que pour éviter ça il fallait absolument qu'elle change ses habitudes.

Elle partit dans la montagne, se hissa jusqu'à la crête du canyon et s'essaya à lancer des hurlements de loup dans tous les azimuts. Mais le résultat fut encore plus lamentable que la fois où elle avait tenté de hurler au bord du lac. Elle ne parvint à s'arracher que deux cris à peu près acceptables (qui restèrent bien entendu sans réponse), et cela s'acheva par une crise de larmes.

Les soirées au village lui réussissaient mieux. Petit à petit, Helen nouait des connaissances. Elle dînait chez Nelly, et engageait presque toujours la conversation avec quelqu'un. Elle aurait volontiers fréquenté aussi le Dernier Espoir, mais n'osait toujours pas s'y aventurer seule.

Elle était allée se présenter à la plupart des éleveurs du coin, et elle avait fait de son mieux pour les enjôler. Elle leur avait expliqué en quoi consistait sa mission, en les priant de l'avertir s'ils décelaient la moindre trace de loup. Elle les contactait d'abord par téléphone et leur proposait de les rencontrer à l'heure qui leur conviendrait le mieux. Ils étaient presque toujours chez eux à l'heure du déjeuner. Dans la plupart des cas, ils l'avaient écoutée très courtoisement. En général, les femmes étaient plus aimables que leurs maris.

Les époux Millward, qui élevaient des Charolais de pure race, l'avaient accueillie à bras ouverts, insistant même pour la garder à déjeuner. Kathy Hicks, la fille de Buck Calder, lui avait réservé un accueil plutôt cordial, malgré ce qui était arrivé à son chien. A de rares exceptions près, ils l'avaient tous autorisée à pénétrer sur leurs terres en cas de nécessité, à condition qu'elle ne cause aucun trouble et qu'elle referme bien les portes des clôtures.

Elle avait vu à peu près tout le monde, sauf Abe Harding.

Elle avait essayé de le joindre au téléphone, mais personne ne décrochait jamais. Un jour, elle l'avait croisé à Hope, alors qu'il sortait de l'épicerie. Elle lui avait souri et lui avait dit bonjour, mais il était passé à côté d'elle comme s'il ne la voyait pas. Helen était restée décontenancée. Les deux fils de Harding, aux yeux desquels elle s'était déconsidérée le jour de son arrivée à Hope, n'étaient qu'à quelques pas de là, occupés à charger du matériel à l'arrière de leur pickup, et ils l'avaient regardée avec des grimaces sardoniques.

— Ne le prenez pas trop à cœur, lui conseilla Ruth Michaels quand elle lui fit part de l'incident. Abe Harding se conduit comme ça avec tout le monde. C'est un sale type. Enfin, je ne devrais pas dire ça. Il est malheureux, aigri et un peu timbré. Mais avec deux fils pareils, qui ne le serait pas ?

Helen avait énormément de sympathie pour Ruth, et chaque fois qu'elle venait à Hope elle passait boire un cappuccino au Parangon. Les pointes d'humour acide de Ruth la faisaient toujours rire, et leur effet était aussi tonique que celui du café. En plus, elle était au courant de tous les potins du village et de toutes les petites excentricités de ses habitants, et Helen se disait que ça pourrait lui servir un jour.

Au fil des semaines, son incapacité à mettre la main sur le loup devenait une source d'embarras potentielle. Le village commençait à dauber sur son compte. Deux jours plus tôt, elle avait croisé Clyde Hicks à la station-service. Passant la tête par sa vitre, il lui avait demandé de ses nouvelles.

— Alors ce loup, vous l'avez attrapé ? lui avait-il demandé, bien qu'il sût pertinemment qu'il n'en était rien.

— Non, avait répondu Helen. Toujours pas.

— Y a un bon truc pour attraper les loups, vous savez lequel ? avait-il fait avec un sourire visqueux.

Helen avait secoué la tête.

— Non, mais je vais le savoir, je crois.

— On prend une grosse pierre, on y répand du poivre, le loup s'amène, renifle le poivre, atchoum ! il se cogne la tête sur la caillasse, ça l'assomme. Et voilà, c'est dans la poche.

Helen lui avait souri, sans desserrer les dents.

— Vous croyez ? avait-elle dit.

— Mais oui. Vous n'avez qu'à essayer. Pour le conseil, c'est gratuit.

Là-dessus, il avait démarré, tout faraud.

Allongée dans son lit, incapable de trouver le sommeil, elle s'interrogeait. Pourquoi avait-elle si peu de chance ? Ça doit être la présence humaine, se disait-elle. Peut-être que les gens qui passaient dans la forêt rendaient le loup craintif, qu'ils le dissuadaient de s'approcher des pièges. Pas intentionnellement, bien sûr. Elle n'avait jamais rencontré personne dans la montagne, mais elle savait que le canyon était fréquenté par des randonneurs, sans compter les bûcherons qui coupaient des arbres pour le compte d'une fabrique locale de poteaux et piquets.

Il lui était arrivé de trouver des empreintes de pas

au bord du torrent, pas assez souvent toutefois pour lui faire craindre qu'un pied humain ne s'égare dans un de ses pièges. Tout récemment, elle avait aussi découvert des empreintes de sabots et du crottin. Mais en principe, les loups n'auraient pas dû s'en soucier plus que ça. Les randonneurs et les cavaliers ne les effraient pas à ce point. Les loups sont des animaux craintifs, certes, mais pas plus que les grizzlys ou les pumas. Or, des empreintes de grizzly et de puma, elle en avait trouvé. C'était bizarre.

Plus bizarre encore, elle s'était aperçue voici peu que certains de ses pièges avaient été actionnés, sans raison apparente. On aurait dit que le mécanisme s'était déclenché de lui-même. Ils n'avaient pas été déplacés toutefois, car cela aurait activé les colliers émetteurs. Helen les avait réglés de façon à réduire leur sensibilité au maximum, mais ça avait continué. La veille, en un seul passage, elle avait trouvé trois pièges désarmés, et elle avait aussitôt appelé Bill Rimmer pour lui demander de venir inspecter les lieux avec elle ce matin.

Comme de juste, ils n'avaient encore découvert aucun piège actionné. Tous ceux de la forêt étaient intacts.

— Tu vas finir par croire que j'ai rêvé, dit Helen à Rimmer au moment où ils entamaient leur descente vers le fond du canyon.

— Des fois, il y a un bruit bizarre dans le moteur, mais quand on amène la voiture chez le garagiste, elle se met à ronronner comme un chaton.

— C'est pas à la mienne que ça arriverait.

Dans le canyon, les deux premiers pièges qu'ils vérifièrent n'avaient pas bougé depuis la veille. Par contre, le troisième avait bel et bien été actionné.

Helen l'avait posé en bordure d'un petit sentier étroit qui semblait surtout utilisé par les cerfs. Avant d'examiner le piège, Rimmer en fit le tour en scrutant attentivement le sol. Les mâchoires relevées s'étaient refermées sur le vide. S'armant d'un bâton, Rimmer le souleva avec circonspection et le considéra un moment avant de le saisir pour en vérifier le mécanisme.

— Il fonctionne parfaitement, constata-t-il.

Il reposa le piège et avança d'une vingtaine de mètres le long du sentier, scrutant toujours le sol. Ensuite il fit demi-tour et parcourut le même chemin en sens inverse. Helen suivait son manège des yeux.

— Viens voir, lui dit-il à la fin.

Elle le rejoignit, et il lui montra le sentier du doigt.

— Ces traces de cerf qui s'arrêtent brusquement, là, tu vois ?

— Il a dû bifurquer.

— Ça m'étonnerait. Viens par ici.

Ils retournèrent ensemble jusqu'à l'endroit où Rimmer s'était arrêté la première fois, un peu en avant du piège.

— Là, tu vois, les traces repartent. Ce sont celles du même cerf. Il n'a pas changé de direction.

— Tu en es sûr ?

— Oui. Le piège a été actionné par quelqu'un qui a ensuite effacé ses traces. J'ai connu des loups très rusés, mais jamais à ce point-là.

Ils cherchèrent des empreintes sur les côtés du sentier, mais le sol était trop rocailleux, la végétation trop abondante. A l'emplacement du piège suivant, c'était pareil. Le piège avait été actionné, et il n'y avait aucune trace.

Le troisième avait été actionné aussi, mais ils trouvèrent des empreintes de loup et des laissées fraîches juste à côté. Helen poussa un cri de joie.

— Il est encore dans les parages, c'est déjà ça.

Rimmer examinait le sol en fronçant les sourcils.

— Oui, mais ce n'est pas lui qui a actionné le piège. Tu vois ces empreintes ? S'il avait posé la patte dessus et fait un bond en arrière quand il s'est déclenché, ça se verrait. A ce qu'on dirait, il passait simplement par là. Il l'a reniflé, il a fait sa petite affaire et il a poursuivi sa route.

— D'après toi, le piège avait déjà été actionné quand il s'est amené ?

— Ça m'en a tout l'air, dit Rimmer. On dirait que le sol a été balayé avant qu'il arrive. C'est pour ça que ses empreintes sont si nettes.

Il sortit un sachet en plastique de sa poche et se l'enfila sur les doigts pour ramasser la crotte. Ensuite il le retourna et le tendit à Helen.

— Il t'a laissé un petit cadeau, en tout cas.

Ils passèrent les alentours au peigne fin. Rimmer se mit à croupetons pour renifler une touffe d'herbe.

— Ça schlingue drôlement, dit-il. On dirait de l'ammoniaque.

Il brisa un brin d'herbe et le tendit à Helen.

— C'est vrai, dit-elle. Et ça sent autre chose aussi. L'essence, peut-être ?

Ils continuèrent leurs recherches. Rimmer finit par découvrir une branche d'armoise fraîchement arrachée, toute poussiéreuse. Il la tendit vers Helen, afin qu'elle puisse l'examiner.

— C'est son balai, tu vois. Il y a un petit farceur dans le coin.

Ce soir-là, en prenant sa douche, Helen se cassait toujours la tête sur cette énigme.

Elle avait remis la douche en état, en lui apportant quelques améliorations dont elle était très fière : après avoir remplacé les treillis métalliques qui la protégeaient, elle l'avait pourvue d'un portillon monté sur des charnières mobiles, assez bas pour qu'elle puisse contempler le lac (et être avertie à temps de l'arrivée inopinée d'un grizzly). Mieux encore, elle avait accroché dans l'arbre qui la surmontait un grand baquet en plastique d'une contenance de vingt litres muni d'une corde sur laquelle il lui suffisait de tirer pour qu'il s'incline et que l'eau se déverse dans le seau percé. Son installation allait probablement s'écrouler sur elle un jour, mais en attendant elle lui permettait de prendre des douches prolongées, tellement glaciales qu'elle en sortait bleue de froid.

Claquant des dents, elle empoigna sa serviette-éponge et s'en frictionna vigoureusement la tête. Ses cheveux furent secs en un tournemain. C'était l'unique avantage de sa nouvelle coupe.

Qui pouvait bien avoir eu l'idée biscornue de trafiquer ses pièges ?

Tous les éleveurs auxquels elle avait rendu visite s'étaient déclarés impatients de la voir capturer un loup. Ça n'aurait eu aucun sens qu'ils essaient de lui mettre des bâtons dans les roues. Si c'était une blague, elle était d'un goût douteux. Elle s'entoura le torse de sa serviette et regagna la cabane.

Après s'être rhabillée, elle se prépara du thé, alluma l'ordinateur et consulta les cartes des secteurs où se trouvaient les six pièges que Bill Rimmer et elle avaient été obligés de retendre. Elle s'attarda longuement sur la carte du canyon où des pièges avaient été actionnés ce matin même. Elle cliqua avec la souris pour obtenir la carte de la zone adjacente. Sans quitter l'écran des yeux, elle avala une gorgée de thé et mordit dans une grosse pomme rouge dont l'aspect était plus agréable que le goût. Tout à coup, un détail lui accrocha l'œil.

Sur le versant sud du canyon, il y avait un sentier forestier désaffecté dont elle n'avait jamais remarqué la présence auparavant. Comme elle arrivait toujours du nord, l'idée d'explorer l'autre versant ne lui était tout simplement pas venue jusqu'à présent. Elle cliqua encore, élargissant la carte pour voir où conduisait le sentier. Il sinuait à travers la forêt sur une longueur de sept ou huit kilomètres, puis venait buter sur un défilé étroit et profond qui menait à une maison isolée, accrochée au flanc de la vallée. Helen savait à qui elle appartenait, mais elle cliqua tout de même, par acquit de conscience, et les mots RANCH HARDING apparurent sur l'écran.

Les fils Harding, bien sûr. Pourquoi n'y avait-elle pas pensé plus tôt ? Ils étaient sans doute capables de lui jouer ce genre de tour. Elle n'avait aucune raison de les soupçonner, sinon que de tous les gens dont elle avait fait la connaissance depuis son arrivée à Hope ils étaient de loin les plus patibulaires.

Une demi-heure plus tard, dépassant un écriteau tout de guingois qui annonçait : *Propriété privée — Chasse interdite — Défense d'entrer*, elle s'engageait dans l'allée des Harding, faisant de multiples embardées pour éviter les nids-de-poule. Buzz, tressautant sur le siège du passager, semblait aussi peu rassuré qu'elle, et elle ne tarda pas à comprendre pourquoi. Les deux chiens qui venaient de jaillir d'entre les arbres, fonçant à toute allure vers le pick-up, étaient deux fois plus gros que lui, et cent fois plus féroces. Avec leurs échines tout hérissées, on aurait dit deux requins se précipitant sur une proie. Buzz se mit à pousser de petits geignements.

Helen se rangea à côté d'une bétaillère rouillée, abandonnée au bord de l'allée avec plusieurs autres épaves d'engins agricoles agrafées au sol par les hautes herbes et le chiendent. Elle coupa le contact, mais resta à bord du pick-up, ne sachant pas trop quelle conduite adopter.

En temps ordinaire les chiens ne lui faisaient pas peur, mais elle n'avait aucune envie de se frotter à ceux-là. L'un des deux s'était mis debout et, les pattes de devant appuyées à la portière, aboyait et grondait simultanément, la gueule écumante. Buzz émit une faible protestation et se fit tout petit sur son siège.

— Trouillard, lui dit Helen.

Elle examina la maison. Elle était dans un état lamentable. Ce n'était guère plus qu'un cabanon, auquel on avait ajouté des pièces supplémentaires au fil des années, en usant de moyens de fortune. Des ailes fabriquées de bric et de broc avaient proliféré autour de la construction d'origine comme des métastases cancéreuses, le seul élément d'harmonie étant fourni par le crépi grisâtre, piqueté de moisissure, dont elles étaient toutes révêtues. Le toit avait été rapetassé à l'aide de papier goudronné, lui-même rebouché par endroits, et qui cloquait de partout. La maison était blottie contre une falaise à la paroi dénudée, comme si elle avait craint de se faire engloutir par la nature rébarbative qui la cernait.

Deux camionnettes à plateau étaient garées un peu plus loin, devant la maison. Helen reconnut le pick-up noir à bord duquel elle avait vu les deux fils de Harding. Mais à part les chiens, il n'y avait aucun signe de vie.

Le jour déclinait à vue d'œil, et Helen discerna à l'intérieur de la maison le tremblotement bleuâtre d'une télé. Ce petit bout de Far West perdu était relié au monde par une antenne parabolique géante fixée à la falaise par des crampons d'apparence bien chétive. Une corde attachée entre deux sapins squelettiques était festonnée des formes pâles de caleçons et de tricots de corps tout effrangés, qui pendaient immobiles dans le crépuscule indécis.

Tout à coup, un cri se fit entendre. Les chiens cessèrent instantanément d'aboyer et ils filèrent ventre à terre vers la maison. La porte de devant, dont le treillis était à demi arraché, s'ouvrit, et Abe Harding parut sur la véranda. Il vociféra un ordre aux chiens, qui contournèrent la véranda et se faufilèrent vers le côté de la maison, la queue basse.

Helen croyait que Harding allait s'avancer à sa rencontre, mais il ne fit pas un pas de plus. Il se contenta de la regarder, sans bouger d'un poil.

— Puisqu'il faut y aller, allons-y, murmura-t-elle à l'adresse de Buzz en posant la main sur la poignée.

Elle referma la portière derrière elle et se dirigea vers la maison, faisant crisser sous ses pas le gravier envahi de mauvaises herbes. Elle avait déjà mis sa tactique au point. Il ne fallait surtout pas qu'elle profère des accusations. Elle ne lui parlerait même pas de ce qui était arrivé à ses pièges. Elle allait être l'amabilité même.

— Bonsoir, lança-t-elle d'une voix aussi allègre que possible.

— Hon-hon, marmonna Harding.

Sa réponse n'était guère chaleureuse, mais au moins c'était une réponse.

Au moment où elle arrivait au bas des marches de la véranda, l'un des chiens se mit à gronder sourdement dans les ténèbres, quelque part sur sa droite, et Abe le fit taire d'une voix brusque, sans quitter Helen des yeux. Il était sec comme un coup de trique, avec un visage émacié et des yeux profondément enfoncés dans leurs orbites, où dansait une lueur inquiétante. Il était coiffé d'un chapeau mastic auréolé de sueur, et vêtu d'un jean et d'un maillot de corps à manches longues. Il était en chaussettes. La droite, trouée, laissait apercevoir son gros orteil.

A vue de nez, il pouvait avoir dans les cinquante-cinq ans. Selon Ruth Michaels, il avait acheté ce ranch à son retour du Viêt-nam. Etait-ce la guerre qui l'avait rendu si sauvage ? Sur ce point, Helen en était réduite aux conjectures. Peut-être qu'il était devenu comme ça à force de vivre dans cette baraque sinistre, perpétuellement acculé à un mur.

Elle lui tendit la main.

— Monsieur Harding ? Je m'appelle Helen Ross, je suis employée par...

— Je sais qui vous êtes.

Il regardait sa main, et l'espace d'un instant elle crut qu'il allait la dédaigner. Mais avec une visible réticence, il finit par la prendre et la serrer.

— Vous avez une belle maison.

Il émit une espèce de reniflement méprisant. Elle ne pouvait pas l'en blâmer.

— Vous voulez me l'acheter ?

Helen éclata d'un rire un peu forcé.

— Je ne crois pas que ça serait dans mes moyens.

— A ce qu'on m'a dit, vous ne vous en tirez pas si mal que ça, dans la fonction publique. Quand je vois ma feuille d'impôts... Vous nous mangez la laine sur le dos, à nous autres paysans.

— Si quelqu'un s'en met plein les poches, ce n'est pas moi.

Harding détourna la tête et cracha un jet noirâtre de tabac à chiquer qui s'écrasa avec un bruit mou sur la terre sèche au pied de la véranda. Les choses ne se passaient pas aussi bien qu'Helen l'avait espéré. Il reposa les yeux sur elle et lui demanda :

— Qu'est-ce que vous me voulez ?

— Comme vous le savez, monsieur Harding, on m'a chargée de capturer le loup qui a tué le chien de Kathy Hicks il y a quelques semaines, je suis déjà passée chez tous vos voisins, alors je me suis dit qu'une petite visite s'imposait, histoire de vous donner le bonjour, de me présenter et de, euh...

Elle se tut, se rendant soudain compte de l'inanité de son verbiage. On aurait dit qu'une grenouille éméchée s'était emparée de sa langue.

— Bref, vous ne l'avez pas attrapé.

— Pas encore. Mais je me démène beaucoup, vous savez.

Elle éclata d'un rire embarrassé.

— Hon-hon.

De l'intérieur de la maison, le son de la télé lui parvenait. Un comique était un train de faire son numéro, qui devait être désopilant, à en juger par les vagues d'hilarité qui secouaient le public du studio. Tout à coup, Helen sentit un regard posé sur elle. L'un des fils de Harding, debout derrière la fenêtre à treillis d'une pièce qui devait être la cuisine, l'observait. Son frère ne tarda pas à venir le rejoindre. Faisant comme si elle ne les voyait pas, elle revint bravement à la charge.

— Mais pour arriver à savoir s'il est encore là et comprendre ce qu'il manigance, il faudrait que...

— Il doit être là-haut, sur les pacages, en train de nous boulotter nos bêtes. Paraît que Buck Calder y a déjà laissé un veau.

— Ses restes ne permettaient pas d'affirmer que...

— Putain, fit Harding en secouant la tête et en détournant le regard. Vous avez vraiment pas froid aux yeux, vous autres.

Helen avala sa salive et reprit :

— Certains de vos collègues, dont monsieur Calder d'ailleurs, m'ont aimablement autorisée à pénétrer sur leurs terres pour y rechercher des empreintes, des laissées, enfin, vous voyez ce que je veux dire.

Elle s'esclaffa, sans trop savoir elle-même ce qui lui paraissait drôle.

— A condition bien sûr que je fasse attention, que je n'oublie pas de refermer les clôtures, et tout ça. Est-ce que ça vous ennuierait que je...

— Que vous veniez fouiner chez moi ?

— Il ne s'agit pas de fouiner, mais de...

— Et puis quoi encore ?

— Euh...

— Vous croyez que je vais autoriser le gouvernement à venir piétiner mes plates-bandes, que je vais le laisser fourrer son nez dans mes affaires ?

— Je ne...

— Non mais, ça va pas la tête ?

214

— Excusez-moi.

— Foutez-moi le camp.

Les deux chiens surgirent à l'angle de la maison. L'un d'eux se mit à gronder, mais Abe le fit taire. Du coin de l'œil, Helen voyait les deux fils derrière leur treillis, un sourire narquois aux lèvres. Rassemblant tout son courage, elle se mit à sourire elle-même et dit :

— Bon, eh bien je m'excuse de vous avoir dérangé.

— Barrez-vous, c'est tout.

Elle tourna les talons, se dirigea vers le pick-up. A la télé, une nouvelle tempête de rires éclata. Ses genoux flageolaient un peu. Pourvu qu'ils ne s'en aperçoivent pas, se dit-elle. Tout à coup, elle perçut un mouvement rapide dans son dos. Avant qu'elle ait eu le temps de se retourner, le premier chien lui sauta dessus. Le choc lui fit perdre l'équilibre, et elle se retrouva à plat ventre, le nez dans la poussière.

Les deux chiens se jetèrent sur elle et, en poussant des grognements furieux, déchirèrent à belles dents son gros pantalon de coutil, l'un à la cheville et l'autre à la cuisse. Elle hurla, leur lança des ruades. Harding accourut en criant des ordres aux chiens.

Ils s'arrêtèrent aussi subitement qu'ils avaient commencé et s'éloignèrent au petit trot, l'air penaud. Harding ramassa une pierre, la jeta dans leur direction. Elle fit mouche, et l'un des chiens émit un gémissement aigu. Helen, commotionnée, resta étendue sur le sol. Son pantalon était déchiré, mais apparemment elle ne saignait pas. Au bout d'un moment, elle se redressa sur son séant. Harding était debout au-dessus d'elle.

— Vous n'avez rien de cassé ? lui demanda-t-il d'une voix peu amène.

— Non, je ne crois pas.

Elle se releva, brossa de la main ses vêtements poussiéreux.

— Alors dégagez.

— Oui, je crois que c'est tout ce qui me reste à faire.

Elle se dirigea vers le pick-up en surveillant les chiens du coin de l'œil. Une fois qu'elle eut ouvert la portière, elle se sentit moins en danger. Ses épaules tremblaient, mais ce n'était plus seulement l'effet du choc. Elle était en colère à présent.

— Dites aux gens qui trafiquent mes pièges qu'ils ont intérêt à se méfier. Ça pourrait leur attirer de sérieux ennuis.

Même à ses propres oreilles, ça ne semblait pas très comminatoire. Elle était au bord des larmes, et sa voix le trahissait. Harding ne lui répondit pas.

Elle s'installa au volant et claqua la portière. Il faisait presque nuit à présent. Harding la regarda faire demi-tour, et le faisceau de ses phares l'illumina brièvement au passage. Le cœur battant à tout rompre, de grosses larmes lui ruisselant sur les joues, Helen redescendit l'allée. Elle chiala pendant tout le trajet.

13

Le champ de foire de Hope avait connu des jours meilleurs. Il occupait un grand pré poussiéreux, juste après la sortie du village, et durant la plus grande partie de l'année n'était fréquenté que par les garennes, les chiens de prairie et des lycéens émules de James Dean qui venaient parfois y disputer la nuit des courses de dragsters.

Les clôtures des parcs à bestiaux et la balustrade de la piste de rodéo n'avaient pas été repeintes depuis des lustres, et les gradins de l'amphithéâtre étaient si branlants et fendillés que seuls les intrépides osaient encore y poser une fesse. Les toits des quelques stands disséminés alentour, gauchis et soulevés par les intempéries, faisaient d'excellents nichoirs pour toute une variété d'oiseaux.

Jadis, ce champ avait été un lieu très animé, abritant d'un bout de l'année à l'autre des foires artisanales, des salons d'armuriers, toutes sortes de fêtes et de rodéos. Il avait été le théâtre d'un festival annuel de l'Homme des Bois, rassemblant des hurluberlus à barbes et peaux de daim venus de tous les Etats limitrophes, et d'une Fête du Testicule, qui jouissait d'une popularité plus grande encore, sauf peut-être auprès des veaux qui fournissaient son aliment principal, désigné sur les menus par le discret euphémisme d'« huîtres de la prairie ». *Hope, capitale mondiale des gobeurs de boules*, clamaient les affiches. Mais au fil des années, l'affluence avait peu à peu diminué.

L'un après l'autre, les organisateurs de ces diverses festivités avaient mis la clé sous la porte ou étaient allés chercher ailleurs des sites plus propices. Il ne resta plus à Hope qu'une seule manifestation de quelque importance, la foire-rodéo annuelle qui se tenait traditionnellement durant le premier week-end de septembre, à l'occasion de la fête du Travail. Mais incapable de soutenir la concurrence de fêtes beaucoup plus importantes qui attiraient les foules ailleurs, la foire-rodéo elle-même avait été contrainte de changer de date et de durée. Etant passée de trois journées à une seule, elle avait désormais lieu le deuxième samedi de septembre.

La tradition voulait que la fête s'achève par un grand concert accompagné d'une fondue rustique, où des tranches de bœuf géantes embrochées sur des fourches étaient cuites dans des fûts métalliques remplis d'huile bouillante. Les années précédentes, d'authentiques vedettes de la musique country avaient honoré le concert de leur présence, mais cette année la tête d'affiche avait été dévolue à Rikki Rain et ses Ragged Wranglers, groupe local venu de Billings, dont l'on put craindre un instant qu'ils y retourneraient dare-dare sans avoir joué la moindre note.

Ils avaient garé leurs deux camping-cars aménagés en caravanes à côté des parcs à bestiaux. Au moment où ils en sortaient, les yeux de Rikki s'étaient posés sur une affiche déparée par un mauvais plaisant qui avait griffonné un insultant C'EST QUI ? au-dessous de son nom.

Buck Calder et les représentants du comité des fêtes qui étaient venus l'accueillir avaient essuyé les plâtres, Rikki leur disant que leur trou perdu et sa kermesse de bouseux débiles, ils pouvaient se les mettre où elle pensait. L'inconvenante affiche avait été retirée sur-le-champ, et le soleil de l'après-midi finissant, les effluves du bœuf cuit à la fourche et les trésors de charme de Buck Calder avaient fini, semble-t-il, par prévaloir.

Debout à côté d'une des buvettes, de l'autre côté du champ de foire, Eleanor observait le manège de son mari en sirotant un thé glacé. Il avait passé un bras autour de la taille de Rikki Rain qui, rejetant en arrière sa longue chevelure bouclée dont la blondeur ne devait rien à la nature, riait aux éclats de ses plaisanteries. La chanteuse était vêtue d'une chemise noire, de bottes rouge vif et d'un jean blanc tellement moulant qu'Eleanor se demandait comment son sang arrivait encore à circuler.

— Elle a un sacré beau dentier, fit observer Hettie Millward, qui avait suivi le regard d'Eleanor. Mais on voit bien qu'elle est un peu blette sur les bords.

— Ne sois pas perfide, Hettie, protesta Eleanor en souriant.

— C'est la vérité, non ? Je ne savais pas que Buck était membre du comité des fêtes cette année.

— Il ne l'est pas. Mais tu le connais, toujours prêt à voler au secours d'une demoiselle en détresse.

— Demoiselle, mon œil ! Elle a beau faire bâiller sa chemise tant qu'elle peut, ça ne la rendra pas plus jeune. Ce n'est pas la façon de s'habiller qui compte.

— Ou de se déshabiller.

Elles s'esclaffèrent. Hettie était la plus proche amie d'Eleanor, la seule à comprendre vraiment ce qui se passait entre Buck et elle. C'était une grosse femme joviale, toujours occupée à lutter contre les kilos en trop, combat dont elle ne semblait toutefois pas fâchée de sortir régulièrement perdante. Doug, son mari, était un vieil ami de Buck, éleveur à Hope comme lui, aimé et respecté de tous.

Faisant dévier la conversation, Eleanor interrogea Hettie sur le mariage de sa fille Lucy, qui tramait sans cesse de nouveaux plans pour la cérémonie. Il devait avoir lieu au printemps, et Lucy avait décidé que ce serait le mariage du siècle. Toute la population de Hope serait invitée. Hettie lui fit part de la nouvelle lubie de sa fille. Lucy voulait que tout le monde soit à cheval, pas seulement les mariés, les demoiselles d'honneur et les garçons d'honneur, mais même le pasteur. Hettie trouvait ça complètement idiot, et elle était certaine que la cérémonie allait tourner à la catastrophe.

Jetant un coup d'œil à sa montre, elle dit qu'il était grand temps qu'elle aille rejoindre ses deux fils, qui venaient de remporter chacun un ruban bleu au concours du plus beau veau organisé par la section locale des Jeunesses agricoles. On allait vendre leurs veaux aux enchères, et aussitôt après le défilé commencerait sur la piste centrale.

— Charlie espère en obtenir au moins six dollars la livre. Je lui ai dit que même s'il en obtenait quarante, ça ne suffirait pas à compenser tout le mal que ces bêtes nous ont donné. Enfin, du moment qu'on arrive à s'en débarrasser... Bon je file, allez, à tout à l'heure.

Après avoir bu le reste de son thé, Eleanor se mit à flâner le long de la rangée de stands dont on avait camouflé la décrépitude à l'aide de fanions et de bannières multicolores qui s'agitaient au vent. On y vendait un peu de tout, depuis les plaques d'identité pour chiens jusqu'aux confitures de merise maison. L'un des stands avait été transformé en wigwam, et un « authentique sorcier peau-rouge » y disait la bonne aventure. Une bande d'adolescentes faisait la queue à l'entrée en pouffant bêtement. Un peu plus loin, une nuée de mioches hurleurs bombardaient d'éponges mouillées deux pompiers bénévoles aux sourires stoïques qui avaient placé leurs visages dans deux trous découpés à la hauteur de la tête sur un panneau en contre-plaqué représentant Daniel Boone et Davy Crockett.

Buck, dont les hauts faits vivaient encore dans la mémoire des amateurs de rodéo les plus âgés, ne manquait jamais de se montrer à la foire, mais Eleanor n'y avait pas assisté depuis des années. Elle avait cessé d'y venir après l'accident qui avait coûté la vie à Henry, car elle craignait d'imaginer le visage de son fils mort au milieu des groupes de jeunes attendant de monter sur l'estrade avec leurs bouvillons ou se bousculant devant les stands qui débitaient des hot-dogs et des sodas.

C'est pourtant elle qui avait suggéré à Ruth de louer un stand, et tandis qu'elle le regagnait, elle fut soulagée de constater que tout ce qu'elle venait de voir n'avait nullement ravivé sa douleur. Elle était même fière que sa première initiative ait été couronnée d'un tel succès. Le beau temps leur avait valu une affluence record. Cette seule journée leur avait rapporté autant qu'une semaine entière au magasin, et les cinquante dollars que leur avait coûté la location du stand avaient été plus que largement amortis.

Quand elle arriva au stand, Ruth regardait quelque chose à l'autre bout du champ de foire. Son visage avait une expression qui ne lui était pas habituelle. On aurait presque dit qu'elle était en colère. Eleanor suivit son regard, et c'est Buck qu'elle aperçut. Est-ce lui qu'elle regardait avec ces yeux-là ? Il continuait à faire l'andouille avec la chanteuse blonde.

Eleanor fut touchée que Ruth le prenne autant à cœur.

Après avoir souhaité bonne chance à Rikki et à ses musiciens, Buck leur promit qu'il viendrait les retrouver après le concert, bien qu'il n'en ait nullement l'intention. Vue de près, Rikki était nettement moins attirante qu'elle le paraissait de loin, et le clin d'œil salace qu'elle lui avait décoché avant de se diriger vers sa caravane ne l'avait pas émoustillé le moins du monde. Et puis, un homme dont la femme et la maîtresse sont en train de bavarder comme deux vieilles copines à cent mètres de là ne va pas se lancer dans Dieu sait quelle nouvelle intrigue.

En voyant Eleanor s'éloigner, il s'était dit que c'était le moment ou jamais d'aller glisser un mot à Ruth, et c'est là que Rikki Rain lui était tombée dessus avec son histoire de dignité outragée. Maintenant, c'était fichu. Ce n'est pas toujours drôle d'être un notable. Sentant le regard d'Eleanor posé sur lui, il tourna les talons et partit dans la direction opposée.

Buck aimait le rodéo de tout son cœur, mais on était loin à présent des grandes fantasias de sa jeunesse. En ce temps-là, toute la population du comté se retrouvait à Hope, rejointe par des hordes de touristes venus d'un peu partout, et remporter un rodéo vous posait son homme. Les jeunes d'aujourd'hui ont du mal à distinguer la queue d'un cheval de sa crinière. On n'avait pas vu une telle affluence depuis des années, mais à côté de celles qu'il avait connues au bon vieux temps, la foule lui paraissait bien clairsemée.

Attiré par le fumet, il se dirigea vers l'une des longues tables à tréteaux où l'on débitait les quartiers de bœuf cuits dans l'huile bouillante. En passant devant l'amphithéâtre, il remarqua un groupe compact de gamins, dans lequel les gamines dominaient nettement, qui faisait cercle autour d'un homme de haute taille portant une chemise bleu pâle et d'une jeune femme bronzée dont une minirobe blanche soulignait avantageusement les formes.

Apparemment, on leur faisait signer des auto-graphes. Comme ils lui tournaient le dos, Buck ne parvint pas à les identifier. Le photographe du quotidien local n'arrêtait pas de les mitrailler. L'homme à la chemise bleue prononça une phrase que Buck ne saisit pas, mais qui devait être drôle car la petite foule qui l'entourait fut parcourue d'une vague d'hilarité. L'homme et la femme tournèrent les talons, tout sourires, en agitant la main pour prendre congé de leurs admirateurs, et Buck vit alors qu'il s'agissait de Jordan Townsend, le présentateur de télé qui avait racheté le ranch Nielsen à prix d'or deux ans plus tôt.

Townsend avait sa propre émission sur l'une des trois grandes chaînes nationales, mais comme il ne l'avait jamais regardée, Buck ne savait pas laquelle. Il débarquait parfois de Los Angeles, laissant son jet privé à l'aéroport de Great Falls et achevant le trajet en hélicoptère pour venir passer quelques jours au ranch en compagnie de l'intendant expatrié de Californie qui y résidait en permanence.

Il avait rasé la belle maison ancienne jadis occupée par Jim et Judy Nielsen et construit à sa place une espèce de palais, avec une terrasse équipée d'un jacuzzi géant d'où on avait une vue imprenable sur les montagnes et un vaste sous-sol comportant comme de bien entendu une salle de projection de trente places.

Arrivé à la table où l'on servait la viande, Buck prit la queue comme tout le monde. Jadis, il aurait suffi qu'il paraisse pour qu'on se précipite vers lui afin de lui offrir, aux frais de la princesse, une généreuse platée de steaks. Mais aujourd'hui, le service était assuré par deux adolescents boutonneux qu'il ne connaissait ni d'Eve ni d'Adam.

Il attendit son tour en regardant Jordan Townsend et sa ravissante jeune épouse déambuler à travers la foule comme des monarques en visite. Townsend s'était composé une tenue de cow-boy du plus pur style hollywoodien. Outre sa chemise de travail et son Wranglers au bleu artistement délavé, il arborait un Stetson flambant neuf et des bottes cousues main qui avaient bien dû coûter mille dollars.

Sa femme (d'après Kathy, il en avait eu deux autres avant elle) portait également des bottes, mais c'était sa seule concession au style western. A part ça, avec ses lunettes noires signées d'un styliste à la mode et sa minirobe blanche qui la découvrait plus qu'elle ne la couvrait, elle avait la dégaine d'une star de cinéma. Ce qu'elle était du reste, s'il fallait en croire la rumeur publique, quoique Buck n'ait jamais rencontré personne qui ait vu un de ses films. Apparemment, elle avait deux noms : celui sous lequel elle était devenue une actrice célèbre, et un second qu'elle utilisait quand elle séjournait incognito dans le Montana. Buck ne se souvenait ni de l'un ni de l'autre.

Toujours d'après la rumeur publique, elle aurait eu vingt-sept ans, soit exactement la moitié de l'âge de son mari, mais Kathy disait qu'il ne fallait pas trop s'y fier, les actrices fêtant souvent leur vingt-septième anniversaire plusieurs années de suite. En dehors de ça, tout ce que Buck savait d'elle (quoiqu'en laissant libre cours à son imagination il aurait pu se figurer pas mal d'autres choses), c'est que l'an passé, Townsend lui avait fait cadeau d'un troupeau de bisons pour Noël.

Quand son tour arriva enfin, il remit trois dollars à l'un des deux boutonneux en échange d'un steak accompagné de haricots rouges. Il se plaça un peu à l'écart et en enfourna une bouchée tandis que le couple auréolé de gloire continuait à se pavaner, en distribuant des sourires et des signes de tête bienveillants à la plèbe ébaubie. Dont à leurs yeux Buck faisait partie, naturellement. Townsend s'arrêta à sa hauteur et lui dit :

— Bonsoir, comment allez-vous ?

Manifestement, il ne savait pas du tout qui il était.

— Bien. Et vous, ça va ?

— Très bien, oui. Ça me fait plaisir de vous voir.

Là-dessus, il passa son chemin, tel un nuage. Quel triste con, se dit Buck.

Tout en mastiquant d'un air morose son steak coriace et graisseux, il regarda onduler le joli petit cul de l'actrice alors que Townsend et elle se dirigeaient vers le parking, suintant de satisfaction, heureux d'avoir accompli leur devoir civique en descendant brièvement de leur Olympe.

Haïr ainsi des gens qu'on ne connaît pas personnellement est sans doute injuste, mais comment Buck aurait-il pu s'en empêcher ? Les Townsend et leurs pareils allaient bientôt être propriétaires de tout l'Etat. Dans les rues de certaines villes, on ne croisait plus que des milliardaires, des magnats du cinéma et des stars de Hollywood. Apparemment, pour se faire respecter à Los Angeles ou à New York, il fallait absolument être nanti d'un ranch et de quelques milliers d'hectares dans le Montana.

Du coup, le prix des terrains avait tellement flambé que les jeunes gens natifs du Montana, si industrieux soient-ils, ne pouvaient plus s'aligner. Quelques-uns des nouveaux arrivants essayaient de maintenir les exploitations en état, mais pour la plupart ils ne connaissaient rien à l'agriculture ou ils s'en fichaient comme de l'an quarante. Pour eux, tout ce qui comptait, c'était de disposer d'un endroit où ils pouvaient se déguiser en cow-boys, histoire d'en mettre plein la vue aux citadins pleins aux as qu'ils invitaient pour le week-end.

Buck goûta à ses haricots. Ils ne valaient guère mieux que le steak. Il chercha une poubelle des yeux, et c'est à ce moment-là qu'il aperçut dans la foule la face torturée d'Abe Harding, qui venait dans sa direction.

Il ne manquait plus que celui-là.

Quoiqu'ils fussent voisins depuis trente ans, Harding et Buck n'avaient jamais vraiment été intimes. Le ranch Harding était d'une superficie au moins vingt fois inférieure à celle du ranch Calder. En outre, la terre y était ingrate, et tellement grevée d'hypothèques qu'Abe était en permanence à deux doigts de la faillite. Ses yeux qui lançaient d'inquiétantes lueurs sous des sourcils en broussaille toujours froncés lui donnaient l'air d'une murène paranoïaque.

— Alors, voisin, comment vas-tu ?

Harding hocha la tête, grommela un vague salut, et se mit à se gratter le nez en jetant des regards furtifs autour de lui, comme un homme qui médite un mauvais coup. Jouant des mandibules à une vitesse folle, il mastiquait une chique dont on apercevait le jus noirâtre à la commissure de ses lèvres.

— T'as une minute ? demanda-t-il.

— Bien sûr. Prends-toi une assiette, tu vas te régaler.

— J'ai pas faim. Ça t'ennuierait qu'on aille faire un petit tour ?

— Si tu veux.

Abe l'entraîna à l'écart, loin des oreilles indiscrètes.

— Que puis-je faire pour toi ? lui demanda Buck.

— Tu sais, ce loup qui a égorgé le chien de ta fille ?

— Il s'est fait un de mes veaux, en plus.

— Oui, je suis au courant. C'était bien un gros loup noir ?

Buck hocha affirmativement la tête.

— Eh ben, on l'a vu, figure-toi. Et y en avait deux autres avec lui.

— Où ça ?

— Là-haut, vers les pacages d'été. On était montés resaler un pré, et on a entendu une bête hurler. Ethan m'a dit : « Il a une drôle de voix, ce coyote », et là-dessus on s'est retrouvés nez à nez avec les trois loups. Le gros loup noir et deux gris.

Tandis qu'il parlait, ses yeux bougeaient sans arrêt, et Buck n'arrivait pas à accrocher son regard. On aurait dit qu'un obscur désir de vengeance le démangeait perpétuellement.

— Ils se sont attaqués au bétail ?

— Non, mais ils y pensaient, ça je t'en fiche mon billet. J'avais pas mon fusil, sinon je les aurais tirés. Je suis allé le chercher en laissant Ethan en sentinelle, mais à mon retour ils avaient disparu. On n'a même pas retrouvé leurs traces.

Buck réfléchit un moment.

— T'en as parlé à la petite zoologiste ?

— Non. Pourquoi je lui en aurais parlé ? Si on a les loups sur le dos, c'est leur faute, à ces enfoirés-là. Quand je pense qu'elle voulait que je la laisse fouiner sur mes terres ! Je l'ai envoyée aux pelotes.

Buck haussa les épaules.

— Ecoute, Buck, vu ma situation, je peux pas me permettre de perdre un seul veau.

— Je sais ce que c'est.

— Oh ça, je crois pas que tu le saches vraiment. N'empêche, c'est un fait.

— Abe, tu sais bien que si tu les flingues et que tu te fais alpaguer, tu seras dans la merde jusqu'au cou. Peut-être même qu'ils te foutront en taule.

Harding cracha un gros mollard noirâtre sur l'herbe jaunie.

— Saleté de gouvernement. Ils nous taxent un maximum pour la location des pacages, et en plus ils nous envoient ces sales bêtes pour nous égorger nos vaches.

— Et si on veut les défendre ils nous mettent en prison. C'est un monde, tu trouves pas ?

Harding ne lui répondit pas. Ses yeux se plissèrent, et son regard se déplaça vers l'autre extrémité du champ de foire. Sur le podium, les musiciens de Rikki Rain étaient en train de déballer leur matos.

— On va rassembler notre troupeau et emmener les bêtes un peu plus bas, comme ça elles seront plus faciles à surveiller. Tu pourrais nous donner un coup de main ?

— Entre voisins, c'est bien le moins.

— Merci, Buck.

— Y a pas de quoi.

— Si jamais il nous en manque, ça va chier des bulles, tu peux me croire.

Luke était venu à la foire parce qu'il l'avait promis à sa mère, mais il ne comptait pas y faire de vieux os. Rikki Rain et ses Ragged Wranglers ne lui donnaient guère envie de s'attarder. Ils n'étaient sur scène que depuis une heure, mais ça lui avait semblé beaucoup plus long. Luke avait une autre raison de vouloir s'esquiver. Il venait d'apercevoir un groupe de ses anciens condisciples du lycée, dont faisait partie Cheryl Snyder, pour qui il avait toujours eu une secrète tendresse.

Cheryl était la fille du garagiste de Hope. Non contente d'avoir un cœur d'artichaut, elle était belle comme le jour, de sorte qu'elle traînait toujours dans son sillage des garçons de la pire espèce. Cheryl et sa copine Tina Richie étaient devant le wigwam du diseur de bonne aventure, en compagnie de quatre des garçons en question, qui faisaient leur cinéma habituel.

Luke regagnait le stand du Parangon avec des boissons fraîches destinées à Ruth et à sa mère, qui avaient commencé à remballer la marchandise qui leur était restée sur les bras. Apparemment, Cheryl et ses copains ne l'avaient pas vu. Au moment où il s'apprêtait à se faufiler entre deux stands pour faire le tour par-derrière, Cheryl le héla :

— Luke ! Hé, Luke !

Il fit volte-face, feignant la surprise. Cheryl lui adressa un signe de la main et il leva ses boîtes de soda en souriant, pour lui montrer qu'il ne pouvait pas lui rendre son salut. Il espérait que les choses allaient en rester là, mais elle s'avança vers lui, et sa petite bande lui emboîta mollement le pas. Cheryl était vêtue d'un jean et d'un débardeur rose ultra-court qui lui découvrait le nombril. Luke pensait souvent au baiser qu'ils avaient échangé deux ans plus tôt le soir du réveillon de nouvel an. Cheryl était la seule fille qu'il avait embrassée de sa vie. Score qui tout bien considéré était franchement lamentable pour un garçon de son âge.

— Salut, Luke. Comment vas-tu ?

— B-b-bien, m-m-merci et t-t-toi ?

Tina et les garçons venaient d'arriver à leur hauteur. Luke les salua de la tête en souriant, et ils lui répondirent les uns d'un sourire, les autres à haute voix, avec plus ou moins de chaleur.

— Je ne t'ai pas vu de tout l'été, dit Cheryl.

— Je t-t-travaillais au ranch. Mon p-p-père avait b-b-besoin d'un c-c-coup de main.

Comme toujours quand il bégayait, il surveillait leurs regards, à l'affût de la moindre lueur de moquerie, d'embarras ou de pitié. C'est la pitié qu'il redoutait par-dessus tout. La moquerie et l'embarras le dérangeaient moins.

— Eh, Queuqueu, on t'a vu à la télé le jour où le loup a tué le chien de ta sœur, dit Tina.

L'un des garçons imita comiquement un cri de loup. C'était Jerry Kruger, une sale petite frappe qui avait persécuté Luke quand il était entré à la grande école, à l'âge de douze ans. Un jour, pendant la récré, Luke l'avait assommé d'un coup de poing. Ça lui avait fait une réputation de mauvais coucheur, et il n'avait plus jamais eu besoin de se bagarrer.

— Vous l'avez revu ? demanda Cheryl.

— Le loup ? Non. Il d-d-devait être de p-p-passage.

— C'est con, dit Kruger. Tina aurait pas demandé

mieux que de jouer au Petit Chaperon rouge avec lui.
« Oh, mère-grand, pourquoi as-tu de si gros nibards ? »

— Arrête de faire le gogol, Jerry, dit Cheryl.

Un ange passa, et ils restèrent là tous les sept, les
bras ballants, à écouter Rikki Rain bramer. Luke leva
ses boîtes de soda.

— Il faut qu-qu-que je me sauve, dit-il.

— D'accord, dit Cheryl. A un de ces quatre.

Les autres le saluèrent en chœur. Tandis qu'il s'éloignait, Kruger pouffa de rire et dit : « Il d-d-devait être
de p-p-passage », mais ses copains le firent taire.

Il faisait un peu frisquet tout à coup, et Helen
regretta de ne pas s'être munie d'un pull. Elle était
vêtue d'un short kaki, de grosses chaussures de marche
et d'un tee-shirt dont elle avait retroussé les manches
jusqu'aux épaules. Les égratignures que les chiens
d'Abe Harding lui avaient laissées aux mollets étaient
dissimulées par des carrés de sparadrap. Chose surprenante, leurs crocs ne lui avaient pas entamé la peau.

Presque tous les gens dont elle avait fait la connaissance depuis son arrivée à Hope étaient à la foire et, à
l'exception des Harding, elle avait échangé quelques
mots avec chacun d'eux. Tout le monde lui avait fait
des compliments sur Buzz, qui s'amusait comme un
fou. Elle le tenait en laisse, mais il avait quand même
réussi à s'en mettre plein la lampe en farfouillant dans
les poubelles pleines de restes de viande.

Elle savait qu'elle aurait dû rentrer, car elle avait
une soirée chargée devant elle. Mais l'ambiance
joyeuse qui régnait autour d'elle lui en ôtait toute
envie. Il fallait bien qu'elle étanche un peu sa soif de
chaleur humaine.

Eût-elle été dans dans une autre disposition d'esprit,
elle aurait pu se sentir exclue, ou éprouver une pointe
de jalousie, comme cela lui arrivait depuis quelque

temps lorsqu'elle croisait un couple d'amoureux ou — quand elle sombrait dans la plus complète mièvrerie — des jeunes mamans de son âge. Mais aujourd'hui, s'abandonnant avec délices au gai tohu-bohu qui l'entourait, elle s'était sentie en paix avec le monde, ce qui ne lui était pas arrivé depuis belle lurette.

En observant les habitants de Hope par cette après-midi ensoleillée de septembre, elle avait été émue par tout ce qui les liait, les invisibles racines qui les attachaient à leur village et à un mode de vie qui avait survécu vaille que vaille aux innombrables vicissitudes qu'ils avaient endurées et aux accès de folie meurtrière qui secouaient régulièrement le monde.

Doug Millward, l'éleveur favori d'Helen, semblait la vivante incarnation de ces vertus villageoises. Elle l'avait rencontré par hasard, et il avait tenu à toute force à lui offrir une glace. Il s'en était acheté une aussi, et ils les avaient dégustées en regardant défiler la fanfare du lycée. Doug était un homme de haute taille, avec des yeux bleus très doux, qui s'exprimait toujours d'une voix mesurée. Helen savait qu'il ne portait pas précisément les loups dans son cœur, mais ce qu'elle essayait d'accomplir ne lui inspirait visiblement que du respect. Elle lui confia que des inconnus lui avaient saboté ses pièges, et en apprenant ce qui lui était arrivé chez les Harding, Doug poussa un soupir et hocha la tête.

— Vous ne lui en voudrez sans doute pas moins pour cela, mais Abe a toujours tiré le diable par la queue.

— Il paraît qu'il était au Viêt-nam.

— C'est vrai. On dit qu'il y a vu des horreurs, quoique je ne l'aie jamais entendu en parler. Ce qui est sûr, c'est qu'il a du mal à joindre les deux bouts. Et avoir deux fils pareils, ce n'est pas un cadeau. Ils se fourrent toujours dans toutes sortes de sales histoires.

— Quel genre de sales histoires ?

— Bah, des embrouilles, quoi. Rien de bien sérieux.

Il n'avait pas envie de colporter des ragots, ça se voyait. L'espace d'un instant, il regarda la fanfare en silence, comme s'il supputait ce qu'il pouvait se permettre de lui dire.

— Moi, personnellement, je ne serais pas content que mes enfants fréquentent les lascars avec lesquels ils traînent.

— Quels lascars ?

— Les deux bûcherons qui travaillent pour la fabrique de poteaux, par exemple. Ils font dans le genre milice, vous savez, haine du gouvernement, folie des armes à feu, et tout ça. Il y a quelque temps, ils se sont fait prendre en train de braconner avec Wes et Ethan. Ils avaient coincé une harde entière de wapitis au fond d'un canyon, et ils les avaient tirés comme des canards. (Il marqua un temps.) J'aimerais autant que tout ça reste entre nous, si ça ne vous ennuie pas.

— Ça va de soi, dit Helen.

— N'allez pas croire que ces gars-là sont représentatifs. A Hope, ce ne sont pas les braves gens qui manquent, je vous assure.

— Je sais.

Tout à coup, Doug s'esclaffa.

— Oh ! là, là ! qu'est-ce qu'on est sérieux, dit-il.

Sur ce, il partit rejoindre Hettie à la vente aux enchères. Après l'avoir quitté, Helen reprit sa promenade, en réfléchissant à ce qu'il venait de lui apprendre.

La foule était moins nombreuse à présent, et certains stands avaient déjà commencé à remballer. La musique, par contre, n'emballait personne. Rikki Rain se répandait en lamentations sur son homme qui l'abandonnait soir après soir. A la place de ce pauvre bougre, Helen se serait enfuie aussi.

Le soleil avait disparu derrière les gros nuages bourgeonnants d'un rouge violacé qui couronnaient les montagnes. Jaillissant soudain d'un interstice, il répandit une vive clarté sur le champ de foire, baignant les visages d'un nimbe doré, comme s'il avait voulu bénir une dernière fois cette mémorable journée. Helen, avançant toujours le long des stands, fut soudain environnée d'une ribambelle de mioches chahuteurs qui se pourchassaient avec de grands rires, ravis de projeter devant eux des ombres si longues.

C'est alors qu'elle aperçut Luke Calder et ses copains. En surprenant leur conversation à leur insu, elle constata avec stupeur qu'il était bègue. Quand ce petit crétin abject imita son bégaiement, elle eut envie de lui foncer dessus et de lui flanquer une bonne baffe. Luke l'avait entendu, elle en était certaine. Il s'éloignait à travers la foule, et comme le parking était dans la même direction elle lui emboîta le pas.

Depuis leur première rencontre, ils s'étaient croisés par deux fois. Une première fois au village, une autre alors qu'il passait dans la forêt à cheval. A chaque fois, il s'était montré très réservé, décourageant toute velléité de conversation. Helen savait qu'il passait le plus clair de son temps dans les pacages d'été, à surveiller le troupeau de son père. Toutefois, elle ne l'avait jamais aperçu lors de ses incursions dans la montagne.

Arrivé au stand du Parangon, il dit au revoir à sa mère et à Ruth, puis se dirigea vers le parking. Helen était toujours dans son sillage.

— Luke ?

Il s'arrêta, et au moment où il se retournait vers elle, Helen crut discerner une lueur de panique dans son regard. Puis il esquissa un sourire timide, effleura le bord de son chapeau et marmonna un vague salut.

En s'approchant, Helen vit qu'il était beaucoup plus grand qu'elle. Il la dépassait d'une bonne tête. Comme Buzz lui faisait fête avec l'enthousiasme de quelqu'un qui vient de retrouver un ami cher perdu de vue depuis longtemps, Luke s'accroupit pour le caresser.

— Nous allons enfin pouvoir faire connaissance, dit Helen. Je m'appelle Helen.

Il ne vit pas la main qu'elle lui tendait, car Buzz l'aveuglait de coups de langue.

— Je sais c-c-comment vous vous ap-p-pelez, dit-il, puis apercevant la main qu'Helen était sur le point de retirer, il ajouta : Oh, p-p-pardon, je n'avais p-p-pas...

Il se releva, prit sa main et la serra.

— Quant à celui dont vous venez de vous faire un ami pour la vie, il s'appelle Buzz.

— B-B-Buzz ? Il est... mignon.

Subitement, Helen se trouva elle aussi à court de mots et l'espace d'un moment ils restèrent muets tous les deux, en se souriant d'un air emprunté. Helen s'efforça d'embrasser d'un geste maladroit du bras la foire, les montagnes, le soleil, et tout ce qu'ils lui avaient donné l'occasion de ressentir.

— C'est formidable, non ? Mon premier rodéo !

— Vous avez c-c-concouru ?

— Oh non ! Je veux dire le premier rodéo auquel j'ai assisté. Moi, les chevaux, c'est bonjour les dégâts.

— B-b-bonjour les d-d-dégâts ? C'est d-d-drôle.

— Et vous, vous avez participé au rodéo ?

— Moi ? Euh... non.

— Vous êtes venu pour la musique, alors ?

— Oh non. J'étais là p-p-pour autre chose. Elle vous a p-p-plu, la musique ?

Helen fronça les sourcils et se gratta la tête.

— Eh bien, à vrai dire...

Luke éclata de rire et l'expression de ses grands yeux verts s'adoucit brièvement, mais le masque de froide réserve derrière lequel il se dissimulait se remit en place presque aussitôt.

— Il paraît que c'est votre père qui les a persuadés de jouer quand même.

Il hocha la tête.

— Mon p-p-père est un homme très p-p-persuasif.

Il détourna les yeux et son regard alla se perdre au loin, vers l'autre extrémité du champ de foire. Son visage s'était rembruni, et Helen se dit que ça ne devait pas être facile d'être le fils de Buck Calder. Un silence un peu pesant s'installa, et Luke se pencha de nouveau sur Buzz.

— Malheureusement, je n'ai toujours pas retrouvé la trace de votre loup.

Il lui lança un regard torve.

— C'est p-p-pas *mon* loup !

Helen se mit à rire.

— Je ne voulais pas dire qu'il était à vous personnellement, mais que...

— Je l'ai jamais vu.

Ses joues s'étaient empourprées.

— Je sais, je voulais seulement...

— B-b-bon, il faut q-q-que j'y aille. Salut.

— Au revoir.

Helen resta là un moment, se demandant pourquoi il avait pris la mouche, puis elle se dirigea vers son pick-up. Luke s'était déjà installé à bord de sa Jeep. Au moment où il s'éloignait, elle lui adressa un signe de la main, mais il ne répondit pas à son geste, ne lui accorda même pas un regard. Il traversa le village et elle prit le même chemin, mais il roulait beaucoup plus vite qu'elle, et quand elle arriva à l'extrémité de la chaussée bitumée il n'était plus qu'un nuage de poussière, très loin en avant d'elle.

Elle s'arrêta devant la rangée de boîtes aux lettres, à l'entrée du chemin qui menait au lac. Tout à l'heure, en descendant au village, elle avait déjà inspecté la sienne et l'avait trouvée vide, comme toujours. Depuis son arrivée à Hope, elle avait reçu une lettre de son père, une de sa mère et deux de Celia, mais pas une seule de Joel. Depuis son départ, bien qu'elle lui ait elle-même écrit cinq ou six fois, elle n'avait reçu de lui qu'une carte d'anniversaire, bien tardive au demeurant, avant de quitter Cape Cod. Se pouvait-il qu'il n'ait pas reçu ses lettres ? Etaient-elles restées bloquées quelque part ? Dans ces régions-là, le courrier ne fonctionne pas toujours très bien.

Dans ses dernières lettres, Helen s'était montrée d'une humeur résolument enjouée. Elle lui décrivait le paysage, lui narrait ses journées par le menu, lui disait en plaisantant que pour l'instant il n'y avait pas plus de loup que de beurre au bout du nez. Mais elle se demandait parfois si elle n'y avait pas laissé transparaître malgré elle ses véritables sentiments, sa solitude, le vide terrible qu'il avait laissé en elle.

Assis à l'avant du pick-up, Buzz la regarda d'un air consterné tandis qu'elle s'approchait de la boîte aux lettres et l'ouvrait. Elle était vide.

14

Depuis son arrivée, il l'avait épiée sans relâche.

Il l'avait épiée dès les deux premiers jours, pendant que Dan Prior l'aidait à s'installer et à remettre la cabane en état. Et le lendemain soir, quand elle était rentrée à minuit, était allée fumer une cigarette au bord du lac et avait poussé cet incroyable hurlement, il était là, sur l'autre rive, dissimulé dans les fourrés, à l'endroit même où il se tenait à présent, et il avait prié le ciel pour qu'aucun loup ne réponde à son appel.

Il ne prenait pas l'affût tous les soirs et ne restait jamais longtemps. Souvent, il ne voyait rien d'autre que son ombre démesurément agrandie allant et venant dans la cabane éclairée par une lampe à gaz. Quelquefois, prenant des risques inconsidérés, il s'approchait en catimini en longeant la lisière du bois et l'apercevait brièvement par l'entrebâillement de la porte, attablée devant son ordinateur, avec des cartes géographiques déployées autour d'elle sur la table. D'autres fois, elle parlait au téléphone.

Un soir, pour mieux l'observer, il s'était hissé sur une branche basse qui s'était brisée sous son poids avec un claquement sec, et le chien s'était mis à aboyer. En la voyant apparaître sur le seuil, il s'était pétrifié sur place, le cœur battant à tout rompre, mais elle ne l'avait pas vu et elle n'avait pas tardé à faire demi-tour. Depuis, il était sur ses gardes, et quand le vent ne lui était pas favorable il évitait de s'approcher, de peur que le chien ne perçoive son odeur.

Luke se répétait sans arrêt qu'il ne l'espionnait pas, qu'il n'était pas un voyeur. Il ne faisait pas cela pour se rincer l'œil, mais pour l'empêcher de mettre la main sur les loups. Quand on est en guerre, on doit surveiller les mouvements de l'ennemi. Mais à mesure que les jours passaient, il avait de plus en plus de mal à la considérer comme une ennemie.

Elle avait l'air tellement triste. Quand elle descendait au bord du lac pour pleurer en grillant cigarette sur cigarette, Luke avait l'impression qu'elle cherchait à se tuer. Il avait envie de se précipiter vers elle, de la prendre dans ses bras et de lui dire : « Non, ne faites pas ça, tout va s'arranger. »

Un soir, tout à fait inopinément, elle s'était déshabillée et elle était entrée dans l'eau. Croyant qu'elle allait se suicider, Luke avait été à deux doigts de se mettre à crier. C'était une chance qu'il ait réussi à se contenir, car en fin de compte elle s'était contentée de faire quelques brasses, puis le chien s'était jeté dans l'eau à son tour, ils avaient joué ensemble, et pour la première fois il l'avait entendue rire. Comme il faisait très noir, Luke avait à peine entrevu sa nudité, mais ça lui avait néanmoins donné l'impression d'être une espèce de détraqué sexuel, et il s'était enfui en se jurant qu'on ne l'y reprendrait plus.

Pourtant, il avait continué.

Deux nuits plus tôt, il l'avait vue en rêve. Dans son rêve, il était allongé à plat ventre sur la crête, au-dessus de la prairie où les loups avaient creusé leur tanière au printemps. La disposition des lieux avait subtilement changé, mais les loups étaient là, avec leurs louve-teaux, assis en cercle, comme sur celle des illustrations du *Livre de la jungle* qu'enfant il préférait entre toutes. Il s'apercevait alors que la femme était assise dans le cercle avec eux, comme si elle avait fait partie de leur clan. Elle levait la tête vers lui, l'appelait par son nom et lui demandait pourquoi il les espionnait. Elle ne semblait pas en colère, mais simplement curieuse. Luke se redressait, et il essayait de leur expliquer qu'il ne leur voulait aucun mal, qu'il aurait voulu lui aussi faire partie de leur clan, mais il se mettait à bégayer atrocement, n'arrivait pas à former les mots. La femme et les loups le regardaient sans rien dire, et sur ces entrefaites il s'était réveillé.

Quelque part derrière lui, dans la forêt, un grand duc fit entendre son lugubre hululement. Il se retourna, mais comme ses yeux venaient de contempler les fenêtres éclairées de la cabane pendant un long moment, il leur fallut un certain temps pour accommoder. Assis sur une branche basse de sapin, à quelques mètres de là, le grand duc le fixait de ses immenses yeux jaunes. Il était si près que malgré l'obscurité Luke discernait les zébrures verticales de sa poitrine. L'espion espionné à son tour, se dit-il. Juste retour des choses.

Quand il reprit sa surveillance, il n'y avait toujours pas le moindre signe de vie dans la cabane, sur l'autre rive. Contrairement à son habitude, elle avait fermé la porte et tiré les rideaux. Mais il y avait de la lumière, et elle était forcément là, car son pick-up était garé devant la maison et il avait entendu le chien aboyer. Peut-être qu'elle était plongée dans un livre. Comme toujours quand il ne la voyait pas, Luke éprouvait une ombre de dépit. Elle était là, en tout cas. C'est tout ce qu'il avait besoin de savoir pour être sûr qu'il pourrait se livrer tranquillement à sa petite opération.

Il tourna les talons et s'enfonça sans bruit dans la

forêt. Le grand duc le regarda passer sans faire un mouvement.

Tandis qu'il descendait vers le ruisseau en se faufilant entre les arbres, il repensa à leur rencontre sur le champ de foire. Il s'était attendu à lui voir le même visage triste et fermé que quand elle était seule dans la montagne, mais non, elle n'était pas du tout comme ça, et il en avait été soulagé, car il craignait un peu de l'avoir fait sombrer dans une sorte de dépression à force de lui trafiquer ses pièges.

Ce n'est p-p-pas mon loup ! Je ne l'ai jamais vu !

Fallait-il qu'il soit crétin pour lui avoir dit ça. Depuis, il n'avait pas cessé de s'en mordre les doigts. L'ennui avec elle, c'est qu'elle était vraiment gentille. Alors, il se conduisait comme avec Cheryl ou n'importe quelle autre fille à qui il aurait eu envie de plaire. Il perdait tous ses moyens. Enfin, avec Helen Ross, c'était un peu différent. C'était une *femme*, elle. N'empêche qu'il avait fait pareil avec elle. Il s'était mis dans un tel état que son bégaiement l'avait rendu incapable de parler et qu'il avait fini par ressembler bel et bien au demeuré que Jerry Kruger et les tarés de son espèce se figuraient qu'il était.

Le problème était insoluble. Comment arriverait-il jamais à faire comprendre aux filles qu'il n'était pas aussi nul qu'il en avait l'air ? Peut-être qu'il l'était, nul. Peut-être qu'il allait finir dans la peau d'un vieux birbe morose et solitaire, comme ceux qui parlent aux pigeons dans les jardins publics.

Vue de près, elle était vraiment jolie, et il en avait été étonné. Elle avait un beau sourire, des yeux noisette, un regard franc et direct. Avec son short kaki et son tee-shirt aux manches retroussées découvrant ses bras hâlés, tout dorés par le soleil, elle était vraiment superbe.

En contrebas, à travers les arbres, il aperçut Œil-de-lune qui paissait à l'endroit où il l'avait laissé, au bord de la petite cascade que le ru formait à la pointe septentrionale du lac. L'eau peu profonde dégringolait sur des pierres moussues entre deux hauts talus rocheux, et son gazouillis était assez sonore pour couvrir un ronflement de naseaux intempestif. En entendant son pas, Œil-de-lune leva la tête. Luke posa la joue contre la marque blanche en forme de croissant qui lui avait donné l'idée de le nommer ainsi, et passa une bonne minute à lui flatter l'encolure en lui murmurant de douces paroles. Ensuite, il se hissa d'un bond sur la selle lourdement chargée du matériel nécessaire à son opération nocturne et il fit entrer son cheval dans le ruisseau.

Il y avait beaucoup de courant et l'écume formait de petits tourbillons blancs autour des jarrets d'Œil-de-lune, mais ses sabots trouvaient des prises solides parmi les rochers glissants, et ils arrivèrent vite. Ensuite, descendant à travers la forêt, ils se dirigèrent vers la première rangée de pièges.

Luke ne la croyait pas animée de mauvaises intentions envers les loups, bien au contraire. Mais une fois qu'elle leur aurait passé ses colliers autour du cou, ils ne seraient plus libres. Les hommes qui voulaient leur perte pourraient retrouver leur piste à tout moment. Ils ne le voyaient donc pas, ces zoologistes ? Se pouvait-il qu'ils soient bouchés à ce point ? Mais peut-être qu'au fond ils étaient comme tous les hommes, qui ne supportent pas la sauvagerie chez d'autres animaux qu'eux, et font tout ce qu'ils peuvent pour la domestiquer, l'emprisonner.

Au début, cette affaire des pièges avait été une sorte de jeu pour Luke. C'était amusant de les prendre en filature, elle et Rimmer, l'expert en prédateurs, de les suivre à travers monts et bois pour voir où ils plaçaient leurs pièges. Il n'en revenait pas qu'ils ne l'aient jamais repéré. Vers la fin de la première semaine, il était tombé sur elle dans la forêt, mais par chance il venait justement d'en finir avec les pièges et remontait vers les pacages d'été, si bien que sa présence n'avait aucune raison de lui paraître suspecte.

Ne les ayant vus placer qu'une partie des pièges, il lui avait fallu plusieurs jours pour les repérer tous. Ensuite elle s'était mise à les déplacer sans arrêt, et c'était devenu un vrai casse-tête chinois, mais la plupart du temps il s'en était sorti en la filant quand elle allait les vérifier. En trouvant ses pièges désespérément vides, elle prenait toujours une mine perplexe que Luke trouvait du plus haut comique. Et les réactions de son chien lui avaient paru plus désopilantes encore.

La mise au point de sa formule avait pris un certain temps.

Il avait commencé par acheter dans un magasin pour animaux, à Helena, de ces petits cristaux de couleur verte qui sont censés dissuader les chats et les chiens de faire leurs besoins sur les pelouses. Quand il avait annoncé qu'il lui en fallait douze bouteilles, le vendeur s'était exclamé qu'il devait être sacrément envahi ; il lui avait répondu que sa pelouse était simplement très grande.

Il avait testé le produit sur les chiens du ranch, et en avait conclu qu'il n'aurait sans doute pas suffi à empêcher un loup de pisser sur une pelouse. Il avait donc fait une nouvelle expédition à la ville, avait acheté d'amples provisions d'insecticide, d'ammoniaque, de poivre et de piment en poudre, et avait mêlé tout cela avec les cristaux en une sorte de poix infecte, craignant à tout instant que sa mixture ne lui explose dans les mains.

Quand il renifla le produit final, il fut à deux doigts de tourner de l'œil, et son effet sur les chiens s'avéra irrésistible. S'il plaçait un morceau de viande rouge sur le sol et traçait un cercle autour avec sa pâte, les pauvres bêtes, butant sur cet obstacle infranchissable, se pétrifiaient sur place en gémissant et en bavant. Luke avait même trouvé un nom à sa potion magique : il l'avait baptisée « bloque-loup ».

Ses lectures lui avaient appris qu'il y avait deux odeurs que les loups haïssaient par-dessus tout, celles du mazout et de l'urine humaine. Se procurer du mazout n'était pas bien sorcier. Il y en avait un plein réservoir à côté des étables. Il en emportait un bidon et il en répandait autour des pièges en même temps que le bloque-loup. Pour l'urine, ce n'était pas aussi simple. Comme il y avait vingt pièges, il lui en aurait fallu une quantité considérable. L'idée lui était venue de suppléer à l'insuffisance de son propre débit naturel en allant en prélever dans les toilettes du Dernier Espoir, mais comme il ne voyait pas comment il aurait pu s'y prendre il y avait renoncé. En fin de compte, il n'avait trouvé d'autre solution que de boire d'abondance et de s'épancher avec parcimonie, en usant du système de distribution prévu par le bon Dieu. Jamais il n'avait autant bu, ni autant pissé.

Pour les deux séries de pièges qu'elle avait posées du côté des pacages, l'affaire avait été réglée en un tourne-main. Elles formaient chacune une espèce de corridor, et pour en bloquer l'accès il lui avait suffi de répandre une triple ligne de bloque-loup, de mazout et d'urine à chaque bout. Il en avait répandu aussi autour de tous les pièges qu'il avait réussi à découvrir, pas trop près cependant, afin de ne pas lui mettre la puce à l'oreille.

Ensuite, pour faire bonne mesure, il avait vaporisé les pièges et les laissées de loup qu'elle avait placées autour avec du désodorisant en bombe qu'il s'était procuré dans un magasin de chasse. Effacer ses traces était la seule partie vraiment fastidieuse de l'opération.

Un matin, dissimulé derrière un rocher, il avait vu son chien dévaler le sentier juste au-dessus de l'endroit où il venait de placer sa barrière. Comme dans un dessin animé, le pauvre toutou parut heurter de plein fouet un mur invisible, renifla un bon coup, se mit à pousser des *kaïs-kaïs* et battit en retraite, la queue entre les jambes. La femme ne s'était aperçue de rien. Luke fut pris d'un tel accès de fou rire qu'il fut obligé de s'enfuir aussi.

Mais avec les pièges du canyon, c'était une autre paire de manches. Là-haut, la topographie ne lui permettait pas de barrer les issues de la même façon. Quand les loups passaient par là, ils décrivaient toujours de nombreux zigzags. Il fallait qu'il traite chaque piège séparément, et quand elle en déplaçait un à son insu, comme elle le faisait souvent ces temps-ci, il perdait de précieuses heures à essayer de le retrouver.

Plus grave encore, deux nuits plus tôt il avait perdu le sac qui contenait toute sa provision de bloque-loup en escaladant la pente qui menait à la crête. Il était revenu sur ses pas, mais il faisait trop noir et il ne l'avait pas retrouvé. Il avait dû se résoudre à actionner une partie des pièges, expédient auquel il n'avait eu recours que les rares fois où il s'était trouvé à court de potion magique. En faisant ça, il éveillerait forcément ses soupçons, et en plus c'était vraiment très délicat, car il ne fallait surtout pas qu'il active par mégarde les colliers émetteurs qu'elle avait reliés aux pièges.

Quelquefois, Luke se débrouillait pour traiter les pièges en plein jour, aussitôt après son passage. Ça lui facilitait énormément la vie, mais c'était plus dangereux. Il aurait suffi d'un rien pour qu'elle le repère. C'est pour ça qu'il préférait agir la nuit, en ayant toujours soin de vérifier au préalable si elle était bien dans la cabane.

Pour justifier ses sorties nocturnes, il avait imaginé un excellent prétexte.

— Si je dormais sous la tente là-haut, je pourrais surveiller le troupeau toute la nuit, avait-il dit à son père.

Sa mère avait poussé de hauts cris, mais son père, impressionné par son zèle, lui avait donné son aval sans peine.

Certaines nuits, le traitement des pièges du canyon durait si longtemps qu'au lieu de regagner sa tente, il se cherchait un coin abrité et s'enroulait dans le sac de couchage qui était toujours accroché derrière sa selle.

Tous les mardis soir, il rentrait au ranch, prenait une douche, se rasait, et s'offrait une bonne nuit de sommeil en prévision de sa séance d'orthophonie du lendemain. Sa mère lui répétait sans cesse qu'il avait une mine à faire peur, qu'il était si pâle et hagard qu'on aurait pu le prendre pour un drogué. Comment peut-elle savoir à quoi ressemble un drogué ? se demandait Luke. Elle n'en a jamais vu.

— Dormir comme ça dans la montagne, ce n'est pas bon.

— Mais ça me plaît, maman. J'aime ça.

— C'est dangereux. Tu vas te faire dévorer par un ours.

— Je p-p-pue trop.

— Je ne plaisante pas, Luke.

— Enfin, maman, je ne suis p-p-plus un enfant. Je me sens bien là-haut.

A dire vrai, la fatigue commençait à le miner. En se regardant dans la glace, il se disait que sa mère n'avait peut-être pas tout à fait tort. Combien de temps allait-il tenir à ce régime ?

Cette nuit-là, les deux rangées de pièges de la forêt furent expédiées en à peine une heure. De gros nuages s'amassaient au ciel, mais comme la lune brillait il n'eut pas besoin de faire un usage excessif de sa torche pour repérer les pièges et renforcer ses barrières en leur pissant dessus après les avoir arrosées de bloque-loup et de mazout. Ensuite il effaça soigneusement ses traces et entreprit de faire gravir à Œil-de-lune le long sentier escarpé qui menait au canyon.

Où étaient les loups à présent ? Il n'en savait rien. La semaine précédente, il était monté par deux fois jusqu'à la prairie où ils avaient passé presque tout l'été, mais n'en avait pas trouvé trace. Il avait lu assez de livres sur la vie des loups pour savoir qu'à cette époque de l'année, les louveteaux étant devenus assez grands, ils abandonnent ce que certains appellent leurs repaires et se mettent à chasser en bande.

Quelques nuits auparavant, il les avait entendus hurler. Il n'était pas arrivé à situer le son avec précision, car en montagne le sens de l'ouïe est facilement abusé, mais il semblait venir de très haut. Luke s'était dit qu'ils devaient être du côté de Wrong Creek, à deux kilomètres au nord du canyon. Peut-être qu'ils en avaient eu assez de renifler ses concoctions nauséabondes.

Arrivé au pied de l'escarpement qui menait au canyon, il attacha Œil-de-lune à un saule, au bord du ruisseau. La pente était couverte de buissons d'armoise, et il préleva sur l'un d'eux une branche bien touffue pour effacer ses traces. Il but un bon coup, empoigna le sac dans lequel il transportait sa gourde de bloque-loup, son bidon de mazout et sa bombe de désodorisant, et se mit à grimper en suivant la berge rocailleuse du ruisseau.

Il avançait avec prudence, prenant soin de ne poser le pied que sur des rochers ou des buissons, évitant les endroits où la terre était poussiéreuse afin de laisser le moins possible d'empreintes.

Elle avait placé trois de ses pièges en surplomb d'un étroit sentier à cerfs qui contournait un bosquet de genévriers. Juste au-dessous du sentier, il y avait un talus envahi de ronces. Luke s'arrêta à mi-pente, à quelques mètres de l'endroit où devait se trouver le premier des trois pièges.

Il examina le sentier dans les deux sens, essayant de s'orienter, cherchant en vain des yeux la touffe d'herbe ou le buisson au pied duquel elle avait dissimulé son malodorant appât.

La lune était cachée par des nuages à présent. Très loin de l'autre côté des montagnes, il perçut un long roulement de tonnerre.

S'armant de sa torche, il avança d'un pas prudent le

246

long de la bordure inférieure du sentier, parmi les buissons d'épineux, en en dirigeant le faisceau vers l'autre bord. Il discerna un objet sombre dans la poussière. En s'en approchant, il vit que c'était une crotte de loup et il comprit qu'il touchait au but. La touffe d'herbe révélatrice n'était qu'à un pas de là. Le piège devait être enfoui dans l'intervalle qui les séparait, soigneusement dissimulé par de la terre et des débris de végétation.

Luke plongea une main dans son sac, en sortit sa bombe de désodorisant et, en prenant bien garde de ne pas poser le pied sur le sentier, s'accroupit et entreprit d'en vaporiser sur la crotte. Le tonnerre gronda de nouveau. Il était plus proche à présent.

— Eh vous, là-bas, à quoi vous jouez ?

Luke réagit comme si on l'avait piqué avec un aiguillon électrique. La voix qui sortait du bosquet de genévriers le fit sursauter si violemment qu'il perdit l'équilibre et se retrouva les quatre fers en l'air au milieu des ronces. Il avait laissé tomber la bombe de désodorisant et la torche, et il n'y voyait plus rien. Il lui fallut quelques instants pour s'apercevoir que son chapeau lui avait glissé sur la figure. Une silhouette venait de jaillir d'entre les arbres et se précipitait vers lui. Il roula prestement sur lui-même, se remit debout et dégringola le talus à toutes jambes.

— Tu t'en tireras pas comme ça, espèce de salopard !

Quittant le sentier d'un bond, Helen se lança aux trousses de l'inconnu. Il était parti avec dix mètres d'avance sur elle, et l'avance était en train de se creuser. Il était déjà à mi-pente, et il fonçait comme un malade, plongeant la tête la première dans les ronciers. Tout à coup, un éclair illumina le ciel et elle le distingua nettement, à une vingtaine de mètres en contrebas.

Il courait les bras largement écartés, son chapeau au bout d'une main, pour ne pas perdre l'équilibre. Il portait à l'épaule un sac ou une musette qui bringuebalait follement, laissant échapper des objets.

— Tu vas voir de quel bois je me chauffe !

Un coup de tonnerre assourdissant se fit entendre, comme pour souligner cette martiale déclaration. Les ronces griffaient ses mollets nus, et elle se tordit la cheville, mais elle bouillait tellement de rage qu'elle y fit à peine attention.

L'homme était presque arrivé au bas du talus. La berge du ruisseau était couverte d'épaisses broussailles, et s'il s'y enfonçait elle allait sûrement le perdre.

— Saboter des pièges posés par des agents fédéraux est un délit très grave !

Helen ignorait si c'était vrai ou non, mais ça sonnait bien.

Au moment où l'homme atteignait la berge, sa botte heurta bruyamment un rocher, il trébucha et s'affala de tout son long dans les fourrés.

— Ouais ! s'écria Helen d'une voix jubilante.

Elle couvrit la distance en quelques secondes, mais ce n'était pas encore assez rapide. Il s'enfonçait déjà dans les buissons, à quatre pattes, en essayant tant bien que mal de se remettre debout. Sans réfléchir, Helen se jeta sur lui, façon football américain, et lui atterrit sur le dos. Ecrasé sous son poids, il expulsa tout l'air que contenaient ses poumons avec un terrible grognement.

Roulant sur elle-même, elle se mit à genoux, hors d'haleine, incapable de parler. Qu'est-ce qui va m'arriver maintenant ? se demanda-t-elle soudain. Elle venait de se jeter sur un inconnu, un homme beaucoup plus grand, et sans doute beaucoup plus fort qu'elle, qui si ça se trouve était peut-être même armé. C'était la nuit, ils étaient en pleine forêt, loin de tout. Elle était maboule, ou quoi ?

Elle se remit debout. L'homme était toujours étalé par terre, le visage contre le sol. Il émit un son inarticulé, esquissa un geste du bras. Pensant qu'il allait sortir un couteau ou un flingue, elle lui expédia un solide coup de pied.

— N'essayez pas de faire le malin, dit-elle. Je suis agent fédéral. Je vous arrête.

Au moment même où elle disait ça, elle comprit qu'il n'était pas en état de se rebiffer. Lové en chien de fusil, les genoux ramenés sur la poitrine, il s'efforçait de reprendre son souffle. Un nouvel éclair zébra le ciel, et elle vit son visage, grimaçant et couvert de poussière.

Elle n'en croyait pas ses yeux.

— Luke ?

Il poussa un gémissement, mais un grondement de tonnerre en noya le son.

— Luke ? Mais qu'est-ce que vous... Vous n'avez rien ?

Elle s'agenouilla à côté de lui, ne sachant quelle contenance adopter. Il hoquetait, le souffle toujours coupé. Quand il parvint enfin à reprendre sa respiration, elle l'aida à se redresser sur son séant et resta agenouillée derrière lui, les deux mains posées sur ses épaules, jusqu'à ce que ses halètements se soient calmés. Comme son dos était couvert de terre et de brindilles, elle le brossa de la main. Ensuite, retournant sur ses pas avec la torche, elle ramassa son chapeau et le sac qu'il avait perdu dans sa chute. A son retour, elle s'aperçut qu'il avait le front couvert de sang. Il avait dû heurter un rocher en tombant.

— Ça va ? lui demanda-t-elle.

Il fit oui de la tête, sans relever les yeux. Sortant son mouchoir de sa poche, elle s'agenouilla de nouveau à côté de lui.

— Vous vous êtes entaillé le front. Vous voulez que je... ?

Comme elle approchait le mouchoir de sa plaie, il le lui prit des mains et l'essuya lui-même. Ça avait l'air de lui faire mal. Peut-être même qu'il aurait besoin de points de suture. Il marmonna quelque chose entre ses dents.

— Quoi ? dit Helen.

— J-j-je m-m-m'excuse, bredouilla-t-il.

— Alors, tout ça, c'était votre œuvre ?

Les yeux toujours baissés, il hocha affirmativement la tête. Le tonnerre grondait encore, mais il s'éloignait à présent vers l'autre extrémité de la vallée.

— Pourquoi, Luke ?

Il secoua la tête.

— Vous ne voulez pas que je capture le loup ? Votre père y tient, lui.

Il émit un petit rire sans joie.

— Ça, pour y t-t-tenir, il y t-t-tient.

— Mais pas vous ?

Il ne répondit pas.

— Vous, vous aimez les loups ?

Il haussa les épaules, tourna la tête, évitant toujours son regard.

— C'est pour ça, hein ? Vous savez bien que nous n'avons l'intention ni de le tuer ni de le déporter. Tout ce que nous voulons, c'est le munir d'un collier émetteur. Ça le protégera.

— Il n'est p-p-pas seul. Il y en a t-t-tout un clan. Ils sont n-n-neuf.

— Vous les avez vus ?

Il fit oui de la tête.

— Vos colliers ne les protègent pas. Ils ne servent qu'à les éliminer p-p-plus facilement.

— Ce n'est pas vrai.

— Vous verrez.

Ils restèrent silencieux pendant quelques instants. Une brusque rafale de vent s'engouffra dans le canyon, faisant bruisser le feuillage des trembles, et Helen frissonna.

Luke leva les yeux au ciel.

— Il va pleuvoir, dit-il.

Là-dessus, il se décida enfin à la regarder. Ce qu'elle vit dans ses yeux la surprit. Ils exprimaient un sentiment de solitude, d'abandon. Elle avait un peu l'impression de se regarder dans un miroir.

Il se mit à pleuvoir, comme il l'avait prophétisé. De grosses gouttes froides qui s'écrasaient bruyamment sur leurs visages levés vers le ciel et sur les rochers alentour, emplissant l'air de cette odeur de poussière mouillée qui rappelait toujours à Helen les lointains étés de son enfance.

Il était assis sur une chaise, près du poêle, le chien lové à ses pieds, levant le front vers la lumière dont elle avait besoin pour nettoyer sa plaie.

Elle était debout au-dessus de lui, et il observait son visage pendant qu'elle opérait. Absorbée par sa tâche, elle plissait le front et se mordait machinalement la lèvre inférieure. Leurs vêtements étaient trempés de pluie. Luke faisait de son mieux pour ne pas regarder ses seins, dont le tee-shirt mouillé soulignait les contours. La chaleur du gros poêle ventru, dont elle avait attisé le feu dès qu'ils étaient arrivés dans la cabane, faisait monter de ses épaules de légères volutes de vapeur. Elle sentait bon. Ce n'était pas une odeur de parfum, ou de cosmétique. C'était son odeur à elle.

— Là, ça va faire un peu mal. Je peux y aller ?

Il fit oui de la tête. La teinture d'iode piquait très fort, en effet, et il ne put retenir une grimace quand elle en tamponna sa blessure.

— Pardon.

— Y a pas de mal.

— Ça vous apprendra à traficoter mes pièges.

Il leva les yeux sur elle et essaya de sourire, mais sa bouche se tordit et c'est plutôt un rictus qu'elle forma.

Il n'en revenait pas qu'elle soit si peu fâchée. Quand elle avait jailli d'entre les arbres en rugissant de fureur, il avait eu la plus belle frousse de sa vie. Il était sûr qu'elle allait lui faire la peau. Mais après, tandis qu'ils marchaient dans la forêt détrempée, leurs deux sacs accrochés à la selle d'Œil-de-lune, elle en avait ri. A gorge déployée. Elle lui avait fait sortir la gourde en plastique qui contenait sa potion anti-loup pour en respirer l'odeur, et elle avait failli en tomber à la renverse. Il lui avait expliqué le mal qu'il s'était donné pour mettre son produit au point, en le testant sur les chiens, et son hilarité avait redoublé.

Elle lui dit que plusieurs fois elle avait eu la sensation d'être épiée. Il crut d'abord qu'elle faisait allusion aux soirées qu'il avait passées à observer ses faits et gestes dans la cabane, dont il ne lui avait évidemment pas parlé, et cela lui fit très peur. Comment aurait-il pu lui avouer ça ? Elle l'aurait pris pour un complet taré. Par bonheur, ce n'est pas à cela qu'elle pensait, mais aux moments où elle était dehors, inspectant ses pièges.

Il lui expliqua qu'il était tombé sur les loups par hasard et qu'il les observait depuis des mois. Elle essaya de le convaincre que les colliers émetteurs étaient la meilleure solution, et en écoutant ses arguments, il comprit qu'elle était autant attachée que lui à leur préservation.

Ayant fini de nettoyer la plaie, elle la pansa à l'aide d'un sparadrap.

— Et voilà, lui dit-elle. Vous êtes tiré d'affaire.

— Merci.

L'eau qu'elle avait mise à chauffer sur le camping-gaz bouillait. Elle y versa du chocolat en poudre et remua le mélange.

— Votre cheval ne craint rien sous la pluie ?

— Il a l'habitude.

— Sinon, vous pourriez le faire entrer. J'ai un lit d'appoint.

Luke sourit, et cette fois sa bouche ne se tordit pas.

Pendant qu'elle achevait de préparer le cacao, il examina la pièce. Elle n'était pas très spacieuse, mais la lumière un peu sautillante des lampes à gaz ne faisait qu'accuser son aspect chaleureux. Le plancher était encombré de cartons dans lesquels elle entassait toutes sortes d'objets, depuis les livres jusqu'aux pièges à loup. Il y avait deux couchettes superposées dans un angle. Un sac de couchage rouge tout tirebouchonné occupait celle du bas. Par terre, au pied de la couchette, il y avait un bout de chandelle avec un bocal en guise de bougeoir, et un livre dont Luke n'arriva pas à déchiffrer le titre. Il y avait aussi ce qui semblait être une lettre inachevée, un stylo et une de ces petites lampes frontales qu'on s'accroche autour de la tête avec une bande élastique. Il l'imagina dans son sac de couchage, pelotonnée sur elle-même, écrivant son courrier la nuit. A qui cette lettre était-elle destinée ?

Dans l'angle opposé, sur un fil de nylon tendu diagonalement entre deux murs, elle avait mis à sécher une serviette et des sous-vêtements. Son téléphone mobile et son lecteur de CD étaient raccordés à deux petites batteries placées sous la fenêtre. Son ordinateur était ouvert sur la table, entouré d'un fouillis de pages griffonnées, de cartes et de diagrammes.

Dans un coin, Luke avisa un seau au-dessus duquel une boîte de conserve était suspendue par un fil, et le considéra d'un œil perplexe. Helen, qui venait vers lui, une tasse de chocolat fumante dans chaque main, lui dit que c'était son piège à souris et lui en expliqua le principe.

— Et ça f-f-fonctionne ?

— Epatamment. Mieux en tout cas que mes pièges à loup.

Elle le regarda d'un œil accusateur en posant les tasses de chocolat sur la table.

— Vous ne voulez pas vous changer ? ajouta-t-elle. Votre chemise est tellement trempée qu'elle fume.

— Non, ça va.

— Vous allez prendre froid.

— On d-d-dirait ma mère.

— Si c'est comme ça, vous pouvez prendre froid, je m'en moque.

Luke s'esclaffa. Sa nervosité commençait à lui passer.

— Mais moi, je ne veux pas tomber malade, reprit-elle. Donc, avec votre permission, je vais me retirer un instant dans mon boudoir.

Elle se dirigea vers l'armoire, lui tourna le dos et entreprit de retirer son tee-shirt. Lorsqu'il aperçut la bretelle de son soutien-gorge, Luke détourna les yeux, en espérant qu'il n'allait pas piquer un fard et en se creusant désespérément la tête pour trouver quelque chose à dire, quelque remarque désinvolte propre à lui laisser supposer qu'il n'y avait rien que de très banal à ce qu'une femme se déshabille devant lui.

— Je suis t-t-toujours en état d'arrestation ?

— Je vais peut-être vous laisser libre.

Elle revint sur ses pas et s'attabla en face de lui, en le gratifiant d'un sourire goguenard. Elle avait passé un pull en laine polaire dont la couleur bleu pâle soulignait le hâle de son visage. Ses cheveux humides luisaient doucement. Elle prit sa tasse de chocolat, la garda un instant enfermée entre ses paumes, puis avala une longue et pensive gorgée.

— Mais à une condition, dit-elle.

— Laquelle ?

Elle reposa sa tasse, s'empara d'une carte et la posa devant lui.

— Que vous me guidiez jusqu'aux loups.

15

Le vieil orignal gardait la tête baissée, soit pour mieux distinguer ce qui se passait dans la pénombre du sous-bois, soit pour que les neuf paires d'yeux jaunes rivés sur lui discernent mieux ses andouillers. Vu son âge, ses bois avaient atteint leur maximum d'envergure, pas loin d'un mètre cinquante. Sa hauteur au garrot égalait celle d'un cheval, et son poids devait avoisiner les cinq cents kilos. Mais il avait une patte folle, et il n'était plus aussi vigoureux qu'il avait dû l'être dans sa jeunesse. Les loups le savaient aussi bien que lui.

Ils l'avaient surpris à un endroit où le ruisseau faisait un coude, broutant sur la berge au milieu d'une rangée de jeunes trembles qui dessinaient de pâles zébrures en travers de son flanc gris-brun. Il s'était tourné vers eux, sans leur céder un pouce de terrain. Depuis cinq longues minutes, les prédateurs et la proie étaient face à face, évaluant patiemment leurs chances.

Les louveteaux étaient assez grands pour chasser avec leurs aînés à présent, mais ils restaient généralement en retrait avec leur mère ou l'un des jeunes adultes. La louve avait un pelage beaucoup plus clair que celui du mâle alpha, son compagnon. Dans la pénombre, elle semblait presque blanche. Les louveteaux et les deux jeunes adultes — un mâle et une femelle — étaient de diverses nuances de gris. De temps en temps, un louveteau se mettait à s'agiter ou à geindre sourdement, comme si l'attente lui pesait trop, et l'un des deux parents le réprimandait du regard, en grognant.

L'orignal était à une vingtaine de mètres d'eux. Derrière lui, dans le demi-jour, le ruisseau avait le sombre éclat du bronze. Une nuée de mouches fraîchement écloses tourbillonnaient juste au-dessus de l'eau, et un couple de chrysopes aux ailes diaphanes se détachait fantomatiquement sur la ligne noire des pins à l'arrière-plan.

Le mâle alpha se mit en mouvement. Sa queue était plus touffue que celle de ses compagnons. En temps ordinaire, il la dressait orgueilleusement, mais à présent il la tenait baissée. Il esquissa d'abord un prudent demi-cercle vers la droite, en restant toujours à la même distance de l'orignal, puis s'arrêta et revint sur ses pas, décrivant le même demi-cercle en sens opposé, dans l'espoir de pousser le vieil élan à tenter une percée.

Quand un orignal fait face, même s'il est vieux et éclopé, il est beaucoup plus difficile à tuer. Comme il voit venir ses assaillants, les coups qu'il leur assène pour se défendre sont plus précis. D'un coup de sabot bien placé, un orignal peut fendre le crâne d'un loup. Il fallait qu'ils le forcent à courir, car une fois en mouvement il viserait moins bien et les morsures le prendraient au dépourvu.

Mais le vieil orignal ne remua pas d'un poil. Ses yeux seuls bougeaient, suivant les déplacements du loup, dans un sens, puis dans l'autre. Le loup fit encore quelques pas vers la gauche, puis s'étendit sur le sol.

Comme s'il s'agissait d'un signal, la femelle alpha se mit en branle à son tour. Elle partit vers la droite, d'un pas lent, presque nonchalant, traçant un demi-cercle nettement plus étendu que celui du mâle, si bien que lorsqu'elle s'arrêta elle était au bord du ruisseau. Risquant d'être pris à revers, l'orignal se décida enfin à bouger pour la garder à l'œil.

Il fit un pas en arrière, et au moment où il tournait la tête vers elle s'aperçut que le mâle alpha n'était plus dans son champ de vision. Il se retourna, recula encore de deux pas. A cet instant précis, la jeune louve se mit en mouvement, se faufilant entre les arbres dans la même direction que sa mère.

L'orignal dansait d'un pied sur l'autre, indécis, reculant peu à peu vers le ruisseau, se demandant peut-être à présent si la fuite n'était pas sa seule chance de salut.

L'instinct le poussait à se réfugier dans l'eau, mais en se retournant il vit qu'à présent les deux femelles étaient sur la rive, en contrebas. Entre elles et le mâle alpha, il ne disposait plus d'un espace suffisant pour s'échapper. La femelle alpha avait les deux pattes dans l'eau, et quand les yeux de l'orignal se posèrent sur elle, elle baissa tranquillement la tête pour boire, comme si elle n'était venue là que pour cela.

Réagissant à un invisible signal, le jeune loup mâle et les cinq louveteaux se mirent en mouvement, et se dirigèrent vers leur père. Leur départ ouvrit, intentionnellement sans doute, une large brèche, que l'orignal ne manqua pas de remarquer.

Tout à coup, il s'élança, traversant le bosquet dans un bruit de tonnerre. Ses sabots labouraient la terre noire et détrempée, ses bois heurtaient bruyamment les troncs blancs des trembles, entaillant leur écorce et faisant choir une pluie de feuilles dans son sillage.

Les loups se lancèrent aussitôt à sa poursuite. Avec sa patte de devant estropiée, il se dandinait bizarrement dans sa course. Le mâle alpha l'avait probablement noté, et cela lui donna un regain d'énergie. Il faisait d'immenses bonds, gagnant sur l'orignal à chaque foulée. Les autres s'étaient déployés derrière lui et le suivaient de près, esquivant les arbres, sautant par-dessus les rochers et les souches pourrissantes dont le sous-bois était jonché.

En amont, la berge était moins broussailleuse. Le vieil orignal prit cette direction, espérant peut-être qu'en terrain découvert ses bois le gêneraient moins et que si la chance était de son côté il trouverait un gué. Mais au moment où il émergeait d'entre les arbres, le mâle alpha bondit sur lui et lui planta ses crocs dans l'arrière-train.

L'orignal essaya de le frapper de ses pattes de derrière, mais le loup esquiva ses coups sans lâcher prise. Ses ruades lui avaient fait perdre de la vitesse, et la femelle alpha en tira aussitôt parti. Découvrant ses crocs, elle s'arrima à son flanc droit. Il voulut lui flanquer un coup de sabot, trébucha, se remit d'aplomb et continua sa pesante course dans la clairière, les deux loups fichés dans sa chair ballottant de part et d'autre de lui comme deux écharpes en fourrure.

Il parcourut ainsi près d'un kilomètre. Il traversa un autre bosquet, pénétra dans une prairie rocailleuse, et c'est alors que les deux jeunes loups, qui n'étaient pas intervenus jusque-là, passèrent à l'action. Venant à la rescousse de leurs parents, ils se mirent à déchirer à belles dents le flanc gauche de l'orignal. Les louveteaux trottinaient derrière eux. Les plus braves étaient visiblement tentés de se joindre à la curée ; les autres, un peu plus en retrait, se contentaient d'apprendre leur leçon.

Soudain, leur père lâcha prise et l'orignal lui décocha une ruade formidable. Le sabot entra brutalement en contact avec son épaule, l'envoyant valdinguer dans les fourrés au milieu d'un grand nuage de poussière. Mais le loup se releva aussitôt, et voyant que l'orignal venait de bifurquer vers le ruisseau, il se mit à courir en biais pour lui barrer la route. En quelques secondes il fut à sa hauteur, et se tordant brusquement sur lui-même se jeta sur lui par-dessous, refermant ses crocs sur le long fanon qui lui pendait de la gorge.

L'orignal donna des coups de tête désordonnés pour essayer de l'atteindre avec ses bois, mais le loup était trop rapide. Jadis, cet animal avait dû être d'une puissance impressionnante, mais avec l'âge ses forces avaient décliné, ses réflexes s'étaient émoussés. Apparemment, les loups en étaient conscients, et ils avaient compris que le moment de sa mort était venu.

Comme pour lui montrer qu'il le savait et que ce savoir le rendait téméraire, le mâle alpha lâcha prise, échappa de justesse aux lourds sabots qui s'abattaient sur lui et, rebondissant sur lui-même comme un acrobate, revint à la charge avec plus de férocité encore, enfonçant profondément ses crocs dans la gorge de l'orignal.

Le vieil élan avait déjà parcouru deux kilomètres. Il était percé de nombreuses blessures d'où le sang jaillissait à grands flots, éclaboussant les museaux des jeunes loups qui lui déchiquetaient les flancs et la croupe. Pourtant, il avançait encore.

Soudain il bifurqua vers le ruisseau et dégringola le long de la berge escarpée, couverte de broussailles, traînant son lourd fardeau de loups, dans une avalanche de boue et de rocs.

Au moment où l'orignal pénétrait dans le lit du ruisseau, sa patte folle cessa de lui obéir et il tomba à genoux, précipitant le mâle alpha dans l'eau, qui à cet endroit n'avait pas plus de trente centimètres de fond. Il se redressa presque aussitôt, et quand son cou ressortit de l'eau, le loup y était toujours accroché, son pelage dégoulinant d'eau et de sang.

Du haut de la berge, les louveteaux contemplaient la scène en spectateurs. L'orignal tourna la tête pour voir ce qu'il était advenu des autres pendant sa chute, et saisissant l'occasion qui lui était offerte, la jeune femelle bondit et lui planta ses crocs dans le museau. L'orignal leva la tête et la secoua avec violence. La louve ballottait d'un côté et de l'autre comme un paquet de linge mouillé, mais elle ne lâcha pas prise.

Obnubilé par les crocs enfoncés dans la chair noire et tendre de son mufle, l'orignal traversa le ruisseau en titubant, oubliant momentanément l'existence des trois autres.

Voyant qu'il ne cherchait même plus à se débarrasser d'eux, la femelle alpha et les deux jeunes loups se mirent à déchiqueter de plus belle ses flancs et sa croupe, puis, baissant la tête, entreprirent de lui lacérer le ventre, tandis que le mâle alpha lui creusait un deuxième trou béant dans la gorge.

Au moment où le vieil orignal atteignait l'autre rive, ivre de douleur, vidé de presque tout son sang, ses forces l'abandonnèrent enfin. Ses pattes de derrière s'effacèrent sous lui et il s'effondra.

Pendant dix minutes encore il se débattit et rua, parvenant même à se redresser l'espace d'un instant et à se traîner jusqu'à la berge avec sa sanglante cargaison de loups.

Arrivé sur le gravier, il s'écroula de nouveau et cette fois ne se releva plus.

C'était le signal qu'attendaient les louveteaux restés sur l'autre rive. Quittant leur poste d'observation, ils descendirent vers le ruisseau d'un pas circonspect et le franchirent à gué pour prendre part au festin.

Bientôt, les spasmes d'agonie du vieil orignal cessèrent et ses yeux noirs désormais aveugles ne brillèrent plus que de l'éclat de la lune qui s'y reflétait. C'est seulement alors que le mâle alpha se décida à lâcher prise. Se dressant sur son séant, il leva vers le ciel son museau ensanglanté et se mit à hurler.

Le reste de la famille se joignit à lui. L'un après

l'autre, ils levèrent la tête et hurlèrent à la lune avec lui, tous autant qu'ils étaient, ceux qui avaient tué comme ceux qui étaient restés spectateurs.

Là où jadis avait palpité la vie, la mort avait assis son empire. Et de la mort, la vie tirait à présent son aliment. Rassemblés par un pacte de sang, les vivants et le mort formaient un cercle aussi vieux que le monde, aussi immuable que l'orbe que la lune décrivait au-dessus d'eux.

16

Les pacages que les Calder et leurs voisins louaient pour faire transhumer leur bétail l'été s'étalaient en terrasses au-dessous des cimes, tels des pièces qu'un géant méticuleux eût cousues là afin d'alléger le vert trop sombre des forêts. Çà et là, les berges des rus et des ravines étaient émaillées de stries jaunes ou dorées, car saules et cerisiers sauvages avaient déjà pâti des premières gelées nocturnes.

Parfois, à cette époque, la campagne était déjà recouverte de neige. Mais cette année, l'été s'incrustait comme un sans-abri invité à une fête, et même les nuées d'oiseaux migrateurs qui faisaient seules de l'ombre dans le ciel d'un bleu toujours aveuglant semblaient hésiter à se mettre en route, comme si l'idée de s'attarder pour boire le coup de l'étrier les avait travaillées aussi.

Buck Calder faisait prendre un peu de repos à son cheval au sommet d'une petite falaise dénudée qui saillait de la forêt, juste au-dessus du pacage qu'il louait pour l'été. Sa monture était un trotteur du Missouri, un bel aubère à la poitrine ample et profonde, dont le maintien égalait en fierté celui de son cavalier. Tandis qu'il contemplait la plaine étalée à ses pieds sous le soleil matinal en plissant les yeux sous son Stetson, Buck se disait comme souvent que son cheval et lui devaient faire un sacré tableau, et qu'en les voyant ainsi Frederic Remington se serait aussitôt précipité sur son chevalet.

En bas, de l'autre côté des arbres, Clyde et lui avaient tracé un double sillon dans le pré humide de rosée, perpendiculaire à ceux qu'avaient laissés les vaches en s'écartant sur leur passage. Au-delà du pré, son regard embrassait toute l'étendue de la vallée, sur laquelle flottait une légère brume. Le long de la rivière, un brouillard cotonneux masquait les peupliers jusqu'à mi-tronc. Leurs feuilles commençaient à jaunir, et l'herbe à leurs pieds avait pris la teinte d'une vieille peau de chamois desséchée.

L'automne était la saison favorite de Buck. En automne, on n'a plus de clôtures à réparer, plus de rigoles à creuser, on sait que les choses vont rester un moment en suspens. On a le temps de reprendre son souffle, de voir un peu où on en est avant le coup de feu de la mi-octobre, lorsqu'il faudra s'occuper de vendre et d'expédier les veaux. Dans quelques jours, ils allaient rassembler le troupeau pour le faire redescendre dans la vallée. Les bêtes ne seraient plus sur les terres du gouvernement, mais sur ses terres à lui, et Buck préférait qu'il en soit ainsi.

Celles qu'il louait n'étaient pas mauvaises, loin de là. De tous les pacages d'été, celui de Buck était le plus vaste et le plus luxuriant, et le loyer n'avait rien d'excessif. A raison d'à peine deux dollars par tête et par mois, c'était même une excellente affaire. Nourrir un chat lui aurait coûté plus. Mais l'Office fédéral des eaux et forêts s'arrangeait toujours pour faire sentir à ses locataires qu'il leur accordait une faveur insigne, et passait son temps à édicter toutes sortes de nouveaux règlements qui n'avaient pour effet que d'accroître encore le ressentiment général.

Buck était opposé par principe à cet état de fait. Au temps où il appartenait au bureau exécutif du comté, puis à la législature d'Etat, il en avait fait son cheval de bataille. Il avait plus d'une fois tapé sur la table en protestant à cor et à cri contre la mainmise du gouvernement fédéral sur de vastes étendues d'un territoire que ses ancêtres et ceux des autres éleveurs avaient arrosé de leur sueur et de leur sang. C'est eux qui, à la force du poignet, avaient amené la civilisation dans l'Ouest sauvage, y avaient planté les riches pâturages qui produisaient les tournedos dont les ronds-de-cuir de Washington se régalaient dans leurs restaus quatre étoiles. Ils n'avaient même pas la reconnaissance du ventre, ces salauds-là.

Comme presque tous ses amis éleveurs partageaient sa façon de voir, Buck avait un temps songé à organiser un mouvement collectif pour remédier à cette situation. Mais il s'était vite aperçu que ça aurait été peine perdue.

Pour tenir le coup dans ces régions-là, il faut être sacrément cabochard. Les éleveurs sont des êtres foncièrement individualistes, rétifs à toute forme d'organisation. Ils sont d'accord sur le principe, ça oui. Les pétitions, ils les signent des deux mains. Parfois, quand l'exaspération est à son comble, on arrive même à les rameuter pour une réunion. Mais au fond, ils sont tous résignés à l'idée que l'élevage n'est qu'une sorte de plaisanterie cruelle que Dieu inflige aux hommes pour leur inculquer le pessimisme, et que personne ne pourra jamais rien y changer. Aux yeux d'un éleveur, l'adversité fait partie de l'ordre naturel des choses et pour mériter le nom d'homme il doit l'affronter par ses propres moyens. Et puis tout le monde savait bien qu'en dépit des vitupérations de Buck, le gouvernement continuerait à leur tenir la dragée haute et à agir comme bon lui semblerait, ainsi qu'il en avait toujours été.

Mais ces temps derniers, les choses s'étaient encore aggravées. Les bureaucrates fédéraux leur imposaient sans cesse de nouvelles contraintes. Non content d'avoir encore restreint le nombre de vaches autorisées sur les pacages d'été, ils se mêlaient à présent de jouer aux petits chefs sur la propriété des autres. Ils venaient tester l'eau d'un ruisseau, décrétaient qu'elle était impropre à la consommation, et vous obligeaient à le clôturer pour empêcher vos bêtes d'y boire. Ou alors ils vous annonçaient qu'il fallait cesser d'exploiter une partie de vos terres sous prétexte qu'une quelconque bestiole en voie de disparition, putois ou chat-huant, y avait élu domicile.

Au jour d'aujourd'hui, un éleveur de bêtes à cornes ne peut plus lever le petit doigt sans que le monde entier s'en mêle. Même pour se moucher ou pisser un coup, il faut obtenir le feu vert du gouvernement, lequel ne l'accordera qu'après avoir demandé l'avis des associations dites de « protection de la nature ». Il fallait attendre que tous ces écolos à la mords-moi-le-nœud, ces avaleurs de couleuvres patentés qui vivent tous à la ville et ne connaissent rien à rien, rendent leur verdict que les grosses têtes du gouvernement, qui n'ont pas non plus inventé l'eau tiède, prendraient comme parole d'évangile et à partir duquel ils élabore-raient Dieu sait quel nouveau projet à la con qui ne ferait que compliquer encore un peu plus la vie des pauvres travailleurs de la terre. Avec ces gens-là, on se retrouve enseveli sous des montagnes de paperasses. Ils fixent des limites à tout, ils ont des règlements pour tout, et si jamais on les enfreint, les pénalités et les amendes se mettent à pleuvoir. Quoi d'étonnant à ce qu'on en ait gros sur la patate après ça ?

Mais bah, Buck pouvait se faire une raison. Il en avait vu d'autres. La plupart des fonctionnaires avec lesquels il était obligé de se colleter avaient peur de lui, et il ne se privait pas de leur mener la vie dure. Ça l'amusait plutôt qu'autre chose. Mais certains éleveurs moins prospères, les Harding par exemple, n'avaient pas autant de répondant que lui. On a plus de mal à affronter les ronds-de-cuir quand ils savent que l'adversaire qu'ils ont en face d'eux peut être ruiné par une seule amende, ou par les heures qu'il perdra à se bagarrer contre leurs conneries administratives.

Quand Abe Harding était venu lui parler à la foire, Buck avait éprouvé de la commisération envers lui, pas à cause du souci qu'il se faisait au sujet des loups, mais parce que ce pauvre bougre avait vraiment l'air miné. Du coup, il s'en était un peu voulu de ne pas en avoir fait plus pour lui ces dernières années.

Clyde et lui s'apprêtaient donc à gagner le pacage d'été de Harding pour l'aider à rassembler son troupeau. Ils étaient d'abord montés à leur propre pacage pour y récupérer Luke, afin qu'il prenne part aussi à l'opération.

Dans le pré en contrebas, Buck aperçut Clyde qui venait de surgir de la forêt et chevauchait à présent dans sa direction. Ils s'étaient séparés pour explorer plus rapidement les recoins cachés de leur pâturage. Les vaches et les veaux se portaient bien, apparemment, mais il n'y avait pas plus de Luke que de beurre au bout du nez.

— Tu l'as trouvé ? cria-t-il à Clyde.

— Non. Et à ce qu'on dirait, il n'a pas dormi dans sa tente.

— Où a-t-il bien pu passer ?

— Va savoir.

Buck secoua la tête et regarda ailleurs. Comme souvent, il suffisait qu'il pense à Luke pour que son humeur s'aigrisse. Il attendit que Clyde l'ait rejoint au sommet du monticule puis, sans un mot, il fit faire demi-tour à son cheval en tirant brutalement sur les rênes et s'engagea sur le chemin forestier qui menait au pacage d'été des Harding.

L'idée de faire surveiller le troupeau par Luke lui avait paru très sensée. C'était une occupation qui lui convenait, alors que pour tout le reste il était gaucher des deux mains. Au début, Buck avait été favorablement impressionné par le sérieux qu'il apportait à sa mission, surtout quand il avait décidé de passer ses nuits dans la montagne. Mais à présent, il commençait à avoir des doutes.

Plusieurs fois, Clyde était monté jusqu'à leur pacage, sans jamais apercevoir Luke. Il ne faisait que de rares incursions au ranch, et encore était-ce à des moments où il était sûr de ne rencontrer personne. Avant-hier, une fois n'est pas coutume, il était arrivé à l'heure du petit déjeuner avec une estafilade au front, qu'il s'était faite, leur expliqua-t-il, en passant à cheval sous des branches basses, si bien qu'Eleanor s'était mise à lui seriner une fois de plus que c'était de la folie de rester des nuits entières seul dans la montagne.

Certains jours, Buck se disait que ce garçon était vraiment un cas désespéré. Il savait bien que le comparer au fils qu'il avait perdu ne pouvait lui apporter que de la souffrance, mais comment aurait-il pu s'en empêcher ? Chaque fois que Luke ratait quelque chose, il imaginait la facilité avec laquelle Henry s'en serait tiré à sa place. Quand Luke était à table, silencieux et morose, il voyait son frère à côté de lui, la mine réjouie, et croyait entendre l'écho de son rire. Comment se pouvait-il que deux garçons issus de la même semence soient aussi dissemblables ? La nature commet parfois de sacrés impairs.

Bien que son futur trépas ne figurât pas encore au premier rang de ses préoccupations, Buck se posait des questions sur l'avenir du ranch. La tradition voulait qu'il passe le relais à son seul héritier mâle. Mais il aurait été bien couillon de s'y conformer. Luke, diriger un ranch ? Non seulement ça ne semblait pas l'intéresser le moins du monde, mais il en était manifestement incapable. Buck n'avait pas fait de testament en ce sens, n'en avait même pas pris la résolution intérieurement, mais il lui arrivait de plus en plus souvent de penser que lorsqu'il passerait la main, la solution la plus logique serait de confier les destinées du ranch à Clyde et à Kathy.

L'idée qu'au bout de trois générations le domaine familial des Calder allait tomber aux mains d'un homme qui ne portait pas le même patronyme emplissait Buck d'une profonde honte. Il n'avait pas réussi à produire un héritier mâle digne de ce nom pour perpétuer sa lignée, et le monde entier le savait.

Comme le chemin était trop étroit pour que deux chevaux avancent de front, Clyde trottait derrière, gardant ses pensées pour lui, ce dont Buck avait toutes les raisons de se féliciter. Clyde n'était pas très doué pour la conversation, ni pour grand-chose d'autre d'ailleurs. Buck avait toujours pensé que Kathy aurait mérité mieux, mais les pères éprouvent souvent ce genre de sentiments s'agissant de leur fille.

Clyde avait perdu ses parents très jeune, et on l'avait confié à un oncle et une tante qui exploitaient un ranch du côté de Livingston. Apparemment, ils l'avaient élevé à la dure et c'est peut-être ce qui expliquait une particularité de son caractère que Buck trouvait irritante au plus haut point : Clyde se mettait toujours en quatre pour lui plaire. Il était aussi servile qu'un chien. Il était sensible aux moindres variations d'humeur de Buck, toujours prêt à abonder dans son sens. Il épousait toutes ses opinions, et si jamais il changeait d'avis, même pour proclamer que tout compte fait le noir n'était pas noir, mais blanc, Clyde se mettait aussitôt à passer avec application du noir à un gris de plus en plus pâle, et finissait par aboutir au blanc aussi.

Mais Buck n'était que trop heureux de lui passer ce

défaut, qui somme toute n'était pas des plus graves. Kathy avait assez de matière grise pour deux, et ce garçon était bon père et bon époux. En plus, le travail ne lui faisait pas peur. Un jour, il finirait peut-être même par devenir un éleveur compétent.

Sur le chemin en avant d'eux, Buck entendit des moteurs rugir plaintivement, comme des guêpes se cognant dans une vitre. En débouchant d'entre les arbres, il aperçut Wes et Ethan Harding qui zigzaguaient à travers pré sur deux petits trials.

— Mais qu'est-ce qui leur prend, bon Dieu ? marmonna-t-il entre ses dents.

Ethan, le plus jeune des deux frères, essaya de barrer la route à un groupe de vaches et de veaux terrorisés qui s'enfuyaient vers la forêt. Poussant un grand cri de guerre, il disparut sous les arbres, laissant dans son sillage un panache de fumée bleuâtre.

Assis sur son cheval, au bas du pré, leur père observait leur manège, en leur hurlant des ordres que le vacarme assourdissant de leurs moteurs les empêchait d'entendre. En voyant Buck et Clyde s'approcher, il les salua de la tête, l'air morose.

— Ça va, Buck ?

— Et toi, Abe ? Pardon pour le retard.

— C'est pas grave.

— On cherchait Luke.

— Je l'ai aperçu il y a une heure, quand on faisait route vers ici, dit Harding tout en regardant ses fils qui slalomaient entre les arbres. Il montait vers Wrong Creek avec la femme aux loups.

— Qu'est-ce qu'il fabrique avec elle ? s'écria Clyde.

Harding tourna la tête et cracha un jet noirâtre de jus de tabac.

— Ça, c'est pas à moi qu'il faut le demander.

L'espace d'un moment, personne ne dit rien. Buck ne voulait pas que sa voix trahisse sa fureur.

— Alors, comment ça se passe ? interrogea-t-il à la fin.

— On a déjà trouvé quatre vaches sans veau, avec les mamelles à sec.

— C'est les loups, tu crois ? lui demanda Clyde.

— Qu'est-ce que tu veux que ce soit d'autre ?

Buck et Clyde se montrèrent autrement efficaces que Wes et Ethan. Il ne leur fallut pas plus d'une heure pour faire le vide dans le pacage et rassembler toutes les bêtes au bas du pré. Quand ils eurent achevé leur travail, Harding compta deux autres vaches avec des pis à sec, ce qui en faisait six en tout. Leurs veaux s'étaient évaporés dans la nature.

Après avoir fait ce constat, Harding n'ouvrit plus une seule fois la bouche, hormis pour gueuler après ses vaches ou ses fils. Il était livide et le pourtour de ses yeux était agité de petits spasmes, comme s'il avait fait un terrible effort pour se contenir.

Ce n'était qu'un petit troupeau de rien du tout, et lorsqu'ils eurent quitté les hauteurs où une vache est vite égarée, il se laissa mener sans peine. Buck se dit que Harding et ses fils se débrouilleraient très bien tout seuls pendant le reste du chemin. Il héla Clyde, et ils rejoignirent Abe Harding qui chevauchait en tête.

— Vous pourrez finir sans nous, Abe ? On va tâcher de mettre la main sur mon sacripant de fils.

— Ça ira, t'en fais pas. Merci du coup de main, hein.

— C'est la moindre des choses. Quand on aura tous ramené nos troupeaux, ça serait peut-être pas un mal qu'on se réunisse pour voir ce qu'on peut faire au sujet des loups.

— Où ça nous mènera, les parlotes ?

— Ça mange pas de pain, en tout cas.

— Bon, on verra.

— D'accord. A plus tard, Abe.

— Salut.

Ils s'engagèrent sur un sentier étroit qui montait vers le lac en sinuant à travers la forêt. Buck se disait qu'il y avait des chances que Luke ait raccompagné la femme aux loups jusqu'à sa cabane. S'il n'était pas là, ils pourraient toujours lui laisser un mot sur la porte pour lui ordonner de rentrer à la maison séance tenante. Ce petit con avait laissé le troupeau sans surveillance. S'il ne fournissait pas une explication valable à sa conduite, il allait en prendre pour son grade.

17

Luke resta à côté du pick-up et la regarda avancer lentement le long du sentier. Elle faisait tourner l'antenne au-dessus de sa tête tout en balayant les fréquences du petit récepteur radio qu'elle portait en bandoulière. Assis sur le siège du passager, Buzz la regardait aussi, les oreilles dressées, comme s'il avait su quel son elle espérait capter dans ses écouteurs.

Ils s'étaient garés sur le bas-côté du sentier forestier qui décrivait de périlleux méandres au-dessus de Wrong Creek, un canyon envahi d'arbres qui devait être semé d'embûches, car ce n'était sans doute pas pour rien qu'on l'avait baptisé ainsi. Luke s'approcha du bord du sentier et baissa les yeux sur l'à-pic dont le flanc abrupt était hérissé de pins innombrables. Trente mètres plus bas, le ruisseau bruissait doucement. De ce côté, le canyon était encore dans l'ombre, l'air y était humide et frais. Sur l'autre bord, à huit cents mètres de là, les premiers rayons du soleil levant embrasaient déjà les feuilles jaunes des trembles.

Il leur avait fallu une journée et demie pour remettre les pièges en place, et à présent ils étaient venus les vérifier. Wrong Creek était le premier cours d'eau important au nord de Hope, et Luke était quasiment certain que les loups se trouvaient dans ses parages immédiats quand il les avait entendus hurler l'autre nuit. C'est donc là qu'il avait d'abord conduit Helen Ross. Ils étaient montés aussi haut que possible à bord de son vieux pick-up rouillé, puis ils avaient continué à pied, le long du ruisseau.

Ils n'avaient pas tardé à tomber sur des laissées fraîches et des empreintes. Puis ils avaient aperçu les corbeaux et c'est ainsi qu'ils avaient trouvé la dépouille du vieil orignal. Les loups n'avaient pas laissé beaucoup de chair sur la carcasse, mais d'après Helen ils allaient sans doute revenir. Elle préleva deux dents sur le cadavre, et expliqua à Luke qu'elle allait les expédier à un labo qui s'en servirait pour déterminer l'âge de l'animal. Quand on scie une dent de cervidé, lui dit-elle, on peut calculer son âge en comptant les cernes, exactement comme avec les arbres. Ensuite elle se coupa des échantillons d'os et lui dit que vu l'état de liquéfaction de sa moelle, l'orignal ne devait pas être en bonne santé.

Ça n'avait pas été commode de poser les pièges, mais Luke y avait néanmoins pris beaucoup de plaisir. Après lui avoir montré comment on les arrimait au sol, elle lui avait expliqué leur fonctionnement. Si on creuse comme ça, lui avait-elle dit, c'est pour faire croire au loup qu'il est tombé sur une cachette où un autre animal a enfoui quelques provisions de bouche. L'emplacement idéal était le côté le plus exposé au vent d'un sentier, car en passant par là il flairerait instantanément l'odeur de l'appât (odeur si nauséabonde qu'on se demande pourquoi il ne prend pas plutôt ses jambes à son cou). Ensuite il percevra celle des excréments et de l'urine d'un autre loup et il se dira : tiens, il y a un intrus dans le coin !

Une fois qu'on a éveillé sa curiosité, il faut absolument qu'il ne dispose que d'une seule voie d'approche pour venir flairer la chose de plus près. On doit diriger ses pas avec un maximum de précision. A cette fin, on dispose des bâtons ou de grosses pierres que le loup devra enjamber un à un jusqu'à ce qu'il pose le pied sur la palette.

La pose des pièges avait duré plusieurs heures. Ensuite, vers le milieu de l'après-midi, Luke l'avait guidée jusqu'à la tanière abandonnée, un peu plus haut dans la montagne. Ayant ceint sa petite lampe frontale, elle s'arma d'un mètre à ruban et se glissa en se tortillant dans l'étroite ouverture, comme un chien de prairie. Elle resta si longtemps à l'intérieur que Luke commença à s'inquiéter. Il se demanda ce qu'il ferait si elle était coincée. Mais là-dessus, ses pieds jaillirent du trou et elle en ressortit à leur suite, couverte de poussière, au comble de l'excitation. Elle ôta sa lampe frontale, la tendit à Luke et lui dit :

— A toi maintenant.

Luke secoua négativement la tête.

— Oh non, je p-p-peux pas...

— T'es pas chiche, alors ?

Relevant le défi, il lui confia son chapeau et se glissa dans le trou. Il parcourut cinq ou six mètres dans un tunnel tellement étroit qu'il fut obligé de rentrer les épaules et de ramper centimètre par centimètre en prenant appui sur la pointe de ses bottes.

Le faisceau de sa lampe frontale lui révéla des parois pâles et lisses, qui semblaient modelées dans l'argile. Contrairement à son attente, l'air n'était ni fétide ni vicié ; il sentait la terre, simplement. Il ne vit pas de débris d'os, ni de laissées, ni aucune trace de loup, à l'exception de quelques poils blanchâtres pris dans les racines d'arbres qui pendaient du plafond. Le tunnel aboutissait à une cavité d'un peu plus d'un mètre de diamètre. Luke s'y arrêta et y resta allongé un moment, immobile, un peu essoufflé par sa pénible reptation. Il s'imaginait la louve pelotonnée sur elle-même dans son antre de terre froide, mettant bas ses petits, nettoyant leurs faces aveugles à coups de langue, leur donnant la tétée.

Ensuite, il éteignit, retint son souffle et, dans le silence et l'obscurité qui l'enveloppaient, il se souvint d'une phrase qu'il avait jadis lue dans un livre, selon laquelle une vie humaine est un périple partant d'une matrice semblable à la tombe et aboutissant à une tombe semblable à la matrice. Il n'avait jamais compris la terreur qu'inspirait le néant parfait de la mort. Si la mort l'avait surpris là, dans cet instant, il l'aurait accueillie avec joie.

Il y pensait encore quand il ressortit de la tanière, ébloui par le soleil, clignant des paupières, et qu'il aperçut son visage souriant. Elle lui dit qu'elle s'était demandé si elle le reverrait un jour, et comme un idiot, il lui fit part des idées morbides qu'il venait de remuer. Elle se borna à hocher la tête, et il lui sembla discerner une lueur complice dans son regard. Deux ou trois fois déjà, il avait eu le sentiment qu'il existait entre eux une sorte de connivence, comme il peut s'en créer entre les membres d'une même tribu.

Il se faisait des idées, sans doute.

Elle l'aida à se débarrasser de la poussière dont il était couvert en lui frottant le dos et les épaules, et le contact de ses mains lui fut agréable. Ensuite, il lui rendit la pareille, en y prenant encore plus de plaisir. Pendant qu'il lui brossait les épaules, il ne put s'empêcher de fixer le bas de sa nuque, à l'endroit où un léger duvet décoloré par le soleil formait une pointe au-dessus de la peau.

Il continuait à l'observer tandis qu'elle avançait sur le sentier, levant toujours l'antenne au-dessus de sa tête. Elle était vêtue d'un pantalon de grosse toile kaki et de son tricot en laine polaire bleu ciel. Elle rebroussa chemin et revint vers lui à pas lents, en se mordillant la lèvre inférieure, ce qui chez elle marquait toujours la concentration.

Tout à coup, elle s'immobilisa, et il comprit qu'elle avait capté un signal.

— Ouais ! s'écria-t-elle d'une voix exultante.

— C'est q-q-quelle bande ?

— La 562. Le piège que tu as posé. A l'endroit où il y avait plein de broussailles, tu te souviens ?

Elle se précipita vers lui, un grand sourire aux lèvres, et lui tendit les écouteurs qu'il coiffa. Dans le pick-up, Buzz se mit à aboyer et Helen le fit taire.

— Tu y es ?

Au début, il n'entendit rien. Puis, en réglant l'appareil, il perçut le *clic-clic* régulier du signal radio. Il sourit et hocha la tête. Helen lui assena une grande claque sur l'épaule.

— Brave petit trappeur, tu as pris ton premier loup !

En vingt minutes, ils furent à l'extrémité de la piste. Helen roulait si vite que Luke se dit qu'ils avaient eu de la chance d'y arriver entiers. Pendant tout le chemin, elle n'arrêta pas de le charrier, lui disant que c'était un coup de chance, que c'était une honte qu'un vulgaire apprenti l'ait coiffée ainsi sur le poteau après tout le mal qu'elle s'était donné. Luke lui promit en riant qu'il n'en parlerait à personne.

Ils se garèrent à l'orée d'une clairière où l'on venait de mettre les arbres en coupe réglée et se hissèrent sur la plate-forme du pick-up pour préparer leurs sacs. De l'autre côté de la clairière, deux bûcherons de la fabrique de pieux et poteaux grillaient une cigarette, adossés à une remorque à demi pleine de troncs. Luke ne les connaissait ni l'un ni l'autre. Helen les salua de la main et leur cria bonjour, mais ils se bornèrent à hocher vaguement la tête et continuèrent à tirer sur leurs cigarettes en les regardant d'un air maussade.

Tout en s'affairant avec son sac, Helen se lança dans une parodie de conversation avec les deux bûcherons, que Luke seul pouvait entendre.

— Tiens, salut, Helen ! Comment ça va ? Vous en

avez attrapé, des loups ? Ah bon ? Mais c'est formidable ! Merci, vous êtes gentils. Bonne journée à vous aussi. A bientôt.

— Tu les c-c-connais ? lui demanda Luke à mivoix.

— Tu parles ! Ils ont failli m'envoyer dans le décor au moins deux fois.

Elle boucla son sac à dos et eut un sourire en le chargeant sur ses épaules.

— Ils m'ont quand même adressé un signe de tête, tu as vu ? Pas très appuyé, d'accord, mais c'en était néanmoins un. Bientôt, on sera comme cul et chemise, eux et moi. Au fond de tout bûcheron, il y a un écolo qui sommeille.

— Tu le penses vraiment ?

— Non, je n'en pense pas un mot.

Laissant Buzz tout seul dans le pick-up, ils se mirent à grimper le long du ruisseau.

Avant même d'avoir perçu le signal, Helen savait qu'ils en avaient capturé un. Elle l'avait vu en rêve, et sur ce point ses rêves ne la trompaient jamais.

Elle n'avait jamais osé s'en ouvrir à personne. Ça semblait trop absurde. Et puis, une femme a déjà assez de mal à exister dans l'univers hyper-masculin des spécialistes du loup pour ne pas passer en plus pour une *toc-toc*, terme de dédain dont sa mère usait pour désigner les gens qui sombraient dans une forme ou une autre de superstition, depuis la croyance à l'astrologie jusqu'à la foi dans le pouvoir régénérateur des vitamines. Et bien qu'elle admît volontiers l'idée que beaucoup de phénomènes ne sont pas réductibles à une explication scientifique et rationnelle, Helen était, comme sa mère, plutôt encline au scepticisme.

Sauf en ce qui concernait ses rêves de loups.

Les premiers lui étaient venus dans le Minnesota,

alors qu'elle venait tout juste d'apprendre à poser des pièges. Ils prenaient les formes les plus diverses. Parfois, le rêve était parfaitement clair : elle voyait un loup pris au piège, attendant qu'elle arrive. Mais d'autres fois, c'était beaucoup plus flou, elle ne voyait rien de particulier, pas même une ombre fugace, elle avait simplement l'*intuition* qu'un loup était là, quelque part. Elle ne faisait pas ce rêve chaque fois qu'elle capturait un loup, oh non. Il lui était arrivé de poser des pièges pendant des mois d'affilée, en faisant capture sur capture, sans jamais rêver de loups. Mais quand elle en rêvait, ça ne ratait jamais. A chaque fois, le lendemain matin, un loup était là qui l'attendait.

Plus *toc-toc* que tout, il lui arrivait souvent de se réveiller en sachant exactement dans quel piège elle le trouverait. Tantôt elle voyait le piège lui-même en rêve, tantôt la vision était plus symbolique, ne lui fournissant que des indices. Elle voyait des arbres, par exemple, des rochers, une rivière, et cela lui permettait de situer le lieu par déduction. Elle n'était pas à l'abri d'une erreur, bien sûr, et il lui arrivait de trouver le loup à un tout autre endroit. Mais elle avait une foi si absolue dans ses rêves de loups qu'elle n'imputait jamais l'erreur au rêve lui-même. C'est elle qui n'avait pas su l'interpréter, voilà tout.

Quand la scientifique reprenait le dessus, Helen s'en voulait beaucoup de s'être laissé aller à croire à de telles inepties. Elle se disait que son cerveau lui jouait des tours, que ce n'était que de l'autosuggestion, qu'elle était simplement victime d'une variante onirique de la paramnésie. Pendant tout l'été où elle avait fait équipe avec Dan Prior, elle avait secrètement noté ses rêves, et les avait comparés avec leurs prises. Il y avait une corrélation entre les deux, c'était l'évidence même, mais elle n'avait jamais osé en parler à Dan.

Et voilà qu'à présent elle avouait tout à Luke, qu'elle ne connaissait que depuis deux jours.

Ils venaient d'aborder l'ultime escarpement qui débouchait sur la prairie où ils avaient posé le piège lorsqu'elle lui fit cette confidence. Qu'est-ce qui la poussait à lui parler ainsi ? Elle n'en savait rien. Tout ce qu'elle savait, c'est qu'elle avait confiance en lui. Il ne se moquerait pas d'elle, elle en était sûre.

Ils marchaient côte à côte et Luke l'écoutait. De temps en temps, son regard vert et sérieux se posait sur elle, fugacement, car le sol était trop accidenté pour qu'il puisse le quitter longtemps des yeux. Elle était presque arrivée au bout de son récit, et il n'avait pas ouvert la bouche une seule fois. Elle ne craignait pas qu'il se montre sarcastique, mais les vieux réflexes ont la peau dure, et elle se mit soudain à tourner la chose à la blague, pour parer à toute éventualité.

— C'est pénible, crois-moi. J'aimerais mieux voir des numéros de loto, ou les gagnants du tiercé. J'ai essayé, mais ça ne marche jamais.

Luke sourit.

— Tu as vu q-q-quoi, dans t-t-ton rêve de cette nuit ?

— Un loup traversant un ruisseau à gué.

C'était exact, à un détail près. Car grâce à l'étrange dualité qu'autorisent les rêves, le loup était aussi Joel, qui passait sur l'autre rive sans se retourner une seule fois vers elle, et disparaissait sous les arbres.

— Il n'était pas dans le piège, alors ?

— Non. Il s'enfuyait.

Helen attendit qu'il dise quelque chose, mais il se contenta de hocher la tête et dirigea son regard vers le fond du canyon. Jaillissant en rugissant d'un étroit défilé rocheux, le torrent retombait en un long jet écumeux dans un bassin dont l'eau s'agitait comme celle d'un chaudron en ébullition.

— Tu crois que je déraille ? demanda Helen à la fin.

— Mais non voyons. Moi aussi, je fais des rêves b-b-bizarres.

— Oui, mais est-ce qu'ils se réalisent ?

— Seulement les mauvais.

— Tu fais des rêves de loups ?

— Ça m'arrive.

Le grondement du torrent était si assourdissant qu'ils furent obligés d'interrompre leur conversation. Ils ne la reprirent qu'en s'arrêtant sous les arbres, à la lisière de la prairie. A cette altitude, l'herbe commençait à peine à jaunir. Le piège était de l'autre côté, dans un buisson de jeunes saules, mais hormis deux corbeaux qui tournoyaient paresseusement au-dessus des restes de l'orignal, ils ne virent aucun signe de vie.

— S'il s'était échappé, le collier émettrait q-q-quand même ?

— Peut-être.

Ils traversèrent la prairie, et en approchant du sentier qui longeait le buisson de saules, Helen vit qu'à l'emplacement du piège il n'y avait plus qu'un trou dans le sol. Le loup l'avait entraîné dans sa fuite, en traçant un long sillon dans la terre meuble. Le sillon leur indiquait la direction qu'il avait prise, mais aucun son, aucun mouvement ne trahissait sa présence.

L'espace d'un instant, elle se dit que Luke avait peut-être raison, et que le loup avait réussi à s'échapper. Puis elle entendit la chaîne cliqueter, et elle comprit qu'ils le tenaient. Il était caché dans les fourrés, à moins de dix mètres d'eux.

— Reste là, dit Helen à mi-voix. Je vais voir ce qui se passe.

Lentement, elle avança le long du sillon en direction des fourrés.

Comme elle l'avait expliqué à Luke, on doit toujours s'assurer que les mâchoires du piège se sont refermées comme il faut sur la patte d'un loup. Ça n'a pas tellement d'importance lorsqu'on a affaire à un louveteau ou à un jeune adulte de rang subalterne. Ceux-là se montrent dociles, gardent les yeux obstinément baissés. Mais quand on a pris un loup alpha, il faut être sur ses gardes. Un alpha peut se montrer agressif et même faire usage de ses crocs, le cas échéant. Il ne faut pas s'en approcher tant qu'on n'est pas sûr que ses mouvements sont entravés et que leur portée est limitée. C'est la règle numéro un.

En avant d'elle, la chaîne cliqueta à nouveau, et cette fois les fourrés s'agitèrent, faisant choir une pluie de feuilles jaunes. A travers les feuilles qui voltigeaient, elle entrevit le pelage de l'animal. Il était d'une couleur très claire. D'après ce que lui avait dit Luke, la femelle alpha était presque blanche. A l'idée qu'ils avaient fait une si belle prise, le cœur d'Helen bondit dans sa poitrine. Se retournant vers Luke, elle forma silencieusement les mots :

— Je crois qu'on a pris la maman !

Elle était à la limite du buisson de saules à présent. Quand la louve s'y était glissée, le piège avait laissé une marque bien visible. Elle s'immobilisa, l'oreille aux aguets, s'efforçant de distinguer quelque chose à travers les branches enchevêtrées. La louve ne devait être qu'à quelques pas de là, mais rien ne le signalait, pas le moindre mouvement, et elle ne percevait d'autres sons que le murmure de la rivière et le croassement moqueur d'un corbeau qui faisait des vocalises à l'autre bout de la prairie.

Elle leva lentement le pied, en se disant qu'elle l'apercevrait peut-être si elle faisait un pas en avant. La louve devait être télépathe, car avant qu'elle ait eu le temps d'achever son geste, le buisson dans lequel elle s'apprêtait à pénétrer entra en éruption.

Un mufle rugissant jaillit soudain d'entre les branches, exhibant ses crocs acérés et ses gencives roses, ses yeux jaunes lançant des éclairs. Epouvantée, Helen fit un bond en arrière, perdit l'équilibre et s'étala de tout son long, sans toutefois quitter la louve des yeux. Dans un brusque et violent soubresaut, sa tête repartit en arrière et disparut. Les dents du piège la maintenaient solidement. En levant les yeux, Helen aperçut Luke. Il avait un grand sourire aux lèvres.

— C'est bien la mère, dit-il.

— Je l'ai fait exprès, tu sais. Il faut toujours se laisser tomber à terre. Ça les rassure.

Luke éclata de rire et il l'aida à se relever. Ensuite, il désigna un monticule rocheux qui dépassait des fourrés un peu en avant d'eux et dit :

— Peut-être qu'on verrait mieux de là-haut.

Il a raison, se dit Helen. J'aurais dû y penser tout de suite.

— D'accord, c'est toi le plus malin.

Ils se frayèrent un chemin dans les buissons, en faisant un grand détour pour éviter la louve. Le rocher avait des parois lisses, sans prises pour les pieds. Après l'avoir escaladé, Luke tendit les bras à Helen et la hissa jusqu'à lui. Une fois arrivée en haut, elle se cramponna à son épaule. Perchés en équilibre précaire au sommet de leur roc pointu, ils cherchèrent la louve des yeux.

Elle n'était qu'à quelques mètres de là. La tête levée vers eux, elle retroussait les babines en grondant. Son pelage était d'une blancheur de nuage, avec d'imperceptibles mèches grises autour des épaules.

— Elle est belle, hein ? chuchota Luke.

— Très belle.

Les mâchoires du piège s'étaient refermées sur sa patte avant gauche. Le crochet de sûreté s'était coincé dans un nœud de racines et en se débattant elle avait entortillé la chaîne autour.

— Elle ne risque pas de nous fausser compagnie, dit Helen. Essayons de la prendre à revers, ça sera plus facile.

Ils sautèrent à pieds joints du haut du rocher et retournèrent à l'endroit où ils avaient laissé leurs sacs à dos, dans la prairie. Helen ouvrit le sien, en sortit sa seringue à rallonge et la remplit d'un mélange de Xylazine et de Telezol. Ensuite ils contournèrent le buisson de saules et s'approchèrent de la louve par-derrière, à pas très lents. C'est Helen qui ouvrait la marche.

En les entendant approcher, la louve se remit à gronder, et quand Helen écarta le dernier rideau de branchages qui les séparait d'elle, elle tenta encore une fois de se jeter sur eux, mais la chaîne la retint. Elle leur montra ses crocs, grogna, puis lentement s'aplatit contre le sol.

— Bonjour, madame Loup, dit Helen d'une voix douce. Qu'est-ce que tu es belle, dis donc.

La louve était en pleine santé. Son pelage d'hiver avait déjà commencé à pousser. Il était abondant, lustré. Elle devait avoir entre trois et quatre ans, et à vue de nez Helen situa son poids entre trente-cinq et quarante kilos. Le soleil faisait danser des paillettes vertes dans ses yeux jaune pâle.

— Ne crains rien, ma belle, lui susurra Helen. On ne te veut pas de mal. Tu vas faire un petit somme, c'est tout.

Sans hausser la voix, elle dit à Luke de passer de l'autre côté, et de ne pas faire de gestes brusques. Comme elle l'espérait, la louve trouva ça suspect et elle se retourna en tirant sur la chaîne pour suivre ses mouvements des yeux. Helen entra aussitôt en action. Son bras se détendit et, tel un matador donnant l'estocade, elle lui plongea sa seringue dans la croupe.

A l'instant précis où l'aiguille entra en contact avec ses poils, la louve rugit et elle se retourna brusquement, en faisant claquer ses mâchoires. Mais Helen ne broncha pas. Elle continua d'enfoncer le piston jusqu'à ce que la seringue soit vide. Ensuite, Luke et elle s'écartèrent de quelques pas et ils restèrent à distance respectueuse tandis que les yeux de la louve devenaient vitreux et que ses muscles se relâchaient. A la fin, elle s'affaissa et resta inerte, comme un ivrogne roupillant sous un porche.

La suite ne leur prit pas plus d'une demi-heure. Après lui avoir recouvert les yeux d'une cagoule, ils la pesèrent, la mesurèrent, prélevèrent des échantillons de sang et d'excréments, et l'examinèrent sous toutes les coutures. Elle n'avait pas de poux et ne souffrait apparemment d'aucune maladie. Le piège avait un peu entamé la chair de sa patte, sans toutefois léser l'os. Helen enduisit la plaie de pâte antibiotique et pour faire bonne mesure lui injecta une dose de pénicilline. A présent, il ne leur restait plus qu'à lui fixer une bague d'identification à l'oreille et à l'équiper d'un collier émetteur.

Agenouillé à côté d'elle, Luke flattait de la paume le flanc argenté de la louve. Il l'avait assistée avec compétence, prenant des notes, numérotant les boîtes d'échantillons, lui passant à mesure l'un ou l'autre des instruments qu'elle transportait dans sa trousse dépliante.

Accroupie sur les talons, Helen l'observait. Il caressait la louve, complètement oublieux du monde, le regard débordant de tendresse et d'une sorte d'émerveillement naïf. Il faisait un tableau tellement touchant qu'Helen avait envie de le prendre dans ses bras et de le câliner comme il câlinait l'animal. Au lieu de quoi, elle lui demanda :

— Tu as vu le nombre de couches de sa robe ? C'est extraordinaire, non ?

— Oui. Les couleurs, aussi. De loin, elle a l'air p-p-presque blanche. Mais de près, on voit toutes sortes d'autres c-c-couleurs. Des bruns, des gris. Il y a même une p-p-pointe de rouge.

Il la regarda, lui sourit. Helen lui rendit son sourire, et elle eut une fois de plus le sentiment qu'il s'établissait entre eux une sorte de lien, dont la nature exacte lui échappait. C'est elle qui rompit ce fil invisible, en baissant les yeux sur la louve.

— Elle ne va pas tarder à se réveiller, dit-elle.

Elle lui fixa à l'oreille une bague métallique dont elle nota soigneusement le numéro. Ensuite elle lui passa le collier émetteur autour du cou, en l'ajustant de sorte qu'il ne soit ni trop lâche ni trop serré, vérifia le fonctionnement, lui ôta sa cagoule et prit quelques photos. Au moment où ils achevaient de remballer leur matériel, la louve commença à se ranimer.

— Viens, on s'en va, dit Helen. Il vaut mieux lui laisser le champ libre.

Luke, qui fixait la louve d'un œil hypnotisé, ne réagit pas. Elle crut qu'il ne l'avait pas entendue.

— Luke ?

Il se retourna vers elle et hocha la tête. Il avait l'air triste.

— Ça ne va pas ? Qu'est-ce qui ne va pas ?

— Oh, rien.

— Sa vie est moins en danger avec ce collier, tu sais.

Il eut un vague haussement d'épaules.

— Peut-être.

Après avoir transporté la louve jusqu'à l'endroit où elle avait été piégée, au bord du sentier, ils récupérèrent leurs sacs à dos et retraversèrent la prairie en sens inverse. Au bord du ruisseau, un coyote s'approchait de la carcasse de l'orignal, faisant fuir les corbeaux. En les apercevant, il s'immobilisa, puis se faufila dans les fourrés, visiblement dépité.

Depuis la lisière de la forêt, à l'autre bout de la prairie, ils regardèrent la louve se remettre debout avec des mouvements gourds. Elle fit quelques pas maladroits, s'arrêta, baissa la tête et se lécha la patte. Puis elle leva le museau vers le ciel, huma délicatement l'air et capta leur odeur. Elle se retourna brusquement et les fixa des yeux. Helen la salua de la main.

— A bientôt, maman ! lui cria-t-elle.

Avec des faux airs de diva outragée, la louve leur tourna le dos, agita dédaigneusement la queue et entreprit de gravir le flanc du canyon d'un pas léger.

18

Il suivait ses mouvements d'un œil fasciné.

Son téléphone portable à l'oreille, elle marchait non-chalamment le long du ruisseau tout en parlant. Elle était pieds nus, et ses orteils se tendaient à chaque pas, comme ceux d'une danseuse de ballet. Œil-de-lune était descendu brouter au bord de l'eau, car l'herbe de la berge était plus succulente. En passant à côté de lui, elle lui lissa distraitement le flanc de la paume. Se rendait-elle seulement compte de sa beauté ? Luke n'en était pas sûr.

Il était assis sur le sol, près de la cabane, devant les reliefs de leur pique-nique. Quand ils étaient revenus de leur expédition, Helen avait étalé sur l'herbe une vieille couverture bleue et y avait disposé du fromage, des fruits, des noix, des gâteaux secs et du chocolat, qu'ils avaient dégustés au soleil en discutant avec animation de leurs aventures de la journée.

Le soleil descendait peu à peu, et l'ombre de la cabane avait envahi la couverture, avalant d'abord le buste et les jambes de Luke, puis ses pieds. Buzz, allongé sur le dos près de lui, était au paradis des chiens, car tout en suivant les mouvements d'Helen des yeux, Luke lui caressait le ventre. Elle était en conversation avec son chef, qui manifestement la chambrait un peu.

— Quoi, j'ai de la chance ? protestait-elle. Chance, mon cul ! Je suis une virtuose, c'est tout. T'as déjà attrapé deux loups d'un coup, toi ?

Après la sortie théâtrale de la femelle alpha, ils avaient procédé à un nouveau balayage des fréquences, capté un autre signal, et trouvé un deuxième loup pris au piège deux cents mètres plus haut, au bord du même sentier. Cette fois, c'était un jeune mâle.

— Tu sais, Dan, il y a un sacré trafic dans ce canyon. C'est une véritable autoroute à loups.

Luke perçut un lointain bruit d'ailes et leva la tête vers le ciel en plissant les yeux. Tout là-haut, deux bernaches volaient vers le sud, frisant la cime des montagnes. On aurait dit deux flèches d'argent. Quand son regard se reposa sur Helen, il vit qu'elle avait levé la tête aussi. Plusieurs fois, elle l'avait surpris en train de la fixer, mais il ne pouvait pas s'en empêcher. Du reste, elle n'en semblait pas contrariée. Elle se contentait de lui sourire, comme si elle avait trouvé tout naturel qu'il la regarde avec des yeux de merlan frit.

Au début, comme elle l'intimidait un peu, il avait bégayé plus encore qu'à l'accoutumée. Mais elle ne paraissait pas s'en apercevoir, et sa gêne s'était rapidement estompée. Helen était vraiment facile à vivre. Elle était volubile et blaguait sans arrêt. Souvent, lorsqu'elle riait, elle rejetait la tête en arrière en se passant la main dans les cheveux, si bien qu'ils étaient toujours un peu ébouriffés.

Il aimait par-dessus tout sa façon de le toucher quand elle lui expliquait quelque chose, en lui agrippant l'avant-bras ou l'épaule, comme si ç'avait été la chose la plus naturelle du monde. Quand ils avaient capté le signal qui indiquait la présence d'un deuxième loup, elle lui avait sauté au cou et l'avait étreint avec force, en faisant tomber son chapeau. Luke en avait été atrocement gêné. Il avait rougi jusqu'aux oreilles et ça lui avait donné la sensation d'être un complet idiot. A juste titre, d'ailleurs. Helen était une femme faite, et il n'était jamais qu'un gamin maigrichon et bègue.

Subitement, Œil-de-lune s'arrêta de brouter et leva la tête vers le lac, l'oreille aux aguets. L'instant d'après, Buzz se redressa d'un bond et dévala la pente en aboyant à tue-tête. Deux cavaliers venaient de surgir d'entre les arbres, et en les reconnaissant Luke éprouva une pointe d'accablement.

La part qu'il avait prise à la capture des loups devait rester secrète. Helen et lui s'étaient mis d'accord sur ce point. Elle n'en avait même pas parlé à Dan Prior. Mais désormais, ce ne serait plus qu'un secret de polichinelle. Ses yeux se reposèrent sur Helen, qui était en train de conclure sa conversation au téléphone, et il comprit qu'elle pensait la même chose que lui. Il se leva et il regarda son père et Clyde faire bifurquer leurs chevaux au bord de la rivière pour gravir la pente qui menait à la cabane, escortés de Buzz qui aboyait toujours comme un perdu.

— Bonjour ! leur lança Helen d'une voix enjouée avant de faire taire le chien.

Le père de Luke porta deux doigts à son chapeau et lui adressa l'un de ces larges sourires qu'il arborait toujours quand il était certain de tenir quelqu'un à sa merci.

— Bonjour, mademoiselle Ross, dit-il.

Clyde ne prononça pas une parole, mais son regard resta rivé sur Luke tandis qu'ils tiraient sur leurs rênes pour immobiliser leurs chevaux à la hauteur de la cabane. Les yeux du père de Luke passèrent successivement des reliefs du pique-nique aux pieds nus d'Helen, puis remontèrent jusqu'à son visage.

— A ce que je vois, on a la belle vie quand on travaille pour les Eaux et Forêts.

— Oui, c'est un peu comme des vacances perpétuelles, dit Helen.

— On pique-nique au bord du lac, on n'a pas de patron sur le dos...

— Vous avez tout compris. On se lève à midi, on lézarde un peu au soleil...

— Une vraie sinécure, en somme.

— En plus, on est grassement payé.

Luke était impressionné par son aplomb, mais il aurait voulu l'avertir du danger. Elle ne se rendait sûrement pas compte qu'il n'y avait pas la moindre once d'humour dans le sourire de son père, qu'il ne faisait que jouer au chat et à la souris avec elle.

C'est à peine s'il avait jeté un coup d'œil à Luke. Avant de donner l'estocade, il ménageait toujours un petit suspense. Il se décida enfin à tourner la tête, et Luke sentit son regard gris se poser sur lui, froid comme de l'acier.

— Il était temps qu'on te retrouve, mon garçon. Je commençais à croire que le loup t'avait mangé.

— C'est q-q-que je...

— Je t'avais pourtant dit qu'on devait aller aider les Harding à rassembler leur troupeau. On est passés te prendre au pacage ce matin, Clyde et moi, mais on a fait chou blanc.

Luke avait complètement oublié leur rendez-vous.

— J'étais b-b-bien là pourtant. Vous avez d-d-dû...

— Ah, tu étais là-haut ?

— Oui.

— Alors comment se fait-il qu'Abe t'ait aperçu du côté de Wrong Creek dans la voiture de mademoiselle Ross ?

— J-j-je...

Luke eut la sensation que sa langue s'était collée à son palais, ce qui du reste valait sans doute mieux, car

290

il ne savait pas quoi dire. Il lui semblait qu'un étau s'était refermé sur sa poitrine et il avait les joues en feu. Quelques minutes auparavant, quand il était seul avec Helen, il avait presque eu le sentiment d'être une grande personne. A présent, il n'était plus qu'un pauvre mioche ahuri, avec un bœuf sur la langue.

Est-ce qu'Helen le voyait comme ça, elle aussi ? Pour s'en assurer, il coula un regard vers elle, et elle crut y voir un appel au secours.

— S'il était avec moi, dit-elle, c'est parce que je lui avais demandé de m'aider.

Le père de Luke se tourna de nouveau vers elle. Le sourire ne s'était pas effacé de ses lèvres, mais son regard était d'une dureté minérale.

— Vous serez sans doute enchanté d'apprendre que ce matin nous avons capturé deux loups et que nous leur avons mis des colliers émetteurs, tout cela grâce à lui.

Le père de Luke baissa le menton sur sa poitrine et ses sourcils s'arquèrent un peu.

— Vous avez capturé deux loups ?

— Oui, dit Helen. Grâce à Luke. Sans lui, je ne les aurais pas trouvés.

Pendant que le père de Luke méditait là-dessus en silence, son cheval frappa le sol du sabot par deux fois. Clyde était suspendu à ses lèvres, prêt à calquer sa réaction sur la sienne.

— Et qu'en avez-vous fait ?

— Je viens de vous le dire, on leur a mis des colliers émetteurs.

— Et ensuite ?

Helen fronça les sourcils.

— Pardon, mais je ne vois pas où vous voulez en venir.

Le père de Luke émit un bref ricanement et il jeta un coup d'œil en direction de Clyde.

— Est-ce que vous les avez transportés hors de l'Etat ?

— Monsieur Calder, vous connaissez parfaitement le but de cette opération. Nous...

— Vous les avez relâchés, c'est ça ?

— Oui, mais...

— Mademoiselle Ross, il faut que je vous mette les points sur les i. Je viens d'aider mon voisin et ami Abe Harding à rassembler son troupeau. Vos employeurs de Washington disposent de fonds inépuisables qui proviennent de nos impôts, mais ce n'est certes pas son cas. Or, il vient de s'apercevoir que six de ses veaux manquaient à l'appel, ce qui pour lui représente une perte sèche de l'ordre de trois mille dollars. Vous m'annoncez que vous avez attrapé deux des sales bêtes qui lui ont fait ce coup-là, et que vous les avez remises en liberté, et vous vous imaginez que ça va me faire plaisir ?

Helen était furieuse, Luke le voyait bien. Mais en même temps elle n'en menait pas large. Décidément, son père faisait peur à tout le monde. Elle avala sa salive avec difficulté.

— Monsieur Calder, notre projet était de...

— En principe, il ne s'agissait que d'un loup solitaire. C'est ce que vous nous avez affirmé, monsieur Prior et vous. Et en fin de compte, il y en a... combien sont-ils ?

Helen hésita.

— Vous ne voulez pas me le dire ?

— Il y en a toute une meute, je crois.

— Ah bon, parce que maintenant c'est une meute. Mais combien sont-ils exactement ?

— Neuf, à ce qu'il semblerait. Dont cinq nouveau-nés, qui ne...

— Ils sont *neuf* ? Et vous avez laissé repartir les deux que vous aviez pris ? Pour qu'ils continuent de massacrer nos bêtes et de causer la ruine de pauvres bougres comme Harding ?

— Monsieur Calder...

— Merci, mademoiselle Ross. J'en ai assez entendu comme ça.

Il empoigna ses rênes, tira dessus pour faire pivoter son cheval, les dépassa, puis tourna de nouveau la tête vers eux.

— Luke ?

— Euh... oui ?

— Quand tu en auras fini avec ce qui t'occupe ici, j'aimerais que tu fasses un saut au ranch. Il faut que nous ayons une petite explication, toi et moi.

Luke hocha affirmativement la tête. Son père effleura le bord de son chapeau et dit :

— Au revoir, mademoiselle Ross.

Ensuite, il donna un petit coup de talon à son cheval et partit au trot en direction du lac. Clyde lui emboîta le pas aussitôt. Luke entreprit de rassembler ses affaires. Il avait tellement honte qu'il n'osait même pas regarder Helen. Au moment où il se penchait pour ramasser son sac, elle lui posa une main sur l'épaule.

— Luke ?

Il se redressa, en continuant d'éviter son regard.

— C'est ma faute. Je suis vraiment navrée. Je n'aurais pas dû te demander de m'aider.

— C'est p-p-pas grave.

Ils n'échangèrent pas une parole de plus. Quand il eut achevé de rassembler ses affaires, Luke alla rejoindre Œil-de-lune au bord du ruisseau, se hissa en selle d'un coup de reins et partit sans se retourner. Aussi longtemps qu'il n'eut pas pénétré dans la forêt, il sentit le regard d'Helen fixé sur lui.

Helen passa le reste de l'après-midi à pister les deux loups qu'ils avaient munis d'un collier avec son récepteur. Les signaux restèrent du côté de Wrong Creek, loin des troupeaux, et elle s'en félicita.

Elle regagna la cabane aux alentours de sept heures et prit une douche. L'automne était bien avancé à présent, et l'eau était si froide qu'elle en avait mal à la tête. Elle n'aurait bientôt plus d'autre solution que de se débarbouiller à l'évier.

Elle se surprit à jeter des regards au-dessus du portillon, en espérant que le cheval de Luke allait apparaître de l'autre côté du lac. Elle savait bien pourtant qu'il était exclu qu'il revienne après ce qui s'était passé avec son père. Elle aurait aimé arroser leur bonne fortune, mais avec Buzz pour seule compagnie ce n'était guère commode. Les chiens ont beau être intelligents, on ne peut quand même pas trinquer avec eux.

Elle regagna la cabane en claquant des dents, se frictionna vigoureusement avec la serviette-éponge et se rhabilla. Ensuite, elle consulta sa messagerie vocale (personne n'avait essayé de la joindre), s'octroya la cigarette de la victoire (elle n'avait pas fumé depuis trois jours) et se mit un album de Sheryl Crow. Mais elle fit l'erreur d'écouter les paroles, et quand cette brave Sheryl commença à se plaindre du vide angoissant de son existence, elle se précipita sur le lecteur de CD et enfonça la touche d'arrêt. C'est de faire la fête qu'elle avait envie, pas de s'ouvrir les veines.

L'idée d'écrire une lettre à Joel lui traversa l'esprit, mais elle la chassa aussitôt. A quoi bon lui écrire d'ailleurs, puisqu'il ne répondait jamais... Comme pour une fois son téléphone portable avait l'air de fonctionner normalement, elle décida d'appeler sa mère à Chicago, et tomba sur son répondeur. Elle fit le numéro de Celia à Boston, mais elle n'était pas là non plus. Même Dan Prior était absent de chez lui. Est-ce qu'ils s'étaient donné le mot ?

Comme pour lui répondre, le téléphone qu'elle tenait toujours à la main se mit à sonner.

C'était Bill Rimmer. Après l'avoir chaudement félicitée pour la capture des deux loups, il lui dit qu'elle avait gagné leur pari et se déclara prêt à l'honorer sur-le-champ. Comme il devait d'abord faire un saut chez les Harding pour discuter des veaux manquants, il lui proposa de l'accompagner.

— Ce serait volontiers, mais je n'ai pas ma cuirasse sous la main.

— Dans ce cas, viens me rejoindre à Hope quand j'en aurai fini avec eux, que je te paie cette bière.

Ils convinrent de se retrouver une heure plus tard au Dernier Espoir. Helen se disait que de toute façon y faire une apparition allait peut-être servir sa cause. Le village devait déjà bourdonner de toutes sortes de rumeurs au sujet des veaux perdus des Harding.

Quand Helen arriva à Hope, il faisait nuit et l'enseigne au néon rouge du Dernier Espoir était allumée. Elle passa devant le bar en roulant à petite vitesse, pour s'assurer que Bill Rimmer était bien arrivé, mais son pick-up n'était pas parmi les véhicules garés à l'extérieur.

Comme l'idée de l'attendre dans la salle ne lui disait vraiment rien, elle se gara un peu plus haut dans la rue, devant la laverie automatique, où deux jeunes cowboys faisaient les guignols en chargeant un séchoir de vêtements mouillés. Cette laverie, Helen y était déjà venue deux fois elle-même. Une fois pour laver son linge, une autre pour laver des crottes de loups.

C'est Dan qui lui avait enseigné cette manière de s'informer des pratiques alimentaires d'un loup, au temps où ils travaillaient ensemble dans le Minnesota. On place les crottes dans des collants noués aux deux bouts que l'on a pris soin d'étiqueter au préalable, on passe le tout à la machine, et à la fin du cycle il ne reste plus que des poils et des débris d'os. La clientèle des laveries automatiques ne voyant pas ça d'un très bon œil, il est préférable de choisir une heure creuse.

A l'issue de son lavage de l'autre soir, Helen avait décelé dans toutes ses laissées, mêlés à des poils de cervidés, une assez grande quantité de poils de bovins. Ça ne prouvait nullement toutefois que les loups avaient tué des veaux. Ils pouvaient aussi bien les avoir trouvés morts, et s'être nourris de leurs restes.

Au bout d'un quart d'heure, Bill Rimmer ne s'était toujours pas montré. Helen commençait à être un peu mal à l'aise. Les automobilistes qui passaient dans la rue lui jetaient des regards soupçonneux, et les deux cow-boys la lorgnaient avec un intérêt non déguisé. Peut-être que Bill s'est garé ailleurs, se disait-elle. Ou qu'il m'a laissé un message au bar. Elle descendit de voiture et traversa la rue.

A peine eut-elle franchi le seuil, qu'elle s'en mordit les doigts. Au-dessous des trophées de chasse qui la fixaient de leurs prunelles sans vie, douze têtes se retournèrent et douze paires d'yeux se rivèrent sur elle. Leur expression n'avait rien d'amical, et aucune n'appartenait à Bill Rimmer.

Pour un peu, elle aurait tourné les talons et regagné son pick-up ventre à terre. Mais son côté cabochard, qui l'avait plus d'une fois entraînée dans de sales histoires, finit par l'emporter. Pourquoi se serait-elle privée de boire un verre si ça lui chantait ? Elle se dirigea vers le comptoir d'un pas résolu.

Elle commanda une margarita, se jucha sur un tabouret et alluma une cigarette.

Hormis la barmaid, il n'y avait pas d'autre femme qu'elle dans la salle bondée. Elle ne reconnut dans la foule que trois visages familiers : ceux d'Ethan Harding et des deux bûcherons qu'elle avait aperçus le matin même à Wrong Creek. Ce sont sans doute les types dont Doug Millward m'a parlé, se dit-elle. Ethan et les deux bûcherons étaient en conciliabule à l'autre extrémité du comptoir. De temps en temps, ils coulaient des regards dans sa direction, mais Helen se garda bien de leur sourire, ne voulant pas leur fournir une nouvelle occasion de lui battre froid. Elle fit comme si elle ne les voyait pas, et ignora de la même façon les regards torves des autres clients.

Elle sentait bien qu'elle était l'objet de la suspicion générale, comme l'étranger dont l'arrivée jette soudain un froid dans un saloon de western. Elle avait envie de fuir, mais pour rien au monde elle ne leur aurait donné ce plaisir. Elle n'avait pas de mal à imaginer l'éclat de rire général qui aurait salué sa sortie.

Elle finit sa margarita, en commanda une deuxième, et tout en feignant de s'intéresser au match de basket que diffusait la télé, elle se demanda où elle avait été chercher l'idée qu'une visite à ce bouge minable pourrait être utile à sa cause. Elle avala sa deuxième margarita d'un trait, et regretta de pas avoir mangé un morceau avant. Une boisson forte sur un estomac vide, ça vous monte vite à la tête.

Là-dessus, le grand miroir qui courait sur toute la longueur du bar lui renvoya l'image de Buck Calder, qui venait d'apparaître sur le seuil. Il ne manquait plus que ça, se dit-elle.

Calder se fraya un chemin vers le comptoir, s'arrêtant au passage pour serrer des mains, taper sur des épaules. On aurait dit un politicien faisant la pêche aux voix, et en observant son manège dans la glace, Helen éprouva bien malgré elle une pointe d'admiration. Elle se demandait ce que ces hommes pensaient vraiment de lui. En tout cas, ils semblaient éblouis par ses sourires, ses bons mots, la familiarité dont il faisait preuve en les saluant. Soudain, Calder remarqua sa présence et il croisa son regard dans la glace. Helen détourna instantanément les yeux, mais elle devina qu'il venait dans sa direction, et un début de panique s'empara d'elle.

— Mais qu'est-ce qui leur prend de laisser une jolie

fille boire seule dans son coin ? Ils sont malades, ou quoi ?

Helen laissa fuser un rire qui ressemblait plutôt à un hennissement de jument hystérique. Debout derrière elle, Calder la regardait dans la glace.

— Les gars du pays ont pourtant la réputation d'être de chauds lapins.

Helen se creusait désespérément la tête pour trouver quelque chose à dire. La tequila lui engourdissait l'esprit. En apercevant son reflet dans le miroir, elle se rendit compte qu'un sourire niais s'était figé sur ses lèvres, et elle s'efforça de le recomposer. A côté d'elle, un homme était en train de prendre livraison d'une nouvelle tournée, et quand il s'éloigna pour regagner sa table, Calder s'insinua dans l'espace qu'il venait de libérer. Ils étaient tout près l'un de l'autre, et sa jambe frôla brièvement celle d'Helen. Son eau de toilette sentait le citron, et l'odeur la troubla un peu. Celle de son père avait exactement la même.

— En réparation de leur muflerie, me permettrez-vous de vous offrir un verre ?

— C'est très aimable à vous, mais j'attends quelqu'un. Il ne va sans doute pas...

— Qu'est-ce vous buvez ? Margarita ?

— Non, je vous assure, il vaut mieux que je...

Calder se pencha au-dessus du comptoir et héla la barmaid.

— Lori ? Tu nous amènes une bière et une autre margarita ? Merci, mon petit cœur.

Il se retourna vers Helen et sourit.

— Comme vous voyez, je ne vous en veux pas de ce qui s'est passé ce matin. (Elle fronça les sourcils, feignant de ne pas comprendre.) C'est votre boulot après tout, il faut bien que vous le fassiez. Je me suis peut-être montré un peu trop brusque.

— Oh moi, vous savez, j'ai le cuir épais et le dos large.

— Moi, je trouve que votre dos est exactement de la taille qu'il faut.

Helen sourit, et une sorte de vertige la prit. Est-ce qu'il lui faisait du gringue ?

— Je crois que Luke l'a pris beaucoup plus mal que moi.

— Luke a souvent ce genre de réaction. Il tient ça de sa mère.

Helen hocha lentement la tête, cherchant à gagner du temps. Ils étaient sur un terrain dangereux, elle le sentait bien.

— Vous voulez dire qu'il est trop sensible ?

— On peut le voir de cette façon.

— Vous trouvez que c'est un défaut, la sensibilité ?

— Je n'ai pas dit ça.

Il y eut un silence, qui serait peut-être devenu pesant si la barmaid n'était pas intervenue à ce moment-là pour annoncer à Helen qu'on la demandait au téléphone. Elle pria Calder de l'excuser et fendit la foule pour gagner l'angle de la salle où se trouvait le téléphone, abrité par une coque en plastique. C'était Bill Rimmer, qui lui dit qu'il était désolé de lui avoir fait faux bond. Harding lui avait donné du fil à retordre, expliqua-t-il.

— Tu y as laissé combien de membres ? lui demanda Helen.

— Je ne sais pas, je n'ai pas encore compté. Ces clébards, c'est vraiment pas un cadeau.

— Où ça en est, pour les veaux ?

— Harding n'en a pas retrouvé la moindre trace, mais il soutient que ce sont les loups qui ont fait le coup. Il dit qu'il les a vus et entendus.

— Qu'est-ce que tu lui as répondu ?

— Il a bien fallu que je l'avertisse que s'il voulait être dédommagé, il faudrait qu'il fournisse des preuves matérielles.

— Il a beaucoup apprécié, j'imagine.

— Oh oui. Il était vraiment aux anges. A part ça, j'ai eu Dan au téléphone et il est d'avis que vous devriez peut-être faire un petit tour en avion par là-haut demain, tous les deux, pour essayer de repérer la meute. Ça devrait être plus facile, avec les colliers.

— Je crois qu'il a raison.

Rimmer s'excusa une nouvelle fois de ne pas être venu au rendez-vous, mais il ajouta que face à une bande de culs-terreux déchaînés une femme seule aurait sans doute moins de peine à calmer le jeu. Helen baissa la voix pour l'informer qu'elle était en train de boire un verre avec Buck Calder.

— Tu vois, Helen, on t'avait bien dit que tu avais fait une touche.

— Merci de tes encouragements, Bill.

Quand elle regagna le bar, Calder conversait avec quelqu'un d'autre, et elle se dit que ça lui fournirait peut-être l'occasion de s'esquiver. Mais il reporta aussitôt son attention sur elle et ne la lâcha plus. Levant son verre, il le choqua contre le sien.

— Bravo de les avoir capturés, en tout cas, dit-il.

— Même si je les ai relâchés ?

Il lui sourit, et ils trinquèrent.

Du revers de la main, il essuya la mousse qui s'était déposée sur ses lèvres.

— Comme je vous le disais, c'est votre boulot, il faut bien que vous le fassiez. Je m'en rends compte, même si je ne suis pas d'accord. C'est surtout après Luke que j'en avais. J'étais d'autant plus furieux qu'il ait laissé le troupeau sans surveillance, que je venais de constater de visu les pertes subies par Abe. Pardon de m'être montré un peu, euh... discourtois.

— Bah, ce n'est pas grave.

Helen sortit une nouvelle cigarette de son paquet. Calder s'empara de la pochette d'allumettes qu'elle avait laissée sur le comptoir et lui donna du feu. Elle lui dit merci, puis ils restèrent silencieux un instant.

— Luke connaît bien la montagne, dit Helen à la fin.

— Ça, vous pouvez le dire.

— Et il a l'air d'avoir la bosse de la zoologie.

— Oui, ce garçon est un écolo-né.

Ils s'esclaffèrent tous les deux.

— Ça aussi, ça lui vient de sa mère ?

— Sans doute. Après tout, elle a grandi dans une ville.

— Comme tous les écolos de mon espèce ?

— Apparemment.

Il sourit, porta son verre à ses lèvres et but, sans la quitter des yeux une seconde. Subitement, Helen comprit pourquoi il exerçait une telle attraction sur les femmes. Ça ne tenait pas à son physique, assez remarquable pour un homme de son âge, il fallait bien le reconnaître, mais uniquement à l'extraordinaire assurance qui émanait de toute sa personne. Sa manière de se polariser sur quelqu'un avait un côté outrancier, à la limite du ridicule, et on aurait facilement pu prendre le parti d'en rire. Mais Helen se disait que la plupart des femmes devaient en être plutôt ravies qu'excédées.

Après avoir commandé une nouvelle tournée, sans lui demander son avis, Calder changea de conversation. Il la fit parler d'elle-même, de Chicago, de son travail dans le Minnesota, de sa famille, et même du nouveau mariage de son père. De toute évidence, c'était une autre de ses techniques de séduction, mais il semblait si à l'aise, si sincèrement curieux, qu'Helen dut faire un effort sur elle-même pour ne pas lui révéler spontanément certains de ses secrets les plus intimes, sachant que le lendemain matin, quand les effets de l'alcool se seraient dissipés, elle l'aurait cruellement regretté.

— La différence d'âge vous gêne tant que ça ?

— Vous parlez de la différence d'âge entre elle et mon père, ou de la différence d'âge entre elle et moi ?

— Des deux.

Helen médita un instant là-dessus.

— Ça ne me gêne pas qu'elle soit plus jeune que moi. Du moins, je ne crois pas. Par contre, la différence d'âge entre eux... oui, en toute franchise, elle me gêne. Je ne sais pas pourquoi, mais elle me gêne.

— Il est amoureux, que voulez-vous.

— Il n'a qu'à s'éprendre d'une femme de son âge.

Calder s'esclaffa.

— En somme, vous trouvez qu'il fait preuve d'immaturité.

— Exactement.

— Ma mère disait : « Les hommes ne grandissent jamais, ils ne font que devenir de plus en plus ronchons avec l'âge. » Au fond de chacun de nous, il y a toujours un petit garçon qui braille pour obtenir la satisfaction immédiate de ses désirs.

— Les femmes aussi veulent que leurs désirs soient satisfaits.

— Bien sûr. Mais elles supportent infiniment mieux d'être frustrées.

— Ah, vous croyez ?

— Oui, Helen, j'en suis persuadé. Je pense que les femmes sont souvent plus lucides que nous.

— En quoi ?

— Par exemple, elles savent qu'il vaut parfois mieux ne pas obtenir ce qu'on désire.

L'espace d'un moment, ils se regardèrent sans rien dire. Helen était étonnée de l'entendre philosopher ainsi, mais même là, chacune de ses paroles laissait planer une sorte d'ambiguïté.

Ethan Harding et ses deux lugubres acolytes se dirigèrent vers la sortie. Au passage, Ethan adressa un bref signe de tête à Calder, mais ni lui ni ses copains n'accordèrent la moindre attention à Helen.

Regardant autour d'elle, elle s'aperçut que la salle était à moitié vide à présent. Ils bavardaient depuis bientôt une heure.

— Bon, il faut que je rentre, dit-elle.

Calder insista pour lui payer le coup de l'étrier, mais elle ne voulut rien savoir. Elle avait déjà bu plus que de raison. Dès qu'elle se laissa glisser au bas de son tabouret, les murs se mirent à tanguer autour d'elle.

— Je suis content que nous ayons eu cette conversation, dit-il.

— Moi aussi.

— Vous êtes sûre que vous êtes en état de conduire ? Parce que sinon, je pourrais vous...

— Non, ça ira, protesta-t-elle, un poil trop précipitamment.

— Je vais vous raccompagner jusqu'à votre pickup.

— Merci, mais c'est inutile, je vous assure.

Dieu merci, elle était encore capable de se rendre compte que si on l'avait vue sortir du bar avec lui, sa réputation en aurait pris un coup. Les ragots doivent déjà aller bon train, se dit-elle, pas la peine d'en rajouter.

La rue était déserte, et l'air nocturne la rafraîchit délicieusement. Elle farfouilla longtemps dans son sac à la recherche de ses clés, et après en avoir déversé le contenu sur le capot s'aperçut qu'elles étaient dans sa poche. Elle parvint à faire demi-tour sans dommage, et se dirigea vers la sortie du village, conduisant avec une extrême prudence. Elle s'était mise dans un mauvais cas, elle en avait pleinement conscience, mais elle était trop saoule pour s'en soucier vraiment. Comme toujours, la honte et le dégoût de soi lui tomberaient dessus avec le mal aux cheveux du lendemain.

Tout en s'efforçant de ne pas perdre des yeux les méandres de ses phares, elle se rappela confusément que Dan et elle devaient se retrouver à l'aérodrome le lendemain matin, et se dit que ça n'allait pas être commode de faire du rase-mottes avec la gueule de bois.

A présent, elle distinguait la rangée de boîtes aux lettres. Cela faisait trois jours qu'elle n'avait pas regardé la sienne. La trouver vide aurait pu lui gâcher sa soirée, si bien qu'elle avait décidé de ne la vérifier qu'au retour. Ivre comme elle était, ça ne lui ferait ni chaud ni froid.

En s'approchant, elle discerna un objet blanc en travers de la chaussée, et ne tarda pas à comprendre de quoi il s'agissait. Quand l'objet fut dans le faisceau de ses phares, elle mit le moteur au point mort et descendit du pick-up.

C'était sa boîte aux lettres. Le piquet métallique qui la supportait avait été tordu jusqu'au sol, et la boîte elle-même était en mille morceaux. Apparemment, on l'avait fracassée à l'aide d'un objet contondant, puis on avait roulé dessus pour faire bonne mesure. Les quatre autres boîtes aux lettres étaient intactes.

Debout dans la lueur indécise des phares, Helen contemplait ce désastre, les sourcils froncés, vacillant un peu, quoique son ivresse fût en train de se dissiper à la vitesse grand V. Le moteur du pick-up se mit à crachoter, puis il cala, et dans le silence subit elle perçut le gémissement étouffé du vent. Il avait tourné, et venait du nord à présent, apportant avec lui un souffle glacial.

Quelque part au fond de la forêt, un coyote poussa un hurlement strident, qui s'interrompit brusquement, comme si on lui avait ordonné de se taire. Helen inspecta des yeux la chaussée gravillonnée, jusqu'à l'endroit où son ombre se confondait avec les ténèbres. L'espace d'un instant, il lui sembla discerner un objet pâle, mais sa vision s'effaça aussitôt.

Elle fit demi-tour et tandis qu'elle regagnait le pick-up, la lettre se remit à s'agiter, à son insu cette fois. Ensuite le vent la souleva et l'entraîna au loin.

19

Dan Prior ne croyait ni à Dieu ni au diable. Dans le meilleur des cas, il considérait la foi comme une barrière qui empêche de comprendre la vie, un alibi qu'on se donne pour ne pas avoir à affronter la réalité. Quand les choses prenaient mauvaise tournure, il lui semblait plus sage de tâcher d'y remédier par ses propres moyens que d'en laisser le soin à un être aussi inconnu que mystérieux, qui ne répondait pas forcément aux appels qu'on lui adressait.

Toutefois, Dan recourait à la prière dans deux circonstances bien précises. D'abord, le samedi soir, quand sa fille n'était pas rentrée à l'heure prévue et ne se décidait pas à lui téléphoner (depuis quelque temps, ça devenait tellement habituel que Dieu allait finir par croire qu'il avait bel et bien fait un nouveau prosélyte). Ensuite, quand il volait à bord d'un avion. Ce qui lui semblait somme toute assez logique. A trois mille mètres d'altitude, on ne peut plus guère songer à s'aider soi-même, et on se dit que s'il y a Quelqu'un là-haut, Il vous entendra plus facilement.

Mais aujourd'hui, tandis qu'il luttait contre un vent

du nord impétueux qui menaçait de faire basculer le Cessna, Dan ne priait ni pour son salut ni pour celui d'Helen. A en juger par ce qu'il voyait dans la vallée au-dessous de lui, l'histoire des veaux perdus par Abe Harding avait déjà fait le tour du pays. Sur tous les contreforts de la montagne, on rassemblait les troupeaux descendus des alpages. Au lieu de prier pour lui-même comme il en avait coutume, Dan adressa donc à Dieu une muette psalmodie afin que les éleveurs dont il apercevait en bas les minuscules silhouettes, sur des chevaux pas plus gros que des tiques, retrouvent toutes leurs bêtes indemnes.

Après que l'ombre de l'avion eut dépassé le dernier groupe de cavaliers, il releva les yeux sur les montagnes qui s'incurvaient vers le nord comme une échine fossilisée, dont la première chute de neige de l'année avait poudré les vertèbres de blanc. Le vent avait chassé du ciel les dernières traces de la brume estivale. Il était de cet azur sans limite qui donne l'impression que l'on pourrait voler jusqu'à la lune si l'on avait le carburant nécessaire.

Dan garda ses élans lyriques pour lui, car il savait qu'Helen n'était pas en état de les apprécier. Recroquevillée sur le siège du passager, elle balayait les fréquences radio. Ses lunettes noires et sa vieille casquette de base-ball toute délavée ne dissimulaient qu'imparfaitement sa gueule de bois. Chaque fois que les yeux de Dan se posaient sur elle, elle lui paraissait un peu plus livide.

Dès son arrivée à l'aérodrome d'Helena, munie d'un grand gobelet de café noir qu'elle s'était acheté en route, elle l'avait prévenu qu'elle n'était pas d'humeur à plaisanter. Elle était tellement mal fichue que lorsqu'ils avaient capté le premier signal, à trois kilomètres au sud de Hope, elle avait grimacé de douleur et réglé le volume sur le minimum.

C'était le signal du jeune mâle. En sautant d'une

fréquence à l'autre, Helen n'avait pas tardé à détecter celui de la louve. Les signaux avaient atteint leur intensité maximale au moment où le Cessna passait au-dessus de Wrong Creek. Donc, les loups étaient à bonne distance des troupeaux, et c'était une heureuse nouvelle. Apparemment, ils se reposaient quelque part dans la montagne, au nord du canyon, à moins de deux kilomètres de l'endroit où Helen les avait pris au piège. Mais au bout de trois passages, ils n'étaient toujours pas arrivés à les repérer.

Hormis quelques clairières éparses, le canyon était entièrement couvert d'arbres. Le vent avait dépouillé les trembles d'une bonne partie de leurs feuilles d'un jaune éclatant, mais le vert des sapins et des mélèzes restait impénétrable. Même dans les clairières, les rochers présentaient une multitude de creux et de fissures où un loup aurait pu se dissimuler.

Ils arrivaient une fois de plus à l'extrémité du canyon. Dan prit de la hauteur et entama un nouveau virage sur l'aile. Le vent leur flanqua une gifle et l'avion fut secoué de violents cahots, comme une voiture passant sur un nid-de-poule. Dan se félicita de n'avoir rien absorbé de solide au petit déjeuner.

— Enfin quoi, bon Dieu, Prior !

— Excuse-moi.

— Décidément, tu pilotes toujours aussi mal.

— Décidément, ta gueule de bois ne s'arrange pas.

Il passa en rase-mottes au-dessus de la bordure septentrionale du canyon, en faisant pencher légèrement l'avion pour qu'Helen ait une meilleure vue. Les signaux captés par l'antenne de tribord augmentèrent d'intensité. Tout à coup, Helen montra quelque chose du doigt et s'écria :

— La voilà !

— C'est la louve alpha ?

— A moins qu'il y en ait une autre aussi blanche. Et elle n'est pas seule. Ils sont cinq. Non, six.

Dan eut beau tordre le cou, il ne vit rien.

— Où ça ? demanda-t-il.

— Tu vois le grand rocher plat, au-dessus des trembles ?

Ses jumelles étaient pointées sur les loups et elle les distinguait clairement, à présent.

— C'est bien elle ! Elle a un collier. Le jeune mâle qu'on a capturé est là aussi. C'est super, non ?

— Luke t'a dit qu'ils étaient neuf, c'est bien ça ?

— Oui. Quatre adultes, et cinq petits.

— Le mâle alpha est dans le coin ?

— Non. Aucun n'est de la bonne taille et leur pelage est trop clair. On dirait qu'il y a quatre louveteaux et les deux qu'on a capturés.

Helen sortit son appareil-photo et Dan fit demi-tour pour qu'elle puisse prendre quelques clichés. Les loups se prélassaient au soleil, et les allées et venues de l'avion ne semblaient pas les déranger plus que ça. Ce n'est qu'au troisième passage que la louve se décida enfin à faire lever tout son petit monde et à l'entraîner vers le sous-bois.

Ils survolèrent encore quelque temps le canyon et ses parages immédiats, dans l'espoir d'apercevoir les trois autres, mais firent chou blanc et reprirent la route de l'aérodrome. Helen nota soigneusement tout ce qu'ils avaient vu, en situant précisément l'heure et l'emplacement sur la carte. Son teint était un peu moins terreux que tout à l'heure.

— Tu te sens mieux ? lui demanda Dan quand elle eut terminé.

— Oui. Pardon de m'être montrée si grincheuse.

Il se contenta de sourire et ils restèrent silencieux pendant tout le reste du trajet. Helen semblait préoccupée, et Dan se dit que ça ne devait pas être dû à la seule gueule de bois. Elle avait l'air triste, et paraissait ailleurs.

Après avoir atterri, ils prirent chacun leur voiture pour aller jusqu'au bureau. Helen n'y était pas retournée depuis le jour de son arrivée. Donna l'accueillit comme une vieille amie et la félicita chaudement pour la capture des loups. Dan proposa qu'ils emmènent sur-le-champ la pellicule qu'Helen venait d'impressionner au Photo-express voisin et qu'ils aillent manger un morceau pendant qu'on la développerait.

Ils déposèrent la pellicule au magasin et descendirent jusqu'au bas de la rue, où un petit snack servait d'excellents sandwiches à la dinde et de délicieux milk-shakes. Tout en mangeant, ils discutèrent de ce qu'ils avaient vu dans le canyon.

— Je serais plus rassuré si le mâle alpha avait été avec eux, dit Dan.

— Si ça se trouve, il était là et on ne l'a pas vu.

— Peut-être. Mais quelque chose me dit qu'il aime mieux rôder du côté des alpages, où il y a tant d'appétissants bouvillons.

— Qu'est-ce que tu racontes, Dan ? Tu ne crois quand même pas que les veaux de Harding ont été tués par des loups ?

— Va savoir.

— Abe Harding n'est pas une flèche, tu le sais bien. Il doit en perdre le même nombre tous les étés. Je parierais qu'il ne savait même pas combien il en avait au juste.

— N'empêche que s'ils se sont attaqués au bétail, il va falloir qu'on les élimine.

— Quoi ?

— Ne prends pas cet air effaré, Helen. Tu sais bien que nous avons des règles à respecter. Les loups qui s'attaquent au bétail mettent en péril toute la campagne de réintroduction.

— On les éliminerait comment ? En les transportant ailleurs ?

— Autrefois, c'est ce qu'on aurait fait. Mais aujourd'hui on n'a plus d'endroit où les mettre. Je pensais à des mesures plus drastiques.

— Tu veux dire, les abattre ?

— Oui.

Helen secoua la tête et détourna les yeux.

— Reviens un peu à la réalité, Helen. On a un programme de régulation, tu n'as qu'à le lire.

Ils terminèrent leurs sandwiches en silence.

Ils prirent livraison des photos et les examinèrent en remontant vers le bureau. Plusieurs étaient assez réussies. Helen refusa d'entrer dans l'immeuble, en prétextant que Buzz était seul dans la cabane et qu'elle avait encore ses pièges à vérifier. Dan essaya de détendre un peu l'atmosphère en lui disant qu'elle avait peut-être capturé les trois loups manquants, ceux qu'ils n'avaient pas vus de l'avion, mais ça ne la fit même pas sourire.

Il l'accompagna jusqu'au pick-up. Il s'était fait une joie de leurs retrouvailles, mais leurs rapports étaient en train de prendre une sale tournure. Il regrettait de lui avoir parlé ainsi. Il s'était montré brutal avec elle, sans doute parce qu'il se sentait rejeté. Sa venue dans le Montana lui avait fait espérer que quelque chose allait se passer entre eux, mais c'était un espoir absurde. C'était sans issue, il fallait qu'il se fasse à cette idée.

Helen se hissa derrière le volant, et il resta debout à côté de la portière ouverte pendant qu'elle démarrait.

— Elle gaze bien, ta chignole ?

— Elle est nulle.

— Je tâcherai de t'en dégoter une meilleure.

— Je peux m'en contenter.

— Et toi, tu vas bien ?

— Moi ? Oh oui, tout baigne.

Voyant qu'il n'avait pas l'air convaincu, elle s'adoucit un peu, lui sourit.

— Si, je t'assure, tout va bien. T'es sympa de me le demander.

— C'est la moindre des choses.

Remarquant l'objet posé près d'elle sur le siège du passager, il demanda :

— C'est quoi, ce truc ?

— Mon ex-boîte aux lettres. Il faut que j'aille m'en acheter une neuve.

Elle lui expliqua ce qui s'était passé.

— Tout ça ne me dit rien qui vaille, Helen. Qui a pu te faire ce coup-là ?

— J'en sais rien, dit-elle en haussant les épaules.

Dan resta silencieux un moment, les sourcils froncés.

— Il faut que tu sois prudente, dit-il. S'il t'arrive un autre truc de ce genre, je veux que tu me promettes de m'appeler sur-le-champ. De jour comme de nuit.

— C'était sûrement un accident, Dan. Un cow-boy qui avait bu un coup de trop, ou quelque chose dans ce goût-là.

— Tu me téléphoneras, c'est promis ?

— Oui, papa.

— Les anges soient sur ta boîte aux lettres.

Elle sourit. Il était arrivé à la dérider, au moins.

Elle claqua la portière, lui expédia un baiser de la main, et démarra. Dan resta au bord du trottoir jusqu'à ce que le vieux pick-up déglingué ait disparu au bout de la rue en pente. Ensuite il tourna les talons et entra dans l'immeuble.

Dès qu'il pénétra dans le bureau, il comprit qu'il se passait quelque chose. L'expression du visage de Donna était éloquente.

— La presse nous bombarde de coups de fil, dit-elle. La bonne femme de la télé a appelé aussi. Elle dit qu'à Hope il y a des éleveurs qui font un foin pas possible. Soi-disant que les loups leur ont boulotté plein de veaux.

— Combien ?

— Au dernier décompte, quarante-trois.

— Quoi ! Ces éleveurs, elle t'a dit comment ils s'appelaient ?

— Elle m'a cité plusieurs noms. Dont celui de Buck Calder.

20

Une demi-heure avant le début de la réunion, Hope fut envahi par un flot ininterrompu de pick-up. La nuit tombait, et pour la plupart ils avaient allumé leurs phares. Un petit nombre d'entre eux se garèrent devant chez Nelly, mais le parking du Dernier Espoir attirait nettement plus de monde, ce qui n'était pas de très bon augure. Une camionnette boueuse vint se ranger parmi les autres. Deux hommes en tenue de cow-boy en descendirent et se dirigèrent vers l'entrée du bar. L'un des deux dit quelque chose et son compagnon s'esclaffa tout en relevant le col de son blouson pour se protéger du vent, qui apportait les premières gouttes de pluie.

Helen les observait depuis la vitrine du magasin de Ruth Michaels, en sirotant son troisième double espresso, ce qui n'était pas très malin, vu l'état de ses nerfs. Une cigarette lui aurait fait le plus grand bien. Ruth avait mis de la musique en sourdine, mais pour Helen ça ne faisait que rendre encore plus palpable la menace d'orage.

Comme tous les commerçants du village, Ruth avait

scotché sur la porte vitrée de son magasin une affichette jaune qui annonçait :

ALERTE AUX LOUPS !
RÉUNION PUBLIQUE
MAISON POUR TOUS DE HOPE
JEUDI 19 HEURES

Cela faisait quarante-huit heures que Buck Calder et ses voisins avaient rassemblé leurs troupeaux, et la fièvre n'était toujours pas retombée. Pendant deux jours, Helen s'était dépensée sans compter pour essayer de calmer le jeu. Elle avait rendu visite à tous les éleveurs qui étaient censés avoir perdu des veaux, et ils l'avaient tous envoyée sur les roses.

Dan avait espéré que ces visites individuelles leur éviteraient une assemblée générale dans laquelle une poignée de perturbateurs aurait suffi à semer la zizanie. Mais Buck Calder leur avait coupé l'herbe sous le pied deux jours plus tôt en annonçant la réunion à la télé. « J'espère que les fonctionnaires du gouvernement fédéral qui sont responsables de la présence de ces loups viendront s'expliquer devant ceux qui leur paient leurs salaires », avait-il déclaré.

Les techniciens de la télé étaient déjà entrés dans la salle pour mettre leurs projecteurs en place. Dan avait poussé un gémissement en reconnaissant la journaliste que Buck Calder avait entortillée autour de son petit doigt le jour de la mort du fidèle labrador, mais à part ça il faisait preuve d'un flegme impressionnant, tout comme Bill Rimmer. Assis devant le minuscule comptoir, au fond de la boutique, ils échangeaient des propos insouciants avec Ruth.

Helen fit demi-tour et se dirigea vers eux. En la voyant s'approcher, Rimmer sourit de toutes ses dents.

— Helen, tu connais l'histoire du cheval qui entre dans un bar ? Le barman lui dit...

— « Pourquoi cette mine de six pieds de long ? » Oui, je la connais. Tu trouves que j'ai une tête de cheval ?

— Non, une tête d'enterrement.

— C'est à ça que je vais avoir droit, non ? Un enterrement de première classe.

— Arrête, Helen, dit Dan. Tout se passera bien.

— Merci, Prior. Je serais peut-être un peu plus rassurée si tu ne m'avais pas raconté ce qui s'est passé la dernière fois qu'ils ont tenu une réunion de ce genre à Hope.

— C'était avant mon arrivée dans le pays, dit Ruth. Qu'est-ce qui s'est passé ?

— Bah, pas grand-chose, dit Helen. Des types armés jusqu'aux dents, des tonneaux pleins de sang déversés sur des voitures.

— Tout ça c'est de l'histoire ancienne, dit Dan.

— Oui, ça date de l'époque d'avant les loups. Ruth, je peux fumer une cigarette ? Ça ne vous ennuie pas ?

Voyant l'air étonné de Dan, elle ajouta :

— Ben oui, je fume, et alors ?

— Fumez autant que vous voulez, dit Ruth.

Ils passèrent les quinze minutes suivantes à revoir point par point l'argumentation d'Helen. Elle avait essayé de convaincre Dan de diriger les débats, mais il n'avait rien voulu entendre. « Ce soir, c'est toi qui dois occuper le devant de la scène », lui avait-il dit. L'auditoire ne comprenait pas que des opposants. D'après la radio locale, les militants d'un comité d'action écologiste qui s'était baptisé du nom de Société des amis des loups seraient aussi présents dans la salle.

Dan avait pris quelques précautions pour le cas où les choses tourneraient au vinaigre.

En guise de forces de l'ordre, Hope disposait en tout et pour tout d'un shérif adjoint, un jeune type qui s'appelait Craig Rawlinson. Helen n'avait eu que brièvement affaire à lui, mais cela avait suffi pour la convaincre qu'il ne portait pas précisément les loups dans son cœur. Son père était éleveur, et il avait épousé la fille d'un de ceux qui affirmaient qu'il leur manquait des veaux. Dan avait donc fait venir en renfort quelques policiers supplétifs chargés d'assurer une surveillance discrète, et deux agents en civil de l'Office fédéral des eaux et forêts s'étaient mêlés aux clients du Dernier Espoir afin de repérer les trublions potentiels. Il avait aussi fait placarder à l'entrée de la Maison pour tous une affiche qui annonçait : *Assemblée Générale. Boissons alcoolisées interdites. Pancartes interdites. Armes interdites.* A quoi une main inconnue s'était empressée d'ajouter : *Loups interdits.*

Un brouhaha de voix leur parvenait de la rue à présent. La foule convergeait vers la salle de réunion. La caféine et la nicotine aidant, Helen avait les nerfs à fleur de peau. Dan se leva et régla leurs consommations.

— Il vaut mieux qu'on y aille, dit-il.

Il passa un bras autour des épaules d'Helen.

— T'en fais pas, lui dit-il, si quelqu'un sort un flingue, je serai là, derrière toi.

— Tu fais bien de me le dire, Dan. Comme ça tu peux être sûr que je penserai à me baisser.

Une heure plus tard, la plaisanterie de Dan sur les armes à feu lui paraissait encore moins drôle.

Cela faisait vingt minutes qu'elle était debout, essayant de faire un discours qui n'aurait pas dû en prendre plus de dix. Le chahut continuel lui mettait les nerfs à rude épreuve.

La salle était bourrée à craquer. Les cent places assises étaient occupées ; un nombre au moins égal de spectateurs s'étaient entassés au fond de la salle, et c'est surtout de là que s'élevaient les huées et les lazzis. Derrière les lumières aveuglantes des projecteurs de télé, Helen discernait les portes, qu'on n'avait pas pu fermer. Il y avait même des gens massés dehors, debout sous la pluie. Malgré l'air qui entrait à flots, la chaleur était insupportable. Les radiateurs tournaient à plein régime, mais personne ne semblait savoir où se trouvait la chaudière. Comme la tension et la température montaient sans cesse, beaucoup de membres de l'auditoire avaient tombé la veste et s'éventaient avec les tracts qu'on leur avait distribués à l'entrée.

Helen se tenait à une extrémité de la longue table à tréteaux que l'on avait dressée sur le podium, face à la salle. Dan et Bill Rimmer étaient assis à côté d'elle, recroquevillés sur eux-mêmes, tels deux criminels de guerre au banc d'infamie. Buck Calder trônait à l'autre extrémité de la table, posant sur la foule un œil débonnaire. Il était visiblement dans son élément.

Sous le rebord de son chapeau son front luisait de sueur, et des auréoles humides déparaient sa chemise rose immaculée à la hauteur des aisselles. Il rayonnait d'une intense jubilation. En guise de prologue, il avait prononcé un discours d'une maestria stupéfiante. Pour l'édification de quelques rares individus qui ne l'avaient pas déjà dix fois entendu, il avait d'abord fait le récit de l'épisode désormais fameux au cours duquel son petit-fils avait échappé in extremis à une mort certaine. Puis, avec l'éloquence d'un avocat général aguerri, il avait dressé l'inventaire des pertes cruelles que ses voisins et lui avaient subies depuis. Toutefois, chose surprenante, c'est lui qui avait essuyé la première volée de lazzis.

Les huées avaient commencé au moment où il arrivait au terme de son réquisitoire. Elles émanaient d'un petit groupe de retardataires qui se tenaient au fond de la salle. Si Helen les avait remarqués auparavant, la prépondérance des barbes et des anoraks couleur pastel lui aurait aussitôt fait comprendre dans quel camp ils étaient. C'était eux, les Amis des loups, forcément. Ils n'étaient pas plus de six ou sept. Helen se sentait réconfortée par leur présence, mais elle comprit vite que leurs interruptions ne faisaient que jeter de l'huile sur le feu.

Calder leur avait tenu tête avec beaucoup d'adresse. Une femme vêtue d'un pull en laine polaire semblable à celui d'Helen, avec de petites lunettes rondes à monture métallique, lui avait crié :

— Les loups étaient là bien avant vos vaches ! C'est des vaches qu'il faudrait nous débarrasser, pas des loups !

Un grondement de colère agita la salle. Buck, souriant jusqu'aux oreilles, attendit calmement qu'il se soit apaisé avant de rétorquer :

— A ce que je vois, nous avons des citadins parmi nous ce soir.

L'assistance avait accueilli cette fine remarque par un rugissement de joie et, au moment de présenter Helen, Calder ne s'était pas fait faute d'enfoncer le clou.

— Mademoiselle Ross, vous êtes originaire de Chicago, la fameuse métropole battue des vents, c'est bien ça ?

Helen s'était arraché un sourire.

— Si c'est un péché, je m'en accuse.

— Mon enfant, nous sommes tout prêts à vous entendre en confession !

Prenant modèle sur les Amis des loups, un deuxième groupe de perturbateurs était entré dans la danse aussitôt et ne lui avait pas laissé un instant de répit. Ses copains bûcherons et les deux frères Harding en faisaient partie, mais grâce au ciel Abe Harding n'était nulle part en vue.

Pas plus que Luke, d'ailleurs.

En entrant dans la salle, Helen l'avait vainement cherché des yeux dans la foule. Elle ne l'avait pas revu depuis le jour de la capture des loups. Il n'était pas revenu la voir à la cabane, et elle ne l'avait pas aperçu durant sa visite au ranch, visite dont son père avait profité pour lui infliger une interminable homélie sur les veaux manquants. Elle se faisait du souci à son sujet, et elle s'était rendu compte, non sans surprise, qu'il lui manquait beaucoup.

Elle se lança dans la dernière partie de son discours, en espérant qu'elle aurait la force d'arriver jusqu'au bout. Elle avait d'abord fait le bilan des informations qu'ils avaient réunies jusque-là au sujet de ces loups, qui se ramenaient à peu de chose. Tout ce qu'on savait avec certitude, c'est qu'ils étaient neuf et que les premiers tests génétiques sur les échantillons prélevés par Helen montraient qu'ils n'avaient aucun lien de parenté avec les loups réintroduits dans le Yellowstone ou dans l'Idaho. Ensuite, elle avait dit quelques mots des dédommagements prévus dans le cadre du Plan de défense de la faune sauvage pour les animaux domestiques tués par des loups, dont il fallait toutefois que la culpabilité soit dûment avérée. Son exposé une fois terminé, elle était censée répondre aux questions de la salle.

— Comme je vous l'ai déjà signalé, nous avons réussi à passer des colliers émetteurs à deux de ces loups, et dorénavant nous suivrons tous leurs faits et gestes de très près. Si nous en prenons un en flagrant délit de meurtre, il sera évacué ou éliminé. Je veux que ce soit bien clair.

Elle jeta un coup d'œil en direction de Dan, qui l'approuva de la tête.

— Certains d'entre vous sont en proie à une vive émotion, et je le comprends très bien. Tout ce que nous vous demandons, c'est de faire preuve d'un peu de patience, le temps que nous...

— De quelles preuves avez-vous besoin ? Les loups tuent le bétail, un point c'est tout.

— Pardon, monsieur, mais ce n'est pas si évident

que ça. Au cours de mon travail sur le terrain, que ce soit dans le Minnesota ou lors du stage que j'ai effectué dans la région de Missoula, pas très loin d'ici, j'ai constaté que les loups pouvaient vivre à proximité de troupeaux sans leur causer le moindre dommage.

— A Missoula, même les loups sont non violents !

Une vague d'hilarité secoua la salle, et Helen attendit qu'elle reflue, en s'efforçant de garder le sourire. Ce qui n'était pas une mince affaire.

— Vous avez peut-être raison, dit-elle. Toutefois, un de mes collègues de l'université du Montana s'est livré à une expérience intéressante. En plus des loups, il a équipé un certain nombre de bovidés de colliers émetteurs, et il s'est aperçu que les loups se mêlaient souvent au troupeau sans jamais...

— C'est des conneries !

— Laissez-la parler, merde ! cria une voix du côté des Amis des loups.

— Rentrez chez vous ! On vous demande pas l'heure qu'il est !

Buck Calder se mit debout et leva les mains dans un geste d'apaisement.

— Tout citadin qu'il soit, ce monsieur a raison. Mademoiselle Ross est ici à notre demande, alors soyons polis et laissons-la s'exprimer.

Helen lui adressa un signe de tête.

— Merci, monsieur Calder, dit-elle. Tout indique que les loups préfèrent les ongulés sauvages aux ongulés domestiques. Dans la région de Missoula, ils n'ont tué que trois bouvillons et un veau en l'espace de six ans...

— Alors pourquoi nous en ont-ils tué quarante-trois en deux mois ? cria Ethan Harding.

La salle salua son intervention d'un murmure approbateur.

— Rien ne nous prouve pour l'instant que vos bêtes ont été victimes des loups.

— Vous nous traitez de menteurs ?

— Absolument pas.

Buck Calder, qui s'était rassis, avança le buste.

— Qu'est-ce qu'a donné votre enquête, Helen ? Combien de ces veaux ont été tués par des loups, officiellement ?

Helen eut une hésitation. C'est la question qu'elle redoutait le plus. Jusqu'à présent, ils n'avaient retrouvé que cinq des quarante-trois veaux portés disparus, et le peu qui en restait ne leur avait pas permis d'établir la cause du décès avec certitude.

— Eh bien, mademoiselle Ross ?

— Nous ne sommes pas encore fixés sur ce point. Comme vous le savez, les dépouilles que nous avons examinées se réduisaient à...

— Combien ont été tués par des loups ? Pouvez-vous nous le préciser ?

Helen se tourna vers Dan, espérant qu'il viendrait à la rescousse. Il s'éclaircit la gorge, mais Calder ne le laissa pas parler.

— C'est à mademoiselle Ross de répondre à cette question. Alors, combien ?

— Comme je viens de vous le dire, monsieur Calder, nous ne sommes pas encore en mesure de...

— Un bilan provisoire nous suffira.

Toute la salle était suspendue aux lèvres d'Helen. Elle avala sa salive.

— Pour l'instant, le bilan est entièrement négatif.

Le public entra en ébullition. Tout le monde braillait à qui mieux mieux. Une partie des gens assis s'étaient levés. Au fond de la salle, l'égérie des Amis des loups et Ethan Harding étaient à deux doigts d'en venir aux mains.

— Le loup est une espèce menacée, pauvre taré ! hurlait-elle.

— L'espèce menacée, c'est vous !

Calder, les deux mains levées, s'efforça en vain de

rétablir le calme. Helen secoua la tête et se versa un verre d'eau. Pendant qu'elle le vidait, son regard se posa sur Dan, qui haussa les épaules d'un air navré. Bill Rimmer se dévissait le cou pour essayer de distinguer ce qui se passait au fond de la salle. Apparemment, un incident avait éclaté. Le cameraman de la télé avait fait volte-face et il s'était juché sur un siège pour mieux filmer l'événement.

Helen vit qu'un pick-up s'était arrêté face à l'entrée, ses phares allumés braqués sur la salle. Un homme en était descendu et se dirigeait vers la porte. La pluie battante, illuminée par les phares, formait comme un rideau mouvant à l'arrière-plan. L'homme dut se frayer un chemin dans la foule qui encombrait le hall d'entrée. Lentement, les gens s'écartaient sur son passage. Arrivé dans la salle, il buta sur la masse compacte des perturbateurs. En l'apercevant, ils cessaient de hurler, faisaient un pas de côté.

C'était Abe Harding.

Il avait une espèce de gros paquet sur l'épaule. Helen jeta un coup d'œil à Dan et ils froncèrent les sourcils tous les deux.

— Qu'est-ce qu'il trimbale ?

— On dirait un tapis.

S'étant enfin extirpé de la masse remuante qui obstruait le fond de la salle, Harding descendit l'allée centrale en direction du podium. La plupart des gens assis s'étaient levés pour mieux le voir. Son long ciré jaune luisant de pluie produisait un froissement audible à chaque pas. Il n'avait pas de chapeau, et ses cheveux poivre et sel étaient en bataille.

Un grand silence s'était abattu sur l'assemblée, et tous les yeux étaient fixés sur lui. Il s'approcha du podium en faisant cliqueter ses éperons. Son regard était rivé sur Helen, avec une espèce d'intensité un peu folle, qui dans d'autres circonstances aurait pu paraître comique. Mais là, il faisait froid dans le dos. Elle espéra que les deux agents spéciaux de Dan étaient prêts à faire usage de leur artillerie.

Harding se planta devant le podium, juste en face d'elle. C'est seulement alors qu'elle remarqua le sang qui ruisselait sur son ciré et qu'elle identifia le paquet de fourrure noire et informe qu'il portait.

— La voilà, votre pièce à conviction, dit Harding.

Et là-dessus, d'un coup d'épaule, il jeta le cadavre du loup sur la table.

Quand Helen et Bill Rimmer parvinrent enfin à sortir de la Maison pour tous, la rue principale de Hope avait des allures de zone occupée. Quatre voitures de police en barraient les extrémités, et une cinquième essayait de se frayer un passage dans la foule en faisant hurler sa sirène. La lueur rouge des gyrophares répercutée à l'infini par les vitrines des magasins faisait ressembler les flaques de la chaussée à des mares de sang. Il pleuvait à torrents. En quelques instants, Helen fut trempée jusqu'aux os.

Un flic armé d'un mégaphone demandait aux gens de se disperser, et pour la plupart ils obtempéraient, louvoyant à travers les flaques d'eau pour regagner leurs véhicules. Helen aperçut Dan sur le trottoir d'en face, flanqué de ses deux agents spéciaux. Ils discutaient avec l'un des flics qui venaient d'arrêter Abe Harding.

A son tour, Harding apparut dans son champ de vision. Il portait toujours son ciré jaune, mais à présent il avait les mains menottées dans le dos, et deux policiers le faisaient monter à l'arrière d'une voiture de patrouille. Ses fils engueulaient deux autres flics qui les empêchaient de s'approcher de lui. Un peu plus haut dans la rue, sous la marquise de l'épicerie Iverson, Buck Calder répondait aux questions de la journaliste de la télé.

— Ça va, Helen ? lui demanda Bill Rimmer, baissant les yeux sur elle.

— Oui, je crois.

Le geste d'Abe Harding jetant le loup sur la table avait déclenché un chaos indescriptible. Un pugilat avait éclaté entre l'un des Amis des loups et les deux bûcherons, mais on les avait séparés avant que le sang ne coule. Durant la mêlée qui s'ensuivit, Helen s'était retrouvée coincée contre un mur et un gros malabar lui avait écrasé accidentellement les orteils, mais à part ça elle s'en était sortie indemne.

— On dirait que Dan a un problème, fit Rimmer.

Voûtant les épaules pour se protéger de la pluie, il traversa la chaussée et Helen lui emboîta le pas.

— Vous n'êtes pas obligés de l'arrêter ! protestait Dan.

— Il s'est livré à des voies de fait sur un représentant de l'ordre. D'ailleurs, c'est vous qui avez demandé des renforts de police.

— D'accord, mais pourquoi l'embarquer ? Il ne risque pas de partir en cavale. Vous allez en faire un martyr. C'est exactement ce qu'il cherchait.

De toute façon, il était trop tard. La voiture de police dans laquelle on avait fait monter Harding s'éloignait déjà, jouant de la sirène pour se frayer un passage à travers ce qui restait de la foule.

Tout à coup, dans la lueur de ses phares, Helen aperçut la silhouette de Luke qui venait de passer à côté d'elle. Il avait l'air de chercher quelqu'un.

— Luke !

Il se retourna et l'aperçut. Il portait un ciré marron, dont il avait remonté le col. Il était blême et son visage avait une expression de grande tristesse. En s'avançant vers elle, il esquissa un sourire et la salua de la tête, geste qui fit couler un filet d'eau de la bordure de son chapeau.

— Je t-t-te cherchais, dit-il.

— Moi aussi. Tu étais dans la salle ? Tu as tout vu ?

Il fit oui de la tête, jeta un bref coup d'œil en direction de l'épicerie Iverson, devant laquelle son père se faisait interviewer.

— Je suis un peu p-p-pressé.

Il plongea une main dans sa poche et en sortit quelque chose de blanc.

— Je l'ai t-t-trouvée au b-b-bord de la route.

Helen prit l'objet qu'il lui tendait et l'examina. C'était une lettre. L'enveloppe était maculée de boue et l'encre avait bavé, mais elle reconnut aussitôt l'écriture. C'était celle de Joel. Son cœur fit un bond dans sa poitrine.

— Il f-f-faut que je file.

— Bon, vas-y. Et merci, hein.

Il hocha la tête, tourna les talons et s'éloigna.

— Luke ? lui cria-t-elle.

Il se retourna, et au moment où il posait les yeux sur elle elle comprit soudain ce qu'il devait éprouver à cause de ce qui était arrivé au loup.

— Tu viendras me voir ?

Il secoua la tête.

— Je ne p-p-peux pas, répondit-il avant de s'éloigner sous la pluie et de disparaître dans la foule.

21

Hôpital Mwanda
Kagambali,
le 16 septembre

Chère Helen,

Tu les as attrapés ? Non ? Pas encore ? Bon, alors voilà ce qu'il faut faire : procure-toi un seau en métal. Un seau de TRÈS grand format, genre deux mètres de fond sur deux cinquante de large. Tu fixes un poteau en travers, tu places un fût en tôle mobile sur le poteau, et tu ajoutes un écriteau disant : ICI WAPITI MORT. Ce procédé breveté Latimer est en usage depuis des siècles en Caroline du Nord, ce qui explique qu'on y trouve si peu de loups. Tu me diras si ça marche, d'accord ?

Elle a l'air super, ta cabane. Chez ma grand-mère, il y avait une cave toute pareille à la tienne, pleine de toiles d'araignées. J'allais m'y planquer et j'en surgissais brusquement pour faire peur à mes sœurs (oui, j'étais un vrai petit diable, tu ne t'en serais jamais doutée, hein ?).

Helen éclata de rire. Assise dans le lit, elle lisait la lettre à la lueur de sa lampe frontale. Après l'avoir reçue de Luke, elle s'était esquivée aussi vite qu'elle avait pu, plantant là Dan Prior, Bill Rimmer et les derniers vestiges de l'émeute, et avait repris le chemin de la cabane, le cœur débordant de joie. Il s'était enfin décidé à lui répondre !

Elle avait longtemps repoussé le moment d'ouvrir l'enveloppe, jouissant du bonheur qu'elle allait éprouver, comme un enfant qui contemple les paquets entassés au pied d'un arbre de Noël. Après l'avoir posée sur son oreiller, elle avait accompli les mêmes gestes que tous les soirs. Buzz s'était laissé pousser dehors à contrecœur pour aller satisfaire ses besoins naturels sous la pluie. Elle s'était lavé les dents, s'était préparé du thé, s'était déshabillée, et après avoir enfilé le tee-shirt trop grand qui lui tenait lieu de pyjama, elle avait éteint les lampes à gaz et s'était mise au lit avec sa lettre, sa tasse de thé et sa loupiote. Elle avait brièvement caressé l'idée d'écouter tout en lisant l'un des opéras favoris de Joel (*La Tosca*, par exemple), mais la voix de sa raison l'en avait dissuadée.

Elle porta la tasse de thé à ses lèvres et but une longue gorgée, en inclinant le faisceau de sa lampe vers Buzz qui dormait déjà, lové sur lui-même à côté du poêle. Douillettement enveloppée dans son sac de couchage, le dos appuyé à la cloison de bois rugueuse, la lettre calée contre ses genoux pliés, Helen resta un moment immobile, écoutant le battement régulier de la pluie sur le toit, en proie à un sentiment proche de la béatitude.

Ici, on nage en plein délire, et ça augmente de jour en jour. Le FLA s'est lancé dans une nouvelle opération de purification ethnique à une centaine de kilomètres au nord, et nous écopons quotidiennement d'un bon millier de nouveaux réfugiés, qui sont tous dans un état lamentable. Typhoïde, palu, plus toutes sortes d'autres affreuses maladies tropicales, à part le choléra, qui jusqu'à présent nous a Dieu merci été épargné.

Comme de juste, nous souffrons d'une pénurie continuelle de vivres et de médicaments. Parmi les enfants qui arrivent jusqu'ici (des centaines, peut-être même des milliers d'autres ont claqué en route), certains n'ont rien mangé depuis des semaines. Ils sont couverts de mouches et n'ont que la peau sur les os. Ça fait mal au cœur. Mais, chose stupéfiante, il y en a qui arrivent encore à sourire.

La nuit dernière, le parc de l'hôpital qui sert désormais de campement à une bonne partie de l'équipe de bénévoles a été le théâtre d'une scène tragique. Le confort est des plus rudimentaires, et c'est un euphémisme. Paillotes sans porte ni fenêtre, lits de camp, moustiquaires en loques (ou simplement trouées, pour les plus chanceux). Un jeune Allemand, qui s'appelle Hans Herbert, se sentant exténué, était allé se coucher aussitôt après le dîner. En entrant dans la case deux heures plus tard, ses compagnons de chambrée se sont aperçus qu'il s'était endormi avec un bras pendant jusqu'à terre et (accroche-toi bien, Helen) qu'un boa constrictor de trois mètres de long avait entrepris de l'avaler. Le boa était arrivé jusqu'au coude, et le pauvre Hans Herbert dormait toujours sur ses deux oreilles.

Ils l'ont réveillé avec beaucoup de délicatesse, mais comme tu peux l'imaginer, il a paniqué complètement. On lui a injecté une dose de tranquillisant, de même qu'au boa, et aussi incroyable que ça puisse paraître, on est arrivé à le détacher du bras sans violence. Les sucs digestifs avaient déjà attaqué la main, et il aura peut-être besoin de se faire greffer la peau des doigts, mais à part ça il s'en est sorti sans dommage. On ne peut pas en dire autant du boa. On l'a relâché (sans bague ni collier émetteur, j'ai le regret de te le préciser) sur la berge du fleuve, mais des gosses du camp de réfugiés voisin l'ont attrapé et en ont fait leur petit déjeuner de ce matin.

Mon boa ravira-t-il la palme de la meilleure anecdote herpétologique au python de tes retraités de Géorgie ? A mon avis, il le mérite.

Une grande partie des vivres et des médicaments qu'on est censé nous expédier ne nous parvient pas. Tantôt ce sont des douaniers corrompus qui nous les taxent à l'aéroport, tantôt ce sont les rebelles du FLA qui braquent nos camions sur la route. La plupart du temps, ils gardent le butin pour eux, mais parfois aussi ils viennent nous le revendre et on est bien obligés de raquer.

Le dernier groupe qui est venu ici pour se livrer à ce petit négoce était composé de gamins de douze-treize ans attifés de tenues léopard et bardés de cartouchières. L'un d'eux était tellement petit (dix ans à tout casser) qu'il pliait littéralement sous le poids de son M16. Le plus terrible chez eux, c'est le regard. On se demande quelles horreurs ils ont pu voir, ou commettre, pour avoir des yeux comme ça.

Bref, on s'amuse comme des fous.

En fait, tout n'est pas si noir. Heureusement, il n'y a que des gens formidables dans l'équipe. J'en arrive au véritable objet de cette lettre, Helen. Ça me coûte beaucoup d'avoir à te dire ça...

Helen sentit quelque chose se nouer dans sa poitrine. Craignant de renverser la tasse de thé qu'elle tenait toujours à la main, elle la posa sur le plancher. *Non, Joel,* supplia-t-elle intérieurement, *ne me le dis pas, je t'en prie.* Le cœur battant à tout rompre, les mains tremblantes, elle se força à lire la suite.

Marie-Christine est arrivée il y a six mois. Elle

est belge, mais elle habite Paris. Elle est pédiatre de formation, mais comme tout le monde ici elle doit être un peu polyvalente. Je n'ai pas fait sa connaissance sur-le-champ, parce qu'elle...

Helen jeta la lettre par terre. Qu'est-ce qui l'obligeait à lire ces conneries ? Comment pouvait-il avoir le front de lui raconter tout ça, en ne reculant devant aucun détail (car à n'en pas douter la ravissante petite Marie-Christine devait être du tonnerre sur ce plan-là aussi, une mixture bien parisienne de bombe sexuelle et de mère Teresa). Il ne manquait pas d'air !

Elle resta un long moment immobile, fixant d'un œil vacant le petit cercle lumineux que le faisceau de sa lampe découpait sur le mur, à côté de la porte. Le cercle montait et descendait, ridiculement, au rythme de sa respiration. A la fin, mue par une force irrépressible, elle ramassa la lettre et poursuivit sa lecture.

... parce qu'elle avait pris quelques jours de congé. Mais dès notre première rencontre (tu ne peux pas savoir la peine que ça me fait d'avoir à te dire ça, Helen), ça a été comme si nous nous étions toujours connus.

Ça me rappelle quelque chose, se dit Helen. Elle parcourut rapidement la suite des yeux, cherchant une éventuelle allusion à l'« âme sœur », mais n'en trouva point, ce qui valait mieux d'ailleurs, car elle se serait sans doute mise à hurler et à marteler le mur de ses poings.

On s'est retrouvés à la tête de l'unité de soins mobile qui passe chaque jour dans tous les camps de réfugiés des environs, et j'ai vu de quoi elle était capable. Elle est formidable avec les gosses, ils l'adorent tous. Je ne devrais peut-être pas te parler de ces choses-là, mais ça me brûle les lèvres, et il me semble que je peux être franc avec toi, Helen, nous sommes si proches, nous avons vécu tant de bons moments ensemble.

Bon, autant aller droit au but : dans quinze jours, Marie-Christine et moi...

— Oh non ! s'écria Helen, au bord des larmes. Non, Joel, ne me le dis pas !

... allons nous marier.

Helen roula la lettre en boule et la jeta au loin.

— Va te faire foutre, sale con !

Elle s'extirpa du sac de couchage et se leva, se couvrant le visage de ses mains. Buzz s'était levé aussi. Il se mit à aboyer.

— Tais-toi, espèce d'idiot !

Elle arracha sa lampe frontale, la jeta sur lui. Tandis que le chien allait se cacher quelque part en jappant pitoyablement, elle se dirigea vers la porte d'un pas trébuchant, chercha la poignée à tâtons, ouvrit le battant d'une poussée brutale et se rua dehors sans prendre garde à la pluie.

Ses pieds nus glissèrent dans la boue, et elle s'étala de tout son long. Elle resta un long moment dans cette position, la joue contre la terre détrempée, pantelante, le maudissant, se maudissant, maudissant ses père et mère de l'avoir mise au monde.

Ensuite elle se redressa sur son séant, se recroquevilla sur elle-même, couvrit de ses mains boueuses son visage ruisselant de pluie, et pleura.

L'un dans l'autre, se disait Buck, la soirée s'est rudement bien passée.

Il se soulageait dans l'urinoir du Dernier Espoir, un

cigare au bec, s'appuyant d'une main au mur sur lequel un inconnu doué pour le raccourci historique avait déjà gribouillé : ABE HARDING PRÉSIDENT.

Buck venait de passer une heure à parader au milieu de sa cour de fidèles, qui s'étaient tous retrouvés au bar après que le calme fut revenu dans la rue. Jamais il n'y avait vu une telle presse, ni autant d'animation. Même les têtes de cerfs naturalisées semblaient prendre part à la liesse générale.

Il n'en revenait pas que la réunion se soit aussi bien déroulée. L'ambiance lui avait rappelé l'heureux temps où il officiait à la législature d'Etat. L'irruption de la bande de hippies écolos l'avait pris au dépourvu, mais comme ils s'étaient foutus tout le monde à dos, elle avait été pain bénit pour lui.

Et le numéro de Harding avec le loup, quel coup de génie ! Comme publicité, ça valait de l'or. Buck n'oublierait jamais l'expression qui s'était peinte sur le joli minois d'Helen Ross quand Abe avait jeté le loup sur la table devant elle. Ah, mes aïeux, la belle soirée !

Il reboutonna sa braguette et se fraya un chemin dans la foule pour regagner le comptoir. Il tendit à Lori un billet de cinquante dollars pour payer sa deuxième tournée générale, puis leur souhaita le bonsoir à tous, en promettant aux deux fils Harding qu'il passerait quelques coups de fil pour obtenir la remise en liberté de leur père le plus rapidement possible. Ce pauvre vieux Abe partageait sans doute une cellule avec un ramassis de drogués sidaïques à l'hôtel de police d'Helena.

Mais pour l'instant, Buck avait une affaire autrement urgente à régler.

Il avait aperçu Ruth à la réunion, mais elle était trop près d'Eleanor et de Kathy pour qu'il puisse lui glisser un mot. Depuis qu'Eleanor avait eu l'idée absurde de s'associer avec elle, la vie amoureuse de Buck avait du plomb dans l'aile. Cela faisait bientôt quinze jours qu'il n'était pas parvenu à voler ne serait-ce qu'un baiser à Ruth. Elle se dérobait en invoquant toutes sortes de prétextes, en général liés à Eleanor. Elles avaient les comptes à étudier, ou Dieu sait quoi.

Mais ce soir il était bien décidé à y mettre le holà. Jouer les agitateurs, ça lui fouettait toujours les sangs.

La pluie tombait moins dru à présent. En passant devant le magasin de Ruth, il constata avec satisfaction que le rideau de fer était baissé. Elle devait être chez elle. Peut-être même qu'elle espérait sa visite. Peut-être qu'elle l'attendait, nue sous son kimono noir. A cette idée, un début de chaleur lui naquit dans l'entre-cuisse.

Il sortit de la ville, sinua un moment sur la petite route goudronnée et ne tarda pas à apercevoir les lumières de la maison de Ruth. Elle viendrait lui ouvrir et il la prendrait contre le mur de l'entrée, comme l'autre soir. En arrivant à la hauteur de la maison, il vit que les rideaux n'étaient pas fermés. Il s'engagea dans l'allée et se gara à l'endroit habituel. Elle l'avait sans doute entendu, car elle ouvrit la porte au moment où il descendait de la voiture. De toute évidence, elle avait le feu aux fesses, elle aussi.

— Buck, il faut que tu te sauves.

— Quoi ?

— Eleanor doit passer. Elle est en route.

— Quoi ?

— Ne reste pas là à me regarder avec des yeux ronds. Elle va arriver d'un instant à l'autre.

— Qu'est-ce qui lui prend de venir te voir à des heures pareilles ?

— On a rendez-vous avec le comptable demain, il faut qu'on vérifie les chiffres. Allez, file !

— Ah, merde.

L'air offusqué, il se dirigea vers sa voiture et entendit la porte claquer dans son dos. Elle ne lui avait même pas dit bonne nuit ! La pluie tournait de nouveau au déluge. Buck se ficha son cigare à demi fumé entre les dents. Il était éteint, et tout trempé. Il le jeta par terre d'un geste rageur, monta en voiture et referma bruyamment la portière.

Il fit demi-tour, soulevant des gerbes de gravier, et franchit le portail sur les chapeaux de roues. Craignant de se retrouver nez à nez avec Eleanor, il partit dans l'autre sens, roula jusqu'à l'extrémité de la route et attendit, tous feux éteints, jusqu'à ce qu'il aperçoive ses phares. Elle bifurqua et s'engagea dans l'allée de Ruth.

Buck secoua tristement la tête. Où va le monde, se disait-il, si un homme ne peut plus coucher avec sa maîtresse parce qu'elle a rendez-vous avec sa femme ? Contemplant la pluie d'un œil maussade, l'organe désespérément en berne, il rentra chez lui.

Il trouva la maison plongée dans un silence sépulcral. Luke aura décidé de se coucher de bonne heure, se dit-il. Comme sa fringale sexuelle s'était muée en fringale tout court, il ouvrit le réfrigérateur, espérant y trouver des restes à grignoter, mais il en fut pour ses frais. Il se rabattit sur une bière et gagna le salon avec, sans allumer la lumière. Il s'affala sur le canapé et usa de la télécommande pour mettre la télé en route. Jay Leno faisait assaut de facéties avec un jeune type mal rasé, acteur ou chanteur de rock, qui avait l'air de quelqu'un qui vient tout juste de sortir du lit. La satisfaction dont ils suintaient tous les deux aggrava aussitôt la morosité de Buck.

Avant qu'il ait eu le temps de se caler confortablement sur son coussin, le téléphone se mit à sonner. Il coupa le son de la télé, tendit le bras et décrocha.

— Calder ? fit une voix d'homme.

La voix lui était inconnue, mais apparemment l'appel venait d'un bar.

— Oui, je suis Buck Calder. Et vous, qui êtes-vous ?

— Peu importe qui je suis. Les ordures de ton espèce ne méritent pas de vivre.

— Si tu étais un peu courageux, tu me dirais ton nom.

— Courageux, je le serai assez pour te crever, ordure.

— Tu étais à la réunion, ce soir ?

— Je t'ai vu à la télé, j'ai vu ce que ton psychopathe de copain avait fait au loup. Nous allons te...

— « Nous » ? Vous êtes plusieurs ?

— On va tuer tes vaches.

— Seulement les vaches ?

— On tuera les cochons aussi. Les cochons dans ton genre.

— Tout ça au nom du loup, qui est le plus grand tueur de la Création ?

— Exactement. On t'aura prévenu.

Il y eut un déclic et la communication fut coupée. Buck se leva et replaça le combiné sur son socle. Le répondeur affichait quatre messages. Il enfonça la touche « play ».

— Alors comme ça les loups ont égorgé tes veaux, pauvre chéri ? fit une voix de femme. Tu es frustré, hein ? Tu ne pourras pas les égorger toi-même. Toi et ta race, vous êtes au bout du rouleau. Plus vite vous crèverez, mieux ça vaudra.

Entendant du bruit, Buck leva les yeux et aperçut Luke debout au sommet de l'escalier. Il était encore habillé.

— Tu as entendu ?

Luke hocha affirmativement la tête.

— Tous les messages sont comme ça ?

— Oui.

— Oh, bon Dieu.

Il passa au message suivant. Cette fois, c'était une voix d'homme. Après avoir hululé un bon coup, elle déclarait :

— Ici, le Loup. J'ai un message pour Buck Calder. On te fera la peau, enculé.

Cette déclaration fut ponctuée par un deuxième hululement.

L'homme qui avait appelé ensuite était apparemment le même que celui avec qui il venait de parler. Le quatrième message émanait d'une femme, qui vociférait des menaces confuses. Buck secoua la tête et avala une gorgée de bière.

— Tu as regardé les infos à la télé ?

Luke fit oui de la tête.

— Tu as une langue, Luke, sers-t'en.

— O-o-oui.

— Ils ont filmé Abe quand il a balancé le loup sur la table ?

— Oui. Ils ont t-t-tout montré.

— Ils sont efficaces, dis donc. Ils ont dit où était Abe ?

— Il est à Helena, à l'hôtel de p-p-police.

— Bon, je vais passer un coup de fil. Il faudrait que quelqu'un aille payer sa caution. J'ai passé une sacrée soirée. C'est qui, tous ces tordus qui me laissent des messages ?

— J-j-j'en sais rien. B-b-bon, je vais me c-c-coucher.

— Tu veux une bière ?

— Non m-m-merci.

Buck poussa un grand soupir.

— Bon, ben dors bien, alors.

— B-b-bonne nuit.

Un fils qui refuse de boire une petite bière avec son père, c'est vraiment pas la joie. Après avoir éteint la télé muette, Buck alla chercher l'annuaire du téléphone, se laissa tomber lourdement sur le canapé et le feuilleta, en quête du numéro de l'hôtel de police d'Helena.

Tout compte fait, la soirée n'avait peut-être pas été

si bonne que ça. Le numéro auquel Harding s'était livré avec le loup l'avait enchanté sur le moment, mais à présent il se disait que ça n'avait peut-être pas été si malin. Abe aurait mieux fait d'observer la bonne vieille règle : on les tue, on les enterre, et après motus et bouche cousue. Mais il l'avait enfreinte, et maintenant ils avaient une guerre sur les bras.

Buck n'était pas du genre à se laisser impressionner par les menaces téléphoniques d'une bande d'écolos fumeurs d'herbe. Mais elles l'obligeaient à se poser des questions.

Dans cette affaire de loups, il n'avait peut-être pas joué les bonnes cartes.

Au départ, il s'était dit que le mieux serait de faire un maximum de battage. C'est pour ça qu'il avait organisé la réunion. En matière de relations publiques, il avait toujours été champion. Il se disait aussi que s'il menait la vie dure à Dan Prior et à ses séides, ils seraient obligés de prendre les mesures qui s'imposaient.

Tout bien pesé, Abe ne lui avait pas rendu service en tuant ce loup. A présent, ils allaient camper sur leurs positions. Et s'il devait être inondé de coups de téléphone injurieux chaque fois qu'il passait à la télé, il valait peut-être mieux qu'il révise sa tactique.

Le conflit ouvert n'était sans doute pas la meilleure solution. Il fallait jouer plus serré, manœuvrer plus subtilement, attaquer sur plusieurs fronts à la fois, comme dans une vraie guerre.

Il décida de s'accorder un temps de réflexion.

Ils gravissaient un sentier qui sinuait à travers la forêt. Aux endroits les plus escarpés, les sabots d'Œil-de-lune patinaient sur le sol durci par le gel. Il ralentissait l'allure, louvoyait prudemment à travers les rochers. La pluie avait cessé un peu après minuit, faisant place à un ciel limpide d'où la première vraie gelée de l'automne s'était abattue, recouvrant la campagne d'une chape de givre, transformant soudain la pluie qui s'égouttait des arbres en une myriade de stalactites minuscules qui à présent fondaient lentement en jetant des lueurs irisées sous les rayons obliques du soleil matinal.

Luke atteignit le ruisseau et continua le long de la berge en direction du lac. Au moment où ils passaient devant le petit gué, à l'endroit où naguère il laissait Œil-de-lune avant de s'approcher de la cabane en catimini, les sabots du cheval crissèrent bruyamment sur l'herbe raidie par le gel, y laissant de profondes empreintes. Près du bord, au-dessus des remous, des volutes de vapeur blanchâtre s'élevaient dans l'air immobile.

Depuis son départ du ranch, Luke s'efforçait en vain de trouver un sens aux paroles que son père lui avait adressées pendant qu'ils prenaient leur petit déjeuner. Ça paraissait tellement incroyable après ce qui s'était passé la veille à la réunion et les menaces téléphoniques qu'il avait reçues que Luke avait d'abord cru qu'il faisait de l'humour noir.

— J'ai un peu réfléchi à cette histoire de loups, déclara son père en enfournant une généreuse bouchée d'œufs au bacon, et je me suis dit que j'y avais peut-être été un peu fort avec ces bonshommes des Eaux et Forêts. Qu'est-ce que tu en penses, Luke ?

Luke haussa les épaules.

— R-r-rien, dit-il.

— Après tout, ils ne font que leur boulot. Il vaudrait mieux qu'on se montre un peu plus coopératifs. Qu'on leur file un petit coup de main, qu'on les aide à pister les loups, à les tenir à l'œil, et tout.

Luke ne dit rien. Quand son père commençait à se montrer raisonnable, ça le rendait toujours très circonspect. Le plus souvent, ça dissimulait une chausse-trappe. Il vous cajolait pour vous attirer dans ses filets et *crac !* on se retrouvait coincé. Luke porta une cuillerée de corn-flakes à sa bouche et jeta un regard en direction de sa mère. De toute évidence, elle se méfiait autant que lui.

— L'autre jour, j'ai eu une petite conversation avec Helen Ross. Tu sais qu'elle t'est très reconnaissante de l'avoir aidée à attraper ces loups ? Elle m'a chanté tes louanges, en me disant que tu étais vraiment très doué pour ce boulot-là.

Il fit une pause, attendant une réaction, mais n'en obtenant aucune continua :

— Du coup je me suis dit qu'une fois qu'on aurait expédié les veaux au parc d'engraissement tu pourrais peut-être aller l'épauler un peu. Du moment que vous n'accrochez pas des colliers émetteurs au cou de mes vaches, moi ça me va, conclut-il avec un gros rire.

Luke glissa un autre coup d'œil en direction de sa mère. Elle haussait les sourcils, stupéfaite.

— Elle ne pourra pas te payer grand-chose, j'imagine. Mais bon, enfin, si ça te dit de lui donner un coup de main, je suis d'accord.

Impatient d'apprendre l'heureuse nouvelle à Helen, Luke s'était aussitôt précipité à l'écurie pour seller son cheval. Mais il avait eu beau se creuser les méninges, il ne comprenait toujours pas quelle mouche avait piqué son père. Les coups de fil d'hier soir l'avaient-ils perturbé à ce point ? C'était une possibilité qu'on ne pouvait pas exclure, mais Luke n'y croyait pas vraiment. Il tramait sûrement quelque chose. Mais ce n'était pas le moment de faire la fine bouche.

Ils étaient arrivés sur le plat à présent. Au loin, Buzz se mit à aboyer. Guidant Œil-de-lune d'une main douce, Luke sortit de la forêt et se dirigea vers le lac. L'eau était aussi immobile qu'un miroir, et surmontée d'une brume blanchâtre, comme celle du ruisseau. Au-dessus du lac, sur la pente qui menait à la cabane, le soleil avait déjà creusé de petites trouées vertes dans la surface argentée du givre. La porte de la cabane était ouverte et Buzz, debout sur le seuil, regardait quelque chose à l'intérieur en poussant de timides aboiements.

Luke craignait qu'Helen ne soit déjà partie pour aller vérifier ses pièges, mais son pick-up était là. Le pare-brise était voilé de givre. Se retournant, Buzz les aperçut et dévala la pente en bondissant pour leur souhaiter la bienvenue.

— Salut, Buzz. Comment vas-tu ?

Après avoir gambadé un moment autour d'eux, le chien les guida le long de la berge. Dans l'herbe couverte de givre, Luke vit les traces et les fumées encore fraîches des cerfs qui étaient venus se désaltérer au point du jour. Il s'était attendu à voir Helen surgir de la cabane, mais rien ne bougea. Il descendit de cheval et se dirigea vers la porte.

— Helen ?

Pas de réponse. Peut-être qu'elle était aux toilettes, de l'autre côté de la cabane. Il attendit quelques instants, debout devant la porte, puis la héla encore une fois, sans plus de résultat. Il avança le buste, heurta discrètement le battant ouvert.

— Helen ? Ohé ?

Buzz, qui se tenait à côté de lui, se remit à aboyer, puis se faufila à l'intérieur, lui frôlant les jambes au passage. Luke ôta son chapeau et lui emboîta le pas. Comme la pièce était plongée dans l'ombre, il mit un certain temps à accommoder. Il discerna confusément la silhouette d'Helen allongée sur sa couchette, contre le mur du fond.

Il ne savait pas quoi faire. Il valait peut-être mieux la laisser dormir et revenir un peu plus tard. Mais il y avait quelque chose de biscornu dans sa position, et c'est ce qui le dissuada de battre en retraite. Son bras droit pendait du lit, les doigts à demi repliés, le bout des ongles effleurant le plancher, près d'une tasse renversée dont le contenu avait formé une petite mare. A côté de la tasse, il y avait un flacon de médicaments, débouché. Helen était inerte. Elle ne bougea même pas quand Buzz se mit à lui frotter le visage de son museau en geignant. Luke posa son chapeau sur la table, s'avança vers elle d'un pas circonspect, fit sortir Buzz de la pièce.

— Helen ? murmura-t-il.

En s'approchant, il vit que son bras et sa main étaient couverts de boue. Son regard se déplaça vers le pied du lit. Un genou dépassait du sac de couchage, couvert lui aussi de boue durcie mêlée de brins d'herbe. Avançant encore d'un pas, il constata que son visage était dans le même état, et qu'elle ne dormait pas.

Les yeux grands ouverts, elle fixait le vide.

— Helen ? Helen ?

Soudain, une lueur apparut dans ses yeux, comme si on y avait fait jaillir la vie en appuyant sur un commutateur. Son regard se posa sur lui, mais sa tête ne bougea pas, et il en fut effrayé.

— Helen, qu'est-ce que tu as ? Ça ne va pas ?

Elle battit des cils. Peut-être qu'elle est malade, se dit-il. Peut-être qu'elle a de la fièvre. Gauchement, il avança la main pour lui tâter le front. Sa peau était glacée. On aurait dit de la pierre. Il souleva le sac de couchage. Son tee-shirt était boueux, complètement trempé.

— Qu'est-ce qui t'est arrivé, Helen ?

Elle se mit à pleurer sans bruit. Les larmes traçaient des sillons dans la boue qui lui couvrait les joues. Le cœur chaviré, Luke s'assit sur le lit à côté d'elle, la prit dans ses bras et la serra contre lui. Elle était transie jusqu'aux os, et il la berça contre sa poitrine, essayant de la réchauffer, la laissant pleurer tout son soûl, lui disant :

— Ne t'en fais pas, je suis là, tout va bien.

Combien de temps restèrent-ils ainsi enlacés ? Il n'aurait su le dire. Il lui semblait que sa vie n'était plus qu'une petite flamme vacillante qui aurait risqué de s'éteindre si jamais il l'avait lâchée. Les pleurs avaient fait renaître un peu de chaleur en elle, et quand ils cessèrent enfin, il dénicha une couverture, l'enveloppa dedans, puis se mit en devoir d'allumer le poêle, afin que la pièce se réchauffe aussi.

En refermant la porte, il aperçut un papier roulé en boule que le battant avait dissimulé jusqu'alors. Il était d'un bleu très pâle, comme la lettre qu'il avait trouvée au bord de la route et qu'il avait remise à Helen la veille au soir. Il le ramassa, le posa sur la table, alluma le camping-gaz et mit de l'eau à bouillir pour faire du thé. Pendant tout ce temps-là, Helen était restée recroquevillée sur elle-même sous sa couverture, entourant ses genoux de ses bras, grelottante, le regard vide.

Luke trouva un gant de toilette, l'humecta d'eau tiède, retourna s'asseoir à côté d'elle sur le lit et, sans mot dire, avec des gestes très doux, lui nettoya le visage, les bras, les mains. Sans mot dire, elle se laissa faire. Ensuite, il dénicha une serviette et l'essuya.

Il décrocha son tricot en laine polaire bleu et son maillot de corps à manches longues de sa corde à linge de fortune, et les lui amena en lui disant qu'il vaudrait peut-être mieux qu'elle ôte son tee-shirt trempé, mais elle ne parut pas l'entendre. Qu'est-ce que je vais bien pouvoir faire ? se dit-il. Tout ce qu'il savait, c'est qu'il fallait qu'elle se change. Il la débarrassa de la couverture, la prit aux épaules et la fit pivoter tout doucement vers le mur. Puis il s'assit au bord du lit et, se détournant de façon à ne pas voir ses seins, la dépouilla de son tee-shirt mouillé.

Sous le hâle de son cou, sa peau était lisse, d'une blancheur laiteuse. Au moment où il lui faisait passer le maillot par-dessus sa tête, il discerna les petites saillies des vertèbres et la légère incurvation des côtes, qui lui donnaient l'air fragile d'un oiseau blessé. Il dut lui soulever les bras l'un après l'autre, les enfonçant dans les manches comme s'ils avaient été des bras de poupée. Après avoir fait glisser le maillot de corps le long de son torse, il lui enfila le tricot de laine polaire de la même façon.

Il lui prépara son thé et l'aida à boire en guidant la tasse jusqu'à ses lèvres. Ensuite il resta un long moment près d'elle, l'entourant de ses bras.

Il lui fallut au moins une heure pour retrouver la parole. Elle avait la tête contre la poitrine de Luke, et sa voix étouffée, à peine audible, semblait venir de très loin.

— Pardon, dit-elle. Je n'en vaux vraiment pas la peine.

Il se garda bien de lui demander ce qui l'avait mise dans cet état. C'était peut-être en rapport avec la lettre. Peut-être qu'elle avait perdu quelqu'un.

Tout ce qu'il savait à cet instant, tout ce qui lui importait, c'est qu'il l'aimait.

22

Pendant les deux semaines qui suivirent l'arrestation d'Abe Harding, Dan Prior vécut les moments les plus difficiles de sa carrière, qui dépassèrent en étrangeté tout ce qu'il avait connu jusque-là. Comme s'ils avaient voulu venger la mort du loup alpha de Hope, ses congénères se mirent à semer la dévastation dans toute la région des Rocheuses.

En l'espace d'une nuit, un berger du Wyoming perdit trente et un agneaux, victimes d'une meute qui s'était aventurée hors du parc de Yellowstone. Les loups n'en dévorèrent qu'un ou deux, massacrèrent le reste et s'en allèrent. Du côté de Kalispell, une autre meute tua deux poulains chez un éleveur de pur-sang. Dans les montagnes de l'Idaho, au nord de Boise, un mâle solitaire égorgea trois veaux et en estropia si bien un quatrième que l'on dut se résigner à l'abattre.

Bill Rimmer ne quittait pour ainsi dire plus son hélicoptère. En dix jours, il abattit neuf adultes et tira quinze louveteaux avec des fléchettes soporifiques. Les louveteaux furent transportés dans des coins où ils ne risquaient pas de causer des dégâts. Dan était tenu de signer les arrêts de mort, et chaque fois qu'il avait à le faire, il éprouvait un sentiment d'échec cuisant. En principe, il était là pour sauver les loups, pas pour les liquider. Mais il n'avait pas le choix, bien sûr. Si les responsables de l'opération ne s'étaient pas engagés à user de moyens drastiques en cas de besoin, le programme de réintroduction n'aurait jamais obtenu le feu vert de Washington. Et depuis ce qui s'était passé à Hope, la presse ne le lâchait plus d'une semelle.

Les journalistes le bombardaient de coups de téléphone du matin au soir. Chez lui, il laissait le répondeur branché vingt-quatre heures sur vingt-quatre. Quand Ginny était là, elle répondait pour lui, se faisant passer tantôt pour la patronne d'un restaurant chinois, tantôt (ce qui était plus dans la note) pour la standardiste d'un hôpital psychiatrique. Au bureau, Donna se chargeait de faire le tri, ne lui passant que les reporters qu'il connaissait personnellement ou ceux qui pouvaient vraiment avoir du poids.

Le subit regain d'intérêt pour les loups ne se limitait plus à la presse régionale. Les grands médias nationaux, et même la presse étrangère, étaient entrés en effervescence à leur tour. Dan avait dû palabrer avec un journaliste de télé allemand qui citait Nietzsche à tout bout de champ et posait de grandes questions épistémologiques auxquelles il avait été bien incapable de répondre, n'y comprenant strictement rien. Plus insensé encore, un membre de la rédaction de *Time Magazine* lui avait annoncé que son journal songeait à consacrer sa couverture à Abe Harding.

— Vous plaisantez ou quoi ? lui avait demandé Dan.

— Pas le moins du monde, avait répondu le journaliste, vexé. Après tout, il est un peu l'incarnation des valeurs traditionnelles de l'Ouest. Vous voyez ce que je veux dire ? Une sorte de pionnier à l'ancienne mode livrant un dernier combat au monde moderne.

— Si je vous dis ma façon de voir, ça restera entre nous ?

— Mais oui, soyez sans crainte.

— Pour moi, la seule valeur qu'il incarne, c'est la connerie à l'état pur.

L'idée de *Time* faisant sa couverture sur « Abe Harding, dernier des pionniers » était tellement cocasse que pendant plusieurs jours Dan fut pris d'un début de fou rire chaque fois qu'il y songeait. Dieu merci, l'article annoncé tarda à se matérialiser, car il ne pouvait pas voir le jour sans le concours de Harding, qui détestait les journalistes presque aussi cordialement que les loups.

A l'issue de sa nuit au bloc, il avait fait l'objet d'une double inculpation, d'une part pour le meurtre d'un animal appartenant à une espèce protégée (en l'occurrence un loup), d'autre part pour la détention et le transport de sa dépouille, qui constituait un délit en soi. Par contre, les poursuites pour violences à agent avaient été abandonnées. Il fut remis en liberté par un juge fédéral, qui n'exigea pas de caution.

Schumacher et Lipsky, les deux agents spéciaux de l'Office fédéral des eaux et forêts qui avaient assisté à la réunion, se présentèrent au ranch Harding munis d'un mandat de perquisition. Le shérif adjoint de Hope avait exigé d'être présent, dans l'intention évidente de leur mettre des bâtons dans les roues. Craig Rawlinson leur avait causé bien du souci en prenant ostensiblement le parti des deux fils, qui s'étaient montrés désagréables et même grossiers. Schumacher et Lipsky gardèrent leur flegme jusqu'à ce qu'ils aient mis la main sur la carabine dont Harding s'était servi pour abattre le loup. C'était une Ruger M-77, chargée, qu'ils saisirent comme pièce à conviction.

Le loup passa la nuit en compagnie d'une vieille pizza desséchée dans le congélateur du garage de Dan, et fut expédié le lendemain au laboratoire central de l'Office fédéral des eaux et forêts, à Ashland, dans l'Oregon. L'autopsie révéla que son cœur et ses poumons avaient été littéralement mis en pièces par une balle de calibre 7 mm Magnum, dont on ne retrouva que d'infimes fragments, le projectile étant ressorti par l'arrière-train.

Les tests génétiques démontrèrent que le loup n'avait aucun lien de parenté avec ceux que les responsables du programme de réintroduction avaient lâchés dans le parc de Yellowstone et dans l'Idaho. D'après la bague qu'il portait à l'oreille, il venait du fin fond de la Colombie-Britannique, ce qui voulait dire qu'il avait fait un voyage de près de quatre cents kilomètres. Sa patte droite, amputée d'un orteil, portait une cicatrice laissant supposer qu'il l'avait jadis arrachée des dents d'un piège. L'un des spécialistes du labo émit l'idée que cette infirmité avait dû le rendre inapte à chasser les ongulés sauvages, et que c'est peut-être pour cela qu'il s'était rabattu sur le bétail.

Au début, Harding prétendit qu'il avait surpris le loup au moment où il se jetait sur un veau dans un pré situé à deux cents mètres de chez lui, et que c'est alors qu'il l'avait tué. Il reconnut ensuite que le loup n'avait pas encore attaqué et qu'il l'avait abattu à titre préventif. Il précisa que les loups étaient deux, et qu'il regrettait de ne pas avoir tué l'autre par la même occasion. Il estimait qu'il n'avait commis aucun délit, et se disait prêt à aller jusqu'à la Cour suprême pour le prouver. Il refusa d'être représenté par un avocat, les avocats n'étant selon lui que des loups en costume-cravate.

Pendant ce temps-là, sans même attendre que *Time Magazine* l'ait sacré héros national, Wes et Ethan contribuèrent à leur façon à magnifier l'image de leur père.

Ils firent imprimer deux cents tee-shirts à son effigie. Le devant était orné de sa peu engageante trombine, et ils portaient au dos l'inscription MEMBRES DE L'ALL

(AMICALE DES LIQUIDATEURS DE LOUPS). Ils furent mis en vente au Dernier Espoir au prix de quinze dollars l'unité. Le stock fut épuisé en quarante-huit heures. Ils en commandèrent cinq cents de mieux, qui s'arrachèrent aussi. En revanche, ils eurent un peu de mal à écouler les tasses à petit déjeuner ABE HARDING, HONNEUR DE HOPE. Bill Rimmer avait offert un tee-shirt et une tasse à Dan. Il n'avait encore jamais mis le tee-shirt, mais il buvait son café dans la tasse chaque matin.

Contrairement à leurs congénères du reste de la région, les loups de Hope n'avaient pas défrayé la chronique ces temps-ci. Dan en était heureux, car ainsi les manœuvres de Buck Calder auraient moins de chances d'aboutir. Il n'était pas question qu'il se laisse forcer la main, et qu'il se lance dans des représailles sans que la responsabilité des loups ait été formellement établie. D'ailleurs, il avait déjà bien assez d'emmerdements comme ça.

Il était pris en tenaille entre les éleveurs fous de rage qui l'assaillaient au téléphone en le taxant de laxisme et les défenseurs des animaux qui l'appelaient aussitôt après pour le traiter d'assassin, à cause des neuf loups dont il avait signé les arrêts de mort. L'Office avait quatre procès sur les bras, deux intentés par des syndicats agricoles exigeant la cessation immédiate du programme de réintroduction des loups, qu'ils jugeaient anticonstitutionnel, deux autres instrumentés par des associations écologistes qui voulaient faire interdire « toute nouvelle mesure d'élimination illégale ».

Le lendemain de la réunion publique, un groupe de militants des Amis des loups étaient venus faire du porte-à-porte à Hope pour soumettre la population à un « sondage ». Dan avait aussitôt été assailli de coups de téléphone indignés. Un éleveur lui dit que s'ils revenaient frapper à sa porte, il tirerait dans le tas. Il les avait décrit comme « une bande de hippies terroristes rouges », et quand Dan prit sa voiture pour aller se rendre compte sur place, il constata que les sondeurs avaient effectivement une drôle d'allure. Il suggéra aimablement à l'étudiant de Missoula qui faisait office de coordinateur régional de l'association que monter ainsi les loups en épingle n'était sans doute pas la meilleure manière de défendre leur cause.

La situation était déjà assez mauvaise comme ça à Hope, il ne fallait surtout pas jeter de l'huile sur le feu. Dans son for intérieur, Dan se disait que Harding leur avait peut-être rendu un signalé service en abattant le loup qui était le plus susceptible d'avoir commis des dégâts. Sa mort avait ramené un calme relatif parmi les éleveurs enragés par la perte des quarante-trois veaux, et ce répit allait sans doute s'avérer précieux pour Helen. Avec un peu de chance, elle aurait le temps de s'organiser et de constituer un cordon sanitaire autour des loups restants.

Dan ne l'avait pas revue depuis la réunion, et il commençait à se faire du souci à son sujet. Pendant trois jours, elle ne lui avait pas téléphoné, n'avait répondu à aucun de ses messages. Au moment où il s'apprêtait à monter jusqu'à la cabane, elle s'était enfin décidée à l'appeler. Elle lui annonça qu'elle avait eu une petite grippe, mais que tout allait bien à présent. Elle semblait un peu abattue, mais Dan se dit que ça devait être le contrecoup de la grippe. Elle lui expliqua que Luke, le fils de Calder, s'était très gentiment occupé d'elle pendant qu'elle était malade.

En dépit de lui-même, Dan éprouva une pointe de jalousie.

L'idée de Luke aidant Helen à pister et à piéger les loups ne lui plaisait qu'à moitié. On lui avait démoli sa boîte aux lettres ; elle avait été en butte à une violente hostilité pendant la réunion ; il valait donc mieux qu'elle ne reste pas seule là-haut. Mais Dan trouvait qu'elle jouait un peu avec le feu en se faisant aider par le fils de Buck Calder. Quelques jours plus tôt, quand

Helen lui avait annoncé ça au téléphone, il ne lui avait pas dissimulé son inquiétude.

— C'est un peu comme si tu couchais avec l'ennemi, non ?

— Je ne couche avec personne, Dan.

— C'était une métaphore, Helen.

— Il me tire une sacrée épine du pied. Tu devrais t'en réjouir.

— Il pourrait renseigner son père sur le placement de tes pièges, ou...

— Arrête, Dan. C'est complètement ridicule.

Il y eut un silence un peu embarrassé. Depuis sa maladie, Helen n'était plus la même. Chaque fois qu'ils se parlaient, elle se montrait tantôt très susceptible, tantôt étrangement distante.

— Excuse-moi, dit-il. Finalement tu dois avoir raison.

Elle ne lui répondit pas. Il l'imagina là-haut, toute seule dans sa cabane, au milieu de la forêt ténébreuse.

— Helen, tu es sûre que ça va bien ?

— Je vais très bien, dit-elle sèchement. Pourquoi tu me demandes ça ?

— Pour rien. Tu n'as pas l'air très heureuse, c'est tout.

— Ça fait partie de mes obligations contractuelles ? Un zoologiste vacataire est tenu d'être d'humeur joyeuse quoi qu'il arrive ?

— Absolument.

Il lui sembla qu'elle réprimait un éclat de rire. Il y eut un autre silence, puis d'une voix radoucie elle reprit :

— Excuse-moi, Dan. Je suis un peu à court d'anges en ce moment.

— Je me fais du souci pour toi.

— Oui, je sais. Merci.

— Pas de quoi. Au fait, je t'ai trouvé une moto-neige.

— Elle vient du même endroit que mon pick-up ?

— Non, elle est neuve. Enfin, presque. Tu en auras bientôt besoin. Je pourrai te l'amener ce week-end, si tu veux.

— D'accord.

Après lui avoir dit de prendre bien soin d'elle, Dan raccrocha et s'abîma un moment dans ses pensées, en contemplant la morose trombine d'Abe Harding au flanc de sa tasse.

Il faudrait qu'il invite de nouveau Helen à dîner, mais dans un bon restaurant cette fois. Leur soirée chez Nelly avait été sa dernière sortie avec une femme. Quelque temps plus tard, il avait enfin trouvé le courage de rappeler Sally Peters pour lui proposer un rendez-vous, mais une fois de plus les circonstances l'avaient obligé à lui faire faux bond. Quand il l'avait rappelée le lendemain pour lui faire de plates excuses, elle lui avait dit que c'était vraiment lamentable qu'un homme comme lui en soit réduit à mener une vie aussi déréglée.

Dan s'était dit que cette observation ne manquait pas de justesse.

Kathy se pencha à l'arrière de la voiture, détacha Buck junior de son petit siège et se le jucha sur la hanche. Un peu plus loin dans la rue, le plus vieil habitant de Hope, Ned Wainwright, se faisait interviewer par une énième équipe de télé. Depuis quinze jours, ces gens-là avaient envahi le village, et tout le monde en avait un peu ras-le-bol de les voir, y compris Kathy.

Tandis qu'elle se dirigeait vers le Parangon, elle entendit Ned déblatérer sur le gouvernement fédéral, qui selon lui était entièrement acquis aux loups.

— C'est gros comme une maison, disait-il. Ils veulent que les loups éliminent complètement les cerfs et les élans, pour qu'on n'ait plus rien à chasser. Et là, ils diront que puisqu'il y a plus rien à chasser y a plus besoin d'armes à feu, et ils interdiront les armes à feu. Tout ça, c'est un coup monté pour nous piquer nos fusils.

Kathy n'avait jamais rien entendu d'aussi con, mais le journaliste de la télé approuvait de la tête, comme si ça avait été parole d'évangile. Au moment où elle passait devant eux, l'un des cameramen lui sourit, mais elle resta de bois.

— Vous n'avez pas d'événements plus importants à couvrir ? lui demanda-t-elle avant de disparaître à l'intérieur du magasin, le laissant bouche bée.

Comme sa mère lui avait parlé en long et en large de toutes les nouveautés que Ruth avait fait rentrer en prévision du coup de feu de Noël, Kathy avait décidé d'acheter un maximum de cadeaux chez elle, par souci de loyauté. Il était encore un peu tôt pour y songer, mais elle aimait planifier les choses longtemps à l'avance. Elle avait choisi de venir ce matin-là, parce que c'était le jour où sa mère allait faire ses courses à Helena.

Ruth parut enchantée de la voir, et lui prit l'enfant des bras afin qu'elle puisse inspecter les rayons à son aise.

— Ils ne vous font pas grimper aux murs, tous ces journalistes ? lui demanda Kathy.

— Pas du tout. Ce sont d'excellents clients. Ils achètent n'importe quoi, du moment qu'il y a un loup dessus.

— Je n'avais pas pensé à ça. Donc, leur présence a quand même un bon côté.

En un rien de temps, elle trouva tous les cadeaux qu'elle voulait. Elle acheta un superbe gilet en cuir pour Clyde, une boîte à cigares en bois avec des renforts de cuivre pour son père, de très jolis colliers en argent pour sa mère et pour Lane. Elle fit aussi l'acquisition d'un livre sur l'artisanat indien destiné à Bob, le mari de Lane, et d'un ruban à chapeau en crin de cheval tressé pour Luke.

Ruth voulut lui faire une réduction, mais Kathy refusa catégoriquement. Par contre, elle accepta de boire un café à l'œil, et s'installa au bar, Buck junior sur les genoux, pendant que Ruth le lui préparait.

— Tous ces articles avec des loups dessus se vendent comme des petits pains. C'est votre mère qui a eu l'idée de les faire rentrer, vous savez.

— Ah bon ?

— Oui. Elle a une sacrée tête, cette femme-là.

— Ça, elle l'a toujours eue.

— Je l'adore.

Elles parlèrent un moment de la mère de Kathy en sirotant leurs cafés, puis la conversation s'orienta sur les parents de Ruth. Son père était mort depuis belle lurette, expliqua-t-elle. Sa mère s'était remariée, et menait désormais une vie mondaine très agitée dans le New Jersey.

— Ma mère est tout le contraire de la vôtre, dit Ruth. Eleanor garde toujours son calme, elle ne s'énerve jamais. Ma mère est une vraie tornade. Un jour, après une épouvantable scène de ménage, elle est montée au premier étage et s'est enfermée dans les toilettes. Il a fallu que ce soit moi qui aille la raisonner. J'avais quinze ans. Et tout en lui parlant je me disais : eh, une seconde, c'est le monde à l'envers, la gamine ici c'est moi en principe.

Quand le moment de prendre congé arriva, Buck junior tendit les bras vers Ruth et elle le reprit un instant. Il se lova contre elle et se mit à lui tripoter les cheveux.

— C'est un vrai homme à femmes, dit Kathy.

— On dirait, répondit Ruth en riant.

— Il tient de son grand-père, vous ne trouvez pas ?

— Vous voulez dire...

— Je parle de son physique.

— Ah bon, fit Ruth en s'esclaffant à nouveau.

Puis, les sourcils froncés, elle examina l'enfant.

— Moi, je trouve qu'il ressemble plutôt à votre mère.

Buck Calder s'assit au bord d'une rangée de bancs, au fond de l'amphithéâtre où se déroulait la vente aux enchères. En bas, sur la piste, un groupe serré de génisses Angus qu'on venait d'adjuger pour une somme complètement absurde refusait de vider les lieux.

Elles étaient osseuses, dégingandées. Seul un idiot peut avoir envie de s'acheter des bêtes pareilles, se disait Buck. La taille, chez une vache, ça ne veut vraiment rien dire. Une vache haute sur pattes a une ossature plus importante, c'est tout. Il n'en revenait pas qu'il existe encore des jobards incapables de piger ça. Dès qu'une bête était grande et noire (chez les vaches comme chez les humains, le noir était le comble du chic ces temps-ci), ils se disaient que c'était forcément une bonne affaire.

Son voisin de banc était un jeune collègue, qui s'était mis sur son trente et un. Il arborait un large sourire, et Buck en conclut qu'ils étaient sur la même longueur d'onde.

— Y a vraiment de sacrés pigeons, dit-il.

Le sourire s'effaça brusquement des lèvres du jeune type.

— Quoi ? fit-il.

— C'est cher payé pour de pareils sacs d'os.

— C'est moi qui les ai élevées.

— Oh, fit Buck.

Il chercha quelque chose à dire pour rattraper sa bévue, mais l'autre s'était déjà levé. Il quitta le rang en le bousculant au passage et alla s'asseoir ailleurs.

Bah, après tout je m'en fous, se dit Buck en posant de nouveau le regard sur la piste en contrebas.

C'était une arène sablonneuse de six ou sept mètres de diamètre, entourée d'une balustrade blanche. Deux jeunes cow-boys se démenaient comme des beaux diables pour essayer d'évacuer les génisses qui restaient pétrifiées sous les projecteurs comme des acteurs victimes d'un terrible trou de mémoire. Les cow-boys brandissaient de longues badines blanches surmontées de fanions orange dont ils piquaient et frappaient la croupe des génisses, ce qui au lieu de les inciter à évacuer les lieux provoqua une évacuation instinctive de leurs intestins. L'un des deux cow-boys glissa sur une bouse molle et s'étala de tout son long, soulevant une tempête de rires.

Dans sa petite guérite au fond de l'arène, le commissaire-priseur, un jeune type volubile et moustachu vêtu d'une chemise western rouge vif, se pencha vers son micro.

— Eh oui, mesdames et messieurs, on sait s'amuser chez nous.

Buck n'assistait aux ventes de bétail de Billings que trois ou quatre fois par an, mais il y prenait toujours beaucoup de plaisir. Ça faisait un sacré bout de route, le trajet prenait près de quatre heures, et les enchères n'y étaient pas particulièrement avantageuses. Mais c'était une occasion de s'évader de chez lui, de prendre le pouls du marché et de soigner un peu les relations qu'il s'était faites dans le coin. Il y en avait une qu'il soignait avec un plaisir particulier. C'était celle qu'il entretenait avec l'ancienne orthophoniste de Luke, Lorna Drewitt.

D'habitude, ils déjeunaient ensemble, puis ils passaient l'après-midi dans une chambre de motel. C'est ce qu'ils avaient prévu de faire ce jour-là. Buck jeta un coup d'œil à sa montre. Tout marchait comme sur des roulettes. Il était à peine plus de midi, et les deux taurillons qu'il avait amenés ce matin avec la bétaillère formaient le lot suivant. Au printemps, il ne les avait pas jugés assez présentables pour les inscrire au catalogue de sa vente annuelle de taureaux, mais ils avaient beaucoup forci depuis, et il était sûr d'en tirer un bon prix.

Les génisses se décidèrent enfin à sortir et la seconde d'après, le premier des taureaux de Buck fit irruption dans l'arène. Il chargea avec tant d'impétuosité que le malheureux cow-boy tout crotté qui venait de se relever fut obligé de se réfugier derrière l'un des panneaux de protection en tôle ondulée destinés à cet usage. Le taureau fonça sur le panneau et ses cornes firent bruyamment résonner le métal. Si ses naseaux avaient craché des flammes, le tableau aurait été complet. Pour un peu, Buck aurait crié « Olé ! ».

Quarante minutes plus tard, il se dirigea vers l'autoroute, tout faraud, remorquant sa bétaillère vide. Il passa sous le grand panneau lumineux qui annonçait : BILLINGS, PLUS GRANDE CONCENTRATION DE TÊTES DE BÉTAIL DE L'OUEST. Sur le panneau, un cow-boy en néon agitait son chapeau. Buck était tellement content de lui et de la belle somme que lui avaient rapportée ses taureaux que pour un peu il lui aurait rendu son salut.

Le motel où il avait donné rendez-vous à Lorna n'était qu'à quelques centaines de mètres de l'entrée de l'autoroute. Le trajet ne lui prit pas plus de cinq minutes. Après avoir dissimulé son camion et sa bétaillère dans un angle discret du parking, pour le cas assez peu probable où une personne de sa connaissance passerait dans le coin, il se dirigea vers le bâtiment de la réception.

Lorna était déjà là, assise dans le foyer, jolie et élégante comme toujours, plongée dans la lecture du quotidien local. Elle s'était installée à Billings six ans plus tôt, à la suite du fâcheux incident au cours duquel Luke les avait surpris dans les bras l'un de l'autre (bien que

Buck se soit échiné à lui dire que ce morveux n'avait évidemment pas compris de quoi il retournait). Lorna frisait la trentaine à présent, et elle était plus excitante que jamais.

En l'apercevant, elle se leva, posa son journal et le regarda s'approcher en souriant. Il la prit dans ses bras, et elle rejeta la tête en arrière pour qu'il puisse l'embrasser dans le cou.

— Qu'est-ce que tu sens bon, dit-il.

— Toi, tu sens la vache.

— Non, ma belle, je sens le taureau. C'est la mâle odeur des Calder.

On ne mangeait pas trop mal au restaurant du motel. Ils dégustèrent des steaks plantureux arrosés de merlot californien en se faisant du genou et en se pelotant sous la nappe. Buck n'y tenait plus. Sans même demander l'addition, il jeta un billet de cent dollars sur la table et l'entraîna dans la chambre, dont il avait eu soin de demander la clé au préalable.

Plus tard, alors qu'ils gisaient côte à côte au milieu de ce qui restait de la literie, Lorna lui annonça que ce rendez-vous serait leur dernier. Buck se redressa sur un coude et la regarda en fronçant les sourcils.

— Qu'est-ce que tu racontes ? dit-il.

— Je vais me marier.

— Quoi ? Quand ça ?

— Le mois prochain.

— Oh merde ! Avec Trucmuche ?

— Tu sais très bien comment il s'appelle, Buck.

Il le savait, en effet. Le garçon en question s'appelait Phil. Cela faisait quatre ans que Lorna le fréquentait.

— Bon d'accord, tu te maries, mais qu'est-ce que ça change ?

— Pour qui tu me prends, Buck ?

Buck était certain de connaître la réponse à cette question, mais elle refusait obstinément de lui venir à l'esprit.

Ils se rhabillèrent et, dans la lumière déclinante du parking, échangèrent un dernier baiser.

— Ne me téléphone plus, d'accord ? lui dit-elle.

— Enfin, ma belle, tu ne vas quand même pas m'interdire de t'appeler ?

— Si.

Buck reprit l'autoroute en direction de Billings, malheureux comme les pierres. De gros nuages de pluie d'un gris fuligineux défilaient à toute vitesse dans son pare-brise ; la bétaillère frissonnait sous le vent du nord glacial.

Depuis quelque temps, tout allait de mal en pis dans sa vie.

D'abord, Ruth avait été prise de scrupules sous prétexte qu'elle s'était associée avec Eleanor, et maintenant voilà que Lorna s'y mettait à son tour. Et puis il y avait ces tordus d'écolos qui continuaient de le harceler de coups de téléphone à cause de ces satanés loups. Avant leur arrivée, tout baignait dans l'huile. Il n'y avait pas à dire, ils lui portaient malheur.

Il était temps de passer aux choses sérieuses. Il fallait qu'il se débarrasse de cette vermine.

Il avait déjà mis en place le premier volet de son plan. Luke travaillait pour Helen Ross à présent, et même si Buck n'était pas encore arrivé à lui faire dire où se trouvaient ces sales bêtes, il finirait bien par lui tirer les vers du nez. Ce n'était plus qu'une question de temps. A ce moment-là, il aurait besoin de quelqu'un pour leur régler leur compte.

C'est justement ce qui l'avait amené à Billings aujourd'hui, en plus de la vente des taureaux et de son rendez-vous avec Lorna.

Pendant qu'il mûrissait son plan, il s'était souvenu d'un vieux trappeur qui habitait jadis au bord de la rivière, en amont de Hope. Une de ces figures légendaires de l'Ouest dont la race s'est éteinte aujourd'hui. Le père de Buck avait souvent eu recours à ses services quand il avait des ennuis avec des bêtes de proie. Des coyotes en général, parfois aussi un puma, ou un grizzly qui s'était égaré dans les parages.

Buck s'était souvenu que le bonhomme en question avait un fils qui exerçait le même métier que lui. Mais il avait eu beau se creuser la cervelle, il avait été infichu de se rappeler leur nom.

Et puis, l'avant-veille au soir, en buvant une bière au Dernier Espoir, il avait posé la question au vieux Ned Wainwright. Tout nonagénaire qu'il fût, Ned était doué d'une mémoire très sûre.

— Lovelace. Josh Lovelace. Ça doit bien faire vingt ans, ou même trente, qu'il a passé l'arme à gauche.

— Est-ce qu'il n'avait pas un fils ?

— Si. J.J., qu'il s'appelait, le fils. Il est allé vivre à Big Timber. Quand le vieux Josh s'est mis à sucrer les fraises, il l'a rejoint là-bas. C'est là qu'il est enterré.

— Le fils, c'est toujours là qu'il habite ?

— Ça, j'en sais fichtre rien.

— Il ne doit plus être tout jeune lui-même.

— Qu'est-ce que tu me chantes là, Buck Calder ? Il a vingt bonnes années de moins que moi. C'est qu'un môme, quoi.

Le vieil homme fut pris d'un rire catarrheux qui s'acheva par une quinte de toux. Buck lui paya une autre bière et le raccompagna jusque chez lui.

Ayant trouvé un J.J. Lovelace dans l'annuaire, il avait essayé à plusieurs reprises de le joindre au téléphone, mais ça ne répondait jamais. Il s'était donc muni de son adresse et avait décidé de faire un arrêt à Big Timber à son retour de Billings pour essayer de lui mettre la main dessus.

Roulant vers un horizon aussi noir que son humeur, il aperçut soudain le nom de Big Timber sur un panneau de sortie de l'autoroute. Il mit son clignotant et bifurqua vers la droite.

Il s'arrêta à une station-service, demanda son chèmin au gamin qui tenait la caisse. Dix minutes plus tard, son camion et sa bétaillère vide cahotaient sur les nids-de-poule d'un chemin de terre plein de méandres.

Dans la nuit qui s'épaississait, les premières gouttes de pluie s'abattirent sur son pare-brise. Au bout de cinq kilomètres, la route passa à travers un bosquet de peupliers, dont les dernières feuilles jaunes battaient au vent. A la sortie du bosquet, le faisceau de ses phares lui révéla une boîte aux lettres verte mangée par la rouille qui portait le nom LOVELACE.

Comme l'allée ne semblait pas assez sûre pour qu'il s'y engage avec la remorque, il se rangea sur le bas-côté de la route et continua à pied, en remontant le col de son blouson pour se protéger du vent et de la pluie.

La piste creusée de profondes ornières grimpait le long d'une ravine au fond de laquelle cascadait un torrent que Buck ne pouvait discerner, car il était dissimulé par d'épaisses broussailles. Au bout de sept ou huit cents mètres, il aperçut au-dessus de lui une bâtisse en bois accrochée au flanc d'un monticule, parmi les arbres. Il y avait de la lumière aux fenêtres. Une caravane était garée sous les arbres, à côté de la maison. C'était une caravane en aluminium de modèle ancien. Ses extrémités arrondies lui donnaient l'allure un peu inquiétante d'un vaisseau spatial chu d'une planète lointaine.

Buck s'attendait à être accueilli par des aboiements de chiens, mais tandis qu'il gravissait le raidillon qui menait à la maison il n'entendit rien d'autre que le vent et le bruit de la pluie sur son chapeau.

Il n'y avait pas de rideaux aux fenêtres. La lumière provenait d'une ampoule nue qui pendait du plafond au-dessus de la table de la cuisine. Buck ne distingua aucun signe de vie dans la maison. La caravane semblait vide aussi. Il s'approcha de la porte de la cuisine, frappa. Tandis qu'il attendait qu'on vienne lui ouvrir, il tourna machinalement la tête, et crut que son cœur allait s'arrêter de battre.

Le canon d'un fusil de chasse de gros calibre était braqué sur lui.

— Oh, bon Dieu ! siffla-t-il.

L'homme qui le tenait en joue portait un long parka noir dont il avait relevé la capuche. Dans l'ombre de la capuche, Buck discerna un long visage osseux, une barbe poivre et sel, deux yeux noirs brûlants d'hostilité. Eût-il tenu une faux à la place du fusil, son identité n'aurait fait aucun doute.

— Monsieur Lovelace ?

L'homme resta impassible, laissant la question en suspens.

— Je m'excuse de faire irruption chez vous sans m'être annoncé, mais j'avais peur que mon camion reste en rade dans l'allée.

— Il gêne le passage, votre camion.

— Ah bon ? Pardon, je vais aller le déplacer.

— Restez où vous êtes.

— Monsieur Lovelace, je m'appelle Buck Calder. Je suis de Hope.

Il faillit lui tendre la main, mais se ravisa aussitôt. Le moine fou aurait pu croire qu'il voulait lui arracher son arme.

— Quand j'étais enfant, votre père a plus d'une fois travaillé pour le mien. En fait, on s'est sûrement connus vous et moi, mais c'est tellement vieux tout ça.

— Vous êtes le fils à Henry Calder ?

— Exactement.

Lovelace (si c'était bien lui) parut impressionné. Il abaissa un peu son fusil, qui à présent était braqué sur le bas-ventre de Buck.

— Votre père est un peu une légende par chez nous, dit Buck.

— Qu'est-ce qui vous amène ?

— A ce qu'on m'a dit, vous faites le même métier que lui.

Lovelace ne dit rien.

— Alors, j'ai pensé que...

Le regard de Buck se posa sur le fusil.

— Euh, monsieur Lovelace... ça ne vous ennuierait pas de déplacer un peu votre engin ?

Lovelace le dévisagea longuement, comme s'il se demandait si ça valait la peine de gâcher une cartouche pour si peu. Ensuite il pointa brusquement son fusil vers le ciel, rabattit le cran de sûreté d'une chiquenaude, passa devant Buck et entra dans la maison, sans refermer la porte. Buck resta encore quelques instants dehors, se demandant s'il fallait considérer cette porte entrouverte comme une invitation à entrer.

Il finit par décider que oui.

Lovelace posa son fusil sur la table et il ôta la capuche de sa tête, mais garda son parka, car il faisait froid dans la maison. Depuis que Winnie était morte, il ne se donnait plus la peine d'allumer le poêle du living. Il se dirigea vers l'atelier où il préparait ses pièges, à l'arrière de la maison. Il entendit que Calder lui emboîtait le pas.

L'atelier n'était jamais qu'un garage reconverti, mais désormais il y passait le plus clair de son temps. Il y avait installé un petit radiateur électrique, et y dormait la nuit, sur un matelas posé à même le sol. Dormir, c'était un bien grand mot. Il restait simplement étendu là, à attendre que le jour se lève. C'était de la folie, il le savait. Il aurait dû se réhabituer à dormir dans la chambre conjugale sans Winnie, mais il ne pouvait s'y résoudre.

La chambre, la cuisine, la maison tout entière lui semblaient vides sans elle, et pourtant il sentait partout sa présence. Il avait essayé de cacher tous les objets qui lui avaient appartenu, mais ça n'avait rien changé. Leur absence même lui rappelait Winnie, comme tout le reste. C'est pour cela qu'il s'était réfugié dans l'atelier, qui de toute façon avait toujours été son territoire. Winnie refusait d'y mettre les pieds, à cause de l'horrible puanteur de charogne qui selon elle y flottait en permanence. La puanteur devait être là, mais il ne la percevait pas. Calder, lui, la sentait, ça se voyait à sa figure, malgré tout le mal qu'il se donnait pour ne pas grimacer.

Lovelace s'assit sur son pliant, à côté du radiateur, attira à lui le seau en plastique qui contenait la tête de cerf, le plaça entre ses jambes et se remit au travail. La tête était déjà à moitié écorchée quand il avait entendu le camion de Calder ralentir et s'arrêter tout en bas de l'allée. Pour un vieux barbon de soixante-neuf ans, j'ai encore l'ouïe fine, se dit-il.

Pendant qu'il raclait sa tête de cerf, Calder lui exposa les problèmes que les loups avaient causés à Hope. Comme il n'y avait pas d'autre siège, il s'était adossé à l'établi qui occupait toute la longueur d'un mur. Tout en parlant, il explorait la pièce du regard, ses yeux passant et repassant sur les murs et les poutres du toit, d'où pendaient des pièges, des collets, des rouleaux de fil, ainsi que des peaux de bête et des crânes.

Lovelace se souvenait du père de son visiteur, Henry Calder, que son propre père surnommait « Sa Majesté », et dont il moquait volontiers les manières hautaines. Au début des années cinquante, Lovelace avait lui-même participé à une opération de nettoyage au ranch Calder. Cet été-là, il y avait eu une grave pénurie de baies dans la montagne, et les grizzlys chassés de la forêt par la disette étaient venus rôder autour des vaches. Son père et lui avaient pris trois adultes au piège et abattu quatre ou cinq oursons.

Avait-il connu ce type qui était en train de le soûler de paroles ? Sa physionomie ne lui rappelait rien. Il est vrai qu'à l'époque Buck Calder n'était encore qu'un enfant, et qu'en ce temps-là Lovelace se déplaçait déjà beaucoup, travaillant le plus souvent loin de chez lui, au Mexique ou au Canada. En 1956, il avait épousé Winnie, s'était installé à Big Timber et à partir de là ses visites à Hope n'avaient fait que s'espacer encore plus.

— Alors, qu'en dites-vous ?

— Tuer des loups, c'est interdit par la loi.

Calder eut un sourire entendu et se laissa aller en arrière, les bras croisés sur la poitrine. Il émanait de sa personne une espèce d'arrogance qui n'était pas du goût de Lovelace.

— Personne n'en saura rien.

— Ils vont les surveiller de très près.

— C'est vrai, dit Calder.

Il sourit et, avec un clin d'œil, ajouta :

— Mais vous seriez informé de l'intérieur.

Il se tut, espérant une réaction, mais Lovelace n'était pas disposé à jouer à ce petit jeu. Il attendit tranquillement la suite.

— Mon fils sert d'assistant à la zoologiste qu'ils ont expédiée sur les lieux. Il sait où sont les loups, il est au courant du moindre de leurs mouvements.

— Dans ce cas, vous n'avez pas besoin de mon aide.

— L'ennui, c'est que mon fils est plutôt de leur côté que du mien.

— Pourquoi vous informerait-il, alors ?

— Je trouverai bien un moyen de lui tirer les vers du nez.

La tête de cerf était bien dépiautée à présent. Lovelace posa son couteau par terre, détacha soigneusement la peau, démasquant une face rose et écorchée.

— A ce que je vois, vous êtes aussi taxidermiste, dit Calder. On chasse pas mal, chez nous. Vous acceptez les commandes ?

— Je ne fais ça que pour les amis.

Il mentait. Il n'avait jamais eu d'autres amis que ceux de Winnie, et aucun des amis de Winnie ne l'avait appelé depuis des mois. Ce qui du reste lui était bien égal.

— Alors, monsieur Lovelace, qu'en dites-vous ?

— De quoi ?

— Accepteriez-vous de nous tirer de ce mauvais pas ? Votre prix sera le mien.

Lovelace se leva, ramassa le seau, le porta jusqu'à l'évier en inox qui occupait le bout de l'établi, jeta le sang. Tout en lavant ses couteaux, il réfléchit à la proposition de Calder.

Cela faisait trois ans qu'il n'avait pas braconné des loups. Deux ans plus tôt, dans l'Alberta, il en avait tué quelques-uns légalement. Winnie, qui le travaillait au corps depuis une éternité pour qu'il raccroche, avait fini par le convaincre. Et puis, six mois plus tôt, alors qu'il commençait à s'y habituer, et même à y prendre du plaisir, elle avait attrapé un cancer. Son petit corps frêle était rongé de métastases. En trois semaines, le cancer l'avait emportée.

A vrai dire, un peu d'activité lui aurait fait le plus grand bien. Depuis les obsèques, c'était la première fois qu'on lui proposait du travail. Les pièges qui pendaient du plafond du garage étaient tout rouillés, mais il aurait vite fait de les remettre en état.

Il essuya les couteaux, passa un coup de jet sur l'évier pour en évacuer le sang.

— Je peux vous poser une question ? demanda Calder. C'est quoi ce truc en fil de fer plein de petits bouts de métal ?

Il désignait le mur du fond, au-dessus des congélateurs. C'est là que Lovelace accrochait ses chaînes, ses crochets, ses filins d'acier enroulés.

— Un piège à louveteaux inventé par mon père. Il l'avait appelé « la boucle de Lovelace ».

23

Les louveteaux orphelins de père avaient près de cinq mois. Ils avaient des membres longs et grêles, les premiers bourgeons de poil d'hiver apparaissaient sur leur pelage, et leur taille était à peine inférieure à celle de leurs trois aînés. Pour la plupart, ils avaient perdu leurs dents de lait, et même s'ils restaient encore en retrait à la chasse et semblaient loin d'avoir achevé leur apprentissage de la vie dans les bois, ils devenaient de jour en jour plus hardis et plus rusés.

Désormais, chacun d'entre eux tenait un rang bien défini au sein de la famille, et les plus faibles s'empressaient de céder le pas, dans le jeu comme dans les affaires sérieuses, dans les instants de loisir aussi bien qu'à la curée. Les oreilles aplaties, la queue entre les jambes, ils se prosternaient humblement devant le frère ou la sœur plus puissants qu'eux, qui leur tenaient la dragée haute, la queue fièrement dressée, en se laissant lécher ou mordiller le museau.

Leur père, le mâle alpha tueur de bétail, n'étant plus, c'est à l'autorité de leur mère que leurs aînés et eux se soumettaient désormais. Indifférente au collier qu'elle portait au cou, c'est elle et elle seule qui se chargeait à présent de les arracher au doux farniente de l'après-midi pour les emmener à la chasse. C'est elle qui les faisait ranger en file, les entraînait dans la sombre forêt automnale, s'arrêtait pour humer l'air glacial de la nuit à la recherche d'une proie, décidait quelle forme de vie inférieure méritait d'être prise ou épargnée.

La jeune femelle seule avait aidé son père à tuer des veaux, les autres se contentant de prendre part au festin, quand l'occasion s'en présentait. Elle était avec lui le soir où une balle lui avait arraché le cœur. Elle s'était enfuie, terrorisée, et à présent se conformait sagement aux choix de sa mère.

Soit par crainte, soit parce qu'elle y était naturellement encline, la mère choisissait de ne pas s'approcher des endroits où les humains regroupaient leurs bêtes à l'esprit lent, et de traquer plutôt les cerfs et les wapitis qui descendaient en musardant vers leurs gîtes d'hiver, leur vigilance émoussée par le rut. Les mâles se disputaient leurs harems au cours de duels spectaculaires, les montagnes renvoyant l'écho de leurs brames et du claquement de leurs bois entrechoqués.

Les loups n'étaient pas les seuls à chasser.

Des prédateurs humains s'étaient répandus dans la campagne, eux aussi. Cela faisait maintenant un mois que des hommes en tenue de camouflage, au visage barbouillé de boue, armés d'arcs aux flèches aiguisées comme des rasoirs, hantaient canyons et ravines. Ils laissaient derrière eux des amoncellements d'entrailles que les loups ne répugnaient pas à dévorer quand leur propre proie leur avait échappé, ce qui n'arrivait que trop souvent.

Sous peu, d'autres hommes allaient venir, des hommes aux tenues d'un orange criard, avec des armes à feu, parcourant les sentiers forestiers en voiture, canardant tout ce qui passait à leur portée. Les plus romanesques d'entre eux s'oindraient d'extrait de glandes de cerf ou, semblables à des sirènes sylvestres, souffleraient dans des appeaux imitant le brame amoureux pour attirer les animaux fous de désir dans la mire de leurs viseurs télescopiques.

Un mois durant, le monde serait livré à une frénésie de coït et de meurtre, la vie répandue luxurieusement d'un côté, de l'autre fauchée de sang-froid.

Les deux chasseurs avançaient péniblement le long du sentier escarpé. Ils marchaient sans mot dire, ne produisant d'autre son que le bruit de succion mouillé de leurs bottes en caoutchouc pataugeant dans la boue. Au-dessus d'eux, un rang de pins accrochés au flanc du canyon étaient peu à peu avalés par le brouillard humide qui stagnait là depuis le lever du jour.

Ils étaient en treillis, comme pour la bataille, et portaient à la ceinture des pistolets automatiques et de longs poignards à lame crantée. Ils avaient tous deux des sacs à dos et un fusil de gros calibre à l'épaule. La chasse ne serait ouverte que le lendemain, et de toute évidence ils étaient bien décidés à ne pas en laisser perdre une minute. Ils allaient sans doute passer la nuit sous la tente, pour être à pied d'œuvre dès les premières lueurs de l'aube.

Assise sur le siège du passager du pick-up, Helen caressait distraitement la tête endormie de Buzz posée sur ses genoux tout en surveillant l'approche des deux chasseurs dans son rétroviseur.

Luke et elle en avaient déjà croisé quelques-uns du même acabit. L'un d'eux, un adolescent d'à peine seize ans, avait voulu savoir ce qu'ils piégeaient, et quand Helen le lui avait dit, il s'était lancé dans une diatribe passionnée contre les loups qui allaient selon lui causer l'extinction définitive des cerfs et des wapitis, gibier qui aurait dû rester l'apanage des chasseurs comme lui. En voyant la lueur de folie dans son regard, Helen s'était souvenue des soldats-enfants dont Joel parlait dans sa lettre.

Elle aperçut Luke parmi les arbres, au-dessus du sentier. Il portait à l'épaule les pièges qu'il venait de démonter. Ils allaient être obligés de les retirer tous. Si un chasseur s'était fait broyer le pied, ça n'aurait pas arrangé leurs affaires, quoiqu'en regardant les deux spécimens qui venaient dans sa direction, Helen se disait qu'elle n'en aurait pas été plus fâchée que ça.

Les deux chasseurs arrivèrent à sa hauteur au moment précis où Luke posait le pied sur le sentier. En entendant leurs pas, Buzz se réveilla en sursaut et se mit à aboyer et à grogner. Helen le fit taire et abaissa sa vitre.

Luke jeta ses pièges à l'arrière du pick-up, où s'entassaient déjà ceux qu'il avait ramassés tout à l'heure. Les chasseurs le regardèrent faire avec un intérêt non dissimulé. Il y en a un dont le visage m'est familier, se dit Helen, il devait être à la réunion l'autre soir. Au moment où ils passaient devant elle, elle lui sourit et le salua. Il répondit d'un vague hochement de tête, sans lui rendre son sourire. Au bout d'une dizaine de mètres, son compagnon lui dit quelque chose à mi-voix, et il se retourna brièvement vers Helen. Puis ils éclatèrent de rire tous les deux. Luke venait de s'installer au volant.

— Regarde-moi ces deux tarés qui se prennent pour Rambo, dit-elle.

Tout en mettant le contact, Luke eut un sourire.

— T-t-tu n'as jamais chassé ?

— Non. Mais je connais beaucoup de zoologistes qui chassent, même parmi les meilleurs. Dan Prior, par exemple. Il a été un grand chasseur autrefois. On avait des discussions sans fin là-dessus, lui et moi, au temps où on travaillait ensemble dans le Minnesota.

Ils avaient rejoint les deux chasseurs à présent. Au moment où ils les dépassaient, Helen leur adressa un nouveau sourire, tout aussi suave que le premier, que Buzz ponctua d'un grognement.

— Dan me disait, l'homme est un prédateur, il ne faut pas qu'on perde le contact avec ça. Il disait que le problème numéro un de l'espèce humaine était de s'être trop coupée de sa vraie nature. Moi, d'un côté, je me dis, c'est vrai, il n'a pas tort, et de l'autre, que ce n'est qu'un prétexte tout trouvé pour des garçons qui ont envie de s'éclater, genre : « Hé, les gars, puisque tuer est dans notre nature, zigouillons-en un max ! » Et puis pour tout te dire, je vise très mal.

Luke s'esclaffa.

— Et toi, demanda-t-elle, tu ne chasses pas ?

— J'ai été à la chasse une fois, quand j'avais treize ans.

L'expression de son visage avait subitement changé, et Helen comprit qu'elle avait mis le doigt sur un point sensible.

— Tu n'es pas obligé de m'en parler, dit-elle.

— Si, ça v-v-vaut mieux.

Il lui raconta toute la scène avec le wapiti, comment il lui avait tiré dessus, comment ils avaient retrouvé l'animal blessé pris dans des branchages, comment son père l'avait obligé à le dépecer. Pendant qu'il parlait, Luke ne quitta pas une seconde le sentier des yeux. Helen le regardait par-dessus la tête de Buzz, suivant son récit avec attention, en imaginant les moindres détails.

Depuis ce petit matin glacial où il l'avait trouvée prostrée dans son lit, trempée et couverte de boue, une étroite amitié s'était nouée entre eux. Jamais Helen ne s'était sentie aussi proche de quelqu'un. Sans lui, elle ne s'en serait jamais tirée, et elle le savait.

Tandis qu'elle remontait du fond de son puits, se hissait de jour en jour vers la lumière, Luke avait pris soin d'elle, la faisant manger comme une enfant, veillant sur son sommeil, s'assurant qu'elle était bien couverte. Le soir, en prenant congé, il éteignait les lampes, rajoutait des bûches dans le poêle, et il revenait à l'aube pour faire sortir Buzz et lui préparer du café.

Les premiers jours, Helen arrivait à peine à parler. Elle était dans un état perpétuellement comateux. Au lieu de s'énerver, de la harceler de questions, il l'avait soignée, simplement, comme il aurait fait d'une bête blessée. Apparemment, il avait tout compris, sans qu'elle ait eu besoin de lui fournir la moindre explication.

Il ne lui dit pas tout de suite que son père lui avait donné la permission de l'aider à traquer les loups si elle le souhaitait. Mais tandis qu'elle restait allongée dans la cabane ou allait s'asseoir dehors sous le pâle soleil d'automne, emmitouflée dans sa couverture comme une petite vieille souffreteuse, il se mit au travail, allant vérifier les pièges, essayant de repérer à la radio les signaux des colliers émetteurs.

Le soir, quand il venait la retrouver dans la cabane, il lui remettait ses notes et, tout en lui préparant à dîner, lui rapportait ses faits et gestes de la journée. Du fond de sa brume de détresse, il y a au moins une chose qu'Helen percevait, c'est qu'il était dans son élément.

Depuis quelque temps, son bégaiement semblait avoir disparu. Il ne revenait que lorsqu'il parlait de son père ou était la proie d'une vive émotion. Ce fut le cas le matin où il accourut ventre à terre pour lui annoncer qu'ils venaient de prendre un loup au piège.

— Il f-f-faut que tu viennes !

— Luke, je ne peux pas...

— Il le f-f-faut. Je ne sais pas q-q-quoi faire.

Il l'aida à s'habiller et à rassembler son équipement, la fit monter à bord du pick-up et la conduisit jusqu'à un petit canyon encaissé, en surplomb du ranch Millward, qui depuis quelque temps semblait être devenu une sorte de lieu de rendez-vous pour les loups. Il roulait si vite le long des étroits sentiers forestiers qu'à certains moments Helen ne pouvait s'empêcher de fermer les yeux.

L'animal capturé était un des louveteaux. Une femelle. Luke fit le plus gros du travail, en suivant les instructions d'Helen. C'est lui qui prit les mesures de l'animal et nota ses particularités, Helen se bornant quant à elle à jouer de la seringue et à prélever des échantillons de sang et de fèces. La jeune louve, qui pesait un peu moins de trente kilos, n'avait pas encore atteint son plein développement. Ils durent caler le collier émetteur à l'aide de mousse de polystyrène et de ruban adhésif extrafort.

Pour Helen, ce fut une journée décisive. Luke était dans un tel état d'excitation qu'elle sentit renaître en elle une lueur d'espoir. Tout à coup, il lui semblait qu'en fin de compte la vie valait peut-être la peine d'être vécue.

Le soir, le sommeil ne lui venait qu'à force de pleurs, ou elle restait éveillée, se repassant inlassablement dans la tête un film où l'on voyait Joel menant à l'autel son adorable petite fiancée belge. Elle se répétait que c'était absurde d'éprouver ce genre de sentiments, car au fond la situation n'avait pas changé d'un iota. A dater du jour où Joel avait posé sa candidature pour se faire envoyer en Afrique, tout avait été fini entre eux. Mais elle avait beau faire, elle ne pouvait pas s'empêcher de conclure que ce mariage était la preuve finale de sa propre indignité.

Pour s'en punir, elle avait renoncé au tabac. L'abstinence lui était moins pénible qu'elle ne l'aurait cru, mais parfois elle lui causait de brusques montées d'agressivité, comme le soir où Dan était venu lui apporter la motoneige.

Il comptait lui offrir à dîner dans un des meilleurs restaurants de Great Falls, mais à la dernière minute elle lui avait dit qu'elle ne se sentait pas capable d'affronter ça. Il l'avait mal pris, avait tenté d'insister, et elle s'était mise à l'engueuler comme du poisson pourri. Ce qui du reste valait sans doute mieux, car ils auraient été aussi gênés l'un que l'autre si elle avait arrosé son filet mignon de larmes amères ou si elle s'était saoulé la gueule.

Luke, par contre, n'était jamais indisposé par ses sautes d'humeur. Chaque fois qu'elle piquait une crise de rage ou éclatait subitement en sanglots, il avait l'air de comprendre que c'était plus fort qu'elle. Il se bornait à la prendre dans ses bras et à la serrer très fort, comme il l'avait fait la première fois, par ce petit matin glacial, jusqu'à ce qu'elle ait retrouvé son calme.

En l'écoutant raconter l'histoire du wapiti, elle s'étonna une fois de plus qu'un être comme Buck Calder ait pu donner naissance à un garçon aussi sensible. Ça ne peut lui venir que de sa mère, se disait-elle, de cette femme qui jusqu'à présent lui avait toujours opposé un masque impénétrable de réserve bienveillante.

A un moment de son récit, Luke s'était remis à bégayer.

— Mon p-p-père était f-f-fou de rage. Il v-v-voulait que je sois c-c-comme mon frère, qui avait t-t-tiré un six-cors à l'âge de d-d-dix ans.

— Je ne savais pas que tu avais un frère.

Luke avala sa salive et hocha la tête.

— Il est m-m-mort, ça f-f-fera b-b-bientôt onze ans.

— Je suis navrée.

— Un accident de v-v-voiture. Il avait q-q-quinze ans.

— C'est affreux.

— Oui.

Un drôle de petit sourire lui tordit la bouche, et elle comprit qu'il ne tenait pas à s'étendre là-dessus. Il désigna de la tête le récepteur radio du tableau de bord.

— Si t-t-tu essayais les fréquences des p-p-pièges ? Des fois qu'on aurait f-f-fait une prise ?

— Oui, mon général.

Elle tendit la main vers la radio et tourna le bouton. Comme il ne leur restait plus que deux pièges à démonter, il n'y avait guère de chance qu'ils aient attrapé un autre loup. Helen le regrettait, car elle aurait voulu en équiper au moins quatre de colliers (dont, si possible, deux louveteaux) avant l'ouverture de la chasse.

Même si, dans leur majorité, les chasseurs sont de bons citoyens respectueux des lois, il y a toujours une ou deux têtes chaudes qui tirent sur n'importe quel animal qui passe à leur portée. Mais quand l'animal en question porte un collier émetteur, ils se montrent un peu plus circonspects.

Elle capta la fréquence de l'émetteur fixé au premier des deux pièges. Pas de signal.

Mais au second, elle en trouva un.

Ils avaient placé ce piège-là en bordure d'un sentier à cerfs, un peu au-dessous de l'endroit où ils avaient capturé la petite louve. Le sentier était bordé des deux côtés par des talus escarpés couverts de buissons touffus et de jeunes sapins. A en juger par la quantité de laissées et d'empreintes qu'ils y avaient trouvées, les loups s'en étaient fait une sorte de salle des pas perdus. Le sentier était accessible en voiture, mais pour causer le moins de grabuge possible ils laissèrent le pick-up une centaine de mètres plus bas et continuèrent à pied.

Ils entendirent des glapissements de loin, et en franchissant le dernier virage virent que les buissons au bord du sentier remuaient. Ils posèrent leurs sacs à dos à terre et tandis qu'elle préparait le porte-seringue, Helen perçut une odeur étrange, désagréable, qui ressemblait un peu à celle d'un chien mouillé, en beaucoup plus âcre. La plainte aussi lui semblait étrange. Jamais elle n'avait entendu un loup pris au piège émettre un son pareil. Elle s'approcha prudemment des buissons pour jeter un coup d'œil, et comprit aussitôt. Luke était resté quelques pas en arrière.

— Nous voilà bien, dit-elle à mi-voix.

— Qu'est-ce qu'il y a ?

— Luke, ce sont les loups que nous chassons. Tu as capturé un ours.

Il la rejoignit, regarda à son tour. C'était un grizzly mâle, tout jeune encore, huit ou neuf mois peut-être.

Helen enfonça légèrement le piston de sa seringue afin d'en expulser les éventuelles bulles d'air.

— Tu v-v-vas l'end-d-dormir ?

— Faut bien qu'on lui retire ce truc du pied, et il a nettement dépassé le stade du petit ourson mignon. Tu as vu ses crocs et ses griffes ? Il n'est pas de très bon poil, en plus. Et on a intérêt à se magner. Sa maman ne doit pas être très loin.

Comme l'ours avait entortillé la chaîne autour d'un buisson en tentant de s'échapper, sa marge de manœuvre s'en trouvait réduite. Pendant que Luke distrayait son attention, Helen se glissa derrière lui et lui ficha la seringue dans la croupe. Il fit volte-face en poussant un couinement aigu et essaya de se jeter sur elle, mais il était trop tard, l'anesthésique se répandait déjà dans ses veines.

Ils reculèrent de quelques pas, le temps qu'il fasse son effet. Helen savait qu'il aurait normalement été de son devoir de peser et mesurer l'animal, de prélever des échantillons et d'expédier le tout aux collègues qui s'occupaient des grizzlys au sein de l'Office fédéral des eaux et forêts. Mais comme elle était quasiment certaine que la mère était dans les parages, qu'elle était peut-être même déjà en train de balancer entre Luke et elle pour son prochain repas, elle ne tenait pas à s'attarder.

— On lui f-f-fait un check-up complet ?

— Fais-le si tu veux. Moi, dès qu'on l'aura débarrassé du piège, je mets les bouts.

Les grognements de l'ours perdaient progressivement de leur vigueur. Quand ils se turent enfin, ils s'agenouillèrent à côté de lui. Helen fronça le nez.

— Il devrait changer de déodorant.

— Ma mère m'a toujours dit que les ours schlinguaient comme une benne à ordures.

Helen écarta les mâchoires du piège. La cheville de l'ours était en sang. A force de se débattre, l'acier lui avait profondément entamé les chairs. Luke savait ce qu'il fallait faire. Sans qu'Helen ait besoin de le lui demander, il lui passa un linge pour nettoyer la blessure, puis le flacon d'onguent antibiotique.

— Vaut mieux que je lui fasse une piqûre aussi.

A l'instant précis où Luke lui tendait la seringue, une branche se cassa avec un bruit sec quelque part au-dessus d'eux. Se pétrifiant sur place, ils scrutèrent les frondaisons, l'oreille dressée, mais ne discernèrent aucun mouvement.

— Faut qu'on se tire d'ici, fit Helen, en articulant les mots avec les lèvres, sans émettre un son.

Avec des gestes rapides, elle remplit sa seringue, et pendant qu'elle injectait l'antibiotique à l'ours endormi, une vieille blague de Dan Prior lui revint à l'esprit.

— Tu sais ce qu'il faut faire si un ours te charge ?

— Non, quoi ?

— Tu te trouves un alibi vite fait.

Luke se força à sourire, mais visiblement il n'était pas tranquille. Helen non plus du reste, bien qu'elle fît de son mieux pour paraître désinvolte. Après lui avoir rendu la seringue, elle examina une dernière fois la patte blessée. L'hémorragie avait cessé. Quand elle releva les yeux sur Luke, l'expression de son visage avait changé. Il levait la tête et son regard était fixé sur les arbres derrière elle. Se retournant, elle aperçut, à une trentaine de mètres de là, un énorme grizzly. Immobile, il les observait.

— Ce n'est p-p-pas sa mère.

— Non, vu sa taille, c'est forcément un mâle.

Ils s'étaient pétrifiés sur place et parlaient sans remuer les lèvres, comme des ventriloques.

— Si on lui laisse l'ourson, il le t-t-tuera.

Il avait raison, Helen le savait bien. Quand un grizzly mâle tombe sur un ourson du même sexe que lui, ça finit toujours dans le sang. Ils vont jusqu'à tuer leurs propres petits. Lentement, le grizzly se souleva du sol et se dressa sur ses pattes de derrière. Il était d'une taille gigantesque, deux mètres cinquante au moins, et devait bien peser quatre cents kilos. Son pelage était d'un brun très clair, tirant sur le jaune, avec des cercles plus sombres, soulignés de pointes argentées, autour des oreilles et de la gorge. Levant vers le ciel son mufle concave, il se mit à humer l'air.

Le cœur d'Helen battait à toute allure. Dan lui avait passé une bombe de gaz CS pour qu'elle ait de quoi se défendre dans ce genre de situation, mais elle ne pensait jamais à l'emporter. En ce moment même, elle prenait la poussière dans un coin de la cabane.

— Luke, va chercher le pick-up.

— Non, vas-y, t-t-toi. Moi, je reste ici avec le p-p-petit.

— Jouer les héros, c'est mon rôle. Vas-y, je te dis, mais surtout pas de gestes brusques.

Il lui tendit la seringue à rallonge.

— Merci, ça pourra toujours lui servir de cure-dents.

Elle ne quitta pas l'ours des yeux tandis que Luke s'éloignait à reculons. Elle en avait vu des quantités au cours de sa carrière, mais c'était la première fois qu'elle se trouvait face à un grizzly. Les grizzlys, elle ne les connaissait que par les livres. Le nom scientifique du grizzly est *Ursus arctos horribilis*, et ça lui allait vraiment comme un gant, à celui-là. Elle n'arrivait pas à détacher son regard de ses griffes blanches recourbées, grosses comme des couteaux de cuisine.

Sur la meilleure conduite à adopter face à un *horribilis*, on lui avait donné des tas de conseils contradictoires. On lui avait recommandé de se coucher par terre et de faire la morte, ou de brailler à tue-tête pour le faire fuir. De rester debout sans faire un mouvement, ou de se rouler en boule, ou encore de reculer lentement en psalmodiant des paroles sans suite. De grimper à un arbre. De ne surtout pas grimper à un arbre. Il n'y avait qu'un point sur lequel ses confrères s'accordaient tous : prendre ses jambes à son cou ne sert à rien, la vitesse d'un grizzly en pleine course pouvant atteindre les soixante-cinq kilomètres à l'heure. La seule manière d'échapper à ce dilemme était de toujours avoir la bombe d'autodéfense sur soi, lui avait expliqué Dan. Et comme de bien entendu, elle avait oublié de la prendre.

Avec des gestes très lents, en s'efforçant de faire le moins de bruit possible, elle entreprit de ranger ses instruments dans son sac à dos, en surveillant l'animal du coin de l'œil.

L'ours se laissa retomber sur ses pattes et se déplaça de quelques mètres vers la gauche. Il marchait lentement, en dandinant de la croupe, et en dodelinant de la tête, comme un marin qui aurait bu une bière de trop. Il fit demi-tour et revint sur ses pas, tantôt en regardant Helen, tantôt en regardant ailleurs. Tout en marchant, il reniflait l'air sans arrêt, comme si l'odeur qui émanait d'elle le déconcertait.

Soudain les poils de la bosse sombre qui lui surmontait les épaules se dressèrent tout droits et Helen éprouva un premier élan de véritable panique, qui lui fit l'effet d'un coup de poignard. Tout à coup, elle eut honte des journées qu'elle avait perdues à s'apitoyer sur son sort et à gratter ses plaies en souhaitant d'être morte, comme Job sur son fumier. Est-ce à force de nourrir de telles pensées qu'elle avait attiré sur sa tête ce fléau meurtrier ? Elle avait voulu mourir, mais elle n'y était pas prête. Elle tenait à la vie, c'était soudain pour elle d'une évidence aveuglante.

Elle baissa les yeux sur l'ourson étalé à ses pieds. Il était toujours KO. Elle se demandait si Luke avait réussi à gagner le pick-up, et regrettait à présent de ne pas l'avoir accompagné. Pourquoi risquait-elle sa peau pour sauver celle de cette créature qui lui aurait volontiers arraché la tête d'un coup de dent ?

Elle entendit un lointain grondement de moteur dans

son dos, et elle comprit que le grizzly avait aperçu le pick-up. Il arrêta son va-et-vient. Il ne semblait pas effrayé, seulement un peu perplexe. Helen essaya de mettre une tactique au point, et décida que le mieux serait de hisser l'ourson endormi sur la plate-forme arrière du pick-up, en priant le ciel que le grizzly ne choisisse pas ce moment-là pour charger.

A en juger par le bruit, le pick-up devait être tout près à présent. Elle entendit les aboiements de Buzz, et la voix de Luke qui lui disait de se taire. Le grizzly n'en perdait pas une miette et, vu la manière dont il aplatissait les oreilles, tout ça ne lui plaisait guère. Son attitude n'augure rien de bon, se disait Helen.

Lentement, elle tourna la tête et aperçut Luke qui descendait du pick-up avec des gestes précautionneux. Il n'avait pas coupé le contact. Debout sur le siège du passager, les pattes de devant appuyées au tableau de bord, Buzz aboyait comme un perdu. Au moment où Luke arrivait à sa hauteur, Helen passa l'une des courroies de son sac à dos sur son épaule.

— On va mettre ce petit monstre dans le camion, dit-elle.

Ils empoignèrent l'ourson par les pieds et les épaules et le soulevèrent. Son poids devait déjà avoisiner les trente kilos. Ils surveillaient tous deux le grizzly du coin de l'œil. Tout à coup, il émit une espèce de jappement bruyant, puis un second, en dodelinant rapidement de la tête.

— Ça sent le roussi, dit Helen.

— Ça v-v-veut dire qu'il v-v-va charger.

— S'il charge, on lâche le nounours et on se met à l'abri dans la cabine, entendu ?

— Entendu.

Tout à coup, le grizzly fit bruyamment claquer ses mâchoires.

— Ça y est, il at-t-ttaque !

Helen tourna la tête et vit que le grizzly dévalait le

talus dans leur direction. Son geste lui fit glisser la courroie de l'épaule, et en essayant de la remettre en place elle perdit prise et laissa échapper l'ourson.

— Merde !

Envoyant promener son sac à dos, elle ramassa l'animal en jetant un coup d'œil au grizzly par-dessus son épaule. Il fonçait à travers les fourrés du talus, écrasant tout sur son passage comme un bulldozer.

Ils atteignirent le pick-up et en tendant brusquement la main vers la poignée de la portière, Helen faillit lâcher l'ourson pour la seconde fois. Buzz était debout sur le siège du passager, au paroxysme de la fureur.

— On le m-m-met à l'arrière ?

— Non. Hissons-le, vite !

Ils casèrent l'ourson sur le plancher, côté passager. Helen poussa Buzz vers le siège du conducteur, et se précipita à sa suite. Le grizzly était arrivé sur le sentier à présent, à une vingtaine de mètres d'eux, et leur fonçait dessus en faisant d'incroyables bonds.

Helen avait réussi à s'asseoir derrière le volant. Buzz, coincé contre la vitre, lui aboyait à tue-tête dans l'oreille gauche. A sa grande horreur, Luke fit brusquement demi-tour pour aller récupérer son sac à dos.

— Laisse tomber, Luke ! Reviens !

Mais il était déjà loin. Le grizzly s'approchait de lui, inexorablement. Luke se saisit du sac à dos, mais au moment où il faisait volte-face, son pied glissa dans la boue et il s'étala.

— Luke ! cria Helen.

Elle abattit la main sur le klaxon, produisant un barrissement tonitruant, mais le grizzly n'en fut pas troublé le moins du monde. Il n'était plus qu'à cinq mètres de Luke, qui essayait tant bien que mal de se remettre debout. Il n'avait plus aucune chance d'en réchapper. Helen se mit à hurler.

Tout à coup, le grizzly fut précipité à terre comme sous l'effet d'une collision violente, et l'espace d'un instant Helen ne distingua plus qu'un tournoiement confus de pelage brunâtre. Puis, elle comprit ce qui venait d'arriver. Un deuxième grizzly, la mère de l'ourson sans doute, s'était jeté sur le premier, l'envoyant rouler dans les fourrés, et s'était lancé à sa poursuite en poussant d'affreux rugissements.

— Dépêche-toi, Luke !

Luke revenait à toutes jambes vers le pick-up. Mais le grizzly mâle n'était pas prêt à se laisser dissuader aussi facilement que ça. Il envoya promener son adversaire d'un revers de patte et revint à la charge.

— Le voilà ! Vite, grimpe !

Luke se hissa sur le siège de passager, faisant passer ses jambes au-dessus de l'ourson. Il pencha le buste vers l'extérieur pour tirer la portière à lui, mais le grizzly surgit juste à ce moment-là et lui épargna cette peine en arrachant sa portière d'un seul revers de patte, l'envoyant rouler dans les fourrés.

— D-d-démarre, Helen ! DÉMARRE !

D'un geste brutal, Helen tira le levier de vitesses, passa en marche arrière, et enfonça l'accélérateur. Le pick-up dévala le sentier avec de terribles cahots, en patinant et en zigzaguant, et ses roues projetèrent une pluie de boue et de pierres sur le grizzly qui était resté planté là, l'air interdit.

— Ta gueule, Buzz ! hurla Helen.

Le buste tordu, elle maniait le volant en regardant par la vitre arrière, tout en s'efforçant de maintenir le chien contre la portière.

— Est-ce qu'il nous poursuit ?

— Non...

— Merci, mon Dieu.

— Tu l'as dit.

— Merde.

— Ça aussi, tu l'as dit. Le n-n-nounours se réveille.

— Il ne nous manquait plus que ça.

Un peu plus bas, vers le milieu du sentier, la chaussée devenait suffisamment large pour qu'Helen puisse tenter un demi-tour, à condition toutefois que le grizzly ne les ait pas rejoints entre-temps. Elle n'osait pas se retourner vers lui, craignant de faire une fausse manœuvre et de se retrouver dans le décor.

— Il est toujours là ? demanda-t-elle.

— Oui. Et il g-g-gagne du t-t-terrain.

A présent, elle arrivait à l'endroit où elle avait prévu d'effectuer son demi-tour. Elle décida de tenter le coup. Elle dit à Luke de s'accrocher, pila brutalement et tourna le volant à fond. Le pick-up exécuta un tour complet sur lui-même et se retrouva en équilibre sur deux roues. L'espace d'un instant, Helen crut qu'il allait se retourner, mais il se remit miraculeuscment d'aplomb, et au moment où ses roues reprenaient contact avec le sol Helen se retrouva nez à nez avec le grizzly, qui dérapa dans la boue et entra en collision avec la portière. La vitre s'étoila et le pick-up tout entier tangua comme un mauvais rafiot sur une mer déchaînée. Buzz profita de l'occasion pour se glisser sous le bras d'Helen et se jeter sur l'ourson, qui émergeait peu à peu de sa torpeur.

D'une poussée, Helen passa en première. Le grizzly écrasait son mufle contre sa vitre, lui exhibant ses énormes crocs.

— Je regrette, mon vieux, on est au complet, lui dit-elle. A un de ces quatre !

Et tandis que Buzz et l'ourson se livraient une féroce bataille entre les jambes de Luke, ils dégringolèrent le sentier, laissant le gros mâle s'expliquer avec madame Mère.

Helen conduisait de la main gauche, à tout berzingue, en se cramponnant de la main droite au collier de Buzz, tandis que Luke maîtrisait l'ourson, qui reprenait rapidement du poil de la bête. Au bout de trois kilomètres, il avait recouvré ce qu'il fallait de vigueur pour lui lacérer son jean à coups de griffe et mordre à belles dents dans une de ses bottes.

Helen se dit qu'à présent ils étaient assez loin des adultes pour que l'ourson ait une chance raisonnable de s'en tirer. Avec un peu de chance, il arriverait peut-être même à rejoindre sa mère. Elle arrêta le pick-up et ils l'éjectèrent sans ménagement par la portière béante. Tandis que Buzz, attaché au volant, continuait de s'égosiller, Luke et Helen, debout côte à côte au milieu du sentier, regardèrent leur nounours se diriger vers les buissons en tirant une tête de six pieds de long.

— Ne nous remercie pas surtout ! lui cria Helen au moment où il disparaissait.

Posant une main sur l'épaule de Luke, elle se laissa aller contre lui. Il secoua la tête et lui sourit.

— Vaut p-p-peut-être mieux qu'on s'en t-t-tienne aux loups.

Ce soir-là, la neige tomba pour la première fois. Comme il n'y avait pas de vent, elle ne tourbillonnait pour ainsi dire pas. De gros flocons paresseux recouvrirent les appuis de fenêtre d'un manteau blanc, tandis qu'à l'intérieur de la cabane Helen et Luke faisaient la cuisine, puis se restauraient en plaisantant sur les événements de la journée.

Après le dîner, Luke ne reprit pas tout de suite le chemin du ranch. Ils s'emmitouflèrent dans des vêtements chauds, prirent la motoneige et montèrent très haut dans la forêt. Les flocons qui dansaient dans le faisceau de leur phare évoquaient quelque Voie lactée inconnue des astronomes. Luke, assis à l'arrière, ceignait la taille d'Helen de ses bras, comme on est censé faire dans ces cas-là, et son étreinte la réchauffait, lui donnait un sentiment de sécurité. Au moment où ils arrivaient à l'endroit où ils pensaient que les loups avaient trouvé repaire, la neige cessa soudain de tomber et un pâle croissant de lune surgit d'entre les nuages.

Helen coupa le contact, et ils restèrent un moment

immobiles, écoutant le grand silence de la forêt enveloppée de neige. Puis, s'armant de la torche électrique et du récepteur radio, ils se mirent à marcher le long du sentier, faisant crisser la neige sous leurs semelles.

Presque aussitôt, ils captèrent les signaux, qui résonnaient très fort dans l'air cristallin, et ils comprirent que les loups n'étaient pas loin. La lueur de la torche leur révéla des empreintes toutes fraîches sur la neige.

Helen l'éteignit et ils s'immobilisèrent sur place, l'oreille tendue. Ils ne perçurent d'autre son que celui de la neige qui glissait par intermittence des branches des pins.

— Si tu nous faisais un hurlement, Luke ? murmura Helen.

Il l'avait plusieurs fois entendue se livrer à cet exercice, sans succès, mais ne s'y était jamais risqué lui-même. Il secoua la tête.

— Essaye, insista-t-elle d'une voix douce.

— Je p-p-peux pas. Ça ne va j-j-jamais...

Il esquissa un geste en direction de ses lèvres, et elle comprit. Il avait peur que sa voix reste coincée dans sa gorge, qu'elle le trahisse, le condamnant comme d'habitude au mutisme et la gêne.

— Il n'y a que nous deux ici, Luke.

Longtemps, il la dévisagea. Dans ses yeux tristes, Helen vit dans toute sa nudité un sentiment qu'elle n'avait fait que pressentir jusque-là. Ôtant un de ses gants, elle tendit la main vers son visage, l'effleura d'une caresse et lui sourit. Elle sentit un imperceptible tressaillement sous ses doigts. Au moment où elle laissait retomber son bras, il rejeta la tête en arrière, ouvrit la bouche et émit un long hurlement plaintif qui alla se perdre dans l'obscurité.

Avant même que l'écho ne s'en soit éteint, un appel, puis un autre, et encore un autre s'élevèrent du fond du canyon, de l'autre côté des pins aux cimes enneigées. Les loups lui avaient répondu.

HIVER

24

Le retour du tueur de loups à Hope passa rigoureusement inaperçu.

La veille de Thanksgiving, au cœur de la nuit, sa caravane argentée traversa le village comme un vaisseau fantôme. Sur les côtés de la route, la neige déblayée formait des amas semblables à des sépultures sans croix, et le bitume de la chaussée étincelait de sel.

J.J. Lovelace était seul au volant du vieux pick-up Chevrolet gris dont il usait toujours pour remorquer sa caravane. Quand il arriva au croisement, à la hauteur de l'ancienne école, il éteignit ses phares, ralentit et s'arrêta.

Le cimetière où était enterrée sa mère, cette mère qu'il n'avait jamais connue, se trouvait de l'autre côté de la rangée d'arbres qui bordait le trottoir d'en face. Mais Lovelace ne lui accorda ni un regard, ni même une pensée. Il se borna à scruter les ténèbres de la rue principale, à droite et à gauche, et constata avec satisfaction qu'elle était déserte. Il franchit le croisement et, avec ses feux de position pour toute lumière, traversa lentement le village.

Il ne différait guère de l'image qu'il en avait gardée dans sa mémoire, à l'exception des voitures de modèle récent garées le long des trottoirs, dont on avait colmaté les pare-brise pour les protéger du gel. Quelques-uns des magasins avaient changé d'enseigne, la station-service avait de nouvelles pompes et un feu rouge qu'il n'avait jamais vu, suspendu à un fil au-dessus de la rue, s'agitait dans le vent en passant absurdement d'une couleur à l'autre.

Lovelace ne nourrissait envers Hope aucun sentiment particulier, que ce soit en bien ou en mal, et cette traversée fantasmagorique d'un lieu où il avait jadis vécu ne faisait remonter en lui aucun souvenir. Pour lui, ce n'était qu'un bled anonyme comme il y en a tant.

Buck Calder lui avait expédié par la poste un plan détaillé du chemin à suivre pour gagner la propriété des Hicks, où il était censé installer ses pénates, mais il n'en avait nul besoin. Le chemin, il s'en souvenait parfaitement. Il faudrait qu'il passe devant l'ancienne maison de son père, au bord de la rivière. En sortant du village, il se demanda s'il éprouverait quelque chose en la voyant.

Il avait averti Calder qu'il arriverait tard dans la nuit, en ajoutant que ce n'était vraiment pas la peine de rester debout pour l'accueillir. Dans ce genre de boulot, on a intérêt à se faire remarquer le moins possible. C'est pour ça qu'il avait préféré attendre la fermeture de la chasse. Car ainsi, la montagne ne grouillerait pas de chasseurs à la noix susceptibles de fourrer leur nez dans ses affaires.

Une fois sorti du village, il ralluma ses phares, mais les laissa en code. Il parcourut près de dix kilomètres sur la petite route gravillonnée où la neige avait creusé des fondrières sans apercevoir d'autre créature vivante qu'un hibou perché sur un pieu de clôture qui écarquilla ses immenses yeux jaunes sur son passage.

Le portail de l'ancienne propriété de son père était envahi de broussailles et obstrué par d'énormes congères. Lovelace s'arrêta en se plaçant de façon à ce que ses phares éclairent la maison. S'il avait coupé le contact et abaissé sa vitre, il aurait pu entendre le bruit de la rivière, mais il s'en abstint. Par une nuit claire comme celle-ci, le gel peut être redoutable, et il ne tenait pas à y exposer sa vieille carcasse.

Il distinguait assez bien la maison à travers les branches dénudées des peupliers, et il comprit aussitôt qu'elle était à l'abandon depuis longtemps. Un treillis arraché, tout de guingois, pendait de la fenêtre de ce qui jadis avait été la cuisine. L'épave d'un camping-car dont le toit n'était plus qu'un trou béant se dressait au milieu du jardin. Comme la neige s'était amassée à l'intérieur, on aurait dit que ses fenêtres avaient des linceuls pour rideaux.

Lovelace savait que dans ces instants-là, on doit normalement être envahi de nostalgie. Mais il avait beau faire, il n'en éprouvait pas la moindre bouffée. Tout au plus était-il vaguement surpris qu'un citadin plein aux as n'ait pas fait démolir la vieille bicoque pour édifier à sa place quelque villégiature de rêve. Il fit tourner son volant et se remit en route.

Un peu plus loin, il aperçut enfin le grandiose portail du ranch Calder, avec son crâne de vache couronné de neige qui surveillait du haut de son perchoir l'arrivée d'improbables intrus. Au bout de deux autres kilomètres, il vit les bâtiments du ranch. La cour était éclairée, et il y avait des voitures garées devant la maison. Deux chiens jaillirent d'une grange et se précipitèrent vers lui, mais ils s'arrêtèrent net quand il bifurqua vers la gauche pour s'engager sur le chemin qui menait chez les Hicks.

Une fois arrivé sur leur propriété, il gara sa caravane derrière l'une des granges, sous de grands arbres, suivant les indications que lui avait données Calder. A cet endroit-là, la caravane serait invisible. Même un avion n'aurait pas pu la repérer. Calder lui avait certifié qu'à l'exception de Hicks et de sa femme personne n'était au courant de sa venue ni de la mission dont il l'avait chargé.

Dès qu'il posa le pied hors de son pick-up, le froid lui glaça les os. La température devait osciller autour de moins vingt. Il rabattit les oreillettes de sa chapka et se dirigea vers la caravane, passant devant la moto-neige qu'il avait chargée sur la plate-forme du pick-up. La neige durcie par le gel craquait sous ses semelles. A l'intérieur de la maison, un chien qui n'était manifestement plus de la première jeunesse se mit à aboyer.

Arrivé à la porte de la caravane, il s'arrêta pour examiner le ciel. Il était constellé d'étoiles, mais les étoiles ne l'intéressaient guère. Il aurait voulu y voir des nuages annonçant une prochaine remontée de la température, mais il n'y en avait pas trace.

Il pénétra dans la caravane, alluma une lampe et mit du lait à chauffer sur le réchaud à pétrole. Puis il posa les fesses sur le rebord de la couchette et attendit en grelottant, ses mains gantées enfoncées sous les aisselles. Quand le lait fut prêt, il s'en versa une grande tasse et plaça ses mains autour pour les réchauffer. Chaque gorgée qu'il avalait lui brûlait le gosier, avant de se diluer sans faire aucun effet dans la caverne glacée de ses entrailles.

Il aurait pu allumer un feu dans le poêle à bois, mais il était bien trop exténué pour cela. La caravane était aménagée pour le travail, et le confort y était des plus réduits. Longue d'un peu plus de cinq mètres, c'était un peu une réplique miniature de son garage-atelier, qui se composait d'une minuscule chambre-cuisine à l'avant, et à l'arrière d'un espace de travail équipé d'une table qui faisait aussi fonction d'établi. Les deux parties étaient reliées par un couloir exigu, au sol couvert de linoléum. Dans la caravane, son équipement n'était pas exposé. Il était disséminé dans des placards en bois qui couvraient toutes les cloisons.

Ces placards, Lovelace les avait construits lui-même, et il était le seul à connaître l'emplacement des panneaux à double fond derrière lesquels il dissimulait les objets qui auraient pu trahir la vraie nature de son activité : les pièges, les collets, les bocaux d'appât, le fusil allemand démontable spécial pour tir de nuit avec son silencieux amovible et sa lunette de visée au laser, le scanner qu'il utilisait pour repérer les loups équipés de colliers émetteurs et les « bombes » de cyanure qui leur explosaient à la gueule, son unique concession au poison, auxquelles il n'avait recours qu'exceptionnelle-ment, sachant que son père aurait vu ça d'un sale œil. Il lui avait fallu près d'un mois pour remettre son atti-rail en état.

Il avala d'un trait le reste du lait, mais il avait tou-jours aussi froid. Il fit passer ses jambes par-dessus le bord de la couchette et s'allongea, toujours vêtu de son parka, de son bonnet de fourrure, de ses gros brode-quins et de ses gants, et entassa au-dessus de lui plu-sieurs peaux de loups et le vieux couvre-pied en patchwork que Winnie avait jadis confectionné de ses mains pour leur lit conjugal. Ensuite, il éteignit la lampe.

Il resta étendu dans le noir, rigoureusement immo-bile, et pour tâcher de distraire son esprit du froid qui lui glaçait le sang se mit à penser au boulot auquel il comptait s'atteler dès le lever du jour. Ça faisait un moment qu'il n'avait pas effectué une mission de cette nature, mais il la mènerait à bien, il n'avait aucun doute à ce sujet. Malgré son âge, il était encore d'une agilité redoutable. Il aurait pu en remontrer à bien des jeunes gens. Oh bien sûr, le cœur n'y était plus, ou en tout cas pas autant qu'autrefois, mais le cœur, il vaut mieux ne pas trop s'y fier, c'est un organe plein de duplicité. Et puis il fallait bien qu'il s'occupe.

Quand ses yeux se furent accoutumés à l'obscurité, il vit que la lucarne arrière de la caravane, illuminée par la douce réverbération des étoiles sur la neige, avait à présent le même éclat argenté qu'un écran vide. Enfoui sous ses peaux de bêtes, le tueur de loups s'abîma dans la contemplation de l'écran d'argent, comme si un film allait sous peu s'y dérouler, en attendant que l'aube se décide enfin à poindre.

— Que chacun prenne la main de son voisin, dit Buck Calder.

Ils étaient tous assis autour de la longue table qu'on avait dressée au milieu du salon. D'appétissantes volutes s'élevaient de l'énorme dinde dorée à point qui trônait au centre de la table, au milieu d'une multitude d'autres plats. Helen se tourna vers Luke assis à sa droite, et lui tendit la main. Il la prit dans la sienne en souriant, et ils attendirent, le menton incliné sur la poitrine, que son père entame la prière traditionnelle. L'espace d'un instant, on n'entendit plus d'autre son que le crépitement des grosses bûches qui flambaient dans l'âtre.

— Seigneur, nous Te rendons grâce d'avoir guidé nos ancêtres afin qu'ils abordent sains et saufs aux rivages de ce pays béni entre tous, et de les avoir aidés à surmonter tant de périls et de vicissitudes pour nous permettre de vivre en sûreté sur cette terre qu'ils nous ont léguée. Fais que leur courage et Ton esprit continuent de nous servir de guide, afin que nous soyons dignes des fruits de Ta providence, largement déployés devant nous ce soir. Amen.

— Amen.

Là-dessus, tout le monde se mit à parler en même temps et le festin de Thanksgiving commença.

Ils étaient quinze, si l'on comptait le petit garçon de Kathy Hicks, qui trônait entre ses parents sur une chaise de bébé accrochée à la table par un solide tirefond. L'autre sœur de Luke, Lane, était montée de

Bozeman avec Bob, son mari. Lane, qui enseignait dans un lycée, ressemblait beaucoup à sa mère, et la ressemblance n'était pas seulement physique. Elle avait la même contenance pleine de dignité tranquille. Bob semblait incapable de parler d'autre chose que des cours de l'immobilier. C'est de cela qu'il discutait avec Doug Millward, qui était venu accompagné de sa femme, Hettie, et de leurs trois enfants. Hormis Helen, la seule « étrangère » présente ce soir-là était Ruth Michaels, qui était arrivée en retard, et semblait encore plus intimidée qu'elle.

Helen aurait sans doute décliné l'invitation si Luke ne s'était pas montré si insistant. Elle craignait que son père ne se montre désagréable envers elle, et n'était pas certaine d'avoir recouvré suffisamment d'assurance pour être capable d'affronter ses sarcasmes. Mais elle avait eu tort de s'inquiéter à ce sujet. Buck Calder l'avait accueillie avec une exquise politesse, et tout le monde se montrait charmant avec elle.

Helen avait aidé Kathy à dresser la table du déjeuner, et à cette occasion avait eu sa première véritable conversation avec elle. Son humour et sa vivacité d'esprit l'avaient conquise. Qu'est-ce qu'une fille comme elle pouvait bien trouver à un type comme Clyde ? C'était une complète énigme. Mais, comme sa propre expérience l'avait enseigné à Helen, il est des femmes chez qui le choix d'un compagnon défie toute explication rationnelle. Lorsqu'elle se retrouva attablée parmi les autres convives, rassurée par le calme présence de Luke assis près d'elle, Helen se félicita d'être venue.

Ça lui faisait chaud au cœur de participer à une fête familiale, dans un foyer qui était digne de ce nom, même si ce n'était pas le sien. En outre, cela faisait longtemps qu'elle n'avait pas dégusté un repas aussi succulent. Comme elle avait repris trois fois de la dinde, Doug Millward, qui était assis à sa gauche, décida qu'elle avait un appétit d'ogresse et lui passa systématiquement tous les plats.

Elle eut le temps de s'en mettre plein la lampe avant que l'épineuse question des loups ne vienne sur le tapis.

— Alors Buck, demanda Hettie Millward, est-ce que vous nous avez tué un cerf cette saison ?

— Non, ma chère, je n'ai rien tué du tout.

— Buck est un tireur plus que moyen, souffla Doug Millward à Helen en un aparté théâtral qui déclencha l'hilarité générale.

Là-dessus, Clyde y alla de son grain de sel :

— J'ai discuté avec Pete Neuberg, le marchand d'articles de chasse. A ce qu'il dit, la saison a été catastrophique cette année. D'après lui, les cerfs et les wapitis n'ont jamais été aussi rares. Il dit que c'est à cause des loups.

Kathy leva les yeux au ciel.

— C'est peut-être aussi leur faute si la météo est mauvaise, dit-elle.

— Comment y font pour faire venir le mauvais temps ? demanda le petit Charlie Millward.

Sa sœur Lucy lui donna un coup de coude.

— C'était une blague, idiot !

Un ange passa. Helen s'aperçut que Buck Calder, assis à l'autre bout de la table, la regardait fixement.

— Qu'en pensez-vous, Helen ? demanda-t-il.

— Vous voulez savoir si je crois que les loups sont responsables du mauvais temps ?

Elle regretta aussitôt d'avoir eu la repartie un peu trop vive. Elle provoqua quelques rires, et le sourire de Calder se modifia subtilement. Sentant que Luke était mal à l'aise, Helen s'efforça de rectifier le tir.

— Qu'ils tuent des cerfs et des wapitis, cela ne fait aucun doute, puisqu'il s'agit de leur principale source d'alimentation. Donc, leur présence influe forcément sur leur nombre, mais pas d'une manière déterminante.

Clyde salua ces paroles d'un rictus dédaigneux, ce qui lui valut d'être fusillé du regard par sa femme. Luke se redressa sur sa chaise et s'éclaircit la gorge.

— On a v-v-vu p-p-plein de cerfs et de wapitis ce m-m-mois-ci.

— C'est vrai, dit Helen, je peux le confirmer.

L'espace de quelques instants, personne ne dit rien. Eleanor se leva et entreprit de débarrasser la table.

— Moi, tout ce que je sais, dit-elle, c'est qu'au moins ils ont cessé de s'en prendre au bétail.

— Ils n'ont jamais touché au mien, dit Doug Millward.

Luke haussa les épaules.

— P-p-peut-être que tes v-v-veaux n'ont pas bon goût.

Tout le monde s'esclaffa, même le père de Luke, et la conversation changea de cours. Profitant d'un moment où personne ne regardait dans leur direction, Helen se tourna vers Luke et lui chuchota :

— Merci, vieux frère.

Comme le contact de sa main pendant que son père disait les grâces, le regard de connivence qu'ils avaient échangé résonna longtemps en Luke.

C'était une telle fierté pour lui de s'être entendu appeler « vieux frère » par Helen. Le seul fait d'être assis à côté d'elle lui avait donné l'impression d'une intimité très étroite, un peu semblable à celle qui unit deux amants. En temps normal, lorsqu'il y avait de nombreux invités autour de la table comme ce jour-là, Luke n'ouvrait jamais la bouche, de crainte de se faire piéger par son bégaiement. Mais la présence d'Helen à ses côtés lui donnait une telle assurance qu'il avait spontanément pris la parole pour la défendre. Il s'était même risqué à lancer une plaisanterie !

Durant la quinzaine suivante, il lui sembla que leur

intimité s'accroissait de jour en jour. Mais dans ses rêves, il en allait tout autrement. Désormais, chaque fois qu'il rêvait d'Helen, c'est-à-dire presque toutes les nuits, elle était avec un autre, passait à côté de lui sans le reconnaître, ou se moquait de lui.

Sauf dans le rêve qu'il avait fait cette nuit.

Il se promenait avec elle au bord de la mer, sur une de ces plages bordées de palmiers, d'un blanc immaculé, comme on en voit sur les prospectus d'agences de voyages. Elle portait une robe jaune qui lui découvrait les épaules. Les vagues léchaient doucement le sable, venant se briser à leurs pieds en petits tourbillons écumeux. L'eau était tiède, translucide, et en roulant sur elles-mêmes les vagues laissaient apercevoir des myriades de poissons.

Il les désignait du doigt à Helen, qui s'arrêtait, si près que leurs épaules se frôlaient, pour les regarder avec lui. Il y avait des poissons de toutes les espèces, de toutes les couleurs, de toutes les formes, mais leurs mouvements étaient parfaitement synchrones, comme s'ils n'avaient formé qu'un seul corps.

C'était un de ces rêves dont on sait à tout moment que ce n'est qu'un rêve, et que le retour de la réalité dilue instantanément, malgré tout le mal qu'on se donne pour s'y accrocher. Mais l'expérience avait enseigné à Luke que parfois, durant l'éphémère instant où veille et sommeil se trouvent à peu près en équilibre, on arrive à diriger son rêve à volonté. Ce matin-là, il y était parvenu. Il avait désiré qu'Helen se retourne vers lui ; elle avait obtempéré. Et dans la seconde précédant son réveil, elle avait avancé ses lèvres vers les siennes, et il s'en était fallu de peu, oui, vraiment d'un rien, qu'elle ne l'embrasse.

Il n'arrêta pas de penser à ce rêve pendant qu'il se rasait et prenait sa douche, et il comprit qu'il allait lui passer et lui repasser dans la tête toute la journée. Il savait bien ce qui l'avait fait germer. La veille, Helen avait reçu une lettre de son père, accompagnée d'un carton d'invitation en bonne et due forme et d'un billet d'avion pour la Barbade. Le mariage aurait lieu le jour de Noël, c'est-à-dire dans trois semaines, et son absence durerait plus de huit jours.

Luke acheva de s'habiller et descendit au rez-de-chaussée pour prendre son petit déjeuner.

Il était déjà huit heures moins le quart. Eût-on été n'importe quel autre jour de la semaine, il se serait levé à l'aube pour aller poser des pièges dans la montagne avec Helen. Mais aujourd'hui on était mercredi, jour de sa séance d'orthophonie. Tout à l'heure, il avait entendu la voiture de sa mère démarrer. Noël approchait à grands pas, et elle allait prêter main-forte à Ruth au magasin presque tous les matins.

Le cabinet de travail de son père donnait sur le salon, et il en laissait toujours la porte ouverte, afin de surveiller les allées et venues de la maisonnée. En arrivant au bas de l'escalier, Luke aperçut son père assis devant l'ordinateur, un cigare fiché entre les dents.

— Luke ?

— Oui, papa ?

— Bonjour.

— B-b-bonjour.

Son père posa son cigare, ôta les petites lunettes en demi-lune qu'il mettait pour lire et se laissa aller en arrière dans son gros fauteuil capitonné.

— Tu ne vas pas retrouver Helen aujourd'hui ?

— Non, papa. C'est le j-j-jour de ma séance.

— Ah oui, c'est vrai.

Son père se leva et vint le rejoindre dans le salon. Il arborait l'expression affable, désinvolte, dont Luke se défiait par-dessus tout.

— Tu vas prendre ton petit déjeuner ?

— Oui, papa.

— Je vais boire une tasse de café avec toi.

Son père le précéda dans la cuisine, se dirigea vers

la machine à café, emplit deux tasses et les posa sur la table. Luke ne buvait jamais de café, mais son père l'oubliait invariablement. Il se prépara un bol de cornflakes et s'attabla en face de lui.

Il savait ce qui l'attendait. Ces temps-ci, les petites conversations informelles et détendues, entre quatre-z-yeux, sur son travail avec Helen, avaient tendance à se multiplier. Quelques jours plus tôt, son père lui avait posé toutes sortes de questions sur les fréquences des colliers émetteurs. Il était vraiment impayable. S'il avait manifesté le moindre intérêt envers les activités de Luke auparavant, ça aurait peut-être mieux passé.

— Elles marchent bien, tes séances d'orthophonie ?

— Oui, t-t-très bien.

— Alors comme ça, cette pauvre Helen va être obligée de se débrouiller toute seule ?

Luke eut un sourire.

— Eh oui, dit-il.

Son père hocha pensivement la tête et avala une gorgée de café.

— Comment ça s'est passé hier ?

— B-b-bien.

— Vers où ils traînent en ce moment ?

— Oh, ils se d-d-déplacent tout le t-t-temps.

— Oui, mais hier ils étaient dans quel coin ?

Luke avala sa salive. Il s'en tirait toujours quand il suffisait d'être évasif, mais quand il s'agissait carrément de mentir, il était inepte. Son bégaiement le trahissait presque à tous les coups. Son père l'observait avec beaucoup d'attention.

— Hier, ils étaient t-t-tout là-haut, du c-c-côté de la ligne de p-p-partage des eaux.

— Ah bon ?

— Oui. A une q-q-quinzaine de k-k-kilomètres du sommet.

— Tiens donc.

Voyant que le visage de son père se contractait,

398

Luke se traita intérieurement de tous les noms. Son mensonge était si piteux qu'il n'aurait pas abusé un mioche. Pour essayer de se tirer d'embarras, il leva les yeux sur l'horloge murale.

— Il f-f-faut que j'y aille, dit-il.

— La route est dégagée. Clyde a passé un coup de tracteur ce matin.

Luke se leva, alla mettre son bol dans le lave-vais-selle, prit ses clés de voiture sur le buffet et décrocha son chapeau et son parka du portemanteau. Il sentait les yeux de son père rivés sur lui.

— Conduis prudemment, Luke.

Sa voix était machinale, sans chaleur. Luke remonta la fermeture éclair de son parka, marmonna « Oui, papa », ouvrit la porte et s'enfuit.

Avec Joan, tout marcha comme sur des roulettes.

Elle lui parla d'une nouvelle méthode thérapeutique dont elle venait de trouver la description dans une revue spécialisée. Après avoir filmé le patient en vidéo, on coupait tous ses bégaiements au montage pour qu'il se rende compte de l'effet qu'il faisait quand il parlait sans buter sur les mots. D'après Joan, cette méthode semblait très efficace, mais elle ajouta que dans son cas ç'aurait été de l'argent jeté par les fenêtres, vu qu'il n'avait pratiquement pas bégayé pendant la séance.

En lui disant au revoir, elle lui effleura l'épaule de la main et lui dit qu'il avait une mine radieuse. En regagnant sa voiture, il se demanda si ça se voyait tant que ça. C'était vrai, en tout cas. De toute sa vie, il ne s'était jamais senti aussi heureux. Pour un peu, il se serait mis à chanter.

Après avoir quitté la clinique, il traversa la ville pour gagner le supermarché, car Helen lui avait demandé de faire quelques emplettes. Il gara la Jeep parmi les amas de neige fraîchement déblayée. Dès qu'il eut posé le pied dehors, il aperçut Cheryl Snyder et Jerry Kruger qui venaient dans sa direction. Il était trop tard pour battre en retraite, car ils l'avaient vu. Kruger entourait la taille de Cheryl de son bras, de la manière la plus ostentatoire qui soit, voulant sans doute que le monde entier soit au courant des rapports qui les unissaient désormais.

— Salut, Queuqueu ! Ça boume ?

— Bonjour, Luke.

Ils bavardèrent un instant, ou plutôt Luke écouta Kruger débiter un flot de paroles, ponctuées de vannes débiles qui ne faisaient même pas sourire Cheryl. Mais qu'est-ce qu'elle peut bien lui trouver ? se demandait Luke. Au bout d'un moment, il leur annonça qu'il devait aller faire ses courses et prit congé d'eux. Au moment où il s'éloignait, Kruger lui lança :

— Hé, Queuqueu ! Toutes mes félicitations !

Luke se retourna et le regarda d'un air perplexe.

— Paraît que t'as enfin perdu ton pucelage.

— Quoi ?

Cheryl enfonça l'index dans les côtes de Kruger en lui intimant l'ordre de se taire, mais il n'en tint aucun compte.

— Allez, fais pas ta chochotte ! La zézette aux loups ! Tout le monde est au courant.

Il poussa un hurlement, comme le jour où ils s'étaient rencontrés au rodéo, puis partit d'un grand rire. Cheryl s'écarta de lui.

— Ne fais pas attention à lui, Luke, dit-elle.

— Je lui d-d-donne un coup de main, c'est t-t-tout.

— Mais oui, c'est ça, dit Kruger. Tu lui lubrifies ses pièges, hein ?

Furieuse, Cheryl lui flanqua une bourrade.

— T'es dégueulasse, Jerry. Tu vas la fermer, oui ?

Luke arpenta les allées du supermarché dans un état de demi-hébétude. Comme toute petite ville qui se respecte, Hope était une véritable usine à ragots, et il ne l'ignorait pas. Mais c'était la première fois qu'il en était personnellement victime.

Il pria le ciel que cette rumeur ne parvienne pas aux oreilles d'Helen.

Eleanor accrocha l'étoile au sommet du sapin de Noël de la vitrine et recula d'un pas.

— Allons voir ce que ça donne de l'extérieur, proposa Ruth.

Elle sortit sur le trottoir et Eleanor lui emboîta le pas. Les guirlandes d'ampoules multicolores qui zigzaguaient d'un magasin à l'autre s'agitaient en tous sens sous le vent glacial qui balayait la rue. Les deux femmes se placèrent face à la devanture du Parangon, les mains plaquées sur les côtés de la tête pour empêcher leurs cheveux de leur retomber sur le visage, et admirèrent le travail d'Eleanor.

— Qu'est-ce qu'il est beau, dit Ruth. Moi, chaque fois que je décore un sapin de Noël, il finit par avoir l'air juif.

— Comment un arbre peut-il avoir l'air juif ? s'exclama Eleanor en riant.

Ruth haussa les épaules.

— Je n'en sais rien, mais c'est comme ça. Toi, tu es catholique, non ?

— J'ai été élevée dans la foi catholique, mais je l'ai abjurée.

— Ça se voit. Je veux dire : que tu as été élevée dans la foi catholique. Les catholiques s'y connaissent en arbres de Noël.

Eleanor se remit à rire.

— Rentrons, Ruth, je suis morte de froid.

Elles retournèrent à l'intérieur du magasin, et tandis que Ruth s'occupait d'un couple qui furetait dans les rayons depuis des heures, Eleanor mit la dernière main à la décoration.

Ce matin-là, elle avait apporté du ranch des branches de houx et un escabeau. Cela faisait bien des années qu'elle n'avait pas décoré des murs avec des ornements de Noël. La famille Calder avait oublié cette tradition-là depuis belle lurette, et renouer avec elle lui donnait un plaisir mêlé de nostalgie, qui avait quelque chose d'enfantin. Dehors, la nuit commençait à tomber, et l'arbre de Noël de la vitrine répandait une chaude lumière.

Quand ses clients furent enfin partis, Ruth vint l'aider à suspendre une grande banderole dorée du côté de la devanture. Ruth saisit la banderole à un bout tandis qu'Eleanor montait sur l'escabeau pour fixer l'autre bout à la barre supérieure d'une étagère.

— Luke aide toujours Helen Ross à pister les loups ?

— Oui. On ne le voit pratiquement plus.

— Moi je l'aime bien, Helen.

— Moi aussi. Je crois que Luke est un peu amoureux d'elle.

— Il a quel âge, Luke ?

— Dix-huit ans, répondit Eleanor en enfonçant sa punaise.

— Il est vraiment beau garçon ! Ah, si j'avais quelques années de moins...

Eleanor baissa les yeux sur elle, et tout à coup elle parut gênée. Eleanor eut un sourire.

— Si on accrochait l'autre bout à présent ?

— D'accord.

Elles déplacèrent l'escabeau jusqu'au mur opposé, et Eleanor se jucha de nouveau dessus. L'espace d'un moment, elles ne parlèrent ni l'une ni l'autre, puis Ruth demanda :

— Je peux te poser une question ? Pourquoi as-tu « abjuré », comme tu dis ?

Eleanor ne répondit pas tout de suite. Non qu'elle fût embarrassée. Simplement, on ne lui avait encore jamais posé cette question-là. Ruth était une femme très directe. C'était une des qualités qu'elle appréciait le plus en elle. Elle sortit la boîte de punaises de sa poche et en prit une.

— Tu ne le sais peut-être pas, dit-elle, mais notre fils aîné a été tué dans un accident de voiture.

— Je suis au courant.

— Ah bon. Avant ça, j'avais toujours été très pratiquante. J'allais à la messe et je me confessais régulièrement, et crois-moi, à cette époque de l'année, vu l'endroit où nous vivons, ce n'était pas toujours commode. Buck me taquinait tout le temps à ce sujet. Il me disait : mais enfin quel besoin as-tu de te confesser ? Quand as-tu commis tous ces péchés ? Si tu en commets d'autres, préviens-moi, je ne voudrais pas rater ça ! Buck n'est pas catholique, alors évidemment ces choses-là le dépassent.

Elle jeta un coup d'œil à Ruth, sourit, et enfonça sa punaise d'un coup de pouce.

— Voilà qui est fait, dit-elle.

Elle redescendit de l'escabeau, et elles admirèrent le résultat ensemble.

— C'est très beau, dit Ruth.

— Oui, c'est pas mal. Où est-ce qu'on met l'autre ?

— Au fond ?

Elles déplacèrent l'escabeau, et pendant qu'elles répétaient l'opération, Eleanor poursuivit son récit.

— Bon, alors tu vois, après la mort d'Henry je me suis mise à fréquenter l'église plus assidûment que jamais. J'allais à la messe presque tous les dimanches. Les gens qui ont subi un malheur très grave agissent souvent comme ça, j'imagine. On doit chercher une raison, je suppose, être en quête d'un indice quelconque, d'une preuve que l'être cher qu'on a perdu est heureux là où il est. Et puis un beau jour, je me suis tout à coup rendu compte que... Qu'Il n'était pas là.

Ruth la regardait, les sourcils froncés, essayant de comprendre.

— Que ton fils n'était pas là ?

— Non, non. Lui, il est là, il va bien, je le sais. « Il », avec un I majuscule.

— En somme, si je comprends bien, tu crois au paradis, mais tu ne crois pas en Dieu ?

— Exactement.

La deuxième banderole était fixée à présent. Eleanor redescendit de l'escabeau et inspecta le résultat.

— Alors, qu'en penses-tu ?

Elle se tourna vers Ruth et constata avec étonnement que le regard de cette dernière était rivé sur elle, et non sur la banderole.

— Tu sais que tu es une femme formidable, Eleanor ?

— Qu'est-ce que tu racontes ?

— Je le pense vraiment.

— Tu n'es pas mal non plus, dans ton genre.

Ruth inclina révérencieusement le buste.

— Merci, Votre Grâce.

— Je peux te poser une question personnelle ? dit Eleanor d'un ton léger tout en repliant l'escabeau. (Ce n'était pas très fair-play de lui demander ça à brûle-pourpoint, elle le savait, et elle avait un peu honte de sa perfidie. Mais l'occasion était décidément trop belle.)

— Bien sûr.

— Ça fait combien de temps que tu couches avec mon mari ?

25

Le petit Buck Hicks tétait le sein de sa mère avec une telle avidité qu'on aurait pu croire que ce repas allait être le dernier de sa vie. Cela faisait des semaines que Clyde s'évertuait à convaincre Kathy qu'il était temps de le faire passer au biberon. Il avait lu quelque part que quand une femme donne le sein trop long-temps, sa poitrine ne retrouve plus jamais sa forme. Mais Kathy n'était pas pressée de sevrer Buck junior. Elle y prenait autant de plaisir que lui. Et puis quoi, il n'avait même pas un an.

Clyde était jaloux, voilà tout. D'ailleurs, où est-ce qu'il avait bien pu trouver une ânerie pareille ? Kathy avait du mal à se l'imaginer. Il avait dû lire un article sur le vêlage des vaches, et il se mélangeait les pin-ceaux.

Bien qu'elle fût levée depuis un bon moment, elle portait toujours sa robe de chambre en molleton rose. Assise sur le canapé de leur minuscule salle de séjour, elle feuilletait distraitement un numéro de *People Magazine* pendant que le bébé la tétait.

Elle tomba sur un article de trois pages consacré à

Jordan Townsend et Krissi Maxton, avec plusieurs photos les montrant en tenue western, posant devant un bison, dans leur « ranch de rêve » de Hope (Montana). Dans le corps de l'article, Krissi déclarait que c'était le seul endroit au monde où elle retrouvait le contact avec « son être profond ». Mais elle n'avait pas trop envie de s'approcher du bison, ça sautait aux yeux. Sur d'autres photos, on les voyait en tenue de soirée à la première du nouveau film de Krissi, *SpaceKill III*. Krissi arborait une robe en lamé des plus succinctes, qui ne dissimulait pratiquement rien de ses charmes. Le lifting de Jordan lui donnait l'air d'un ancien combattant de la guerre de 14.

Kathy bâilla et fit passer le bébé à son autre sein.

Il y avait eu une nouvelle chute de neige pendant la nuit. Clyde était parti avec le tracteur pour dégager la route du ranch. Le soleil matinal entrait à flots par la porte ouverte de la cuisine, effleurant le bout des chaussons en mouton retourné que Kathy avait pris soin d'enfiler au saut du lit. La radio diffusait la même sempiternelle chanson, celle du pauvre cow-boy qui en est réduit à passer Noël avec son cheval parce que l'élue de son cœur l'a abandonné.

Tout à coup, Kathy vit une ombre fugace traverser le plancher inondé de soleil, puis elle entendit des pas lourds sur les marches de la véranda, et on frappa deux coups secs à la porte de la cuisine. Elle se leva et rajusta sa robe de chambre. Le bébé se mit aussitôt à brailler. Elle le plaça en travers de son épaule et gagna la porte de la cuisine en lui tapotant le dos.

Le visage qu'elle aperçut en ouvrant la porte lui causa un tel saisissement qu'elle faillit en lâcher l'enfant. Tout dans ce visage était gris, de la fourrure du bonnet à la barbe qui lui piquetait les joues. Même la peau diaphane et blême, tendue par des pommettes extraordinairement saillantes, paraissait grise. Seuls tranchaient sur la grisaille les yeux noirs qui la fixaient comme deux insectes furibonds.

Le chasseur de loups était là depuis plus de quinze jours, mais c'était la première fois que Kathy le voyait d'aussi près. On ne le croisait pour ainsi dire jamais. De temps à autre, elle l'apercevait de loin, dans la prairie au-dessus de la maison, pilotant sa motoneige en direction de la forêt. La première fois, elle l'avait salué de la main, mais il ne l'avait pas vue, ou avait feint de ne pas la voir. Clyde et Buck avaient pénétré à deux reprises dans sa caravane pour discuter avec lui, et au retour Clyde lui avait dit que c'était un type bizarre, plutôt mal embouché, et qu'il ne fallait surtout pas qu'elle aille le déranger.

Buck junior lui hurlait dans l'oreille, et le chasseur de loups le regardait comme si c'était la première fois de sa vie qu'il voyait un bébé. Soudain, il parut se souvenir de l'existence de Kathy et porta deux doigts à son bonnet.

— Bonjour, madame.

— Vous êtes monsieur Lovelace ?

— Oui, madame. Votre mari m'a dit que...

— Mais entrez donc. Je suis ravie de faire votre connaissance.

Elle lui tendit la main, et il la regarda comme s'il ne comprenait pas ce qu'elle faisait là. Puis, lentement, il ôta un de ses gros gants fourrés et le gant plus mince qu'il portait dessous. Il mit si longtemps à s'en dépouiller que Kathy éprouva un début d'embarras et regretta un peu son geste. Sa main était noueuse, glaciale ; on aurait dit une branche durcie par le gel.

— Votre mari m'a dit que...

— Ça ne vous ennuierait pas d'entrer, monsieur Lovelace ? Mon petit monstre va attraper froid.

Il eut une hésitation, et elle comprit qu'il aurait préféré rester dehors. Mais comme elle lui tenait la porte ouverte, il entra dans la cuisine avec une visible réticence, en fixant de nouveau des yeux le bébé qui continuait à brailler.

— Vous voulez boire quelque chose ? Un café ?

— C'est votre enfant ?

Kathy éclata de rire. En voilà un vieil olibrius, se disait-elle. Est-ce qu'il se figure que mon bébé n'est pas de moi ?

— Oui, hélas. Quand il est comme ça, je le céderais volontiers au plus offrant.

— Qu'est-ce qu'il a à brailler ?

— Il a faim, c'est tout. J'étais en train de lui donner le sein.

— Il a quel âge ?

— Ça lui fera un an en janvier.

Lovelace hocha la tête et médita un instant là-dessus. Puis, tout à coup, son regard de scarabée se détacha de l'enfant et il le darda sur Kathy.

— Votre mari m'a dit qu'il me prêterait sa tronçonneuse. Il me faut des bûches pour mon poêle.

— Mais oui, bien sûr, vous n'avez qu'à la prendre.

— Il m'a dit que je la trouverais dans la grange, mais elle n'y est pas.

Il baissa les yeux. La tronçonneuse était par terre, près de la porte, au milieu des bottes et des grosses chaussures. La veille au soir, à la table de la cuisine, Clyde l'avait nettoyée et graissée, tout en chapitrant Kathy pour la énième fois au sujet de ce Lovelace dont il ne fallait révéler la présence à personne.

— Je peux la prendre ?

— Mais oui, je vous en prie.

Il se baissa, ramassa la tronçonneuse, puis ouvrit la porte.

— Pardon de vous avoir dérangée, dit-il.

Et avant que Kathy ait eu le temps de lui répondre qu'il ne la dérangeait pas du tout et de revenir à la charge avec le café, il s'éclipsa.

Depuis quinze jours, Lovelace cherchait la trace des loups, passant les canyons et les bois au peigne fin, balayant toutes les fréquences possibles avec son scanner. Mais il n'avait pas découvert le moindre indice, ne les avait pas entendus hurler une seule fois.

Partant de l'endroit où Calder lui avait dit que devait se trouver leur repaire, il avait parcouru toute la montagne en suivant un axe nord-sud, explorant méthodiquement tous les sentiers, toutes les ravines, tous les bords de ruisseau. Sachant que la zoologiste et le fils de Calder étaient dans les parages avec leur récepteur radio, il faisait de grands détours pour éviter les pistes qu'ils étaient susceptibles d'emprunter.

La météo lui mettait des bâtons dans les roues. Depuis son arrivée à Hope, la neige n'avait pour ainsi dire pas cessé de tomber. On aurait dit que Dieu était du côté des loups, qu'il s'ingéniait à faire disparaître leurs traces. Et puis, avec cette neige, c'était pénible de se déplacer. Ça faisait longtemps qu'il n'avait pas eu à battre la campagne sur de telles distances dans des conditions climatiques aussi défavorables, et il avait oublié que c'était exténuant à ce point.

Il n'usait de la motoneige qu'avec parcimonie, car elle faisait un foin de tous les diables, et il voulait entendre sans être entendu. Une fois arrivé dans la montagne, il laissait la machine en lieu sûr et continuait tantôt avec des skis, tantôt avec des raquettes, au gré de la topographie et de l'état de la neige.

Il avait réduit son paquetage au strict minimum, mais la tente, les provisions de bouche, le fusil et le scanner pesaient tout de même un sacré poids. Il avait l'impression de se trimbaler avec un cadavre sur le dos, si bien que dans des moments comme celui-ci, après avoir pataugé dans la neige toute la journée, il lui restait tout juste assez d'énergie pour monter sa tente et se glisser à l'intérieur.

Enroulé dans son sac de couchage, il étudiait la carte à la lueur de sa torche électrique, pour décider du chemin qu'il prendrait après s'être restauré et avoir repris des forces. Il faudrait d'abord que le blizzard retombe, bien entendu. Il en avait décelé l'odeur dans l'air alors qu'il faisait encore jour, en avait vu les signes dans le ciel jaune et bas. Dehors, la température frisait les moins trente. Comme il avait été obligé d'ôter ses gros gants fourrés pour monter sa tente, il avait les mains tout engourdies. Voulant faire fondre un peu de neige pour étancher sa soif, il avait allumé le petit camping-gaz, et le sang lui revenait peu à peu dans les doigts, lui causant des picotements désagréables.

La carte lui apprit qu'il se trouvait juste au-dessus d'un canyon qui portait le nom de Wrong Creek. Lovelace connaissait ce nom depuis l'enfance, mais la légende qui l'entourait s'était effacée de sa mémoire. Un peu plus haut sur la carte, une pioche stylisée indiquait la présence d'une mine. Elle était sans doute désaffectée. Néanmoins, ça vaudrait la peine d'y jeter un coup d'œil. Elle pourrait peut-être lui servir à se débarrasser des cadavres des loups. A condition qu'il arrive à leur mettre la main dessus.

Il plongea les deux mains dans son sac à dos et en extirpa le scanner. Non content de peser une tonne, ce satané engin ne lui servait pour ainsi dire à rien. Comme il n'avait pas la moindre idée des fréquences sur lesquelles les colliers émetteurs étaient réglés, ça revenait un peu à chercher une aiguille dans une botte de foin. Et même s'il avait été assez verni pour capter un signal, rien ne lui aurait prouvé qu'il s'agissait d'un loup. La montagne devait pulluler de toutes sortes de bestiaux munis de colliers par l'une ou l'autre des équipes de zoologistes qui sévissaient dans le coin. Il aurait aussi bien pu tomber sur un ours, un puma, ou plus banal encore, un coyote ou un cerf.

Il alluma son scanner et, comme il l'avait déjà fait une bonne dizaine de fois depuis le début de la journée, balaya toutes les fréquences possibles. L'opération lui prit une demi-heure, et comme il s'y attendait, il ne capta rien d'autre que des bruits de friture. Il éteignit son appareil et le repoussa au loin. La prochaine fois qu'il retournerait à la caravane pour se ravitailler, il le laisserait sur place.

Il se força à manger un peu de pemmican de cerf, qu'il fit descendre à l'aide d'une gorgée de neige fondue. Ensuite il éteignit sa torche, s'allongea sur le dos et s'abîma dans la contemplation du plafond de sa tente, jusqu'à ce qu'il y discerne l'imperceptible lueur jaune du jour qui achevait de mourir dehors.

Toute la journée, il avait été poursuivi par l'image de l'enfant des Hicks, ce poupon de même pas un an dont il avait eu tant de mal à détacher son regard. Cette menue créature le hantait, avec ses minuscules mains roses, sa frimousse tordue et violacée, réclamant à cor et à cri le téton de sa mère. Le tintouin, l'énergie, la vie intense dont ce petit être débordait, tout cela lui en avait fichu un rude coup.

Lovelace avait connu bien des petits d'animaux. Il connaissait leur odeur, savait l'effet que ça faisait de les toucher, avait entendu les sons qu'ils émettaient, dans la vie comme dans les affres de l'agonie. Mais jamais il n'avait connu un petit d'homme. Au cours du temps déjà bien long qu'il avait passé sur la terre, il n'avait jamais tenu un enfant dans ses bras, n'en avait même pas touché un. Jamais non plus il n'avait humé cette odeur tiède, douceâtre, un peu pareille à celle d'un chiot, qu'il avait sentie ce matin.

Quelque temps après leur mariage, Winnie et lui s'étaient aperçus que leur union était condamnée à rester stérile. Une adoption aurait fait le bonheur de Winnie, mais quant à lui, l'idée d'élever l'enfant d'un autre lui déplaisait souverainement, si bien qu'en fin de compte ils y avaient renoncé.

Lovelace avait le moins de contacts possible avec les enfants, et il avait toujours évité les bébés comme la peste, craignant peut-être qu'ils ne rouvrent en lui une blessure secrète. Comme lui, Winnie n'avait eu ni frère ni sœur. Ils n'avaient pas de nièces ou de neveux qu'ils auraient pu recevoir chez eux, et qui une fois adultes auraient eu eux-mêmes des enfants.

Tout à coup, pour une raison qui ne lui apparut pas sur le moment, Lovelace se mit à penser à la dernière soirée qu'il avait passée à l'hôpital avec Winnie.

Un peu plus tôt, dans le couloir, les toubibs lui avaient annoncé avec des voix de circonstance qu'elle était à la dernière extrémité. Quand il était entré dans la chambre et s'était assis à son chevet, il avait d'abord cru qu'elle était bel et bien passée de l'autre côté. Elle avait les yeux fermés et sa poitrine ne se soulevait plus. Elle était frêle comme un oiseau, pâle comme un linceul et couverte de bleus à cause de tous les fils et de tous les tuyaux dont on l'avait lardée, mais l'expression de son visage était sereine. Il resta assis sans bouger à côté d'elle, et au bout d'un moment elle ouvrit les yeux, l'aperçut et sourit.

Elle se mit à parler, d'une voix si basse qu'il dut mettre son visage tout près du sien pour entendre ce qu'elle disait. Apparemment, c'était la suite d'une conversation qu'elle avait entamée toute seule dans sa tête quelque temps plus tôt. Il se dit que ça devait être à cause de toutes les drogues qu'on lui avait injectées, mais c'était presque comme si, étant déjà arrivée à mi-chemin du paradis, elle avait décidé de faire une courte pause et de jeter un dernier regard sur la vie avant de la quitter pour de bon.

— Je réfléchissais, Joseph. Je pensais à toutes ces

bêtes. J'essayais de les dénombrer, tu comprends. Combien ça peut faire, d'après toi ?

— Winnie, je...

Il lui prit la main, la serra entre les siennes. De quoi parlait-elle ? Il n'en avait pas la moindre idée. Sa voix était rêveuse, comme celle d'une petite fille.

— Combien ? Des milliers, ça ne doit pas être assez. Des dizaines de milliers, peut-être. Des centaines de milliers. Qu'en penses-tu, Joseph ? Tu crois que le compte est bon ?

— Winnie, dit-il tout doucement. De quelles bêtes parles-tu, ma chérie ?

— Un million ? Non, quand même pas. Un million, ça ferait beaucoup.

Elle lui sourit, et il lui demanda à nouveau, de la même voix douce, de quelles bêtes elle parlait.

— Mais de celles que tu as tuées, voyons. Pendant toutes ces années. J'essayais de les additionner. Ça fait un chiffre immense, Joseph. Toutes ces vies. Pesant chacune de son poids individuel.

— Tu ne devrais pas te ronger les sangs à cause de ça.

— Mais je ne me ronge pas les sangs. Je me pose des questions, c'est tout.

— Des questions ?

— Oui.

Soudain, elle fronça les sourcils et ses yeux s'emplirent d'une espèce d'étrange ferveur.

— Crois-tu que leur vie est semblable à la nôtre, Joseph ? Qu'ils sont animés de la même petite flamme, qu'ils ont en eux ce qu'on appelle un esprit ? Semblable à celui que nous avons en nous ?

— Bien sûr que non, ma chérie. C'est impossible.

Comme si l'effort qu'elle avait dû fournir pour trouver une issue à ce problème insoluble l'avait vidée de toute son énergie, elle ferma les paupières et se laissa retomber sur son oreiller, en esquissant un pâle sourire.

— Tu as raison, soupira-t-elle. C'est impossible. Où ai-je été chercher une idée pareille ?

Le blizzard faisait rage depuis deux heures. Il soufflait du nord-est, traversant le lac de part en part, et tournoyait autour de la cabane en mugissant lugubrement. On aurait dit toutes les âmes du purgatoire se plaignant en chœur. On a été bien avisés de renoncer au dépistage de nuit, se disait Helen. Elle souleva le couvercle du poêle et fit tomber une bûche à l'intérieur, faisant voler une pluie d'étincelles. Le bruit réveilla Buzz, qui était étalé de tout son long sur le plancher, absorbant un maximum de chaleur. Il jeta un regard contrarié à Helen, qui se mit à genoux et lui ébouriffa la tignasse.

— Je te demande mille fois pardon, dit-elle.

Il roula sur lui-même, offrant lascivement son ventre aux caresses.

— Tu es le petit corniaud le plus dévergondé du monde, et le plus moche aussi.

Luke, attablé devant le portable, finissait d'enregistrer les données qu'ils avaient rassemblées durant la journée. Il tourna la tête vers elle, sourit, puis se pencha de nouveau sur son clavier.

Elle lui avait appris à se servir du logiciel cartographique, et à présent il le connaissait aussi bien qu'elle. Il était capable de créer de nouvelles cartes, ou d'opérer des combinaisons auxquelles Helen n'avait jamais songé elle-même, afin de déterminer les raisons pour lesquelles les loups choisissaient tel ou tel itinéraire ou s'attardaient dans tel ou tel coin. Helen n'avait jamais connu d'apprenti aussi doué. Pendant la journée, quand ils cherchaient des pistes, c'était pareil. Luke était fait pour ce métier. C'était un zoologiste-né.

Avec la neige, ils avaient adopté de nouvelles habitudes. Ils sortaient avec le pick-up ou la motoneige et, dès qu'ils captaient un signal clair, chaussaient leurs skis et s'enfonçaient dans la forêt en quête d'une piste. La piste une fois trouvée, ils la suivaient, parfois sur des kilomètres, jusqu'à ce qu'ils tombent sur la proie dont les loups venaient de se repaître. La vision d'un animal étripé sur la neige n'est pas toujours facile à supporter, et la première fois, se souvenant du récit de la chasse au wapiti, Helen avait craint que Luke n'en soit bouleversé.

En remontant une piste, ils étaient tombés sur les restes d'une biche que les loups avaient tuée quelques heures plus tôt dans une clairière, barbouillant la neige de son sang. Helen s'était agenouillée pour effectuer ses prélèvements, en observant Luke du coin de l'œil, et elle avait été surprise par son calme.

Le soir même, pendant qu'ils dînaient en tête à tête dans la cabane, ils en avaient discuté. Sans l'ombre d'un bégaiement, sans buter une seule fois sur un mot, Luke lui avait expliqué en quoi résidait la différence. « Tu comprends, lui avait-il dit, quand j'ai tiré sur le wapiti, ma vie n'en dépendait pas. J'étais un peu le dos au mur, parce que je ne voulais pas contrarier mon père, d'accord, mais je disposais quand même d'une entière liberté de choix. Je n'étais pas obligé de le tuer. Les loups, avait-il continué, tout comme les Blackfeet qui chassaient par ici jadis, ne disposent pas de cette liberté-là. Pour eux, tuer une proie est une nécessité. S'ils ne la tuent pas, ils meurent. »

Agenouillée au-dessus de Buzz, dont elle lissait toujours le ventre de la paume, Helen observait Luke éclairé par la lueur rougeoyante du poêle. Les soirées qu'ils passaient ensemble lui étaient devenues précieuses. Quand ils revenaient de leurs expéditions, il faisait nuit. Avant d'entrer dans la cabane, ils frappaient le sol pour faire tomber la neige de leurs souliers et se brossaient mutuellement le dos, puis l'un d'eux décrochait les skis et le reste de l'équipement de la motoneige, tandis que l'autre allumait les lampes et mettait le poêle en marche. Ils gardaient leurs chapeaux, leurs gants et leurs anoraks jusqu'à ce qu'ils émettent de la vapeur, signe que la chaleur était enfin revenue dans la cabane. Quand le téléphone fonctionnait, Helen consultait sa messagerie vocale et rappelait les gens qui avaient essayé de la joindre, puis l'un d'eux préparait le dîner tandis que l'autre s'occupait de transférer sur l'ordinateur les données recueillies ce jour-là.

Ce soir, ils avaient dégusté un plat de macaronis au fromage concocté par Helen. Ils en mangeaient au moins trois fois par semaine, mais Luke en raffolait toujours autant. Sous peu, dès qu'il aurait fini de transférer sur ordinateur les notes prises sur le terrain, il reprendrait le chemin du ranch. Après son départ, un horrible sentiment de solitude étreindrait Helen, et si elle ne se trouvait pas aussitôt une tâche à effectuer, elle sombrerait inéluctablement dans le gouffre sans fond de récriminations et de dégoût d'elle-même, dont Joel était l'aliment habituel. Désormais, c'était devenu pour ainsi dire automatique.

Le poêle crachotait. Dehors, la tempête s'apaisait peu à peu. Luke cliqua pour sauvegarder et se laissa aller en arrière sur sa chaise.

— Tu as déjà fini ?

— Hon-hon. Viens, je vais te montrer.

Helen se leva et resta debout derrière lui tandis qu'il faisait défiler son ouvrage sur l'écran.

Il avait élaboré une nouvelle suite de cartes sur lesquelles figuraient tous les « repères odorants » qu'ils avaient relevés au cours de leurs expéditions. C'est ainsi qu'ils nommaient les endroits où les loups urinaient pour marquer les limites de leur territoire, afin de dissuader d'éventuels intrus de les franchir. Pendant le reste de l'année, ils étaient difficiles à déceler, mais dans la neige ils sautaient immédiatement aux yeux, et ils en découvraient chaque jour de nouveaux.

D'après les cartes dressées par Luke, les loups avaient établi leur territoire sur un périmètre nettement défini, d'environ cinq cents kilomètres carrés, dans lequel ils effectuaient des patrouilles régulières. Il débutait juste au-dessous de Wrong Creek au nord, et s'étendait à partir de là vers le sud et vers l'est, jusqu'aux confins du ranch de Jordan Townsend.

Luke cliqua pour faire apparaître une nouvelle carte en surimpression de la précédente.

— Regarde, c'est curieux, non ? On dirait que tous les week-ends ils vont faire un petit tour chez Townsend.

— C'est normal. Après tout, il a une salle de cinéma.

Luke s'esclaffa, et Helen s'aperçut soudain qu'en venant se placer derrière lui elle lui avait posé les mains sur les épaules et les avait laissées là tout le temps qu'avait duré sa démonstration.

— Peut-être qu'il leur p-p-passe des films de sa copine.

— Avec hamburgers de bison à l'entracte.

— Les bisons n'ont pas très bon caractère. Moi si j'étais loup, je m'en tiendrais aux cerfs.

Helen lui tapota gentiment les épaules.

— Beau travail, docteur Calder.

Il renversa la tête vers elle, un large sourire aux lèvres. Une envie subite la prit de se pencher sur lui et de lui embrasser le front, mais elle la refréna in extremis.

— Il serait peut-être temps de te mettre en route, dit-elle.

— Tu as raison.

Il avait garé sa voiture un kilomètre plus bas, à l'endroit où Helen avait pris le pli de laisser le pick-up depuis qu'il s'était mis à neiger. Parfois, quand la soirée s'était un peu trop étirée, elle l'emmenait jusque-là en motoneige.

— Je te raccompagne ?

— Pas la peine, j'irai à ski.

Pendant qu'il se préparait, Helen remit de l'ordre dans la cabane en s'agitant beaucoup, histoire de masquer le trouble qu'elle avait éprouvé quand Luke avait levé les yeux sur elle.

Ce baiser qu'elle avait failli lui poser sur le front, de quelle nature était-il exactement ? Etait-ce un baiser fraternel ? Maternel ? Ou bien s'agissait-il de tout autre chose ? Mais enfin, que vas-tu chercher là ? se dit-elle. Luke est ton ami, voilà tout. Un ami avec lequel tu te sens toujours à l'aise, qui à la différence de Joel ne te juge jamais, qui ne t'accable pas de reproches, qui a pris soin de toi, qui t'a empêché de sombrer.

Elle savait ce que Luke éprouvait pour elle. Plusieurs fois, elle avait surpris des regards qui en disaient long. De toute évidence, il était un peu amoureux d'elle. Et quelquefois, comme c'était précisément le cas en ce moment, elle nourrissait envers lui des sentiments du même ordre, il fallait bien l'admettre. Elle avait la secrète nostalgie du réconfort physique qu'il lui avait apporté lorsqu'il la prenait dans ses bras et la laissait pleurer, dans les moments de désespoir sans fond qui avaient suivi l'arrivée de la lettre de Joel.

La crise était loin d'être passée. Les émotions d'Helen étaient encore à vif. En une seconde, elle pouvait passer de la joie extatique à la dépression la plus noire. Et puis, comment aurait-il pu se passer quelque chose entre Luke et elle ? C'était absurde. Il avait dix ans de moins qu'elle. Ce n'était qu'un gamin, en somme. A son âge, quand elle faisait ses études... enfin, elle avait peut-être tort de se lancer dans ce genre de comparaisons. A vrai dire, elle était sortie avec des hommes d'un âge nettement plus avancé que celui qu'elle avait aujourd'hui. L'un d'eux avait trente-cinq ans, près de deux fois son âge. Evidemment, ce n'est pas la même chose quand c'est le membre masculin du couple qui

418

est l'aîné. Comme dans le cas de son père et de Courtney. Ce n'était peut-être pas le bon exemple, puisqu'il y avait toujours quelque chose qui la défrisait là-dedans.

Luke était devant la porte à présent, prêt à partir.

— Quelle heure demain matin ?

— Huit heures ?

— D'accord. Bon, eh bien b-b-bonne nuit.

— Bonne nuit, docteur Calder.

Dès qu'il ouvrit la porte, un monceau de neige s'abattit sur lui, suivi d'une rafale tonitruante. Contrairement à ce qu'Helen croyait, le blizzard ne s'était pas apaisé. Les congères qu'il avait formées autour de la cabane en avaient seulement étouffé le son. Luke dut s'arc-bouter pour lutter contre le vent et la neige qui s'était insinuée à l'intérieur de la cabane, et quand il eut enfin réussi à refermer la porte, il s'adossa au battant, hilare et couvert de neige.

— Tiens, déjà de retour ? fit Helen.

Luke se réveilla dans le noir complet, et il mit un moment à comprendre où il était. Etendu sur le matelas tout cabossé de la couchette supérieure, il écouta la plainte assourdie du vent en se demandant ce qui l'avait réveillé.

Il tendit l'oreille pour percevoir la respiration d'Helen au-dessous de lui, mais n'entendit que le ronflement léger de Buzz et le poêle qui crépitait par intermittence. Ils l'avaient bourré jusqu'à la gueule avant de se coucher et s'étaient glissés tout habillés dans leurs sacs de couchage afin de ne pas souffrir du froid une fois que les bûches seraient consumées. Il consulta le cadran lumineux de sa montre. Il était un peu plus de trois heures.

— Luke ? chuchota Helen.

— Oui.

— Tout va bien là-haut ?

— Pas de problème.

Les dernières bûches glissèrent à l'intérieur du poêle, projetant sur la grille une pluie d'escarbilles qui emplit fugacement la cabane d'une lueur ambrée.

— Je ne t'ai jamais remercié, dit-elle.

— De quoi ?

— De tout. De t'être occupé de moi.

— Pas la peine de me remercier.

— Pourquoi est-ce que tu ne m'as jamais demandé ce qui m'était arrivé ?

— Je me disais que si tu avais envie de m'en p-p-parler, tu m'en p-p-parlerais.

Elle lui raconta toute l'histoire. Luke l'écouta, en essayant de s'imaginer des endroits où il n'était jamais allé, et le visage de cet homme qu'Helen avait aimé, dont il se disait qu'il fallait forcément qu'il soit fou pour l'avoir quittée. Elle parlait d'une voix égale, presque détachée. De loin en loin, elle s'interrompait et Luke, l'entendant avaler sa salive, comprenait qu'elle refrénait ses larmes.

Longtemps, elle réussit à les dominer. Ce n'est que lorsqu'elle entreprit de lui résumer le contenu de la lettre, celle qu'il avait trouvée au bord de la route et était allé lui remettre le jour où Abe Harding avait tué le loup, que sa voix se brisa. Luke comprit qu'elle pleurait, mais les larmes ne l'arrêtèrent pas, même quand elle lui parla de la femme avec qui Joel devait être marié désormais. Allongé dans le noir sur sa couchette, au-dessus d'elle, Luke l'écoutait sans rien dire.

— Excuse-moi, dit-elle quand elle fut arrivée au bout de son récit. Je me figurais vraiment que je serais capable de te raconter ça sans me mettre à pleurer comme un veau.

Elle renifla bruyamment, et Luke devina qu'elle s'essuyait les yeux.

— J'étais sûre d'avoir tiré le bon numéro, tu

comprends ? D'avoir enfin trouvé l'homme de ma vie. Mais bon, il faut bien que je me fasse une raison. Un de perdu, dix de perdus. Je leur souhaite tout le bonheur du monde. (Elle marqua un temps.) En fait, j'espère que leur vie sera un enfer.

Entre deux reniflements, elle laissa fuser un petit rire. Luke avait envie de lui dire que ce type n'était pas digne d'elle, que c'était une bonne chose qu'elle s'en soit débarrassée, mais il ne s'en sentait pas le droit.

Un long moment, ils restèrent aussi silencieux l'un que l'autre. En bas, près du poêle, Buzz émettait de petits geignements, rêvant peut-être qu'il poursuivait un ours dans la forêt.

— Et toi ? demanda Helen à la fin.

— Quoi, moi ?

— Tu as eu des petites amies ? A la foire, je t'ai vu parler avec une très jolie fille.

— Cheryl ? Oh, ce n'est pas ma p-p-petite amie. Elle est gentille, mais...

— Pardon, ça ne me regarde pas.

— Ne c-c-crois pas que ça m'ennuie, mais tu comprends, moi les filles... Avec mon b-b-bégaiement, je n'ai jamais v-v-vraiment...

Il sentit qu'il s'était mis à rougir comme un enfant. Heureusement qu'Helen ne le voyait pas. Il regrettait d'avoir lâché le morceau comme ça, ou plutôt de ne pas l'avoir lâché. L'idée qu'Helen puisse avoir pitié de lui lui était insupportable, car lui-même ne se plaignait pas de son état. Quand on s'apitoie sur son sort, la souffrance ne fait qu'augmenter. Il l'avait appris très tôt dans la vie.

Il entendit un froissement d'étoffe, et tout à coup elle fut debout devant lui, son pâle visage luisant dans le noir tout près du sien.

— Luke ? Prends-moi dans tes bras, je t'en prie, murmura-t-elle.

Sa voix était brève, à la limite du sanglot. Il se redressa sur son séant, s'extirpa de son sac de couchage, se laissa glisser à terre et se retrouva debout à côté d'elle. Elle l'entoura de ses bras, il l'entoura des siens et elle nicha sa tête au creux de sa poitrine. Le contact de son corps lui causa une telle sensation qu'il en eut presque le souffle coupé.

— T-t-tu es...

La suite de sa phrase lui resta dans la gorge. Il n'arrivait pas à le dire. Elle leva la tête vers lui. Dans l'obscurité, son visage n'était qu'une ombre vague, comme la partie masquée de la lune. Mais il n'arrivait toujours pas à prononcer les mots qui lui brûlaient les lèvres, à lui dire qu'elle était le seul être au monde qu'il ait jamais aimé, et qu'il n'en aimerait jamais d'autre. Puis il sentit son étreinte se relâcher, sentit ses mains monter vers lui et se refermer autour de son visage. Il vit ses yeux pareils à deux lacs sans fond, vit sa bouche qui montait vers lui. Il inclina la tête, ferma les yeux, et sentit enfin, ainsi qu'il l'avait longtemps rêvé, le frôlement de ses lèvres.

Elle lui embrassa le front comme pour le bénir, puis lui effleura doucement les pommettes de ses lèvres et posa un baiser sur ses paupières closes. Elle appuya contre la sienne sa joue humide et fraîche, et ils restèrent un moment dans cette position, sans esquisser le moindre geste. Ensuite il ouvrit les yeux et il lui baisa le visage de la même manière. Les larmes avaient laissé un goût de sel sur ses joues et aux commissures de ses lèvres.

Quand leurs lèvres se joignirent enfin, Luke frissonna de tout son corps, et il l'aspira tout entière en lui, aspira son odeur, son goût, sa chair, s'en inondant les poumons comme s'il avait voulu se noyer dedans.

26

La vente de charité annuelle battait manifestement toujours son plein quand Buck arriva enfin à Hope. Vu le temps qu'avait pris la distribution du fourrage, il avait craint qu'elle ne soit finie, mais il y avait de nombreuses voitures garées le long des trottoirs à l'extérieur de la Maison pour tous, et les gens affluaient encore.

Cette année, Hettie Millward et les autres dames du comité d'organisation s'étaient vraiment beaucoup dépensées. Elles avaient décoré le perron et dressé un arbre de Noël sur la pelouse de devant. Leur sapin était festonné de petites lampes multicolores ; dans le soleil, avec la neige fraîchement tombée, c'était du plus joli effet. Hettie avait même convaincu Eleanor de participer à la vente de Noël, ce qui ne lui était pas arrivé depuis des années. Elle tenait un stand à l'intérieur, ou c'est du moins ce que Buck espérait.

Ça n'avait pas été de la petite bière de lui faire quitter la maison, vu qu'elle avait passé la nuit à se tourmenter au sujet de Luke qui n'était pas rentré. Aussitôt après le petit déjeuner, alors qu'elle s'apprêtait à appeler Craig Rawlinson pour lui demander d'organiser une battue, le gamin leur avait téléphoné pour leur annoncer qu'il se portait comme un charme. Il était resté toute la nuit terré avec Helen Ross dans sa cabane.

Quel gâchis, se disait Buck. Le Ciel a parfois une manière bien perverse de dispenser ses bienfaits.

Il dépassa la Maison pour tous et remonta la rue principale. En arrivant à la hauteur du Parangon, il ralentit un peu dans l'espoir d'apercevoir Ruth, mais la vitrine était tellement encombrée d'objets qu'il ne discerna pas l'intérieur du magasin. Il se gara le long du trottoir, juste au-dessous de chez Nelly, et redescendit à pied jusqu'au Parangon, en jetant des coups d'œil faussement dégagés autour de lui, au cas où on l'aurait observé. En général, ce n'était pas les curieux qui manquaient, mais ce jour-là ils semblaient s'être tous donné rendez-vous à la vente de charité.

Quand il entra dans le magasin, Ruth était derrière sa caisse, enregistrant l'achat que venait de faire Nancy Schaeffer, l'institutrice. En entendant le carillon de la porte, elle leva la tête, et Buck comprit instantanément qu'il n'était pas le bienvenu.

— Bonjour, mesdames ! lança-t-il d'une voix joviale.

— Bonjour, Buck, répondit Nancy. Joyeux Noël !

— Joyeux Noël à vous aussi.

Il adressa un signe de tête à Ruth, et lui sourit.

— Ça va, Ruth ?

— Oui, monsieur Calder, ça va.

Là-dessus, elle se retourna vers Nancy et reprit le fil de la conversation. Elles discutaient de Dieu sait quel problème scolaire. Buck se dirigea vers l'arrière du magasin et fit semblant de s'intéresser au contenu des rayons. Il n'y avait pas d'autre client.

Cela faisait plus d'un mois qu'il n'avait vu Ruth. Il ne l'avait même pas eue au téléphone. Elle portait un pull marron très moulant qui lui allait à ravir. Nancy se décida enfin à partir. Il lui cria au revoir depuis le fond du magasin. En se refermant, la porte émit un drôle de petit tintement, comme quand Buck était entré.

— Qu'est-ce que tu fais là, Buck ?

Ruth avançait sur lui, raide comme la justice.

— Tu ne me souhaites pas joyeux Noël ?

— Ne joue pas à ce petit jeu-là avec moi.

— Ce n'est pas un jeu.

Elle s'arrêta à bonne distance de lui et, croisant les bras sur la poitrine, le considéra d'un œil excédé. Levant les deux mains, il lui dit :

— Enfin quoi, Ruth, c'est Noël. L'époque de l'année où les gens s'offrent des cadeaux. Tu tiens un magasin de cadeaux, merde ! J'ai le droit d'y entrer aussi bien que n'importe qui.

— Tu es bouché à l'émeri, ou quoi ? Je croyais pourtant avoir été claire. Tout est fini entre nous, Buck. Fini, n-i, ni.

— Ruthie...

— Non, Buck.

— Tu me manques tellement...

Il esquissa un pas vers elle, mais elle recula. Soudain, un éternuement bruyant retentit. Buck sursauta, et se retourna. Tout d'abord, il ne vit personne. Puis, baissant les yeux, il avisa un bébé assis sur un petit siège d'enfant en plastique, qui le regardait avec des yeux ronds.

— D'où il sort, celui-là ?

— Tu ne reconnais même pas ton petit-fils ?

— Qu'est-ce qu'il fait là ?

— Tu passes à côté de tout, toi. Kathy est allée donner un coup de main à la vente de charité. Elle me l'a confié.

— Ah bon.

Le regard fixe de l'enfant le mettait mal à l'aise. Il

425

avait un peu la sensation de s'être fait prendre la main dans le pot de confiture.

— Allez, dégage le plancher.

— Ecoute, je voulais seulement...

— Après ce qui s'est passé, ça me sidère que tu oses te pointer ici.

— Pourquoi, qu'est-ce qui s'est passé ?

Les yeux de Ruth se rétrécirent.

— Tu veux dire qu'elle ne t'en a pas parlé ?

— De quoi elle m'aurait parlé ?

— Elle est au courant de tout, pauvre connard ! Pour nous deux.

— Elle ne peut pas...

— Si, elle peut. Elle sait tout, je te dis.

— C'est toi qui as mangé le morceau ?

— Je n'ai pas eu à le faire. Elle était au courant.

— Et tu n'as pas nié ?

Le grelot de la porte tintinnabula, et ils tournèrent tous les deux la tête. Le bébé imita le bruit du carillon.

— Bonjour, madame Iverson ! s'exclama Ruth d'une voix enjouée. Comment allez-vous ?

Elle se retourna vers Buck et siffla entre ses dents :

— Fiche le camp !

Buck partit sans dire au revoir à personne, pas même à son petit-fils. Il alla s'acheter des cigares à la station-service, et en alluma un pendant qu'il regagnait sa voiture. Tout en marchant, il réfléchissait à ce que Ruth venait de lui apprendre. Il était tellement absorbé dans ses pensées qu'il faillit se faire renverser par un semi-remorque en traversant la rue. Le camionneur actionna sa sirène et ça lui ficha un tel coup qu'il en fit tomber son cigare, dont la cendre macula tout le devant de son pantalon.

Eleanor ne lui avait rien dit de tout ça. C'est vrai qu'ils ne se parlaient pas beaucoup, mais elle aurait quand même pu lui en toucher un mot. Ruth était son associée, après tout. Les questions se bousculaient dans sa tête, des questions qu'il aurait volontiers posées à Ruth si cette bon Dieu d'épicière n'avait pas choisi ce moment-là pour faire son entrée. Comment Eleanor avait-elle découvert le pot aux roses ? Pourquoi n'avait-elle pas renoncé à s'associer avec Ruth ? Ça n'avait vraiment ni queue ni tête.

Il monta en voiture et reprit le chemin du ranch, remuant toutes sortes de sombres pensées, qui finirent par se focaliser, comme c'était de plus en plus souvent le cas ces temps-ci, sur le principal objet de son ressentiment. Les loups. Ces maudits loups qui étaient la cause de tous ses malheurs.

Cela faisait plusieurs jours qu'il n'avait pas vu le vieux chasseur. En arrivant à l'embranchement, il bifurqua à gauche et prit la route du ranch des Hicks.

Si Lovelace avait du nouveau, ça lui ferait peut-être passer sa mauvaise humeur.

Lovelace fit dévaler la colline à la motoneige en zigzaguant à travers les arbres. Il émergea de la forêt et s'engagea sur la vaste étendue de neige qui recouvrait le pré au-dessus de la maison. Elle était pleine de creux et de bosses et les cahots lui faisaient mal au dos. Il s'était collé un tour de reins en pelletant la neige qu'il lui avait bien fallu ôter pour dégager d'abord sa tente, ensuite son véhicule. Mais les douleurs et les courbatures, il en avait l'habitude. Il lui en aurait fallu plus pour le décourager. Ça faisait des années qu'il n'avait pas été obligé de bivouaquer ainsi au milieu du blizzard. Pourvu qu'on soit bien équipé et qu'on ait un peu de cœur au ventre, ce n'était pas vraiment la mer à boire. Mais ça lui avait donné l'occasion de se prouver qu'il était encore à la hauteur, et il en était content.

Et puis il avait un autre motif de satisfaction, autrement sérieux. Il savait maintenant où étaient les loups.

Vers quatre heures du matin, quand le vent était

retombé, il les avait entendus hurler. Au lever du jour, il avait trouvé des empreintes, à même pas cent mètres de sa tente. On aurait pu croire qu'on leur avait signalé sa présence et qu'ils étaient venus vérifier par eux-mêmes. Sachant désormais en quoi consistait leur territoire, il avait décidé de regagner sa caravane pour établir un plan d'action et rassembler l'équipement dont il aurait besoin pour les tuer.

Tout en bas du pré, un groupe de vaches noires alignées sur un rang broutaient le foin qu'on avait étalé sur la neige à leur intention. Par-delà les vaches, Lovelace aperçut le pick-up de Buck Calder garé devant la maison, à côté de celui des Hicks.

Arrivé en terrain plat, il bifurqua en direction de la grange, et remarqua que la porte de sa caravane était ouverte. L'instant d'après, un homme s'encadra dans l'ouverture et sauta à terre. C'était Buck Calder. Son gendre sortit à sa suite et referma la porte derrière lui. En apercevant Lovelace, Hicks parut un peu gêné, mais Calder sourit et lui adressa un signe de la main tandis qu'il se dirigeait vers eux. Il arrêta la motoneige à leur hauteur.

— Ça me fait plaisir de vous voir, monsieur Lovelace.

Lovelace coupa le contact.

— Qu'est-ce que vous fichez dans ma caravane ?

— On voulait simplement s'assurer que vous étiez là, et que tout allait bien.

Lovelace fixa un moment Calder sans rien dire, puis il mit pied à terre et se dirigea vers la porte. En passant devant les deux hommes, il vit que Hicks grimaçait bêtement, comme un enfant pris en faute. Pour qui ils se prennent, ces cons-là ? se demanda-t-il tandis qu'il se hissait à l'intérieur de la caravane. Qui leur a permis de venir fouiner dans mes affaires ? Il inspecta rapidement les lieux pour s'assurer que tout était en ordre. Apparemment, rien n'avait été déplacé. Il retourna à la porte et se mit debout dans l'embrasure, au-dessus d'eux.

— Ne me refaites jamais ce coup-là, dit-il.

— On a frappé, et comme vous ne répondiez pas, on a eu peur que...

— Si j'ai besoin de votre aide, je vous appellerai.

Calder leva les mains.

— Je vous présente toutes mes excuses, dit-il.

— Oui, toutes nos excuses, monsieur Lovelace, renchérit Hicks, comme un perroquet.

Lovelace hocha la tête d'un air glacial.

— Alors, où ça en est ? demanda Calder d'une voix très aimable, comme si de rien n'était. Vous les avez trouvés ?

— Quand j'aurai quelque chose à vous dire, je vous le dirai, répondit Lovelace.

Sur quoi il leur claqua la porte au nez.

Ayant assis Buck junior sur la table de la cuisine, Kathy achevait non sans mal de lui faire enfiler sa combinaison à capuchon molletonnée. Il n'aimait pas du tout ça et manifestait bruyamment son déplaisir. Le pauvre mioche avait attrapé un rhume ; il était rouge et dégoulinant. Assise à l'autre bout de la table, Eleanor coupait des oignons en tranches.

On était mardi, seul jour de la semaine où Luke rentrait à la maison de bonne heure, le seul aussi où Eleanor apportait un tant soit peu de soin à la préparation du dîner. Ce soir, elle allait leur servir une gratinée de poisson, et il y avait à cela deux bonnes raisons : c'était l'un des mets préférés de Luke, et l'un de ceux que son père détestait le plus.

Buck junior émit un hurlement strident.

— Tu as envie de rester avec ta grand-mère, hein mon chéri ? dit Eleanor.

— Si tu veux, je te le laisse. Tu vas te tenir tranquille, espèce de petit monstre ! J'étais comme ça à son âge ?

— Tu étais pire.

— Comment peut-on être pire ?

Au moment où Kathy enfilait ses gants à l'enfant, les phares d'une voiture balayèrent les fenêtres de la cuisine. Quelques instants plus tard, alors que Buck junior reprenait son souffle entre deux braillements, elles entendirent le pas de Luke dans l'allée. Tout en marchant vers la maison, il sifflotait un air. Jamais encore Eleanor ne l'avait entendu siffloter.

— En voilà au moins un qui est heureux, dit Kathy.

Buck junior se remit à hurler.

Luke entra dans la pièce, les salua, ôta son chapeau et son anorak, se déchaussa, embrassa sa mère, puis il prit son neveu dans ses bras et entreprit de lui faire visiter la cuisine. L'enfant cessa instantanément de pleurer.

— Je devrais t'embaucher, dit Kathy.

— J'ai déjà un travail.

— Un travail qui t'oblige à passer des nuits entières dehors dans le blizzard, dit Eleanor.

— On était à l'abri, maman.

Tout en finissant de découper ses oignons, Eleanor le regarda tournoyer sur lui-même, l'enfant dans les bras. Ça lui réchauffait le cœur de le voir si heureux. En revenant de la vente de charité, Kathy lui avait dit que les habitants du village commençaient à jaser sur le compte de Luke et d'Helen Ross. Eleanor lui avait répondu que ce n'étaient que des ragots imbéciles.

Après avoir remis Buck junior dans les bras de sa mère, Luke monta dans sa chambre. Kathy ne tarda pas à regagner sa voiture pour rentrer chez elle, laissant Eleanor en tête à tête avec sa gratinée de poisson.

Où pouvait être Buck senior ? Elle n'en avait pas la moindre idée. Il était sans doute allé se cacher quelque part pour essayer de peaufiner la comédie qu'il allait lui jouer en arrivant à la maison. A cette idée, Eleanor se mit à sourire.

Ruth lui avait raconté la visite de Buck au magasin ce matin-là. De toute évidence, l'attitude d'Eleanor la désarçonnait un peu. En principe, une épouse trompée nourrit une haine venimeuse, voire même meurtrière, envers sa rivale. Eleanor savait bien que le flegme avec lequel elle avait pris tout cela avait quelque chose de suspect aux yeux de Ruth. Elle devait avoir du mal à se faire à l'idée que cela n'avait entamé ni leur amitié ni, plus important encore, leur association financière. Et sa perplexité ne faisait qu'ajouter à la jubilation d'Eleanor.

En fait, elles n'avaient plus reparlé une seule fois de sa liaison avec Buck depuis le jour où Eleanor lui avait annoncé qu'elle savait tout. A vrai dire, elles n'avaient aucune raison d'épiloguer là-dessus. Parfois, Eleanor avait un peu honte de sa conduite. Elle n'aurait peut-être pas dû lui demander ainsi de but en blanc depuis combien de temps ils couchaient ensemble. D'autant que ça n'avait pas été sans mauvaise foi de sa part, car à ce moment-là elle se doutait déjà qu'il y avait de l'eau dans le gaz entre eux.

Ruth n'avait pas essayé de nier, et c'était tout à son honneur. Toutefois, elle avait voulu savoir comment Eleanor avait découvert le pot aux roses.

— Tu as été mariée autrefois, je crois ? lui avait demandé Eleanor.

— Oui.

— Ça a duré combien de temps ?

— Dans les cinq minutes.

— Bon, là, c'était peut-être un peu trop court. Mais avec le temps, ce sont des choses que l'on subodore, tu peux me croire. Et malheureusement, j'ai acquis pas mal d'expérience en la matière.

Eleanor aurait pu lui dire ce qui lui avait mis la puce à l'oreille dans ce cas précis, mais elle lui fit grâce de ces détails. Elle aurait pu lui dire que le jour où elle était entrée pour la première fois dans la boutique pour lui proposer de s'associer avec elle, l'odeur de Ruth lui avait paru curieusement familière, et qu'elle s'était rendu compte un peu plus tard que c'était cette odeur-là qu'elle sentait quand Buck rentrait tard et gagnait la salle de bains sur la pointe des pieds, précaution bien inutile puisqu'elle feignait seulement le sommeil. Que le soir où elle était allée voir Ruth chez elle, elle avait entendu sa voiture passer devant la maison, puis avait trouvé un de ses cigares dans l'allée.

— Il a toujours une maîtresse quelque part, avait-elle continué. Quelquefois même plusieurs en même temps. En général, je ne sais pas de qui il s'agit. Et pour être tout à fait franche, ça ne m'importe plus guère.

— J'ai du mal à y croire.

— C'est vrai, je t'assure. Autrefois, bien sûr, ça avait de l'importance pour moi. Mais au bout d'un moment ça m'a passé. La seule chose qui m'importait encore était l'idée que les gens puissent me plaindre, alors qu'en fait c'est plutôt Buck qu'ils auraient dû plaindre. Mais désormais, je ne me soucie même plus de ça. Qu'ils pensent ce qu'ils veulent, ça m'est égal.

— Tu aurais pu le quitter.

Eleanor haussa les épaules.

— Oui, mais pour aller où ?

Cette pauvre Ruth était sortie profondément remuée de leur conversation. Et bien qu'Eleanor l'ait assurée que leur association n'en serait affectée en aucune façon, elle faisait preuve depuis à son égard d'une sorte de prudente déférence. Quand elles s'étaient retrouvées dans le magasin après la vente de charité, Ruth s'était empressée de l'informer de la visite de Buck et des propos qu'elle avait échangés avec lui, en faisant des messes basses, pendant que Kathy changeait le bébé aux toilettes.

Ainsi, Buck savait à présent qu'Eleanor était au courant de sa liaison avec Ruth. Tandis qu'elle achevait de préparer le dîner, elle eut un bref élan de volupté en pensant à ce qu'il devait éprouver dans cet instant même.

Au bout d'une heure, elle entendit enfin sa voiture. Quand il entra, elle était occupée à mettre le couvert. Jetant un bref coup d'œil dans sa direction, elle constata qu'il avait la mine contrite, qu'il semblait nerveux et que son visage était d'une pâleur délectable.

— Quelle bonne odeur, dit-il.

Avec un grand sourire, Eleanor lui annonça que la gratinée de poisson serait prête dans un instant.

27

Ils s'étaient embrassés puis, allongés dans les bras l'un de l'autre sur le lit d'Helen, ils avaient parlé jusqu'à ce que l'aube éclaire d'une lueur pâle les fenêtres obstruées de neige. Ils s'étaient embrassés, c'est tout. Quel mal y avait-il à ça ?

C'est la question qu'Helen n'arrêtait pas de se poser depuis que Luke était retourné chez lui le soir précédent, la laissant seule dans la cabane avec le spectre de sa culpabilité, que jusqu'à présent elle avait plus ou moins réussi à empêcher d'émerger vraiment de ses limbes. Le besoin qui les avait poussés l'un vers l'autre était mutuel, se répétait-elle. Et s'ils y avaient trouvé tous deux un réconfort, pourquoi s'en seraient-ils privés ? Certes, ils avaient quelques années de différence, et elle n'était pas aussi innocente que lui, soit, mais ça n'en faisait tout de même pas un crime.

Elle avait presque réussi à s'en convaincre.

Joel lui avait dit un jour qu'un doctorat ès mauvaise conscience lui aurait mieux convenu qu'un doctorat en biologie, et que douée comme elle l'était pour édifier des prisons autour d'elle-même, elle aurait pu faire une belle carrière dans le B.T.P. Sur ce point, Luke lui ressemblait beaucoup.

Le lit dans lequel ils étaient pelotonnés s'était mué en une espèce de confessionnal. Helen ayant avoué qu'elle se sentait responsable de l'échec du mariage de ses parents, Luke avait répondu que de son côté il se croyait coupable de la mort de son frère. Avec des accents passionnés, ils s'étaient mutuellement assuré que la mauvaise conscience qui les tenaillait était dépourvue de sens, mais bien entendu ça n'avait eu aucun effet. L'absurdité de la prison des autres est toujours plus facile à voir.

Aujourd'hui, ils avaient décidé d'aller à Great Falls pour choisir la robe qu'Helen porterait au mariage de son père. Son départ pour la Barbade était prévu pour le surlendemain. Pâle émule d'alizé caraïbe, un vent d'est sec et tiède descendu des montagnes transformait les champs de neige en bourbiers.

Ils prirent chacun leur voiture et se retrouvèrent comme convenu, tels des amants clandestins, dans le parking du centre commercial. Helen arriva en avance, jeta l'ancre au milieu d'un océan grisâtre de neige fondue, et passa dix minutes à guetter l'apparition de la Jeep de Luke sur l'autoroute. Il arrivait d'Helena, sortant de sa séance hebdomadaire chez l'orthophoniste. Tandis qu'elle l'attendait, un début d'angoisse la prit. Après ce qui s'était passé, leurs retrouvailles pouvaient être marquées d'une certaine gêne. Mais quand il arriva enfin, Luke fit montre de sa gentillesse coutumière, allant même jusqu'à lui passer brièvement un bras autour des épaules pendant qu'ils se dirigeaient vers une des entrées du centre commercial.

Les boutiques ruisselaient de guirlandes multicolores et des haut-parleurs diffusaient des cantiques de Noël dans les allées. Ils ne trouvèrent que des vêtements d'hiver. Alors qu'Helen commençait à se dire qu'elle se taillerait peut-être un franc succès en débarquant à la Barbade vêtue d'un anorak et de fuseaux de ski, Luke lui dénicha enfin une robe au milieu d'un tas de frusques à prix cassé. C'était une robe jaune toute simple, sans manches, de taille 38. Helen alla l'essayer, sans grand enthousiasme, dans le petit salon attenant à la boutique.

Cela faisait quatre mois qu'elle ne s'était pas vue dans un miroir en pied, et ça lui ficha un coup. Ses cheveux avaient repoussé à tort et à travers, lui donnant l'air d'un épouvantail hirsute. En plus, elle avait perdu beaucoup de poids. Ses pommettes saillaient démesurément et la lumière crue des spots fluorescents lui faisait des yeux caves, soulignés de cernes profonds. Quand elle se déshabilla, la vision devint encore plus horrible. Elle était si maigre qu'il lui sembla distinguer les os de ses côtes et de ses hanches en transparence. Comme la robe avait des bretelles, elle dut ôter son soutien-gorge pour l'essayer. Quand elle le dégrafa, il lui sembla que ses seins avaient diminué de plusieurs tailles. Je ressemble aux Africaines décharnées de Joel, se dit-elle. Elle se hâta d'enfiler la robe pour échapper à ce spectacle.

Chose incroyable, elle était plutôt seyante. Certes, elle était trop longue et bâillait un peu aux aisselles. Le visage d'Helen buriné par le vent et les traces de hâle qui subsistaient sur ses avants-bras faisaient un contraste un peu comique avec la blancheur du reste de son corps, mais le jaune lui allait bien. Il suffirait qu'elle se maquille un peu (ou beaucoup) pour avoir l'air à peu près présentable.

Luke faisait le pied de grue à la porte du salon d'essayage, en compagnie de deux jeunes femmes qui débattaient des mérites du pull que l'une d'elles venait d'essayer. Un peu gêné, il contemplait le bout de ses bottes.

— Luke ?

Il leva les yeux et elle s'avança vers lui, pieds nus.

Elle se sentait un peu empruntée, comme une adolescente qui étrenne sa première robe du soir. Elle s'arrêta à sa hauteur, esquissa une pirouette maladroite. Quand ses yeux se reposèrent sur lui, elle vit qu'il avait les sourcils froncés et qu'il secouait imperceptiblement la tête.

— Non ? Elle ne te plaît pas ?

— N-n-non, enfin je veux dire si. Mais je ne...

Il baissa brièvement les yeux et prit une profonde inspiration, comme il le faisait parfois quand il butait sur une phrase et que les mots lui restaient bloqués dans la gorge. Ensuite son regard revint se poser sur Helen.

— Elle te va bien, dit-il simplement.

Mais en disant cela, il avait un sourire qui la bouleversa.

Lovelace humait l'air nocturne à la manière d'un loup.

Depuis une heure, une sourde inquiétude le tenaillait. Il craignait que le vent ne tourne subitement, ramenant son odeur vers le fond du canyon, jusqu'au ruisseau au bord duquel il avait placé le cadavre du cerf. Si tel avait été le cas, il aurait été forcé de jeter l'éponge. Mais le vent n'avait pas tourné. A présent, il soufflait régulièrement vers le nord, et il allait entraîner l'odeur du sang vers l'autre extrémité du canyon, conformément à son plan.

Le vent d'est avait fait rage jusqu'au début de l'après-midi, chassant les nuages gris ardoise qui couronnaient la cime des montagnes, les précipitant vers la plaine comme un grand troupeau affolé. Pendant toute la matinée, les arbres et les rochers n'avaient pas cessé de dégouliner. Avec des craquements sonores, la neige fondue glissait sur elle-même et les coulées allaient s'arrêter un peu plus loin. Lovelace avait vu deux avalanches, et il en avait entendu plusieurs autres se déclencher au-dessus de lui dans la montagne, produisant une explosion subite suivie d'un roulement de tonnerre assourdi. Au bout de tout ce chambard, le gel s'était de nouveau abattu sur le monde.

Il était neuf heures. Lovelace attendait aux aguets depuis près de quatre heures.

Il était allongé sur le ventre, enroulé dans son sac de couchage, sous une corniche zébrée de larges fissures qui barrait le flanc du canyon. Au-dessous de lui, il y avait un à-pic d'une bonne soixantaine de mètres, et la falaise qui le surplombait était à peu près d'égale hauteur.

Pour arriver jusqu'à son anfractuosité, il avait fallu qu'il rampe à la façon d'un lézard, mais il ne regrettait pas le mal qu'il s'était donné, car non content d'y être à l'abri, il jouissait d'une vue parfaite sur le ruisseau encroûté de glace. La terre sèche qui tapissait le fond de sa grotte était jonchée de débris d'os, et une odeur de puma y flottait encore.

Usant du viseur télescopique à infrarouge de son fusil, il scruta le canyon une fois de plus, promenant lentement son fantomatique cercle de lumière verte sur le ruisseau et le sentier qui le longeait, celui que les loups emprunteraient s'ils se décidaient à venir. Quand il perçut un mouvement parmi les arbres, il sentit les battements de son pouls s'accélérer. Mais ce n'était qu'un lynx qui se frayait un chemin entre les troncs abattus dissimulés sous d'épais manteaux de neige. Sentant peut-être le regard de Lovelace posé sur lui, le lynx s'immobilisa subitement, ses yeux luisant comme des phares dans le cercle glauque du télescope. Puis il fit un saut de côté et disparut sous les arbres.

Lovelace dirigea de nouveau son viseur sur le fond du canyon, et chercha le rocher plat affleurant au milieu du ruisseau sur lequel il avait placé la dépouille du brocard. Elle n'avait pas bougé d'un poil. Il avait abattu le jeune cerf en amont, juste avant la tombée de la nuit, et pour le traîner jusqu'au rocher avait marché dans l'eau, afin de ne pas laisser de traces. Ses bottes de caoutchouc dérapaient sur les rochers glissants, et aux endroits où l'eau était moins profonde il fallait se méfier du verglas. Il était obligé de s'arrêter régulièrement pour reprendre son souffle, et chaque goulée d'air lui brûlait atrocement les poumons. Il s'en était sorti exténué.

Après avoir placé le cerf sur le rocher, il avait extirpé la balle qui l'avait tué, puis lui avait incisé le ventre et la gorge de façon à ce que son sang soit entraîné par le courant. Ensuite il avait disposé ses entrailles en cercle autour de lui, en sorte que les effluves en soient perceptibles de l'autre bout du canyon.

Ce n'était pas dans la poche, loin de là. D'après les empreintes que Lovelace avait relevées ce matin-là, les loups étaient encore dans les parages la veille au soir. Mais ils avaient peut-être parcouru trente ou cinquante kilomètres depuis. Même en restant embusqué là vingt nuits d'affilée, il risquait encore de faire chou blanc. Et si jamais ils se montraient, les tirer dans ces conditions n'allait pas être de la petite bière.

Hier, après avoir trouvé son affût, il s'était livré aux calculs balistiques qui s'imposaient. Le ruisseau était à un peu moins de deux cent cinquante mètres du pied de la falaise. En plein jour, toucher une cible à cette distance n'aurait été que moyennement difficile. La nuit, c'était une autre paire de manches. Il avait réglé sa hausse en tenant compte de la déclivité, mais l'angle de tir n'allait pas lui faciliter les choses. En plus, il y avait ce satané vent, qui soufflait latéralement. A trente kilomètres à l'heure, facile. Il serait obligé de s'accorder cinquante bons centimètres de dérive.

La femme et le gamin n'étaient pas sortis pister cette nuit, Lovelace en avait la quasi-certitude. Du reste, si tel avait été le cas, ils n'auraient pu arriver à sa hauteur sans qu'il entende le grondement de leur motoneige ou qu'il en aperçoive le phare dansant sur les parois du canyon. Toutefois, quelqu'un d'autre aurait pu passer par là et remarquer la détonation, même étouffée par le silencieux. C'était un risque minime, mais qu'on ne pouvait néanmoins pas exclure. En fin de compte, il aurait peut-être été plus avisé de poser des collets.

Pendant les trois premières heures, Lovelace était resté sur le qui-vive. Mais il était fatigué à présent ; le froid commençait à lui engourdir les pieds. Il posa son fusil, se cala la tête sur l'avant-bras et ferma les yeux.

Lorsqu'il les rouvrit, il jeta un coup d'œil à sa montre et s'aperçut qu'il avait dormi une heure. Se maudissant intérieurement, il empoigna son fusil et enclencha le viseur à infrarouge. Le cerf était toujours au même endroit. Mais en déplaçant imperceptiblement son viseur vers la droite, Lovelace vit une ombre se profiler dans le cercle de son invisible rayon vert.

Il en vit d'abord deux, puis trois, puis un quatrième. Ils avançaient au petit trot, en file indienne, le long d'une courbe du sentier. Leurs yeux luisaient tellement qu'on aurait pu croire qu'une lampe au néon fantomatique brûlait à l'intérieur de leur crâne. Celui qui menait la marche devait être blanc de poil. Dans le viseur, son pelage était d'un vert étrangement laiteux. C'était une bête de grande taille, avec une queue longue et touffue, et comme elle était en position de tête, Lovelace en déduisit que ça devait être la femelle alpha. Il vit qu'elle avait un collier autour du cou. La bête qui la suivait en portait un aussi. Les deux derniers, plus frêles, n'avaient pas tout à fait atteint la taille adulte.

Lovelace sentit les battements de son cœur s'accélérer. A croire que je suis né sous une bonne étoile, se disait-il. Sans bruit, il fit jouer le cran de sûreté de son fusil et mit en phase le laser de sa lunette télescopique.

D'après ce que lui avait affirmé Calder, la meute comptait un total de huit têtes, aussi il ne quitta pas le virage des yeux, s'attendant à voir les autres en surgir. Mais ils ne se montrèrent pas. Il trouva cela étrange, car d'habitude la famille entière prend part à la chasse. Bah ! tant pis, se dit-il, ça m'en fait quand même deux de bons pour cette nuit. Il avait décidé d'épargner les loups porteurs de colliers aussi longtemps qu'il n'aurait pas tué les autres. Tant qu'ils continueraient d'émettre des signaux, la femme se figurerait que tout tournait rond. En outre, ils pourraient le mener jusqu'au reste de la bande. Si toutefois il arrivait à localiser ces satanées fréquences.

Les loups venaient de s'arrêter au sommet d'une pente, à l'endroit où le sentier plongeait brusquement dans une broussaille de jeunes saules enchevêtrés. Ils étaient à une petite vingtaine de mètres en aval du cerf. La louve blanche s'était pétrifiée sur place, le museau dressé vers le ciel, et Lovelace craignit un instant qu'elle n'ait flairé son odeur. Il dirigea sur elle le point rouge de son laser et l'arrêta sur son poitrail. Collier ou pas, il vaut peut-être mieux l'abattre sur-le-champ, se dit-il. Mais à présent, les saules faisaient écran entre lui et les deux loups sans collier. S'il tirait, ils prendraient leurs jambes à leur cou et il en serait pour ses frais. Soudain, la louve blanche se remit en mouvement, plus lentement, et les autres lui emboîtèrent le pas.

La louve passa encore dix bonnes minutes à arpenter la berge dans un sens puis dans l'autre avant de décider qu'il n'y avait pas de danger à traverser le ruisseau à moitié gelé pour gagner l'autel rocheux où gisait la dépouille du cerf. Lovelace aurait eu dix fois l'occasion de les abattre tous, mais il se força à la patience. Il voulait d'abord qu'ils dévorent le cerf, afin qu'il en reste tout juste assez pour qu'on les croie seuls responsables de sa mort.

Il attendit que la curée batte son plein avant de se préparer à tirer. Les deux loups sans collier se tenaient côte à côte, la tête enfouie dans le ventre béant du cerf. Lovelace dirigea le point rouge de son laser sur le plus proche des deux, dont le poitrail était plus exposé. Le loup releva la tête pour avaler. Son mufle ruisselait de sang verdâtre.

Lovelace appuya sur la détente.

Sous la force de l'impact, le loup fut projeté en arrière, s'envola du rocher et s'abattit dans le ruisseau. Je n'aurai que celui-là, se disait Lovelace. En le voyant tomber, les autres fileront comme des pets. Mais contrairement à son attente, il n'y eut pas de sauve-qui-peut. Les loups s'arrêtèrent simplement de manger et restèrent figés sur place, contemplant d'un œil effaré celui qu'il venait de tirer, dont le rocher lui masquait la vue à présent. Le vieux tueur de loups s'empressa d'introduire une nouvelle cartouche dans la chambre de son fusil.

Touché en plein front, le deuxième loup s'écroula, tué net, à côté du cadavre du cerf. Cette fois, les deux loups restants réagirent instantanément. Tels des chats fuyant devant une flamme, ils traversèrent le ruisseau d'un bond en soulevant des gerbes d'eau, escaladèrent tant bien que mal la berge gelée et s'enfoncèrent dans les fourrés.

Lovelace gagna le ruisseau, traversa à gué jusqu'au rocher et traîna les deux loups crevés jusqu'à la berge en les tirant par leurs pattes de derrière. L'opération lui prit près d'une heure. Ils avaient beau ne pas avoir atteint leur taille adulte, ils pesaient bien trente ou trente-cinq kilos chacun. Il les chargea à l'arrière de la motoneige et les transporta jusqu'à la mine abandonnée. Quand il arriva enfin à destination, le seul fait de mettre pied à terre lui coûta un effort surhumain.

Il jeta les deux cadavres par terre à côté de la buse d'aérage envahie de ronces qu'il avait repérée la veille, et écarta avec des gestes circonspects les rondins à moitié pourris dont on s'était servi pour masquer l'ouverture.

L'un après l'autre, il fit passer les loups par-dessus le rebord du puits et les introduisit dans le conduit en les tenant par la queue. Ils tombèrent dans le vide, déclenchant au passage de petites avalanches de caillasses, et atterrirent au fond de la mine avec un *plouf* assourdi.

Lovelace resta immobile un moment, écoutant le silence.

— Crois-tu que leur vie est semblable à la nôtre, Joseph ? Qu'ils sont animés de la même petite flamme, qu'ils ont en eux ce qu'on appelle un esprit ? Semblable à celui que nous avons en nous ?

— Bien sûr que non, ma chérie. C'est impossible.

Le vent ne soufflait plus, et la neige s'était remise à tomber. D'ici le lever du jour, ses traces seraient effacées.

Il n'arrivait toujours pas à se faire à l'idée qu'elle allait vraiment s'en aller.

Son avion partait le lendemain, à six heures du matin. Luke avait insisté pour l'emmener à l'aéroport, et elle avait fini par lui céder. Elle avait déjà fait ses bagages. Son sac était posé sur la couchette du bas.

Son père lui avait envoyé le prospectus de l'hôtel où les invités de la noce seraient hébergés. Il s'appelait le Sandpiper Inn et c'était un vrai paradis. Des palmiers, une immense pelouse s'étendant jusqu'à la plage, et une mer fabuleuse, d'un bleu très pâle, plus belle encore que celle de son rêve, ce rêve dont il n'avait jamais parlé à Helen. La salle à manger de l'hôtel était en plein air, surmontée d'un toit de chaume et entourée de plantes exotiques. Il s'imaginait là-bas, avec elle, et il devait lutter pour que son imagination ne l'entraîne pas trop loin.

Demain, il faudrait qu'il soit debout à l'aube. Il aurait dû être rentré au ranch depuis belle lurette, mais, n'arrivant pas à s'y résoudre, restait enchaîné à l'ordinateur, comme s'il avait eu une tâche importante à terminer. Assise à l'autre extrémité de la table, Helen cousait. Elle se mordait la lèvre inférieure, très absorbée par son ouvrage, si bien qu'il lui était facile de la regarder à la dérobée. Parfois, levant brusquement les yeux, elle surprenait son regard, mais ça n'avait pas l'air de la déranger. Elle s'était fait rafraîchir les cheveux à Great Falls après avoir acheté la robe, et sa nouvelle coiffure la faisait paraître plus jeune.

Elle avait déjà repris les dessous de bras de la robe, et achevait à présent d'en raccourcir l'ourlet. Tout à l'heure, après le dîner, elle avait procédé à un ultime essayage. Après avoir enfilé les chaussures neuves qu'elle s'était aussi achetées pour l'occasion, elle s'était juchée sur une chaise et Luke s'était chargé de placer les épingles. Ça avait duré une éternité, non seulement parce que c'était la première fois de sa vie qu'il jouait les couturières, mais surtout parce qu'ils étaient pris d'accès de fou rire continuels. En plein hiver, dans une cabane en rondins, la situation avait quelque chose de cocasse. Pour ne rien arranger, Helen faisait exprès de bouger sans arrêt, et l'accusait ensuite d'avoir posé les épingles n'importe comment.

Son absence allait durer dix longues journées.

Ils avaient pris toutes les dispositions nécessaires. Pendant qu'Helen serait à la Barbade, Luke s'installerait dans la cabane afin de veiller sur Buzz et de continuer à pister les loups. « Si tu me donnes entière satisfaction, lui avait dit Helen, je t'octroierai quelques heures de congé pour Noël. » Les parents de Luke n'avaient pas soulevé d'objections, et Helen avait obtenu le feu vert de Dan Prior, qui lui avait dit qu'il

était d'accord, à condition que ça reste « officieux ».
Ce qui, d'après Helen, signifiait simplement qu'il n'y
voyait rien à redire du moment que ça ne lui coûtait
pas un rond. Dan avait même offert d'emmener Luke
faire des repérages aériens à bord du Cessna un jour
de la semaine prochaine.

Helen venait de finir de coudre son ourlet. Elle
coupa le fil avec les dents, et leva la robe pour l'examiner.

— Je ne sais pas comment tu as fait pour la dénicher, dit-elle. Tu es vraiment fortiche. La seule robe
d'été de tout le Montana !

— Je dois être doué pour le shopping.

Helen éclata de rire. Tout à coup, Buzz se mit à
aboyer à tue-tête. Sans doute avait-il flairé, comme
souvent, l'odeur d'un animal qui passait à proximité
de la cabane. Helen le fit taire, puis elle se leva, s'approcha du lit et entreprit de plier la robe à la dimension
de son sac de voyage.

— Tu ne l'essaies même pas ?

— Tu crois que je devrais ?

Luke fit signe que oui.

— Puisque tu y tiens, dit-elle en haussant les
épaules.

Il lui tourna le dos et feignit de s'abîmer dans la
contemplation de son écran d'ordinateur, attitude qu'il
adoptait toujours quand Helen se changeait. L'entendre
ôter ses vêtements n'avait jamais été facile pour lui.
Les froissements du tissu faisaient travailler son imagination, et son excitation se mêlait de honte. Depuis
qu'ils s'étaient embrassés, c'était devenu pour lui une
sorte de supplice exquis, qu'il avait beaucoup de peine
à endurer. Il nageait en plein mystère. Qu'est-ce
qu'Helen éprouvait au juste pour lui ?

Il n'était pas très expérimenté, certes, mais pas
bouché à l'émeri pour autant. Vu la façon dont elle
l'avait embrassé, il était sûr que leurs rapports ne se

bornaient déjà plus à la simple amitié. Mais comment devait-il se comporter à présent ? Etait-ce à lui de prendre l'initiative ?

Peut-être qu'après, quand ils s'étaient retrouvés tous les deux dans le lit, il aurait dû tenter quelque chose. Peut-être qu'elle attendait qu'il prenne les devants. Mais c'était la première fois que ça lui arrivait, et il ne savait pas trop comment on procède dans ces cas-là. Résultat, il ne s'était rien passé, ni sur le moment ni depuis, et maintenant qu'elle s'en allait, Luke se disait, avec une sorte d'accablement, que son espérance ne se réaliserait sans doute jamais.

Il entendit claquer les talons de ses chaussures neuves. Elle s'approchait de lui.

— Tu peux me remonter ma fermeture éclair ?

Luke se leva, et elle lui présenta son dos. Tout à l'heure, quand elle avait enfilé la robe, elle avait gardé son soutien-gorge, mais cette fois, elle l'avait ôté, comme quand elle l'avait essayée dans la boutique. Il remonta la fermeture éclair, refrénant à grand-peine une furieuse envie de lui embrasser l'épaule. Elle recula de quelques pas, s'arrêta à côté de Buzz assoupi près du poêle, pivota sur elle-même et, se figeant dans la posture d'un mannequin qui prend la pose, attendit son verdict.

— Alors ?

— Qu-qu'est-ce que tu es b-belle !

Elle s'esclaffa.

— C'est un peu excessif, Luke.

— Je t'assure, insista-t-il en sortant de sa poche le cadeau qu'il avait acheté pour elle.

La vendeuse l'avait placé dans un écrin et emballé dans du papier doré. Le paquet était vraiment joli. Il s'avança vers elle et le lui tendit.

— Qu'est-ce que c'est ?

— Oh rien, ce n'est qu-qu'un... Tiens.

Elle prit le paquet et dépouilla l'écrin de son emballage. Luke suivait tous ses gestes des yeux. L'écrin contenait un pendentif en argent en forme de tête de loup, soigneusement enveloppé de papier de soie. Helen posa le bijou au creux de sa paume, et le regarda avec des yeux ronds.

— Oh, Luke.

— Ce n'est pas g-grand-chose...

Elle regardait toujours le pendentif. Elle fait une drôle de tête, se dit Luke. Peut-être qu'il ne lui plaît pas.

— Ils t-te l'échangeront si t-tu ne...

— Non non, il me plaît beaucoup.

Luke hocha la tête et il sourit.

— En t-tout cas, joyeux Noël, dit-il.

— Je ne t'ai rien offert, moi.

— Ça ne fait rien.

— Oh, Luke.

Elle lui passa les bras autour du cou et l'étreignit. Il la serra contre lui, les mains posées sur son dos nu. Il baissa la tête et lui effleura l'épaule d'un baiser.

— Ça me fait de la peine que tu t'en ailles.

— Tu crois que j'en ai envie ? Tu vas me manquer.

— Je t'aime, Helen.

— Oh, Luke. Ne dis pas ça.

— Mais c'est vrai.

Il recula d'un pas, car il voulait la regarder dans les yeux.

Elle avait les sourcils froncés.

— Je suis trop âgée pour toi. On n'a pas le droit. L'autre nuit, je n'aurais jamais dû...

— P-pourquoi est-ce qu'on n'aurait pas le droit ? Tu n'es pas si vieille que ça. D-d'ailleurs, quelle importance ?

— Je ne sais pas, mais...

— Tu es toujours amoureuse de J-Joel ?

— Non.

— Il t'a fait du mal. Moi, je ne t'en ferai jamais.

447

— Oui, mais moi..., commença-t-elle.

— Quoi ?

— Moi, je pourrais t'en faire.

Longtemps, ils restèrent à se regarder. Les lèvres d'Helen étaient entrouvertes. Tout le corps de Luke était tendu vers elle. Il l'attira à lui, sentit la pointe de ses seins contre sa poitrine, et l'embrassa. L'espace d'un instant, il crut qu'elle allait le repousser, mais elle n'en fit rien. Il sentit sa bouche s'amollir sous la sienne, puis ses lèvres s'écartèrent. Elle aspira un peu d'air, et il sentit ses doigts se crisper sur ses épaules.

— Ça m'est égal, haleta-t-il.

Une heure plus tard, ils se firent leurs adieux et Luke reprit le chemin du ranch. La neige tombait dru. Eût-il été plus attentif, il aurait peut-être vu dehors, sous la fenêtre, les empreintes de pas à demi recouvertes. Peut-être même aurait-il été capable d'en percer le sens. Mais sa tête voguait ailleurs, très haut dans les nuages, avec son cœur.

28

Comme de bien entendu, Courtney Dasilva faisait une mariée de rêve. Le genre de mariée qui réveille le démon de midi chez les hommes mûrs et suscite chez les âmes moins charitables (catégorie dans laquelle Helen se classait elle-même, sans excès de vergogne) des élans de jalousie fielleuse.

Sa robe en satin ivoire, laissant les épaules à nu, épousait amoureusement ses formes, découvrant juste ce qu'il fallait de buste et de genoux pour enflammer les imaginations sans pour autant faire injure au bon goût. Elle avait été créée tout spécialement par un couturier new-yorkais hors de prix dont le nom à consonance italienne fit pousser des *oh !* et des *ah !* à tout le monde, sauf à Helen qui ne l'avait jamais entendu prononcer jusque-là. A voir l'effet d'ensemble, on aurait pu croire qu'on avait versé Courtney dans sa robe après l'avoir passée au mixeur, comme un daiquiri à la banane. Tout en elle faisait penser à une crème riche et lisse. Courtney était la crème, et le père d'Helen le chat qui s'en régalait. Même un Martien égaré parmi eux l'aurait compris aussitôt en voyant le sourire béat qui flottait en permanence sur ses lèvres.

La cérémonie avait été fixée au matin de Noël afin que les heureux mariés et la poignée d'intimes arrivés à l'avance disposent de quelques jours pour parfaire leur bronzage. Le mariage fut célébré en plein air, dans un belvédère fleuri d'où l'on avait vue sur toute la baie. Les vœux furent prononcés par un pasteur du nom de Winston Glover, qui dosa habilement la gravité et l'humour. Ensuite, tandis qu'ils sablaient le champagne, les invités virent surgir un Père Noël barbadien qui fendait les flots turquoise à bord d'un scooter des mers. Après s'être garé sur la plage, il remonta jusqu'à eux d'un pas conquérant et, ses longues jambes nues encore ruisselantes, distribua des cadeaux à tous les invités en leur souhaitant un joyeux Noël. Les cadeaux provenaient de chez Saks, où Courtney les avait choisis elle-même avec beaucoup de soin. Helen eut droit à une trousse de maquillage en simili-lézard.

Les invités étaient au nombre de vingt. Hormis sa sœur Celia, son mari et ses enfants, Helen ne reconnut parmi eux que le frère cadet de son père, Garry, et l'épouse de ce dernier, véritable puits d'ennui qui portait le beau nom de Dawn. Cela faisait trois jours qu'Helen et Celia s'ingéniaient à les éviter, avec une adresse qui au fil des ans leur était devenue quasi naturelle.

Garry avait toujours failli à tous ses devoirs d'oncle. Dès qu'elles avaient passé l'âge de la puberté, il s'était mis à leur faire du gringue. En leur disant bonjour, il les embrassait sur la bouche plutôt que sur la joue, avec des sous-entendus égrillards que Dawn semblait trouver irrésistiblement drôles. Dans l'intimité, les deux sœurs les désignaient toujours par les sobriquets de Tante Nombril et Oncle Tripote.

Helen fut heureuse de retrouver Celia, avec laquelle elle put passer de longs moments en tête à tête, car Bryan, soucieux de ne pas faillir à ses devoirs paternels, consacrait le plus clair de ses journées à Kyle et à Carey. Pendant que Bryan et les enfants nageaient, faisaient de la voile ou du ski nautique, les deux sœurs lézardaient sur leurs lits de plage à dossier inclinable, lisant ou devisant. De temps en temps, quand elles avaient trop chaud, elles descendaient jusqu'à la mer pour piquer une tête, et à part cela le seul effort qu'elles avaient à fournir était de héler du bras le jeune et avenant serveur afin qu'il leur apporte de nouveaux punchs.

N'ayant évidemment pas pensé à amener un maillot de bain, Helen avait dû s'en acheter un à la boutique de l'hôtel. C'était un bikini noir on ne peut plus succinct. Dès qu'elle l'avait vue en bikini, Celia lui avait annoncé qu'elle était trop maigre et qu'elle se chargerait de lui faire reprendre du poids. Elle n'arrêtait pas de commander des pâtisseries, des sandwiches et des glaces, obligeant Helen à s'en goinfrer. Aux repas, elle la forçait à ne prendre que des plats hypercaloriques, et lui filait des coups de latte en douce quand elle ne nettoyait pas son assiette. Mais au bout de deux jours, l'offensive semblait s'être un peu calmée, fait qu'Helen attribuait plutôt à son bronzage qu'au modeste kilo qu'elle avait gagné.

La robe jaune lui avait valu beaucoup de commentaires flatteurs, mais le seul qui l'avait vraiment marquée était celui de Courtney, qui lui avait dit qu'elle avait l'air « confortable ».

A la fin de leur pénible journée de farniente, les deux sœurs gagnaient d'une brasse nonchalante le petit ponton ancré à deux cents mètres du rivage et s'y asseyaient, laissant pendre leurs pieds dans l'eau tiède et claire, pour admirer le coucher du soleil, qui chaque soir leur semblait un peu plus fabuleux. Cela devint vite pour elle une sorte de rituel, auquel elles sacrifièrent même le soir de Noël, alors que la noce battait encore son plein sur la plage, emportant toutefois jusqu'au ponton une bouteille de champagne et deux coupes.

— Tu ne peux pas la sentir, c'est ça ? demanda Celia en versant le champagne.

— Courtney ? Je n'ai rien contre elle. Je la connais à peine.

— Je l'aime bien, moi.

— Tant mieux.

— Et puis, tu sais, je crois qu'elle est vraiment amoureuse de lui.

— Encore faudrait-il que ce mot-là ait un sens.

Avec Celia, Helen jouait toujours son rôle de cynique, et en temps ordinaire ce genre de remarque lui attirait invariablement des remontrances. Mais cette fois sa sœur ne dit pas un mot. Deux jours plus tôt, Helen lui avait parlé de la lettre de Joel, et c'est peut-être ce qui expliquait son mutisme. Comme le silence persévérait, Helen se sentit soudain un peu honteuse. Elle se tourna vers sa sœur et lui sourit.

— Excuse-moi, lui dit-elle. C'est le dépit qui me fait parler comme ça.

Elle avala une gorgée de champagne.

— Toi aussi, ça t'arrivera, dit Celia d'une voix tranquille.

Helen éclata de rire.

— Tu crois que je vais trouver le prince charmant, c'est ça ?

— J'en suis persuadée.

— Eh ben comme ça, vous êtes deux. Hier soir, notre nouvelle belle-mère m'a dit qu'elle sentait qu'à mon retour dans le Montana j'allais enfin succomber au charme du cow-boy Marlboro.

— Qu'est-ce que tu lui as répondu ?

— Qu'il était mort d'un cancer du poumon.

— Helen, tu es vraiment odieuse.

— En fait, mon prince charmant, je l'ai déjà trouvé.

Celia ne dit rien. Helen remua l'eau avec ses pieds. La mer était en train de s'assombrir, mais elle distinguait encore la chaîne de l'ancre qui descendait en s'incurvant jusqu'au sable blanc qui en tapissait le fond. De minuscules poissons argentés tourbillonnaient autour de la chaîne. Elle tourna la tête, et s'aperçut que sa sœur la fixait avec une espèce d'intensité avide.

— Ne me regarde pas comme ça, tu sais bien que ça m'énerve.

— Tu ne vas pas me laisser le bec dans l'eau ?

— Bon, d'accord. Il est grand et mince, il a les cheveux noirs et des yeux verts d'une beauté extraordinaire. Son père possède un ranch immense. Il est très doux, très gentil, très prévenant. Il m'aime à la folie.

— Helen, tu es vraiment...

— Mais il n'a que dix-huit ans.

— Ah bon...

— Ah bon, répéta Helen en la singeant.

Celia avait pris cet air pincé d'institutrice qui la mettait toujours au comble de la fureur.

— Mais est-ce que vous avez ?... reprit Celia, qui avait visiblement du mal à trouver ses mots. Est-ce que tu l'as ?...

— Est-ce que je me le suis envoyé ?

— Ce n'est pas ce que je voulais dire, tu le sais très bien.

— Non, je ne me le suis pas envoyé. Pas encore.

— Pourquoi crois-tu toujours que je vais être choquée par les trucs de ce genre ? Je suis une chieuse, c'est ça, collet monté, complètement coincée ? C'est l'image que tu as de moi ?

— Mais où vas-tu chercher ça ? dit Helen en passant un bras conciliant autour des épaules de sa sœur. Je te demande pardon.

Elles restèrent un moment silencieuses, contemplant l'horizon. Le soleil achevait de sombrer de l'autre côté de la ligne indigo de l'océan, et ses derniers feux embrasaient le ciel.

— Qu'est-ce qu'on fait ici, après tout ? demanda Celia à la fin.

— Tiens, tu te poses des questions métaphysiques, toi ?

Celia se mit dans une rage noire. Repoussant brutalement le bras d'Helen, elle s'écria :

— Putain de merde, quand vas-tu arrêter de te foutre de ma gueule ?

La bouteille de champagne se renversa, et un flot d'écume en jaillit. Jamais Helen n'avait vu sa sœur dans un état pareil. Et c'était bien la première fois qu'elle l'entendait débiter un chapelet de grossièretés.

— Bon bon, excuse-moi, dit-elle.

— Je sais que tu nous considères comme des yuppies bornés et ennuyeux, Bryan et moi, alors que toi tu mènes une vie d'aventure, toujours sur le fil du rasoir, affrontant toutes sortes de dangers...

— Ce n'est pas du tout comme ça que je vois les choses.

— Mais si. Tu es la seule à éprouver de vrais sentiments, la seule qui connaît la passion, qui sait ce que c'est que d'être malheureuse, la seule qui a souffert quand nos parents ont divorcé, alors que moi je ne serais qu'une pauvre petite sainte nitouche, éternellement souriante, avec ma gentille petite famille, ma gentille petite maison, ma gentille petite vie. Mais tu te trompes, Helen. Nous aussi on a des sentiments. Nous aussi on souffre.

— Je sais bien.

— Ah, tu crois ? Il y a deux ans, j'ai eu un cancer du sein.

— Quoi ?

— Ne t'inquiète pas, je suis guérie. Je l'ai pris à temps, heureusement.

— Et tu ne me l'avais jamais dit ?

— Pourquoi te l'aurais-je dit ? A-t-on besoin d'étaler ce genre de choses ? On continue à vivre, voilà tout. Moi, je ne me vautre pas dans le malheur comme toi. Si je t'en ai parlé, c'est uniquement pour te faire comprendre que tu n'avais pas le monopole de la souffrance. Alors je t'en prie, arrête un peu. Tu veux toujours que le monde entier soit là à te plaindre.

— Pas du tout.

— Mais si. C'est vrai, reconnais-le. Tu t'es mis dans la tête que tu étais condamnéc à je ne sais quel destin tragique, mais c'est de la connerie. C'est moche que les choses aient mal tourné entre Joel et toi. Mais au fond ça valait peut-être mieux. C'est peut-être même une chance pour toi d'avoir compris aussi vite. Nos parents ont gâché vingt ans de leur vie avant d'en arriver là.

Helen hocha la tête. Celia avait raison. Elle avait raison sur toute la ligne.

— Tu n'as que vingt-neuf ans, Helen. Rien n'est perdu.

Helen haussa les épaules et secoua la tête. Elle était au bord des larmes. Pas parce qu'elle s'apitoyait sur elle-même. Mais parce qu'elle avait honte. Honte que Celia ait eu un cancer. Honte dc toutes les autres vérités qu'elle venait d'énoncer. Sentant apparemment qu'elle l'avait touchée au vif, sa sœur se radoucit, lui sourit, et à son tour l'étreignit. Helen se laissa aller contre elle et lui posa la tête sur l'épaule.

— C'est invraisemblable que tu ne m'en aies pas parlé.

— A quoi bon angoisser tout le monde ? Je suis guérie.

— Il a fallu t'opérer ?

— Oui. Regarde.

Elle fit glisser le haut de son maillot de bain, révélant une minuscule cicatrice rose sous son mamelon gauche.

— Beau boulot, hein ? Bryan trouve ça sexy.

— T'es vraiment un sacré phénomène.

Celia éclata de rire, rajusta son maillot de bain et ramassa la bouteille de champagne. Il en restait un fond, mais elles n'avaient plus envie d'en boire ni l'une ni l'autre. Celia reposa la bouteille et entoura de nouveau de son bras l'épaule d'Helen. Il commençait à faire plus frais.

— Comment il s'appelle ?

— Qui ?

— Ton cow-boy Marlboro.

— Luke.

— Luke ?

— Ben oui.

— Il a la main froide ?

— Il a de très belles mains.

— Et son corps ? fit Celia en prenant une voix lubrique. Est-ce qu'il est beau aussi ?

— Un peu, mon neveu.

Elles s'esclaffèrent en chœur.

— C'est lui qui m'a offert ça, dit Helen, montrant à Celia le petit loup en argent qui n'avait pas quitté son cou depuis que Luke le lui avait donné.

— Il est très joli.

Celia la berça en lui caressant les cheveux, geste qu'Helen lui avait souvent vu faire avec ses enfants. Muettes, elles regardèrent un pélican descendre du ciel en vol plané pour se poser au pied d'une rangée de palmiers, à l'autre bout de la plage. Ensuite Celia reprit la parole.

— Tout à l'heure, quand je t'ai demandé ce qu'on faisait ici, c'est de notre présence à la Barbade que je parlais.

— Et alors ? On y fait quoi ?

— Le mariage, Helen, le mariage ! Courtney a vingt-cinq ans. Papa en a trente de plus. Et après ? Est-ce qu'il y a de quoi en faire un fromage ? Du moment qu'ils sont heureux ensemble. Tu sais qu'il s'est converti au bouddhisme ?

— Papa, bouddhiste ? Tu rigoles, ou quoi ?

— Pas du tout. Elle est bouddhiste aussi.

— Mais enfin, elle est employée de banque ! C'est vrai, il s'est fait bouddhiste à cause d'elle ? Il ne manquait plus que ça. Maman est au courant ?

Celia éclata de rire.

— Non, personne ne lui a rien dit. Si elle savait qu'il a viré *toc-toc*, lui aussi ! Mais franchement Helen, je trouve qu'il a vraiment une chance inouïe d'être tombé sur Courtney. Tu sais ce qu'il m'a dit hier soir ? Il m'a dit : « Courtney m'a révélé le secret de la vie. »

— Tu crois qu'il va le partager avec nous ?

— Il m'a dit qu'elle lui avait appris à *être*.

— A être quoi ?

— Pas de vannes. C'est très sérieux. A *être*, tout court. A vivre dans l'instant. Tu veux que je te dise ? Elle a raison à cent pour cent. Et s'il y a une personne au monde qui a besoin de ça, c'est bien toi.

— Tu crois ?

— J'en suis sûre. Puisque je suis à la fois ta sœur, ta thérapeute et ta conseillère en bouddhisme, tu dois m'écouter. Laisse-toi un peu aller. Prends un peu de plaisir. Vis dans l'instant, prends les choses comme elles viennent. Quand tu retrouveras Luke, tu n'auras qu'à...

— Le sauter ?

— Helen, tu es insupportable.

La chambre d'Helen était au bout d'un bâtiment d'un étage tout en longueur. Elle comportait un balcon d'où on avait vue sur la baie. Ce soir-là, en revenant du mariage, elle laissa la porte-fenêtre ouverte et, allongée sur son lit, écouta le bruit du ressac sur la grève tout en jouant avec sa petite tête de loup en argent. C'est à sa sœur qu'elle pensait.

Les révélations de Celia lui avaient brutalement ouvert les yeux. Elle s'en voulait de l'avoir toujours sous-estimée. Jamais elle ne l'aurait crue capable de lire en elle aussi clairement. En parlant de son « destin tragique », et en l'accusant de se complaire dans le malheur, Celia avait vraiment tapé dans le mille.

Par contre, Helen n'était pas sûre que le conseil qu'elle lui avait donné au sujet de Luke soit des plus judicieux. Car sous ses airs de désinvolture, c'est bien d'un conseil qu'il s'agissait. L'ennui, c'est qu'elle l'avait formulé à partir d'une vision un peu trop unilatérale de la situation. En ne prenant en compte que les besoins d'Helen, et pas ceux de Luke.

Dans les histoires d'amour qu'Helen avait eues jusque-là, c'est toujours elle qui s'était trouvée en posture défavorable, comme si le rôle de victime lui avait été naturellement dévolu. Si bien qu'à chaque coup, elle se faisait plaquer. L'amour-propre des mecs doit en être sacrément chatouillé, se disait-elle. On dirait qu'ils ont une espèce d'instinct qui leur fait deviner ces choses-là. Mais avec Luke, ça ne se passait pas du tout comme ça.

Etait-ce à cause de son âge ? Elle n'aurait su le dire, mais en tout cas elle ne craignait pas une seconde d'être rejetée par lui. Luke était incapable de la faire souffrir, c'était l'évidence même. Mais elle, par contre, elle aurait pu lui faire du mal. Elle avait bien essayé de le mettre en garde, mais il lui avait répondu que ça lui était égal. Alors pourquoi s'en souciait-elle ? Pourquoi ne se contentait-elle pas d'aimer et d'être aimée ? Car elle l'aimait, indubitablement. Et pas seulement parce qu'il était venu à son secours dans un moment de désespoir. Elle l'aimait pour lui-même. Jamais encore elle n'avait aimé quelqu'un de cette façon, et étrangement, ça lui donnait des ailes.

En outre, à sa grande surprise, elle s'était aperçue qu'elle désirait Luke presque aussi intensément qu'il la désirait lui-même.

Le dernier soir, dans la cabane, il avait fait glisser le bustier de sa robe pour lui embrasser les seins, et elle

458

l'avait laissé faire. Au lieu de le repousser gentiment, comme elle aurait dû, elle lui avait déboutonné sa chemise avec des gestes fiévreux et l'avait entraîné vers le lit. Faisant taire la voix de sa raison, elle avait guidé sa main jusqu'à son entrecuisse, lui avait arraché sa ceinture et l'avait pris, dur et brûlant, entre ses mains. Il avait joui instantanément, en avait conçu une honte profonde, et elle l'avait bercé contre elle, l'avait couvert de baisers en lui murmurant : « Mais non, ne sois pas triste, c'était très beau, c'est merveilleux pour une femme d'être désirée ainsi. »

Dehors, les palmiers craquaient au vent, et un rythme de reggae flottait sur la brise tiède. Il devait y avoir une fête quelque part le long de la baie. Helen se retourna sur le flanc, ferma les yeux, et sombra doucement dans un sommeil sans rêve, en regrettant que Luke ne soit pas dans le lit avec elle, et en l'imaginant seul dans la neige et le froid, à des milliers de kilomètres de là.

De toute sa vie, Luke n'avait jamais entendu plus de quelques mesures d'opéra, lorsqu'il captait par hasard une station classique sur la radio de sa Jeep. En principe, il n'avait rien contre le classique. Quelquefois même il y prenait plaisir. Mais ces gens qui chantaient au lieu de se parler lui avaient toujours paru plutôt ridicules. Et quand les parties chantées étaient entrecoupées de dialogues, elles ne lui en paraissaient que plus loufoques.

Depuis qu'il logeait seul dans la cabane, il avait pris le pli de se passer de la musique quand il revenait de ses tournées d'inspection. En général, il choisissait l'un des albums préférés d'Helen — Sheryl Crow, Van Morrison ou Alanis Morissette — car ils lui donnaient un peu l'impression qu'elle était là. Mais ce jour-là, il avait envie de changement. Le boîtier plein de CD d'opéra ayant éveillé sa curiosité, il en avait pris un au hasard et l'avait glissé dans la fente du lecteur. C'était *La Tosca*.

Il alluma les lampes à gaz, fit démarrer le poêle, et mit un peu de neige à fondre pour se préparer une boisson chaude. Au bout d'une semaine, il s'était habitué à être seul dans la cabane avec Buzz, mais la pensée d'Helen lui occupait l'esprit en permanence. Le 24 décembre, elle avait appelé sa messagerie vocale et lui avait laissé un long message, dans lequel, après avoir longuement disserté sur le mariage et sa nouvelle belle-mère, elle lui disait qu'il lui manquait terriblement et lui souhaitait un joyeux Noël.

Au ranch Calder, le réveillon avait été encore plus sinistre que d'habitude. Comme Lane passait les fêtes chez ses beaux-parents, la famille se réduisit à Kathy et Clyde et aux époux Calder. Le père de Luke, qui était d'une humeur de chien, se claquemura dans son bureau. Kathy et Eleanor bavardaient dans la cuisine. Clyde, qui avait bu plus que de raison, s'assoupit devant la télé. Luke passa le plus clair de la soirée à jouer avec Buck junior, et s'esquiva le plus tôt possible sous prétexte qu'il devait encore nourrir Buzz et vérifier la messagerie vocale d'Helen. Il s'était repassé son message une bonne dizaine de fois.

Elle n'avait pas rappelé depuis. Il interrogea la messagerie vocale, comme tous les soirs, mais ne trouva qu'un message de Dan Prior. Le repérage aérien était prévu pour le lendemain, et après lui avoir demandé de le retrouver à l'aérodrome à sept heures, Dan l'informa qu'il avait enfin reçu le rapport du labo sur le jeune loup qu'ils avaient muni d'un collier. Les résultats des tests génétiques prouvaient sans aucun doute possible qu'il n'avait aucun lien de parenté avec les autres, ce qui voulait dire qu'il provenait d'une autre harde.

Luke acheva de se préparer sa tasse de thé et avala une tranche de la bûche de Noël de sa mère. Entre-temps, la cabane s'était réchauffée et *La Tosca* était arrivée à son paroxysme. La soprano italienne, qui n'avait pas l'air d'être du genre à se laisser marcher sur les pieds, s'était mise dans une colère noire et braillait à pleins poumons. Quoiqu'il n'y comprît pas un traître mot, Luke commençait à trouver que cette musique ne manquait pas d'agrément.

Après avoir ôté son anorak, il s'assit sur le lit d'Helen et, au moment précis où il entreprenait de délacer ses brodequins, perçut une note discordante. Il crut d'abord qu'un des musiciens de l'orchestre avait fait un couac, ou que le lecteur de CD avait une défaillance. Puis le son s'arrêta. De toute évidence, Buzz l'avait entendu aussi, car une étrange excitation s'était emparée de lui.

— C'est *La Tosca*, lui confia Luke en reprenant son délaçage. Elle chante en italien.

Ce n'est que quand le son se fit entendre pour la seconde fois qu'il comprit de quoi il s'agissait. Il s'approcha de la fenêtre pour jeter un coup d'œil à l'extérieur. Les premières étoiles commençaient tout juste à percer dans un ciel d'un rose lumineux. Il faisait encore clair, et il n'eut aucune peine à discerner le loup.

C'était la louve alpha, debout à l'orée de la forêt, de l'autre côté du lac gelé, à l'endroit même où jadis (il lui semblait qu'une éternité s'était écoulée depuis) Luke se mettait à l'affût pour espionner Helen. Le pelage blanc de la louve se détachait sur la masse noire des arbres. Son collier était bien visible. Tandis que Luke la contemplait, elle leva le museau vers le ciel et se mit à hurler, émettant d'abord une suite d'aboiements pareils à ceux d'un chien. Jamais il n'avait entendu un loup hurler ainsi. Il s'empressa d'aller chercher les jumelles d'Helen.

Buzz était dans tous ses états. Il émit un gémissement étranglé, et Luke lui dit de se taire, ce qui ne rimait d'ailleurs pas à grand-chose puisque la voix tonitruante de la soprano italienne noyait tous les autres sons. Après avoir réglé les lampes à gaz sur le minimum, Luke se dit qu'il aurait une meilleure vue depuis le seuil et entreprit d'entrebâiller discrètement la porte. A peine avait-il repoussé le battant de trois centimètres que Buzz lui fila entre les jambes. Avant qu'il ait eu le temps d'esquisser un geste pour le retenir, le chien jaillit dehors et partit ventre à terre en direction du lac. Luke sortit à sa suite en criant : « Buzz ! Reviens ! », mais c'était peine perdue et il le savait bien.

Cessant soudain de hurler, la louve regarda le chien s'approcher, immobile, la queue en l'air. Buzz était cuit. Il ne pouvait plus lui échapper. Et si les autres étaient là, il allait se faire tailler en pièces.

Luke chaussa les jumelles et examina rapidement le sous-bois. S'il y en avait d'autres, ils étaient encore à couvert. Il voulut s'élancer sur la pente à toutes jambes, mais perdit pied et s'affala dans la neige. De toute façon, il n'avait aucune chance d'arriver à temps. Se redressant tant bien que mal, il chaussa de nouveau ses jumelles.

Buzz avait presque achevé la traversée du lac gelé, et la louve, toujours immobile, l'attendait. Quelle mouche avait bien pu piquer ce sacré clébard ? Il n'avait pas l'air en colère. On aurait plutôt dit qu'il se précipitait à la rencontre d'un vieil ami. Il escalada en bondissant la berge opposée. Il n'était plus qu'à dix mètres de la louve à présent. Tout à coup, elle se mit à remuer la queue. Buzz ralentit, et parcourut les quelques mètres qui restaient en se tapissant de plus en plus contre le sol. A la fin, il rampait carrément. En arrivant à la hauteur de la louve, il se retourna brusquement sur le dos et resta étalé là, juste au-dessous d'elle. La louve se borna à agiter la queue de plus en plus vite, le museau pointé sur lui.

Luke s'attendait à ce qu'elle se jette sur Buzz et lui ouvre la gorge d'un coup de croc, mais elle n'en fit rien. Sans bouger, elle regardait le chien humblement prosterné à ses pieds. Levant sa truffe vers elle, il se mit à la couvrir de petits coups de langue. Luke avait vu les louveteaux agir exactement de la même façon l'été dernier, quand ils essayaient de soutirer de la nourriture aux adultes. Buzz se figurait-il qu'il allait gagner son repas en faisant ça ? Si repas il y avait, c'est lui qui en tiendrait lieu, il devait bien s'en douter.

Soudain, la louve se coucha sur le sol, enfonçant sa poitrine dans la neige et posant la tête sur ses pattes, tout en continuant à remuer la queue. C'est incroyable, se dit Luke. Elle a envie de jouer. Voyant que Buzz avait parfaitement compris ses intentions, elle se redressa et se mit à décrire des cercles autour de lui, mutine, la queue entre les jambes, jusqu'à ce qu'il se lance à sa poursuite, essayant vainement de la rattraper. Brusquement la louve s'arrêta, se laissa retomber à plat ventre, et ce fut au tour de Buzz d'être poursuivi. Puis l'un des deux donna à nouveau le signal, et la poursuite reprit dans l'autre sens.

Ils se pourchassèrent ainsi à tour de rôle pendant dix bonnes minutes, et au bout d'un moment Luke fut pris d'une hilarité si violente qu'il fut obligé de s'asseoir dans la neige et de se caler les coudes sur les genoux pour maintenir les jumelles en place.

Soudain, la louve fit un écart et se dirigea vers les arbres. L'espace d'un instant, Buzz resta pétrifié sur place, l'air interdit. Luke se remit debout et le héla, mais le malheureux chien était bien trop absorbé dans son jeu pour prendre garde à ses appels. Au lieu de rebrousser chemin, il se lança aux trousses de la louve et disparut à son tour dans le sous-bois.

Dans la cabane, *La Tosca* continuait à se déchaîner comme si de rien n'était. La nuit s'épaississait rapidement. Tout à coup, Luke se dit que le jeu de la louve n'était peut-être pas si rigolo que ça.

Lovelace entendit la musique aussi. Il était un peu plus haut dans la montagne, cheminant vers l'endroit où il avait tué le troisième loup le jour de Noël.

Plusieurs jours durant, il avait suivi le gamin à la trace, en ayant soin d'épouser très exactement les empreintes de ses skis. Seul un pisteur aguerri comme Lovelace se serait aperçu qu'un deuxième skieur était passé par là.

Se faire conduire jusqu'aux loups par quelqu'un qui essayait de les protéger ne manquait pas d'une certaine ironie, et il la savourait pleinement. Huit jours plus tôt, quand la femme était encore là, il ne s'y serait jamais risqué. Ces zoologistes sont quelquefois très astucieux. Le gamin, lui, n'était qu'un amateur. N'empêche, il se défendait plutôt bien. Il n'avait pas ses yeux dans sa poche, il fallait le reconnaître.

Lovelace n'avait aucun mal à repérer les endroits où il s'était arrêté pour ramasser des laissées ou vérifier un emplacement marqué par un jet d'urine. Il restait toujours sur le qui-vive, car le gamin aurait pu faire brusquement demi-tour, mais ça ne s'était encore jamais produit. D'ailleurs, même s'ils s'étaient retrouvés nez à nez, comment aurait-il pu percer les intentions de Lovelace ? Il se serait sans doute figuré qu'il n'était qu'un vieux randonneur un peu timbré. Néanmoins, il valait mieux que sa présence ne soit pas éventée.

Le gamin n'avait pas changé de méthode depuis le départ de la femme. Il observait les mêmes horaires, effectuait les mêmes repérages de nuit, et travaillait de la même façon, remontant la piste des loups pour trouver leurs proies et prélevant des échantillons sur ce qu'il en restait. Comme la femme, il ne retournait jamais à l'endroit où il avait trouvé une bête morte, et c'est ce qui avait permis à Lovelace de se faire son troisième loup.

En général, les loups dévorent leur proie en une seule séance, abandonnant tout au plus quelques rogatons aux corbeaux et aux coyotes. Mais parfois, pour Dieu sait quelle raison, ils n'en mangent que la moitié, enfouissent des quartiers de viande dans la neige, et reviennent un peu plus tard pour festoyer une nouvelle fois. C'est une proie de ce genre que Lovelace espérait découvrir et, la veille de Noël, le gamin lui en avait offert une sur un plateau.

C'était un wapiti. Un vieux mâle. Suivant son habitude, le gamin s'était contenté de lui arracher deux dents et de prélever un fragment d'os, puis il était reparti. Ayant trouvé les quartiers de viande dissimulés sous la neige, Lovelace avait posé des lacets sur les passages les plus probables. Il les aurait bien piégés au collet, mais même quand on le gauchit pour en adoucir la prise, un collet en acier peut étrangler un loup, et il ne voulait pas risquer de tuer l'un de ceux qui étaient équipés d'un émetteur.

L'endroit où les loups avaient laissé le wapiti n'était qu'à une courte distance de la cabane, mais Lovelace jugea que le jeu en valait tout de même la chandelle. Il dressa sa tente à deux kilomètres de là, sous le vent, chaussa ses skis dès le lever du jour et refit le trajet en sens inverse. Le Père Noël devait être en veine de générosité, car il lui avait apporté non pas un mais deux loups : une petite femelle et le jeune mâle équipé d'un collier.

Terrorisés, ils lui lancèrent des regards furtifs tandis qu'il se débarrassait de ses skis et sortait de son sac à dos une hache et deux cagoules de tissu noir. Quand il s'avança vers eux, ils gardèrent tous deux les yeux obstinément baissés.

— Bonjour, petite louve, murmura-t-il d'une voix douce, un peu chantonnante. Mais c'est que tu es rudement mignonne, dis donc !

Il évita de s'en approcher trop près, car un loup apeuré a parfois le réflexe de vous sauter à la gorge. Au moment où il brandissait la hache, la petite louve leva les yeux sur lui et son regard doré le fit hésiter l'espace d'un court instant. Puis, s'obligeant à ne pas penser à ce qu'il avait cru y voir, il abattit sa hache par deux fois, prestement, et lui fendit le crâne.

Sans prendre garde aux spasmes qui lui agitaient encore les pattes, il lui fourra rapidement la tête dans l'une de ses cagoules noires, afin qu'elle n'arrose pas la neige de son sang. Il ôta le lacet de sa patte de devant et resta debout au-dessus d'elle, enroulant le fil d'acier. Sa respiration s'était accélérée et son haleine formait de petits nuages autour de son visage. Le cri rauque d'un corbeau déchira soudain le silence de la forêt. Levant la tête, le vieux tueur de loups aperçut deux silhouettes noires qui tournoyaient au-dessus de lui dans le ciel argenté, où l'aurore dessinait de délicates marbrures, un peu semblables à celles d'un ventre de poisson.

Ensuite ses yeux se posèrent sur le deuxième loup.

La tête à demi détournée, le loup le regardait en coin. Il était un peu plus âgé que l'autre. Lovelace lui donna entre deux et trois ans. En se débattant, il avait fait pénétrer le fil d'acier dans la chair de sa patte, qui saignait d'abondance. S'il l'avait tué, son collier se serait mis à émettre un autre signal, et ça aurait forcément éveillé des soupçons. S'il avait démoli l'émetteur, le signal aurait tout bonnement cessé, mais le gamin aurait pu trouver ça louche aussi. La femme, en tout cas, en aurait fait une vraie maladie à son retour. Ça aurait pu les inciter à changer de méthode, à adopter un comportement imprévisible.

Ça lui faisait mal au ventre d'être obligé d'épargner ce loup qui lui était tombé du ciel pour Noël, mais puisqu'il avait pris la résolution de garder pour la bonne bouche les trois qui portaient des colliers, il fallait bien qu'il s'y tienne. Leur tour viendrait.

Il coiffa la tête du loup de son autre cagoule et improvisa une muselière à l'aide d'un bout de corde. Ainsi, il ne risquerait pas d'être mordu. Ensuite il se mit à califourchon sur lui pour l'immobiliser le temps de le débarrasser de son lacet. Le fil d'acier qui lui entourait la cheville gauche avait pénétré jusqu'à l'os. L'animal avait commencé à ronger sa propre chair pour se libérer. Si on l'avait laissé là une heure ou deux de plus, il aurait peut-être fini par s'estropier pour de bon. Lovelace avait déjà vu ça plus d'une fois.

Détacher le fil de la blessure n'était pas une mince affaire, et l'opération lui prit plus de temps qu'il n'aurait voulu. Quand elle fut enfin terminée, il ôta la corde qu'il avait entortillée autour du museau de l'animal, fit un grand pas de côté et lui arracha la cagoule. Le loup se remit précipitamment debout et détala en clopinant vers le sous-bois. Avant de s'enfoncer sous les arbres, il s'arrêta, se retourna vers Lovelace et le considéra un moment, comme s'il voulait s'imprégner de sa physionomie.

— Joyeux Noël ! lui lança le vieux chasseur.

Comme la viande enfouie sous la neige était intacte, il y avait encore une chance que les loups reviennent. Après avoir remis les lacets en place, Lovelace prit le chemin de la mine et la petite louve alla rejoindre ses frères au fond de la buse. Trois de tués. Ça lui en laissait cinq à liquider.

Ça c'était passé deux jours auparavant. Depuis, il était venu vérifier ses pièges deux fois par jour, à l'aube et au crépuscule, et les avait trouvés vides à tous les coups. C'était fichu à présent, tout le coin était imbibé de son odeur, il ne lui restait plus qu'à relever ses lacets. Il était en route vers l'endroit où il les avait posés lorsqu'il entendit la musique.

Il s'arrêta, l'oreille dressée, et à cet instant précis un loup se mit à aboyer, puis poussa un long hurlement, qui faisait écho aux clameurs de la chanteuse. Au crépuscule, en pleine forêt, cela faisait un étrange duo. Quand Lovelace entendit le gamin appeler le chien, il comprit que quelque chose clochait.

Quelque chose clochait bel et bien, mais Lovelace n'en prit vraiment la mesure qu'une demi-heure plus tard, en arrivant à destination, quand il perçut une suite de jappements plaintifs. Son intuition lui disait que la bête qui gémissait ainsi n'était probablement pas un loup, et quand il dirigea sur elle le faisceau de sa torche, il vit qu'elle ne l'avait pas trompé.

Le chien s'était pris la patte dans le lacet qui s'était refermé sur celle de la petite louve quarante-huit heures auparavant. Ça venait sans doute de se produire à l'instant, car il se démenait comme un beau diable, ce qui n'avait pour effet que de resserrer le fil. En apercevant Lovelace, le vilain petit bâtard se mit à remuer la queue.

Lovelace éteignit aussitôt sa torche. Le gamin était sans doute déjà à la recherche du chien, et sa piste le mènerait tout droit jusqu'ici. S'il était dans les parages, il avait dû entendre les gémissements. Lovelace se dit qu'il valait peut-être mieux qu'il déguerpisse sans demander son reste. Mais s'il s'enfuyait, le gamin découvrirait ses pièges, et toute la combine serait éventée. J'ai fait une sacrée bêtise en posant ces lacets, se dit-il. C'était beaucoup trop risqué. Mais comment aurait-il pu savoir que ce satané chien allait se faire piéger ?

Là-dessus il entendit la voix du gamin qui appelait le chien, un peu plus bas dans la forêt, et il entrevit à travers les arbres la lueur dansante d'une lampe électrique. Si le chien s'était mis à aboyer, il aurait été fait comme un rat.

Il ne lui restait plus qu'une solution. Il déboucla les lanières de ses skis et posa les pieds par terre. Le chien émit un petit geignement.

— Bonjour, petit chien, dit-il de la même voix douce et chantonnante qu'il avait prise en s'approchant de la louve qu'il allait tuer. Il est gentil, ce petit chien-chien. Oh oui, il est gentil tout plein.

29

Lorsqu'elle franchit la porte automatique derrière les autres passagers, elle le chercha des yeux. Il était debout devant l'ours empaillé gigantesque, à l'endroit exact où Dan s'était tenu le jour où elle avait débarqué pour la première fois à Great Falls.

Il avait mis son blue-jean, ses bottes et son chapeau, et le col de sa vieille veste en laine chamois était relevé. Il est le portrait craché du jeune cow-boy que Celia avait imaginé, se dit Helen, amusée. Ses yeux étaient posés sur elle, mais il ne semblait pas la reconnaître.

— Luke ?

— Ah, tu es là !

Tandis qu'ils s'avançaient l'un vers l'autre, Helen fut prise d'une subite nervosité. Si elle se jetait à son cou, il en serait peut-être embarrassé. Ils s'arrêtèrent et restèrent gauchement plantés là, face à face, au milieu du va-et-vient de la foule. A quelques pas d'eux, un homme et une femme s'embrassaient en se souhaitant la bonne année.

— T-t-tu es devenue b-blonde.

Helen haussa les épaules, un peu gênée, et se passa la main dans les cheveux.

— Le soleil me fait toujours ça.

— Ça te va bien.

Elle ne sut que répondre. Comme il était trop tard pour le prendre dans ses bras, elle resta là, les bras ballants, un sourire idiot figé sur les lèvres.

— P-passe-moi ton sac.

— Laisse, c'est pas la peine.

Il s'en empara tout de même.

— Tu n'as p-pas d'autres bagages ?

— Non, c'est tout.

— Est-ce qu'on... ?

— Oui, bien sûr, allons-y.

Ils sortirent du terminal et gagnèrent le parking sans échanger une parole.

Le vent balayait les tas de neige laissés pas le chasse-neige, soulevant de petits tourbillons poudreux entre les rangées de voitures encroûtées de givre. Buzz était à l'avant de la Jeep, et en apercevant Helen il fut pris d'une véritable frénésie. Quand elle ouvrit la portière, il lui sauta dessus avec tant de fougue qu'elle faillit tomber à la renverse. Elle remarqua aussitôt sa patte bandée.

— Qu'est-ce que c'est que ça, Buzz ? T'as encore été traîner avec des ours ?

— Pas avec des ours, avec d-des loups.

— Tu rigoles, ou quoi ?

En s'engageant sur la voie d'accès à l'autoroute, Luke lui expliqua ce qui était arrivé quand il avait mis *La Tosca*. Alors qu'il suivait sa piste dans la forêt en s'éclairant avec sa torche électrique, il avait soudain aperçu Buzz qui descendait le sentier dans sa direction en boitillant.

— Il pissait le sang, et j'ai pensé qu-que la louve l'avait mordu. Je l'ai aussitôt emmené chez Nat Thomas, qui m'a dit que vu l'aspect de la blessure il avait dû se faire ça avec un fil d'acier. D'après lui, Buzz se serait pris la patte dans un piège. Un lacet, ou quelque chose comme ça.

— Un lacet ? Qui peut bien poser des lacets par là-haut ?

— Des b-braconniers, peut-être. Ça arrive parfois.

— Tu as trouvé quelque chose ?

— Non. Je m'étais d-dit que j'irais jeter un coup d'œil le lendemain. Mais il a neigé pendant la nuit, et à mon réveil toutes les traces avaient disparu.

Il était sur le point d'ajouter quelque chose, mais il se ravisa.

— Qu'est-ce que tu as en tête ? demanda Helen.

— Oh, rien, fit-il en secouant la tête.

— Allez, accouche.

— C'est un peu idiot, mais... Cette nuit-là, j'ai eu la sensation qu'il y avait qu-quelqu'un là-haut. Ce n'était pas la première fois, d'ailleurs.

— Quoi, quelqu'un ? Qui ça pourrait être ?

— Je n'en ai pas la moindre idée. Quelqu'un, c'est tout.

Changeant de conversation, il lui fit le récit de sa petite virée aérienne avec Prior. Il lui expliqua qu'ils avaient surpris cinq loups, dont les trois porteurs de colliers, en train de dévorer un cerf dans la montagne, du côté du ranch Townsend. D'après Dan, les trois autres ne devaient pas être loin, tapis quelque part dans les fourrés.

— Au fait, j'ai pris une grande d-décision.

— Laquelle ?

— Je vais m'inscrire à l'université du M-Minnesota.

— Pour la session d'automne ? Mais c'est génial, Luke !

Il lui expliqua que la conversation s'était orientée là-dessus quand ils s'étaient retrouvés dans le bureau de Dan en revenant de l'aérodrome. Ils s'étaient installés devant l'ordinateur, et après s'être connectés au site internet de l'université, s'étaient livrés à une « visite virtuelle » du campus. Dan s'était fait transférer un dossier d'inscription, que Luke avait rempli et renvoyé sur-le-champ. Il avait presque fini de rédiger un long texte circonstancié sur le travail de terrain qu'il venait d'effectuer, et il comptait bien le joindre à son dossier.

— Dan connaît pas mal d'enseignants au département de biologie. Il leur dira un mot en ma faveur.

— Si je comprends bien, tu te fais pistonner ?

— Exactement.

Helen le dévisagea un moment sans rien dire. C'était si bon d'être de nouveau près de lui. Quittant brièvement la route des yeux, il la regarda en souriant jusqu'aux oreilles.

— Qu'est-ce qui te rend si joyeux ? lui demanda-t-elle.

— Oh, rien.

— Allez, dis-le-moi.

Il haussa les épaules et dit simplement :

— T-tu es rentrée, c'est tout.

Ils avaient quitté l'autoroute et roulaient à présent vers l'ouest à travers une toundra blanche qui s'étageait jusqu'à l'horizon. Le ciel était d'un bleu translucide. Helen réfléchissait à ce que Luke venait de lui dire. Rentrée ? Où était sa vraie demeure ? Son vrai pays ? Elle n'en était plus très sûre. Si le pays est le lieu où l'on a le plus d'attaches, il lui semblait que son pays à elle ne pouvait être qu'ici, avec Luke. Un long ruban de route désert s'étendait à l'infini devant eux. Au loin, les montagnes enneigées resplendissaient au soleil, jetant des lueurs rose et or.

— Luke, range-toi sur le bas-côté, tu veux ?

— Pourquoi ? Quelque chose ne va pas ?

— J'ai un besoin urgent à satisfaire.

Luke quitta la route et arrêta le moteur. Helen déboucla sa ceinture, lui déboucla la sienne, se coula jusqu'à lui sur la banquette. Ensuite elle attira son visage à elle et l'embrassa.

La nouvelle année débuta sous le signe de l'eau. La débâcle s'étira sur trois semaines. La neige fondait, la pluie tombait d'abondance, puis le froid et la neige revenaient, et le dégel et la pluie reprenaient de plus belle. Les chemins forestiers se muèrent en marécages, et la rivière, dans son cours le plus bas, en un océan brunâtre hérissé çà et là de pieux de clôtures désormais sans objet et de rangées de peupliers gris et dénudés qui épousaient les courbes de ses berges noyées.

Hope, coupée du monde, se préparait quotidiennement au désastre. L'eau qui menaçait de l'envahir restait à clapoter au-dessous des premières maisons de la rue principale, rassemblant peut-être ses forces pour un ultime assaut qui tardait à se produire. On avait entassé des sacs de sable devant les portes, enroulé les tapis et entassé les objets de valeur à l'étage ou sur le dessus des armoires.

Toutes les deux ou trois heures, monsieur Iverson, qui s'était attribué à lui-même le rôle de Noé, quittait son épicerie au volant de sa voiture et s'embarquait sur les eaux boueuses pour aller vérifier l'indicateur de niveau de crue sur la culée du pont. Une fois revenu sur la terre ferme, il annonçait d'une voix lugubre où perçait une sourde jubilation que le niveau des eaux avait monté de six centimètres, ou de douze, ou qu'il avait baissé de quatre centimètres. Ce n'est plus qu'une question d'heures, ajoutait-il en hochant sinistrement la tête avant de regagner son magasin. Quelques heures encore, et on sera sous l'eau.

Cela faisait plus de vingt ans que le village n'avait pas été inondé, et comme on y avait effectué depuis des travaux de drainage qui avaient coûté un million de dollars, cette calamité n'avait pratiquement aucune chance de se reproduire. Mais faire bonne figure face à l'adversité est une vieille tradition de l'Ouest, à laquelle Hope sacrifia avec un bel élan. Au Dernier Espoir et au restaurant Chez Nelly, les héros se pressaient en foule tous les soirs, chacun avec un modeste triomphe à raconter : vache sauvée de la noyade, voisin tiré du bourbier, enfant qu'on avait amené jusqu'à l'école à force de rames.

Les habitants du haut de la vallée n'avaient à affronter que la boue. Elle suffisait toutefois à dissuader la majorité d'entre eux de s'aventurer dehors. Seuls les chemins forestiers les mieux entretenus demeuraient praticables, encore qu'à certains endroits le risque de s'y embourber n'était pas exclu, même à bord d'un véhicule tout terrain.

J.J. Lovelace avait tenté trois incursions successives dans la forêt, à pied, et il avait chaque fois été contraint de battre en retraite. Il passait des journées entières seul dans sa caravane, et ce répit l'arrangeait plutôt.

Ses derniers exploits l'avaient laissé perclus de douleurs. S'il restait trop longtemps sans bouger, ses articulations se bloquaient, et dès qu'il se remettait en mouvement elles craquaient comme des branches mortes. Il était éreinté, il avait mal partout. Pourtant, malgré tous ses efforts, il n'arrivait pas à dormir. On aurait dit qu'il avait oublié ce que c'était que le sommeil. Il restait allongé toute la nuit, les yeux ouverts, essayant de chasser de sa tête des pensées qu'il aurait préféré ne pas avoir. Dans la journée, il s'assoupissait souvent, mais à chaque fois une espèce de décharge électrique le tirait brusquement de sa torpeur, comme si son corps avait voulu l'avertir, lui faire comprendre que le sommeil était dangereux pour lui.

La lecture ne l'avait jamais bien passionné. Sa caravane ne renfermait qu'un seul livre, la bible reliée de cuir que Winnie lui avait offerte quand il l'avait épousée. Jadis, il lui arrivait de se plonger avec délectation dans certains des récits de l'Ancien Testament. Le livre de Job, par exemple. L'histoire de ce pauvre Daniel jeté en pâture aux lions. Ou celle de Samson aveugle faisant choir le temple de Dagon sur les Philistins. Mais à présent, quand il essayait de les lire, son esprit se mettait à vagabonder au bout de quelques lignes, et il finissait par s'apercevoir qu'il venait de lire dix fois de suite le même paragraphe.

A part couper du bois pour le poêle et se forcer à manger et à boire, il n'avait rien d'autre pour tuer le temps que sa sculpture. Il sculptait des bois de cervidés depuis bien des années. Winnie lui répétait tout le temps qu'il aurait pu devenir un artiste célèbre, et elle exhibait fièrement ses œuvres, en farcissant toute la maison. Mais Lovelace avait vu mieux dans les magasins pour touristes.

Les bois de wapiti étaient les plus faciles à travailler. Quelquefois, il se contentait de tailler transversalement dedans, pour fabriquer des boutons ou des boucles de ceinturon. Mais il aimait surtout prendre un merrain dans toute sa longueur, et y sculpter des bêtes qui semblaient se poursuivre. Il commençait par les plus grosses, loups, ours ou élans, puis leur taille diminuait graduellement ; à la pointe des cors, il n'arrivait à caser que des mulots ou des écureuils nains.

Celle à laquelle il était en train de mettre la dernière main lui avait coûté pas loin de trois semaines de travail. Il avait fait mieux, mais il n'en était pas mécontent malgré tout. Il ne lui restait plus qu'à graver le nom sur le socle. Il augmenta un peu la lumière de sa lampe, et se pencha en avant pour que le merrain soit mieux éclairé. Il n'était que quatre heures, mais la nuit tombait déjà, et par-dessus le marché la pluie avait repris. Elle tambourinait sur le toit en duralumin de la grange, et de grosses gouttes filtrées par les arbres venaient s'écraser sur la caravane.

Une heure plus tard, Lovelace se dirigea vers l'arrière de la maison des Hicks en pataugeant dans les flaques. Il y avait de la musique à l'intérieur. Il frappa à la porte de la cuisine, et au bout de quelques instants la femme vint lui ouvrir. Comme toujours, elle eut l'air un peu effaré en l'apercevant.

— Ah c'est vous, monsieur Lovelace ! Vous n'avez pas de chance, Clyde n'est pas encore rentré.

De toute évidence, elle pensait qu'il était venu chercher les provisions que son mari devait lui ramener du village.

— Je ne suis pas venu pour ça.

Il avait entouré son bois sculpté d'un vieux chiffon, et quand il le lui tendit elle eut un mouvement de recul, comme s'il lui avait brandi une arme à feu sous le nez.

— Mais qu'est-ce que... ?

— C'est pour votre petit garçon.

— Pour Buck junior ?

Lovelace fit oui de la tête.

— Vous m'avez dit que son anniversaire était pour bientôt.

— Oui, il aura un an demain. C'est vraiment très gentil à vous.

Elle lui prit l'objet des mains. Il pleuvait des cordes à présent.

— Mais entrez donc, je vous en prie.

— Non. J'ai du boulot qui m'attend. Vous n'aurez qu'à lui donner ça de ma part.

— Vous permettez que je jette un coup d'œil ?

Elle écarta le chiffon, et Lovelace se dit qu'il aurait mieux fait de l'emballer dans du papier. Elle leva l'andouiller à la hauteur de son visage et l'examina. De toute évidence, elle trouvait que c'était une drôle d'idée d'offrir un truc pareil à un bébé.

— Quelle jolie sculpture. C'est vous qui l'avez faite ?

Il haussa les épaules.

— Ce n'est qu'un... objet. Quand il sera grand, peut-être que... Il y a son nom dessus, là, vous voyez ?

— Oh, c'est vraiment charmant. Merci beaucoup.

Il la salua d'un bref signe de tête et s'en alla.

Assis derrière le volant du pick-up, Buck se tournait les pouces tandis que Clyde déchargeait les dernières bottes de foin et les étalait sur le sol devant un quarteron de vaches à l'air neurasthénique. La pluie s'abattait sur le toit de la cabine avec un roulement de tonnerre. Elle tombait dru, formant comme un rideau d'argent dans le faisceau des phares.

Ils nourrissaient les bêtes dans l'après-midi à présent, comme toujours à l'approche du vêlage. C'est un éleveur canadien qui avait mis ce système au point pour rendre la vie plus facile aux vêleurs, en partant de l'hypothèse qu'une vache nourrie l'après-midi mettrait bas le matin. Dans l'ensemble, il fonctionnait plutôt bien, quoiqu'il ne restât toujours que trop de vaches qui prenaient un malin plaisir à leur faire passer des nuits blanches sans tenir aucun compte de l'heure à laquelle on les avait nourries.

Le vêlage n'était jamais une mince affaire, quel que soit le système utilisé. Cette année, si cette fichue pluie ne se décidait pas à se calmer, ça risquait de tourner à l'horreur. Buck s'imaginait déjà contraint d'accoucher les vaches dans l'eau, expérience à laquelle s'était livrée quelques années plus tôt une bande de kolkhoziennes russes complètement cinglées.

Clyde se hissa sur le siège du passager en soufflant comme un phoque. La pluie qui débordait de son chapeau dégouttait sur son ciré jaune maculé de boue. Il claqua bruyamment la portière derrière lui. Ce n'était peut-être dû qu'à la pluie et à l'humeur noire qui le minait constamment, mais ces temps-ci le moindre geste de Clyde mettait les nerfs de Buck en pelote. Il se mordit les lèvres et démarra en douceur, sachant qu'il s'en serait fallu d'un rien pour que les roues se mettent à patiner et qu'il se retrouve enlisé.

Au moment de descendre du pick-up, Clyde était en train de lui parler du ranch de Jordan Townsend, que l'intendant, avec qui il était au mieux, lui avait fait visiter la veille. Depuis, il n'arrêtait pas de dégoiser là-dessus.

— Bref, tu vois, un des mecs demande à ce cher Jordan ce qui l'a pris de se faire construire une salle de projection de trente places dans ce trou perdu, et devine ce que l'autre lui répond ?

— J'en ai pas la moindre idée, dit Buck, qui s'en fichait comme de l'an quarante.

Clyde se mit à ricaner comme un idiot.

— « Pourquoi les chiens se lèchent les couilles ? », qu'il lui fait.

— Quoi ?

— « Parce qu'ils le peuvent ! »

Clyde fut secoué d'un rire homérique.

— Tu trouves ça drôle, toi ?

Clyde se gondolait trop pour pouvoir répondre. Buck secoua la tête d'un air excédé.

Ils traversèrent le pré en patinant, avec de gros cahots, et quand ils furent arrivés à la route Clyde descendit du pick-up pour refermer le portail. D'après l'horloge du tableau de bord, il était près de cinq heures et demie. Ils allaient arriver à l'anniversaire de Buck junior avec plus d'une heure de retard.

— Lovelace passe toujours ses journées dans sa caravane ? demanda Buck en prenant la direction du ranch.

— Oui. Il dit qu'il pleut trop.

— Il pleut trop pour nourrir les vaches, mais il faut bien que quelqu'un le fasse.

— Si tu veux que je te donne mon avis, il n'est plus dans le coup, ce vieux tromblon.

478

— Je te l'ai pas demandé, dit Buck d'une voix sèche.

— Quoi ?

— Ton avis. Je te l'ai pas demandé. Puisque t'es si malin, t'as qu'à me trouver quelqu'un de meilleur.

— Bon, excuse-moi, je voulais pas...

— C'est moi qui l'ai engagé, pas toi. Il en a déjà tué trois. Du moment qu'il nous débarrasse des autres avant le début du vêlage, moi ça me va.

— D'accord, d'accord, fit Clyde en levant les deux mains.

— Oh et me dis pas « D'accord, d'accord », ça m'énerve, bordel ! fit Buck en assenant un violent coup de poing à son volant.

Pendant le reste du trajet, qui dura vingt bonnes minutes, ils n'échangèrent plus une seule parole.

Au ranch, ils trouvèrent Kathy, Eleanor et Luke en train de les attendre. Il y avait des ballons partout, la cuisine était festonnée de guirlandes en papier crépon, et Kathy obligea tout le monde, même Buck et Clyde, à se coiffer de petits chapeaux en papier. L'atmosphère était un peu tendue à cause du bébé qui criait famine. Aussitôt qu'ils eurent fini d'ôter leurs bottes et leurs cirés, Kathy l'installa sur sa chaise et alluma l'unique bougie de son gâteau d'anniversaire, un gâteau en forme de revolver qu'elle avait confectionné et glacé de ses propres mains.

— Pan ! s'exclama le bébé, sur quoi tous éclatèrent de rire et reprirent l'exclamation en chœur.

Formant un cercle autour de lui, ils lui chantèrent « Joyeux anniversaire ». Kathy l'aida à souffler sa bougie, et fut obligée de la rallumer parce qu'il braillait comme un perdu. Après avoir répété l'opération plusieurs fois, il finit par s'en lasser, et tout le monde eut droit à une tasse de café et une tranche de revolver.

— Qu'est-ce qu'il a reçu comme cadeaux, le loupiot ? demanda Buck.

Kathy entreprit de lui en dresser la liste tandis que l'enfant essayait d'enfourner une tranche de gâteau au chocolat, dont la plus grande partie finit étalée sur ses joues ou par terre.

— Lane lui a envoyé une barboteuse géniale, blanche et argent. En le voyant dedans, Clyde a dit qu'il ressemblait à Elvis.

— Il a l'air ridicule, tu veux dire, intervint Clyde.

— Ne l'écoute pas, mon bébé, tu n'es pas ridicule du tout. Quoi encore ? Ah oui, tiens-toi bien, même monsieur Lovelace lui a fait un cadeau. Un truc pas croyable, un bois de cerf couvert de petits animaux sculptés.

Un ange passa. Clyde coula un regard furtif en direction de Buck.

— Qui est donc ce monsieur Lovelace ? demanda Eleanor.

Kathy, se rendant subitement compte de sa gaffe, se fouillait visiblement les méninges pour trouver une explication, mais Clyde fut plus rapide qu'elle.

— Un vieux bonhomme qu'on a embauché pour faire des petits travaux de menuiserie dans la maison, dit-il.

Eleanor avait les sourcils froncés.

— Lovelace, fit-elle. Ce nom-là me dit quelque chose. Il est de la région ?

— Il habite du côté de Livingston. Mon oncle l'a beaucoup fait travailler dans le temps. Fais attention, Kathy ! Il va mettre du gâteau partout.

Ils étaient sortis de la passe dangereuse. L'attention de Luke ne semblait pas avoir été éveillée, et Eleanor ne posa pas d'autres questions. Après avoir prié Luke de prendre une bouteille de lait dans le réfrigérateur, elle gagna l'autre bout de la cuisine pour préparer une nouvelle tournée de café.

— Mais qu'est-ce qui te prend, bon Dieu ? siffla Clyde, s'adressant à Kathy par-dessus la tête du bébé.

— J'avais oublié, c'est tout.

— C'est pas grave, dit Buck d'une voix tranquille. On a évité le pire.

Il s'approcha d'Eleanor et de Luke. Depuis qu'il s'occupait des loups le gamin rentrait souvent à des heures indues, et ces temps-ci Buck ne le croisait que de loin en loin. Quelque chose avait changé en lui. Il avait l'air plus mûr, plus adulte. Mais à cet âge, les garçons sont souvent comme ça. On les quitte des yeux un instant, et on s'aperçoit qu'ils ont grandi de dix centimètres.

— Alors, tu es revenu parmi nous ? s'exclama Buck en assenant une claque sur l'épaule de son fils. Comment ça va pour toi ?

— B-bien.

— Tu arrives à pister les loups par ce temps ?

— Les chemins sont un peu b-boueux.

— Qu'est-ce que vous trafiquez là-haut, Helen et toi ?

Clyde émit un gloussement moqueur, et Luke se retourna vers lui.

— P-pardon ?

— Rien, fit Clyde, jouant les enfants de chœur.

Kathy poussa un grand soupir.

— Clyde, arrête de faire l'andouille, dit-elle.

— Qu'est-ce que j'ai dit ?

Buck avait lui-même été exposé à la rumeur au Dernier Espoir, quelques soirs auparavant. Le bruit courait que Luke et Helen Ross étaient amants. Mais ça n'avait aucun sens, bien sûr. Il n'allait pas se laisser saper le moral par des billevesées pareilles alors que sa propre vie amoureuse n'était plus qu'un champ de ruines. Luke n'avait jamais été porté sur les filles. A croire que son défunt frère avait seul hérité de l'atavisme particulier aux Calder. En fait, Buck s'était plus d'une fois demandé si son fils cadet ne serait pas plutôt à voile qu'à vapeur.

Laissant là Clyde qui grimaçait un sourire idiot, Luke se tourna de nouveau vers son père.

— On m-m-met en ordre les données qu'on a rassemblées, expliqua-t-il.

Buck mordit dans sa tranche de gâteau.

— Dans quel coin traînent-ils ces jours-ci ?

— Ces t-t-temps derniers, on a un peu d-délaissé le pistage...

— Je sais bien, mais où étaient-ils au moment de votre dernier repérage ?

Luke le regarda droit dans les yeux. De toute évidence, il se méfiait de lui. Buck sentit la moutarde lui monter au nez.

— Oh, ils se d-d-déplacent beaucoup.

— Tu te figures peut-être que j'irai le raconter à Abe ?

— B-bien sûr que non.

— Alors pourquoi ne peux-tu pas répondre franchement à ton propre père ?

Eleanor vola comme d'habitude au secours de son fils, ce qui mettait toujours Buck au comble de l'exaspération.

— Il est tenu au devoir de réserve, n'est-ce pas Luke ? Il travaille pour le gouvernement, ne l'oublie pas. Qui va se dévouer pour manger la dernière tranche de gâteau ? Je te ressers du café, Clyde ?

Buck n'avait encore jamais envisagé la situation sous cet angle-là. Son propre fils travaillait pour ces enfoirés de Washington. A l'œil, par-dessus le marché. Cette idée n'était pas faite pour arranger son humeur. Il s'aperçut soudain qu'il était le seul à être encore coiffé d'un de ces chapeaux à la con. D'un geste brutal, il l'arracha et le jeta sur la table. Puis, muré dans un silence furibond, il acheva de manger son gâteau tandis que les deux femmes échangeaient Dieu sait quelles futilités.

— J'espère que ton Helen Ross se rend compte

qu'on aura besoin de toi à plein temps dès que le vêlage aura commencé, dit-il à la fin.

Sa voix était si glaciale qu'un silence pesant s'abattit aussitôt sur l'assemblée. Les sourcils de Luke se contractèrent brièvement, et il essaya de parler, mais Buck ne lui en laissa pas le temps. La grimace de bègue qui déformait le visage de son fils avait porté sa fureur à son comble.

— Ce n'est pas une suggestion, fit-il. C'est un ordre.

Sur quoi il posa son assiette sur la table avec un claquement sec et sortit de la pièce.

Le monde des humains étant provisoirement accaparé par la boue qui menaçait de l'ensevelir, les loups de Hope se retrouvèrent maîtres de la forêt. La neige avait presque entièrement fondu, mais les cerfs et les wapitis qui avaient dû lutter pied à pied contre elle étaient à bout de forces, et ils faisaient des proies faciles, même pour une harde qui ne comptait plus que deux adultes.

La mort d'un loup alpha et la zizanie qu'elle provoque entre ceux qui se disputent sa succession peut parfois aboutir à l'éclatement d'une harde. Celle-ci était pourtant restée soudée. La succession n'entraîna aucune querelle, car il n'y avait qu'un héritier possible : le jeune mâle porteur d'un collier émetteur, ce solitaire qui avait rejoint la harde deux ans plus tôt, alors qu'il n'était encore qu'un louveteau.

Après la mort du vieux mâle noir, égorgeur de chiens et de veaux, les autres loups avaient mis un moment à reconnaître sa suprématie, mais à la fin ils étaient tous venus de bon cœur s'incliner devant lui. Ils s'étaient approchés de lui, la tête basse, la queue entre les jambes, et s'étaient aplatis sur le dos à ses pieds en signe d'allégeance, lui léchant humblement les babines tandis qu'il restait debout au-dessus d'eux, raide comme la justice, dans une attitude à la fois bienveillante et hautaine.

Pour le nouveau chef, s'accoupler avec la louve alpha blanche était non seulement un droit, mais un devoir. Même s'il y avait eu dans la harde d'autres mâles adultes en âge de procréer, cela leur aurait été interdit. Au sein d'une harde, l'accouplement est le privilège exclusif des deux alphas.

Par malheur, le nouveau monarque était désormais invalide. La blessure que lui avait causée un mois auparavant le fil d'acier de Lovelace s'était infectée. Cela faisait bien des jours qu'il restait caché au fond d'une crevasse parallèle au ruisseau, sur une litière de rocs et de bois pourrissant, léchant sa plaie, de plus en plus efflanqué, perdant peu à peu ce qu'il lui restait de forces.

Sachant peut-être que la survie de leur clan dépendait de lui, la femelle alpha et les trois louveteaux restants prirent soin de lui, le veillant à tour de rôle et lui rapportant de quoi s'alimenter lorsqu'ils allaient chasser.

A la fin du mois de janvier, quand les frimas furent de retour, la louve alpha eut ses premiers saignements. Elle allait se coucher près du mâle dans son refuge, lui couvrant la face de grands coups de langue, léchant aussi sa plaie lorsqu'il l'y autorisait. Le loup la léchait en retour, et quelquefois se hissait sur ses pattes à grand-peine pour aller boire avec elle au ruisseau. Ils restaient longtemps côte à côte sur la berge, le loup frottant son museau contre celui de la louve et lui posant sur l'épaule sa patte suppurante et enflée.

Un autre mâle solitaire fût-il passé par là, il aurait sans doute tenté de s'approprier la harde affligée. Et sans doute aussi la femelle alpha se serait laissé courtiser et séduire par lui. Mais aucun ne se présenta.

Si bien qu'au début du mois de février, dans un paysage glacial et sans vent, sous une neige impalpable dont les flocons duveteux recouvraient peu à peu le sol autour d'eux, la reine blanche s'accoupla avec son roi estropié. Ils restèrent longtemps soudés l'un à l'autre, sous le regard des trois louveteaux survivants qui les observaient en silence de l'autre rive.

La même nuit, de l'autre côté de la forêt couverte d'un épais manteau de neige, Luke et Helen gisaient nus et enlacés dans la lueur tremblotante de l'unique bougie qui éclairait la cabane.

Couchée contre lui, recroquevillée en position de fœtus, Helen dormait, la tête sur la poitrine de Luke, effleurant sa peau de son haleine tiède et douce. Elle avait placé sa jambe gauche en travers de ses cuisses, et il sentait le léger mouvement de son ventre contre sa hanche. Il lui semblait aspirer en lui sa chair tout entière, dans ses plus infimes nuances. Il ne s'était jamais douté qu'il possédait un corps capable de rester si longtemps dans cet état de sensibilité exacerbée.

Au début, chaque fois qu'il avait essayé de lui faire l'amour, il avait piteusement échoué. Pendant plusieurs jours, après leurs retrouvailles et le baiser qu'ils avaient échangé dans la voiture, il avait systématiquement été trop vite en besogne. Sa maladresse puérile le rendait atrocement malheureux. Il se demandait pourquoi elle ne se moquait pas de lui, pourquoi elle ne l'envoyait pas sur les roses, car il s'était toujours figuré que les femmes adoptaient ce comportement quand un homme ne se montrait pas à la hauteur.

Mais Helen lui disait que ça n'avait pas d'importance, l'aidait à se décontracter, si bien qu'il avait fini par trouver la manière. Même dans ses rêves les plus fous, il n'aurait pas imaginé que ça puisse être aussi merveilleux. Pas seulement à cause de la sensation physique elle-même, de l'espèce de secousse sismique qu'il avait éprouvée dans toute sa chair, mais parce que cela lui faisait comprendre qu'il était enfin sorti de sa peau d'adolescent maigrichon, stupide et bègue, que le moment d'entrer dans la vie était peut-être enfin venu pour lui. Et c'est à Helen qu'il devait tout cela, comme beaucoup d'autres choses d'ailleurs.

Il ne restait plus qu'un infime moignon de la bougie posée près du lit sur une chaise. Sa flamme agonisante se mit à vaciller, faisant danser l'ombre de leurs corps emmêlés sur le mur à côté de Luke. Tout doucement, pour ne pas réveiller Helen, il tendit le bras et moucha la bougie entre ses doigts. Helen remua vaguement et marmonna des paroles incompréhensibles. Cherchant la chaleur, elle glissa une de ses mains sous l'aisselle de Luke, changea sa jambe de place et se rendormit. Il remonta le sac de couchage au-dessus de ses épaules, l'enlaça, s'arrima solidement à elle et s'emplit les narines de son odeur délicieuse et tiède.

Il repensa à cette journée d'automne où il l'avait guidée jusqu'à la tanière des loups, quand elle l'avait convaincu de se glisser dans le trou comme elle venait de le faire elle-même. Il se souvenait de l'idée qui lui était venue alors qu'il était allongé au fond de la grotte, dans une obscurité totale. Il s'était dit que c'était un endroit idéal pour mourir.

Il s'était trompé, il le savait à présent. L'endroit idéal, il était ici. C'est ici, c'est maintenant, qu'il aurait voulu mourir, dans une obscurité tout aussi grande, mais avec l'autre créature vivante qu'il tenait dans ses bras.

30

Le procès d'Abraham Edgar Harding eut lieu à la fin février. La troisième et dernière journée d'audience s'étirait lugubrement vers une conclusion en tout point prévisible. Un mélange indécis de pluie et de neige s'abattait impitoyablement sur le dernier carré des partisans de Harding qui tournaient sans relâche dans la gadoue au pied de l'escalier monumental du tribunal fédéral d'Helena.

A l'intérieur, il régnait une chaleur d'étuve. Dan, debout au milieu d'un couloir, observait les manifestants par la fenêtre en attendant qu'Helen revienne des toilettes. Les délibérations du jury avaient commencé une demi-heure plus tôt, et il se demandait pourquoi elles traînaient ainsi en longueur.

Les jusqu'au-boutistes n'étaient plus que huit au total, et au moment où il achevait de les compter l'un d'eux se détacha du groupe et retourna vers sa voiture d'un pas accablé. Comme aiguillonnés par sa défection, ses compagnons se mirent soudain à crier plus fort, mais depuis l'intérieur du bâtiment les slogans qu'ils scandaient ressemblaient au bourdonnement étouffé d'une abeille agonisant au fond d'un bocal.

Plus de loups, plus de loups,
plus de loups chez nous !
Mort aux loups, mort aux loups,
mort à tous les loups !

Le premier jour, ils étaient une grosse cinquantaine, entourés d'un nombre presque égal de policiers chargés de faire tampon entre eux et un groupe moins nombreux, mais tout aussi bruyant, de défenseurs des loups. Pour la plus grande joie d'une meute de photographes et de reporters, les deux camps adverses avaient fait assaut de slogans et d'injures en brandissant des pancartes porteuses de formules plus ou moins incisives, à l'orthographe parfois un peu bancale.

Certaines avaient un côté plaisamment symétrique : au *Pas de place pour les loups chez nous !* répondait sur l'autre trottoir un joyeux et claironnant : *Place aux loups !* D'autres faisaient un peu froid dans le dos, comme celle que brandissait un jeune type mal rasé dont le visage renfrogné était vaguement familier à Dan (il l'avait sans doute aperçu à la réunion publique de Hope). Il arborait une veste et une casquette de chasse à motifs léopard et de grosses rangers qui lui montaient jusqu'aux genoux. Sa pancarte disait : APRÈS WACO, LES LOUPS.

Une bonne partie des pancartes pro-Harding semblaient avoir été calligraphiées de la même main, ou du moins par des individus formés à la même école, car les mots *bureaucrates* et *bureaucratie*, qui y revenaient souvent, étaient systématiquement orthographiés sous la forme *burocrates* et *burocratie*, à l'exception d'une unique pancarte qui, faisant élision d'une syllabe, proclamait : LOUPS = TERREUR BUCRATIQUE. Dan n'arriva pas à décider s'il s'agissait d'une erreur ou d'une espèce d'allusion voilée.

Quand il arriva au tribunal en ce premier jour d'audience, Abe Harding eut droit à une réception digne d'une star de cinéma, bien qu'il fût loin d'en avoir le charisme. Ayant refusé jusqu'au bout de se faire représenter par un avocat, il s'amena à bord d'un véhicule piloté par son témoin de moralité numéro un, Buck Calder, qui n'avait sans doute pas manqué de lui faire la leçon pendant le trajet. Debout au sommet du grand escalier, flanqué de ses deux rejetons souriants, Harding répondit à toutes les questions par la même rengaine, qu'il ressassait d'un air buté en exhibant ses dents brunies par le jus de tabac. Il était, disait-il, citoyen américain (qualité que personne ne lui déniait), et s'il était là aujourd'hui, c'était pour défendre ses droits « aliénables » à la vie, à la liberté et à la poursuite des loups.

Voulant peut-être lui rappeler que le second de ces droits risquait effectivement de s'avérer « aliénable », le juge fédéral Willis Watkins l'avait solennellement exhorté à revenir sur sa décision de plaider non coupable et de ne pas se faire représenter par un avocat, mais Harding n'avait rien voulu entendre, soutenant que c'était de sa part une position dc principe. Si bien que douze patients citoyens du Montana avaient dû subir trois longues journées de débats déprimants avant de pouvoir enfin rendre un verdict que seuls les partisans les plus enragés de Harding ne tenaient pas pour couru d'avance.

Dan et Helen avaient été appelés comme témoins la veille, et après qu'ils eurent répondu aux questions de la partie civile, Harding les avait soumis à un contre-interrogatoire aussi décousu que saugrenu. Il ne se montra guère offensif avec Dan, feuilletant d'impressionnantes liasses de notes et entrecoupant ses questions de pauses tellement interminables que le juge intervint deux fois pour lui demander s'il avait terminé. Mais avec Helen il en alla différemment. Il commença par lui demander si elle s'était battue pour son pays au Viêt-nam, comme lui. Quand elle lui fit observer qu'elle était née à peu près au moment où la guerre s'achevait, il s'exclama : « Vous voyez bien ! », d'un air triomphal, comme s'il venait de prouver quelque chose.

Il semblait persuadé qu'Helen avait été chargée de lâcher les loups sur Hope en application d'un plan secrètement tramé par Washington, qui avait pour objet de faire pulluler des bêtes féroces auxquelles on avait inculqué le goût de la viande bovine, afin d'acculer à la faillite les éleveurs dont le gouvernement voulait s'approprier les terres. Il essaya de lui faire admettre qu'il l'avait prise sur le fait alors qu'elle s'était introduite en douce dans sa propriété pour y dénombrer le bétail à massacrer. Il l'accusa de n'être qu'une « fouteuse de merde », ce qui lui valut de se faire tancer vertement par le juge Watkins. Helen endura tout cela stoïquement, avec l'expression marmoréenne d'un marine au garde-à-vous.

Buck Calder fit de son mieux pour redorer le blason de Harding, en assurant les jurés que c'était un éleveur de premier ordre, un excellent voisin et un homme d'une moralité sans faille. Mais le cas était par trop désespéré. Après avoir refusé de déposer lui-même, Harding se lança dans sa péroraison finale, déclarant aux jurés qu'il avait tué le loup volontairement et en pleine connaissance de cause. C'était justement ce que la partie civile s'efforçait de démontrer. Il acheva sa plaidoirie en s'écriant que son seul regret était de ne pas avoir tué le deuxième loup, et peut-être aussi quelques écolos pour faire bonne mesure. Ça devait être de l'humour, mais le juge ne le trouva manifestement pas à son goût.

Dans la rue, les réverbères venaient de s'allumer. Dan vit que deux autres manifestants avaient abaissé leurs pancartes, que le mélange de pluie et de neige rendait du reste indéchiffrables. Ils allaient plier le camp sous peu.

— Dan !

Se retournant, il vit Helen qui accourait vers lui de l'autre bout du couloir.

— Le jury regagne la salle d'audience, dit-elle.

L'affaire fut vite expédiée.

Abe Harding fut déclaré coupable de tous les chefs d'accusation qui pesaient sur lui. Il n'y eut pas un cri dans la salle. Personne n'éclata en sanglots. C'est tout au plus s'il y eut quelques murmures et quelques hochements de tête parmi ses partisans. Tandis que Harding contemplait le plafond d'un œil vide, le juge Watkins l'admonesta d'une voix grave et mesurée, lui reprochant d'avoir inutilement gaspillé pour plusieurs milliers de dollars d'argent public. Il annonça ensuite qu'il reportait la sentence à huitaine, en précisant toutefois qu'Harding était passible d'une peine de plusieurs mois de prison ferme, vraisemblablement assortie d'une amende substantielle.

Wes et Ethan Harding se retournèrent vers Helen et lui lancèrent des regards venimeux, qu'elle ignora ou feignit d'ignorer.

— Viens, on va boire un verre, souffla-t-elle à Dan.

Ils se faufilèrent dehors, pas assez vite cependant pour échapper à la meute médiatique qui s'était reconstituée comme par miracle dans les instants qui avaient suivi le verdict. Des équipes de télé enregistraient les réactions des manifestants trempés jusqu'aux os et de leurs camarades moins zélés qui venaient de les rejoindre après être allés se mettre au sec dans leurs voitures.

— Monsieur Prior ? Monsieur Prior ? cria une voix de femme.

C'était la journaliste de télé préférée de Buck Calder.

— Fais comme si tu ne la voyais pas, dit Helen.

Mais la journaliste eut vite fait de les rattraper, suivie de son caméraman qui n'était qu'à quelques pas derrière elle. Le petit voyant rouge de la caméra était allumé, et Dan comprit qu'il était déjà à l'image. Si on le voyait se débiner au journal du soir, sa réputation en prendrait un vieux coup. Il s'arrêta et se força à arborer un large sourire, espérant sans trop y croire qu'Helen adopterait la même attitude.

— Que pensez-vous du verdict, monsieur Prior? demanda la journaliste d'une voix essoufflée.

— Justice est faite, comme on dit. Mais c'est un triste jour, aussi bien pour les hommes que pour les loups.

— D'après vous, Abe Harding mérite-t-il d'aller en prison?

— Ce n'est pas à moi d'en décider, heureusement.

Le tour d'Helen était arrivé. La journaliste lui colla son micro sous le nez.

— Et vous, mademoiselle Ross, qu'en dites-vous? Vous ne pensez pas qu'on devrait avoir le droit de défendre son bétail?

— Je préfère garder mon opinion pour moi, dit Helen.

— Mérite-t-il d'aller en prison?

— Même réponse.

— Qu'avez-vous ressenti quand il vous a traité de « fouteuse de merde »?

— Vous ressentez quoi, vous, quand on vous dit ça?

Dan s'interposa entre elles.

— Il faut qu'on vous quitte, excusez-nous. Merci.

Il saisit Helen par le coude et entreprit de la guider à travers la foule.

— Pourquoi tu te trouves pas un vrai boulot? cria une voix d'homme.

Dan reconnut la casquette léopard de l'homme à la pancarte APRÈS WACO, LES LOUPS.

— Si t'en as un à m'offrir, je suis preneur.

— Je voudrais même pas de toi pour me torcher le cul.

— T'as pas besoin qu'on te le torche, tu ne t'en sers que pour parler, gronda Helen entre ses dents, sans même lever les yeux sur lui.

Mais à en juger par son expression, le type l'avait entendue.

Après avoir entraîné Helen à bonne distance de la foule, Dan lui demanda :

— C'est qui, ce type-là ? Tu le connais ?

— Un bûcheron qui bosse pour la fabrique de poteaux. Je les rencontre souvent dans la forêt, son copain et lui, et on échange de profondes réflexions.

Ils montèrent chacun dans leur voiture et prirent le chemin d'un bar où, d'après Dan, il n'y avait guère de chance que des partisans de Harding soient allés noyer leur chagrin. Tout y était cent pour cent bio, des chips de maïs à la bière, et l'endroit était surtout fréquenté par des étudiants et des végétariens. Les haut-parleurs ne diffusaient que de la musique New Age et il n'y avait pas le moindre trophée de chasse sur les murs.

Ils s'installèrent dans un box et commandèrent deux bières de blé à la pression. Dan plongea deux doigts dans la sienne pour en ôter l'inévitable tranche de citron, en se demandant une fois de plus à quoi ça rimait de mettre du citron là-dedans.

— Est-ce que l'université du Minnesota a contacté Luke ? demanda-t-il.

— Pas encore. Il leur a expédié un aperçu de son travail cartographique, super bien rédigé.

— Il sera accepté, ça ne fait pas un pli.

— Oui. Tout ce qu'il lui reste à faire, c'est d'annoncer la nouvelle à son père.

— Sans blague, il ne lui a pas encore dit ?

— Eh non.

Helen avala une gorgée de sa bière.

— Tu vois, dit-elle, j'en suis presque arrivée au

stade où on peut boire un coup sans avoir envie d'en griller une.

— Ça fait combien de temps que tu as arrêté ?

— Quatre mois.

— Tu tiens le bon bout.

Ils restèrent silencieux un moment. Dan se demandait comment il pourrait bien s'y prendre pour aborder le problème délicat qu'il hésitait à mettre sur le tapis depuis bientôt un mois. Il avala une grande rasade de bière de blé et reposa son verre.

— Helen, j'ai quelque chose à te dire.

— Tu veux me virer, c'est ça ? Bon d'accord, je te donne ma démission.

— Mais non, dit Dan en souriant.

Il marqua une pause avant d'ajouter :

— Seulement tu comprends, depuis quelque temps on est assaillis de coups de fil anonymes au bureau.

Helen fronça les sourcils.

— Ce n'est jamais la même voix, ils ne donnent pas leur nom, ça doit être quelqu'un qui essaye de semer la zizanie à cause de l'affaire Harding, et en toute franchise, je ne...

— Arrête de tourner autour du pot, tu veux ? Dis-moi de quoi il s'agit.

— C'est pas facile, tu comprends. C'est au sujet de Luke.

Helen se raidit imperceptiblement.

— Quoi, Luke ? Qu'est-ce qu'il a ?

— Je sais bien qu'il est obligé de passer énormément de temps là-haut, à cause de vos repérages de nuit et tout ça, et que parfois il doit même dormir dans la cabane. N'empêche qu'il y a des gens qui se font, comment dirais-je, des idées.

— Ah bon ? Quel genre d'idées ?

— Allez quoi, Helen, tu sais très bien de quoi je parle.

— Non, je ne vois pas du tout.

Dan commençait à perdre patience.

— Bon, dit-il, je vais te mettre les points sur les i. Le bruit court que Luke et toi, vous avez... une liaison, ou quelque chose dans ce goût-là.

— Dans ce goût-là ?

Dan détourna les yeux et poussa un juron à mi-voix.

— Et tu veux que je te dise si c'est vrai ou pas ?

— Non, mentit-il. Il ne s'agit pas de ça, et tu le sais très bien.

Son téléphone portable se mit à sonner.

— Merde.

Il plongea une main dans la poche de son parka et en sortit l'appareil. C'était Bill Rimmer, qui lui annonça que trois veaux avaient été égorgés par des loups du côté de Boulder. Leur propriétaire, un éleveur que Dan connaissait bien, était au bord du coup de sang. Il fallait absolument que Dan fasse un saut dans le Colorado pour essayer de calmer le jeu.

— Excuse-moi, Helen, il faut que je te laisse.

— D'accord.

Elle ne le quitta pas des yeux tandis qu'il enfilait son parka et éclusait ce qui restait de bière dans son verre. Il s'en voulait de lui avoir parlé de cette façon. J'ai été vraiment infect avec elle, se disait-il.

— Je te passerai un coup de fil demain matin.

— D'accord. Je vais boire une autre bière.

— Je te demande pardon. Je me suis mis le doigt dans l'œil jusqu'au coude.

— C'est pas grave, va.

Il tourna les talons, et au moment où il faisait mine de s'éloigner Helen appela son nom. Il s'arrêta, se retourna vers elle. Ses traits s'étaient un peu altérés. Elle était belle.

— Au cas où tu serais perplexe, lui dit-elle, c'est oui.

— Quoi, oui ?

— C'est vrai.

Et Dan prit la route du Colorado, la tête pleine d'idées désordonnées et le cœur en berne.

Helen était en train d'achever sa deuxième bière et pensait déjà à la troisième quand une voix d'homme retentit derrière elle.

— C'est triste qu'une si jolie femme en soit réduite à arroser ça toute seule.

C'est le bouquet, se dit-elle. Elle tourna la tête et aperçut Buck Calder debout à côté de son box, un sourire égrillard aux lèvres. Son chapeau et les épaules de son blouson étaient couverts de neige.

— Qu'est-ce que je suis censée arroser ?

— Vous avez eu gain de cause. Ce pauvre vieux Abe a toutes les chances de moisir en prison pendant un bon bout de temps. C'est ce que vous vouliez, non ?

Helen secoua la tête et détourna les yeux.

— Je peux me joindre à vous ?

— Expliquez-moi d'abord ce que vous faites là.

— Je rentrais chez moi, j'ai vu votre pick-up garé dehors et je me suis dit : tiens, si j'allais lui dire bonjour.

— Bon, eh bien bonjour.

La serveuse fit son apparition et Buck lui commanda deux bières de blé.

— C'est gentil à vous, monsieur Calder, mais je...

— Appelez-moi donc Buck.

— Comme vous voudrez, mais non merci, il faut que je file.

Calder se tourna vers la serveuse.

— Ça ne fait rien, ma belle, apportez-les quand même. Je les boirai toutes les deux.

Sur quoi il se glissa sur l'autre banquette, en face d'Helen. Ne prends pas le mors aux dents, se disait-elle. Aussi imbuvable qu'il soit, c'est le père de Luke.

Si tu te le mets à dos, ça ne sera bon pour aucun de vous deux.

— Je voulais vous parler de Luke, dit Calder.

Helen s'esclaffa. Ma parole, ils se sont donné le mot, se disait-elle.

— Qu'est-ce qu'il y a de drôle ?

— Oh, rien.

Il la considéra un moment, avec un sourire entendu.

— Sachez-le bien, pour moi tout ça, ce ne sont que des ragots perfides.

— Monsieur Calder...

— Buck.

— Buck. Je ne vois vraiment pas de quoi vous parlez.

La serveuse revint avec les deux bières. Calder la remercia et attendit qu'elle se soit éloignée pour reprendre la conversation.

— Ce que je voulais vous dire, c'est qu'Eleanor et moi on vous doit une fière chandelle à cause de tout le bien que vous avez fait à notre fils, en le prenant pour assistant et tout ça. Du coup, évidemment, on ne le voit pour ainsi dire plus ces temps-ci, et je voulais aussi vous prévenir que j'allais avoir besoin de lui au ranch pour le vêlage, vous le comprendrez j'espère.

Helen hocha affirmativement la tête.

— En tout cas l'autre soir, sa mère me disait qu'elle ne l'avait jamais vu aussi heureux. Apparemment, il a enfin décidé de devenir adulte. On dirait même que son bégaiement est moins prononcé qu'avant. Alors vous voyez, les remerciements sont de mise.

Il but une gorgée de bière. Helen ne savait pas quoi dire. Comme toujours, Calder l'avait prise au dépourvu. Il valait sans doute mieux qu'elle refrène son envie de fuir et qu'elle profite de cette occasion inespérée pour aborder le sujet épineux du départ de Luke pour l'université.

— Vous vous êtes rudement bien comportée à la barre, dit Calder.

Helen haussa les épaules et sourit.

— Je suis sincère. Vous faisiez vraiment un témoin de choc.

— Merci. Vous aussi.

Il hocha aimablement la tête, puis ils restèrent silencieux tous les deux l'espace d'un moment. Les haut-parleurs diffusaient une de ces musiques pour insomniaques, suave cocktail d'ondes électroniques et de râles de baleines en rut, qui mettaient toujours les nerfs d'Helen à rude épreuve.

— Vous savez, je crois que si les choses s'étaient engagées autrement, on aurait pu devenir amis, vous et moi.

— Mais on est amis, non ? En tout cas, c'est ce qu'il me semble.

— Bon, enfin, un peu plus que des amis.

Helen prit un air faussement perplexe. Lentement, les lèvres de Calder formèrent un sourire, puis il passa un bras sous la table et lui posa la main sur la cuisse. Helen aspira une grande goulée d'air et elle se leva.

— Excusez-moi, dit-elle, il faut que je rentre.

Elle enfila son anorak et sortit de l'argent de son sac pour régler les consommations. Calder, confortablement calé sur sa banquette, la regardait en souriant. Il n'avait pas l'air décontenancé le moins du monde. Il se marre en plus, ce salaud-là, se dit Helen. Elle eut envie de lui renverser le verre de bière encore plein sur la tête, mais elle se contint in extremis.

Elle lui lança un bref « Salut ! » et poussa la porte.

La neige tombait dru. Elle traversa le parking d'un pas précipité, dérapa sur le verglas, faillit tomber. Elle était tellement hors d'elle qu'elle mit un temps fou à trouver ses clés de voiture. Quel horrible type ! Elle aurait pu le tuer.

Au moment où elle insérait la clé dans la serrure,

498

une main s'abattit sur son épaule, et elle ne put retenir un cri.

Il la fit pivoter sur elle-même, lui empoigna les deux bras au-dessous du coude et la coinça contre la portière.

— Pourquoi se contenter d'un mioche quand on peut avoir un homme ? fit-il.

— Lâchez-moi, répondit-elle en s'efforçant de parler d'une voix égale. Lâchez-moi, je vous dis.

— Allez, t'en as autant envie que moi.

Il avança la tête vers elle, lui soufflant au visage son haleine tiède qui sentait la bière. Elle releva brusquement le genou droit et le repoussa en lui appuyant des deux mains sur la poitrine, de toutes ses forces. Il recula en chancelant, dérapa sur la neige et s'écroula lourdement. Son chapeau glissa de sa tête et roula au sol.

Helen monta à bord du pick-up en toute hâte, claqua la portière et la verrouilla. Dieu merci, le moteur répondit au quart de tour. Calder était toujours allongé par terre. Il geignait en s'agrippant le bas-ventre à deux mains. Helen abaissa sa vitre.

— Ne mettez plus jamais vos sales pattes sur moi !

Elle écrasa l'accélérateur, et le pick-up s'ébranla en patinant dans la neige. Au milieu de la rage qui bouillonnait en elle, une phrase de Calder lui revint soudain à l'esprit. Elle enfonça la pédale du frein, pila, fit marche arrière et s'arrêta juste au-dessus de lui.

— Il vaut mieux parfois ne pas obtenir ce qu'on désire, vous vous souvenez ? lui lança-t-elle à travers la vitre baissée. En somme, je viens de vous rendre service.

Là-dessus, elle redémarra, et ses pneus l'éclaboussèrent de neige détrempée.

Ils mangèrent leur dîner en silence. Ou plutôt, Luke

mangea le sien tandis qu'Helen tournait et retournait machinalement le contenu de son assiette. Elle avait complètement oublié qu'elle était censée acheter des produits frais en ville à la sortie du tribunal. Luke avait donc fait cuire des pâtes, comme d'habitude, en leur ajoutant une boîte de thon, une boîte de maïs doux et du fromage. Sa cuisine manquait toujours autant de finesse, mais ça se laissait manger.

Dès qu'Helen avait posé le pied dans la cabane, il avait compris que quelque chose ne tournait pas rond, mais elle ne lui avait rien laissé déceler de la cause de son trouble. Si ça se trouve, se disait-il, elle n'a toujours pas digéré l'insulte que Harding lui a lancée hier à l'audience. Elle ne lui avait pas non plus donné beaucoup de détails sur ce qui s'était passé au tribunal aujourd'hui, se bornant à lui faire part du verdict et de sa brève altercation avec le bûcheron. Luke lui aurait bien parlé des inquiétudes qu'il nourrissait au sujet des loups, dont le comportement lui semblait bizarre depuis quelque temps, mais il se dit que le moment était mal choisi. Helen repoussa son assiette.

— Je suis désolé, dit-il. C'est vraiment pas fameux.

— Mais si, c'est très bon. J'ai pas faim, c'est tout.

— A l'université, je m'inscrirai au cours de cuisine.

Elle tenta de sourire, mais ce ne fut pas une réussite. Luke se leva et fit le tour de la table, enjambant Buzz étalé de tout son long devant le poêle. Il s'accroupit à côté d'Helen, prit ses mains dans les siennes.

— Qu'est-ce qui ne va pas ?

Elle secoua la tête, pencha le buste en avant et lui effleura le front d'un baiser.

— Allez, dis-le-moi.

Elle poussa un long soupir.

— Luke, je crois qu'il vaudrait mieux que tu ne passes plus la nuit ici.

— P-pourquoi ?

— Tu sais bien ce qu'on raconte.

Il hocha affirmativement la tête.

— Je me d-demandais si tu en avais entendu p-parler.

Elle eut un rire sardonique.

— Ça, plutôt deux fois qu'une.

Elle lui parla des coups de fil anonymes que Dan avait reçus au bureau. Luke se demanda de qui il pouvait bien s'agir, mais il avait peine à imaginer un être capable de tant de malveillance.

— Tu voudrais qu'on arrête de se voir, alors ?

— Non. Enfin, je sais pas, Luke.

— Si ça te rend malheureuse...

Elle lui caressa le visage.

— Je ne supporterais pas de ne plus te voir.

— Ce qu'ils p-pensent, est-ce que ça peut changer quelque chose entre nous ?

— J'en sais rien.

— C'est impossible, voyons.

— Tu sais, Luke, il y a toujours des gens qui essayent de détruire ce qu'ils ne comprennent pas ou ce qui les rend jaloux.

— M-mais si on fait attention à ce qu'ils disent, c'est eux qui gagnent.

Elle sourit, le visage toujours penché vers lui. Quelquefois, il suffisait qu'Helen le regarde ainsi pour qu'il se rappelle combien il était jeune encore, et ignorant de la cruauté du monde.

— Je t'aime.

— Oh Luke, je t'en prie...

— C'est pas grave. T'es pas obligée de me le dire aussi.

— Le dernier mec à qui je l'ai dit m'a quittée. Pour une Belge blonde.

— Moi, je connais pas de B-belge b-blonde.

Cette fois, elle fut à deux doigts d'éclater de rire.

— De toute façon, tu ne me verras p-pratiquement

pas dans les semaines qui viennent. Mon p-père veut que je sois là pendant le vêlage.

— Je sais, il me l'a dit.

— Ah, tu lui as parlé ? Qu'est-ce qu'il t'a dit d'autre ?

— Rien, dit Helen en haussant les épaules.

Le loup gisait au fond d'une étroite ravine, coincé entre deux rochers comme un tronc emporté par une crue. Avec son museau pointé au-dessus de ses pattes, on aurait dit qu'il s'apprêtait à bondir. Ses yeux grands ouverts étaient vitreux, d'un jaune terne. Son pelage était couvert d'une fine pellicule de neige poudreuse. Depuis quand était-il mort ? C'était bien difficile à dire.

Ils avaient capté le signal juste après le lever du jour. Ce n'était pas le *bip-bip* habituel, mais une espèce de tonalité continue qui leur fit aussitôt comprendre qu'il se passait quelque chose d'anormal.

— Ça ne veut pas forcément dire qu'il est mort, avait expliqué Helen tandis qu'ils arrimaient leurs skis et le reste de leur équipement à l'arrière de la motoneige. Peut-être qu'il a simplement perdu son collier. Ça peut arriver.

Mais elle n'y croyait pas vraiment. Ils avaient remonté aussi loin qu'ils le pouvaient le long de la berge avec la motoneige. Le signal augmentait sans cesse de volume. Sachant aussi bien l'un que l'autre qu'ils n'auraient plus d'autre occasion de suivre une piste ensemble pendant un bon mois, ils n'échangeaient que de rares paroles. Quand le terrain devint trop accidenté pour continuer ainsi, ils chaussèrent leurs skis et se faufilèrent entre les arbres et les rochers. Ils aperçurent des empreintes de loups encore fraîches, mais ne captèrent pas d'autre signal. La harde n'était plus dans les parages.

C'est Luke qui vit le cadavre le premier. En remontant un peu plus haut dans les rochers, ils trouvèrent une crevasse jonchée de laissées et de débris d'os. Apparemment, le loup y avait séjourné quelque temps. Dans la neige, ils décelèrent les traces de plusieurs de ses congénères. Peut-être étaient-ils venus s'incliner sur sa dépouille.

Le cadavre était durci par le gel, et comme ils ne voulaient pas l'abîmer, ils mirent un temps fou à le dégager d'entre les rochers. Ils le posèrent sur le sol, au bord du ruisseau.

— Tu as vu sa patte ? dit Helen. C'est ça qui l'a tué.

Ils se mirent à genoux pour l'examiner. La patte était entièrement chauve, et si enflée qu'elle était bien trois fois plus grosse que la normale. Une entaille profonde, béante, en faisait tout le tour.

— Mon pauvre vieux, dit Helen. Où as-tu été te fourrer ? On dirait qu'il s'est fait prendre dans un piège.

— Ou peut-être dans un lacet, comme Buzz, dit Luke. Il était b-blessé à la même patte.

Helen débarrassa le loup de son collier, en déconnecta l'émetteur et se remit debout.

— Ils ne sont plus que sept, soupira-t-elle.

— Je c-crois qu'il en reste encore moins que ça, dit Luke.

Elle le regarda.

— Que veux-tu dire ?

— P-pendant notre vol de reconnaissance, on n'en a vu que cinq, Dan et moi, tu te rappelles ? D'après lui, les autres s'étaient sûrement p-planqués dans la forêt. Ces jours-ci, p-pendant que tu étais au tribunal, un p-pressentiment m'est venu. Je crois qu'il n'en reste que cinq. Peut-être même moins. Ils marchent souvent en file indienne, d'accord, mais qu-quand ils s'égaillent, ils ne sont jamais plus de trois ou quatre, d'après

503

les t-traces que j'ai pu relever. Je les ai aussi entendus hurler, et c'était plus pareil. B-beaucoup moins d-dense.

Après avoir transporté le cadavre du loup jusqu'à la motoneige, ils le ramenèrent à la cabane. Helen appela Dan, qui lui dit qu'il allait leur envoyer Donna sur-le-champ pour en prendre livraison. Il demanderait à Bill Rimmer de l'examiner, puis le ferait expédier à Ashland pour qu'on l'autopsie. Helen lui expliqua que la blessure semblait avoir été causée par un lacet en acier.

— Luke pense que quelqu'un essaye de les éliminer, ajouta-t-elle.

— Ce sont les braconniers qui posent des lacets. Quand on veut tuer un loup, le poison est plus efficace.

— Avec le poison, on tue des tas d'autres bêtes, et ça ne passe pas inaperçu.

— On ne passe pas inaperçu non plus avec un lacet. Je crois que notre petit camarade a un peu trop d'imagination.

Helen lui dit que Luke était intrigué parce qu'il ne relevait jamais plus de quatre ou cinq pistes à la fois. Quand Dan lui répondit, sa voix s'était soudain durcie.

— Helen, ne crois pas que je n'apprécie pas l'aide que Luke nous a apportée, mais la zoologiste, c'est toi, bon Dieu de merde ! C'est à toi que nous versons un salaire, pas à lui.

Idiote comme elle était, l'idée ne lui était pas venue jusqu'à présent que Dan pouvait être jaloux. Elle l'avait perdu. Il ne lui restait plus d'autre allié que Luke.

31

Enfant, Kathy avait toujours adoré la saison du vêlage. Sur toute une année au ranch, il n'y avait pas de moment plus exaltant. Au beau milieu de la nuit, sa sœur et elle étaient réveillées par leur père et les ouvriers qui se préparaient un casse-croûte en riant très fort. Au début, les fillettes restaient allongées dans le noir, les yeux grands ouverts, écoutant les plaintes et les mugissements qui montaient des enclos. Ensuite, elles s'approchaient de la fenêtre, se hissaient sur la pointe des pieds, plissaient les yeux pour mieux distinguer les hommes qui travaillaient à la lueur des lampes à arc, extirpant du ventre de leurs mères les veaux frétillants, sanguinolents et gluants, et le spectacle des petites créatures qui se dressaient à grand-peine sur leurs longues pattes fluettes pour esquisser quelques pas chancelants les faisait pouffer de rire.

Quand elles furent devenues un peu plus grandes, il arriva plus d'une fois que leur père les laisse sortir pour donner un coup de main, même quand maman avait dit qu'il n'en était pas question parce qu'il fallait qu'elles se lèvent de bonne heure pour aller à l'école.

Il attendait qu'elle soit endormie pour venir les chercher, et après leur avoir fait enfiler des vêtements chauds leur faisait descendre l'escalier sur la pointe des pieds.

Un jour, Kathy s'en souvenait, Lane et elle avaient fondu en larmes en voyant sortir un veau mort-né du ventre d'une vache, et leur père leur avait dit qu'elles étaient sottes de pleurer, car c'est ainsi que le bon Dieu agissait toujours avec les êtres trop faibles pour affronter le monde.

Les deux fillettes avaient coupé toutes les fleurs du pot de crocus de leur mère, dans la cuisine, un journalier les avait conduites à la décharge à bord du vieux tracteur rouge, et ils avaient dit une prière tous les trois au-dessus du pitoyable petit cadavre, avant de répandre sur lui les crocus. Le lendemain matin, leur mère avait été folle de rage en trouvant ses fleurs décapitées.

Mais depuis qu'elle vivait là-haut, dans la maison rouge, Kathy n'aimait plus du tout la saison du vêlage. Les horaires étaient si contraignants que pendant presque un mois entier Clyde allait passer la plupart de ses nuits là-bas. Kathy ne l'apercevait que lorsqu'elle descendait au ranch pour aider sa mère à préparer le déjeuner des hommes, et quand il faisait un saut à la maison pour se changer il était tellement ivre de fatigue qu'il avait l'air d'être ailleurs, bien qu'il tentât souvent d'entraîner Kathy au lit toutes affaires cessantes, même les jours où elle n'était manifestement pas d'humeur à ça.

Ça faisait à peine une semaine que le vêlage avait commencé, mais elle était déjà minée par la solitude et l'ennui, surtout durant les longues soirées vides où la télé ne passait que des trucs nuls. Aussi, quand il y avait de la lumière dans la caravane du vieux chasseur de loups, elle inventait quelque prétexte pour aller lui rendre visite.

Tantôt c'était pour lui ramener le linge qu'elle avait tenu à toute force à laver pour lui, tantôt pour lui apporter quelque chose à manger, un bol de soupe ou des gâteaux secs qu'elle venait de confectionner. Si le bébé ne dormait pas encore et ne menaçait pas de se mettre à hurler, elle l'amenait avec elle, car elle savait que le vieux l'aimait bien.

Bien sûr, monsieur Lovelace n'était pas l'être le plus sociable du monde. La première fois que Kathy s'était présentée ainsi chez lui, il ne lui avait même pas proposé d'entrer, et quand il s'y était enfin décidé l'odeur infecte qui régnait à l'intérieur de la caravane l'avait un peu rebutée. Mais son désir d'avoir quelqu'un à qui parler était si grand qu'il lui avait vite fait oublier son dégoût. Tout ours mal léché qu'il fût, le vieil homme lui inspirait de la sympathie. Ou peut-être une sorte de pitié. Que ce soit l'un ou l'autre, ses visites avaient l'air de lui faire plaisir.

Il venait de disparaître dans la forêt pendant deux jours. Voyant qu'il était de retour, Kathy lui avait accordé un petit répit, histoire de lui laisser le temps de se mettre à l'aise, puis elle lui avait apporté un bol de ragoût. Il l'avait englouti en deux temps trois mouvements, et à présent il sauçait son bol à l'aide du pain que Kathy lui avait également amené.

Elle était assise, avec Buck junior dans son giron, sur un tabouret en bois, de l'autre côté de l'étroite table couverte de taches dont elle préférait ne pas essayer d'imaginer l'origine. Le vieil homme dévorait plus qu'il ne mangeait, et Kathy se disait qu'à force de fréquenter les loups il en était presque devenu un lui-même. La lueur de la lampe accusait les creux et les saillies de son visage sans âge aux joues piquetées de poils gris. Buck junior, immobile, ne faisait pas un bruit. Ses yeux, qui arrivaient tout juste à la hauteur de la table, suivaient tous les mouvements du vieil homme.

— C'était rudement bon.

— Vous en voulez encore ? Il en reste plein dans la marmite.

— Non, merci. Je suis rassasié.

Il se versa du café, sans prendre la peine d'en proposer à Kathy, que l'aspect peu engageant de ses tasses en fer-blanc avait toujours incitée à décliner poliment quand il lui en offrait. Ils n'échangèrent pas une parole tandis qu'il mettait trois cuillerées de sucre dans son café et le remuait, sans détacher son regard du bébé, qu'il observait toujours avec beaucoup d'attention.

Kathy ne savait jamais trop s'il était d'humeur à parler ou pas. Quelquefois, il ouvrait à peine la bouche et c'est elle qui tenait le crachoir pendant toute la soirée. Elle avait vite appris qu'il y avait des sujets qu'il valait mieux ne pas aborder avec lui. Un jour, elle avait fait l'erreur de l'interroger sur sa femme, et aussitôt il s'était fermé comme une huître. Il avait réagi de la même manière quand elle lui avait demandé combien de loups il avait réussi à capturer.

Mais d'autres soirs, il était intarissable. C'était un peu comme si on avait ôté le bouchon d'une barrique, le flot ne s'arrêtait plus, surtout quand il se mettait à parler de son père. Kathy avait toujours eu une prédilection pour les récits du vieil Ouest. Elle s'imaginait volontiers Lovelace père sous les traits du vieux chasseur de grizzlys de *Jeremiah Johnson*. D'habitude, quand elle voulait le faire parler, il suffisait qu'elle le lance sur ce sujet-là. Elle décida de tenter le coup.

— L'autre jour, vous m'avez parlé d'un appareil que votre père avait inventé, dit-elle.

— Vous voulez dire la boucle de Lovelace ?

— Oui, c'est ça, la boucle de Lovelace. A quoi elle servait, au juste ?

L'espace d'un moment, il continua à remuer son café sans rien dire.

— Vous voulez que je vous la montre ?

— Vous l'avez encore ? C'est vrai ?

— Il m'arrive même quelquefois de m'en servir.

Il se leva et se dirigea vers l'un des placards. Pour

passer le bras à l'intérieur, il fut contraint de se mettre à genoux. Il en ramena un rouleau de fil de fer auquel étaient accrochés plusieurs petits cônes en métal minces et allongés. Il revint jusqu'à la table et le posa devant Kathy. Sans se rasseoir, il dénoua les deux lanières de cuir qui entouraient l'objet, et déroula une cinquantaine de centimètres de fil. Le bébé tendit la main vers l'un des cônes en métal.

— Faut pas toucher, mon chéri, dit Kathy.

— Elle a raison, vaut mieux pas. Ces trucs-là ne sont pas des joujoux, même s'ils en ont l'air. Tu vas voir.

Il ramassa le morceau de pain qu'il avait laissé sur la table, l'embrocha sur la pointe d'un des cônes et se mit à le modeler amoureusement.

— Mon père m'a toujours dit que rien ne valait le poulet, et c'est ce que j'utilise quand j'en ai sous la main. Mais n'importe quelle barbaque peut faire l'affaire. Il faut vous imaginer que ce que je tiens là n'est pas un bout de pain, mais un bout de viande. On forme un cercle avec le fil et on le place à l'entrée de la tanière, trois semaines environ après la naissance des louveteaux, au moment où ils commencent à avoir envie de voir à quoi ressemble le monde. Et là...

Il se tut brusquement. Kathy, qui jusque-là avait observé le mouvement de ses mains, releva les yeux et s'aperçut qu'il fixait bizarrement le bébé et que Buck junior soutenait son regard.

— Et là...

— Quelque chose ne va pas, monsieur Lovelace ?

Ses yeux se tournèrent vers Kathy et il la regarda d'une drôle de façon. On aurait dit qu'il se demandait qui elle était et ce qu'elle faisait là. Il baissa les yeux, et en voyant ses mains sembla se souvenir de ce qu'il était en train d'expliquer.

— Bref, le louveteau flaire l'appât. Et comme ce n'est pas bien malin un louveteau, il le prend dans sa gueule, en commençant par la pointe. C'est important, parce qu'il ne faut pas que ça se déclenche avant que le bout de viande ait atteint le fond...

Il s'était remis à fixer le bébé.

— Le fond de ?... fit Kathy, lui tendant la perche.

— Le fond de... Le fond de son gosier. Et à l'instant où sa gueule se referme sur la partie la plus large du cône, là, vous voyez ?...

Il pressa légèrement le cône entre ses doigts, et avec un claquement sec un hameçon à trois pointes, semblable à un grappin miniature, jaillit du morceau de pain, dont les débris s'abattirent en pluie sur la table.

Buck junior, effrayé, eut un haut-le-corps et se mit à pleurer. Kathy le prit contre elle pour essayer de le calmer, sans résultat. Elle se leva et le serra sur son cœur en lui tapotant le dos, mais ça n'eut pas plus d'effet.

— Je suis désolée, dit-elle. Il vaut mieux que je le ramène à la maison.

Perdu dans la contemplation du crochet qu'il tenait à la main, le vieil homme ne lui répondit pas.

— Monsieur Lovelace ?

Kathy se disait qu'elle aurait peut-être dû rester là jusqu'à ce qu'il retrouve ses esprits, mais les braillements du bébé étaient de plus en plus assourdissants. Elle s'approcha de la porte et, au moment de la franchir, se retourna pour souhaiter une bonne nuit au vieil homme, mais il ne parut pas l'entendre.

En refermant la porte, Kathy crut voir briller une larme sur l'une des joues du vieux chasseur de loups. Elle n'en fut jamais tout à fait certaine, car la lampe l'éclairait à contre-jour et une partie de son visage était plongé dans l'ombre.

Au beau milieu de la nuit, alors qu'elle était au lit, avec son bébé endormi à côté d'elle, elle entendit le bruit d'un moteur qui démarrait. Elle se leva, s'approcha de la fenêtre et vit le phare de sa motoneige se diriger vers l'extrémité du pré, puis disparaître dans la forêt.

Elle ne devait jamais plus le revoir.

Chez les Calder, on s'occupait d'abord des jeunes bêtes qui vêlaient pour la première fois, et le gros du troupeau n'y passait qu'ensuite. Le père de Luke s'était toujours ingénié à produire de bonnes pondeuses qui l'emplissaient d'orgueil au même titre que ses taureaux, et la plupart de ses génisses expulsaient leurs veaux avec autant d'aisance qu'un savon qui glisse entre des mains mouillées.

Néanmoins, il y en avait toujours quelques-unes qui ne pouvaient y arriver sans aide. Et à la différence des vaches plus âgées, qu'on pouvait tranquillement laisser accoucher sur le pré, celles qui vêlaient pour la première fois restaient parquées dans les enclos, où il était plus facile de les garder à l'œil.

Leurs dates d'insémination avaient été soigneusement notées, et à l'approche de la parturition on les inondait de badigeon antipoux et on leur injectait des produits antidiarrhéiques. Maintenant que le vêlage était entré dans sa deuxième semaine, elles mettaient bas à raison d'une vingtaine par jour, et un climat de véritable folie était en train de s'installer.

Le temps n'était pas fait pour arranger les choses. Parfois, à la fin mars, on sent déjà l'approche du printemps, mais cette année-là il n'en fut rien. Chaque jour il y avait des bourrasques de neige, et le thermomètre restait obstinément fixé au-dessous de moins vingt. Dès qu'une génisse semblait sur le point de mettre bas, il fallait la traîner jusqu'à l'étable en toute hâte, pour qu'elle accouche dans l'une des stalles aménagées à cet effet. Quand l'affaire s'engageait avant que les hommes aient eu le temps d'intervenir, ils attendaient que la bête ait expulsé son veau, le collaient aussitôt

511

dans une brouette garnie de paille et le mettaient à l'abri avant que ses oreilles ne gèlent. Quand une mère n'avait pas eu le temps de lécher les oreilles de son petit, on était parfois obligé de les décongeler à l'aide d'un sèche-cheveux, pour ne pas se retrouver encombrés de bestiaux dont l'aspect eût exercé un effet dissuasif sur d'éventuels acheteurs.

Dans l'étable, l'espace vital n'avait pas tardé à manquer. Aussitôt qu'un veau se mettait à suçoter le pis de sa mère et que celle-ci semblait assez lucide, ils valsaient dehors. Certaines de ces pauvres petites bêtes avaient les oreilles entourées de ruban adhésif, afin que le gel ne s'y remette pas. Cette rotation accélérée n'allait pas sans risques. Il se produisait parfois des mélanges fâcheux, et le lendemain ou le surlendemain on s'apercevait qu'un veau tétait une vache qui n'était pas la bonne.

Les hommes travaillaient toute la nuit, en se répartissant des tours de garde dont la durée allait de deux à trois heures, si bien que personne n'arrivait à dormir plus de quatre heures d'affilée. Luke avait pris la relève de Ray à quatre heures du matin, et les choses s'étaient bien passées, à l'exception d'un seul incident qui aurait pu tourner au drame. Il avait repéré deux coyotes qui tournicotaient autour des enclos. Parfois, pendant le vêlage, des coyotes font une rapide incursion et subtilisent un veau avant que sa mère ait eu le temps de comprendre ce qui lui arrive. C'est pour cela qu'ils gardaient toujours un fusil à portée de main dans l'étable. Son père et Clyde les auraient sans doute abattus, mais Luke, lui, se contenta de les faire fuir. Encore une chance que ce ne soit pas les loups, se disait-il. Il ne faudrait pas non plus qu'ils soient allés rôder autour de l'un ou l'autre des ranchs du voisinage.

Après avoir nettoyé l'étable, il prit le chemin des enclos. L'une des génisses avait dépassé son terme, et il voulait voir où elle en était. A son dernier passage, il lui avait trouvé l'air un peu hagard, et il se faisait du souci pour elle. En traversant la cour, il repensa à Helen et à leur mélancolique rencontre de la veille.

Ils ne s'étaient pas vus depuis plus d'une semaine, et la sachant si proche il souffrait encore plus de son absence que lorsqu'un océan les avait séparés. Alors qu'il était sur le point d'entrer dans Hope, où il allait prendre livraison de nouveaux bidons de produit antidiarrhéique, il avait aperçu son pick-up qui venait dans l'autre sens. Ils s'étaient arrêtés au milieu de la route, avaient abaissé leurs vitres et s'étaient parlé un moment. Pas à la façon de deux amants, plutôt à celle de deux amis entre lesquels se serait installé un subtil malaise.

— Je serais bien venu te voir, mais je n'ai pas pu me libérer, dit Luke. Mon p-père...

— J'ai compris, va, ne t'en fais pas.

— Tu les as p-pistés ?

— Oui. Et je crois que tu avais raison. On dirait qu'ils ne sont plus que trois ou quatre. Ils tuent nettement moins de proies.

— Tu as t-trouvé quelque chose ? Des lacets, des p-pièges ?

— Non, mais je suis sûre qu'il y a quelqu'un là-haut.

— Qu'est-ce qui te le fait p-penser ?

Elle haussa les épaules.

— Certains indices. J'ai vu des traces, et j'ai trouvé les vestiges d'un bivouac. Enfin, ça ne veut peut-être rien dire.

Elle lui expliqua que d'après les signaux les loups étaient descendus de la montagne et s'approchaient de certains ranchs, comme s'ils avaient voulu voir où en était le vêlage.

— Le nôtre fait p-partie du lot ?

— Oui, il en fait partie, dit Helen.

Elle eut une petite grimace à la fois triste et narquoise, et ils restèrent silencieux un moment. Ils avaient trop de choses à se dire, ou rien à se dire, c'était selon.

Elle frissonna.

— J'en ai par-dessus la tête du froid, dit-elle.

— Tu vas bien ?

— Non. Et toi ?

— Non plus.

Il tendit le bras vers elle et ils se tinrent un moment par la main. C'est alors que Luke vit ce qui était arrivé à la portière d'Helen. On avait gravé le mot PUTE sur la tôle, en grosses lettres maladroites.

— Oh, bon Dieu, siffla-t-il.

— C'est joli, hein ?

— Quand est-ce qu'on t'a fait ça ?

— Cette nuit.

Luke vit un camion sortir du village. Ils lui bloquaient le passage. Apercevant le camion à son tour, Helen libéra sa main.

— Tu as averti le bureau du shérif ?

— J'en sors à l'instant. Le shérif adjoint Rawlinson m'a dit qu'il était vraiment désolé pour moi. D'après lui, ça ne peut avoir été fait que par des jeunes d'Helena venus faire les zouaves dans la forêt. Il m'a dit : si ça vous inquiète, vous n'avez qu'à vous procurer une arme à feu.

Luke hocha la tête. Le camion était presque arrivé à leur hauteur.

— Bon ben, à un de ces jours, dit Helen.

— Je t-trouverai bien un moyen de m'échapper.

— Ça ne fait rien, Luke. Et puis il vaut peut-être mieux qu'on ne se voie pas pendant quelque temps.

Le camion donna un coup d'avertisseur. Tristement, ils prirent congé l'un de l'autre et partirent chacun de leur côté.

Une fois arrivé à l'enclos, Luke se jucha sur la clôture et inspecta les lieux en s'aidant de sa torche électrique, cherchant la génisse qu'il voulait examiner de plus près.

— Comment ça se passe ?

Il tourna la tête et aperçut Clyde, qui devait prendre le tour de garde suivant.

— Bien. Mais une des génisses de cet enclos m'inqu-quiète un peu. Elle s'agite beaucoup trop. A mon avis, elle d-doit avoir une d-déviation de l'utérus.

Clyde lui demanda de lui désigner la bête.

— Bah, tu te fais des idées, dit-il avec dédain. Elle se porte comme un charme.

Luke se borna à hausser les épaules. Après avoir avisé Clyde du passage des coyotes, il le laissa à son poste et regagna la maison pour prendre un peu de repos.

Il avait prévu de dormir une heure, jusqu'au lever du jour, mais il ne se réveilla pas à temps. Après s'être douché et habillé, il descendit dans la cuisine. Le petit déjeuner avait commencé depuis un bon moment. Ils étaient tous là, autour de la table. Il devina aussitôt que quelque chose n'allait pas. L'atmosphère était à couper au couteau. Jesse et Ray mangeaient en silence. En voyant la tête que faisait son père, il sentit qu'il allait y avoir de l'orage.

Pendant qu'elle versait du lait dans son verre, sa mère capta son regard et lui fit un signe d'avertissement. L'espace d'un long moment, personne ne prononça une parole.

— Comment as-tu pu laisser crever cette génisse ? demanda son père à la fin.

— Qu-quoi ?

— Tu ne t'en sortiras pas avec des qu-quoi, mon garçon.

— Qu-quelle génisse ?

Il jeta un coup d'œil en direction de Clyde, mais Clyde fixait obstinément son assiette.

— Clyde l'a trouvée dans un des enclos. Morte d'une déviation de l'utérus.

Luke regarda Clyde en fronçant les sourcils. Il n'arrivait pas à y croire.

— C'est celle qu-que je t'avais montrée, dit-il.

Clyde releva brièvement les yeux, et Luke y discerna une lueur de terreur.

— Quoi ?

— Je te l'ai montrée, et tu m'as dit qu-qu-qu'elle se portait comme un charme.

— Jamais de la vie. Qu'est-ce que tu racontes ?

— Ne vous chamaillez pas, allez, dit la mère de Luke. On en perd toujours une ou deux à chaque...

Son père lui coupa brutalement la parole.

— Ne te mêle pas de ça, dit-il.

— Je t-t'ai même dit que je pensais qu'elle avait ça. Et tu m'as répondu qu-que je me faisais des idées !

— Oh eh, ça va comme ça, mon petit gars. Tu vas pas me coller ça sur le dos, hein !

Luke se leva et repoussa sa chaise, qui fit crisser le carrelage.

— Où tu vas comme ça ? lui demanda son père.

— J'en ai ma c-c-claque de tout ça.

— Tu en as ta claque ? Eh bien, pas moi. Alors rassieds-toi.

Luke secoua négativement la tête.

— Non, papa.

— Je te dis de te rasseoir, tu m'entends ?

— Non, papa.

L'espace d'un instant, son père resta comme désemparé. Il n'avait pas l'habitude qu'on lui tienne tête. Jesse et Ray se levèrent et sortirent discrètement de la pièce, sans cesser un instant de fixer le sol des yeux.

— Tu vas rester ici, tu m'entends ? Et tu vas m'écouter. Ta mère m'a dit que tu t'étais mis en tête de t'inscrire à l'université du Minnesota. C'est vrai ?

La mère de Luke se dressa.

— Buck, je t'en prie, ce n'est pas le moment.

— Toi, la ferme ! Alors comme ça, tu veux étudier la zoophilie ?

— La z-z-zoologie.

— Ainsi, elle disait vrai. Et l'idée ne t'est même pas venue de demander l'avis de ton propre père ?

Luke sentit que ses jambes s'étaient mises à trembler. Mais elles ne tremblaient pas de peur. Pour la première fois de sa vie, le mufle de taureau qui le regardait d'un œil noir de l'autre côté de la table ne lui inspirait aucune peur. Il n'éprouvait qu'une fureur sans bornes, dans laquelle se concentraient toutes les colères qu'il avait rentrées au fil des années. La sensation avait quelque chose d'exaltant.

— Tu as perdu ta langue ?

Luke chercha sa mère des yeux. Elle était debout près de l'évier, et faisait un effort visible pour ne pas pleurer. Il se tourna de nouveau vers son père. *Tu as perdu ta langue ?* Il prit sa respiration et sentit un calme extraordinaire lui envahir la poitrine. Il secoua la tête et dit simplement :

— Non.

— Dans ce cas, j'attends tes explications.

— Je p-p-p...

Un sourire satisfait s'étala sur les lèvres de son père.

Le moment était venu. Un oiseau blanc volait dans la pièce. Luke n'avait plus qu'à tendre le bras et à le saisir avec douceur entre ses mains, et il pourrait parler librement. Pour la seconde fois, il prit sa respiration.

— Je pensais que ça ne t'intéresserait pas.

— Ah oui, vraiment ? fit son père, sarcastique, en se laissant aller en arrière sur sa chaise.

— Et je savais que tu ne serais pas d-d'accord.

— Eh bien, tu te trompais sur le premier point et tu avais raison sur le second. Ça m'intéresse bel et bien, et je ne suis pas d'accord du tout. C'est à l'université du Montana que tu vas aller, mon garçon. On y fera peut-être de toi un éleveur compétent. Assez compétent, j'espère, pour ne pas laisser crever d'autres génisses.

— Si C-Clyde est trop lâche pour reconnaître sa faute, je n'y peux rien. Je n'irai pas à l'université du M-Montana. J'irai à l'université du M-Minnesota. Enfin, si on y veut bien de moi.

— Ta décision est prise ?

— Oui, papa.

Son père se leva, et s'avança vers lui. L'espace d'un instant, Luke sentit sa résolution vaciller.

— Et qui va te payer tes études, tu peux me le dire ?

— Je me d-d-débrouillerai.

— Je les paierai, moi.

C'est sa mère qui venait de prendre la parole ainsi. Ils se retournèrent tous les deux vers elle.

— Toi, ne te mêle pas de ça, je te l'ai déjà dit.

— P-p-p...

Oh mon Dieu, se dit Luke, *ne m'abandonnez pas. Ne laissez pas l'oiseau blanc me fuir.*

— Pp-pp-pp..., fit son père en le singeant.

Luke sentit monter en lui une ondée de colère glaciale qui lui fit jaillir les mots de la bouche.

— Pourquoi tu joues t-tout le temps les gros bras avec t-tout le monde ? Tu ne trouves pas que tu as déjà fait assez de mal comme ça ? Tu veux régenter notre existence à tous, hein ? D-dès que tu ne comprends pas quelque chose, tu te transformes en bête féroce. Est-ce que ce ne serait pas une réaction de p-panique ?

— Comment oses-tu me parler comme ça ?

— Est-ce que ça ne serait pas de la p-peur ?

Son père fit un pas vers lui et lui assena un coup violent en travers de la face, en le frappant du dos de la main. Sa mère poussa un cri strident et se couvrit les yeux de ses mains. Clyde était debout aussi, à présent.

Luke sentit le goût du sang dans sa bouche. C'était un goût salé, un peu métallique. Il regarda son père, qui le fixait d'un œil furibond. Il était rouge de colère, et sa large poitrine se soulevait et s'abaissait dans un mouvement spasmodique. Il ressemble un peu au grizzly qui nous a coursés dans la forêt, se dit Luke. Mais sans qu'il sache au juste pourquoi, la vision de son père en colère ne l'effrayait plus.

— Je m'en vais, dit-il.

Il sentit un filet de sang perler à la commissure des lèvres. Il vit que son père s'en était aperçu, et crut discerner l'ombre d'une hésitation dans ses yeux d'un gris d'acier.

— Tu vas reprendre ton poste.

— Non, papa. Je m'en vais.

— Si tu pars maintenant, tu ne remettras jamais plus les pieds dans cette maison.

— De t-toute façon, je n'y suis pas à ma p-place. Je n'y ai jamais été à ma p-place.

Il adressa un signe de tête à sa mère et sortit de la pièce.

Il monta dans sa chambre, sortit deux grands sacs en toile de la penderie et y fourra des vêtements, quelques livres auxquels il tenait et deux ou trois objets dont il pensait qu'ils pourraient lui être utiles. La porte de la cuisine claqua avec violence. Par la fenêtre, il vit son père se diriger vers les enclos en marchant à grandes enjambées dans la neige, suivi de Clyde qui trottinait sur ses talons. Le jour se levait. Pendant tout le temps qu'il faisait ses bagages, Luke avait craint que sa résolution ne le fuie soudain, sans crier gare, mais elle semblait inébranlable.

En arrivant sur le palier, il s'aperçut que la porte de la chambre de ses parents était ouverte, et vit sa mère occupée à remplir une valise posée sur le lit. Il posa ses sacs sur le sol et s'approcha de la porte.

— Maman ?

Elle se retourna vers lui, et l'espace d'un instant ils se regardèrent sans rien dire. Puis elle se précipita vers lui, les bras largement ouverts. Luke fit un pas en avant, et la serra contre lui. Il attendit pour lui parler que ses sanglots se fussent apaisés.

— T-tu as un endroit où aller ?

— J'ai passé un coup de fil à Ruth, dit-elle en s'essuyant les yeux. Elle va m'héberger quelque temps. Et toi ? Tu vas aller retrouver Helen ?

Il fit signe que oui. Ecartant la tête de sa poitrine, sa mère le dévisagea.

— Tu l'aimes vraiment beaucoup, n'est-ce pas ?

Il haussa les épaules, esquissa un vague sourire. Tout à coup, sans raison apparente, une envie de pleurer le prit aussi, mais il la réprima.

— Je sais pas, dit-il. Oui, je crois.

— Et elle, est-ce qu'elle t'aime ?

— Oh écoute, maman...

— Tu as raison, ça ne me regarde pas.

Elle se serra contre lui une dernière fois, lui effleura la joue d'un baiser.

— Promets-moi que tu viendras me voir.

— Je te le promets.

Luke laissa ses sacs au salon, gagna le bureau de son père, ouvrit l'armoire vitrée où il rangeait ses armes et décrocha la Winchester qui était devenue sa propriété personnelle à la mort de son frère, quoiqu'il n'en eût fait qu'un usage plus que parcimonieux. Il trouva des munitions dans le tiroir de l'armoire aux armes, en prit une boîte et la fourra dans un de ses sacs avec la carabine. Du portemanteau de la cuisine il décrocha son anorak, son chapeau et son ciré, prit aussi une paire de chaussures de rechange, et porta tout cela jusqu'à sa Jeep.

Tandis qu'il s'éloignait de la maison, son regard se posa sur le pré et il aperçut Œil-de-lune debout au milieu des autres chevaux, à côté de l'arbre qui avait poussé dans la carcasse de la Ford. La distance qui les séparait était trop grande pour qu'il puisse en avoir la certitude, mais il lui sembla que le cheval lui rendait son regard.

Au moment de franchir le portail au crâne, il jeta un ultime coup d'œil en arrière. Son père et Clyde se dirigeaient vers l'étable, en poussant devant eux un petit groupe de génisses. Clyde se retourna et resta immobile un moment, regardant la voiture de Luke s'éloigner. Mais son père continua à marcher.

Avant de mourir, le vieux chasseur de loups aurait voulu demander pardon, mais il n'avait personne à qui s'adresser.

Winnie seule aurait pu comprendre, et Winnie était morte. Il se demandait depuis quand elle connaissait l'existence de ce qu'elle avait appelé « la petite flamme », et pourquoi elle ne lui en avait pas parlé plus tôt, quoiqu'au fond de son cœur il savait bien qu'il ne l'aurait sans doute pas écoutée.

L'idée lui était venue d'aller voir la zoologiste dans sa cabane et de lui demander pardon à elle. Mais il ne la connaissait pas et il aurait eu honte de lui avouer ce qu'il avait fait. D'ailleurs, il avait bien plus que cela à expier. Il avait une vie entière à expier. En fin de compte, il avait pris le chemin de la mine désaffectée. C'était un endroit qui en valait bien un autre.

Quand il arriva sur les lieux, son esprit battait tellement la campagne qu'il alla jusqu'à se figurer que le louveteau qu'il avait abattu la veille n'était peut-être pas mort, qu'il y avait peut-être encore une chance de le sauver. Il fallait absolument qu'il trouve l'entrée de la mine. Il l'avait cherchée partout, en vain. A la fin, il avait fini par recouvrer un semblant de lucidité, et il s'était souvenu que sa balle lui avait mis le crâne en bouillie.

A présent, il était assis, nu, le dos appuyé contre un arbre, à l'orée de la petite clairière où se trouvait la buse d'aérage. Il y avait jeté tous ses vêtements, et il imaginait le petit tas qu'ils avaient dû former au-dessus des loups. Sa peau flétrie et ridée était presque aussi blanche que la neige. Une aube indécise pointait au ciel. Une à une, les étoiles pâlirent, puis s'éteignirent.

Le froid prenait peu à peu possession de lui. Il le sentit monter dans ses bras, dans ses jambes, s'insinuer sournoisement dans son cœur. Il le sentit se refermer autour de son crâne, comme un casque dur et rigide, tandis que son souffle se ralentissait et gelait, faisant durcir les poils de sa barbe.

Il avait si froid qu'il ne sentait même plus le froid. Peu à peu même, une sorte de sérénité rêveuse s'emparait de lui. A mesure qu'elle grandissait, son esprit se mit à lui jouer des tours. Il lui sembla que Winnie criait son nom. Il voulut lui répondre, mais sa voix avait gelé dans sa poitrine. Il s'aperçut alors que les cris qu'il avait entendus étaient ceux de deux corbeaux qui tournaient au-dessus de la clairière en battant paresseusement des ailes dans le ciel rose saumon.

Ayant fait commerce de la mort tout au long de ses jours, il ne la craignait point. Et quand elle vint enfin, ce ne fut pas dans un paroxysme de souffrance, avec chœur débitant d'une voix vengeresse la longue litanie de ses péchés.

Dans sa rêverie, il ne vit que le visage d'un tout petit enfant qui le regardait avec de grands yeux, à la lueur dansante d'une chandelle. Etait-ce le bébé de la maison rouge ? Non, il ne lui ressemblait pas vraiment. Etait-ce l'enfant qu'ils n'avaient jamais eu, Winnie et lui ? Tout à coup, le vieux chasseur comprit que c'était son propre visage qu'il voyait, le visage de l'enfant qu'il avait été. Et à cet instant précis, l'ombre de la mère qu'il n'avait pas connue se pencha vers la chandelle et, d'un souffle léger, en éteignit la flamme.

PRINTEMPS

32

Le deuxième dégel de l'année fut moins spectaculaire que le premier. Il n'y eut pas cette fois de ces bourrasques subites et torrides qui faisaient fondre la neige en un clin d'œil, et la rivière, dont les récents excès avaient peut-être assouvi la rage, s'enfla bien un peu mais resta sagement confinée à l'intérieur de ses berges.

Maintenant qu'on était entré dans la première semaine d'avril, la neige, refluant des plaines isabelle qui séchaient peu à peu sous un soleil encore indécis, avait remonté comme une marée sur les flancs de la vallée. Sourdant de toutes les lisières de la forêt, elle lécha un moment les pentes, faisant baver de fines traînées d'écume dans les crevasses et les ravines des ranchs du haut. Il était trop tôt encore pour que les arbres ne soupçonnent pas que l'hiver leur jouait un nouveau tour à sa façon, et même si dans les parties les plus tempérées de la forêt certaines clairières revenaient déjà à la vie, les peupliers qui festonnaient les flancs de la vallée, ne voulant pas s'en laisser conter, allaient rester gris et dénudés pendant un bon mois encore.

Mais l'horloge dont les aiguilles tournaient inexorablement dans la matrice de la louve blanche ne pouvait pas se jouer ainsi du calendrier. Trois semaines auparavant, elle avait trouvé un trou de coyote abandonné juste au-dessous d'un bois qu'on venait de mettre en coupe réglée, et sous les yeux effarés des deux louveteaux survivants elle avait foui le sol des heures durant pour se composer une tanière à son goût.

Son ventre pendait jusqu'au sol à présent, et plus la neige s'amollissait, plus elle avait de mal à chasser. Les deux louveteaux avaient passé l'âge d'un an, mais, bien qu'ils eussent atteint la taille et le poids de loups adultes, ils n'en avaient ni la sagesse ni la ruse. Ils avaient participé à bien des chasses, mais n'avaient encore jamais eu à en mener une par leurs propres moyens. Et comme leur mère était à peine capable de se mouvoir, même les cerfs les plus affaiblis par un long hiver de disette arrivaient à leur échapper.

Ensemble, dix fois par jour, ils débusquaient des proies, se lançaient à leurs trousses et revenaient bredouilles. Ils prenaient bien parfois un garenne ou un lièvre qu'ils partageaient avec leur mère, mais ce pauvre repas leur avait coûté une énergie disproportionnée. Faméliques, jamais en repos, ils suivaient jusqu'aux odeurs de charogne, se contentant de ce que leur avaient laissé des prédateurs moins nobles.

Un jour, une autre sorte d'odeur les conduisit jusqu'à l'orée d'une clairière à demi ensevelie sous la neige. Un vieil homme y était assis, le dos appuyé à un arbre. Ses orteils nus dépassaient d'une congère, autour de laquelle coyotes et lynx avaient tourné, en restant toutefois, ainsi que le révélaient leurs empreintes, à une distance respectueuse. Les loups se montrèrent plus circonspects encore, car son odeur avait quelque chose d'à la fois redoutable et familier, et des remugles plus effrayants encore flottaient dans l'air autour de lui. Ils battirent prudemment en retraite, les oreilles aplaties, la queue basse, abandonnant sa dépouille aux ours qui émergeaient à peine de leur sommeil d'hiver.

Les effluves que l'air printanier leur amenait des ranchs, en bas dans la vallée, étaient mille fois plus attirants. Les vaches vêlaient par bataillons entiers à présent. Les loups avaient vite découvert les décharges où les éleveurs allaient jeter les vaches mortes en couches et les veaux mort-nés. Ils avaient dû en chasser les coyotes, et après cela personne ne les avait dérangés dans leurs agapes. Se faufilant par les fissures et les tunnels qui zigzaguaient à travers les pâtures, ils avaient observé la naissance de ces créatures dont ils venaient de goûter la chair, et elles leur avaient paru vulnérables et lentes d'esprit.

Quand la louve blanche sentit son moment venir, elle alla s'isoler au fond de sa tanière. Toute la nuit et tout le jour suivant, les deux jeunes loups attendirent qu'elle en ressorte. Des heures durant, ils tournèrent en rond ou restèrent prostrés, la tête appuyée sur leurs pattes, sans quitter un seul instant des yeux l'entrée de la tanière. De temps en temps, ils passaient le museau dans l'ouverture et se mettaient à gémir, mais un grognement montant de la fosse les retenait de s'aventurer plus loin. Le deuxième soir, comme la louve ne se décidait toujours pas à resurgir, la faim et l'impatience furent les plus fortes et ils s'esquivèrent.

Et tandis que leur mère mettait au monde six nouveaux petits, ils prirent le même chemin que leur défunt père, descendirent en catimini de la forêt et, le plus aisément du monde, tuèrent leur premier veau.

Preuve qu'ils ne manquaient pas de goût, ils avaient jeté leur dévolu sur un Angus Calder au pedigree irréprochable.

Au moment de quitter la cabane, son projet lui paraissait tout à fait raisonnable. Pourtant, dès qu'elle se fut garée de l'autre côté de la rue et que ses yeux se posèrent sur la devanture du magasin, Helen eut envie de faire demi-tour et de repartir. Mais il était sans doute trop tard. La mère de Luke l'avait peut-être déjà aperçue.

Elle était partie pour Hope en prétextant des achats à faire chez Iverson, car elle se disait que Luke ne serait sûrement pas emballé à l'idée d'une rencontre entre elle et sa mère. Mais il lui semblait qu'elle lui devait bien une explication. Ou peut-être des excuses. Qu'allait-elle lui dire ? Pardon de vous avoir volé votre fils, peut-être ? Pardon de l'avoir déniaisé ? Comment pourrait-elle expliquer ces choses qu'elle avait tant de mal à s'expliquer à elle-même ?

Y avait-il un être au monde capable de comprendre ce qu'elle avait éprouvé quand il avait débarqué chez elle avec ses deux énormes sacs en lui annonçant qu'il avait décidé de ne plus jamais remettre les pieds au ranch et en lui demandant si elle ne pourrait pas l'héberger « provisoirement » ? Pour toute réponse, elle s'était jetée à son cou et ils étaient restés un long moment dans les bras l'un de l'autre.

— Avec moi ici, tu ne courras plus aucun danger, lui avait-il dit.

C'est vrai, avait-elle pensé, je n'ai plus rien à craindre.

Partager avec lui ce logis minuscule, mais qui n'appartenait qu'à eux, lui semblait la chose la plus naturelle du monde. C'est notre tanière à nous, plaisantait Luke, et en un sens il n'avait pas tort, car leurs rapports étaient entièrement dépourvus de honte, comme ceux des animaux. Souvent le soir, avant d'aller au lit, ils mettaient une grande bassine d'eau à chauffer sur le poêle, puis se déshabillaient et se lavaient mutuellement tout le corps avec un linge de toilette. Jamais Helen n'avait eu un amant aussi tendre et attentionné.

Et jamais elle n'avait désiré aussi intensément quelqu'un, même pas Joel.

Avec Joel, elle avait connu la passion, le plaisir, l'amitié même, mais elle se rendait compte à présent qu'il ne s'était jamais établi entre eux une intimité comme celle qu'elle partageait avec Luke. Avec Joel, elle devait se surveiller, s'efforcer continuellement de ressembler à l'idéal féminin qu'elle lui prêtait, à la femme qu'il n'aurait pour rien au monde voulu quitter.

Elle le voyait bien à présent, il ne peut y avoir de véritable intimité qu'entre deux personnes qui se contentent d'être elles-mêmes, qui ne passent pas leur temps à évaluer leurs performances respectives. Avec Luke, elle pouvait être elle-même. Avec lui, elle se sentait désirée, elle avait l'impression d'être belle et, pour la première fois de sa vie, ne se sentait pas jugée.

Mais comment lui aurait-il été possible, même à mots couverts, d'évoquer ces choses-là devant sa mère ? Ne valait-il pas mieux faire une croix sur ce projet fumeux et rentrer chez elle ? Mais en fin de compte elle décida de se jeter à l'eau et sortit du pick-up.

Avec sa peinture toute neuve, la portière n'avait pas tellement meilleure mine qu'avant. Luke avait retrouvé la nuance exacte chez le concessionnaire Toyota d'Helena, et il avait habilement camouflé l'épithète injurieuse. Mais comme le reste de la carosserie était décoloré et mangé par la rouille, cette portière faisait un peu l'effet d'un panneau publicitaire vierge, exutoire idéal pour tout tagueur en puissance.

La porte du Parangon grinça bruyamment quand elle la poussa. Il n'y avait pas le moindre client, Dieu merci. Ruth Michaels était seule, assise derrière sa caisse.

— Tiens, bonjour Helen ! Comment allez-vous ?

— Très bien, merci. Et vous ?

— Tout baigne. On est tellement mieux sans la neige.

— Ça, vous pouvez le dire. Mme Calder n'est pas là ?

— Si, bien sûr. Elle est dans l'arrière-boutique. Je vais vous la chercher. Vous voulez un café ?

— Non merci.

Helen attendit en fredonnant nerveusement un petit air entre ses dents. Une brève conversation s'était engagée entre les deux femmes, mais elle était trop loin pour saisir leurs paroles. Quand Ruth refit son apparition, elle était en train d'enfiler son manteau.

— J'ai une course à faire, expliqua-t-elle. On se revoit tout à l'heure, Helen, d'accord ?

— Entendu.

La porte grinça de nouveau. Au moment de sortir, Ruth retourna le panonceau OUVERT/FERMÉ et abaissa le loquet.

— Bonjour, Helen.

— Bonjour, madame Calder.

Helen, qui n'avait pas vu la mère de Luke depuis le Thanksgiving, fut frappée une fois de plus par sa ressemblance avec son fils. Elle avait la même peau d'albâtre, les mêmes admirables yeux verts. Elle était souriante.

— Que puis-je faire pour vous ?

— Euh. C'est-à-dire que...

— Si nous allions nous asseoir au fond ? Ce sera plus discret.

Helen la suivit jusqu'au petit comptoir et se jucha sur un tabouret tandis qu'Eleanor Calder passait de l'autre côté.

— Vous voulez un café ?

— Si vous en prenez un vous-même.

— Je boirais bien un petit pas-la-peine.

— Moi, j'en prendrai un corsé. Double, s'il vous plaît.

Helen ne savait toujours pas par quel bout commencer. Sans rien dire, elle regarda la mère de Luke préparer les cafés. Elle maniait la machine avec beaucoup de dextérité. Comment avait-elle pu préserver tant de grâce et de dignité après avoir été si longtemps mariée avec un homme comme Buck Calder? Ça avait quelque chose de miraculeux.

— Je voulais vous expliquer ce qui se passe entre Luke et moi... Enfin, vous expliquer, non, ce n'est pas tout à fait ça... Je voulais simplement que vous sachiez que... Oh, merde.

Eleanor Calder eut un sourire.

— C'est difficile, je sais, mais je vais vous aider.

Elle déposa un cappuccino devant Helen et acheva d'en préparer un second pour elle-même.

— Vous avez rendu Luke très heureux. A mon avis, vous ne lui avez fait que du bien.

Elle sortit de derrière le comptoir, s'assit et se mit à remuer son cappuccino d'un air pensif. Helen n'en revenait pas.

— Merci, dit-elle comme une idiote.

— Pour ce qui est de vivre sous le même toit que lui, je me dois de vous avertir que dans ce pays, tout le monde n'a pas les idées très larges. Mais enfin, c'est à vous de voir. Et puis, en toute honnêteté, je ne vois pas qui d'autre que vous pourrait l'héberger.

— Vous avez quitté la maison aussi, d'après ce que Luke m'a dit.

— C'est exact.

— Je suis navrée.

— Vous n'avez pas à être navrée. J'aurais dû le plaquer depuis des années. Si je suis restée, c'est seulement à cause de Luke.

Leur discussion se poursuivit encore un moment. Elles parlèrent de Luke, de sa candidature à l'université du Minnesota. Ensuite elles parlèrent des loups. Helen expliqua qu'il n'en restait probablement pas plus de trois ou quatre. Par superstition, elle évita de dire que vingt-quatre heures auparavant ils avaient aussi perdu le signal de la louve alpha. Avec un peu de chance, elle s'était peut-être simplement retirée au fond d'une tanière.

— Que sont devenus les autres ?

— Je n'en sais rien. Peut-être qu'ils ont été tués.

Eleanor Calder fronça les sourcils.

— Au fait, j'avais oublié d'en parler à Luke, et je suis peut-être en train de trahir un secret, mais depuis quelque temps mon gendre emploie un homme qui s'est installé chez lui. Il s'appelle Lovelace. J'avais déjà entendu ce nom-là, mais je n'arrivais pas à me rappeler où. Et puis tout à coup, ça m'est revenu. Jadis, à Hope, il y avait un vieux trappeur qui portait ce nom-là. Lovelace, dit « le tueur de loups ».

Dan vit aussitôt que cette fois Calder et son gendre avaient appliqué à la lettre les directives du syndicat des éleveurs. Après avoir recouvert les deux veaux de bâches maintenues par de grosses pierres, ils avaient pris soin de disposer des lattes en contre-plaqué au-dessus des empreintes et des excréments que les loups avaient laissés en guise de carte de visite.

Grâce au ciel, ils n'avaient pas fait venir la télé. Ce coup-ci, c'est Clyde Hicks en personne qui se chargeait des prises de vue. Il mit sa caméra vidéo en marche dès que le pick-up à bord duquel Dan et Bill Rimmer avaient pris place pénétra dans le pré. Dan s'était lui-même équipé d'une caméra pour filmer l'autopsie, comme il le faisait toujours, mais Hicks voulait assurer ses arrières.

— On sait comment vous procédez, vous autres fonctionnaires d'Etat, leur dit-il. Vous êtes capables de trafiquer la bande pour lui faire dire ce qui vous plaît. Vaut mieux qu'on ait aussi un document à présenter.

De toute évidence, il se prenait pour un artiste et faisait exécuter à son appareil des mouvements tarabiscotés, afin de filmer non seulement l'autopsie elle-même, mais Dan en train de la filmer. Il ne lui aurait plus manqué qu'une troisième caméra pour se filmer filmant le film dans le film.

Calder ne leur avait même pas dit bonjour. Son silence était plus éloquent que bien des discours. Lorsqu'il avait appelé Dan au bureau pour le mettre au courant de la situation, il ne s'était écarté de la description purement factuelle que pour lui conseiller de ne pas amener Helen Ross.

— Je ne veux pas que cette femme mette les pieds chez moi, lui avait-il dit.

Dan avait essayé de contacter Helen pour l'en aviser, et comme elle était absente avait dû se rabattre sur sa messagerie vocale.

Rimmer finissait d'écorcher le deuxième veau, qu'il avait placé sur le hayon rabattu de son pick-up. Le premier avait incontestablement été tué par un loup, ou plusieurs. Les marques de crocs et l'abondance du sang ne laissaient aucun doute à ce sujet.

Calder, les bras croisés sur la poitrine, suivait l'opération avec attention. Lors de leurs deux précédentes visites, il avait suinté le charme par tous les pores, mais cette fois il n'en était rien. Il était pâle, il avait les traits tirés, et ces yeux profondément cernés qu'ont la plupart des éleveurs durant la saison du vêlage. Ses maxillaires se crispaient et se décrispaient sans arrêt, comme un doigt qui tremble sur une gâchette.

Bill Rimmer cessa soudain de parler, et Dan comprit que quelque chose n'allait pas. Le deuxième veau portait aussi des marques de crocs, mais il n'avait presque pas saigné. Bill était en train de lui inciser le poitrail.

— Ils l'ont boulotté, ça ne fait aucun doute, dit-il à la fin.

Il redressa le buste et jeta un rapide regard en direction de Dan avant de se retourner vers Calder.

— Mais ils ne l'ont pas tué.

— Quoi ? fit Calder.

— Ce petit bonhomme-là était mort-né.

Calder le dévisagea un moment sans rien dire.

— Il n'y a pas de veaux mort-nés chez nous, déclara-t-il d'une voix glaciale.

— Je regrette, monsieur Calder, mais dans son cas à lui, c'est patent. Ses poumons sont encore fermés, vous voyez bien.

— Foutez-moi le camp d'ici !

Dan essaya de s'interposer.

— Monsieur Calder, je suis certain que vous serez amplement dédommagé pour l'un comme pour l'autre. L'Office fait toujours montre de beaucoup de compréhension quand...

— Vous croyez que j'accepterai du fric d'une bande d'assassins ?

— Monsieur Calder, je...

— Fichez le camp de chez moi, vous m'entendez ?

Luke faillit se perdre dans le dédale des chemins forestiers. Il n'avait pas osé prendre la route qui passait devant le ranch, craignant d'être aperçu. La seule autre voie possible était la forêt, et cela faisait bien longtemps qu'il ne s'y était pas aventuré en voiture.

Helen l'avait informé de ce qui se passait à son retour de Hope, et il s'était mis en route aussitôt. Il savait qu'à cette heure-là Kathy serait encore au ranch. Pendant la saison du vêlage, elle y descendait chaque jour à midi pour préparer le repas des hommes. En général, elle remontait sur le coup de trois heures. Ça lui laissait une petite trentaine de minutes.

Il trouva enfin le sentier qu'il cherchait. Il était boueux, plein de flaques traîtresses. A un endroit, il fut même obligé de s'arrêter pour déplacer un arbre qui s'était abattu en travers de la chaussée. Quand il estima enfin, en se fondant sur la configuration du terrain, qu'il devait être au-dessus de chez Kathy, il abandonna son véhicule et continua à pied.

En arrivant au sommet du pré, il inspecta des yeux les alentours de la maison et ne décela aucune présence humaine. Une caravane en aluminium et une vieille Chevrolet grise étaient rangées le long de la façade arrière de la grange. Elles n'appartenaient aux Hicks ni l'une ni l'autre, il en était certain. Quand il parvint à la tombe de Prince, Maddie, la vieille chienne colley, parut à un angle de la maison et se mit à aboyer. Puis elle le reconnut et se précipita vers lui en frétillant de la croupe et en remuant la queue. Tout en se penchant sur elle pour lui faire fête, il observa les alentours du coin de l'œil, au cas où ses aboiements auraient donné l'alarme, mais rien ne bougea.

Par acquit de conscience, il alla cogner à la porte de la cuisine, puis fit le tour de la grange en criant : « Y a quelqu'un ? », mais personne ne lui répondit. Pressant le pas, il continua jusqu'à la caravane, frappa à la porte et, n'obtenant pas de réponse, en actionna la poignée à tout hasard. Elle n'était pas fermée à clé.

L'homme qui logeait là n'était pas charpentier, il eut vite fait de le comprendre. L'odeur seule aurait suffi à l'édifier sur ce point. Il y avait aussi une peau de loup sur le lit, ce qui en soi ne prouvait pas grand-chose. Puis il découvrit les placards secrets. Les deux premiers étaient bourrés de pièges, de collets, de lacets, et de toutes sortes d'engins bizarres. Le troisième ne contenait que des flacons, munis chacun d'une étiquette numérotée. Il en déboucha un et en huma le contenu. L'odeur était exactement la même que celle de l'appât favori d'Helen. C'était de l'urine de loup.

Sur ces entrefaites, il entendit une voiture dehors.

Il fourra prestement le flacon et l'un des lacets dans la poche de son parka, puis remit tout en place. Il ressortit de la caravane et essaya de refermer la porte doucement derrière lui, mais le loquet émit un bruyant déclic.

— Monsieur Lovelace ? cria une voix.

Luke se pétrifia sur place et jura entre ses dents. Faisant le tour de la grange, Clyde se dirigeait vers lui.

— Monsieur Lovelace ?

Quand il aperçut Luke, son sourire fut instantanément remplacé par un rictus hostile. Kathy surgit derrière lui, le bébé dans les bras.

— Luke ! s'écria-t-elle.

— Bonjour.

— Qu'est-ce que tu fais là ? lui demanda Clyde.

— Je v-viens voir ma sœur.

— Ah oui ? Et comment t'es arrivé jusqu'ici ? Par la voie des airs ?

Luke désigna la forêt de la tête.

— J'ai laissé ma Jeep là-haut.

— T'as pas honte de venir fouiner chez nous en douce ?

— Clyde, tu exagères, protesta Kathy.

Le regard de Clyde se posa sur la caravane.

— T'as été fouiner là-dedans aussi ?

— Non, j'ai frappé à la p-porte, c'est tout. Il n'y a p-personne.

Luke sentit le rouge lui monter aux joues. Ah, si seulement j'étais capable de mentir, se dit-il.

Clyde hocha la tête.

— Sans blague ? dit-il.

— Ben oui quoi, fit Luke en haussant les épaules.

— Fous-moi le camp.

— Clyde ! s'écria Kathy. Il est venu me voir !

— Bon ben ça y est, il t'a vue.

— Comment oses-tu me parler sur ce...

— Ta gueule !

Luke vit que sa sœur était au bord des larmes.

— Laisse, va, Kathy, dit-il. Je m'en v-vais.

En passant devant eux, il sourit bravement à Kathy

et au bébé. Elle tourna brusquement les talons et se dirigea vers la maison. Lorsqu'il atteignit la tombe de Prince, Luke se mit à courir, et il parcourut au galop toute la distance qui le séparait de sa voiture.

Il regagna la cabane plus rapidement qu'il n'en était venu, et en y arrivant il aperçut la voiture de Dan Prior garée dehors, à côté du pick-up d'Helen. Buzz se précipita à sa rencontre en bondissant dans la boue.

Dès qu'il entra, le silence pesant qui régnait à l'intérieur de la cabane lui fit comprendre qu'une discussion orageuse venait d'avoir lieu. Dan le salua d'un signe de tête.

— Bonjour, Luke.

— Bonjour.

Luke se tourna vers Helen, qui avait l'air bouleversé.

— Dan a décidé de tuer les loups qui restent, lui annonça-t-elle.

— Enfin écoute, Helen...

— C'est la vérité, non ? Tu préfères peut-être qu'on emploie l'euphémisme habituel ? Comment vous dites, déjà ? Ah oui, les « moyens drastiques ».

Le regard de Luke allait de l'un à l'autre.

— Pourquoi ? demanda-t-il.

Dan poussa un grand soupir.

— Ils ont égorgé un des veaux de ton père.

— Du coup, Dan va se laisser faire douce violence. Il va exaucer le vœu le plus cher de ton père. Il va le débarrasser des loups. Pas de loups chez nous. Ceux qui braillent le plus fort finissent toujours par l'emporter.

— Helen, tu ne comprendras jamais rien à la politique.

— Quoi, la politique ?

— C'est bien de politique qu'il s'agit. Si cette affaire tourne au vinaigre, l'ensemble du programme de réintroduction risque d'être remis en cause. Ces loups, on leur a déjà tendu toutes les perches qu'on pouvait. Pour gagner la guerre, il faut parfois savoir perdre une bataille.

— Arrête tes conneries, Dan. Tu te laisses marcher sur les pieds par Calder, c'est tout. Tu te souviens de ce que tu me disais ? Que pour nous, Hope allait être l'épreuve de vérité ? Si tu recules devant Calder et ses pareils, tu ne gagneras jamais la guerre.

— Mais regarde un peu la réalité en face, Helen. Les habitants de Hope ne sont pas encore prêts à accueillir les loups.

— Si tu acceptes de faire ça, ils ne le seront jamais. Enfin merde, quelle idée tu as eu de me faire venir ici ?

— Tu veux que je te dise ? Je me pose la même question.

— Autrefois, tu avais quelque chose dans le slip.

— Autrefois, tu avais quelque chose dans le crâne.

Ils se toisaient en se fusillant du regard. Luke plongea une main dans sa poche, en sortit le lacet et le flacon d'urine de loup et les posa sur la table.

— Peut-être qu-qu'avec ça, vous verrez les choses autrement, dit-il.

Buck avait sauté dans son pick-up aussitôt après avoir reçu le coup de téléphone de Clyde. Clyde l'attendait au pied de la véranda, et ils gagnèrent aussitôt la caravane de Lovelace.

— Quand est-ce que vous l'avez vu pour la dernière fois ? demanda Buck.

— Ça doit faire dans les trois semaines. Kathy l'a vu partir en motoneige au beau milieu de la nuit. Elle se fait du souci pour lui, parce qu'il ne s'était jamais absenté aussi longtemps. Elle pense qu'il a dû lui arriver malheur.

Si c'est le cas, je me ferai vite une raison, se disait Buck. Il a mis un temps fou à liquider une infime poignée de loups, ce vieil imbécile, ça m'a coûté une petite fortune, et ces sales bêtes continuent de m'égorger des veaux.

Ils entrèrent dans la caravane et se livrèrent à une rapide inspection. Apparemment Luke n'avait touché à rien, ou alors c'est qu'il avait très adroitement maquillé les traces de son passage.

— Il est entré, tu en es sûr ?

— Je crois.

Buck réfléchit un instant. Si Luke était venu rôder autour de la caravane, c'est qu'il devait se douter de quelque chose. Si ça se trouve, il avait filé tout droit chez Prior, et d'ici peu le ranch allait grouiller de flics fédéraux.

— Faut qu'on fasse disparaître la caravane, dit-il. Et la camionnette par la même occasion.

— Comment on fait ? On les crame ?

— Mon pauvre Clyde, t'as vraiment pas inventé l'eau tiède. Non, on ne les crame pas. On les emmène loin d'ici et on les abandonne quelque part.

— Ah bon, fit Clyde.

Il marqua un temps, puis ajouta :

— Et si le vieux revient ?

— S'il revient, on lui dira où on les a laissées. Ça te va ?

Ils se mirent aussitôt au travail. Tandis que Clyde mettait un peu d'ordre dans la caravane afin qu'ils puissent la déplacer sans dommage, Buck alla passer un coup de fil à Ray. Il lui expliqua que Clyde et lui ne pourraient pas les relever à cause d'une urgence imprévue rapport aux loups, et qu'il faudrait que Jesse et lui s'appuient un tour de garde supplémentaire. Ray râla bien un peu, mais il lui dit que c'était d'accord.

— Si monsieur Lovelace a eu un accident, on devrait peut-être organiser une battue pour le retrouver, lui dit Kathy.

— C'est vrai, dit Buck, tu as raison. J'en toucherai

un mot à Craig Rawlinson. Mais il faudra que tu fasses très attention à ce que tu dis, ma chérie. On l'a fait venir parce qu'on avait des problèmes avec les coyotes, d'accord ? Pour ce qui est des loups, motus et bouche cousue.

— Tu me prends pour une idiote, ou quoi ?

— Mais non, ma chérie. C'est toi la plus maligne.

Il la prit dans ses bras, la serra sur son cœur, et lui expliqua qu'ils allaient emmener la caravane loin d'ici, Clyde et lui, au cas où Luke serait allé tout raconter à ses copains de l'Office des eaux et forêts. Si on vient te questionner en notre absence, tu n'es au courant de rien, conclut-il avant de reprendre le chemin de la grange.

Clyde venait de dénicher les clés de l'antique pick-up Chevrolet de Lovelace. Après l'avoir attelé à la caravane, ils s'assurèrent qu'ils n'avaient oublié aucun objet appartenant au vieux chasseur, puis ils se mirent en route. Buck pilotait la Chevrolet, et Clyde suivait à bord de son propre pick-up.

Ils abandonnèrent l'encombrant véhicule dans le parking d'un relais pour routiers, à soixante-dix kilomètres de Hope. Au milieu de tous ces camions, personne ne le remarquera avant un bon moment, se disait Buck.

Quand Kathy entendit les voitures, elle crut d'abord que c'était son père et Clyde qui revenaient de l'endroit où ils avaient laissé la caravane. Mais l'instant d'après, par la fenêtre de la cuisine, elle vit deux pick-up traverser la cour et se garer à côté de celui de son père. Des pick-up beiges, inconnus d'elle, transportant chacun deux hommes coiffés de chapeaux bruns pointus. Subitement, son cœur se mit à battre très fort.

Les hommes descendirent tous de voiture. Deux restèrent postés à côté de leur véhicule tandis que les deux autres se dirigeaient vers la maison. Kathy leur ouvrit la porte, et l'un des deux, un grand type dégingandé avec une moustache en guidon de vélo, lui exhiba une carte de service écussonnée. Elle était tellement nouée qu'elle n'arriva même pas à lire ce qui était inscrit dessus.

— Vous êtes Mme Hicks ?

— Oui, c'est moi, pourquoi ?

— Je suis l'agent Schumacher, police spéciale des Eaux et Forêts. Mon collègue, l'agent Lipsky.

— Ah, fit Kathy.

Elle venait soudain de les reconnaître. Elle les avait aperçus l'automne dernier à la réunion publique de la Maison pour tous. Quand l'agent Schumacher rengaina son écusson, elle entrevit le pistolet qu'il portait dans un holster sous son blouson. Tâchant de prendre un air dégagé, elle s'arracha un sourire forcé et lui demanda :

— En quoi puis-je vous être utile ?

— Vous êtes bien la femme de monsieur Clyde Hicks ?

— Oui, en effet.

— J'aimerais lui dire un mot, si vous permettez.

— Il est absent pour le moment. C'est à quel sujet ?

Kathy avait remarqué que l'agent Lipsky semblait s'intéresser particulièrement à la grange. Les deux qui étaient restés dehors avaient aussi les yeux tournés dans cette direction.

— Selon des informations qui nous sont parvenues, quelqu'un aurait posé illégalement des pièges dans des forêts domaniales, visant semble-t-il à la capture d'animaux appartenant à une espèce protégée.

— On vous a dit ça ?

— Oui, madame. Et suivant certains indices relevés par notre informateur, la ou les personnes impliquées dans cette affaire auraient opéré à partir de votre propriété.

— En voilà une histoire ! s'exclama Kathy en éclatant d'un rire forcé. Il doit s'agir d'une erreur.

Sur ces entrefaites, elle vit surgir au sommet de la colline le pick-up de Clyde, suivi d'un second qu'elle ne tarda pas à reconnaître : c'était celui de Craig Rawlinson, le shérif adjoint. Son père était assis à côté de Rawlinson. Les quatre agents des Eaux et Forêts se retournèrent, prêts à faire face aux nouveaux arrivants.

Quand Clyde mit pied à terre, Kathy vit la colère qui brillait dans ses yeux. S'il fait le con, se dit-elle, on sera tous dans la merde. Heureusement que papa est là pour veiller au grain. Elle fit un pas de côté tandis que l'agent Schumacher répétait son petit laïus.

Son père écouta ses explications en silence. A en juger par son expression, Craig Rawlinson n'avait pas l'air non plus de porter les flics des Eaux et Forêts dans son cœur. A un moment, Clyde fit mine de vouloir interrompre Schumacher, mais le père de Kathy le fit taire d'un regard impérieux.

— Quelqu'un a dû se mélanger les pédales, dit-il quand l'agent Schumacher en eut terminé.

— Est-ce qu'un individu occupant une caravane a été hébergé ici ces temps derniers ?

Le père de Kathy fronça les sourcils et se tourna vers Clyde.

— Ce vieux bonhomme que tu avais engagé pour s'occuper des coyotes, il avait bien une caravane, hein Clyde ?

— Oui, il me semble.

Schumacher hocha la tête en mordillant pensivement l'une des pointes de sa moustache.

— Vous permettez qu'on jette un coup d'œil ?

Clyde éclata.

— Je vous permets rien du tout ! beugla-t-il.

Le père de Kathy leva une main pour le faire taire.

— Je regrette, monsieur Schumacher, mais nous ne pouvons rien faire de plus pour vous. Je dois ajouter qu'en tant qu'ancien membre de la législature d'Etat, il me paraît inqualifiable que vous laissiez entendre que j'aurais pu héberger un criminel.

— Personne ne l'a laissé entendre, monsieur Calder. Il faut toutefois que nous enquêtions sur les informations qui nous sont parvenues. C'est notre travail.

— Vous avez fait votre enquête. Il ne vous reste plus qu'à vous en aller.

Schumacher porta une main à sa poche et en tira une feuille de papier.

— Je suis muni d'un mandat de perquisition en bonne et due forme, monsieur Calder.

Le père de Kathy le toisa d'un air belliqueux, et Craig Rawlinson fit un pas en avant.

— Là, vous passez toutes les bornes, dit-il. Vous ne savez donc pas à qui vous parlez ? Monsieur Calder est un de nos citoyens les plus éminents. Qui en plus s'est fait tuer pour je ne sais combien de milliers de dollars de veaux par ces saletés de loups que vous défendez avec tant de zèle. Ils en ont encore zigouillé deux la nuit dernière. Si quelqu'un a décidé de les liquider, moi je lui tire mon chapeau.

— Je n'ai pas prononcé une seule fois le mot loup, shérif, objecta Schumacher. Je n'ai parlé que d'« animaux appartenant à une espèce protégée ».

— On sait tous de quoi il est question, dit Clyde.

— Laissez-nous perquisitionner, monsieur Calder.

Kathy vit passer dans les yeux de son père cet éclair qui les faisait tous rentrer sous terre quand ils étaient enfants.

— Il faudra me passer sur le corps, gronda-t-il.

Kathy fut à deux doigts de s'écrier : mais laisse-les donc perquisitionner, qu'est-ce que ça peut faire puisque la caravane n'est plus là ? Mais elle se contint, sachant ce que son insolence aurait pu lui coûter.

Un silence pesant s'installa. Schumacher consulta ses trois collègues du regard, mais ils étaient manifestement aussi désarçonnés que lui. Prenant son courage à deux mains, Craig Rawlinson vint se placer à côté du père de Kathy et de Clyde. A présent, ils étaient alignés sur un rang, face aux policiers.

— Vous êtes dans ma juridiction. Je suis le shérif de ce comté. C'est moi qui suis chargé du maintien de l'ordre. Alors je vous conseille de dégager. Vite fait.

Schumacher le dévisagea, coulant un rapide regard en direction du revolver qu'il portait à la hanche. Ensuite il se tourna vers Lipsky, qui, quoique n'ayant pas ouvert la bouche une seule fois, semblait être celui qui menait le bal. Au bout de quelques instants, Lipsky hocha brièvement la tête.

Schumacher pointa l'index sur Craig Rawlinson.

— Si quelqu'un passe les bornes ici, c'est vous, dit-il. J'en informerai vos supérieurs.

— C'est ça, vous gênez pas.

Les quatre policiers remontèrent en voiture, et personne ne prononça un mot tant qu'ils n'eurent pas disparu de l'autre côté de la crête. Puis Clyde se mit à gesticuler et cria :

— Ouais !

Craig poussa un soupir de soulagement et le père de Kathy, tout sourire, lui assena une grande claque sur l'épaule.

— Bravo, mon garçon. Tu t'es défendu comme un chef.

Il se retourna vers Kathy. Elle avait les larmes aux yeux, mais ce n'étaient pas des larmes de joie. Elle était folle de rage.

— Ça ne va pas, ma chérie ?

— Non, ça ne va pas du tout ! J'en ai ma claque d'être obligée de mentir à votre place !

Là-dessus, elle leur tourna le dos et se dirigea vers la maison.

33

Le Jet Ranger surgit soudain des profondeurs du canyon. Il était d'un rouge écarlate, et le mouvement saccadé de ses pales brassait l'air autour de lui, animant les cimes des arbres d'un mouvement ondulatoire qui rappelait un peu celui qui agite les travées d'un stade lors d'un match de football.

Dan, qui l'observait avec ses jumelles, le regarda prendre de la hauteur et revenir dans leur direction, en longeant le flanc de la montagne. Luke et lui étaient debout sur une crête, une cinquantaine de mètres plus haut. En passant au-dessous d'eux, l'hélicoptère s'inclina et ils aperçurent Bill Rimmer assis au bord de la portière, les jambes pendant dans le vide.

De l'endroit où ils se tenaient, son harnais de sécurité en nylon était invisible, et avec sa combinaison et son casque rouges il avait l'air d'un parachutiste prêt à se jeter dans le vide. Helen devait être quelque part dans l'habitacle, mais Dan n'arriva pas à repérer sa silhouette. Le soleil qui faisait étinceler le pare-brise de l'hélicoptère accrocha brièvement les lunettes de soleil de Rimmer au moment où il se retournait pour attraper son fusil derrière lui.

Dan passa les jumelles à Luke.

— Tu veux voir mon budget s'en aller en fumée ? lui dit-il.

Ils étaient adossés au capot du pick-up de Dan, tout en haut d'une falaise d'où l'on découvrait une vaste étendue de forêt qui descendait en ondulant vers la vallée de Hope. Dan venait de transmettre par radio au pilote de l'hélicoptère les coordonnées précises de la jeune louve porteuse du collier émetteur. Ils avaient décelé son signal un peu plus tôt et calculé sa position à l'aide de leur télémètre.

Elle était dans une forêt domaniale, juste au-dessus du ranch de Jordan Townsend, le présentateur de télé. C'était une chance pour eux, car ainsi ils n'auraient besoin de l'autorisation de personne pour tirer ou se poser. Selon Luke et Helen, la tanière de la louve alpha devait se trouver dans le même coin. Cela faisait quarante-huit heures qu'ils avaient perdu son signal, ce qui signifiait vraisemblablement que la population des loups de Hope s'était enrichie de toute une portée de nouveau-nés. Ça serait vraiment le bouquet, se disait Dan.

L'hélicoptère décrivit un cercle au-dessous d'eux, puis il piqua du nez et fila en direction de l'est. Le pilote avait dû introduire les coordonnées dans son scanner, et le cap qu'il lui indiquait le mènerait inéluctablement jusqu'à la louve et ses éventuels compagnons. Le temps que Dan et Luke arrivent là-bas, Bill Rimmer aurait sans doute déjà fait mouche.

— On y va ? demanda-t-il.

— Quand tu veux, répondit Luke.

— Les voilà, vos sales bêtes ! s'exclama le pilote. A trente degrés est.

Helen avait beau écarquiller les yeux, elle ne voyait que les arbres dont les cimes défilaient à une vitesse folle au-dessous d'eux. Tout à coup, les arbres disparurent, et l'hélicoptère se mit à chasser son ombre à travers une large clairière jonchée de grands pins abattus où des rocs éboulés dessinaient des zigzags pareils à des cicatrices boursouflées.

Et puis, elle les vit. Ils étaient deux, étalés au soleil sur un rocher plat. Sortant de leur torpeur, ils levèrent les yeux sur le dragon rouge qui venait d'apparaître au ciel et fondait sur eux dans un grondement de tonnerre. L'un des deux était un peu plus clair de poil, et Helen discerna la forme du collier autour de son cou.

Les deux loups se redressèrent brusquement et filèrent ventre à terre vers le sous-bois, jetant çà et là un coup d'œil en arrière en direction de l'hélicoptère. Déjà, Bill Rimmer braquait sur eux le canon de son Palmer. Helen entendit le déclic du cran de sûreté.

— Je peux pas descendre plus bas, les enfants, leur annonça le pilote dans son micro-casque.

C'était un gros type barbu, avec une queue de cheval et des bagues à tous les doigts. Il avait passé la matinée à leur débiter des blagues politiquement incorrectes et néanmoins drôles, mais à présent, Dieu merci, il avait retrouvé son sérieux.

— Ça ira comme ça, dit Bill Rimmer. Il est à ma portée.

Helen se retourna vers l'avant de l'appareil. Ils étaient au milieu de la clairière, volant en rase-mottes, à quatre ou cinq mètres au-dessus du sol, et ils fonçaient à toute allure vers une pente où se dressaient des arbres qui faisaient bien trois fois cette hauteur.

— Dans cinq secondes, je remonte, annonça le pilote. Cinq... quatre... trois...

Le dos de Bill Rimmer fut secoué d'un soubresaut violent. Il venait de tirer. Tournant rapidement la tête, Helen vit le loup qui n'avait pas de collier exécuter un spectaculaire roulé-boulé, mais elle le perdit aussitôt de vue, car le pilote avait brusquement redressé son appareil, qui monta en flèche vers le ciel, évitant d'extrême justesse la cime des arbres.

Le pilote poussa un grand cri de joie.

— Waouh ! Vous avez un sacré coup de fusil !

Rimmer eut un large sourire.

— Ça, je ne peux pas dire le contraire. Vous aussi, vous pilotez comme un as. Allez, Helen, ne fais pas cette tête d'enterrement, ce n'était jamais qu'une fléchette.

Dan avait fini par accorder un ultime répit aux loups, mais il avait fallu le pousser dans ses derniers retranchements. Même après que Luke lui eut montré le lacet et le flacon d'urine de loup, il était resté inébranlable, soutenant mordicus qu'il fallait abattre tous les loups survivants, à l'exception de la femelle alpha. Elle serait simplement déportée dans le Yellowstone, leur dit-il. Avec ses petits, si elle en avait.

Helen s'était battue pied à pied avec lui, en objectant que la louve et ses petits mourraient de faim dans leur tanière si les autres n'étaient plus là pour s'occuper du ravitaillement. Malgré ses cris et ses supplications, Dan ne s'était pas laissé fléchir. Mais quand il avait regagné son bureau et que Schumacher lui avait raconté ce qui s'était passé chez les Hicks, il avait brusquement changé d'avis.

Il était déjà assez remonté contre Buck Calder, mais en apprenant qu'il s'était ouvertement rebellé contre des agents fédéraux, il se mit dans une colère noire. Schumacher et ses hommes s'étaient rendus chez Lovelace à Big Timber. La maison semblait inoccupée depuis un certain temps, expliqua-t-il à Dan. Après avoir conféré avec le supérieur hiérarchique de Rawlinson au bureau du shérif d'Helena, ils avaient de nouveau rendu visite aux Hicks ce matin-là, mais n'avaient trouvé derrière la grange qu'un enclos plein de vaches occupées à faire téter leurs veaux. La terre avait été tellement remuée qu'il leur avait été impossible d'y relever la moindre empreinte.

Dan avait décidé qu'il était temps de frapper un grand coup. Qu'au lieu de liquider les loups survivants, ils les muniraient de colliers, afin de pouvoir surveiller tous leurs faits et gestes. Et que si jamais un salopard s'avisait de toucher ne serait-ce qu'à un poil de leur museau, il se chargerait personnellement de le jeter dans un cul-de-basse-fosse en le traînant par les couilles. Helen l'aurait volontiers félicité de s'être soudain rappelé qu'il en avait lui-même une paire, mais elle s'était dit que ce n'était peut-être pas le moment de l'asticoter.

A présent, le pilote décrivait un grand cercle au-dessus de la clairière, afin qu'ils ne perdent pas le loup des yeux pendant que le tranquillisant ferait son effet.

— Tu crois qu'il ne reste que ces deux-là ? demanda Rimmer à Helen en criant à tue-tête pour couvrir le bruit du moteur.

— C'est ce que je crains. Sans compter la louve, évidemment. Sa tanière est peut-être là-dessous, qu'est-ce que tu en penses ?

— Oui, ça se pourrait.

Si c'était le cas, l'emplacement qu'elle avait choisi était loin d'être idéal. Le flanc de colline en contrebas était abrupt et abondamment boisé, mais la tanière était en terrain découvert, facilement visible depuis le chemin forestier qui longeait la limite supérieure de la clairière. Le pick-up de Dan venait justement de s'y arrêter.

Le loup était presque arrivé à l'orée de la clairière, mais au moment où il atteignait les arbres, il se mit à tituber, puis s'écroula. L'autre s'était déjà enfoncé dans le sous-bois.

— Bon, on va descendre, les enfants. Premier étage, lingerie pour dames et animaux nuisibles.

Helen et Rimmer s'activèrent une bonne demi-heure durant sur le loup, qui en avait bien besoin. Dan et Luke s'étaient approchés pour les regarder faire. C'était un loup d'un an, maigre et en mauvaise santé. Non content de lui faire avaler un vermifuge et de lui injecter une dose de pénicilline, ils furent obligés de lui pulvériser du produit antipoux sur tout le corps.

— On dirait qu'il ne mange pas tous les jours à sa faim, fit observer Rimmer.

— Oui. Sa frangine doit être dans le même état. On aurait peut-être dû la capturer aussi.

Se tournant vers Dan, Luke lui demanda :

— C'est p-pour ça qu'ils se sont remis à tuer des veaux ?

Dan eut un haussement d'épaules.

— Peut-être, dit-il.

Ils baguèrent l'oreille de l'animal, lui placèrent un collier autour du cou et vérifièrent que l'émetteur fonctionnait bien. Rimmer regagna l'hélicoptère aussitôt après. Il valait mieux que l'appareil ne reste pas dans les parages, sans quoi le loup aurait pu être pris de panique à son réveil. Après avoir rangé ses instruments dans sa trousse, Helen gravit le flanc de colline avec Luke et Dan. La tension entre elle et Dan était encore vive. Ils parcoururent tout le chemin qui les séparait du pick-up sans échanger une parole, et Luke n'ouvrit pas la bouche non plus.

Pendant qu'ils guettaient le réveil du loup, Helen emprunta les jumelles de Dan pour leur montrer l'endroit où elle pensait que la louve alpha avait creusé sa tanière, sous un éboulis, à moins de deux cents mètres du chemin.

— On devrait peut-être faire interdire l'accès de ce sentier par les Eaux et Forêts, dit-elle.

Dan lui tomba dessus à bras raccourcis.

— Qu'est-ce que c'est que ces conneries ? Ce chemin est du domaine public, Helen. Public, tu sais ce que ça veut dire ? Si elle a été assez bête pour faire sa tanière à côté d'une route, c'est à elle d'en payer les conséquences, pas à moi.

— Bon bon, d'accord.

— On va pas se mettre à fermer des routes qui appartiennent à tout le monde.

— Tu as raison, Dan. Excuse-moi.

— Enfin quoi, bon Dieu !

Les jumelles collées aux yeux, Luke essayait de se faire tout petit.

— Ça y est, il b-bouge, dit-il.

Le loup se remit sur ses pattes, un peu chancelant, puis il s'ébroua et éternua un bon coup. La poudre antipoux devait lui irriter les narines. Il resta sur place un moment, l'air un peu ahuri, se demandant peut-être si le dragon rouge n'avait été qu'un rêve. Il huma l'air, se retourna vers les trois humains qui l'observaient et les considéra d'un œil dédaigneux. Au bout d'un long moment, il partit au petit trot vers la forêt et disparut sous les arbres, comme sa sœur.

Dan emmena Helen et Luke jusqu'à la cabane. Pendant le trajet, ils n'échangèrent pas une parole. Un vol d'oies des neiges s'était posé sur le lac, prenant un bref repos avant de poursuivre son long voyage vers le nord. Dan coupa le contact et ils restèrent tous les trois assis à l'avant du pick-up, observant silencieusement les oies.

Au bout d'un moment, Luke déclara qu'il devait descendre à Hope pour rendre visite à sa mère et faire quelques courses. Helen comprit qu'il avait décidé de s'éclipser pour la laisser en tête à tête avec Dan. Il se dirigea vers sa Jeep, monta à bord et démarra.

— Moi aussi, il vaut mieux que je m'en aille, dit Dan sans regarder Helen.

— D'accord, fit-elle.

Elle ouvrit la portière et mit pied à terre.

— Dan ?

Il se retourna et ses yeux se posèrent sur elle. Son regard était d'une dureté minérale.

— Quoi ?

— Excuse-moi.

— Pourquoi veux-tu que je t'excuse ?

Elle haussa les épaules.

— Je ne sais pas. Pour tout. On dirait qu'on a cessé d'être amis.

— Qu'est-ce que tu racontes ?

— Je sais que ça te choque. Ce qui se passe entre moi et Luke, je veux dire.

— C'est ta vie, Helen, pas la mienne.

— Oui.

Il poussa un soupir, secoua la tête.

— Oh merde ! C'est simplement que... Enfin, tu sais bien.

Elle fit signe que oui. Dan détourna les yeux et son regard se dirigea de nouveau vers le lac. Helen regarda dans la même direction. Les oies prenaient leur essor. Leurs ailes blanches, couronnées de pointes d'un noir de jais, brassaient l'air avec un bruit soyeux.

— Avant-hier soir, sur Internet, Ginny a découvert un drôle de truc, dit Dan. Un chercheur s'est livré à de savants calculs, et il s'est aperçu que le pôle Sud ne se trouvait pas à l'endroit où on avait toujours cru qu'il était, mais quelques mètres plus loin. Depuis près d'un siècle, il y a des gens qui affrontent la neige et la glace, au risque de leur vie, pour aller planter leurs fanions au mauvais endroit. Même ce pauvre Amundsen s'était mis le doigt dans l'œil.

Il lui sourit d'un air penaud.

— Que veux-tu, on fait ce qu'on peut, dit-il.

Il actionna la clé de contact et le moteur revint à la vie. Helen lui tendit la main par la portière ouverte. Il la saisit et la garda un moment dans la sienne.

— Tu sais où me trouver, dit-il.

— Oui, je sais où te trouver.

Etait-ce dû à la peur du dragon rouge, ou à un subit accès de sagesse ? Quelle qu'en puisse être la raison, pendant les quinze jours qui suivirent, les deux jeunes loups munis de colliers se comportèrent en citoyens modèles. Mais c'est plutôt du côté de la météo qu'il aurait fallu chercher l'explication de leur bonne conduite. Car si les nuits étaient encore glaciales, l'air se réchauffait durant la journée, et il y avait beaucoup de proies faciles parmi la multitude de petits animaux qui émergeaient de leur sommeil hivernal.

Malgré tous leurs efforts, les loups n'étaient toujours pas de taille à s'attaquer aux wapitis qui remontaient lentement vers les adrets et les canyons exposés au soleil. Bien qu'ils eussent déjà rejeté leurs bois, les mâles considéraient ce couple de prédateurs novices avec un souverain mépris. En plusieurs occasions pourtant, il leur arriva de réduire à leur merci un jeune ou un invalide et de regagner fièrement la tanière, des morceaux de choix dans la gueule.

Ce n'est qu'en assistant à un de ces retours victorieux qu'Helen et Luke acquirent la certitude que la louve se dissimulait là avec sa portée. Ils avaient établi un poste de surveillance un peu plus haut, à l'orée de la clairière, s'y mettant à l'affût tantôt ensemble, tantôt séparément, mais seulement quand le vent soufflait du bon côté. La nuit, ils usaient d'une lunette de visée à infrarouges prêtée par Dan. A chacune de leurs incursions, ils avaient soin de laisser leur véhicule dissimulé à bonne distance, et parcouraient le reste du chemin à pied, en faisant le moins de bruit possible.

Du haut de l'arbre qui leur servait d'affût, ils avaient vue sur le chemin qui longeait la partie supérieure de la clairière. Cela leur permit de constater que par chance il était vraiment très peu fréquenté. Un jour, sur le coup de midi, un camion à ridelles passa sur le chemin alors qu'un des jeunes loups paressait au soleil sur un rocher plat, juste au-dessus de la tanière. Ils retinrent leur souffle, mais le bûcheron qui conduisait le camion ne ralentit même pas. Apparemment, il n'avait rien remarqué.

Invisible au fond de son souterrain obscur et frais, la louve blanche allaitait ses petits. Avec les pauvres morceaux de viande que les deux jeunes lui apportaient, elle ne sécrétait pas beaucoup de lait. Ses six louveteaux avaient tous survécu, mais ils étaient plus petits et plus chétifs que ceux de l'an dernier.

A présent, leurs yeux d'azur pâle s'étaient ouverts. Peu à peu, leurs oreilles se dépliaient, se redressaient. Les plus hardis exploraient déjà les alentours de leur liteau, mais dès qu'ils s'aventuraient dans le tunnel, leur mère les prenait gentiment dans sa gueule pour les ramener en lieu sûr. D'ici un jour ou deux, leurs dents de lait perceraient et ils pourraient passer à des nourritures plus consistantes. C'est seulement alors que leur mère les laisserait s'aventurer dehors.

A huit heures, Kathy sentit que son agacement allait bientôt se muer en colère. Elle s'était mise sur son trente et un, Buck junior était au lit, le plat de résistance était au four, mais ce satané Clyde ne se décidait toujours pas à arriver.

Le vêlage touchait à sa fin, et cela faisait un mois que l'occasion de passer une soirée chez eux en tête à tête ne s'était pas présentée. Encore fallait-il la saisir. Depuis le départ de sa mère, Kathy descendait tous les soirs au ranch pour préparer la tambouille des hommes. Mais ce soir, toute l'équipe avait décidé d'aller manger Chez Nelly, afin que Clyde et elle puissent dîner seuls, en amoureux, histoire de renouer un peu connaissance. Clyde les avait sans doute accompagnés pour boire un coup avec eux au préalable.

Depuis le pataquès avec les agents des Eaux et Forêts, leurs rapports s'étaient passablement refroidis. En fait, c'est Kathy qui battait froid à Clyde. Lui, pour sa part, se montrait simplement circonspect, sachant qu'il suffirait d'un rien pour la faire exploser. Les mecs se sentent toujours obligés de prouver qu'ils en ont une plus grosse que les autres. Kathy n'arriverait jamais à comprendre pourquoi. En tout cas, elle lui avait fait payer les pots cassés, et à présent il était temps de recoller les morceaux.

C'est dans ce dessein qu'elle avait passé tout l'après-midi à lui concocter un repas fin, uniquement composé de plats français. Elle avait même imprimé le menu avec son ordinateur : vichyssoise en entrée, suivie d'un bœuf en croûte Napoléon, et pour finir une tarte aux pacanes (dessert qui n'avait rien de français, d'accord, mais c'était le préféré de Clyde). Et voilà que son somptueux repas allait être gâché.

Pour essayer de se calmer, elle décida d'emballer le cadeau de Lucy Millward. Lucy se mariait le lendemain après-midi, et tout le village avait été convié à la noce.

Kathy lui avait acheté un tableau au Parangon. C'était l'œuvre d'un jeune artiste d'Augusta, qui au dire de Ruth ressemblait un peu à Mel Gibson. La toile représentait un coucher de soleil sur la montagne. Le sujet n'était peut-être pas des plus appropriés s'agissant d'un cadeau de mariage, mais Kathy était sûre que Lucy ne le prendrait pas de travers. L'homme avec qui elle convolait s'appelait Dimitri. Il était de Great Falls, et il avait fait fortune dans le pétrole.

Au moment où Kathy achevait de libeller le petit bristol qu'elle comptait épingler au cadeau, les phares de Clyde illuminèrent la fenêtre de la cuisine. Quand il poussa la porte, il avait l'air tellement penaud qu'elle fut à deux doigts de lui pardonner son retard séance tenante. Toutefois, elle ne lui en laissa rien voir. Elle condescendit à ce qu'il l'embrasse sur la joue. Il avait bu, ça se sentait à son haleine.

— Je suis désolé, chérie.

— Je te poignarde tout de suite, ou plus tard ?

— Comme tu voudras.

— On verra ça plus tard alors. Allume les chandelles et assieds-toi.

Le repas était encore présentable. Malgré son ébriété (ou à cause d'elle), Clyde sembla l'apprécier, déclarant qu'il n'avait jamais aussi bien mangé de sa vie. Kathy se resservit deux fois du vin, si bien qu'en arrivant au dessert elle était légèrement pompette. Clyde prit une bouchée de tarte aux pacanes, fronça les sourcils, jeta un coup d'œil au menu et dit que le goût ressemblait un peu à celui d'une *pecan pie*. Kathy lui expliqua que la recette était la même, mais que ces noix de pécan-là étaient françaises.

Là-dessus, il entreprit de leur gâcher leur soirée en remettant sur le tapis ces satanés loups. Tout à l'heure, au Dernier Espoir, il avait bavardé avec deux des bûcherons de la fabrique de pieux et poteaux, qui lui avaient appris que les loups venaient de se faire une nouvelle tanière, dont ils connaissaient l'emplacement.

— Alors, tu vois, à moins que quelqu'un intervienne, on va bientôt se retrouver avec toute une horde de ces sales bêtes. C'est incroyable. Le monde entier est tombé sur la tête.

Kathy se leva et entreprit de débarrasser la table. Elle en avait par-dessus la tête de ces histoires de loups. Et puis, elles lui rappelaient trop ce pauvre monsieur Lovelace et l'horrible après-midi où les policiers étaient venus frapper à sa porte. Clyde se leva à son tour et il gagna la pièce de séjour. Kathy l'entendit ouvrir la porte du buffet et farfouiller à l'intérieur.

— Clyde, tu ne finis pas ton dessert ?

— Laisse-le sur la table, j'arrive.

Quand il reparut enfin, il tenait à la main un objet

dont la forme rappelait vaguement quelque chose à Kathy. Tout à coup, elle le reconnut. C'était la boucle de Lovelace.

— Où t'as trouvé ça ?

— C'est bien le truc qu'il t'avait montré ?

— Tu l'as chapardé dans sa caravane ?

— Je l'ai emprunté, c'est tout.

— Enfin, Clyde, pour l'amour du ciel !

— Tu pourrais m'expliquer comment ça fonctionne ?

Posant la boucle sur la table, il prit Kathy dans ses bras.

— Allez quoi, chérie, sois gentille. C'est pour ton père que je fais ça.

34

La lettre avait été déposée ce matin-là dans la boîte d'Helen. L'en-tête de l'enveloppe annonçait solennellement : *Université du Minnesota, Campus de Minneapolis-Saint Paul, Bureau des admissions*. La faculté de biologie avait décidé d'admettre Luke en première année, et le priait de confirmer son inscription pour la rentrée d'automne.

Helen se mit à crier à tue-tête, lui sauta au cou et lui dit qu'il s'était débrouillé comme un chef. Luke voulut annoncer la bonne nouvelle à Dan sur-le-champ, et comme le téléphone portable était une fois de plus en panne, ils descendirent à Hope pour l'appeler. Il insista pour qu'ils viennent le retrouver à Helena, car il voulait leur offrir un bon repas pour fêter ça.

— Les loups ne sont pas trop turbulents en ce moment, dit-il. Ils pourront se passer de nounous pendant quelques heures.

C'était le jour du mariage de Lucy Millward, et Luke s'en voulait de ne pas y être allé. Helen et lui avaient reçu chacun un carton d'invitation, et avaient chacun envoyé un cadeau, en indiquant qu'ils ne pourraient sans doute pas venir, leur travail avec les loups ne leur laissant pas un instant de répit. En réalité, ils n'avaient pas plus envie l'un que l'autre de se retrouver nez à nez avec le père de Luke ou avec Clyde, qui seraient de la fête tous les deux. Par contre, ils acceptèrent la proposition de Dan.

Il les emmena dans l'un des meilleurs restaurants d'Helena, où ils mangèrent et burent plus que de raison. Dan était d'humeur nettement plus joyeuse que la dernière fois. Apparemment, il avait cessé d'en vouloir à Helen. Quand Luke et Helen reprirent la route de Hope, le soleil se couchait. Tout en roulant, ils n'échangèrent que de rares paroles. Ils s'abandonnaient à une douce rêverie. Ils étaient bien. Ils étaient ensemble.

Après avoir garé leur véhicule devant la cabane, ils descendirent à pied jusqu'au lac. Luke s'amusa avec Buzz en lui jetant des bâtons dans l'eau. Allongée dans l'herbe, à côté de la vieille barque, Helen suivait leur manège des yeux. Quand le chien en eut assez de jouer, Luke vint s'asseoir à côté d'elle. Elle posa la tête sur ses cuisses, et s'abîma dans la contemplation des nuages qui tournoyaient au ciel, dans un flamboiement de rouges, d'orange et de violets.

— Quand j'étais petite, j'aimais me cacher, dit-elle.

— T-tous les enfants aiment ça.

— Oui, mais moi, je me cachais vraiment. Dans notre salle de séjour, il y avait de grandes baies vitrées donnant sur le jardin, avec d'immenses rideaux de velours rouge. Un jour, quand j'avais huit ans, je suis rentrée de l'école plus tôt que prévu, je me suis faufilée dans la maison en douce, et je me suis cachée derrière les rideaux. J'y suis restée cinq heures.

— Cinq heures ?

— Oui. J'étais complètement immobile. C'est à peine si je respirais. Mes parents ont pété les plombs. Ils ont appelé l'école, les voisins, ils ont téléphoné chez tous mes copains et copines. Comme personne ne

m'avait vue, ils se sont mis en tête qu'on m'avait kid-
nappée et ils ont appelé la police. Il y avait une rivière
pas loin de la maison. Une dame a déclaré aux policiers
qu'elle avait vu une fillette se promener le long de la
berge. Ils ont fait venir des hommes-grenouilles pour
explorer la rivière de fond en comble.

« A la tombée de la nuit, ils ont mis des projecteurs
en batterie et ont fait passer tout le quartier au peigne
fin par des hélicoptères équipés de phares puissants.
Ça a dû leur coûter je ne sais combien de centaines ou
de milliers de dollars. Je les entendais passer d'innombrables coups de fil, j'entendais ma mère qui pleurait
en poussant des cris affreux, tout ça à cause de moi, et
ce que j'avais fait était tellement épouvantable que je
ne pouvais pas sortir de ma cachette.

— Comment ça s'est terminé ?

— Je me suis pissé dessus et ma sœur a aperçu la
flaque sous les rideaux. C'est comme ça qu'ils m'ont
retrouvée.

— Et qu'est-ce qu'ils ont fait ?

Helen marqua un temps.

— Ils étaient dans tous leurs états, bien sûr. A la
fois soulagés et furieux. Je leur ai demandé : « Mais
enfin, pourquoi personne n'a eu l'idée de regarder derrière les rideaux avant de faire tout ça ? » La maison
grouillait de flics et d'assistantes sociales, des gens
hautement compétents, et pas un n'a pensé à regarder
derrière les rideaux !

— Est-ce que tu as été p-punie ?

— Oui, on m'a obligée à aller voir une psy pendant
un an. Elle m'a dit que j'essayais de m'évader de la
réalité, que c'est pour ça que j'aimais me cacher.

— Et toi, qu'est-ce que tu en penses ?

Helen le dévisagea.

— Tu ferais peut-être un bon psy, tu sais. C'est la
phrase qu'ils sortent à tout bout de champ : « Et vous,
qu'est-ce que vous en pensez ? »

560

Luke sourit.

— Alors ? Tu en penses quoi ?

— Je pense qu'elle avait mis le doigt dessus.

Luke fut à deux doigts de lui avouer qu'il s'était lui-même caché dans la forêt pour l'espionner quand elle était venue s'installer dans la cabane, mais il se ravisa in extremis. Et puis, tout à coup, il comprit pourquoi elle lui avait raconté cette histoire.

— Tu p-penses que nous aussi, on essaie de s'évader de la réalité ?

— Hon-hon.

— Moi, je t-trouve que c'est ça, la réalité.

Helen leva le bras et lui caressa la joue.

— Je sais.

— Ecoute, Helen, j'ai réfléchi. On p-pourrait voyager un peu cet été. Aller visiter l'Alaska, un truc comme ça. Et à l'automne, tu viendras vivre à Minneapolis avec moi. (Elle éclata de rire.) P-pourquoi pas ? Tu p-pourrais terminer ton mémoire.

— Oh, Luke, soupira-t-elle. Je ne sais pas.

— Mais explique-toi. Pourquoi pas ?

Il abaissa son regard sur elle. Son visage était dans l'ombre à présent, et le ciel était devenu trop sombre pour qu'il en discerne le reflet dans ses yeux. Il se pencha vers elle, l'embrassa. Elle le prit aux épaules, l'attira doucement à elle et quand ils furent allongés côte à côte, il sentit que la faim qu'ils avaient l'un de l'autre, cette faim miraculeuse et jamais assouvie, se propageait de leurs bouches à leurs membres.

Nous avons le même réflexe désormais, se disait-il. Quand nous devons nous poser des questions qui sont trop brutales pour l'esprit, nous y répondons avec nos corps.

Au moment où il entrait en elle, la vision d'une fillette figée dans une immobilité de statue derrière un rideau cramoisi se forma brièvement dans sa tête. Puis, tandis que la nuit les enveloppait de son linceul, la vision s'effaça, s'engloutit avec toutes ses peurs et tous ses chagrins dans le grand lac d'oubli de leurs chairs emmêlées.

Lucy Millward était manifestement beaucoup plus à l'aise sur un cheval que son futur époux. Doug et Hettie avaient veillé à ce qu'on lui donne le plus placide de tous, un hongre alezan dont le nom véritable était Zack, mais que Lucy surnommait volontiers Prozac. Dimitri n'avait peut-être pas été informé de cette particularité, car il se tenait en selle comme s'il avait été à califourchon sur l'un des quatre chevaux de l'Apocalypse, prêt à reprendre d'un instant à l'autre sa cavalcade effrénée vers l'enfer.

— C'est un citadin, tu comprends, avait murmuré Hettie à Eleanor un peu plus tôt, tandis qu'elles les regardaient se hisser sur leurs montures. Mais quand on possède cent puits de pétrole, qu'a-t-on besoin de chevaux ?

Les invités s'étaient installés sur des gradins formés de bottes de paille pour assister à la cérémonie. A l'entrée du corral, devant le portail décoré de rubans bleublanc-rouge agités par une douce brise, sur fond de soleil couchant au-dessus des montagnes, Lucy et Dimitri s'apprêtaient à échanger leurs vœux.

Leurs chevaux étaient côte à côte, face à la jument du pasteur qui donnait çà et là un bref coup de queue, comme pour souligner la gravité du moment. Les trois garçons d'honneur et les trois demoiselles d'honneur étaient alignés de part et d'autre des futurs époux, à cheval aussi bien entendu. Les filles étaient en robes blanches, les garçons arboraient des complets noirs avec des chapeaux de la même couleur, à l'exception de Charlie, le petit frère de Lucy, dont le sien, qui persistait à s'envoler, avait fini par trouver refuge entre les pattes de devant de son poney Shetland.

Les cheveux blonds de Lucy étaient piquetés de petites fleurs blanches, et le bas de sa robe d'organdi flottait gracieusement au vent, découvrant des bottes en vernis blanc. En dépit de sa raideur, Dimitri faisait assez bonne figure. Il portait un haut-de-forme, un frac, des bottes munies d'éperons d'argent, et un col cassé avec lavallière noire. Mis à part les caméras vidéo et la sonnerie grêle d'un téléphone portable, on aurait dit la reconstitution d'une scène typique du vieil Ouest.

Eleanor partageait une botte de paille avec Kathy. La botte voisine était occupée par Clyde et Buck. C'était la première fois qu'elle voyait Buck depuis qu'elle avait quitté la maison, mais elle ne se sentait pas aussi mal à l'aise qu'elle aurait pu le craindre.

Elle et Ruth étaient arrivées avant les autres pour aider Hettie à préparer le buffet. Quand Buck était arrivé à son tour, il l'avait ostensiblement ignorée. En le voyant serrer des mains à tour de bras avec force plaisanteries, Eleanor avait compris qu'il faisait exprès d'en rajouter à son intention. Il lui était devenu comme étranger. Il avait changé. Il semblait vieilli et un peu blafard. Sa peau n'avait plus le même éclat qu'avant. Il avait des marques rouges sous les yeux. Quand les invités sortirent en cortège de la maison pour se diriger vers le corral, il se décida enfin à la saluer.

— Bonjour, Eleanor, dit-il.

— Bonjour, Buck.

Elle lui sourit, mais il ne répondit à son sourire que d'un bref hochement de tête, et les choses en restèrent là. Eleanor n'en fut pas contrariée le moins du monde. En un sens même, ça l'arrangeait. Les autres l'avaient tous traitée avec des égards appuyés, lui demandant de ses nouvelles du ton qu'on prend avec quelqu'un qui vient de se faire amputer d'un membre. Ce qui du reste était assez approprié.

A vrai dire, cela faisait bien des années qu'elle ne s'était sentie aussi bien, aussi maîtresse de sa vie. Le fait de s'installer chez Ruth avec sa valise lui avait apporté un regain de jeunesse. Elle avait l'impression d'être libre. L'impression que le monde était de nouveau riche de promesses, même si elle ne savait pas au juste lesquelles.

Son amitié avec Ruth n'avait fait que s'approfondir. Durant leurs longues discussions, qui les entraînaient souvent jusqu'à des heures avancées de la nuit, elle avait une façon de formuler les choses qui obligeait Eleanor à tout considérer sous un angle nouveau, y compris son mariage. Elle avait toujours pensé que le donjuanisme dont souffrait Buck n'était dû qu'à un amour immodéré des femmes. Mais Ruth était persuadée du contraire. Elle pensait qu'il découlait plutôt d'un fond de mépris, voire même de peur, et que la sexualité ne lui servait qu'à prouver sa supériorité.

Leurs discussions n'étaient cependant pas toujours aussi sérieuses. Elles étaient même souvent très drôles. Cela faisait des années qu'Eleanor n'avait pas ri d'aussi bon cœur. Elle riait tant que parfois au moment de se coucher elle en avait les côtes douloureuses.

Tout ce qui lui manquait de son ancienne vie, c'était Luke. Mais il venait la voir deux ou trois fois par semaine. Un soir, il était même venu dîner avec Helen. Eleanor avait fait de son mieux pour le convaincre de venir au mariage de Lucy, mais elle savait qu'il refuserait et elle comprenait ses raisons.

— Vous pouvez embrasser la mariée, fit la voix du pasteur.

— Il va se casser la gueule, murmura Charlie Millward, faisant s'esclaffer les autres garçons d'honneur.

Lucy se pencha vers le malheureux Dimitri pour le tirer de ce mauvais pas, et l'assemblée leur fit une ovation.

Dans ces cas-là, la coutume voulait que les jeunes mariés piquent un petit galop ensemble, mais ne tenant pas à ce que la mort les sépare prématurément, Lucy et Dimitri se contentèrent de faire dignement le tour du corral au pas. Ensuite, ils passèrent une demi-heure à poser pour le photographe, tandis que les autres convives prenaient le chemin du corral voisin, où le buffet les attendait.

Le corral avait été décoré et fleuri pour l'occasion. On y avait installé de longues tables et des bancs, et une piste de danse avait été disposée en son centre. Elmer, le fils de Nelly, qui arborait son plus beau tee-shirt JÉSUS AIME LES BIKERS, grattait son violon avec un bel entrain, et le soleil couchant étincelait de tous ses feux, exactement comme sur le tableau que Kathy avait offert à Lucy. Les guirlandes électriques multicolores dont on avait festonné la clôture commençaient à faire leur petit effet.

C'est alors que l'incident se produisit.

Doug Millward fut le premier à percevoir le son. Alors qu'il sortait du corral voisin, où la séance de photo venait de s'achever, dans le sillage des jeunes mariés, Eleanor le vit s'arrêter et se tourner en direction du pâturage. Fronçant les sourcils, il demanda le silence. Les gens qui l'entouraient firent passer la consigne, qui mit un certain temps à parvenir jusqu'à Elmer. Mais quand le violon s'arrêta de jouer, et que plus personne ne fit aucun bruit, le son que le vent amenait jusqu'à eux devint parfaitement audible.

C'étaient des vaches poussant de terribles meuglements de détresse.

La nuit était claire, et la lune aux trois quarts pleine projetait leurs ombres sur la prairie en pente tandis qu'ils chargeaient leur équipement à l'arrière du pick-up. Ils s'étaient habillés chaudement et, bien que le copieux déjeuner que Dan leur avait offert leur pesât encore sur l'estomac, ils s'étaient préparé des sandwiches et une thermos de café.

Luke s'était déclaré prêt à passer toute la nuit dans la clairière s'il le fallait. Comme la louve alpha s'était retirée dans sa tanière exactement vingt-trois jours plus tôt, il était persuadé que ses petits allaient se montrer cette nuit.

Buzz n'ayant toujours pas compris qu'il n'était pas le bienvenu à ces veillées, Helen fut obligée de l'éjecter du pick-up et de l'empoigner par le collier pour le traîner de force jusqu'à la cabane. Au moment où elle refermait la porte, elle aperçut un faisceau de phares qui perçait la forêt en diagonale.

Qui aurait eu l'idée de venir leur rendre visite à une heure pareille ? Et puis, l'affaire du graffiti sur sa portière l'avait rendue méfiante. Elle alla rejoindre Luke et ils attendirent tous les deux, en silence, de pouvoir identifier le ou les intrus.

La voiture roulait à toute allure, en cahotant sur les restes durcis des fondrières hivernales, et ses phares étaient agités d'oscillations violentes. Ils ne la reconnurent ni l'un ni l'autre. C'est seulement quand elle vint se ranger à leur hauteur qu'Helen vit qu'elle était conduite par Ruth Michaels et que la mère de Luke était assise à côté d'elle. Les deux femmes descendirent de voiture, et avant même qu'elles aient ouvert la bouche, Helen comprit qu'il était arrivé quelque chose de grave. Luke s'avança vers sa mère.

— Qu'est-ce qui se passe, maman ? lui demanda-t-il.

— Les loups ont égorgé des veaux chez Doug Millward, et ton père les a abattus.

— Il a abattu les loups ?

— Il en a tué deux. Un des ouvriers de Doug avait un fusil. Il le lui a arraché des mains, et il les a abattus. Doug a essayé de l'en empêcher, mais il n'a rien voulu entendre. Il est en train de rameuter tout le monde. Ils veulent monter jusqu'à la tanière pour exterminer les loups qui restent.

— Ils savent où est la tanière ? demanda Helen.

— D'après Clyde, elle est juste au-dessus de chez Townsend.

— Ils sont allés au Dernier Espoir pour retrouver les fils Harding et ces jeunes bûcherons qui sont comme cul et chemise avec Clyde, expliqua Ruth. Ils vont s'enfiler quelques verres. Ensuite, ils monteront tous ensemble à la tanière.

Luke hochait la tête d'un air incrédule. Helen réfléchit à toute vitesse.

— Je vais appeler Dan, dit-elle.

Elle empoigna une torche électrique et se précipita vers la cabane. Elle arracha le téléphone portable de son socle, enfonça la touche de connexion et attendit la tonalité en jurant entre ses dents.

A présent, Ruth et la mère de Luke étaient debout sur le seuil. Luke alluma une des lampes, et Eleanor parcourut du regard l'intérieur de la cabane. C'était la première fois qu'elle voyait le nouveau logis de son fils. Helen comprit tout à coup que le téléphone était bel et bien mort.

— Merde ! s'écria-t-elle en le reposant brutalement sur son socle.

— Il ne s'est toujours pas re-ch-chargé ?

— Non. Putain de bordel de merde !

Elle réfléchit un instant.

— Luke, tu vas descendre jusqu'à la clairière avec ta mère et Ruth. Essayez de les raisonner. Moi, pendant ce temps-là, je vais tâcher de mettre les louveteaux à l'abri.

— Ils sont très excités, Helen, objecta Ruth.

— De t-toute façon, il ne nous écoutera pas.

— Alors, bloquez la route. Faites tout ce que vous pourrez pour les retarder. Il faut absolument gagner du temps.

— Helen, il n'y a que vous qui puissiez les raisonner, dit Eleanor.

— Je sortirai les louveteaux de la t-tanière.

— Tu n'as jamais fait ça, Luke. Il va falloir s'introduire dans le tunnel, ramper jusqu'au liteau. Si la mère essaie de s'interposer, ça peut être dangereux.

— Je me d-débrouillerai.

— Enfin écoute, Luke...

— Je te dis que j'en suis capable !

Helen eut une hésitation. C'était probablement vrai.

— Allez, d-dépêchons-nous !

— Tu auras besoin de quelque chose pour les transporter. Tes deux sacs en toile. Ils feront l'affaire.

D'un bond, Luke alla tirer ses sacs de sous la couchette et entreprit aussitôt de les vider. Helen se tourna vers Ruth.

— Il faut absolument qu'on joigne Dan. Vous pourriez vous charger de retourner à Hope pour l'appeler ?

— D'accord.

Helen inscrivit le numéro personnel de Dan sur un bout de papier et le lui tendit.

— Appelez aussi la police, le numéro d'urgence de l'Office, tous les gens qui pourraient nous être utiles. Dites-leur de nous retrouver dans la grande clairière, au-dessus de chez Townsend.

— Comptez sur moi, dit Ruth.

Elle sortit comme une flèche, et se précipita vers sa voiture.

Luke avait fini de vider ses sacs. A présent, il glissait des cartouches dans sa carabine.

— Tu n'en auras pas besoin, dit Helen.

— Non, mais t-toi, elle te sera peut-être utile.

Après s'être assuré que le cran de sûreté était en place, il lui tendit la carabine.

— Non, dit-elle.

— Prends-la.

Elle finit par lui obéir. Ensuite, elle prit la tronçonneuse, enferma Buzz dans la cabane et suivit Luke et sa mère qui se dirigeaient vers les véhicules à l'arrêt.

La voiture de Ruth était déjà loin. Après avoir posé la Winchester et la tronçonneuse à l'arrière du pick-up, Helen prit la seringue à rallonge et la deuxième torche électrique et les apporta à Luke, qui se hissait à bord de sa Jeep.

— Quand tu seras dans le tunnel, il faudra avancer très lentement. Et sois sur tes gardes, des fois qu'elle te sauterait dessus.

— Je sais.

— Tiens toujours la seringue en avant de toi. Elle te montrera d'abord les dents, mais ensuite elle essaiera de prendre la tangente.

— D'accord.

Il mit le contact et alluma ses phares.

— Qu-qu'est-ce que je fais des louveteaux ? Je les ramène ici ?

Helen n'avait pas pensé à ce détail. S'ils faisaient chou blanc à la tanière, ils se rabattraient forcément sur la cabane.

— Tu n'as qu'à les emmener chez Ruth, dit Eleanor.

— Entendu.

— Encore une chose, Luke, dit Helen.

— Oui ?

— Sois prudent.

Il eut un sourire, hocha la tête, puis claqua la portière. Tandis qu'il faisait demi-tour Helen et Eleanor s'installèrent à l'avant du pick-up. Helen craignit d'abord que le moteur ne refuse de répondre, mais à la troisième tentative, il se mit à ronronner. Elle ne tarda pas à rejoindre Luke, et suivit la lueur rouge de ses feux arrière le long du petit chemin encaissé qui serpentait parmi les arbres.

— Merci d'être venues nous avertir, dit-elle.

Sans détacher son regard des feux arrière de Luke, Eleanor leva la main gauche et lui pressa doucement l'épaule.

35

Arrivée à l'entrée de la tanière, la louve blanche s'immobilisa. Deux de ses petits, un peu plus gros et un peu plus hardis que les autres, lui filèrent entre les jambes et firent leurs premiers pas, encore bien incertains, dans le monde.

La lune baignait le paysage d'une clarté diffuse. Autour de la tanière, la terre tassée et durcie par les va-et-vient incessants des deux jeunes loups était jonchée d'excréments séchés et de débris d'os. L'un des louveteaux étrenna ses dents toutes neuves sur un os, mais ne lui trouvant que peu d'intérêt, le lâcha aussitôt. Une odeur nettement plus affriolante, toute proche, avait attiré son attention.

C'est cette odeur-là qui avait hanté sa mère toute la journée. Elle aurait pu provenir de quelque chose que lui avaient rapporté les deux jeunes loups, mais ils n'étaient pas revenus depuis le passage des humains, la nuit précédente. A moins que les humains eux-mêmes ne l'aient laissée derrière eux. Ses narines avaient décelé leur approche longtemps avant qu'elle n'entende leurs voix. Blottie au fond de sa tanière, l'oreille tendue, elle avait guetté leurs bruits. Au milieu des chocs lourds de leurs pas et des raclements de leurs semelles, elle avait perçu le déclic d'un objet métallique dont elle sentait toujours l'odeur, mêlée au fumet délicat de la viande fraîche. C'était une odeur âcre, un peu piquante, semblable à celle de la chose dont les mâchoires s'étaient refermées sur sa patte autrefois.

Mais pour les deux louveteaux, cette odeur n'avait aucune signification. Celle de la viande seule les intéressait. Toute la journée, ils avaient tenté de s'échapper de la tanière, et à chaque fois leur mère les avait saisis dans sa gueule et ramenés jusqu'au liteau. Mais au bout de toutes ces longues heures qu'elle avait passées à attendre que les deux jeunes loups lui apportent à manger, avec six petites bouches avides tirant en vain sur ses mamelles taries, la faim avait été la plus forte et elle avait fini par se laisser fléchir.

Le premier des deux louveteaux se dirigea vers l'odeur d'un pas un peu chancelant et néanmoins résolu, et sa mère suivit le mouvement, poussant le second devant elle du bout du museau, afin qu'il prenne le premier vrai repas de sa vie. Derrière elle, deux autres de ses petits, debout à l'entrée du tunnel, béaient à la lune en clignant des yeux.

Un petit bout de viande blanchâtre lui apparut, puis ses narines et ses yeux en découvrirent plusieurs autres, en tout point semblables, disposés en demi-cercle autour du premier. L'âcre odeur métallique émanait de la ligne qui les reliait entre eux. La ligne venait des humains. Un peu indécise, la louve renifla l'air.

Le premier louveteau flairait la viande, à présent. Il la frôla de la truffe, puis mordit dedans et l'attira délicatement à lui. Un imperceptible tressaillement parcourut la ligne, et la louve eut un violent sursaut, comme si elle venait d'apercevoir un serpent à sonnette. Cette chose était dangereuse, elle en était sûre à présent. Plus dangereuse même qu'un serpent. D'un bond, elle fut sur le louveteau.

Mais la viande était déjà dans sa gueule, et ses dents étaient en train de se refermer dessus.

Juste avant de quitter le chemin, Luke leur adressa un signe de la main. Helen lui répondit par un appel de phares, et continua sa route. Après avoir dissimulé la Jeep à l'endroit habituel, il prit les deux sacs et la seringue à rallonge et partit au pas de course dans la forêt.

Le terrain était semé d'embûches. Il dirigeait le faisceau de sa torche vers le bas, éclairant le sol devant lui, enjambant les rochers, les grosses racines et les troncs abattus. A plusieurs reprises, il trébucha et s'étala de tout son long dans les fourrés.

Il essaya de calculer le temps dont il disposait.

S'ils venaient de Hope, ils arriveraient par le nord. Ils prendraient d'abord la route qui longeait le domaine de Townsend, et une fois dans la forêt, bifurqueraient à gauche pour s'engager dans le chemin forestier. Mais comme il ignorait à quelle heure ils étaient partis, ça ne rimait à rien de faire des calculs. Une seule chose était sûre, c'est qu'il fallait qu'il se dépêche.

Il discerna enfin, de l'autre côté des arbres, la clairière doucement illuminée par la lune. Il éteignit sa torche, et tout en marchant sortit de sa poche la lunette à infrarouges de Dan. Il s'arrêta à la lisière de la forêt et se colla la lunette contre l'œil gauche. Au moment où il achevait de régler le viseur, un loup se mit à aboyer.

Debout à quelques pas de l'entrée de sa tanière, la femelle alpha lui aboyait dessus. Derrière elle, quelque chose s'agitait confusément. Au bout d'un moment, Luke parvint à distinguer les louveteaux qui refluaient pêle-mêle dans le tunnel. Leur pelage était beaucoup plus foncé que celui de leur mère, et il n'arriva pas à les dénombrer. La louve les poussait vers l'orifice, mais apparemment elle n'avait pas l'intention de s'y engager à leur suite.

Quand le dernier des louveteaux eut disparu, elle se mit à marcher de long en large, tout en regardant Luke et en aboyant. Elle revenait sans cesse à un certain endroit, pointait son museau vers le sol pour flairer quelque chose, puis relevait la tête et poussait une série d'aboiements qui s'achevaient en une longue plainte. Luke l'adjura mentalement de se taire. Elle annonçait sa présence au monde entier.

Après avoir remis la lunette à infrarouges dans sa poche, il pénétra dans la clairière. La louve n'était qu'à une cinquantaine de mètres de lui. En le voyant s'approcher, elle parut soudain moins résolue. Plusieurs fois, elle amorça un mouvement de fuite, la queue basse. Mais au bout de quelques mètres, rassemblant son courage, elle faisait demi-tour et revenait vers lui, en aboyant et en hurlant. Dans le clair de lune, Luke discerna une silhouette sombre à l'endroit où elle retournait sans cesse. Puis, entre deux aboiements, il perçut une espèce de couinement aigu qui ne venait pas d'elle, il en était sûr.

Quand il ne fut plus qu'à quelques pas de la tanière, la louve prit la fuite. Elle s'arrêta une vingtaine de mètres plus loin, et demeura sur place, les yeux fixés sur lui. Tout à coup, elle n'aboyait plus. Un autre couinement se fit entendre. Luke alluma sa torche électrique.

— Oh, bon Dieu, fit-il entre ses dents.

Après avoir placé son pick-up en travers de la route, Helen avait caché les clés sous un rocher. C'était un peu léger, comme barrage, mais une fois renforcé à l'aide d'un énorme pin qu'elle avait abattu à la tronçonneuse, il lui avait paru nettement plus consistant.

Elle s'était mise en devoir d'en abattre un second, projetant une pluie de copeaux en direction d'Eleanor qui l'éclairait de sa torche.

L'affaire ne lui prit que quelques instants. Au moment où elle arrivait au bout de sa coupe, elle fit un saut en arrière et cria à Eleanor de se garer. L'arbre oscilla puis, avec un craquement sinistre, tomba exactement où elle le voulait. Ensuite, la forêt qu'elles venaient de blesser dans sa chair les enveloppa à nouveau de son silence.

Elles étaient à un peu plus de deux kilomètres au nord de la clairière. De l'emplacement qu'avait choisi Helen, on avait vue sur la route qui montait de la vallée. Comme elle décrivait de nombreux lacets, entrecoupés de virages en épingle à cheveux, les phares de tout véhicule venant dans leur direction seraient visibles de très loin. Jusqu'à présent, elles n'en avaient aperçu aucun.

Une fois qu'Helen eut rangé la tronçonneuse à l'arrière du pick-up, Eleanor lui tendit la torche.

— Ça ne vous ennuie pas que je l'éteigne ? Les piles vont s'user.

— Ne vous en faites pas pour moi, dit Eleanor. J'aime bien l'obscurité.

Elle semblait parfaitement sereine, et Helen se demanda comment elle s'y prenait. Son cœur à elle battait à grands coups dans sa poitrine. Debout à côté du pick-up, les deux femmes restèrent silencieuses un moment, s'abîmant dans la contemplation de la lune. Quelque part dans la forêt, très haut au-dessus d'elles, un grand duc se mit à hululer.

— Vous n'avez pas froid ? demanda Helen.

— Pas du tout.

— Je donnerais n'importe quoi pour une cigarette.

— Jadis, j'aimais beaucoup le tabac moi-même.

— On dit que les femmes qui fument sont les meilleures...

— ... et que les hommes qui fument sont les pires.

574

— Si on arrête, est-ce que ça nous disqualifie ?

— Mais non, ça n'y change rien.

Elles s'esclaffèrent toutes les deux, puis le silence retomba.

— Peut-être qu'ils ne viendront pas, dit Helen au bout d'un moment.

— Ils viendront, vous pouvez en être sûre.

Eleanor fronça les sourcils, et elle ajouta :

— Ces bêtes-là doivent avoir quelque chose de particulier pour que les gens les haïssent à ce point. A votre avis, qu'est-ce que ça peut bien être ?

— Je n'en sais rien. Peut-être qu'elles nous ressemblent trop. On les regarde, et c'est un peu comme si on se voyait nous-mêmes. Des êtres capables de beaucoup d'amour, de beaucoup de sollicitude, qui vivent en société, mais qui sont aussi de redoutables prédateurs.

Eleanor médita un instant là-dessus.

— Peut-être qu'il y a aussi une part de jalousie.

— De la jalousie ? Pourquoi ?

— Parce qu'ils appartiennent encore à la nature, alors que nous avons perdu le contact avec elle.

Au moment où elle allait continuer, quelque chose accrocha son regard du côté de la vallée.

— Les voilà, dit-elle.

Deux phares venaient d'apparaître tout en bas de la route, à la sortie du premier virage. Le cœur d'Helen se remit instantanément à battre la chamade. Immobiles, les deux femmes fixaient la route des yeux. Une deuxième paire de phares surgit du virage, puis une troisième. Bientôt, elles perçurent des grondements de moteurs et des aboiements de chiens. D'autres véhicules émergèrent du virage. Cinq, six, sept... Il y en avait huit en tout, gravissant à la queue leu leu la longue pente tortueuse.

— Eh bien, nous y voilà, dit Helen.

Buck n'avait pas fait le décompte, mais à vue de nez ils devaient être une bonne vingtaine. Dans le nombre, il y en avait certains dont il se serait volontiers passé. Les deux fils Harding et leurs copains bûcherons avaient éclusé pas mal de verres avant de se mettre en route, et ils étaient tous assez allumés. Quelques-uns d'entre eux avaient même emporté des bouteilles, et à un moment il avait été obligé de stopper le convoi pour les menacer de les renvoyer chez eux s'ils n'arrêtaient pas de chanter et de pousser des braillements. Mais d'un autre côté, le nombre jouait en leur faveur. On n'allait quand même pas flanquer toute la population du village en taule.

Buck et Clyde étaient en tête à bord du pick-up de Clyde, et l'un des bûcherons avait pris place à l'avant, coincé entre eux, afin de leur servir de guide. C'était l'un des deux qui étaient montés jusqu'à la tanière avec Clyde cette nuit pour l'aider à poser cette espèce de boucle à la con. Ils auraient dû se contenter d'empoisonner le trou, ou d'y foutre le feu après l'avoir arrosé d'essence. Mais de toute façon, en arrivant là-haut, ils allaient régler le problème une bonne fois.

La colère qui bouillait en Buck s'était comme épurée. Quand il avait tué les deux loups, la rage l'aveuglait tellement qu'il ne savait pour ainsi dire plus ce qu'il faisait. On aurait dit que sa tête avait soudain pris feu, qu'il s'était produit en lui une espèce de gigantesque conflagration, faisant exploser d'un coup toutes les tensions qui s'étaient accumulées depuis des mois, à force de subir des avanies, de se faire envoyer sur les roses et d'essuyer des revers. A présent, la fumée noire qui l'avait enveloppé s'était dissipée, mais la colère couvait toujours en lui, aussi brûlante qu'un fer à marquer chauffé à blanc.

— Hé, vous avez vu ? s'exclama Clyde qui, les yeux plissés, fixait la route en avant de lui. On dirait que quelqu'un est arrivé là-haut avant nous.

Ils venaient de franchir le dernier virage, et la route s'aplanissait peu à peu. Sur la chaussée, à environ deux cents mètres d'eux, quelqu'un agitait une torche électrique. Puis, dans la lueur de leurs phares, ils distinguèrent les arbres placés en travers de la route, et le pick-up garé derrière eux.

— Mais qu'est-ce que... ? s'écria Clyde. C'est la zoologiste ! Et l'autre gonzesse à côté d'elle, c'est qui ?

Buck avait déjà compris qui c'était. La reconnaissant à son tour, Clyde se retourna vers lui.

— Mais qu'est-ce qu'elle fout là, Eleanor ?

Buck ne lui répondit pas. Elle a dû avertir Helen Ross de ce qui se préparait, se disait-il. Putain, c'est bien la peine d'être mariés !

— Arrête-toi ici, ordonna-t-il.

Ils n'étaient plus qu'à une quinzaine de mètres du barrage. En voyant qu'ils s'arrêtaient, Helen enjamba les troncs des pins et s'avança vers eux, en se plaçant une main en visière au-dessus des yeux pour ne pas être éblouie par leurs phares. Buck mit pied à terre, contourna sans hâte l'avant de la voiture et l'attendit, le dos appuyé au capot. Descendant à leur tour de leurs pick-up, les autres membres de sa troupe se dirigèrent vers l'avant pour voir ce qui se passait. Les chiens de Harding aboyaient à tue-tête.

— Bonsoir, monsieur Calder.

Buck la regarda sans rien dire. Elle n'en menait pas large, la petite garce.

— Je suis désolée, dit-elle, mais cette route est désormais condamnée.

— Tiens donc. Et qui en a décidé ainsi ?

— L'Office fédéral des eaux et forêts.

— Cette route appartient au domaine public.

— C'est exact, monsieur Calder.

Eleanor s'avançait dans leur direction à présent. Elle se figure sans doute qu'elle va me ridiculiser devant tout le monde, se dit Buck. Il évita de poser les yeux sur elle.

— Craig ? cria-t-il sans quitter Helen Ross des yeux. Amène-toi, tu veux.

— J'arrive, dit Craig Rawlinson en se frayant un chemin à travers la foule.

— Buck ? dit Eleanor, mais il fit comme si elle n'était pas là.

— D'après vous, shérif Rawlinson, est-ce que cette dame a le pouvoir de condamner une route qui est du domaine public ?

— Faudrait d'abord qu'elle ait un mandat officiel.

— Buck, insista Eleanor. Je t'en prie, arrête. Ç'a déjà été trop loin.

— Trop loin ? ricana-t-il. Tu verras ce que ça veut dire quand je me serai vraiment lancé.

La petite Ross se tourna vers Craig Rawlinson.

— Je n'arrive pas à croire que vous allez aider ces individus à commettre un délit.

— Si quelqu'un commet un délit ici, c'est vous. Vous obstruez une route qui appartient à tout le monde.

Helen Ross pointa l'index sur Buck.

— Cet homme vient d'abattre deux loups..., commença-t-elle, déclenchant l'hilarité générale. Et au lieu de le mettre en état d'arrestation, vous allez l'aider à en tuer d'autres.

— Je ne sais pas de quoi vous parlez. Retournez là-bas et dégagez la chaussée, sans quoi je vous arrête.

Il fit mine de la prendre par l'épaule, mais elle lui posa les deux mains à plat sur la poitrine et poussa de toutes ses forces, le faisant chanceler. L'un des bûcherons salua ce geste d'une acclamation sarcastique.

— Elle est coriace, cette nénette ! s'exclama Wes Harding.

Il y eut un nouvel éclat de rire général.

— Vous n'êtes qu'une bande de demeurés ! vociféra Helen.

Eleanor fit un pas en avant et lui mit une main sur l'épaule.

— En voilà des manières, dit-elle. Quand je pense qu'il y en a parmi vous que j'ai connus tout petits. Si vos mères vous voyaient, elles auraient honte. Vous feriez mieux de rentrer chez vous.

En entendant le son de sa voix, tellement mesurée, tellement raisonnable, le sang de Buck ne fit qu'un tour.

— Que quelqu'un fasse taire ces satanés chiens, gronda-t-il. Clyde ?

— Oui, Buck ?

— Qu'est-ce que t'attends pour virer ces arbres de la chaussée, bordel de merde !

Cela faisait dix minutes que Luke s'échinait à extirper les hameçons de la gueule du louveteau, mais les crochets étaient trop profondément enfoncés dans la chair, et en les retirant il n'aurait fait qu'ajouter aux dégâts. Tout au plus parvint-il à libérer le gosier du pauvre petit animal du morceau de viande qui menaçait de l'étouffer. Se rendant compte que l'hémorragie allait le tuer de toute façon, et que s'il perdait encore du temps il n'arriverait pas non plus à sauver les autres, il finit par jeter l'éponge et abandonna le louveteau dans la position où il l'avait trouvé, accroché au bout de son fil comme un poisson au bord de l'asphyxie.

Pendant ce temps-là, la louve n'avait cessé d'aboyer et de hurler en tournant sur elle-même avec agitation. De toute évidence, elle pensait qu'il était en train de lui assassiner son petit. Même après s'être introduit dans la tanière, il continua d'entendre ses cris.

Il avançait dans le tunnel en rampant, sa torche pointée devant lui. Il y avait moins d'espace que dans celui qu'Helen et lui avaient exploré l'été dernier. Il lui sembla qu'il était plus long aussi, et plus tortueux. L'animal qui l'avait creusé avait fait de nombreux détours pour éviter les rochers. Une légère odeur d'ammoniaque flottait dans l'air. Plus il avançait, plus elle s'intensifiait. Il se dit que ça devait être une odeur d'urine, et en conclut qu'il était arrivé à proximité du liteau.

Tendant son autre bras, il braqua la seringue à rallonge devant lui, dans le faisceau de sa torche, pour le cas où la louve se serait introduite dans la tanière par une autre issue, en se glissant parmi les rochers. Combien y aurait-il de petits ? Il n'en avait pas la moindre idée. D'après ce que lui avait dit Helen, une portée pouvait en compter jusqu'à dix.

Soudain, il perçut de petits geignements, et l'instant d'après, alors qu'il émergeait en rampant du dernier coude du tunnel, le faisceau de sa torche se posa sur eux. Rassemblés en un petit agrégat noir et velu au fond de la cavité qui abritait leur liteau, ils fixaient la lumière en clignant des yeux et en miaulant. Il n'arriva pas à les compter, mais il n'y en avait pas plus de cinq ou six.

— Là, là, leur dit-il d'une voix très douce. N'ayez pas peur, je ne vous ferai pas de mal.

Lâchant la seringue et la torche, il sortit le sac en toile qu'il avait fourré sous sa chemise, en ouvrit la fermeture éclair et se glissa jusqu'aux louveteaux en se traînant sur les coudes. Comme ils n'étaient que cinq, il aurait peut-être pu se contenter d'un seul voyage. Mais le tunnel était très exigu, et il ne voulait pas risquer d'en blesser un. Il décida de n'en emporter que trois et de revenir chercher les deux autres ensuite.

Il tendit le bras, en saisit un par la peau du cou et le souleva. Son pelage duveteux était tout ébouriffé. Il se mit à pousser des miaulements déchirants.

— Je sais, je sais, lui dit Luke. Excuse-moi.

— Ôtez votre pick-up de là, dit Calder.
— Non.

Helen était campée face à lui, les bras croisés sur la poitrine, s'efforçant de prendre l'air implacable d'un représentant de l'Etat sûr de son fait. Mais il la dominait de deux bonnes têtes, et elle commençait à avoir les jambes en coton. Elle s'était adossée à la portière du conducteur, et regrettait de ne pas l'avoir verrouillée avant de planquer les clés. Elle avait perdu toute notion du temps. Tout ce qu'elle savait, c'est qu'il en faudrait plus que ça à Luke pour mettre les louveteaux à l'abri.

Voyant qu'elle n'arriverait pas à fléchir son mari, Eleanor s'était rabattue sur son gendre, qui dirigeait les opérations de déblayage, et elle essayait de lui faire entendre raison. Les fils Harding avaient déjà ôté l'un des deux pins de la chaussée, et à présent ils s'attaquaient au second. Eleanor parlait et Hicks se contentait de secouer la tête, sans la regarder.

— Barre ton tas de boue de là, salope ! brailla quelqu'un.

Helen jeta un coup d'œil en direction de l'homme qui venait de crier, et elle reconnut le barbu avec qui elle s'était accrochée à la sortie du tribunal. Comme certains de ses copains, il avait un fusil à la main à présent. D'autres, ayant arraché des branches, les entouraient de chiffons et les enduisaient de poix.

— Quelle bonne idée, les gars ! leur lança Helen. On aura droit à la croix enflammée aussi ?

— Tu aimerais qu'on t'y cloue ?

— Craig ! fit Buck. Est-ce que ce véhicule obstrue illégalement la route ?

— Ça, y a pas de doute.

Buck se retourna vers Helen.

— Vous allez le déplacer ou pas ?

— Non.

Regardant par-dessus son épaule, il jeta un coup d'œil à l'intérieur du pick-up.

— Donnez-moi les clés.

Il lui tendit sa main ouverte. Helen eut envie de cracher dedans, mais elle se contint. A quelques pas de là, Eleanor tentait de raisonner Abe Harding, lui disait qu'il avait déjà bien assez d'ennuis comme ça et qu'il risquait de moisir longtemps en prison, mais il ne l'écoutait pas. Ses fils étaient en train de remorquer le second arbre avec leur pick-up. Les deux chiens, attachés sur la plate-forme arrière, continuaient de s'égosiller.

L'une après l'autre, les torches s'allumaient.

Buck Calder esquissa un geste vers la portière, mais Helen recula d'un pas pour lui bloquer le passage. Tout à coup, elle se souvint qu'il l'avait déjà plaquée une fois contre la portière, et il parut s'en souvenir aussi, car il battit en retraite de quelques centimètres, pour ne pas être à la portée de son genou.

— Clyde ? Va me chercher une corde, dit-il en s'éloignant.

— C'est pour la gonzesse ou pour la bagnole ? s'exclama Ethan Harding.

Ils éclatèrent tous de rire. Un des hommes passa une corde à Clyde, et il se dirigea vers le pick-up. Helen fit volte-face, ouvrit la portière à la volée, plongea une main à l'intérieur et tira la Winchester de Luke de sous la banquette.

Elle braqua la carabine sur Clyde, et l'arma. Il s'arrêta net, et tout à coup ce fut le silence. D'un geste très lent, Buck Calder se retourna vers Helen et ses yeux se posèrent sur la Winchester. Helen avala sa salive.

— Barrez-vous, dit-elle. Rentrez chez vous.

Ils la regardaient tous d'un air médusé. Tout à coup, Eleanor avait l'air effrayé. Les sourcils froncés, Calder regardait la carabine. Voyant qu'il faisait mine de s'avancer vers elle, Helen déplaça le canon de son arme et le braqua sur lui. Il eut une imperceptible hésitation, puis il reprit sa marche.

— Où avez-vous trouvé ça ?

Helen ne lui répondit pas. Elle avait le souffle court,

et elle savait que sa voix trahirait sa terreur, qui devait déjà n'être que trop évidente. Calder continua d'avancer, et ne s'arrêta que quand le canon ne fut plus qu'à quelques centimètres de sa poitrine.

— C'est la carabine de mon défunt fils, dit-il d'une voix presque murmurante. Comment osez-vous me menacer avec ?

Sur quoi il empoigna la Winchester par le canon et la lui arracha des mains.

Quand Luke émergea du tunnel avec son premier chargement de louveteaux, leur mère l'attendait juste devant l'entrée, et l'espace d'un instant il crut qu'elle allait lui sauter dessus. Mais elle amorça un mouvement de recul, en aboyant et en grondant, ses babines retroussées découvrant ses crocs et ses gencives. Luke cria, lui agita la seringue sous le nez, et elle se décida enfin à détaler.

Mais elle ne s'était éloignée que d'une vingtaine de mètres, et elle aboyait toujours. Luke fut pris d'une inquiétude. S'il retournait dans la tanière en laissant son premier chargement de louveteaux dehors, elle était fichue de revenir sur ses pas et de les emmener Dieu sait où. Pour plus de sûreté, il aurait peut-être dû transporter son sac jusqu'à la Jeep. Mais le temps lui manquait, et du reste elle aurait pu se glisser dans la tanière pendant son absence et se faire la paire avec les deux louveteaux restants.

Sans prendre garde aux gémissements qui en émanaient, il plaça le sac dans une anfractuosité, le calant du mieux qu'il pouvait entre ses parois. Ensuite, il ramassa de grosses pierres et les entassa devant. Ça n'empêcherait pas la louve de passer, mais ce serait toujours un peu de temps de gagné. Pendant qu'il édifiait ce piètre rempart, il s'efforça d'ignorer les hurlements du louveteau supplicié. Le fil d'acier auquel il était accroché formait un grand cercle autour de la tanière.

En voyant cela, Luke s'était demandé quel esprit pervers avait pu concevoir un piège aussi diabolique.

A la fin, les cris de douleur lui devinrent intolérables, et tout en sachant que cela risquait de lui faire perdre un temps précieux, il ne put s'empêcher de tenter encore une fois de délivrer la pauvre bête de son hameçon. Pendant qu'il s'échinait en vain sur les crochets, la louve folle d'angoisse tournait frénétiquement autour de lui.

Soudain, ses vociférations se turent, et Luke perçut un lointain grondement de moteur, puis des aboiements de chiens. Levant les yeux vers le haut de la clairière, il vit des phares balayer le ciel.

Abandonnant le louveteau, il empoigna la torche et le sac vide et s'enfonça de nouveau dans le tunnel.

La longue file de pick-up et de voitures s'arrêta en surplomb de la clairière, et les hommes mirent tous pied à terre. Pour la plupart, ils étaient armés de fusils. Ceux qui n'en avaient pas brandissaient des lampes électriques ou des torches enflammées. Abe Harding tenait ses chiens en laisse, à présent. Leurs aboiements étaient plus frénétiques que jamais.

Buck était debout à côté du pick-up de Clyde, la Winchester d'Henry à la main. Son sang bouillait encore, et la vision de cette petite salope en train de la braquer sur lui l'obnubilait. Il aurait tant aimé lui démolir son joli petit minois, à cette écolo à la manque. Heureusement que Craig Rawlinson l'avait emmenée à l'écart pendant qu'ils remorquaient son tas de ferraille pour dégager la chaussée. La haine qu'il éprouvait envers Eleanor était tout aussi virulente. Comment avait-elle pu prendre le parti de cette salope, se dresser contre son propre mari ? C'était le monde à l'envers.

Diplomate, Rawlinson avait proposé de rester en bas avec les deux femmes. Buck s'était empressé d'accepter, sachant qu'ainsi le shérif adjoint pourrait prétendre qu'ils avaient perpétré ce délit à son insu.

— Montre-moi où c'est, dit-il.

Clyde pointa l'index vers la clairière.

— Là, en plein milieu. A deux cents mètres d'ici. Tu vois les rochers ?

— Oui.

— La tanière est dessous.

— Regardez ! brailla Wes Harding. En voilà un !

Il désignait l'orée de la clairière. Aussitôt, tous ceux qui disposaient d'une torche électrique la braquèrent dans cette direction. Une ou deux seulement avaient une portée suffisante, mais ce fut assez pour leur révéler la silhouette d'une louve blanche, solidement campée sur ses pattes, qui les fixait effrontément des yeux. Et tandis qu'ils la contemplaient ainsi, elle se permit en plus de se mettre à gronder d'un air menaçant.

Buck épaula la Winchester, mais trois ou quatre de ses compagnons avaient eu des réflexes plus rapides, et plusieurs détonations éclatèrent simultanément.

Personne n'aurait pu dire combien de projectiles l'avaient atteinte, mais elle fut projetée en l'air, et quand elle retomba par terre, elle était morte.

— Ecoutez-moi tous ! s'écria Buck. Ces loups, j'en fais mon affaire personnelle. J'en ai déjà zigouillé deux aujourd'hui, et si quelqu'un doit atterrir en taule, ça ne peut être que moi. S'il y en a un autre qui se montre, vous me le laissez, compris ?

Les hommes acquiescèrent en grommelant.

— Abe et moi, on sera compagnons de cellule. Hein, Abe ?

Harding resta de bois.

— Bon, vous avez pris les pelles et le bidon d'essence ?

Les bûcherons lui crièrent qu'ils les avaient.

— Alors allons-y.

La descente ne fut pas aussi facile qu'il y paraissait. Ils durent escalader d'énormes troncs qui leur barraient le passage, butèrent contre des souches, s'empêtrèrent dans des racines. Clyde ouvrait le cortège, sa torche électrique à la main. Buck avait débloqué le cran de sûreté de la Winchester, et il ne quittait pas la tanière des yeux. Il n'était pas question qu'il se laisse doubler par un de ces poivrots débiles si un autre loup se montrait.

Ils approchaient du milieu de la clairière à présent, et l'orifice noir de la tanière se dessinait nettement dans la lumière blafarde de la lune. Soudain, Buck y discerna un mouvement. Un autre loup était sur le point d'émerger. Il se retint de crier, car il savait qu'en dépit de ce qu'il venait de leur dire, les autres auraient ouvert le feu aussitôt.

D'une voix très basse, il ordonna à Clyde de s'arrêter.

— Il y en a un qui sort, dit-il. A mon signal, braque ta loupiote sur lui.

Il épaula son fusil et ajusta sa mire sur la forme indécise qui se profilait dans l'orifice.

— Vas-y !

A la seconde précise où le faisceau de la torche atteignait sa cible, Buck appuya sur la détente et un bruit de tonnerre lui emplit les oreilles.

Un cri perçant, épouvantable, fit écho au coup de feu.

Comme tous ceux qui l'entendirent, Buck comprit instantanément que ce n'était pas un loup qui l'avait poussé.

— Luke ? Luke ?

C'est la lune qui criait son nom. Pourquoi l'appelait-elle ? Qu'est-ce qu'elle pouvait bien lui vouloir ? Et d'où venaient ces nuages rouges tourbillonnants derrière lesquels elle disparaissait sans cesse, et dont tout à coup elle rejaillissait ? Mais ces nuages avaient une consistance liquide, et ils étaient très près, beaucoup trop près, on aurait dit qu'ils étaient dans ses yeux. Il s'aperçut vite qu'il pouvait les diriger à volonté. Quand le rouge lui envahissait les yeux, il suffisait qu'il batte des cils pour que sa vision s'éclaircisse et que la lune reparaisse, débarrassée de ses nuages. Elle continuait de l'appeler.

— Luke ? Tu m'entends, Luke ?

On aurait dit la voix de son père, mais c'était impossible, son père ne lui parlait plus. Il y avait d'autres voix aussi, des voix qu'il ne connaissait pas. Leurs ombres s'interposaient entre la lune et lui, et il aurait voulu qu'elles s'en aillent, qu'elles le laissent la contempler en paix.

Il voulut le leur dire, car il avait une voix, lui aussi. La voix qu'Helen lui avait trouvée. Mais où avait-elle bien pu passer ? Est-ce qu'Helen la lui avait reprise ? Au creux de son gosier, à l'endroit où elle logeait d'ordinaire, il n'y avait plus qu'une espèce de vide glacial, pareil à un trou dans une congère. C'était la seule sensation qui lui restait, hormis celle qu'il éprouvait en clignant des paupières. Il se passait quelque chose d'anormal avec son œil gauche. Il était obstrué par une espèce de liquide épais et gluant que ses battements de cils n'arrivaient pas à chasser.

Tcheuk-tcheuk-tcheuk.

Une deuxième lune venait de surgir au ciel, à moins que ce ne soit une étoile, ou une comète. Mais elle était basse, très basse, et extraordinairement brillante. Sa lueur aveuglante lui faisait mal aux yeux. Elle descendait vers lui, dans un grondement de tonnerre. Le grondement était de plus en plus proche.

Tcheuk-tcheuk-tcheuk-tcheuk.

De nouveau, les nuages rouges recouvrirent tout.

Ce n'étaient pas des nuages, mais des rideaux. Des rideaux rouges se refermant sur le ciel. Et cette fois, il eut beau battre des cils, les rideaux ne se rouvrirent pas. Quelqu'un essayait de les tirer à sa place, mais obstinément ils se refermaient.

Des rideaux cramoisis.

Tcheuk-tcheuk-tcheuk-tcheuk-tcheuk.

Où es-tu, Helen ?

Il aurait voulu qu'elle lui rende sa voix, afin qu'il puisse lui parler, la toucher, sentir autre chose que ce vide glacial dans sa gorge. A présent, il y avait beaucoup de monde. Apparemment, d'autres gens venaient d'arriver, ils lui enfonçaient des choses pointues dans les bras, lui plaçaient une espèce de masque sur le visage.

Où était passée Helen ?

L'espace d'un instant, il crut entendre sa voix au milieu du brouhaha des autres voix, il crut l'entendre crier son nom. On le soulevait à présent, on l'emmenait. Les rideaux rouges s'étaient refermés pour de bon. Quand ils s'écarteraient de nouveau, peut-être qu'elle apparaîtrait. Peut-être qu'il serait là lui aussi, debout à côté d'elle.

Deux statues de pierre, la main dans la main.

ÉTÉ

36

Assise seule à une table de la cafétéria du centre commercial, Eleanor sirotait un soda en regardant défiler la foule. Comme on était en plein pont du 4 Juillet, il y avait énormément de monde. La cafétéria était dans un angle, tout près des escalators. Elle comportait deux larges comptoirs, où l'on servait des plats des origines ethniques les plus variées, leur seul point commun étant d'être vite faits et frits dans l'huile. Son minuscule patio était agrémenté de quelques bacs de plantes vertes. Les tables en plastique blanc étaient surmontées de parasols bleu et blanc. Comme la coque de verre hermétique qui enveloppait le centre commercial ne laissait rien filtrer des éléments, Eleanor ne voyait pas très bien l'utilité de ces parasols. Peut-être qu'ils n'étaient là que pour protéger les consommateurs de toute chute intempestive d'objets en provenance de l'escalator.

La table voisine était occupée par un groupe d'adolescentes qui essayaient du vernis à ongles et des produits de beauté qu'elles venaient d'acheter. De temps à autre, elles pouffaient bruyamment de rire ou se mettaient à crier à tue-tête pour héler quelqu'un qui montait ou descendait par l'escalator. La serveuse était déjà revenue deux fois pour les prier de mettre une sourdine. Un peu plus loin, un jeune couple donnait le biberon à ses jumelles, deux blondinettes rieuses qui prenaient leurs aises dans la plus splendide poussette à deux places qu'Eleanor ait jamais vue.

Elle jeta un coup d'œil à sa montre. Il avait dix minutes de retard. Peut-être qu'il avait eu du mal à s'orienter. Elle savait qu'il avait une sainte horreur de ces endroits, mais son coup de fil l'avait prise au dépourvu, et aucun autre lieu de rendez-vous ne lui était venu à l'esprit. Le centre commercial était juste en face de l'immeuble où elle avait loué un appartement.

A l'idée de revoir Buck au bout de tout ce temps, Eleanor n'éprouvait aucune angoisse, seulement de la tristesse. C'est à l'hôpital qu'ils s'étaient croisés pour la dernière fois, par cette fatale nuit où les armes avaient parlé, alors que les chirurgiens tentaient l'impossible pour sauver la vie de Luke. Eleanor n'avait pu se résoudre à poser les yeux sur Buck, et encore moins à lui adresser la parole. Mais aujourd'hui, elle était bien décidée à ne pas adopter la même attitude.

Quand il lui avait téléphoné, sa voix avait tellement changé qu'elle n'avait pas compris tout de suite qui il était. Il avait fallu qu'il se nomme, et il lui avait semblé bien étrange de ne pas reconnaître la voix d'un homme dont elle avait partagé la vie pendant tant d'années.

Elle l'aperçut, tout au bout de la galerie marchande, allant du même pas que son reflet dans les vitrines. Il penchait un peu la tête, et le bord de son chapeau dissimulait le haut de son visage. A sa démarche hésitante, presque maladroite, on voyait qu'il ne se sentait pas à sa place dans cet endroit. Il était vêtu d'une chemise western bleu pâle et d'un jean noir qui semblait trop grand de deux tailles. Quand il fut plus près, Eleanor s'aperçut qu'il avait beaucoup maigri.

Les gamines de la table voisine, qui venaient de régler leurs consommations, déferlèrent hors du patio comme une volée de moineaux, et l'une d'elles entra en collision avec Buck. Il fit un pas en arrière, tituba, et l'espace d'un instant Eleanor crut qu'il allait tomber. Mais il retrouva son aplomb. La gamine se répandit en excuses, puis ses copines l'entraînèrent. Elles s'éloignèrent en riant comme des folles et en accablant l'étourdie de sarcasmes.

Debout à l'entrée du patio, Buck rajustait son chapeau en cherchant le visage d'Eleanor dans la foule. Elle fut obligée de lui faire un signe pour qu'il l'aperçoive enfin.

— Je suis en retard, excuse-moi, lui dit-il en s'avançant vers elle. Je ne savais plus par quelle porte il fallait entrer.

— Ce n'est pas grave, dit-elle en souriant.

Buck s'assit, et la serveuse fit aussitôt son apparition. Il commanda un café et, se tournant vers Eleanor, lui demanda :

— Tu veux quelque chose ?

— Je me contenterai de mon soda.

Quand la serveuse se fut éloignée, ils restèrent silencieux pendant un assez long moment, ne sachant que dire ni l'un ni l'autre.

— Alors, fit Buck à la fin, le grand départ est pour demain ?

— Après-demain.

— Mais oui, suis-je bête. C'est un vol direct pour Londres ?

— On a une escale à Chicago.

— Ah bon. Et ensuite ?

— On passera une semaine en Irlande, et de là on gagnera Paris, puis Rome. Après, on retournera à Londres pour quelques jours, et on reprendra l'avion pour Great Falls.

— Ça fait un sacré voyage.

— Tu sais bien que j'ai toujours eu envie de faire le tour du monde, dit Eleanor en souriant.

— C'est vrai.

— Je crois que Lane est contente de pouvoir partir un peu.

— Ça, tu peux en être sûre. Elle me l'a dit. Vous aviez bien besoin de passer un moment ensemble.

— Oui.

Quand la serveuse lui eut apporté son café, Buck se mit à le contempler d'un œil vide en le remuant machinalement avec sa cuillère, ce qui n'avait guère de sens, puisqu'il l'avait pris comme toujours sans sucre ni crème. Eleanor en profita pour l'examiner à la dérobée. Il faisait vraiment peine à voir. Il s'était rasé de travers, et une touffe de poils gris lui déparait le menton. Sa chemise était toute fripée.

— A ce que m'a dit Lane, la maison que tu t'es achetée à Bozeman est vraiment très bien.

— C'est vrai qu'elle est charmante. Plutôt petite aussi, il faut le dire. Mais je n'ai pas besoin de beaucoup d'espace.

— Evidemment.

— On t'a dit que Ruth allait s'installer à Santa Fe ?

— Oui, fit Buck en hochant la tête. On me l'a dit.

Ils restèrent muets pendant quelques instants. La musique que les haut-parleurs diffusaient en sourdine fut momentanément interrompue par une annonce. On cherchait les parents d'un garçonnet qui s'était perdu dans le dédale des galeries.

— Tu sais, Eleanor, ce qui s'est passé entre Ruth et moi, ce n'était pas vraiment...

— Laisse, Buck. C'est du passé, tout ça.

— Je sais, mais...

— C'est du passé, je te dis.

Il hocha la tête, baissa de nouveau les yeux sur son café, et se remit à le touiller.

— Comme tu voudras, dit-il.

— Comment ça se passe, au ranch ?

— Plutôt bien. J'ai cédé la conduite d'une bonne partie de mes affaires à Kathy.

— Elle m'en a parlé.

— C'est une fille formidable. Clyde ne lui arrivera jamais à la cheville.

— Il apprendra.

— Peut-être.

— C'est incroyable ce que Buck junior grandit vite.

Buck éclata de rire.

— Ça, tu peux le dire ! Il est rudement bien parti. S'il continue comme ça, d'ici un an ou deux c'est lui qui nous régentera tous.

Là-dessus, il se décida enfin à boire une gorgée de café. Eleanor lui demanda si la date de son procès avait déjà été fixée.

— D'après ce que j'ai compris, il devrait avoir lieu vers le mois de septembre. Kathy t'a mise au courant, pour Clyde ?

Eleanor hocha affirmativement la tête. On avait relevé les empreintes de Clyde sur cette horrible boucle en fil de fer. Mais en fin de compte le procureur avait renoncé à l'inculper, sans doute parce que Buck avait décidé de plaider coupable en s'attribuant la responsabilité de tout ce qui s'était passé. Eleanor savait que Kathy ne se pardonnerait jamais d'avoir expliqué le fonctionnement de l'engin à son mari.

— A quoi va-t-on te condamner ? Tu en as déjà une idée ?

— Je risque d'écoper d'un an, peut-être même plus. Mais pour tout te dire, la longueur de ma peine m'indiffère complètement.

— Oh, Buck.

Eleanor avait envie de tendre le bras par-dessus la table et de lui prendre la main, mais elle se contint. Le visage de Buck se contracta. Il avait du mal à refouler ses larmes. Le pauvre, se dit-elle, il a déjà été assez puni comme ça.

— A chaque fois que je pense à Luke, j'ai envie de...

— Arrête, Buck, je t'en prie.

— Je sais, ça sert à rien.

Il inspira un grand coup, retint son souffle un moment, puis le relâcha lentement, par saccades. Là-dessus, il renifla et son regard revint se poser sur Eleanor. Il éclata d'un rire un peu forcé.

— D'ailleurs, à ce que m'ont dit les fils Harding, la prison a tout d'un camp de vacances. Il paraît que leur vieux ne s'est jamais autant amusé de sa vie.

Eleanor eut un sourire. Le jeune couple aux jumelles se dirigeait vers la sortie. Elle observa le visage de Buck au moment où ils passaient devant lui. L'une des deux fillettes lui décocha un sourire radieux, et aussitôt ses yeux se remplirent de larmes. De toute évidence, ses nerfs étaient constamment à deux doigts de craquer. Eleanor resta coite en attendant que l'alerte soit passée. Quand il trouva enfin la force de reposer les yeux sur elle, il lui dit :

— Je voulais seulement que tu saches que... Je suis navré, Eleanor. Si tu savais comme je suis navré.

Ils montèrent le plus haut possible, et quand ils arrivèrent au bout du dernier chemin carrossable, une pâle lueur rose pointait à l'est, au-dessus de l'horizon. Hope, deux heures auparavant, leur avait fait l'effet d'une ville fantôme. Au moment où ils passaient le pont, le regard d'Helen s'était posé sur l'église, et elle s'était souvenue du jour où Dan lui avait raconté l'histoire de la route pavée de crânes de loups, il y aurait bientôt un an.

Cette fois, Dan ne prononça pas une parole, et Helen non plus. Ils suivirent la rue principale sans rencontrer âme qui vive, à l'exception d'un chat noir qui s'immobilisa un court instant dans la lueur de leurs phares pour leur jeter un coup d'œil furtif, puis repartit ventre à terre en direction du trottoir.

Leur camionnette de location était vert foncé et sans aucun signe distinctif, hormis la boue dont ils l'avaient éclaboussée au cours de leur expédition nocturne. L'affaire une fois terminée, ils redescendraient avec jusqu'à la cabane, et Dan s'en servirait pour le déménagement. Ils la chargeraient de tout ce qu'Helen ne souhaitait pas conserver, et à la fin de la journée la cabane serait aussi vide que le jour où elle était venue s'y installer. Les souris n'auraient plus qu'à en reprendre possession.

Le chemin était de plus en plus défoncé, plein d'ornières et de nids-de-poule. La camionnette tressautait à chaque cahot, et les deux cages faisaient un bruit de ferraille à l'arrière. C'était la première fois qu'Helen s'aventurait en haute montagne depuis le jour où Luke l'avait guidée jusqu'à l'ancienne tanière. Elle le revoyait sortir en rampant du tunnel, se souvenait de l'étrange expression qu'avait prise son visage maculé de terre lorsqu'il lui avait dit que c'était un endroit parfait pour mourir.

— Je crois qu'on ne peut pas aller plus loin, dit Dan.

— C'est un endroit qui en vaut bien un autre.

— D'accord.

A cet endroit du chemin, les mauvaises herbes et les fleurs reprenaient leurs droits, et un peu plus loin il disparaissait brusquement pour faire place à une étendue de rochers plats. A gauche, il aboutissait à une pente abrupte, semée d'éboulis, qui dévalait à travers les arbres en formant une sorte d'entonnoir étroit. Tout en bas, dans le jour naissant, Helen discerna une prairie pleine de fleurs aux couleurs indécises et, au-delà, la lueur argentée d'un ruisseau qui charriait encore de la neige fondue.

Dan manœuvra la camionnette de façon à ce que sa porte arrière soit juste en face du sommet de l'entonnoir. Ensuite il coupa le contact et se tourna vers Helen.

— Tu ne vas pas craquer, au moins ?

— Mais non, ne t'en fais pas.

— Exactement comme au bon vieux temps, hein ? Prior et Ross, une équipe de rêve pour loups alpha.

Helen sourit.

— Qu'est-ce que tu vas faire ? lui demanda-t-elle.

— De ma vie ? J'en sais trop rien. Peut-être que je vais me mettre en quête d'un vrai travail. Ma mère me disait toujours que je ferais mieux de « m'occuper de mes semblables », et je lui répondais : c'est ça, je vais ouvrir un salon mortuaire.

— A ce que je vois, ton sens de l'humour a toujours été plutôt lourdingue.

— On ne peut rien te cacher.

Dan avait remis sa démission dès le lendemain de la fusillade. Ses supérieurs avaient essayé de le dissuader en l'assurant qu'il n'avait rien à se reprocher, mais il leur avait répondu qu'il en avait tout simplement sa claque des loups. Il avait toutefois consenti à rester à son poste jusqu'à ce qu'ils lui aient trouvé un successeur. Son remplaçant devait arriver dans un mois.

— Je vais probablement rester dans la région jusqu'à ce que Ginny ait terminé ses études secondaires. Ensuite, j'irai peut-être m'installer ailleurs.

Ils restèrent silencieux un moment. Dan leva les yeux et regarda le ciel.

— Il va bientôt faire jour, dit-il. Il est temps de frapper les trois coups. Tu es prête ?

— Archiprête.

Ils mirent pied à terre et gagnèrent l'arrière de la camionnette. Helen éclaira Dan à l'aide de la torche électrique, car il avait besoin de lumière pour déverrouiller le cadenas. Ensuite, il actionna la poignée et ouvrit les deux battants en grand.

Ils ôtèrent les bâches, découvrant les deux cages jumelles dont l'aluminium luisait sourdement dans la clarté de la torche. C'était dans des cages semblables qu'on avait amené du Canada les loups destinés à repeupler le Yellowstone. Des caisses rectangulaires d'un mètre vingt de long sur un peu moins d'un mètre de haut, avec un dessus à claire-voie et une porte à ouverture verticale. Des brancards amovibles, qui coulissaient latéralement, permettaient de les transporter à l'aise.

— J'espère qu'on les a avertis que les naturels du coin n'étaient pas tendres avec les loups, dit Dan.

— Je croyais que c'étaient des loups végétariens.

— Oui, mais il ne s'agit peut-être que d'une lubie passagère.

Helen préférait ne pas savoir d'où ils venaient. C'est Dan qui se les était procurés, par des moyens connus de lui seul. Tout ce qu'elle savait, c'est qu'il s'agissait d'un couple de loups alpha, sans bague ni collier, dont personne ne pourrait suivre la piste. Dan et elle en avaient pris livraison un peu avant minuit, dans un lieu secret, à une quinzaine de kilomètres de la frontière canadienne. Personne n'était là pour les accueillir. Il n'y avait que les deux cages, qu'on avait laissées à leur intention, bâchées et grossièrement camouflées avec des branchages.

Helen passa derrière la première cage et fit coulisser les brancards.

— Tu es prêt ?

— Vas-y.

— A trois, on la soulève. Un, deux, trois.

Après avoir posé la première cage au sommet de l'entonnoir, ils répétèrent la même manœuvre avec la seconde. Ensuite, ils déverrouillèrent les portes et les levèrent toutes les deux. Elles étaient chacune doublées d'une grille à barreaux verticaux, derrière lesquels ils distinguaient à présent deux paires d'yeux de la couleur jaune doré de l'ambre qui les observaient avec défiance.

— Bonjour, messieurs-dames, fit Dan. C'est bien vous qui avez réclamé le réveil à quatre heures ?

Se tournant vers Helen, il demanda :

— Les deux d'un coup ou séparément ?

— Les deux d'un coup.

Ils comptèrent jusqu'à trois et ouvrirent les grilles. L'espace d'un moment, rien ne bougea. Puis, les loups jaillirent de leurs cages comme deux missiles Tomahawk. Ils atterrirent sur les rochers en les faisant bruyamment cliqueter sous leurs griffes et plongèrent la tête la première dans l'entonnoir, sans perdre pied ni déraper. Dans le demi-jour pâle, ils semblaient du même gris que les rochers le long desquels ils dévalaient.

— On dirait que l'effet du sédatif s'est dissipé, dit Dan.

Arrivés à mi-chemin de la pente, les loups s'arrêtèrent. Bien qu'elle eût du mal à les discerner dans la pénombre, Helen eut l'impression qu'ils fixaient la camionnette des yeux, et elle éclata en sanglots.

Dan s'approcha d'elle et la prit dans ses bras.

— Allez quoi, tout va bien, lui dit-il.

— Je sais, je sais. Excuse-moi.

Lorsque les larmes qui lui brouillaient les yeux se dissipèrent, les loups avaient disparu.

Quand la camionnette vint se ranger devant la cabane, le jour s'était levé. Le ciel était d'un bleu translucide, absolument sans nuages, et la rosée des fleurs printanières qui recouvraient encore la pente menant de la cabane au lac s'évaporait rapidement sous le soleil éclatant. Buzz se précipita vers eux en bondissant à travers les fleurs, et comme il ne reconnaissait pas la camionnette, il se mit à aboyer furieusement. Mais quand Helen en descendit, il vint vers elle en frétillant et en remuant la queue, honteux de sa méprise. Quand ils se dirigèrent vers la cabane, ils humèrent le délicieux fumet du petit déjeuner.

Debout sur le seuil, Luke les attendait.

Il souriait, et son œil droit, le seul valide, clignait au soleil. Comme toujours, Helen eut un choc en voyant le bandeau noir qui dissimulait l'autre. Mais elle était sûre qu'avec le temps, elle finirait par trouver que c'était le comble du chic.

Luke vit aussitôt qu'elle avait pleuré. Sortant de la cabane, il vint à leur rencontre, et leur passa à chacun un bras autour de l'épaule. Ils restèrent tous trois enlacés ainsi pendant un moment, sans rien dire, la tête baissée, comme s'ils avaient communié dans une muette prière, tandis que Buzz, au comble de la perplexité, faisait des bonds de cabri autour d'eux.

La balle lui avait perforé le cou, au-dessous de l'oreille. En ressortant de l'autre côté, elle avait frappé un rocher, lui projetant dans l'œil gauche un éclat de silex gros comme une pointe de flèche. Le temps que l'hélicoptère arrive et le transporte jusqu'à l'hôpital, il avait perdu énormément de sang. Le seul fait qu'il ait survécu tenait du miracle.

La blessure de son cou n'était pas très grave. A l'issue d'une opération qui avait duré plusieurs heures, les chirurgiens avaient réussi à sauver l'œil, en annonçant toutefois que Luke était condamné à voir trouble jusqu'à la fin de ses jours. Quand il était revenu à lui, il avait d'abord voulu savoir ce qui était arrivé aux louveteaux.

Un seul avait péri, celui qui s'était embroché sur la boucle. Les autres avaient été évacués sur le parc du Yellowstone, où on leur avait trouvé sans peine une famille adoptive. La police avait retrouvé la caravane de Lovelace, en se fondant sur les indications du père de Luke. Peu après, un garde forestier était tombé par hasard sur sa motoneige dans une clairière, en amont de Wrong Creek. Mais quant au vieux chasseur lui-même, nul n'en retrouva jamais la trace.

Luke avait beaucoup insisté pour participer à l'expédition de la nuit dernière, mais Dan s'y était opposé, en soutenant que si les choses avaient mal tourné, sa présence n'aurait fait qu'aggraver leur cas.

— Alors, tout s'est bien passé ?

— Ça a marché comme sur des roulettes.

— Ça me donne presque envie de rester. J'aimerais tant entendre leurs hurlements.

— Peut-être que tu les entendras un jour, dit Dan.

— J'espère que vous avez faim.

— On a une faim de loup !

Assis sur l'herbe, devant la cabane, ils dégustèrent des œufs au bacon et des galettes de pommes de terre arrosés de café et de jus d'orange fraîchement pressé, en discutant de l'Alaska et d'autres endroits que Luke et Helen avaient prévu de visiter avant le début de l'année universitaire. Au-delà, ils n'avaient pas de projets bien définis.

Luke aurait voulu qu'Helen vienne vivre avec lui dans le Minnesota.

— On trouvera un appartement, disait-il, et pendant que j'irai à mes cours, tu pourras poursuivre tes recherches, terminer ton mémoire. Et le week-end, tu m'emmèneras visiter ces contrées sauvages que tu connais si bien.

— On verra, disait Helen. On a tout le temps d'y réfléchir.

Chose étrange, pour la première fois depuis qu'elle avait atteint l'âge adulte, Helen envisageait l'avenir avec insouciance. On aurait dit que les événements qui s'étaient déroulés à Hope l'avaient définitivement purgée de la part d'elle-même qui passait son temps à aspirer à l'impossible, à battre sa coulpe et à se faire un sang d'encre. Ce n'est pas en se rongeant d'inquiétude qu'elle arriverait à se protéger ou à protéger Luke d'éventuels coups du sort. Ainsi que Celia le lui avait suggéré voilà peu dans une de ses lettres, Helen était peut-être en train d'apprendre à *être*, tout simplement, à l'instar de leur néo-bouddhiste de père. Désormais, plus rien ne comptait pour elle que l'instant présent, et le fait qu'elle pouvait en jouir en compagnie de l'être qu'elle aimait plus que tout au monde.

Le petit déjeuner terminé, Dan ne voulut rien entendre pour qu'ils l'aident à faire le ménage de la cabane.

— Vous avez une longue route devant vous, leur dit-il.

Ils transportèrent donc ensemble ce qui restait des affaires d'Helen (Buzz compris) dans la Jeep de Luke. Helen restitua les clés du pick-up à Dan.

— Je t'avais bien dit qu'il tiendrait le coup, lui dit-il.

— Moi aussi, j'ai tenu le coup.

Comme aucun d'eux n'avait le goût des adieux interminables et déchirants, ils se bornèrent à s'étreindre rapidement et à se souhaiter mutuellement bonne chance. Dan leur reprocha en plaisantant de se défiler alors qu'il y avait encore tant de travail à abattre. Il resta debout à côté de la Jeep, le dos au soleil, tandis qu'Helen et Luke s'installaient à l'avant et bouclaient leurs ceintures.

— Les anges soient sur toi, dit-il à Helen.

— Qu'ils soient sur toi aussi, Prior.

Ils prirent la route qui longeait la rivière. Les cimes des peupliers, d'un beau vert argenté, ondoyaient au-dessus d'eux. Ils passèrent devant la maison à demi écroulée où le vieux chasseur avait jadis vécu. On avait cloué à un arbre, près du portail, un panneau qui annonçait VENDU.

Après avoir traversé le village où ils n'aperçurent aucun visage connu, ils bifurquèrent vers l'est, en direction des plaines.

Quand ils se furent engagés sur le pont, Helen ralentit, puis s'arrêta, et pour la dernière fois leurs yeux se posèrent sur l'église, au-dessus de la rivière.

— Regarde, dit Luke.

Il désignait du doigt, de l'autre côté de la route, le panneau qui annonçait HOPE (NOMBRE D'HABITANTS : 519). Trois rayons de soleil étincelants passaient à travers les trous.

REMERCIEMENTS

Parmi les nombreux ouvrages qui m'ont été utiles dans mes recherches, il en est envers lesquels j'ai une dette insigne. Ce sont : *Of Wolves and Men*, de Barry Lopez ; *War Against the Wolves*, recueil collectif publié sous la direction de Rick McIntyre ; *Wolf Wars*, de Hank Fischer ; *The Wolf*, de L. David Mech, et *The Company of Wolves*, de Peter Steinhart.

Parmi les nombreuses personnes qui m'ont prêté assistance durant la rédaction de ce livre, je dois des remerciements particuliers à Bob Ream, Doug Smith, Dan McNulty, Ralph Thisted, Sara Walsh, Rachel Wolstenholme, Tim et Terry Tew, Barbara et John Krause, J.T. Weisner, Ray Krone, Bob et Ernestine Neal, Richard Kenck, Jason Campbell, Chuck Jonkel, Jeremy Mossop, Huw Alban Davies, John Clayton, Dan Gibson, Ed Enos, Kim McCann et Sherry Heimgartner.

Je tiens à exprimer à part toute ma reconnaissance aux personnes dont les noms suivent : la famille Cobb, Ed Bangs, Mike Jiminez, Carter Niemeyer, Bruce

Weide, Pat Tucker et Koani, le seul loup dont je puisse revendiquer l'amitié de façon plausible.

En conclusion, j'adresse mes remerciements les plus chaleureux à ceux dont la patience, la solidité, les conseils, la perspicacité et l'amitié m'ont soutenu tout au long de la rédaction du présent livre : Linda Shaughnessy, Tracy Devine, Robert Bookman, Caradoc King, et mes deux merveilleuses éditrices, Carole Baron et Ursula Mackenzie.

Le traducteur tient à exprimer toute sa reconnaissance à Lise Dufaux, sans qui ce travail n'aurait pu être mené à bien.

Photocomposition Nord Compo
Villeneuve-d'Ascq, Nord

IMPRIMÉ EN FRANCE PAR BRODARD ET TAUPIN
3538 – La Flèche (Sarthe), le 14-08-2000
Dépôt légal : août 2000

POCKET – 12, avenue d'Italie - 75627 Paris cedex 13
Tél. : 01.44.16.05.00